A
ESCALADA
DO
HOMEM

A ESCALADA DO HOMEM

TRADUÇÃO:
NÚBIO NEGRÃO

J. BRONOWSKI

Martins Fontes
São Paulo — 1992

Título original:
THE ASCENT OF MAN
© *Copyright by* Science Horizons Inc., 1973
© *Copyright by* Livraria Martins Fontes Editora Ltda.,
através de acordo com the British Broadcasting Corporation,
para a presente edição
3.ª edição brasileira: abril de 1992

Produção gráfica: Geraldo Alves
Composição: Livraria Martins Fontes Editora Ltda.

Capa: Alexandre Martins Fontes

Impressão e acabamento:
Gráfica Brasiliana

Dados Internacionais de Catalogação na Publicação (CIP)
(Câmara Brasileira do Livro, SP, Brasil)

Bronowski, Jacob, 1908-1974.
    A escalada do homem / J. Bronowski ; tradução de Núbio Negrão. — São Paulo : Martins Fontes, 1992.

    ISBN 85-336-0059-9

    1. Ciência — Filosofia 2. Ciência — História 3. Homem I. Título.

92-0767   CDD-501

Índices para catálogo sistemático:
1. Ciência : Filosofia 501

Todos os direitos para o Brasil reservados à
LIVRARIA MARTINS FONTES EDITORA LTDA.
Rua Conselheiro Ramalho, 330/340 — Tel.: 239-3677
01325 — São Paulo — SP — Brasil

SUMÁRIO

Prefácio.................................... 13

Capítulo 1 — Abaixo dos Anjos................ 19
Adaptação animal — A alternativa humana — Início na África — O dom da antevisão — Evolução da cabeça — O mosaico do homem — As culturas do caçador — Através das glaciações — Culturas transumânticas: os lapões — Imaginação na arte rupestre.

Capítulo 2 — As Colheitas Sazonais............ 59
O passo da evolução cultural — Culturas nômades: os bakhtiari — Primórdios da agricultura: o trigo — Jericó — Região dos tremores de terra — Tecnologia na aldeia — A roda — Domesticação de animais: o cavalo — Jogos de guerra: Buz Kashi — Civilização sedentária.

Capítulo 3 — A Textura da Pedra.............. 91
O Novo Mundo — Evidência de migrações na distribuição dos grupos sangüíneos — As ações de moldar e de juntar — Estrutura e hierarquia — A cidade: Machu Picchu — Arquitetura de ângulos retos: Paestum — O arco romano: Segóvia — A aventura gótica: Rheims — A arquitetura como ciência — A imagem oculta: de Michelangelo a Moore — O prazer de construir — A estrutura oculta à visão.

Capítulo 4 — A Estrutura Invisível............ 123
Fogo, o elemento transformador — Extração de metais: cobre — A estrutura das ligas metálicas — A obra de arte no bronze — Do ferro ao aço: a espada japonesa — Ouro — O incorruptível — A teoria alquímica do homem e da natureza — Paracelsus e o surgimento da química — Fogo e ar: Joseph Priestley — Antoine Lavoisier: combinações podem ser quantificadas — Teoria atômica de John Dalton.

Capítulo 5 — A Música das Esferas............ 155
A linguagem dos números — A chave à harmonia: Pitágoras — O triângulo retângulo — Euclides e Ptolomeu em Alexandria — Ascensão do Islamismo — Números arábicos — O Alhambra: padrões de espaços — Simetrias nos cristais — Alhazen — Movimento no tempo, a nova dinâmica — A matemática da transformação.

Capítulo 6 — O Mensageiro Sideral............ 189
O ciclo das estações — A falta de um mapa dos céus: a Ilha de Páscoa — O sistema ptolomaico no relógio de Dondi — Copérnico: o Sol no centro — O telescópio — Galileo inaugura o método científico — Proibição ao sistema de Copérnico — Diálogo sobre os dois sistemas — A Inquisição — A retratação de Galileo — A revolução científica se desloca para o norte.

Capítulo 7 — O Relógio Majestoso............ 221
Leis de Kepler — O centro do mundo — As inovações de Isaac Newton: os fluxions — A descoberta do espectro — A gravitação e o Principia — O ditador intelectual — O desafio em sátiras — O espaço absoluto segundo Newton — O tempo absoluto — Albert Einstein — O viajante leva consigo seus próprios espaço e tempo — A relatividade é confirmada — A nova filosofia.

Capítulo 8 — Em Busca de Poder 259
A Revolução Inglesa — Tecnologia doméstica: James Brindley — A revolta contra os privilégios — Fígaro — Benjamin Franklin e a Revolução Americana — Os novos homens: os mestres ferreiros — A nova concepção: Wedgwood e a Sociedade Lunar — A fábrica em movimento — A nova preocupação: energia — A cornucópia de invenções — A unidade da natureza.

Capítulo 9 — Os Degraus da Criação 291
Os naturalistas — Charles Darwin — Alfred Wallace — O impacto da América do Sul — A multiplicidade de espécies — Wallace perde sua coleção — Concepção da Seleção Natural — A continuidade da evolução — Louis Pasteur: dextrogiros, levogiros — Constantes químicas na evolução — A origem da vida — As quatro bases — Seriam possíveis outras formas de vida?

Capítulo 10 — Um Mundo Dentro do Mundo 321
O cubo do sal — Seus elementos — O jogo da paciência de Mendeleiev — A tabela periódica — J. J. Thomson: o átomo dividido — A estrutura na nova arte — A estrutura do átomo: Rutherford e Niels Bohr — O ciclo de vida de uma teoria — O núcleo dividido — Os neutrinos: Chadwick e Fermi — Evolução dos elementos — Estatística, a segunda lei — Estabilidade estratificada — Imitando a física da natureza — Ludwig Boltzmann: o átomo é uma realidade.

Capítulo 11 — Conhecimento ou Certeza 353
Não há conhecimento absoluto — O espectro de radiações invisíveis — O refinamento dos detalhes — Gauss e a idéia da incerteza — A subestrutura da realidade: Max Born — O Princípio da Incerteza de Heisenberg — O Princípio da Tolerância: Leo Szilard — A ciência é humana.

Capítulo 12 — Geração Após Geração 379
A voz da insurreição — O naturalista hortelão: Gregor Mendel — Genética da ervilha — Esquecimento instantâneo — O modelo tudo-ou-nada da hereditariedade — O mágico número dois: sexo — O modelo do ADN de Crick e Watson — Replicação e crescimento — Clonação de formas idênticas — Seleção sexual na diversidade humana.

Capítulo 13 — A Longa Infância 411
Homem, o solitário social — Especificidade humana — Desenvolvimento específico do cérebro — Habilidade da mão — As áreas da fala — O postergar de decisões — A mente no papel de instrumento de preparação — Democracia do intelecto — A imaginação moral — O cérebro e o computador: John von Neumann — A estratégia dos valores — O conhecimento é o nosso destino — O compromisso do homem.

Bibliografia 440

Índice Remissivo 443

ÍNDICE DAS ILUSTRAÇÕES

1 Dança da desova do *grunion (National Geographic)*, 18.
2 Exercício de perspectiva do Renascimento gerado no computador e espiral do ADN, 2, 3, 21.
3 Impala *(Ed Ross)* 22.
   Manada de Topi *(Simon Trevor, Bruce Coleman Ltd.)*, 23.
4 O leito do Omo *(Yves Coppens)*, 25.
5 Chifres moderno e fóssil de nyala, Musée de l'Homme, Paris *(Yves Coppens)*, 27.
6 Crânio da criança de Taung, Universidade de Witwatersrand, Johannesburg *(Alun R. Hughes, com permissão do prof. P. V. Tobias)*, 28.
7 Ossos de dedos e do polegar do *Australopithecus (Mary Waldron)*, 28.
8 Criança de quatorze meses de idade *(Gerry Cranham)*, 30, 31, 32, 33.
9 Saltador de salto-com-vara em ação *(Gerry Cranham)*, 34, 35.
10 Imagem gráfica de computador dos estágios da evolução da cabeça, 36, 37.
11 Machado de pedra aqueu *(Lee Boltin)*, 39.
12 Grupo de índios caçadores wayana *(Cornell Capa, Magnum)*, 42, 43.
13 Um lemurídeo moderno *(Ed Ross)*, 44.
   O esqueleto de um galago *(Jonathan Kingdon, cortesia da Academic Press)*, 45.
14 Harpão magdaleniano de chifre de rena, Ashmolean Museum, Oxford, 46.
   Ponteira decorada, National Gallery of Art, Washington *(Hugo Obermaier)*, 47.
   Pintura em rocha *(Erwin O. Christensen, por cortesia de Bonanza Books)*, 47.
15 Manadas de renas dos lapões, 1900 *(Norsk Folkemuseum, Oslo)*, 48, 49.
16 Mulher lapã *(Norsk Folkemuseum, Oslo)*, 51.
   Manada de renas selvagens *(Gunnar Rönn)*, 51.
17 Lapões em marcha, desenhos de Johan Turi, 1910 *(Norsk Folkemuseum, Oslo)*, 52, 53.
18 Bisão deitado, Altamira *(Michael Holford)*, 54, 55.
19 Contornos de uma mão, Santander *(Achile B. Welder)*, 57.
20-21 Migração da primavera dos bakhtiari *(Anthony Howard para a Daily Telegraph Colour Library)*, 58, 62, 63.
22 Foice curvada, *Ashmolean Museum*, 65.
23 Variedades de trigo, nova e antiga *(Tony Evans, Marcel Sire)*, 66, 67.
24 Trigo selvagem, de Jaubert e Spach, *Plantas Orientais (British Museum, Natural History)*, 68, 69.
25 Objetos do sítio de Jericó: tijolo de barro seco, British Museum; amantes de quartzo, Ashmolean Museum; crânio decorado, Ashmolean Museum, 70, 71.
   A torre de Jericó *(Dave Brinicombe)*, 71.
26 Carpinteiro, Museu Nacional, Copenhagem; pino de cerâmica decorada, forno de padeiro, brinquedo grego, velho com uma prensa de vinho, todos do British Museum, Londres, 72, 73.
27 Arando com bois ajoujados, Museo Civico, Bologna *(C. M. Dixon)*, 74, 75.
28 Modelo de cobre de um carro de guerra, Museu de Bagdá *(Oriental Institute, University of Chicago)*, 76.
29 Carpinteiros trabalhando com torno-de-arco *(India Office Library)*, 78.
30 Cavalaria mongol e tropa cruzando rio, do *Jami'al-Tawarikh (Edinburgh University Library)*, 78.
31 Pintura de vaso grego, British Museum, Londres *(Raynon Raikes)*, 83.
32 Buz Kashi, Afganistão *(David Stock)*, 84, 85.
33 Dedicação a Oljeitu Khan em um manuscrito do Alcorão, British Museum, Londres, 86.
   O túmulo de Oljeitu Khan *(Dave Brinicombe)*, 87.
34 Página de rosto da *Europa* de William Blake *(John Freeman)*, 90.
35 "A Casa Branca", *Canyon de Chelly*, Arizona, em 1873 *(T. H. O'Sullivan)*, 93.
36 Pote pueblo em forma de coruja, British Museum, Londres *(C. M. Dixon)*, 94.
   Pote pueblo, Museu da Universidade do Colorado, Boulder, 95.
37 Construção inca em Machu Picchu *(H. Ubbelohde Doering)*, 97.
   Machu Picchu *(Georg Gerster, John Hillelson Agency)*, 98, 99.
38 *Quipu* inca, Museum of Mankind, Londres *(Raynon Raikes)*, 100, 101.
39 Templo de Poseidon, Paestum *(Carlo Bevilacqua)*, 102, 103.
40 Modelos fotoelásticos mostrando tensão nos arcos *(Sharples Photomechanics Ltd.)*, 105.
41 "El Puente del Diablo." Segóvia *(A. F. Kersting)*, 106, 107.
42 A Grande Mesquita, Córdoba *(A. F. Kersting)*, 107.

43 Nave e aléia, Catedral de Rheims *(Wim Swaan)*, 108.
44 Pedreiros trabalhando, 13.º século, do *Livro de Saint Alban (The Board of Trinity College, Dublin)*, 110.
45 Arcobotante, Catedral de Rheims *(Wim Swaan)*, 111.
46 Desenho de Nervi para o Palazzetto del Sport, Roma *(Cement and Concrete Association, Londres)*, 112, 113.
47 "Brutus" de Michelangelo, Bargello, Florença *(Scala)*, 114.
48 Moore, "Knife-edge-Two-piece", coleção particular *(Henry Moore)*, 117.
49 Mosaico da Watts Towers, Los Angeles *(Robert Grant)*, 119.
    Watts Towers *(Charles Eames)*, 120, 121.
50 De la Tour, "Le Souffleur à la Lampe", Musée des Beaux-Arts, Dijon *(Giraudon)*, 122.
    Fênix de Conrad Lycosthenes, *Prodigiorum ac Ostentorum (Biblioteca de Pinturas de Roma)*, 124.
51 Adelgaçamento de um arame de cobre. *(The British Non-Ferrous Metals Association)*, 125.
52 Jarra de vinho em forma de coruja, Victoria and Albert Museum, Londres *(Raynon Raikes)*, 127.
53 Sino de bronze fundido, Victoria and Albert Museum, Londres *(Raynon Raikes)*, 128, 129.
54 A forja de uma espada *(National Geographic)*, 130, 131.
55 Marcas de resfriamento em uma espada do Século XIX, Victoria and Albert Museum, Londres *(Raynon Raikes)*, 132, 133.
    Estampa, em bloco de madeira, de um Samurai *(H. Roger-Viollet)*, 133.
56 Máscara de um rei aqueu, Museu Arqueológico Nacional, Atenas *(C. M. Dixon)*, 135.
    Moeda de Creso, Museu Britânico, Londres *(Michael Holford)*, 135.
    Onça mochica, Coleção Mojico Gallo, Lima *(Michael Holford)*, 135.
    Escudo peitoral de um chefe africano, Victoria and Albert Museum, Londres *(Raynon Raikes)*, 135.
    Receptor de entrada central em uma calculadora de bolso *(Paul Brierly)*, 135.
57 Saleiro esculpido por Cellini, Kunsthistorisches Museum, Viena, 137.
    Gargalheira irlandesa, Museu Nacional da Irlanda, 137.
58 A fornalha do corpo, por Paracelsus *(The Wellcome Trustees)*, 138.
    Terra, ar e fogo, por Paracelsus *(S. Karger)*, 138, 139.
    A Teoria Alquímica da Natureza: de Limbourg, "L'homme anatomique", de *Les Très Riches Heures*, Musée Condé, Chantilly *(Giraudon)*, 139.
59 Entalhe em madeira de Paracelsus, *Opus Chyrurgieum (The Wellcome Trustees)*, 140, 141.
60 Paracelsus, atrib. a Quentin Metsys, Louvre, Paris, 143.
61 Joseph Priestley, por Ellen Sharples, National Portrait Gallery, Londres, 145.
62 Reconstrução do experimento de Lavoisier *(Paul Buerly e Michael Freeman, por cortesia de Charles Moore, Science Museum, Londres)*, 146, 147.
63 Gigantesca lente de aquecimento de Lavoisier *(Science Museum, Londres)*, 150.
64 John Dalton, por J. Stephenson *(Science Museum, Londres)*, 150.
65 Símbolos para os elementos de Dalton *(Science Museum, Londres)*, 152.
    Gravura de Thomas Bewick *(British Museum)*, 153.
66 Cordas vibrantes *(Charles Taylor)*, 154.
    Harpista cego, Rijksmuseum, Leiden, 156.
    Fragmentos da mão de um harpista, Ashmolean Museum, Oxford, 157.
67 A prova pitagórica *(John Webb)*, 159.
68 Uma versão árabe do teorema de Pitágoras *(British Museum)*, 161.
    Gravura chinesa do teorema de Pitágoras *(British Museum)*, 161.
69 Página da tradução de Euclides por Adelard de Bath *(British Museum)*, 163.
70 Ilustração de um manuscrito provençal do Século XIV *(British Museum)*, 164, 165.
71 Astrolábio islâmico, Museum of the History of Science, Oxford, 166.
    Astrolábio gótico, Museum of the History of Science, Oxford, 166.
    Computador astrológico de cobre, British Museum, Londres, 167.
    Extraído de *Kushyar ibn Labban (University of Wisconsin Press)*, 168.
72 A Serra Nevada e o Alhambra, Granada *(Wim Swaan, Camera Press)*, 170.
73 Galeria dos músicos e banhos do harém no Alhambra *(Mas)*, 171.
74 Cristais naturais *(Institute of Geological Sciences)*, 174, 175.
75 Alfonso, o Sábio, ditando para *Scholars*, El Escorial *(Michael Holford)*, 176, 177.

76 Afresco de Florença, c. 1350, Orfanotrofio del Bigallo, Florença *(Scala)*, 178.
77 Cone de raios de Alhazen, do *Opticae Thesaurus Alhazeni (British Museum)*, 179.
78 Carpaccio, "Santa Úrsula e seu Pretendente", Accademia, Veneza *(Osvaldo Bohn)*, 180.
79 Desenho de Dürer de um nu reclinado. Staatliche Museen Preussischer Kulturbesitz Kupferstichkabinett, Berlim, 181.
    Dürer, Diagrama da construção de uma elipse, do Unterweisung der Messung, 181.
80 Dürer, "A Adoração dos Magos", Uffizi, Florença *(Scala)*, 182.
    Ucello, "A Enchente", S. Maria Novella, Florença *(Scala)*, 183.
    Ucello, Análise da perspectiva de uma taça, Gabinetto Disegni, Florença *(Scala)*, 183.
81 Da Vinci, desenho da trajetória de balas de morteiro, Biblioteca Ambrosiana, Milão, 184, 185.
    Gotas de água *(Oskar Kreisel)*, 184, 185.
82 Semente de pinheiro *(Marcel Sire)*; pétala de rosa *(Cambridge Scientific Instruments)*; concha *(British Museum, Natural History)*; margarida *(Marcel Sire)*, 186.
83 Trajetória de partículas subatômicas *(Paul Brierly)*, 187.
84 Peça "Q" do altar, Copan *(British Museum)*, 188.
85 As trajetórias dos planetas *(Aldus Books)*, 190.
    Os movimentos de Mercúrio, Vênus, Marte, Júpiter e Saturno *(Erich Lessing, Magnum)*, 191.
86 Estátuas da Ilha da Páscoa *(Camera Press)*, 192, 193.
87 Páginas do manuscrito de de Dondi (MS Laud. Misc. 620, ff. 87ᵛ-88, *Bodleian Library, Oxford)*, 194, 195.
    Reconstrução do relógio astronômico de de Dondi, Smithsonian Institution, Washington, 195.
    As faces do relógio *(Wellcome Trustees)*, 196.
88 Nicolaus Copernicus *(Polish Cultural Institute, Londres)*, 197.
    Páginas do *De Revolutionibus Orbium Coelestium*, 197.
89 De Barbari, entalhe em madeira de Veneza (detalhe), British Museum, Londres *(John Freeman)*, 199.
90 Galileo Galilei, por Octavio Leoni, Biblioteca Maruceliana, Florença, *(Scala)*, 199.
91 Balança hidrostática, Museu da Ciência, Florença *(Scala)*, 200.
    Telescópio de Galileo, Museu de História da Ciência, Florença, 201.
92 Mural em um ático em Roma *(Umberto Galeasi)*, 203.
93 Desenhos das fases da Lua, por Galilelo, Biblioteca Nacional, Florença *(Scala)*, 202.
94 Páginas-título dos trabalhos de Galileo, 204, 205.
95 O autor no Vaticano *(David Peterson)*, 207.
96 Bernini, Urbano VIII, Galeria Nacional, Roma *(de Antonis)*, 206.
97 Sacchi, Um teto no Pallazzo Barberini, Roma *(de Antonis)*, 210.
98 Guache de Urbano VIII, coleção particular, *(Warbug Institute)*, 212.
99 Mural em uma casa particular em Roma *(Umberto Galeasi)*, 215.
100 O documento no julgamento de Galileo, Biblioteca do Vaticano, 217.
101 A Terra vista da Lua *(NASA)*, 219.
102 Wright of Derby, "The Orrery" (planetário mecânico), Derby Museum e Art Gallery, 220.
103 A Mansão de Woolsthorpe *(Royal Society)*, 223.
104 Isaac Newton em 1689, por Godfrey Kneller, coleção particular *(Mansell Collection)*, 225.
105 Desenho do Trinity College, feito por Wren *(The Warden and Fellows of All Souls College, Oxford)*, 228, 229.
106 Experimentos ópticos de Newton de 1672 *(Paul Brierly)*, 230, 231.
107 Isaac Newton em 1702, por Godfrey Kneller, National Portrait Gallery, Londres, 232.
108 Carta de Halley a Newton de 29 de junho de 1686 *(King's College Library, Cambridge)*, 232.
109 Busto de Isaac Newton, por John Rysbrack, Victoria and Albert Museum, Londres *(Crown Copyright)*, 235.
110 Caricatura satirizando a teoria da gravidade de Newton *(British Museum)*, 237.
111 Rysbrack, baixo-relevo do monumento de Newton, Abadia de Westminster *(A. F. Kersting)*, 238, 239.
112 Gráfico gerado por computador da inversão de uma esfera, 240, 241.
113 Griffier, Vista geral de Greenwich *(Dept. Environment, Crown Copyright)*, 241.
114 O primeiro marcador de tempo marítimo de John Harrison, National Maritime Museum, Londres, 243.
115 Detalhe do Teto Pintado, Royal Naval College, Greenwich *(Dept. of Environment, Crown Copyright)*, 242.
    Ilustrações de um manual de navegação *(British Museum)*, 243.

116 Torre do relógio de Berna *(Dave Brinicombe)*, 244.
Marcador de tempo n.º 4 de John Harrison, Science Museum, Londres, 244, 245.
117 Albert Einstein em 1905 *(Trustees of the Estate of Albert Einstein)*, 245.
118 Einstein aos 14 anos *(Einstein Trustees)*, 246.
119 Aplicação para patente em 1904 *(Amt für Geistiges Eigentum, Berna)*, 248, 249.
120 A Teoria da Relatividade, desenho de Nigel Holmes, 250, 251.
121 Artigo de Einstein de 1905, 252.
Anotações no quadro-negro feitas por Einstein *(Museum of the History of Science, Oxford)*, 252, 253.
122 Albert Einstein e Niels Bohr em 1933 *(Einstein Trustees)*, 256, 257.
123 Hill, "O Viaduto da Amêndoa" (detalhe), Museum of Transport, Glasgow *(Rupert Roddam)*, 258.
124 Uma das primeiras fotografias da vida doméstica rural, da *Vistas da Inglaterra* de Grundy, *(RTHPL)*, 261.
125 Aqueduto de Telford junto à Pont-Cysyltau *(Peter Carmichael, Reflex)*, 263.
126 Caricatura de uma reunião de acionistas feita por Cruikshank *(Eric de More)*, 264.
James Brindley *(Science Museum)*, 264.
Wedgwood, Medalhão do Duque de Bridgewater, National Portrait Gallery, Londres, 265.
127 As mãos do escritor e mecanismos em um autômato de Jacquet-Droz, Museu Histórico, Neuchâtel, 266.
Retrato de Jacquard tecido em seda, Science Museum, Londres, 266.
Cruikshank, "Naldi em Figaro", Victoria and Albert Museum, Londres, 267.
128 Benjamin Franklin coloca uma coroa na cabeça de Mirabeau, Burndy Library, Norwalk, Conn., 268, 269.
129 Benjamin Franklin, por Joseph Duplessis, Natural Portrait Gallery, Londres, 270.
Um pára-raios, Franklin Institute, Philadelphia, 271.
130 Tom Paine satirizado *(British Museum)*, 273.
131 Um *token* (vale) de Wilkinson, British Museum, Londres, 274.
132 A pequena ponte de Coalbrookdale *(Michael Holford)*, 275.
133 Louça de Wedgwood *(Wedgwood)*, 276.
Pirômetro de Wedgwood *(Wedgwood)*, 277.
134 Padrões de jasper de Wedgwood para testes de cor e de brilho *(Wedgwood)*, 278.

Josiah Wedgwood, por George Stubbs, Wedgwood Museum, Stoke-on-Trent, 279.
Token estampado com a máquina a vapor de Watt *(Birmingham City Museum)*, 280.
135 Apólice de seguro de trabalho mostrando a Soho Foundry de Boulton e Watt *(Birmingham Assay Office)*, 281.
136 Interior de um casebre de 1896 *(RTHPL)*, 281.
137 Uma mina, c. 1790, Walker Art Gallery, Liverpool, 283.
138 O Zoetrópio *(Science Museum)*; plataforma de elevação; mobília de quarto dobrável, 284, 285.
139 Richard Trevithick, Science Museum, Londres, 287.
140 A queda d'água de Solanches, Chamonix *(Dave Brinicombe)*, 289.
141 Árvore florida na floresta *(Michael Freeman)*, 290.
142 Alfred Russel Wallace *(por cortesia de Mrs. D. Wallace)*, 292.
Charles Darwin, 292.
Diagramas de um manual de caça de besouros *(British Museum)*, 294.
143 Pinturas de pássaros de Darwin, por John Gould *(British Museum, Natural History)*, 295.
144 Um alagado no Amazonas *(Michael Freeman)*, 297.
145 Um tucano de bico vermelho, urubus e uma rã arborícola *(Michael Freeman)*, 298, 299.
146 Garoto índio akawaio *(Michael Freeman)*, 301.
147 Gravura de índios fueguinos, in *Narratives of the Surveying Voyages of HMS Adventure and Beagle*, 302, 303.
Fotografia antiga de um fueguino *(Royal Geographic Society)*, 303.
148 Escritório de Darwin na Downe House *(Country Life, por cortesia de Sir Hedley Atkins)*, 305.
149 Darwin nos seus últimos dias, fotografado em Downe *(Mansell Collection)*, 306.
150 Mimetismo protetivo em uma espécie de borboleta *(Michael Freeman)*, 307.
151 Caricatura de Darwin, tirada do "Hornet", 308.
Wallace em 1805 *(British Museum, Natural History)*, 309.
152 Laboratório de Pasteur *(Snark International)*, 310.
153 Caldo de uva em fermentação *(Paul Brierly)*, 311.
154 Pasteur com um amigo em 1864 *(Institut Pasteur)*, 312.
Uma página de anotações de Pasteur sobre o estudo dos cristais *(Bibliothèque Nationale, Paris)*, 312.

Modelos de madeira de Pasteur dos cristais de tartarato, Institut Pasteur, Paris, 313.
155 Leslie Orgel com Robert Sanchez *(Jon Brenneis)*, 315.
156 Detector de proteína *(David Paterson)*, 319.
157 A formação da adenina *(D. K. Miller, Salk Institute)*, 318.
158 Niels Bohr e Albert Einstein em 1933 *(Einstein Trustees)*, 320.
159 Cristais cúbicos do sal de cozinha *(Institute of Geological Sciences)*, 322.
160 Dmitri Mendeleiev em seus últimos anos *(Novosti Press Agency)*, 323.
161 Um dos primeiros esquemas da Tabela Periódica de Mendeleiev *(por cortesia do prof. J. W. Van Spronsen)*, 325.
162 Mendeleiev em Manchester *(Manchester Literary and Philosophical Society)*, 326, 327.
163 A primeira Solvay Conference, 1911 *(Benjamin Couprie)*, 328.
A quinta Solvay Conference, 1927 *(Benjamin Couprie)*, 329.
164 Seurat, "Moça com Esponja de Pó" (detalhes), Courtald Institute, Londres, 330, 331.
165 Balla, "Planeta Mercúrio passando diante do Sol", Museu Nacional de Arte Moderna, Paris, 332.
Boccioni, "Dinamismo de um Ciclista", coleção particular, 333.
166 Ernest Rutherford *(Cavendish Laboratory)*, 335.
167 Espectro do Hidrogênio e estrutura do átomo, 338.
168 H. G. J. Moseley em 1910 *(Museum of History of Science, Oxford)*, 339.
169 Reator de alto fluxo, Oak Ridge, Tenn. *(Oak Ridge National Laboratory)*, 342.
170 O Sol *(Culgoora Solar Observatory e CSIRO, Austrália)*, 344.
Mancha solar *(Jay Pasachoff, Big Bear Solar Observatory, Calif.)*, 345.
171 Torre exponencial grafite-urânio *(Argonne National Laboratory)*, 346.
172 Enrico Fermi em 1947 *(Argonne National Laboratory)*, 346.
173 Ludwig Boltzmann *(David Paterson)*, 348.
174 A Grande Nebulosa M42 de Orion *(University of Newcastle-upon-Tyne)*, 350.
175 Stephan Borgrajewicz, por Feliks Topolski, 352.
176 Fotografia de radar do aeroporto de Londres *(Decca)*, 354.
Átomos de Tório *(Dept. of Metallurgy)*, 355.
177 Placa original de raios X de Röntgen *(Deutsches Museum, Munique)*, 356.
178 Padrão de difração de raios X de um cristal de ADN *(Prof. M. H. F. Wilkins, King's College, Londres)*, 357.
179 Karl Friedrich Gauss *(Staastsbibliothek, Berlim)*, 359.
180 Max Born em 1924, 361.
181 Garota com o ganso, Göttingen *(David Paterson)*, 363.
182 Coleção de crânios de Blumenbach, Göttingen *(Hans Wilder, Werbe-Foto)*, 366.
183 Leo Szilard *(Argonne National Laboratory)*, 369.
184 Carta dos cientistas ao Presidente Roosevelt *(Argonne National Laboratory, por cortesia da Franklin D. Roosevelt Library)*, 371.
185 Ruínas de Hiroshima *(Shumkichi Kikichi, John Hillelson Agency)*, 372, 373.
186 O autor em Auschwitz, extraído do filme da BBC, 375.
187 O crematório de Auschwitz *(Elliot Erwitt, Magnum)*, 376, 377.
188 Apresentação do pavão *(S. C. Bisserot, Bruce Coleman Ltd.)*, 378.
189 Gregor Mendel em 1865 *(David Paterson)*, 381.
190 Os caracteres analisados por Mendel, pintura de Margaret Stones, 382.
Uma página de cálculos das anotações de Mendel *(David Paterson)*, 383.
191 Microfotografia eletrônica de pólen de ervilha *(British Museum, Natural History)*, 384.
192 Óvulos de ervilha *(Marcel Sire)*, 386, 387.
193 Corte de elefantes e de *cormorants* *(Black Star/ Eric Hosking)*, 389.
194 Cromossomos grandes de células da casca da cebola *(Brian Bracegirdle)*, 391.
195 Seqüência gráfica gerada em computador da espiral dupla do ADN, 392.
196 Estágios do desenvolvimento de um embrião de galinha dentro do ovo *(Oxford Scientific Films, Bruce Coleman Ltd.)*, 394.
197 Rainha e abelhas obreiras *(Ed Ross)*, 397.
198 Axolotles *(Indiana University)*, 398; desenho de Sean Milne, 399.
199 Andrea Pisano, "A Criação da Mulher", Campanile del Duomo, Florença *(Alinari)*, 401.
200 Células de Spirogyra *(Arthur M. Siegelman)*, 402.
201 Gorilas *(George Schaller, Bruce Coleman Ltd.)*, 403.
202 Van Eyck, "Retrato dos Arnolfinis" (detalhe) National Gallery, Londres, 405.

203 Chagall, "O Casamento" Galeria Tretyakov, Moscou *(Novosti Press Agency)*, 407.
204 Cientistas e suas mulheres. James e Elizabeth Watson *(Waggaman/Ward)*; Louis e Marie Pasteur *(Institut Pasteur)*; Marie e Pierre Curie *(Royal Institution)*; Albert e Elsa Einstein *(RTHPL)*; Ludwig e Henrietta Boltzmann *(Boltzmann Trustees)*; Niels e Margrethe Bohr *(Danish Radio)*; Max e Hedwig Born; John e Klara von Neumann *(Associated Press)*, 408, 409.
205 Da Vinci, "A Madona das Rochas", Louvre, Paris *(Scala)*, 410.
206 Os doze discípulos, cruz do século IX, Moone, Co. Kildare *(Belzeaux-Zodiaque)*, 413.
207 Da Vinci, "Criança no Útero", Royal Library, Windsor *(Por graciosa permissão de S. M. A Rainha)*, 414.
208 O autor em sua casa com o molde de Taung *(D. K. Miller, Salk Institute)*, 415.
209 Dürer, "Auto-Retrato", Lehrman Collection. Nova Iorque, 417.
210 A corte do pombo de colar preto, desenhado por Maurice Wilson, 418. Daniel Lehrman *(D. K. Miller, Salk Institute)*, 419.
211 O autor com seu neto *(Tony Evans)*, 420.
212 A zona motora do córtex do cérebro humano, desenhado por Nigel Holmes, 422.
213 Uzbeki pai e filho *(David Stock)*, 426.
214 Desiderius Erasmus, por Quentin Metsys, Galeria Nacional, Roma *(Anderson-Giraudon)*, 427.
215 Um trabalho de Erasmus e a *Anatomia* de Vesalius, 428.
216 A cidade velha de Jerusalém *(Georg Gersta, John Hillelson Agency)*, 430, 431.
217 John von Neumann *(Charles Eames)*, 433. Página de anotações de Neumann *(Charles Eames)*, 432, 433.
218 O jogo da Morra, desenhado por Nigel Holmes, 434.
219 Página de rosto de *Songs of Experience*, de William Blake *(British Museum)*, 439.

PREFÁCIO

O primeiro esboço da *A Escalada do Homem* foi escrito em julho de 1969 e as últimas cenas filmadas em dezembro de 1972. Um empreendimento de tal monta, embora maravilhosamente gratificante, não pode ser realizado como uma simples distração. Assim, eu precisava estar seguro de poder manter com prazer o tono intelectual e físico que sua continuidade exigia; por exemplo, tive de postergar pesquisas já iniciadas. Diante disso, tentarei explicar a razão pela qual assumi a responsabilidade desse trabalho.

Os últimos vinte anos assistiram a uma mudança no escopo da Ciência; o foco da atenção se deslocou das ciências físicas para as ciências da vida, resultando daí uma preocupação cada vez maior com o estudo da individualidade. Mas o espectador interessado dificilmente consegue perceber nessa transição os efeitos duradouros que poderão ser inscritos na imagem do homem que a ciência molda. Mesmo a mim, matemático com formação em Física, eles teriam passado despercebidos se, num dado momento de minha existência, não tivesse sido envolvido em uma série feliz de eventos que me levaram para o mundo das ciências da vida. Dessa maneira, senti-me em débito com a fortuna que me fez entrar em contato, no transcorrer de uma só vida, com dois campos fecundos da atividade científica; e como não consegui determinar a quem a dívida tinha de ser paga, concebi *A Escalada do Homem* como gratidão à minha boa sorte.

No convite da *British Broadcasting Corporation* a mim endereçado havia a sugestão de que realizasse uma série de programas de televisão mostrando o desenvolvimento científico à semelhança da série apresentada por Lorde Clark em *Civilização*. A televisão constitui um admirável meio para exposição, por diversas razões: imediata e marcante aos olhos, capaz de levar ao espectador, ao vivo, os lugares onde os processos são descritos, e suficientemente coloquial, de modo a dar a consciência de se estar tratando não com meros fatos mas sim com gente em ação. Este último aspecto é, para mim, o mais importante, e aquele que acabou me compelindo a traçar uma biografia pessoal de idéias na forma de ensaios para a televisão. O problema se reduz ao fato de que o conhecimento em geral, e a ciência em particular, não consiste em abstrações, mas em idéias de homens concretos, desde os seus primórdios até seus idiossincráticos modelos hodiernos. Portanto, os conceitos subjacentes ao desvendamento da natureza devem ser mostrados como surgindo muito cedo nas culturas mais simples, a partir do exercício de faculdades básicas e específicas do homem. Além disso, o desenvolvimento da ciência, que vai agregando aqueles conceitos em conjunções cada vez mais complexas, deve ser mostrado como uma produção igualmente humana; as descobertas são efetuadas por homens e não apenas por mentes, estando, dessa forma, impregnadas de individualismos. Se a televisão não for usada, para tornar concretos esses pensamentos, estaríamos desperdiçando-a.

A revelação de idéias é, em qualquer circunstância, um empreendimento íntimo e pessoal, e isso nos situa na seara comum à televisão e ao livro impresso. Contrastando com uma conferência ou com uma película cinematográfica, a televisão não se endereça a multidões. Dirige-se a duas ou três pessoas reunidas em uma sala, como numa conversa — uma espécie de monólogo, na maioria das vezes, tal como o livro; conversa, porém, despretensiosa e socrática. Para mim, que estou absorvido nos aspectos filosóficos do conhecimento, é essa a maior vantagem da televisão, que pode tornar-se uma força intelectual tão persuasiva quanto o livro.

O livro impresso goza de um grau de liberdade adicional: diferente do discurso falado, ele não está inexoravelmente atado à marcha progressiva do tempo. O leitor pode fazer pausas e refletir, voltar páginas e cotejar argumentos, comparar fatos e, em geral, examinar detalhes das provas apresentadas, coisas que o espectador ou o ouvinte não podem fazer. Assim, aproveitando os benefícios daquela maneira mais calma de ocupar a mente, sempre que pude, passei para o papel aquilo que ia dizendo em primeira mão através do vídeo. O que era dito tinha sempre exigido um grande volume de pesquisas, que revelavam muitas associações e peculiaridades, de modo que seria pena não registrá-las na forma de livro. Minha tendência natural era de fazer mais, incluindo no texto escrito as informações pormenorizadas das fontes e das citações utilizadas; entretanto, se assim procedesse, o livro iria interessar ao estudioso, e não ao público leitor.

Ao redigir o texto usado na televisão mantive o estilo coloquial por duas razões: em primeiro lugar, queria preservar a espontaneidade dos pensamentos do discurso, algo de que tentei não descurar ao longo de toda a série (a mesma razão me levou a escolher ir a lugares tão novos para mim quanto para o espectador). Em segundo lugar, e mais importante, queria guardar a espontaneidade da

Prefácio

exposição. Um argumento falado é informal e heurístico; ele se dirige ao coração do problema, e mostra o que há de novo e crucial; dá as indicações e o caminho para sua eventual solução que, embora simplificadora, não deixa de estar logicamente correta. Esta forma de argumentação filosófica é o alicerce da ciência, e, para mim, nada deveria obscurecê-la.

A matéria abarcada nesses ensaios é, na verdade, mais ampla do que o campo coberto pela ciência, e não os teria chamado *A Escalada do Homem* se não tivesse tido em mente incluir alguns outros degraus de nossa evolução cultural. Minha ambição aqui foi a mesma que norteou meus outros livros, tanto de literatura como de ciência: criar uma filosofia global para o século vinte. Como eles, estes ensaios encerram mais uma filosofia do que uma história, uma filosofia da natureza mais do que da ciência. O contexto deles é uma versão contemporânea daquilo que se costumava chamar Filosofia Natural. Em minha maneira de ver, nossas mentes estão hoje muito mais aptas a conceber uma filosofia natural do que estiveram as mentes humanas nos últimos trezentos anos. Os fundamentos dessa abertura vamos encontrá-los nas descobertas recentes da biologia humana, impressoras de uma nova direção ao pensamento científico — do deslocamento do geral para o individual — inaugurada pela primeira vez desde que o Renascimento abriu as portas ao mundo natural.

Sem humanismo não pode haver filosofia, nem mesmo ciência decente. Essa afirmação básica, espero, está manifesta neste livro. Pois, para mim, o entendimento da natureza tem sua finalidade dirigida ao entendimento da natureza humana, e da condição humana enquanto natural.

A oportunidade de apresentar uma visão da natureza nestas séries constituiu tanto uma experiência como uma aventura, e estou grato àqueles que a tornaram possível. Minha primeira dívida é com o *Salk Institute for Biological Studies,* que há longo tempo vem financiando meus estudos sobre a especificidade humana, proporcionando-me um ano sabático para a filmagem dos programas. Sou grato também à *British Broadcasting Corporation* e suas associadas, e a Aubrey Singer, em particular, que inventou o tema e insistiu comigo durante dois anos até conseguir convencer-me.

A relação daqueles que colaboraram nos programas é tão longa que decidi dedicar-lhes uma página à parte, podendo, assim, agradecer-lhes em conjunto; foi um prazer tê-los como companheiros de trabalho. Contudo, não posso deixar de fazer uma menção àqueles que encabeçam essa lista, Adrian Malone e Dick Gilling, cujas idéias imaginativas transubstanciaram a palavra em carne e sangue.

Duas colaboradoras minhas neste trabalho fizeram muito mais do que o ofício exigia — são elas Josephine Gladstone e Sylvia Fitzgerald —; é uma felicidade poder agradecer-lhes aqui a longa dedicação. Josephine Gladstone encarregou-se de todas as pesquisas exigidas pela série desde 1969 e Sylvia Fitzgerald auxiliou-me no planejamento e na preparação dos *scripts* em cada um dos estágios sucessivos. Eu não poderia ter tido colegas mais estimulantes.

J. B.
La Jolla, Califórnia
Agosto de 1973.

A ESCALADA
DO HOMEM

Editor da Série:
Adrian Malone

Produtor:
Richard Gilling

Equipe de Produção:
Mick Jackson
David John Kennard
David Paterson

Assistentes de Produção:
Jane Callander
Betty Jowitt
Lucy Castley
Philippa Copp

Fotografia:
Nat Crosby
John Else
John McGlashan

Som:
Dave Brinicombe
Mike Billing
John Tellick
Patrick Jeffery
John Gatland
Peter Rann

Editores do Filme:
Roy Fry
Paul Carter
Jim Latham
John Campbell

1   ABAIXO DOS ANJOS

O homem é uma criatura singular. Possui um conjunto de dons que o torna único entre os animais: diferentemente destes, não é apenas uma peça na paisagem, mas um agente que a transforma. Este animal ubiqüitário, usando seu corpo e sua mente na investigação da natureza, construiu seu lar em todos os continentes, mas, na realidade, não pertence a nenhum lugar determinado.

Conta-se que, em 1769, os espanhóis que, atravessando o continente, chegaram à costa do Pacífico encontraram, na Califórnia, indígenas que lhes diziam virem os peixes, na lua cheia, dançar na areia das praias. E isso é verdade; uma espécie local de peixes, o *grunion (Leurestes Tenuis)* deposita seus ovos na areia além da linha da preamar média. As fêmeas se enterram, elas próprias, na areia, ficando apenas suas cabeças para fora, enquanto os machos girando em torno delas vão fertilizando os ovos, à medida que estes vão sendo postos. A lua cheia é importante, porque, assim, os ovos dispõem do tempo necessário para uma incubação tranqüila na areia, até que, de nove a dez dias depois, nova preamar igualmente alta arrasta para o mar os peixinhos recém-saídos.

Qualquer região do mundo está repleta dessas adaptações belas e precisas, através das quais os animais se integram em seus ambientes, como os dentes de duas engrenagens. O ouriço, em seu longo sono, espera pela primavera e, então, ativa seu metabolismo para a existência desperta. Os beija-flores golpeiam o ar e mergulham seus bicos afilados nas flores pendentes. Borboletas mimetizam folhas, e mesmo criaturas nocivas, a fim de ludibriar seus predadores. Em seu vai-e-vem perseverante e monótono a toupeira escava túneis como se fosse um dispositivo mecânico.

Assim, milhões de anos de evolução moldaram o *grunion* de maneira que ele conforma e ajusta perfeitamente seu comportamento ao ritmo das marés. Mas a natureza — ou seja, a evolução biológica — não moldou o homem de modo que ele se ajuste a nenhum ambiente em particular. Pelo contrário, comparado ao *grunion,* ele vem ao mundo trazendo um equipamento de sobrevivência muito rudimentar; no entanto — e esse é o paradoxo da condição humana — essa desproteção propicia-lhe a adaptação a todos os ambientes. Entre a multidão de animais que ao nosso redor brinca, voa, escava e nada, o homem é o único que não está encerrado em seu *habitat.* Sua imaginação, sua razão, sua sutileza

1
Milhões de anos de evolução moldaram o *grunion* de maneira que ele conforma e ajusta perfeitamente seu comportamento ao ritmo das marés.
Dança da desova da primavera do grunion, *praias de La Jolla na costa da Califórnia.*

A Escalada do Homem

emocional e robustez, representam condições fundamentais que lhe permitem transformar o meio antes de o aceitar como tal. E a série de invenções através das quais, de tempos em tempos, o homem reconstituiu seu *habitat*, se configura em um tipo diferente de evolução — não mais biológica, mas, sim, cultural. A essa esplêndida seqüência de picos culturais eu chamo *A Escalada do Homem*.

A palavra *escalada* é aqui usada com um significado preciso. O homem se diferencia dentre os outros animais por seus dons de imaginação. Seus planos, invenções e descobertas surgem de uma combinação de diferentes talentos, e suas descobertas se tornam mais elaboradas e penetrantes à medida que aprende a combiná-las em formas mais complexas e intrincadas. Dessa maneira, descobertas tecnológicas, científicas e artísticas de diferentes épocas e de diferentes culturas exprimem, no seu desenrolar, conjunções cada vez mais ricas e mais íntimas de faculdades humanas, tecendo a treliça ascendente de seus dons.

É claro que nos sentimos tentados — o cientista mais fortemente — a esperar que as conquistas mais originais da mente sejam as mais recentes. Na verdade, muitos trabalhos modernos nos causam orgulho. Pensem na descoberta do código genético, na espiral do ADN ou nos trabalhos avançados sobre faculdades especiais do cérebro humano. Pensem na intuição filosófica que examinou a Teoria da Relatividade ou do microcomportamento da matéria no interior do átomo.

Contudo, o admirarmos nossos sucessos somente, como se eles não tivessem um passado (e um futuro assegurado), redundaria em uma caricatura do conhecimento. Isto porque as conquistas humanas, e as científicas em particular, não são um museu de obras acabadas. Representam, sim, um progresso no qual os primeiros experimentos dos alquimistas e a requintada aritmética que os astrônomos Maias da América Central inventaram sozinhos, independentemente do Velho Mundo, preenchem um papel formativo. Os trabalhos em pedra de Machu Picchu nos Andes e a geometria do Alhambra na Espanha mourisca se nos apresentam como excelentes exemplares de arte decorativa. Entretanto, se não forçarmos nossa apreciação um pouco além desse ponto, deixaremos de entender a originalidade das duas culturas que deram origem a esses trabalhos. Em seus respectivos tempos, representam elaborações tão espetaculares e importantes para seus povos quanto a arquitetura do ADN para nós.

2
Cada época exibe um ponto de inflexão, uma nova maneira de ver e afirmar a coerência do mundo. *Exercício renascentista de como desenhar um cálice em perspectiva e a rotação da espiral do ADN, a base molecular da hereditariedade, mostrada através de um terminal de computador.*

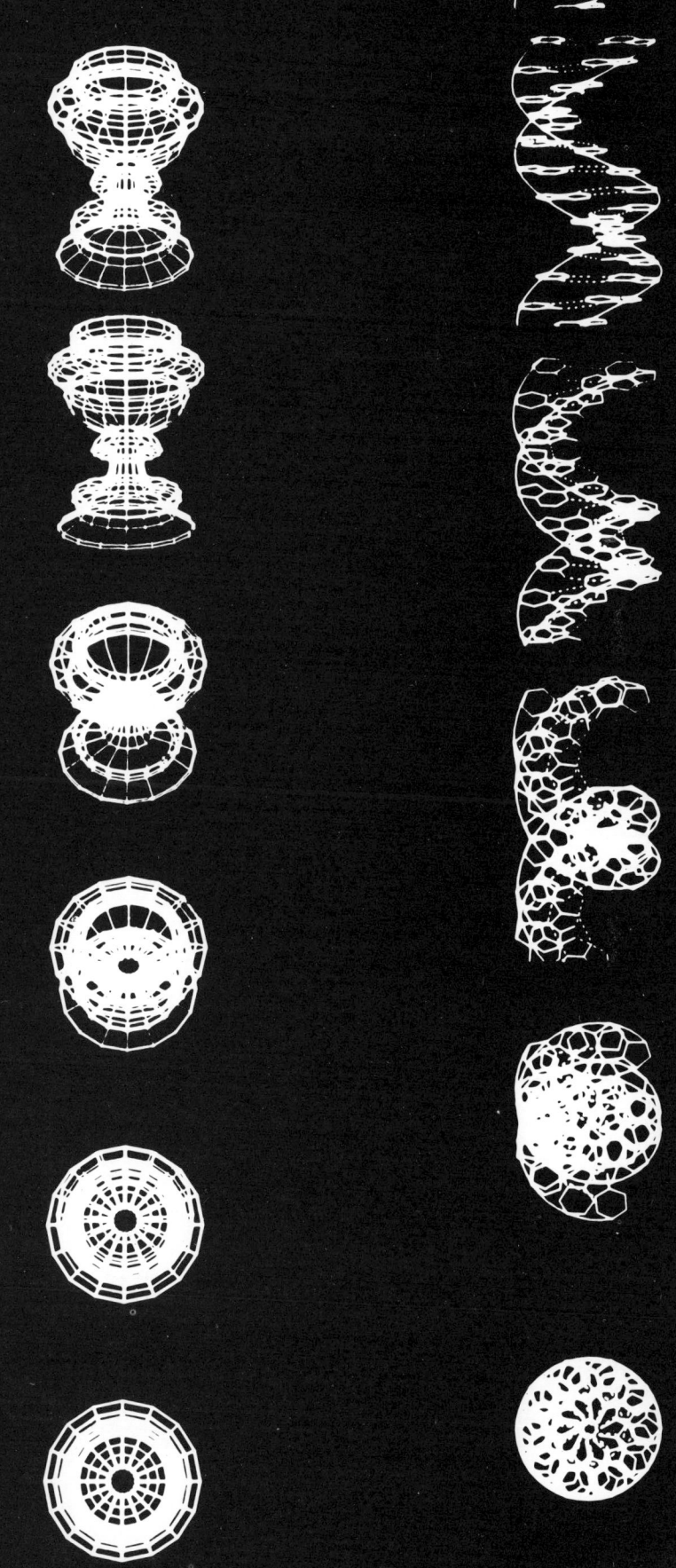

3
As savanas secas tornaram-se uma armadilha tanto no tempo como no espaço.
Impala.
Manada de Topi.

A Escalada do Homem

Cada época exibe um ponto de inflexão, uma nova maneira de ver e afirmar a coerência do mundo. Isto se estampa na imutabilidade das estátuas da Ilha da Páscoa e dos relógios medievais da Europa que, por um momento, pareceram dizer a última palavra sobre os céus, e para sempre. Quando uma cultura é transformada por uma nova conceituação, ou da natureza ou do homem, ela tenta eternizar a visão alcançada naquele momento. Mas, retrospectivamente, vemos que nossa atenção é igualmente atraída pelas continuidades — pensamentos que passam e ressurgem de uma civilização para outra. Para a química moderna, nada foi mais surpreendente do que a obtenção de ligas metálicas com propriedades novas; essa técnica foi descoberta depois do nascimento de Cristo, na América do Sul, e, muito antes, na Ásia. Conceitualmente, tanto a quebra como a fissão do átomo derivam de uma descoberta levada a cabo na pré-história: pedras ou qualquer matéria apresentam planos de clivagem que permitem a obtenção de diferentes peças e rearranjos em novas combinações. Invenções biológicas foram conseguidas igualmente cedo pelo homem: a agricultura — a domesticação do trigo selvagem, por exemplo — e a idéia improvável de amansar e, então, usar o cavalo como animal de sela.

Ao seguir os pontos de inflexão e as continuidades da cultura, obedecerei a uma ordem geral, que não é estritamente cronológica, porque o meu interesse é a história da mente humana, revelada pelo "desdobramento" dos seus diferentes talentos. Idéias serão relacionadas, as científicas particularmente, às suas origens, nos dons de que a natureza proveu o homem. Minha apresentação reflete um fascínio de longos anos pela capacidade das idéias do homem exprimirem aquilo que há de essencialmente humano em sua natureza.

Assim, estes programas ou ensaios se constituem em um passeio através da história intelectual, uma vista pessoal aos pontos mais altos do aprimoramento humano. O homem ascende através da descoberta da plenitude de seus próprios dons (seus talentos ou faculdades), e nessa trajetória suas criações são monumentos aos estágios do seu entendimento da natureza e do eu — *monuments of anageing intelect,* nas palavras do poeta W. B. Yeats.

Por onde se deveria começar? Pela Criação — pela criação do próprio homem. Charles Darwin abriu o caminho, em 1859, com *A Origem das Espécies,* que foi seguida, em 1871, por *A Descendência do Homem.* Atualmente tem-se como quase certo a origem

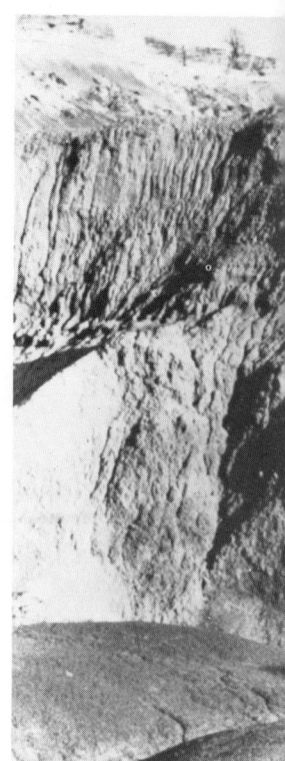

4
Esta é uma área possível para a origem do homem. *Extensão de camada nos barrancos do leito do Omo: o nível inferior data de quatro milhões de anos. Restos de hominídeos primitivos são encontrados entre camadas que datam de muito mais de dois milhões de anos.*

do homem na África, perto do equador. Sua evolução deve ter-se iniciado nas savanas que se estendem do norte do Quênia ao sudoeste da Etiópia, nas proximidades do lago Rudolf. Este lago ocupa uma longa faixa na direção norte-sul, paralela ao *Great Rift Valley,* rodeado, há mais de quatro milhões de anos, por uma espessa camada de sedimento, depositado na bacia do que outrora havia sido um lago muito maior. A maior parte de suas águas vêm do serpenteante e pachorrento Omo. Eis aqui uma região possível para o aparecimento do homem: o vale do rio Omo, na Etiópia, nos arredores do lago Rudolf.

As histórias antigas costumavam localizar a criação do homem em uma idade de ouro, tendo como fundo um cenário maravilhoso e legendário. Segundo o que diz o Gênese, eu estaria aqui no Jardim do Éden. E é claro que isto não é o Jardim do Éden. Entretanto, é aqui o umbigo do mundo, o berço do homem, aqui no *Rift Valley* oriental africano, junto ao equador. O terreno acidentado da bacia do rio Omo, a erosão, o delta infértil, registram o passado histórico do homem. Ora, se isto algum dia foi o Jardim do Éden, há milhões de anos que secou.

A Escalada do Homem

Escolhi este lugar por sua estrutura excepcional. Neste vale foram-se acumulando, nos últimos quatro milhões de anos, camada após camada, lava entremeada com enormes placas de piçarra e lama. O profundo depósito foi formando, em épocas diferentes, um estrato após o outro, visivelmente separados, de acordo com a idade: quatro milhões de anos, três milhões de anos, mais de dois milhões de anos, um pouco menos de dois milhões de anos. E, então, o *Rift Valley* os ergueu por uma ponta de modo que agora formam um mapa do tempo, estendendo-se na distância e no passado. Esses registros do tempo — as camadas — que normalmente jazem enterradas, erguem-se formando os penhascos das margens do Omo, dispostos como varetas de um leque.

Esses penhascos são os estratos em pé: no primeiro plano, o fundo, com seus quatro milhões de anos; logo em seguida, uma camada vizinha, com mais de três milhões de anos. Os restos de uma criatura semelhante ao homem aparecem um pouco além, acompanhados por restos de animais que lhe foram contemporâneos.

Os fósseis animais nos intrigam, uma vez que constatamos terem eles mudado tão pouco. Quando, nos escombros de dois milhões de anos de idade, encontramos um fóssil de uma criatura destinada a tornar-se o homem, surpreendemo-nos com as diferenças marcantes entre esse esqueleto e o nosso — no desenvolvimento do crânio, por exemplo. Assim, é natural que esperássemos terem os animais da savana mudado igualmente. Mas os fósseis africanos mostram que isso não é verdade. Considere o antílope *Topi*. O ancestral do homem que caçou o ancestral dele reconheceria o *Topi* moderno imediatamente; o mesmo não ocorreria em relação ao seu próprio descendente, fosse ele preto ou branco.

Contudo, não foi a caça por si só (ou qualquer outra atividade isolada) a causa da transformação do homem. Entre os animais, o predador mudou tão pouco quanto a presa. O gato ainda é forte na perseguição e o pardal ainda é ligeiro no vôo; ambos perpetuaram as mesmas relações entre suas espécies. A evolução humana começou quando o clima africano se tornou seco: os lagos desapareceram, a floresta se atrofiou na forma de savana. Evidentemente, foi bom que o ancestral do homem não estivesse bem-adaptado a essas condições climáticas. Por quê? Porque o meio cobra um preço para a sobrevivência do mais apto; ele o aprisiona. Animais que se adaptaram à savana seca, como foi o caso da zebra, ficaram aí confinados no tempo e no espaço; praticamente não evoluíram. O animal mais

5
Os animais nos surpreendem pelo fato de terem mudado tão pouco. *Chifres de um nyala moderno e de um fóssil da bacia do Omo. Os chifres fósseis datam de mais de dois milhões de anos.*

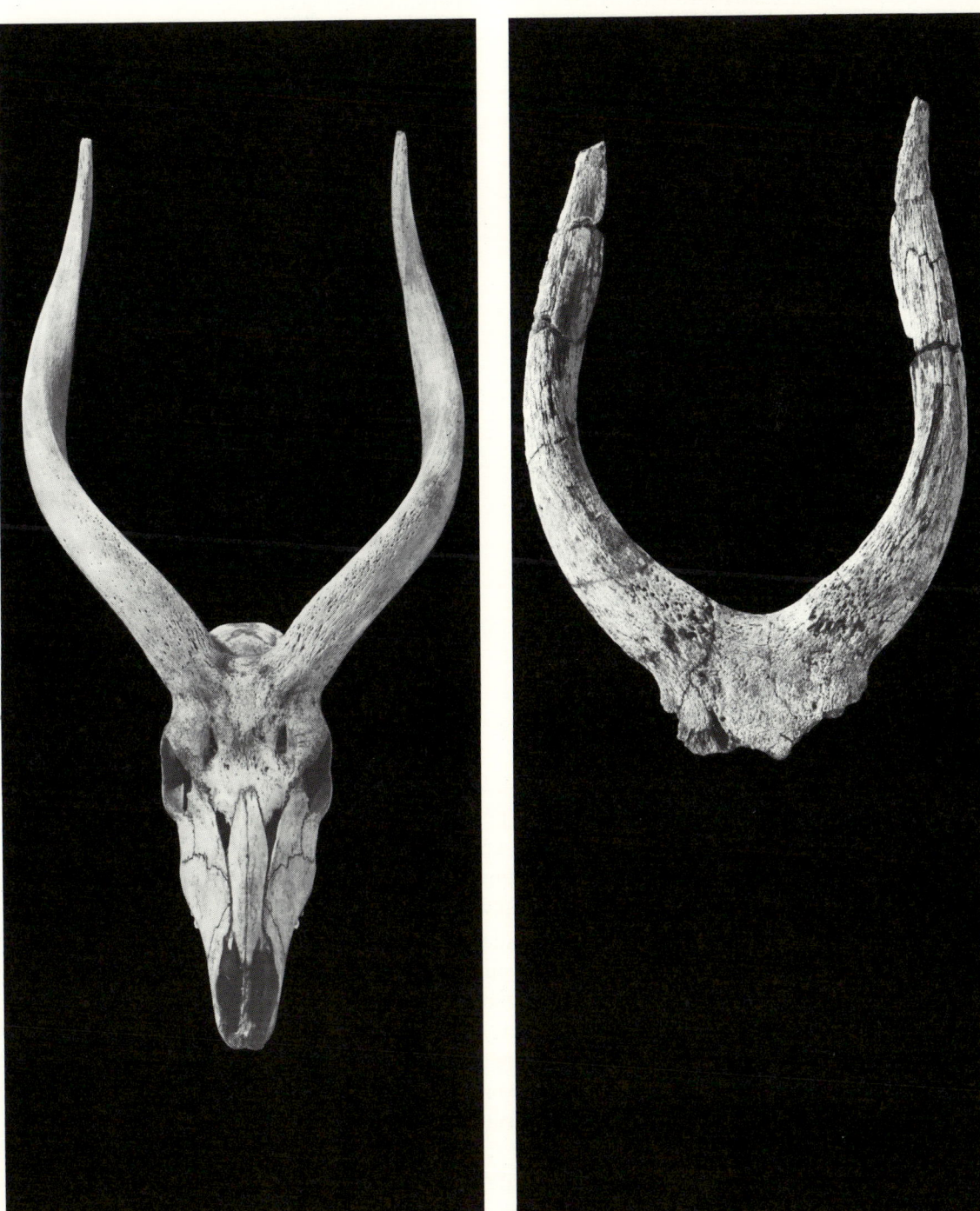

graciosamente adaptado de todos esses é certamente a gazela de Grant; contudo, seus lindos saltos não conseguiram tirá-la da savana.

Foi numa paisagem africana árida como a do Omo que o homem firmou os pés na terra pela primeira vez. Esta pode parecer uma maneira um tanto quanto prosaica de iniciar a Escalada do Homem;

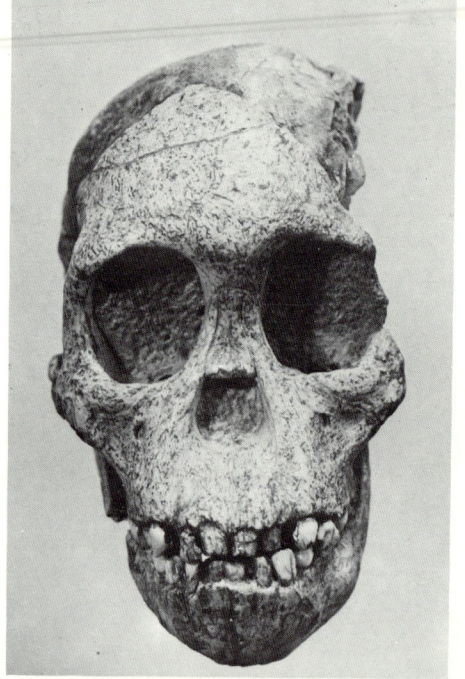

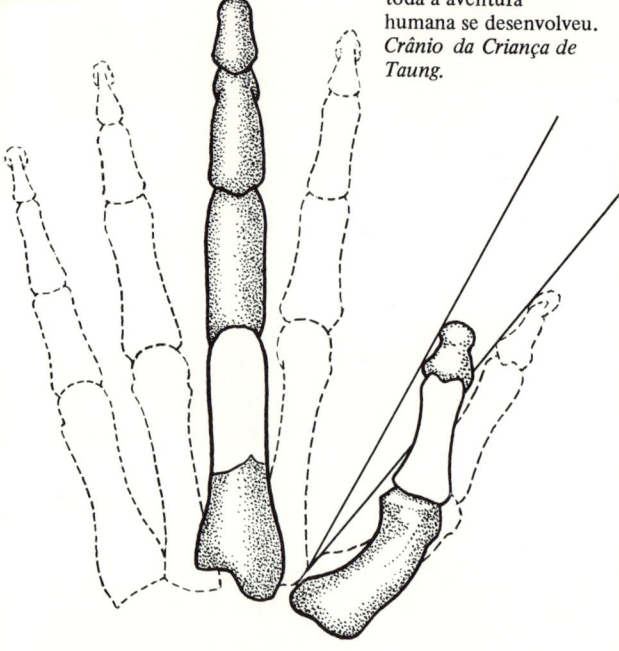

6
Como foi realmente a vida daquela criança de Taung, podemos apenas imaginar; entretanto, para mim, ela se constitui no fato primordial de onde toda a aventura humana se desenvolveu. *Crânio da Criança de Taung.*

entretanto, ela é crucial. Há dois milhões de anos o primeiro ancestral do homem firmou-se sobre um par de pés que é quase idêntico ao do homem moderno. O fato é que, ao firmar os pés na terra e andar na posição ereta, o homem assumiu um compromisso com um novo tipo de integração de vida, e daí, também, de seus membros.

Concentraremos nossa atenção na cabeça, é claro, uma vez que, de todos os órgãos humanos, ela sofreu as transformações mais importantes. Ao contrário das partes moles, a cabeça deixa um ótimo fóssil, que, embora não tão informativo quanto gostaríamos que fosse a respeito do cérebro, permite uma boa avaliação do seu tamanho. Nos últimos anos foram encontrados, no sul da África, fósseis de crânios cujo estudo permitiu determinar a estrutura característica da cabeça, quando ela se tornou homínida. A figura 6 mostra um espécime de dois milhões de anos. É um crânio histórico, encontrado ao sul do equador, em uma localidade chamada

7
O ancestral do homem tinha o polegar curto e, portanto, era incapaz de atos manipulatórios delicados. *Espécimes de ossos de um dedo e do polegar de um Australopithecus, encontrados nas camadas inferiores do leito do Olduvai, superpostos sobre os ossos da mão de um homem moderno.*

Taung, e, portanto, não em Omo, pelo anatomista Raymond Dart. Trata-se de uma criança entre cinco e seis anos de idade e, como se pode ver, embora a face esteja completa, parte do crânio, infelizmente, está faltando. Como primeiro achado de seu tipo, em 1924, ele se constituiu em um quebra-cabeça, aceito com grande reserva, a despeito do trabalho pioneiro de Dart.

Entretanto, Dart logo reconheceu duas características. Uma é que a orientação do *Foramen magnum* (isto é, a abertura no crânio que dá passagem à medula espinal) indicava tratar-se de uma criança capaz de manter sua cabeça na posição ereta. E essa é uma característica humana, pois, nos macacos e nos antropóides, a cabeça pende para a frente em relação à espinha, não se mantendo verticalmente. A outra, é dada pelos dentes. Os dentes são sempre bons informantes. Neste caso são pequenos, quadrados — os dentes-de-leite de uma criança — e, portanto, muito diferentes dos ameaçadores caninos dos antropóides. Isto significa que essa criatura usava muito mais as mãos do que a boca para partir seus alimentos. Os dentes também revelam especialização para mastigar carne, carne crua; assim, esse manipulador certamente também era capaz de fabricar ferramentas, tais como pontas de lança e facas de pedra para caçar e dividir a carne.

Dart deu-lhe o nome de *Australopithecus*. Esse nome não me agrada; significa Antropóide do Sul, simplesmente, mas é impreciso, na medida em que designa uma criatura africana recém-liberta de sua condição de macaco antropóide. De minha parte, suspeito de um certo bairrismo na escolha de Dart; ele nasceu na Austrália.

Transcorridos dez anos vários outros crânios foram encontrados — crânios de adultos, agora — e somente em 1950 se esclareceu substancialmente a história do *Australopithecus*. Começou na África do Sul, moveu-se para o norte, na Garganta de Olduvai da Tanzânia, e, mais recentemente, os mais importantes achados de fósseis e artefatos se deram na bacia do lago Rudolf. Essa história representou uma das coqueluches científicas do século. Em todo o seu desenrolar é tão excitante quanto as descobertas da Física antes de 1940, e as da Biologia desde 1950; é, também, igualmente compensadora, pois esclareceu as origens de nossa natureza humana.

De minha parte, estou pessoalmente ligado a essa criança *Australopithecus*. Em 1950, quando ainda pairavam sérias dúvidas sobre sua humanidade, foram-me solicitados alguns cálculos matemáticos. Minha tarefa seria a de tentar encontrar um índice que representasse a correlação entre tamanho e forma dos dentes da

A Escalada do Homem

criança de Taung, de tal forma a tornar possível diferenciá-los dos dentes dos antropóides. Eu jamais havia tocado em um crânio fóssil e, muito menos, era especialista em dentes. Mas o mister se cumpriu; e, neste momento, revivo o impacto da emoção em mim suscitada por esse trabalho. Tendo dedicado toda uma vida à elaboração de cálculos abstratos sobre as formas das coisas, de repente, com mais de quarenta anos de idade, surpreendi meu conhecimento como se fosse um feixe de luz se projetando milhões de anos para trás, e iluminando a história do homem. Foi extraordinário!

A partir daquele momento entreguei-me totalmente ao pensamento de como o homem chegou ao que é: os trabalhos científicos que realizei, a literatura escrita desde então, e esta série de programas tiveram todos a mesma intenção. Quais foram os caminhos percorridos pelos hominídeos até o homem: destro, observador, racional, apaixonado, capaz de trabalhar em sua mente os símbolos da linguagem e da matemática, criar a arte e a geometria, a poesia e a ciência? Como, em sua escalada, partindo do animal que era, acabou por atingir esse alto grau de indagação sobre a natureza, essa atração pelo conhecimento, do qual estes ensaios são exemplos? Como foi realmente a vida daquela criança de Taung, podemos apenas imaginar; entretanto, para mim, ela se constitui no fato primordial a partir de onde toda a aventura humana se desenvolveu. A criança, o ser humano, é um mosaico de animal e anjo. Por exemplo, ainda no útero, um reflexo é a causa do pontapé do feto — toda mãe sabe disso —, o que é comum a todos os vertebrados. O reflexo é inato, mas se constitui na condição necessária para

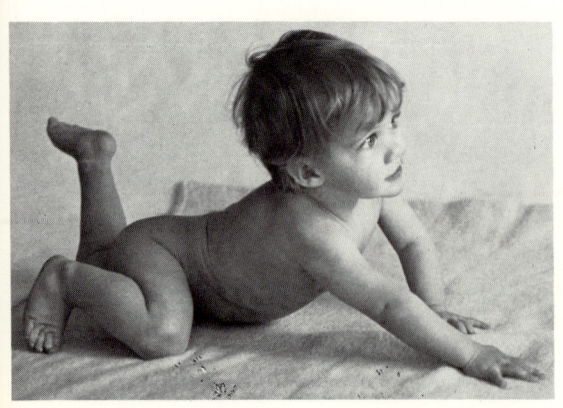
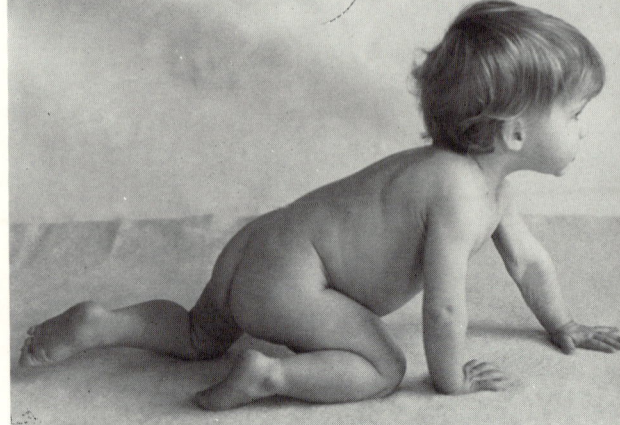

Abaixo dos Anjos

o desenvolvimento de atos mais elaborados, os quais têm de ser praticados para se tornarem automáticos. Aos onze meses aparece uma urgência para que o bebê engatinhe. Esse ato suscita outros movimentos e, assim, se formam e se consolidam novas vias neurais no cérebro (especialmente no cerebelo, onde são integrados ação muscular e equilíbrio), formando um repertório de movimentos sutis e complexos, que se tornam uma segunda natureza para ele. Assim, o cerebelo assume o comando. Agora, tudo o que a mente consciente tem de fazer é dar uma ordem. E, aos quatorze meses, a ordem é "Ande!". A criança assumiu a condição humana de andar ereta.

Cada ação humana retém pelo menos parte de sua origem animal; seríamos criaturas frias e solitárias se tivéssemos sido separados dessa corrente sangüínea de vida. Contudo, é justo que se tente distingui-las: quais as características físicas que o homem deve ter em comum com os animais, e quais as características que o tornam diferente? Tome-se qualquer exemplo, quanto mais explícito melhor — digamos, a ação simples de um atleta ao correr e saltar. O corredor ouve o tiro e sua resposta de partida é a mesma da de fuga de uma gazela. A freqüência cardíaca aumenta; ao atingir a velocidade máxima o coração estará bombeando cinco vezes mais sangue do que normalmente, e noventa por cento dele se destina aos músculos. Agora ele precisa de noventa litros de ar por minuto, a fim de oxigenar seu sangue na medida das necessidades dos músculos.

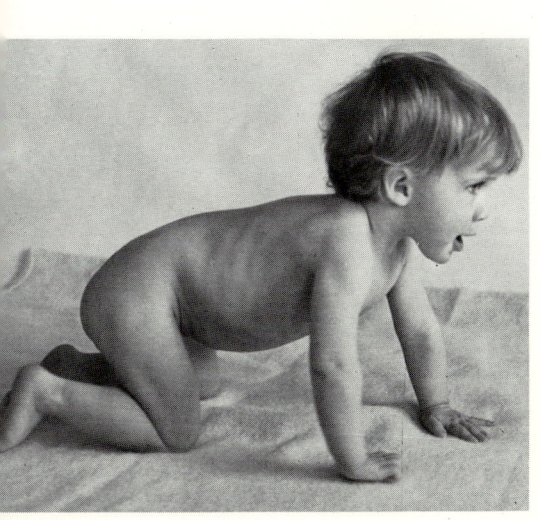
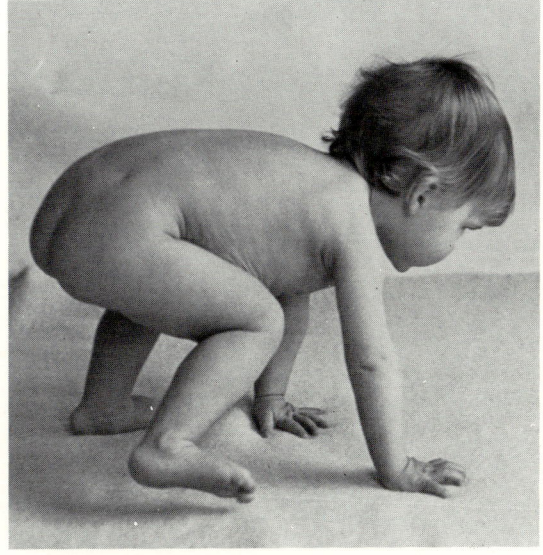

A Escalada do Homem

O aumento explosivo da velocidade do sangue e da tomada de ar pode ser visualizado na forma de calor, através de fotografias com filme sensível ao infravermelho. (As bandas azuis ou claras são as mais quentes e as vermelhas ou escuras as menos quentes.) O rubor que pode ser visto, e que é analisado pela câmera de infravermelho, é um subproduto sinalizador do limite da ação muscular. A ação química principal consiste na obtenção de energia por parte dos músculos através da queima de açúcares; mas, três-quartos dessa energia é perdida sob a forma de calor. Há, ainda, um outro limite, tanto para o corredor como para a gazela, o qual é mais estrito. A uma tal velocidade, a queima química nos músculos é muito rápida para ser completa. Os subprodutos dessa queima incompleta, o ácido

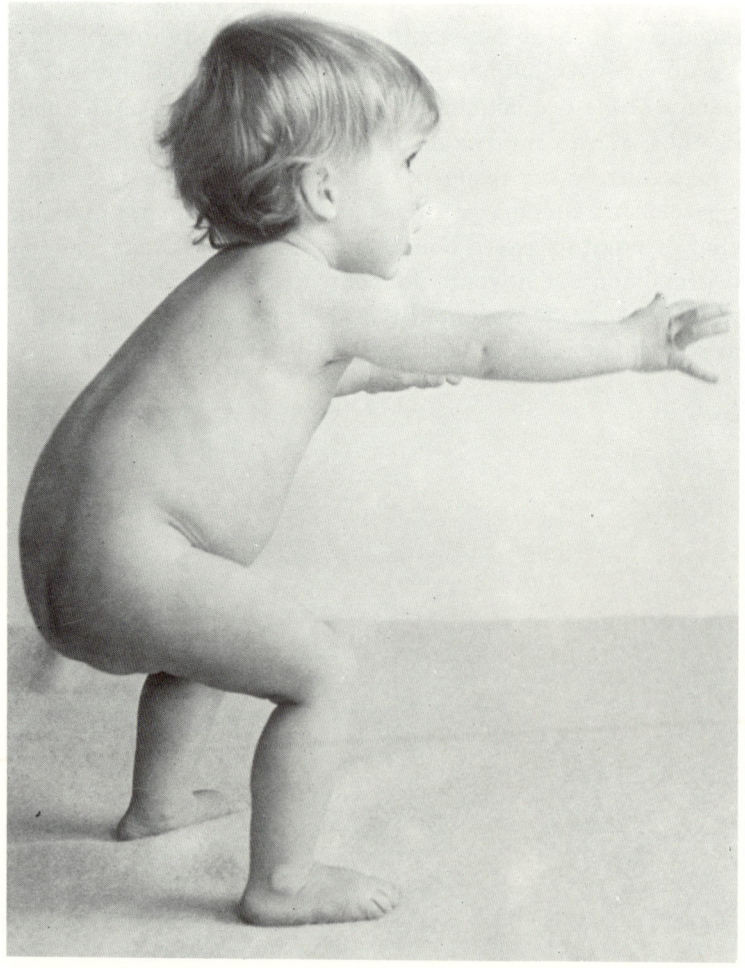

8
A criança assumiu a condição humana de andar ereta.
Criança de catorze meses de idade começando a andar.

Abaixo dos Anjos

lático principalmente, acabam invadindo a corrente sangüínea. Essa é a causa da fadiga e do bloqueio da ação muscular, removíveis apenas pela ação do oxigênio.

Até aqui nada há que distinga o atleta da gazela — tudo isso, de uma forma ou de outra, compõe o metabolismo normal de um animal em fuga. Mas, uma diferença é cardinal: o corredor não está fugindo. O tiro desencadeador de sua corrida veio do revólver do juiz e ele sente, deliberadamente, não medo, mas, sim, exaltação. O corredor age como uma criança brincando; suas ações são uma aventura em liberdade, e o único propósito de ter chegado a esse estado ofegante é o de explorar o limite de sua própria força.

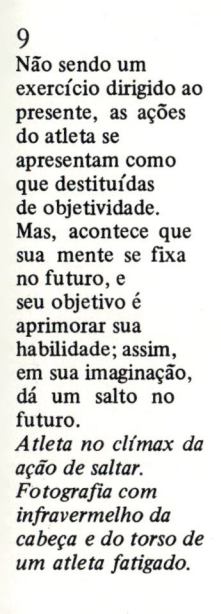

9
Não sendo um exercício dirigido ao presente, as ações do atleta se apresentam como que destituídas de objetividade. Mas, acontece que sua mente se fixa no futuro, e seu objetivo é aprimorar sua habilidade; assim, em sua imaginação, dá um salto no futuro.
Atleta no clímax da ação de saltar. Fotografia com infravermelho da cabeça e do torso de um atleta fatigado.

A Escalada do Homem

10
A cabeça é a mola que impulsiona a evolução cultural. *Gráfico dos estágios da evolução da cabeça, obtido através de computador.*

Certamente há diferenças físicas entre o homem e os outros animais, e mesmo entre o homem e os macacos antropóides. No salto-com-vara o atleta a segura numa pega que nenhum antropóide pode igualar. No entanto, essa diferença é secundária comparada àquela representada pelo fato do atleta ser um adulto cujo comportamento não é determinado pelo seu ambiente imediato, como seriam as ações de outros animais. Não sendo um exercício dirigido ao presente, as ações do atleta se apresentam como que totalmente destituídas de objetividade. Mas acontece que sua mente se fixa no futuro, e seu objetivo é aprimorar sua habilidade; assim, em sua imaginação, dá um salto no futuro.

As posturas desse atleta representam uma cápsula de habilidades humanas: a pega da mão, o arqueamento do pé, os músculos do ombro e do quadril — a própria vara, na qual energia é armazenada e liberada, à semelhança de um arco disparando uma flecha. O ponto culminante desse complexo é representado pelo planejamento, isto é, a habilidade de escolher um objetivo futuro e manter a atenção fixa no mesmo, rigorosamente. O desenvolvimento do atleta revela um planejamento continuado; a invenção da vara, em um extremo, e a concentração mental de antes do salto, no outro, atestam sua humanidade.

A cabeça representa mais do que uma imagem simbólica do homem; é a sede do planejamento e, assim, a mola propulsora da evolução cultural. Portanto, ao me propor a traçar a escalada do homem a partir de suas origens animalescas, minha intenção tem de se concentrar na evolução da cabeça e do crânio. Infelizmente, dos cinquenta milhões de anos ou mais de que vamos tratar, apenas seis ou sete crânios podem ser tomados como marcos dessa evolução. Escondidos nos registros fósseis, muitas outras etapas intermediárias devem estar à espera de quem as encontre. Até que isso aconteça temos de nos contentar com uma reconstrução conjectural do passado, de modo a preencher os vazios entre os fósseis conhecidos. O computador se apresenta como o melhor instrumento no sentido de calcular transições geométricas de crânio para crânio; para determinar continuidades basta apresentar os crânios ao computador que os ordena e nos mostra, na tela, essa sequência.

Comecemos há cinquenta milhões de anos atrás com um pequeno arborícola, um lemuróide; esse nome, para os romanos, designava o espírito dos mortos. Este fóssil, encontrado em depósitos

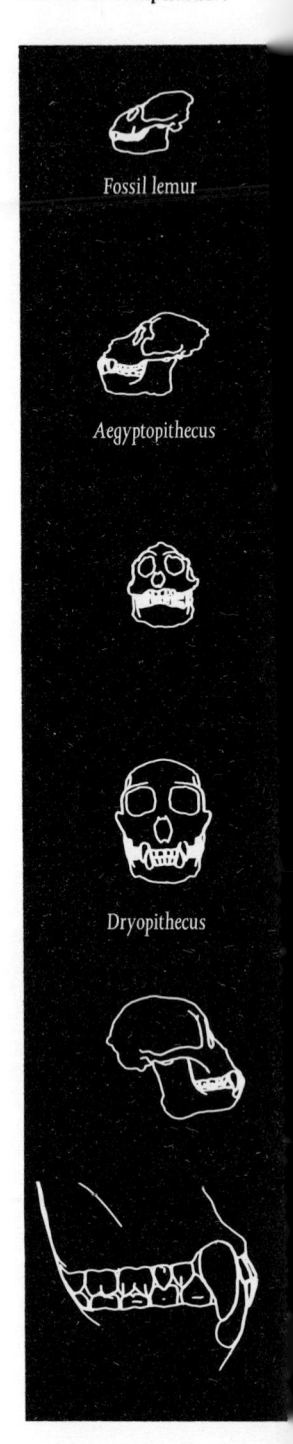

Fossil lemur

Aegyptopithecus

Dryopithecus

Abaixo dos Anjos

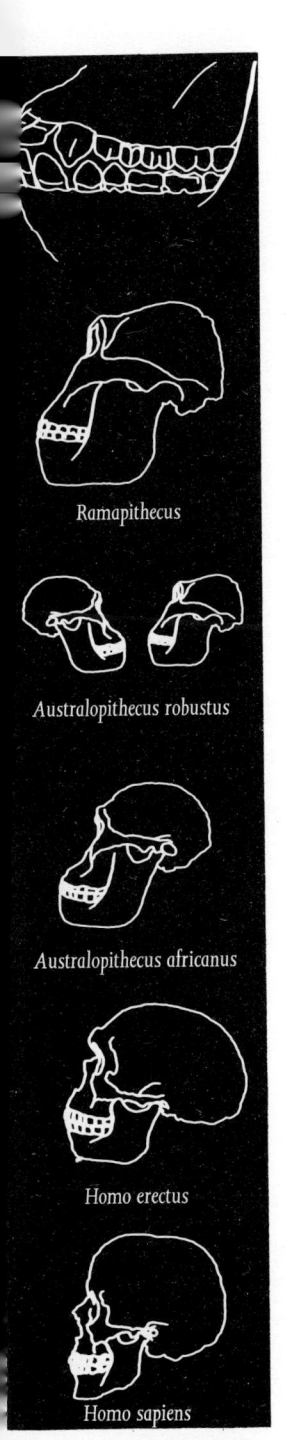

calcários dos arredores de Paris, pertence à família *Adapis* dos lemuróides. Virando-se o crânio de cabeça para baixo pode-se ver a localização bem posterior do *Foramen magnum* — nesta criatura, portanto, a cabeça pende da espinha, em vez de ser sustentada por ela. É bastante provável que sua alimentação incluísse tanto frutas como insetos; ele exibe mais dentes do que os trinta e dois da maioria dos primatas atuais.

O fóssil lemuróide apresenta marcas essenciais dos primatas, isto é, a família dos macacos, dos antropóides e do homem. A análise de peças do esqueleto nos permite saber que ele tem unhas, e não garras. O polegar se opõe, pelo menos em parte, à palma da mão. E, em seu crânio, duas marcas revelam os primórdios do homem. O focinho é curto; os olhos são grandes e bem separados. Isso indica que a seleção favoreceu a visão em detrimento da olfação. As órbitas ainda são um pouco lateralizadas, mas, comparados aos olhos de outros insetívoras, os do lemuróide começaram a se mover para o centro, aumentando o campo de visão estereoscópica. Notam-se, também, pequenos sinais de desenvolvimento evolutivo no sentido da estrutura requintada da face humana: o homem começou a partir daí.

Em números redondos, isso aconteceu há cinqüenta milhões de anos. Nos vinte milhões de anos seguintes, na linha que leva aos macacos, surge um ramo colateral na direção dos antropóides e do homem. Há trinta milhões de anos a próxima criatura na linha principal é representada por um crânio fóssil encontrado no Faium no Egito e denominado *Aegyptopithecus*. Exibe um focinho mais curto do que o do lemuróide, seus dentes são mais próximos dos dos antropóides e é mais corpulento — contudo, ainda vive em árvores. Entretanto, daqui para a frente os ancestrais dos antropóides e do homem vão realizar no solo pelo menos uma parte de suas atividades.

Dez milhões de anos depois, ou seja, há vinte milhões de anos, encontramos no leste da África, na Europa e na Ásia o que já se poderia chamar macacos antropóides. Um achado clássico de Louis Leakey, dignificado pelo nome de *Procônsul*, aponta para a existência de pelo menos mais um gênero bastante disseminado, o *Dryopithecus*. (O nome *Procônsul* é um gracejo antropológico; foi dado, em 1931, com a intenção de sugerir tratar-se de um ancestral de um famoso chimpanzé do zoológico de Londres, cujo apelido era Cônsul.) O cérebro é bem maior e os olhos se colocam em posição para visão estereoscópica completa. Esses desenvolvimentos mostram o sentido da transformação da linha principal antropóide-homem. Mas, presumivelmente, essa linha já havia dado outra colateral, e, no tocante à evolução do homem, aquela criatura ocupa essa colateral — a linha dos antropóides. Os dentes revelam tratar-se de um antropóide, uma vez que grandes caninos cerram a mandíbula de uma forma não-humana.

Diferenças nos dentes sinalizam a separação da linha em direção ao homem. O prenúncio nos é dado pelo *Ramapithecus,* encontrado no Quênia e na Índia. Esta criatura tem quatorze milhões de anos, e dela possuímos apenas uns fragmentos da mandíbula. Mas, está claro serem os dentes alinhados e mais humanos. Evidentemente estamos próximos de uma bifurcação da árvore evolucionária e isso é atestado pela ausência dos grandes caninos dos antropóides e pela menor proeminência da face; um tanto quanto ousadamente, os antropologistas colocam o *Ramapithecus* entre os hominídeos.

Há, agora, uma descontinuidade dos registros fósseis de dez milhões de anos. Inevitavelmente, essa falha esconde a parte mais interessante da história, qual seja, a da separação definitiva da linha homínida daquela dos antropóides modernos. Entretanto, registros inequívocos ainda não foram encontrados a esse respeito. Assim, há cinco milhões de anos, encontraríamos parentes próximos do homem.

Um primo do homem, em uma linha colateral à nossa, é o vegetariano *Australopithecus.* O *Australopithecus robustus* é semelhante ao homem e sua linhagem termina aí; simplesmente extinguiu-se. Novamente são os dentes o testemunho de seus hábitos alimentares, e a evidência é bastante direta: os dentes apresentam ranhuras devido à ação dos abrasivos mastigados juntamente com as raízes que comia.

Na linha do homem, seu primo é menos corpulento — o que é evidente pelas mandíbulas — e, provavelmente, carnívoro. Nada mais próximo dele pode ser apresentado como sendo, na antiga denominação, o "elo perdido". O *Australopithecus africanus*, representado por uma fêmea adulta, acha-se entre um número de crânios fósseis encontrados em Steikfontain no Transvaal, e em outros locais da África. A criança de Taung, com a qual começamos, teria, se tivesse crescido, se tornando um adulto como essa fêmea: completamente ereta, andando, e com um cérebro de certa forma maior, pesando entre quinhentos e setecentos e cinqüenta gramas. Isso representa mais ou menos o peso do de um antropóide grande

11
O uso continuado da mesma ferramenta por tão longo tempo dá uma mostra da força dessa invenção. Qualquer animal deixa sinais do que foi; mas só o homem deixa as marcas de sua inventividade.

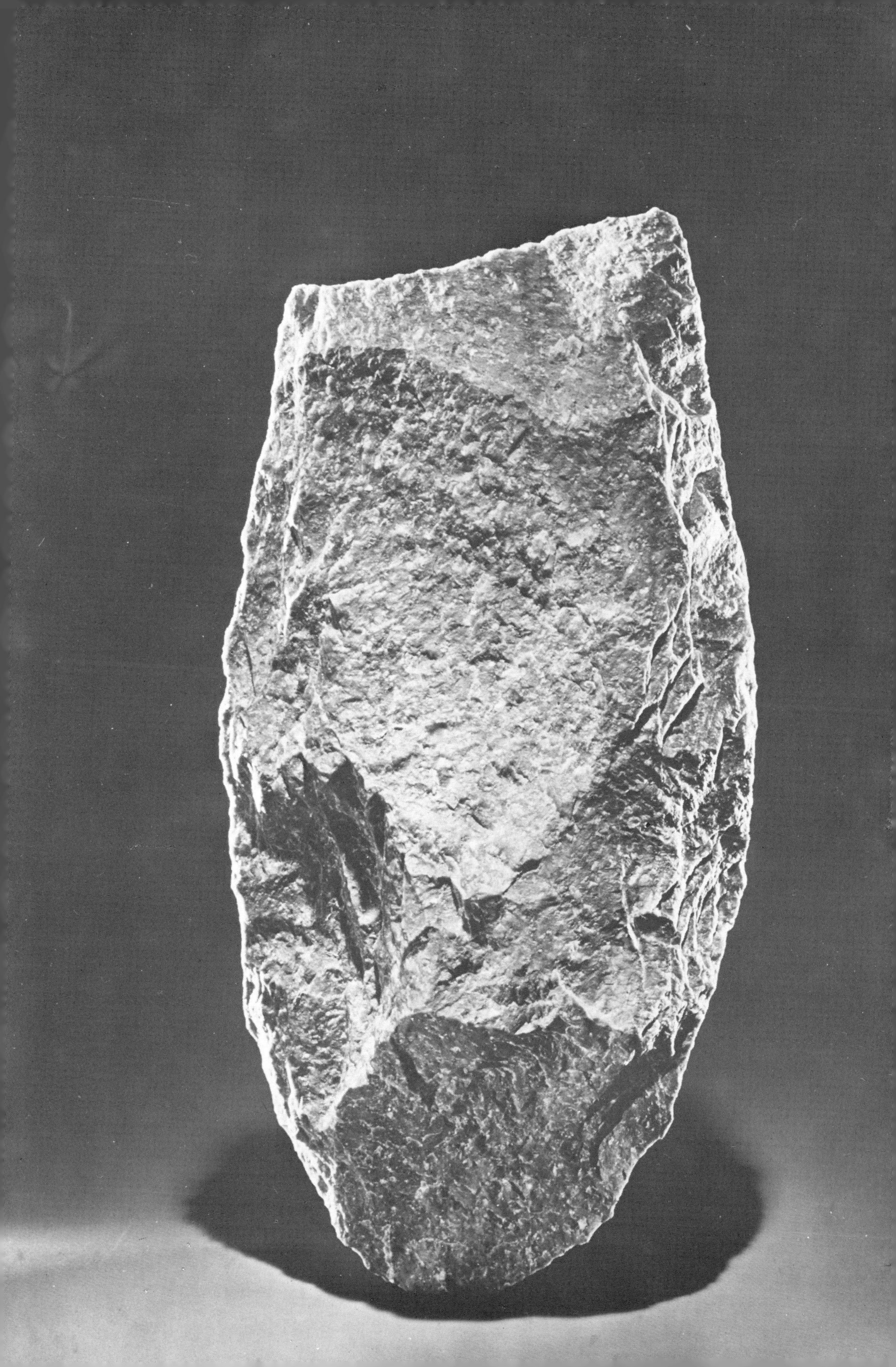

atual; mas essa criatura era baixa, medindo por volta de um metro e vinte. Na realidade, achados recentes de Richard Leakey sugerem que, há dois milhões de anos, o cérebro seria até mesmo maior.

Com seus grandes cérebros, os ancestrais do homem chegaram a duas importantes invenções, das quais uma deixou evidências observáveis, e a outra, pelo menos, dedutíveis. Vejamos as observáveis em primeiro lugar. Há dois milhões de anos o *Australopithecus* fabricou ferramentas rudimentares, conseguindo lâminas cortantes mediante a aplicação de simples golpes entre duas pedras. No milhão de anos seguinte o homem não inovou essa técnica. A invenção fundamental havia sido feita: o ato proposital de preparar e guardar uma pedra para utilização futura. Através desse passe de habilidade e antecipação, ato simbólico da descoberta do futuro, ele cortou as amarras com as quais o ambiente ata todas as outras criaturas. O uso continuado da mesma ferramenta por tão longo tempo dá uma mostra da sua força. Era segura mantendo a parte romba contra a palma das mãos (essa pega era firme porque, embora esses ancestrais do homem apresentassem polegares curtos, estes estavam em completa oposição aos outros dedos). Tratava-se, certamente, de ferramenta de comedor de carne, destinada a golpear e cortar.

A outra invenção é social, e chegamos a ela por meio de uma aritmética mais sutil. Os crânios e esqueletos dos *Australopithecus*, encontrados agora em número relativamente grande, mostram que a maioria deles morreu antes de completar vinte anos. Isso significa que devia haver muitos órfãos. Uma vez que o *Australopithecus* devia ter uma infância prolongada, como é o caso de todos os primatas, aos dez anos, digamos, os sobreviventes eram todos crianças. Dessa maneira, alguma forma de organização social deveria se encarregar dos cuidados com as crianças, sua adoção (se fosse o caso), sua integração na comunidade e, de uma forma geral, sua educação. Eis aí um grande passo na evolução cultural.

Em que ponto teriam os precursores do homem se tornado verdadeiramente humanos? Essa questão é delicada posto que tais mudanças não se dão do dia para a noite. Seria tolice tentar fazê-las parecer mais bem-demarcadas do que o foram na realidade — fixar uma transição abrupta ou argumentar em torno de nomes. Nós ainda não éramos homens há dois milhões de anos. Mas, há um milhão de anos, já o éramos, e aqui aparece o primeiro representante do *Homo* — o *Homo erectus*. Este se espalhou para muito além da África. O achado clássico do *Homo erectus* se deu na China. Trata-se do homem de Pequim, o qual, com seus quatrocentos mil anos de história, é a primeira criatura a fazer uso do fogo.

As transformações sofridas pelo *Homo erectus* até chegar ao homem atual foram substanciais nesse milhão de anos, mas, comparadas às anteriores, podem ser consideradas graduais. O sucessor mais conhecido foi encontrado na Alemanha; outro fóssil clássico é representado pelo homem de Neanderthal, portador de um cérebro com mil e trezentos gramas, tão grande quanto o do homem moderno. Provavelmente algumas linhagens de homens de Neanderthal se extinguiram; mas, aparentemente, uma linhagem do Oriente Médio foi a precursora direta do *Homo sapiens.*

Em um determinado momento, há cerca de um milhão de anos, o homem conseguiu realizar uma mudança qualitativa em suas ferramentas — presumivelmente isso indica um refinamento biológico da mão nesse período e, principalmente, das estruturas nervosas que controlam o uso da mão. A criatura mais requintada (biológica e culturalmente) dos últimos quinhentos mil anos era já capaz de ir muito além do simples copiar o ato do lascador de pedra anterior ao *Australopithecus.* Suas ferramentas requereram uma manipulação muito mais refinada, tanto no fabrico como no uso.

O domínio de técnicas refinadas como essas e o uso do fogo não foram fenômenos isolados. Ao contrário, devemos ter sempre em mente que o conteúdo real da evolução (tanto biológica como cultural) consiste na elaboração de novos padrões de comportamento. Na ausência de fósseis comportamentais, não nos resta senão buscar correlatos, em ossos e dentes. Mesmo para as criaturas às quais pertencem, ossos e dentes não são muito interessantes em si mesmos; representam equipamentos para a ação — eles nos interessam na medida em que, como equipamentos, revelam as ações para as quais foram destinados, e alterações em suas estruturas atestam mudanças comportamentais e de utilização.

Assim, podemos inferir que as transformações do homem durante sua evolução não se deram aos blocos. A articulação da mandíbula de um primata no crânio de outro não é a forma de reconstruir a estrutura física do homem — essa concepção é muito ingênua para adquirir foro de verdade, e só pode acabar como no blefe do crânio de Piltdown. Qualquer animal, e o homem especialmente, é uma estrutura altamente integrada, e mudanças comportamentais alteram todas as partes harmoniosamente. A evolução do cérebro, da mão, dos olhos, dos pés, dos dentes, enfim, de toda

A Escalada do Homem

a figura humana, compôs um mosaico de dons especiais — e, em um certo sentido, cada um destes capítulos representa ensaios sobre alguns desses dons especiais do homem. Eles fizeram do homem o que ele é, mais rápido na evolução e mais plástico no comportamento do que qualquer outro animal. Diferentemente de outras criaturas (alguns insetos, por exemplo) que permaneceram imutáveis por cinco, dez ou mesmo cinqüenta milhões de anos, nessa escala de tempo ele mudou a ponto de não mais se reconhecer nos seus ancestrais. O homem não é a mais imponente das criaturas. Mesmo antes dos mamíferos, os dinossauros eram colossais. Mas, dele é o que nenhum outro animal possui: uma tal conjunção de faculdades que, ela apenas, em mais de três bilhões de anos de vida, se constituiu no substrato para o aparecimento da criatividade. Qualquer animal deixa sinais do que foi; mas só o homem deixa as marcas de sua inventividade.

Ao longo do quase inimaginável espaço de tempo de cinqüenta milhões de anos, variações nos hábitos alimentares são importantes para uma espécie em transformação. Nos primeiros estágios da linha que levou ao homem, encontramos criaturas de olhos ágeis e dedos delicados, comedores de frutas e insetos, que se assemelham aos lemuróides. Antropóides e hominídeos primitivos, do *Aegyptopithecus* e *Proconsul* ao pesado *Australopithecus,* são tidos como basicamente vegetarianos. Mas o *Australopithecus* ágil quebrou esse hábito milenar.

No *Homo erectus,* no homem de Neanderthal e no *Homo sapiens* persite a dieta onívora. Do ancestral e ágil *Australopithecus* em diante, a família do homem passou a comer carne: pequenos animais de início, e grandes animais posteriormente. A carne apresenta uma maior concentração de proteínas do que os vegetais, e sua ingestão diminui a dois-terços tanto a quantidade como o tempo gasto em alimentação. As conseqüências para a evolução do homem foram enormes. Ele passou a dispor de mais tempo livre, e assim a poder dedicá-lo ao desenvolvimento de formas mais indiretas de obtenção de fontes de alimentos (grandes animais, por exemplo), que a fome e a força bruta combinadas não haviam realizado. Evidentemente, tal fato colaborou no aparecimento (por seleção natural) da tendência de todos os primatas interporem um intervalo de tempo aos processos cerebrais que mediam estímulo e resposta, até que isso se consolidasse na habilidade estritamente humana de pospor a satisfação de uma necessidade.

12
A caça é uma atividade comunal, na qual o abate representa o clímax, mas apenas isto. *Grupo de índios wayana caçadores do Amazonas durante uma refeição coletiva antes da caça.*

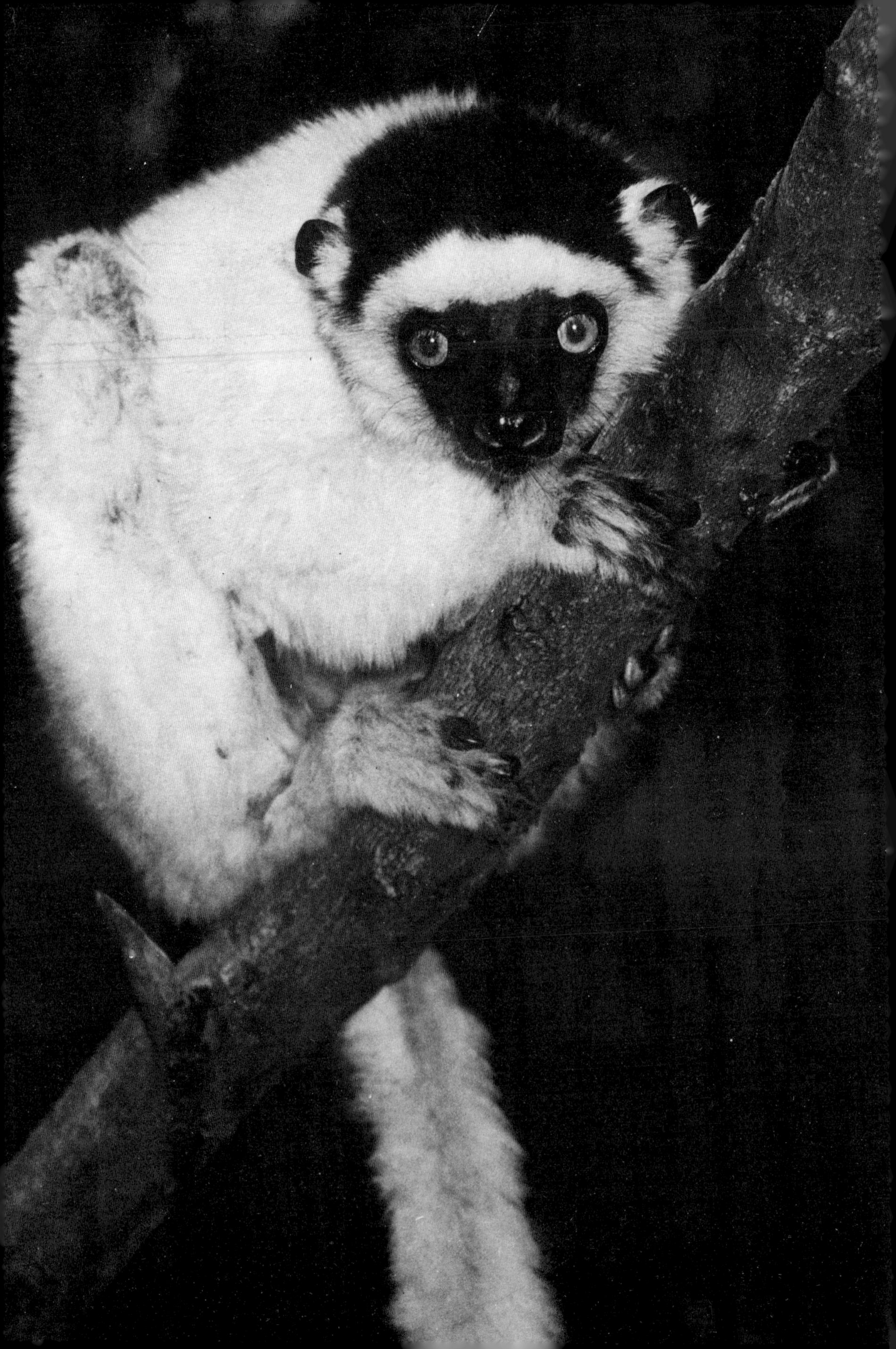

Abaixo dos Anjos

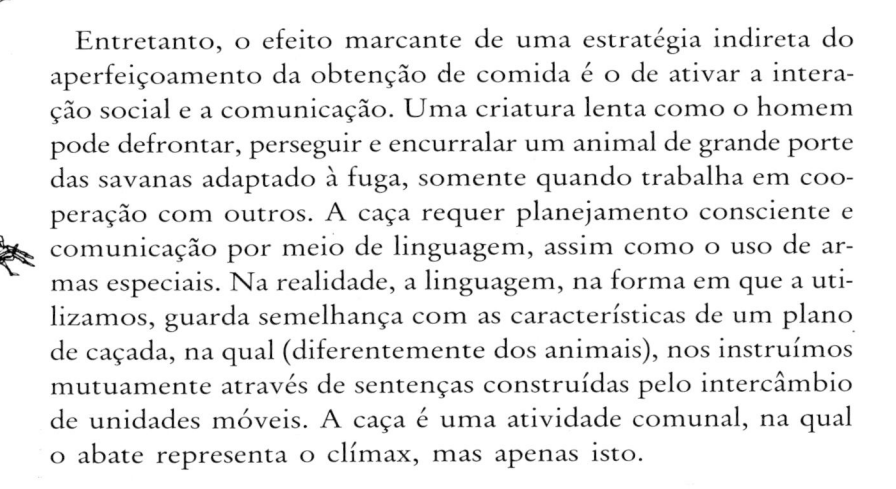

Entretanto, o efeito marcante de uma estratégia indireta do aperfeiçoamento da obtenção de comida é o de ativar a interação social e a comunicação. Uma criatura lenta como o homem pode defrontar, perseguir e encurralar um animal de grande porte das savanas adaptado à fuga, somente quando trabalha em cooperação com outros. A caça requer planejamento consciente e comunicação por meio de linguagem, assim como o uso de armas especiais. Na realidade, a linguagem, na forma em que a utilizamos, guarda semelhança com as características de um plano de caçada, na qual (diferentemente dos animais), nos instruímos mutuamente através de sentenças construídas pelo intercâmbio de unidades móveis. A caça é uma atividade comunal, na qual o abate representa o clímax, mas apenas isto.

A caça não pode prover uma população em crescimento em um local circunscrito; a densidade demográfica possível para a sobrevivência nas savanas não ia além de duas pessoas por dois e meio quilômetros quadrados. A essa densidade, a superfície total da terra seria suficiente apenas para alimentar a população atual da Califórnia, de cerca de vinte milhões, mas não a população da Grã-Bretanha. Para os caçadores, a escolha era implacável: ou a fome ou o nomadismo.

Assim, eles cobriram distâncias prodigiosas. Há um milhão de anos estavam no norte da África. Há setecentos mil anos ou mesmo antes, atingiram Java. Por volta de quatrocentos mil anos atrás haviam-se espalhado de tal forma a alcançar a China, ao norte, e a Europa, a oeste. Essa inacreditável explosão migratória dispersou amplamente a espécie humana, a despeito do fato dela contar nos seus primórdios com um número pequeno de indivíduos — um milhão, talvez.

Ainda mais temerária foi a migração para o Norte justamente quando a região estava se tornando gelada. Nessa era o gelo como que brotava da terra. O clima do Norte havia sido temperado durante eras imemoriais — literalmente, por várias centenas de milhões de anos. Mesmo assim, antes do *Homo erectus* se estabelecer na China e no norte da Europa, teve início uma seqüência de três glaciações.

A primeira já havia amainado há quatrocentos mil anos, época em que o homem de Pequim vivia em cavernas. Não é de todo surpreendente encontrar, pela primeira vez, o uso do fogo nessas habitações. O gelo se moveu para o Sul e se retraiu três vezes,

13
As criaturas mais primitivas na seqüência que levou ao homem eram comedores de insetos ou frutas, de olhos ágeis e dedos delicados como os lemuróides.
Lemuróide moderno de Madagascar e esqueleto de um gálago da África Ocidental, parente próximo do lemuróide. (Note-se a estrutura da mão e das unhas.)

mudando o terreno em cada deslocamento correspondente. As maiores crostas de gelo continham tamanha quantidade de água que chegou a causar o abaixamento de cento e vinte metros no nível dos oceanos. Após a segunda glaciação aparece o homem de Neanderthal, há uns duzentos mil anos, que, com seu enorme cérebro, vai-se tornar importante na última glaciação.

Durante a glaciação mais recente, dentro dos últimos cem ou cinqüenta mil anos, é que se começa a reconhecer traços distintos de diferentes culturas humanas. É quando são encontradas ferramentas elaboradas, sugerindo a prática de formas requintadas de caça: o lançador de flecha, por exemplo, e um bastão que devia servir para retificar outras ferramentas; o arpão farpado; e, é claro, as ferramentas do artesão da pedra, necessárias para a fabricação das armas de caça.

É claro que, à semelhança do que ocorre atualmente, naquela época as invenções podiam ser raras, mas se espalhavam rapidamente através de uma cultura. Por exemplo, o arpão foi inventado pelos caçadores magdalenianos do sul da Europa há quinze mil anos atrás. No início, os arpões magdalenianos eram lisos; logo após já ostentam uma única fileira de farpas e, no fim do período, quando houve o florescimento da arte das cavernas, apresentam-se completos, com duas fileiras de farpas. Os caçadores do Magdaleniano tinham o hábito de decorar suas ferramentas feitas de ossos, e o exame do estilo dos desenhos permite determinar precisamente o período e a localização geográfica de origem do artefato. De uma certa forma, representam fósseis que, em progressão ordenada, recontam a evolução cultural.

O homem sobreviveu ao duro teste das glaciações porque sua flexibilidade mental permitiu a valorização de invenções e a incorporação delas à propriedade comunal. Evidentemente, as glaciações marcaram profundamente a forma da vida humana. Elas forçaram-na a depender menos de plantas e mais dos animais. Os rigores da caçada nas margens do gelo também influenciaram as estratégias. Tornou-se menos atraente defrontar animais isolados, por maiores que fossem. Uma melhor alternativa era oferecida pela perseguição de manadas e, para não perdê-las, aprender como antecipar seus hábitos, acabando mesmo por adotá-los, incluindo, entre eles, suas migrações. Esta adaptação é muito peculiar. É a vida sem paradeiro certo, a transumância. O novo estilo de vida conserva algumas características da caça, pois ainda se trata de uma perseguição (mas,

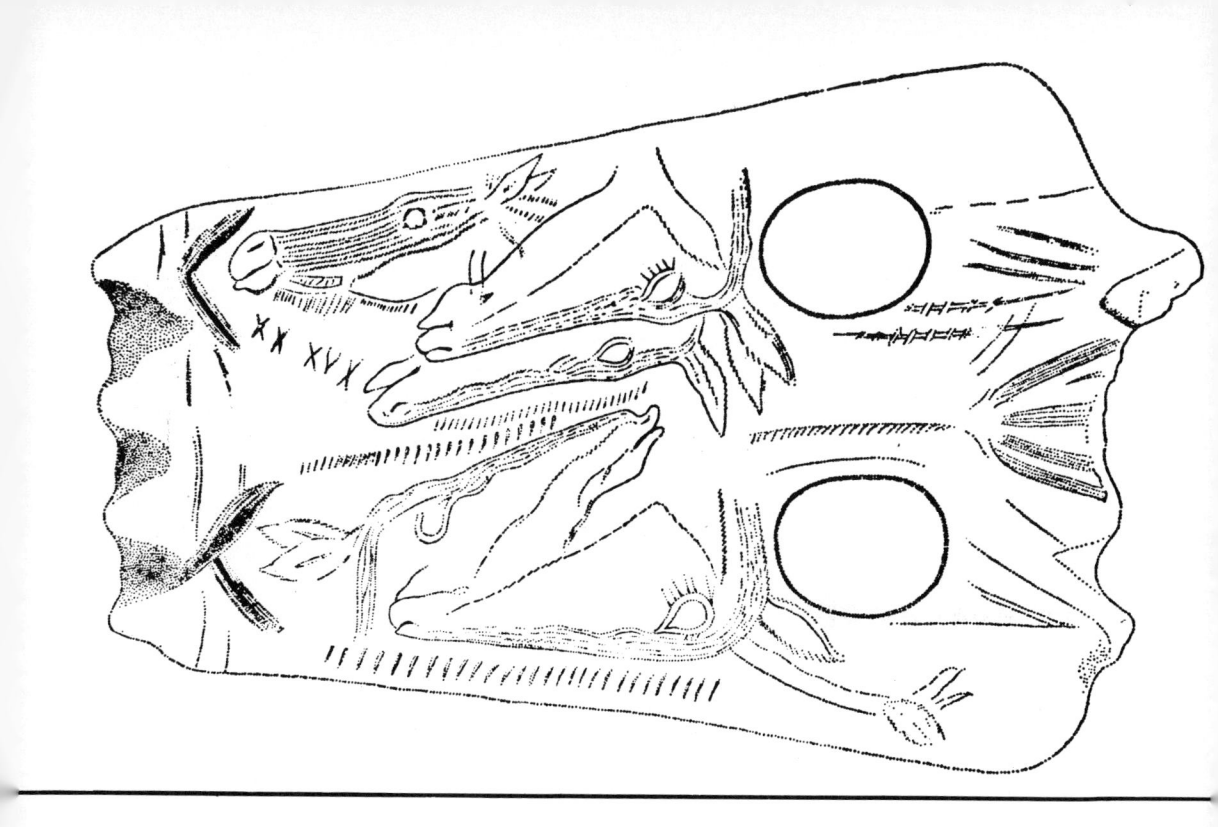

14
Progressão de fósseis que reconstroem a evolução cultural do homem.
*Arpão magdaleniano de chifre de rena. As farpas no arpão mudaram de uma única fileira para duas fileiras durante a última glaciação. Ponteira perfurada e decorada com cabeças de corças, Santander, Espanha. Pintura rupestre representando a caça de rena, Caverna de Los Caballos, Castellon, Grota de Valtorta, leste da Espanha.
A invenção do arco e da flexa se deu ao fim da última glaciação.*

A Escalada do Homem

onde os caminhos e o passo são determinados pelo animal de abate), e prenuncia algumas do pastoreio, uma vez que o rebanho é vigiado como se fosse um estoque móvel de alimento.

Hábitos transumantes sobrevivem hoje como fósseis culturais. O único povo ainda vivendo dessa maneira é constituído pelos lapões do extremo norte da Escandinávia, os quais, como acontecia durante as glaciações, continuam seguindo os rebanhos de renas. Os ancestrais dos lapões devem ter atingido o norte a partir da região das cavernas franco-cantábricas dos Pireneus, ao acompanharem as renas de doze mil anos atrás, quando a última crosta de gelo se retraiu do sul da Europa. Esse estilo de vida, atualmente em extinção, reúne trinta mil almas e trezentas mil renas. Em sua migração, os rebanhos cruzam fiordes, de uma pastagem gelada de liquens para outra, tendo os lapões ao seu encalço. Mas os lapões não são pastores; eles não controlam as renas, pois nunca as domesticaram; simplesmente acompanharam os movimentos do rebanho.

A despeito do fato dos rebanhos de renas ainda serem selvagens, os lapões, da mesma forma que outras culturas, descobriram meios de controlar animais individualmente: por exemplo, eles castram alguns machos a fim de torná-los mais dóceis e serem usados como animais de tração. É um relacionamento estranho. Os lapões são inteiramente dependentes das renas — comem a carne, meio quilo por cabeça, por dia; usam os tendões, os pêlos, os couros e os ossos; bebem o leite e utilizam os chifres também. Contudo, os lapões são mais livres do que as renas, pois sua adaptação é cultural e não biológica. Essa adaptação, isto é, o estilo de vida transumante através de uma superfície gelada, é uma escolha que pode ser mudada; não é irreversível como o são as mutações biológicas. Uma adaptação biológica implica uma forma inata de comportamento, enquanto que uma cultura representa um comportamento aprendido — uma preferência que, à semelhança de outras invenções, foi adotada por toda uma sociedade.

Aí se encontra a diferença fundamental entre adaptações culturais e biológicas; e ambas podem ser demonstradas nos lapões. A construção de tendas com peles de renas é uma adaptação que os lapões podem mudar amanhã — a maioria deles já o fez. Por outro lado, os lapões, ou linhas humanas ancestrais deles, também sofreram algumas adaptações biológicas. Estas, no *Homo sapiens*, não foram de grande monta; somos uma espécie bastante homogênea porque nos espalhamos rapidamente para todos os cantos do globo,

15
Contam trinta mil pessoas e seu modo de vida está em extinção.
Lapões em um acampamento em Finnmark, 1900.

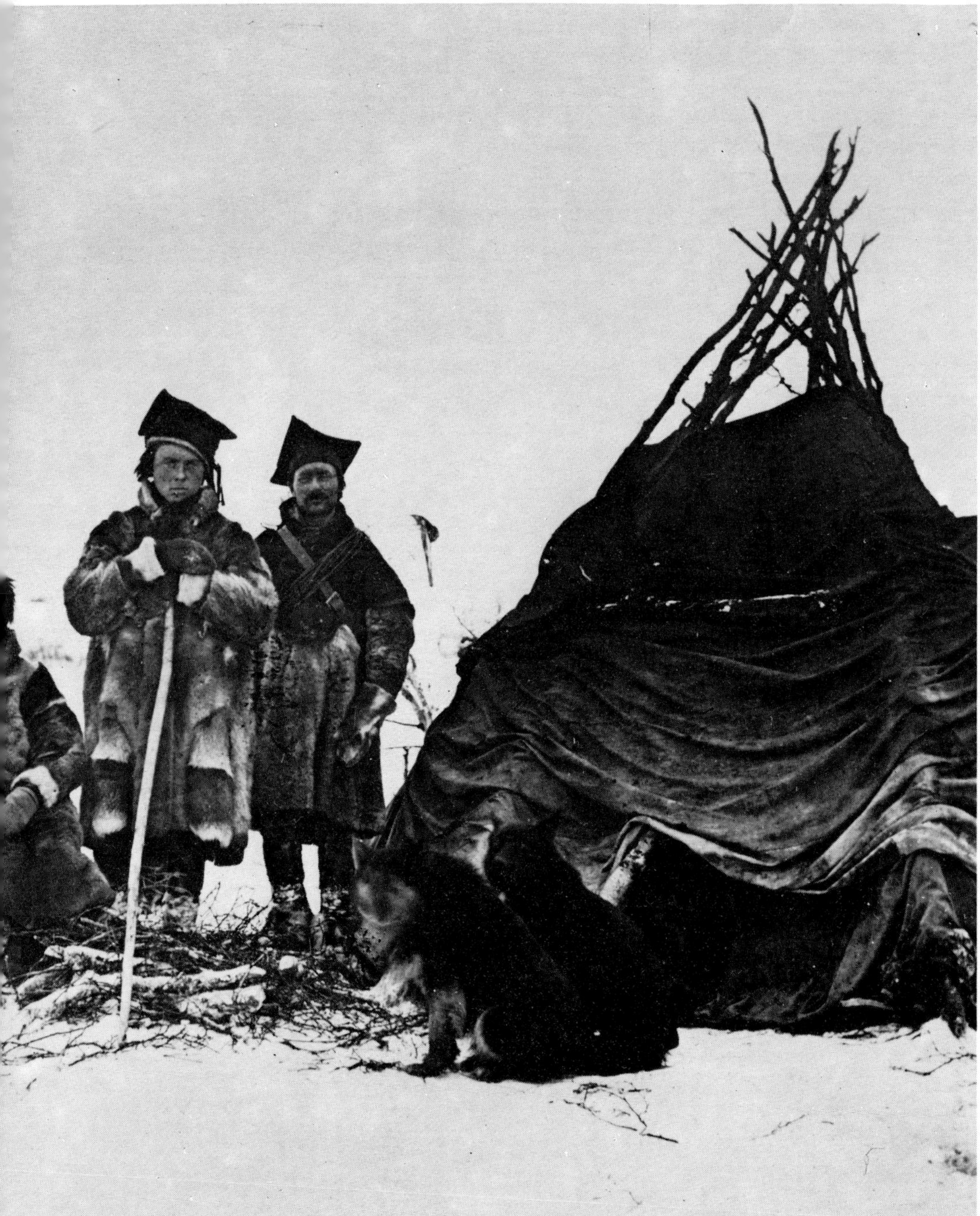

A Escalada do Homem

a partir de um único centro. Entretanto, como sabemos, há algumas diferenças biológicas entre grupos humanos. Damos-lhes o nome de diferenças raciais, significando não poderem ser alteradas mediante simples mudanças de hábitos ou de *habitats*. A cor da pele é um exemplo. Mas, por que os lapões são brancos? O homem começou com pele escura; os raios solares sintetizam vitamina D na pele e, assim sendo, na África, uma pele clara sintetizaria demasiadamente. Mas, ao Norte, o homem precisa de toda a energia solar que possa penetrar em sua pele a fim de sintetizar uma quantidade de vitamina D suficiente para suprir seu metabolismo. Assim, a seleção natural favoreceu aqueles com peles mais claras.

As diferenças biológicas entre diferentes comunidades são medidas nessa escala modesta. Os lapões não subsistem por adaptação biológica, mas sim, pela inventividade: pelo uso imaginativo dos hábitos das renas e de todos os seus produtos; por torná-las animais de tração e pela criação de artefatos e do trenó. A sobrevivência no gelo não dependeu apenas da cor da pele; não só os lapões, mas todos os homens atravessaram as glaciações às custas de uma invenção suprema — o fogo.

O fogo é o símbolo do lar, e ao tempo em que o *Homo sapiens* começou a deixar as marcas de suas mãos nas cavernas, há trinta mil anos passados, a caverna era o lar. Ao longo de pelo menos um milhão de anos, o homem, por formas relativamente bem evidentes, obteve seu alimento ou como forrageador ou como caçador. Esse imenso período de pré-história, muito mais longo do que qualquer história registrada, quase não nos deixou monumentos. Somente no seu final, às margens da camada de gelo européia, vamos encontrar em cavernas, como a de Altamira (e em outras localidades na Espanha e no sul da França), testemunhos do que ocupava a mente do caçador. Vemos aí a trama do seu mundo e suas preocupações. As pinturas rupestres de há vinte mil anos imortalizaram um momento dessa cultura, sua base universal representada pelo conhecimento, adquirido pelo caçador, do animal que lhe fornecia alimento, e o qual tinha de enfrentar.

A princípio se nos afigura estranho o aparecimento relativamente tardio e a raridade das pinturas rupestres, uma arte tão vívida já na sua primeira manifestação. Por que não há tantos monumentos da imaginação visual do homem como os há de suas invenções? Contudo, ao refletirmos sobre esse fato, o que mais nos surpreende não é o pequeno número de tais monumentos, mas, sim, a própria

16
Mulher lapã sueca com seus filhos durante uma migração de verão para as ilhas costeiras da Noruega, 1925, e manada de renas selvagens confinada em uma pastagem de inverno.

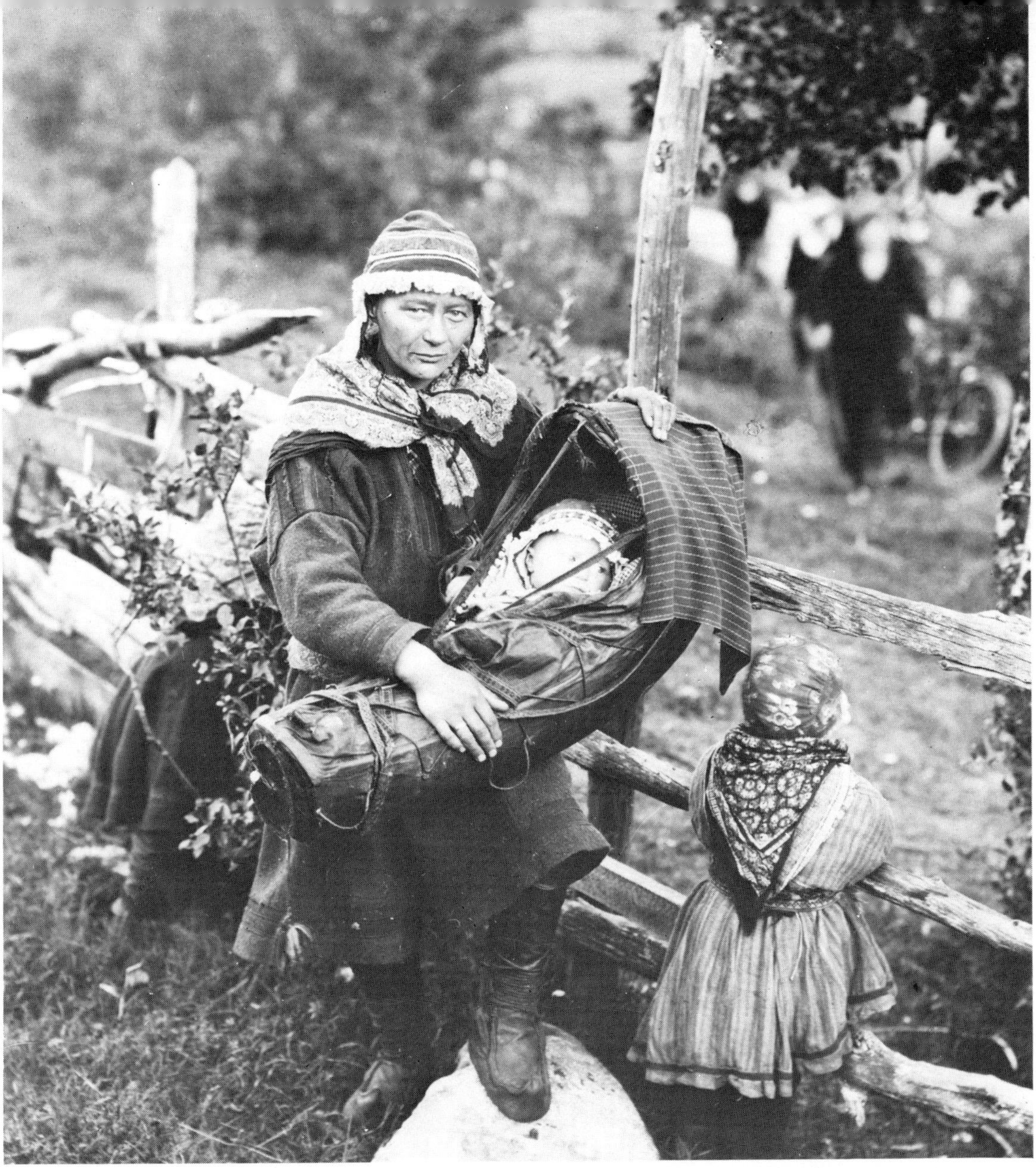

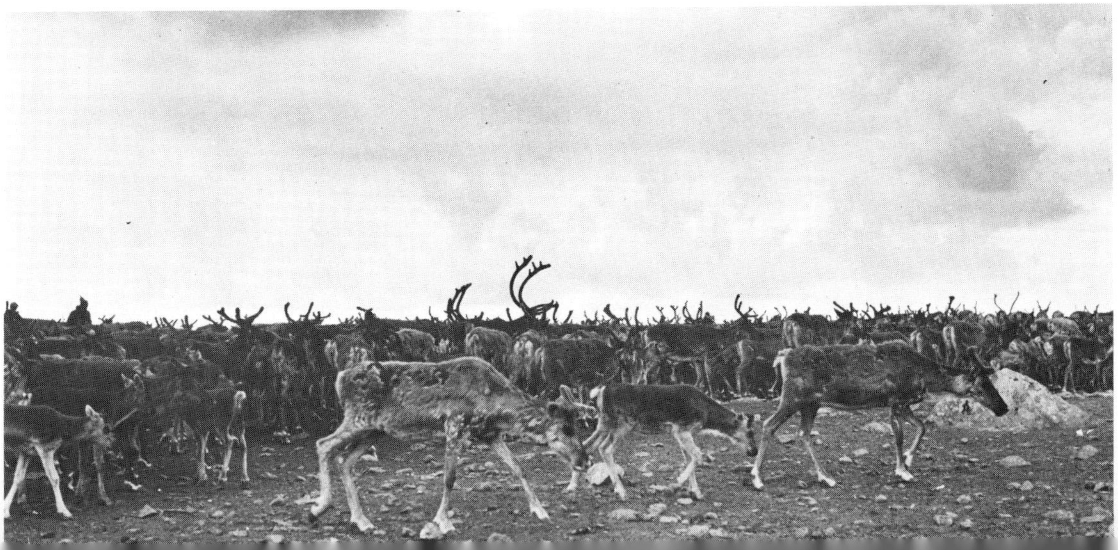

17
Vida transumante em uma paisagem de gelo. Desenhada pelo lapão Johan Turi como ilustração de sua história escrita sobre a vida de seu povo. Os animais de carga se movem em fila ao longo do rebanho. O líder da manada é puxado por um homem usando esquis.

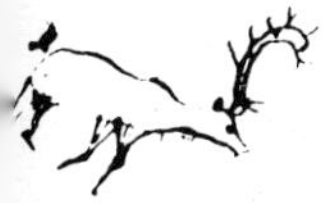

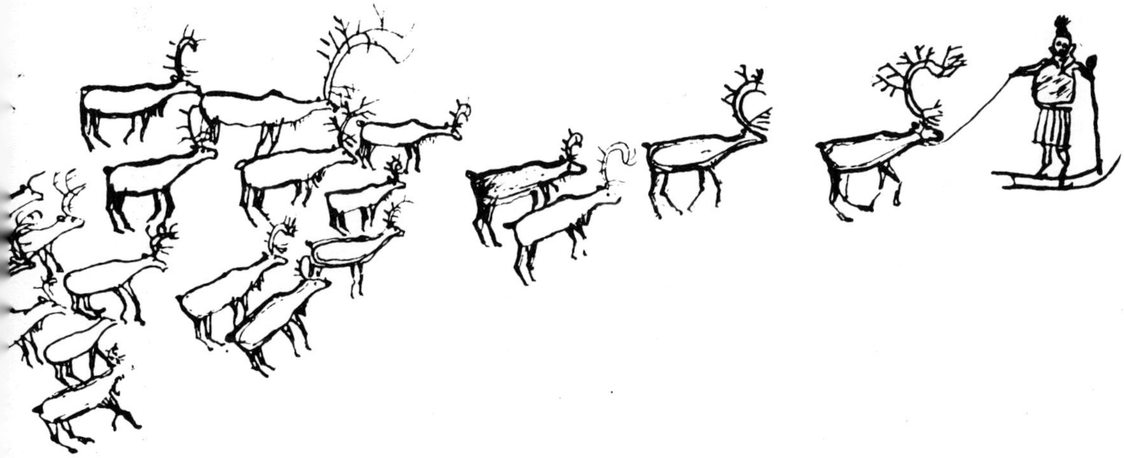

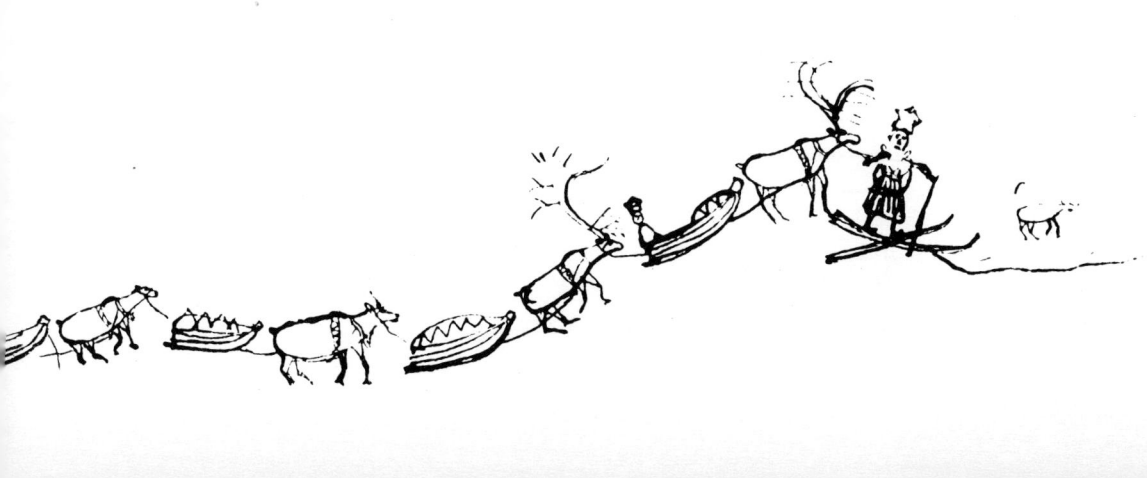

existência dos mesmos. O homem é um animal franzino, lento, desajeitado, inerme, que em sua evolução teve de inventar a atiradeira, a pedra de fogo, a faca, a lança. Mas por que, ainda nessa primitividade, teve de acrescentar às suas invenções científicas, essenciais como tais à sua sobrevivência, uma produção artística que nos confunde: decorações com formas animais? Acima de tudo, qual a razão por que, embora vivendo em cavernas, não decorou seu lar, mas escolheu lugares escuros, secretos, remotos e inacessíveis para aí registrar os produtos de sua imaginação?

Nesses locais o animal se tornava um ente mágico, é a resposta óbvia. Não se duvida de sua exatidão; mas, magia é apenas uma palavra, e não constitui resposta. Por si mesma, magia nada explica. Ela permite inferir-se que o homem acreditava possuir algum poder; Mas que forma de poder? Ainda hoje gostaríamos de saber que poder os caçadores acreditavam emanar daquelas pinturas de animais.

Posso apenas dar-lhes minha opinião pessoal. O poder lá expresso pela primeira vez é o poder da antecipação: a imaginação do futuro. Através dessas pinturas o caçador não só se familiarizava com os perigos da caça, mas também podia antecipar as situações a serem enfrentadas. Quando, pela primeira vez, um caçador era levado até esses lugares secretos e obscuros, e a luz projetava-se bruscamente naquelas figuras, ele via o bisão a ser enfrentado, o veado em carreira, a investida do javali. E o jovem caçador sentia-se tão sozinho diante deles como em uma caçada real. Era a iniciação ao medo; a postura com a lança tinha de ser aprendida, e o temor dominado. O pintor imortalizara o momento do medo, e o caçador o vivia através das pinturas.

A arte rupestre, tal qual um lampejo histórico, recria o modo de vida do caçador; através dela descortinamos o passado. Mas, para aqueles que a criaram, foi mais uma fresta para olhar o futuro. Em qualquer direção, essas pinturas são uma espécie de telescópio para a imaginação: eles dirigem a mente do percebido ao inferido e à conjectura. Na verdade, a ação sugerida em uma pintura é isso mesmo: por mais elegante que seja, uma tela significa alguma coisa aos olhos somente na medida em que a mente é capaz de completá-la em forma e movimento, uma realidade por inferência, onde a imaginação substitui a sensação.

Arte e ciência são ações exclusivamente humanas, fora do alcance de qualquer outro animal. E uma e outra derivam de uma só faculdade humana: a habilidade de enxergar no futuro, de antecipar um

18
Em cavernas como a de Altamira encontramos registros daquilo que dominava a mente do homem caçador. Para mim, o poder aqui expresso pela primeira vez é o poder da antecipação: a imaginação projetada no futuro. *Bisão deitado.*

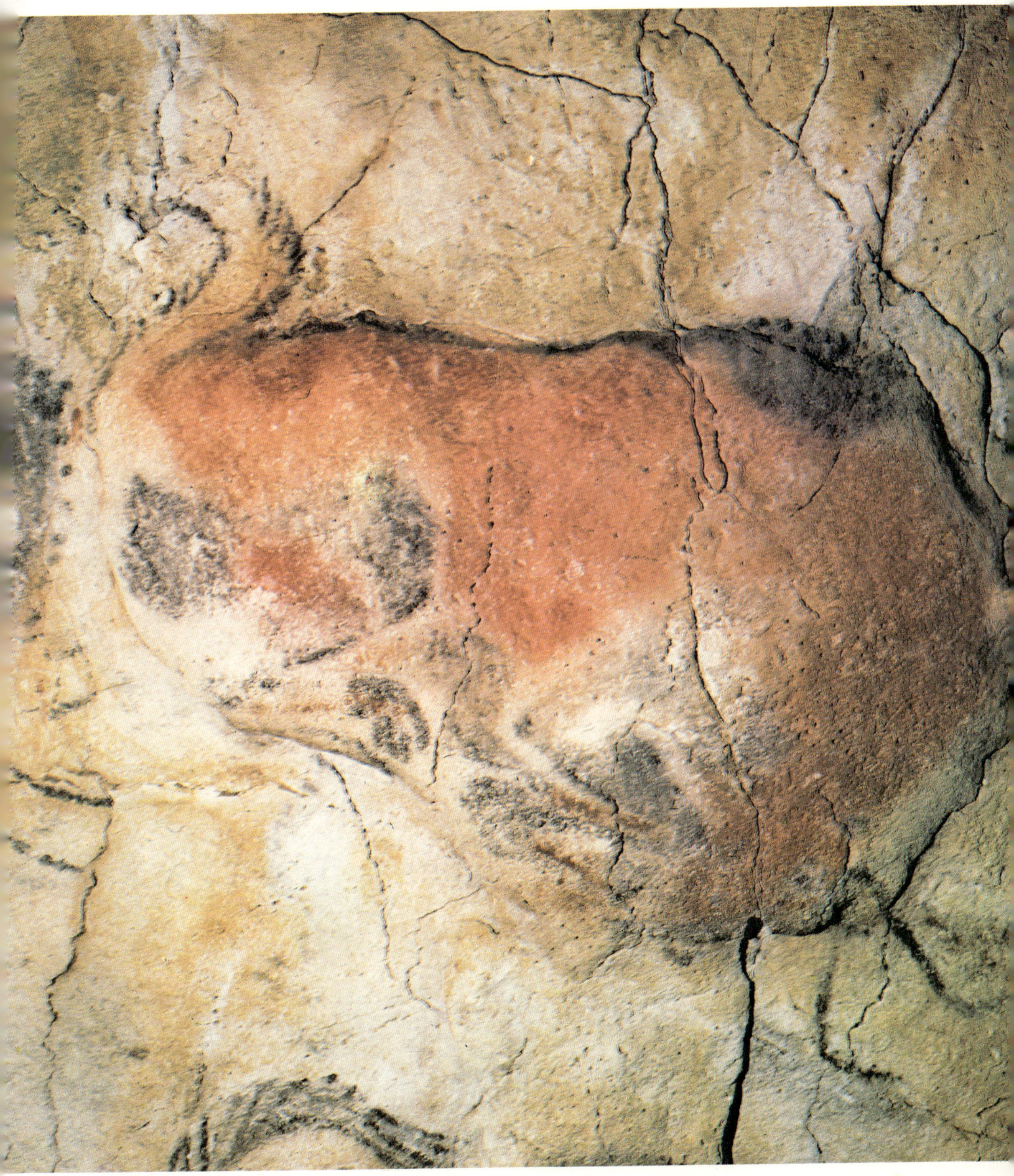

A Escalada do Homem

acontecimento e planejar a ação adequadamente, representando-o para nós mesmos em imagens projetadas ou dentro de nossas cabeças, ou em um quadrado de luz nas paredes escuras de uma caverna, ou, ainda, no vídeo de uma televisão.

Nós também estamos olhando através do telescópio da imaginação; a imaginação é um telescópio no tempo e o que vemos é uma experiência no passado. O homem que pintou essas figuras e os homens que ali estavam presentes olhavam para uma experiência no futuro. Eles olharam na linha da escalada do homem porque o que chamamos evolução cultural é, essencialmente, o crescimento e a expansão contínua da imaginação humana.

Os homens que fabricaram as armas e aqueles que pintaram as figuras estavam realizando a mesma coisa — antecipando um evento futuro de tal maneira como apenas o homem é capaz, isto é, realizando o futuro no presente. Muitos são os dons exclusivamente humanos; mas, no centro de todos eles, constituindo a raiz que dá força a todo conhecimento, jaz a capacidade de tirar conclusões que levam do visto ao não-visto, que levam a mente através do tempo e do espaço e que levam ao reconhecimento de um passado, um degrau na escalada para o presente. A mensagem das mãos impressas em todos os recônditos dessas cavernas é inequívoca: "Esta é minha marca. Eu sou o homem".

19
Nas cavernas, a mão impressa diz: "Esta é minha marca. Eu sou o homem".
Pintura de uma mão, El Castillo, Santander, Espanha.

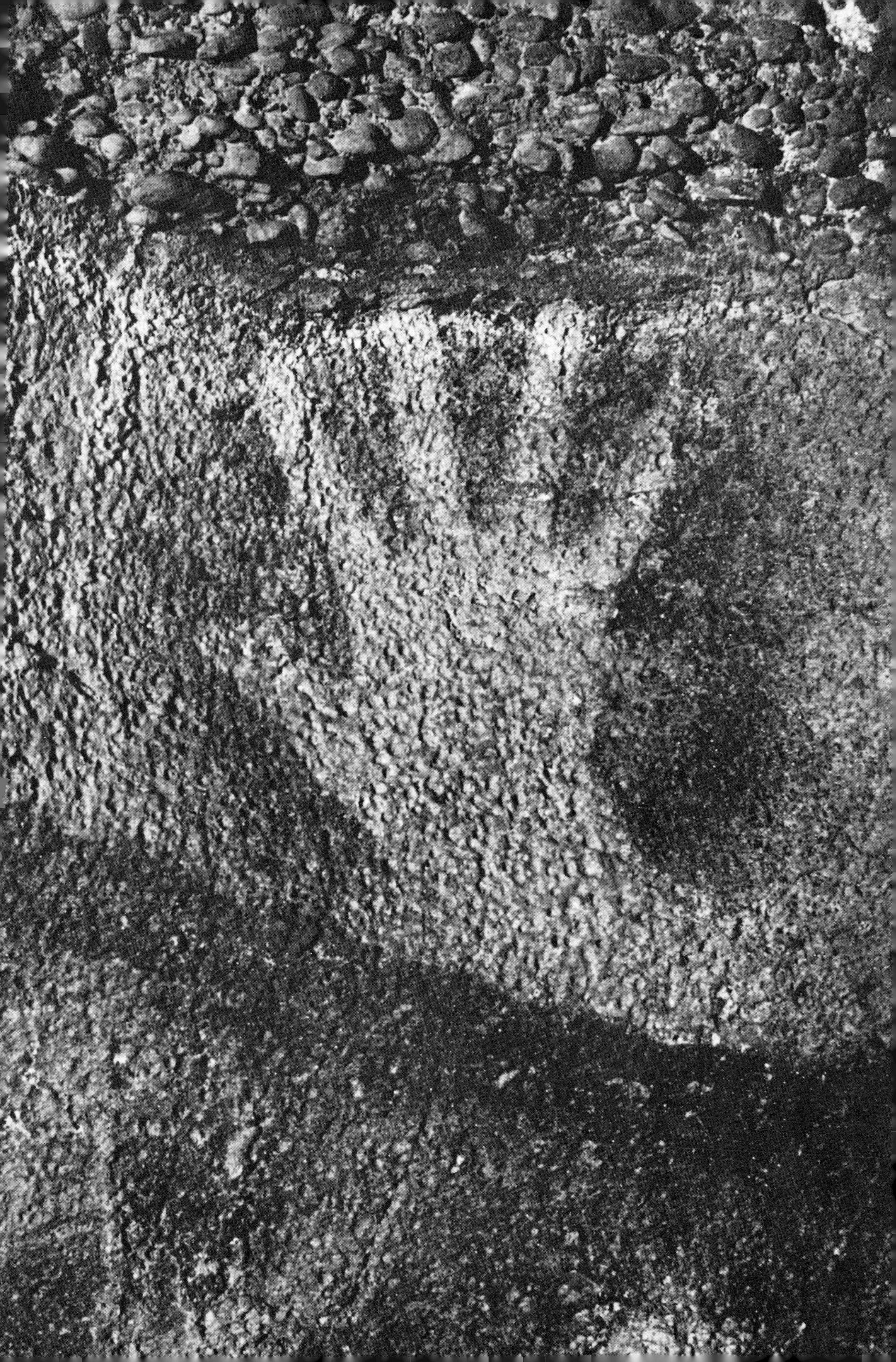

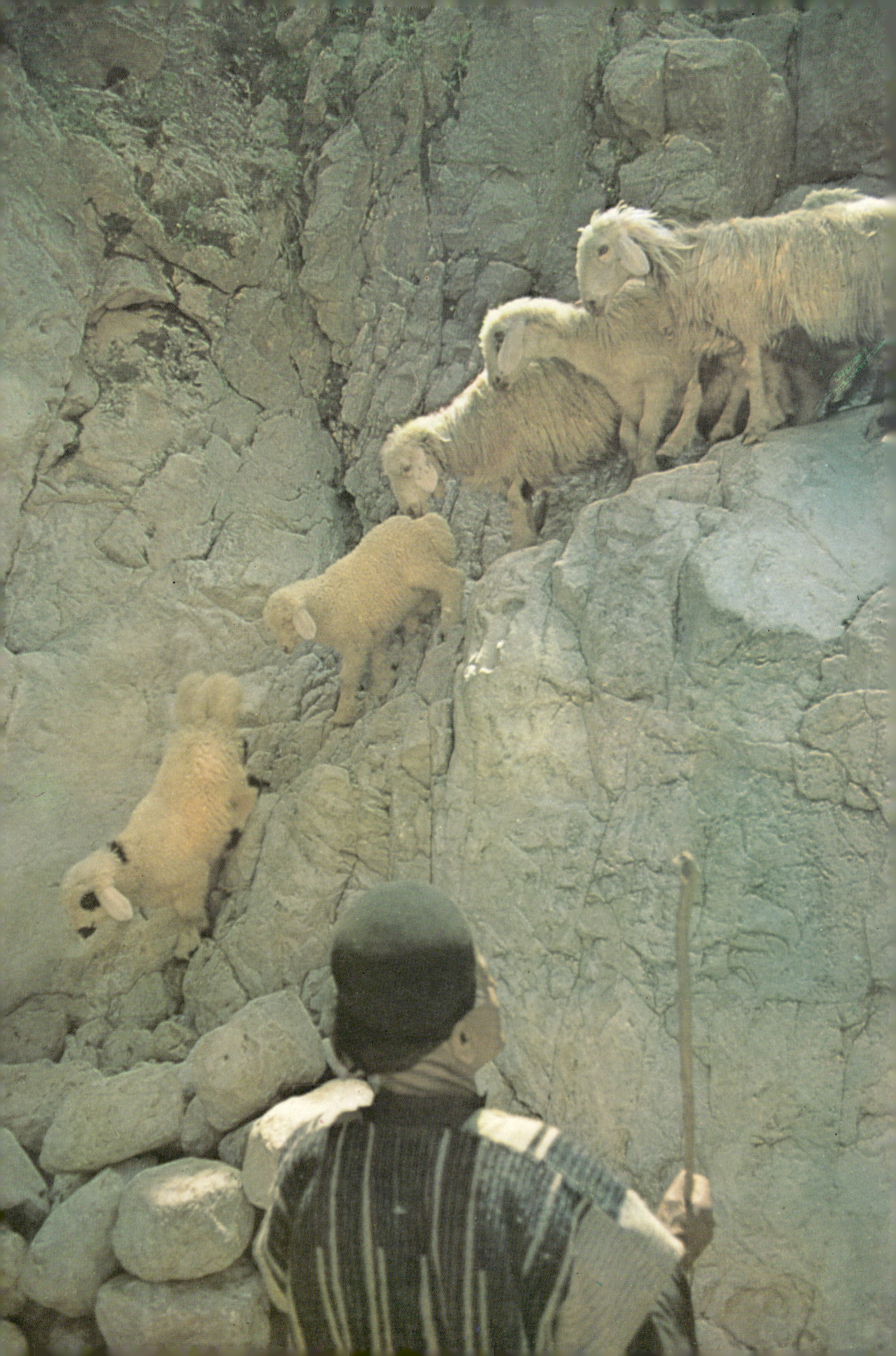

2 AS COLHEITAS SAZONAIS

A história do homem é dividida em períodos desiguais. Inicia-se com sua evolução biológica: todos os degraus que nos separam de nossos ancestrais antropóides. Degraus que se estenderam por milhões de anos. Segue-se a história cultural: o longo fermentar da civilização que nos separa de umas poucas tribos de caçadores sobreviventes na África ou dos forrageadores da Austrália. E todo este segundo período, este hiato cultural, se comprime em alguns milhares de anos. Data de cerca de doze mil anos — um pouco mais de dez mil anos, mas certamente, muito menos de vinte mil anos. No que se segue estarei sempre me referindo a esses doze mil anos que encerram toda a escalada do homem até nós, como nos concebemos. Contudo, é tão grande a diferença entre esses dois números, isto é, entre as escalas biológica e cultural, que não posso deixar o assunto sem antes tecer alguns comentários retrospectivos.

Foram necessários pelo menos dois milhões de anos a fim do homem se transformar, do ser pequeno e escuro com uma pedra na mão (*Australophitecus* da África Central), na sua forma moderna *(Homo sapiens)*. Este é o passo da evolução biológica — a despeito da evolução do homem ter sido mais rápida do que a de qualquer outro animal. Entretanto, em muito menos de vinte mil anos o *Homo sapiens* se tornou a criatura que hoje aspiramos ser: artista e cientista, construtor de cidades e planejador do futuro, leitor e viajante, explorador audaz do fato natural e das emoções humanas, muito mais rico em experiência e mais ousado na imaginação do que qualquer outro de nossos ancestrais. Este é o passo da evolução cultural; uma vez em marcha ela segue segundo o quociente daqueles dois números, pelo menos cem vezes mais rapidamente do que a evolução biológica.

Uma vez em marcha: esta é a frase crucial. Por que as transformações culturais que levaram o homem a se tornar o senhor da terra iniciaram-se tão recentemente? Em todas as partes do mundo atingidas pelo homem de vinte mil anos atrás, seu comportamento era de forrageador e caçador, sua técnica mais avançada sendo a de ligar-se a um rebanho em movimento, como os lapões fazem ainda hoje. Há dez mil anos isso havia mudado, surgindo, em algumas regiões, a domesticação de

20
O brotamento da civilização está comprimido em alguns milhares de anos.
Migração da primavera dos bakhtiari, Montes Zagros, Pérsia.

animais e o cultivo de algumas plantas. E este é o ponto de partida da civilização. É extraordinário pensar que apenas os últimos doze mil anos assistiram ao nascimento da civilização. Deve ter havido uma grande explosão por volta de 10000 a.C. – e houve mesmo. Mas, esta foi uma explosão silenciosa, marcando o final da última glaciação.

Podemos ter uma idéia dela e, mesmo, por assim dizer, farejá-la em algumas regiões glaciais. Na Islândia, a primavera se renova a cada ano; mas, em um certo período, ela se perpetuava na Europa e na Ásia, quando o gelo se retraiu. E o homem, que havia passado por provações incríveis, pois, vindo da África, tinha vagueado para o norte nos últimos milhões de anos e lutado através das glaciações, repentinamente, viu os campos floridos, e os animais à sua volta; aí, então, iniciou um tipo de vida diferente.

Comumente ela é chamada "revolução agrícola". Mas eu a considero muito mais ampla; uma revolução biológica. Numa sucessão indeterminada o cultivo de plantas foi entremeado com a domesticação de animais. E, subjacente a isso, a conscientização do homem de se ter imposto como senhor de seu ambiente, no aspecto mais importante, não simplesmente físico, mas, sim, no nível das coisas viventes – plantas e animais. Uma revolução cultural igualmente poderosa deriva desses acontecimentos. Agora se tornara possível – mais que isso, se tornara necessário – o sedentarismo. Após um milhão de anos de andanças ele chega à escolha crucial: abandonar o nomadismo e tornar-se aldeão. Temos o registro antropológico de um povo que assim se decidiu: o documento é a Bíblia, o Velho Testamento. Eu acredito que a base da história civilizada se apóia nessa decisão, uma vez que apenas uns poucos sobreviventes existem daqueles que não optaram. Ainda há algumas tribos nômades, empreendendo longas viagens transumantes de pastagem em pastagem: os bakhtiari na Pérsia, por exemplo. Acompanhando-se e participando da vida de uma dessas tribos, chega-se ao entendimento da impossibilidade do nomadismo originar civilização.

Tudo na vida nômade é imemorial. Os bakhtiari sempre viajaram sozinhos, quase ocultos. À semelhança de outros nômades, eles se consideram uma única família, descendentes de um único fundador. (Da mesma forma os judeus se autodenominavam filhos de Israel ou de Jacó.) Os bakhtiari derivam seu nome do

As Colheitas Sazonais

de Bakhtyar, um pastor legendário do tempo dos mongóis. A lenda de suas origens, contada por eles mesmos, começa assim:

E o pai de nosso povo, o homem das colinas, Bakhtyár, surgiu, em tempos remotos, dos redutos das montanhas do sul. Suas sementes foram tão numerosas quanto as pedras das montanhas, e seu povo prosperou.

O eco bíblico soa repetidamente à medida que a história se desenrola. O patriarca Jacó possuía duas esposas, e para cada uma delas havia trabalhado sete anos como pastor. Atente para o patriarca dos bakhtiari:

A primeira esposa de Bakhtyar gerou sete filhos, pais das sete linhagens irmãs de nosso povo. Sua segunda esposa gerou quatro filhos. E, para não dispersarmos nossos rebanhos e nossas tendas, nossos filhos tomarão como esposas as filhas dos irmãos dos seus pais.

Da mesma forma que para os filhos de Israel, os rebanhos eram de suma importância; em nenhum momento o contador da história (ou o conselheiro nupcial) os afasta de sua mente.

Anteriormente a 10000 a.C. os nômades costumavam seguir as reses selvagens nas suas migrações naturais. Mas ovelhas e cabras não apresentam migração natural. A domesticação destas se deu por volta de dez mil anos — antes delas, apenas o cão era seguidor de acampamentos. A domesticação enfraqueceu os instintos naturais delas, e o homem teve de assumir a responsabilidade de guiá-las.

A função das mulheres em tribos nômades é definida precisamente. Acima de tudo estão encarregadas da produção de filhos machos — o aumento do número de fêmeas representa um infortúnio imediato, uma vez que, a longo prazo, isso é uma ameaça de desastre. Além disso, suas obrigações incluem a preparação de alimentos e vestuário. Por exemplo, entre os bakhtiari, as mulheres fazem o pão — da maneira como é descrito na Bíblia, assando bolos não fermentados em pedras aquecidas. Mas as meninas e as mulheres não os comem antes que os homens o tenham feito. Da mesma forma que a dos homens, a vida das mulheres gira em torno do rebanho. Elas ordenham, fabricam coalhada seca espremendo o coalho por meio de uma pele de cabra montada em uma armação primitiva de madeira.

A Escalada do Homem

São possuidores de uma tecnologia simples, capaz de ser transportada nas mudanças diárias. A simplicidade romântica é mera questão de sobrevivência. Tudo tem de ser leve a fim de ser transportado, montado cada tarde e desmontado cada manhã. O fabrico de fios de lã pelas mulheres, usando métodos muito simples e antigos, é para consumo imediato, isto é, reparos essenciais durante a viagem, nada mais que isso.

Na vida nômade normal não é possível fabricar objetos que não sejam utilizáveis a curto prazo. De outra forma não poderiam ser carregados. De fato, os bakhtiari não os fabricam. Se necessitam de potes de metal, estes são barganhados em vilas ou em acampamentos ciganos. Pregos, estribos, brinquedos, sininhos para crianças, tudo isso é obtido através de trocas fora da tribo. A vida dos bakhtiari é muito limitada para propiciar tempo para desenvolvimento de habilidade ou especialização. Na movimentação constante não há tempo para inovações. Entre a parada da tarde e o reinício da caminhada pela manhã, os instrumentos, os pensamentos e mesmo as canções são sempre os mesmos. Apenas os velhos hábitos permanecem. A ambição do filho é ser igual ao pai.

É uma vida sem contrastes. Cada noite é o fim de um dia igual ao anterior e cada manhã inicia um dia igual ao anterior. Ao romper do dia um único pensamento ocupa as mentes de todos: Conseguiremos levar o rebanho através do próximo despenhadeiro? Haverá um dia em que se terá que passar pelo desfiladeiro mais alto. É o passo de Zakedu, a três mil e seiscentos metros, no Zagros, que o rebanho tem de atravessar ou contornar em seus pontos mais elevados. A tribo não pode parar, novas pastagens precisam ser alcançadas todos os dias, pois em tais altitudes elas se esgotam em um único dia.

Cada ano, ao partir, os bakhtiari cruzam seis cadeias de montanhas e, depois, voltam pelo mesmo percurso. Atravessam neve e torrentes da primavera. Em apenas um aspecto suas vidas diferem daquela de dez mil anos atrás; os nômades daquela época viajavam a pé, carregando suas bagagens às costas, mas os bakhtiari possuem animais de carga — cavalos, jumentos, mulas que foram sendo domesticados desde aquela época. Nada mais em suas vidas é novo. Nem memorável. Os nômades não têm monumentos, nem mesmo túmulos para os mortos (onde foram enterrados Bakhtyar, ou mesmo Jacó?). Os únicos amontoados de pedras são construídos com a finalidade de sinalizar o cami-

21
Tribos nômades ainda realizam longas viagens transumânticas, indo de uma pastagem para outra.
Possuem apenas uma tecnologia simples, que pode ser transportada em suas viagens diárias, de um lugar para outro.
Rebanhos de carneiros e cabras empreendendo a migração da primavera e uma anciã bakhtiari frabricando fios de lã.

nho em lugares tais como o Passo das Mulheres, local traiçoeiro, mas melhor para os animais do que os desfiladeiros mais altos.

A migração da primavera dos bakhtiari é uma aventura heróica, embora eles não sejam tão heróicos quanto estóicos. A resignação vem do fato da aventura não levar a nada. As próprias pastagens de verão se apresentam como apenas outro local de parada — diferentemente dos filhos de Israel, para eles não há terra prometida. O cabeça da família trabalha sete anos, tal qual Jacó, para conseguir um rebanho de cinqüenta ovelhas e cabras. Dez delas serão perdidas durante a migração, se as coisas correrem bem. Na pior das hipóteses quase a metade não chegará ao fim. Esses são os agravantes da vida nômade — ano após ano. Apesar disso tudo, ao fim da jornada não restará senão uma imensa, tradicional, resignação.

Quem poderá dizer, em um ano qualquer, se o ancião poderá, após ter cruzado todos os passos, se submeter ao teste final: a travessia do rio Bazuft? Três meses de degelo engrossam a correnteza. Os homens, as mulheres, os animais de carga e o rebanho estão exaustos. Durante todo um dia o rebanho é carregado através do rio. Ainda, este é o dia do teste. Hoje os rapazes se tornam homens porque a sobrevivência do rebanho e da família depende de suas forças. Cruzar o Bazuft é como cruzar o Jordão; é o batismo da virilidade. Para os jovens é a vida que renasce. Para os velhos — para os velhos ela se extingue.

O que acontece com os velhos que não conseguem cruzar o último rio? Nada. Eles ficam para trás para morrer. Somente o cão aparenta surpresa ao ver um homem abandonado. O homem aceita o costume nômade; ele chegou ao fim de sua jornada, e o fim não é lugar algum.

O passo mais importante na escalada do homem é a mudança do nomadismo para a agricultura de aldeia. O que tornou isso possível? Um ato de vontade por parte do homem, seguramente; mas, com ele, um ato estranho e secreto da natureza. Ao final das glaciações, no desabrochar da nova vegetação, aparece uma espécie híbrida de trigo no Oriente Médio. Isso aconteceu em diversos lugares; e um deles, típico, é o oásis de Jericó.

Jericó é mais antiga do que a agricultura. O primeiro povo a chegar aqui e a se estabelecer ao redor da fonte incrustada nesta região desolada veio para colher trigo nativo, pois, então,

22
A população que primeiro chegou a Jericó colhia trigo, mas não sabia como plantá-lo. Esses homens fabricaram ferramentas para a colheita silvestre. *Alfanje curvo, 4.º milênio a.C., Israel. As lâminas dos alfanjes de pedra eram fixadas com a ajuda de betume em cabos de ossos.*

ainda não sabiam como plantá-lo. Sabemos disso pelo fato de esses homens terem desenvolvido ferramentas para a colheita do trigo silvestre, e tal fato representou um adiantamento extraordinário. Eles fizeram foices de pedra que sobreviveram; foram aí encontradas em 1930, em escavações levadas a cabo por John Gastang. A lâmina dessa foice primitiva deve ter sido encaixada em peça de chifre de gazela ou de osso.

Não há sobrevivente, entretanto, quer no topo das colinas ou em suas fraldas, da variedade de trigo selvagem colhida pelos habitantes primitivos. Mas as gramíneas que ainda podemos encontrar nesse local devem se parecer muito com o trigo que esse povo apanhava aos maços e cortava, iniciando o movimento de serrar com a foice que os agricultores vêm repetindo nesses últimos dez mil anos. Essa se constituiu na civilização pré-agrícola natufiana. E, evidentemente, não poderia durar, mas estava às portas de se tornar agricultura. Isso aconteceu também em Jericó, logo em seguida.

A disseminação da agricultura no Velho Mundo se deveu, quase que certamente, ao aparecimento de duas formas de trigo com espigas grandes e muitas sementes. Antes de 8000 a.C. o trigo não era a planta luxuriante que hoje conhecemos; era apenas uma entre as muitas gramíneas espalhadas por todo o Oriente Médio. Por algum acidente genético o trigo silvestre se cruzou com uma grama de bode qualquer, resultando daí um híbrido fértil. Acidente desse tipo deve ter acontecido muitas vezes na explosão vegetal que se deu após a última glaciação. Em termos de maquinaria genética que determina o crescimento, houve a combinação de quatorze cromossomos do trigo silvestre com os quatorze cromossomos do capim de bode produzindo o *Emmer* com vinte e oito cromossomos. Isto é que torna o *Emmer* muito mais polpudo. O híbrido se espalhou naturalmente pelo fato de, estando as sementes envolvidas pela palha, poderem ser facilmente carregadas pelo vento.

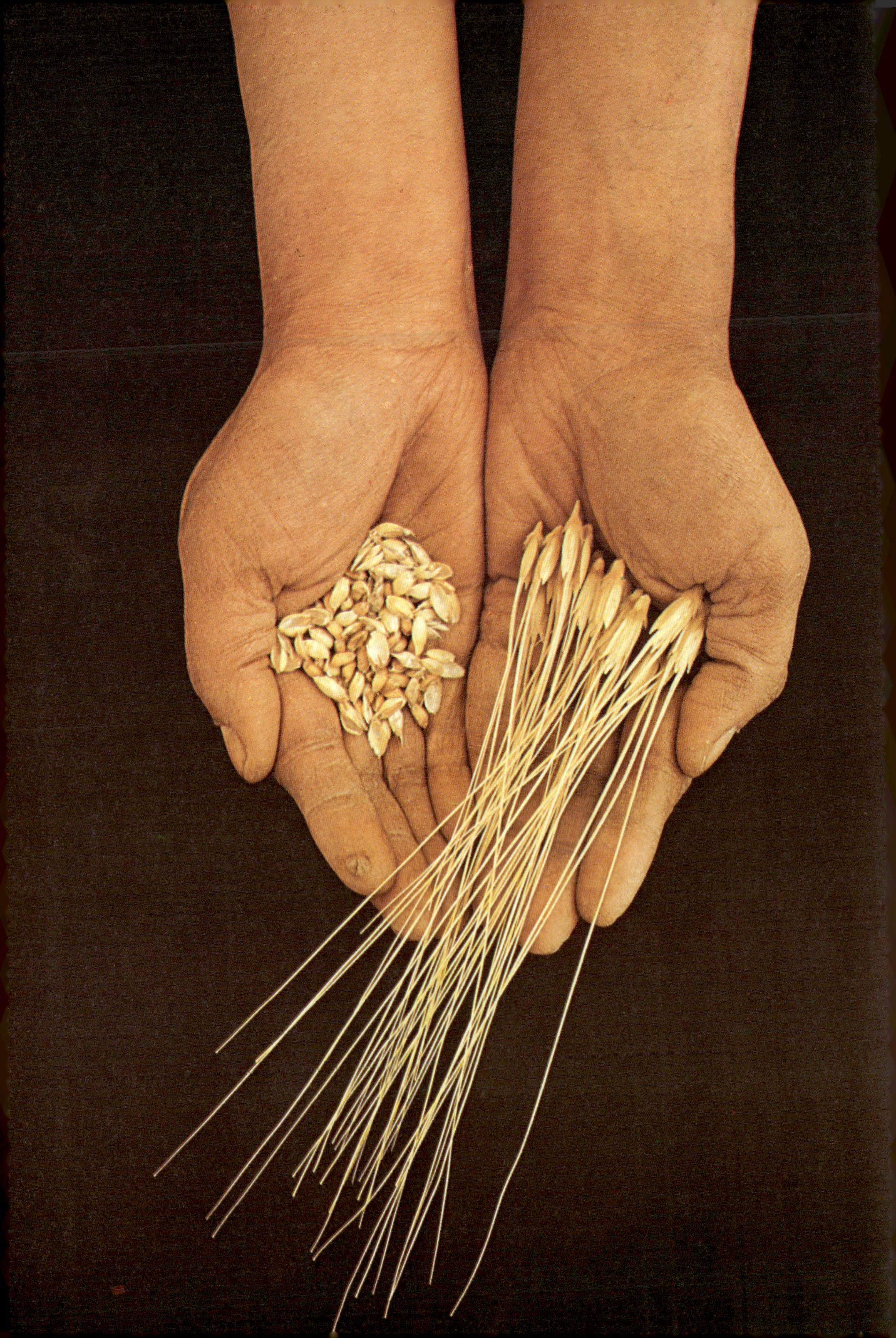

23
A implantação da agricultura em todo o Velho Mundo se deveu quase que certamente à ocorrência de duas formas híbridas de trigo.
Trigo emmer em casca e trigo de pão descascado; espiga de trigo maduro; e, a palha sendo removida do grão.

A Escalada do Homem

O aparecimento de um híbrido fértil é uma raridade vegetal, mas não é fato único; porém, a história da rica vida vegetal que seguiu a glaciação torna-se muito mais surpreendente. Aconteceu um segundo acidente genético que provavelmente se deveu ao fato de o *Emmer* já ser cultivado. Este se cruzou novamente com outro capim de bode produzindo um híbrido com quarenta e dois cromossomos, o trigo de nossos pães. Esse cruzamento, por si só, já era bastante improvável, mas hoje sabemos que o trigo atual só se tornou fértil em razão de uma mutação genética específica em um cromossomo.

Contudo, há ainda um evento mais estranho. Esse híbrido ostenta agora uma linda espiga, mas esta jamais se espalhará por ação do vento, posto que, muito compacta, não se debulha. Mas, se a espiga for quebrada, as hastes se soltam e os grãos caem exatamente onde cresceram. Permitam-me lembrá-los de que isto não ocorria com o trigo silvestre, nem com o *Emmer*. Nestas formas primitivas a espiga é muito mais aberta e, ao se quebrar, tem-se efeito distinto — os grãos voam com o vento. O trigo de pão perdeu essa característica. De repente, homem e planta se encontram. O homem tem no trigo o seu sustento e o trigo, no homem, um meio de se propagar. Sem ajuda o trigo de pão não se multiplica; assim, a vida de cada um, do homem e da planta, depende uma da outra. É um verdadeiro conto de fadas genético, como se o despertar da civilização tivesse visto a luz com as bênçãos do abade Gregor Mendel.

Conjunções bem-sucedidas de eventos naturais e humanos inauguraram a agricultura. No Velho Mundo isso aconteceu há dez mil anos, no Crescente Fértil do Oriente Médio. Mas, certamente, não foi um evento isolado. É mais do que provável que a agricultura tenha surgido independentemente no Novo Mundo — ou assim acreditamos, baseados na evidência atual de que o milho dependeu do homem tanto quanto o trigo. No Oriente Médio a agricultura se espalhou aqui e ali ao longo de suas colinas, das quais a elevação do Mar Morto até a Judéia (os arredores de Jericó), representa, na melhor das hipóteses, um exemplo típico e nada mais do que isso. Literalmente, a agricultura assistiu a vários começos no Crescente Fértil, alguns deles anteriores a Jericó.

24
Antes de 8000 a.C. o trigo era apenas umas das muitas variedades de gramíneas silvestres. *Trigo silvestre*, Triticum monococcum.

As Colheitas Sazonais

    Entretanto, Jericó exibe várias características que a tornam historicamente ímpar, conferindo-lhe um *status* simbólico próprio. Diferentemente de outras povoações esquecidas, ela é monumental, mais velha que a Bíblia, camada sobre camada de história, uma verdadeira cidade. A antiga cidade de Jericó, com água potável, era um oásis à beira do deserto; sua fonte, já existente em tempos pré-históricos, continua jorrando na moderna cidade de hoje. Água e trigo encontraram-se aqui e, assim, aqui se iniciou a civilização do homem. Para aqui também chegaram os beduínos vindos do deserto com suas faces escuras e veladas, olhando cobiçosamente o novo estilo de vida. Esta foi a razão por que Josué conduziu por aqui as tribos de Israel em sua caminhada para a Terra Prometida — trigo e água faziam a civilização: encerram a promessa de uma terra donde brotam leite e mel. Água e trigo transformaram aquela encosta desolada na primeira cidade do mundo.

    Jericó foi transformada repentinamente. Os povos que a ela chegaram logo se tornaram objeto de inveja dos vizinhos, de tal forma que ela teve de ser protegida; assim, Jericó foi cercada por muros e sua torre de espreita data de nove mil anos. A base da torre mede nove metros de largura por quase essa medida de profundidade. Subindo os degraus da escavação, contornando a torre, camada após camada de civilização vai se revelando: o homem antigo da era pré-cerâmica, o próximo homem da era pré-cerâmica, o aparecimento da cerâmica há sete mil anos; *cobre antigo, bronze antigo, bronze médio*. Cada uma dessas civilizações chegou, conquistou Jericó, enterrou-a e construiu por cima. Assim, de certa maneira, a torre não se encontra a treze metros e meio abaixo do solo, mas a essa profundidade de civilizações acumuladas.

    Jericó representa um microcosmo de história. Outros locais serão encontrados nos próximos anos (alguns muito importantes já existem agora) e isso vai mudar a imagem dos primórdios da civilização. Ainda assim, estar aqui neste lugar, contemplando as reminiscências da escalada do homem, confere-nos um poder profundo, tanto ao raciocínio quanto à emoção. Quando jovem, pensava na supremacia do homem como uma conseqüência de seu domínio do ambiente físico. Agora aprendemos que tal supremacia vem do entendimento e da manipulação do meio vivente. Não foi de outra maneira que o homem começou no

A Escalada do Homem

Crescente Fértil, ao pôr suas mãos nas plantas e nos animais, aprendendo a viver com eles, transformando o mundo às suas necessidades. Ao redescobrir a torre nos anos cinqüenta, Kathleen Kenyon encontrou-a vazia; para mim essa escada tem o significado de uma raiz axial, de um olheiro de entrada para as bases rochosas da civilização. E esta base sólida da civilização são os seres viventes, não o mundo físico.

Por volta de 6000 a.C., Jericó era um grande agrupamento agrícola. Na estimativa de Kathleen Kenyon contava três mil habitantes e, dentro de suas muralhas, estendia-se por cerca de quatro hectares. As mulheres moíam trigo utilizando pesados implementos de pedra que caracterizavam hábitos de uma comunidade sedentária. Os homens moldavam barro para o fabrico de tijolos, que estão entre os primeiros a serem conhecidos. As impressões dos polegares dos oleiros ainda podem ser observadas. Tanto o homem como o trigo de pão estão agora fixados em seus lugares. Uma comunidade sedentária também estabelece diferente tipo de relação com seus mortos. Dos habitantes de Jericó restaram alguns crânios que eram preservados e cobertos com elaboradas decorações. Não se conhece a razão dessa prática, que talvez fosse um ato de reverência.

Agora, nenhuma pessoa educada sob a influência do Antigo Testamento, como é o meu caso, pode deixar Jericó sem formular duas perguntas: Josué realmente destruiu esta cidade? E, terá ocorrido o desabamento das muralhas? Essas são as perguntas que atraem gente a este local e que o tornam uma lenda viva. À primeira pergunta a resposta é fácil: Sim. As tribos de Israel lutavam para aniquilar o Crescente Fértil que se estende ao longo da costa do Mediterrâneo, bordeja as montanhas da Anatólia e

25
Jericó é monumental, mais antiga do que a Bíblia, uma superposição de camadas de história, uma cidade.
Do sítio de Jericó: tijolo de barro seco; entalhe de amantes em quartzita; crânio decorado com massa e incrustado com conchas.
A torre de espreita de Jericó. Construída de pedra trabalhada e pré-7000 a.C.
A grade moderna cobre a parte oca central no interior da torre.

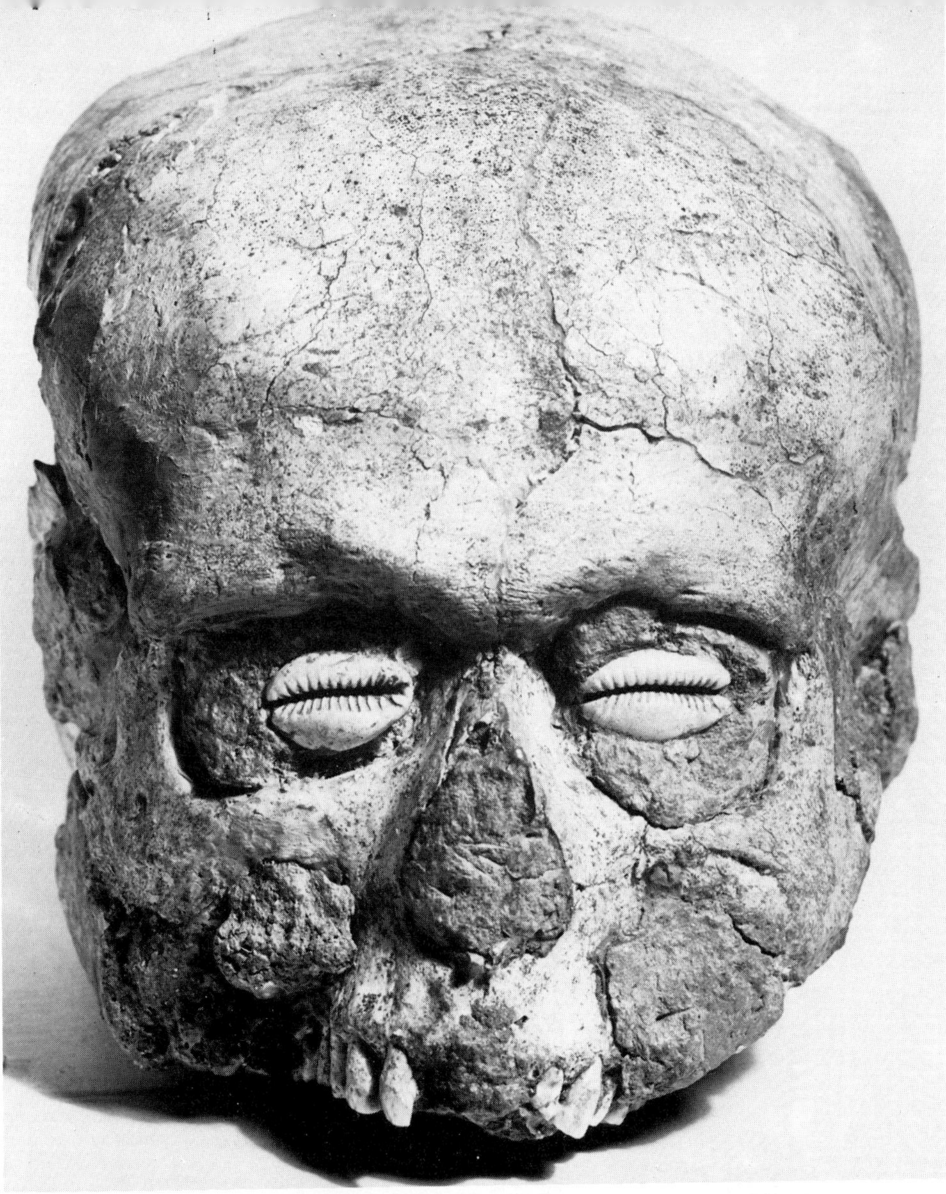

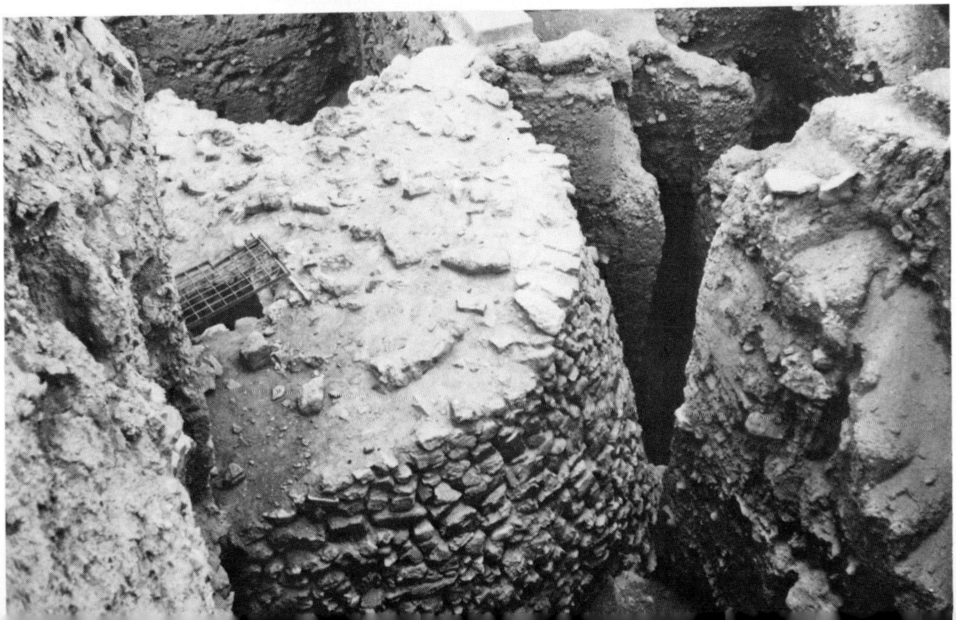

A Escalada do Homem

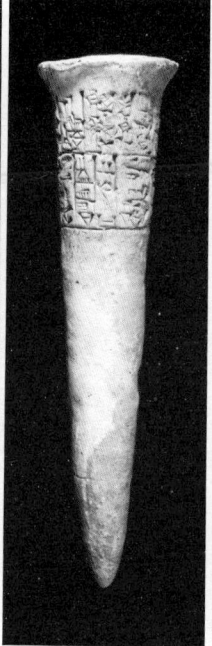

desce na direção do Tigre e Eufrates. E Jericó era uma posição estratégica, bloqueando o acesso às montanhas da Judéia e às terras férteis do Mediterrâneo. Assim, a cidade tinha de ser conquistada, o que aconteceu por volta de 1400 a.C. — há cerca de três mil e trezentos a três mil e quatrocentos anos. Como a história bíblica não foi escrita senão, talvez, até 700 a.C., o registro literário data de pelo menos dois mil e seiscentos anos.

Mas, e as muralhas, realmente desmoronaram? Não sabemos. Nenhum indício arqueológico neste local sugere ter havido uma queda abrupta e simultânea, em um só dia, de um conjunto de paredes. Entretanto, isso certamente aconteceu em diferentes épocas, e várias vezes. Em um período da era do bronze, um mesmo segmento da fortaleza foi reconstruído pelo menos dezesseis vezes. Note-se que esta é uma região de tremores de terra. Ainda hoje os abalos são diários aqui; em um século ocorrem quatro grandes terremotos. Apenas nos últimos anos chegamos a um entendimento do porquê dessa alta freqüência de abalos sísmicos ao longo deste vale. O Mar Vermelho e o Mar Morto se alinham em continuação ao *Rift Valley* Oriental

26
Uma cornucópia de objetos pequenos e sutis, tão importantes para a escalada do homem como qualquer equipamento da física nuclear. *Carpinteiro trabalhando uma peça de madeira com uma serra. Grego, 6.º século a.C. Prego recoberto por cerâmica, sumeriano, 2400 a.C. Forno de assar com pão dentro. Modelo de cerâmica. Ilhas gregas, 7.º século a.C. Brinquedo grego representando um macaco amassando azeitonas em um almofariz. Anção com uma prensa de vinho. Modelo em terracota, período romano.*

As Colheitas Sazonais

africano. Aqui, duas das plataformas que carregam os continentes, flutuando nas camadas mais densas da terra, são contíguas. Ao longo desta depressão, os encontros das plataformas produzem, na superfície da terra, ecos dos choques ocorridos nas profundidades. Como resultado disso, os terremotos sempre ocorrem ao longo do eixo do Mar Morto. Em minha opinião isso explica a recorrência de tantos milagres naturais nas descrições bíblicas: inundações, desaparecimento das águas do Mar Vermelho ou do Jordão e a queda das muralhas de Jericó.

A Bíblia é uma história curiosa, em parte folclórica, em parte documentária. A história é, evidentemente, contada pelos vencedores, e os israelitas ao irromperem nesta região se tornaram os depositários da história. A Bíblia é a história de um povo que teve de optar, e o fez, abandonando o nomadismo pastoral pela agricultura tribal.

Agricultura e pecuária parecem-me atividades elementares, mas, note-se que o alfanje natufiano é uma indicação de que elas não permanecem estáticas. Cada estágio da domesticação de plantas

Dê-me uma alavanca e eu *alimentarei* a Terra. *Arando com bois ajoujados, Egito.*

e de animais requer invenções, as quais surgem como inovações técnicas e acabam dando fundamento a princípios científicos. Os instrumentos básicos da mente-de-dedos-ágeis estão espalhados, despercebidos, em todas as povoações, em qualquer lugar do mundo. Formam uma cornucópia de artefatos modestos e despretensiosos, mas tão engenhosa, e, em um sentido profundo, tão importante na escalada do homem, como qualquer equipamento da física nuclear: a agulha, a sovela, o jarro, o braseiro, a pá, o prego e o parafuso, a linha, a laçada, o tear, o arreio, o anzol, o botão, o sapato — poder-se-ia enumerar uma centena em um fôlego só. A riqueza deriva da interação entre invenções; a cultura é uma multiplicadora de invenções, na qual o surgimento de um novo artefato aperfeiçoa e amplia o poder dos outros.

A agricultura sedentária gera a tecnologia básica para o desenvolvimento da física e de toda a ciência. Isso pode ser ilustrado estudando o aperfeiçoamento do alfanje. Observados superficialmente não há diferenças evidentes entre o alfanje de há dez mil anos, usado pelos forrageadores, e o de há nove mil anos, quando o trigo já era cultivado. Mas examinemo-los mais atentamente. O usado na ceifa do trigo de cultivo apresenta o fio serrilhado: isto porque se o trigo é golpeado os grãos caem no solo, mas se as hastes são cuidadosamente serradas os grãos permanecem nas espigas. Desde aí os alfanjes de segar trigo têm sido construídos dessa maneira — na minha infância, durante a Primeira Guerra Mundial, o alfanje curvo ainda era a ferramenta usada na ceifa do trigo. Tais aquisições tecnológicas e seus conhecimentos físicos subjacentes nos chegam de tantas partes da vida agrícola que, até, somos tentados a ponderar se não seriam as idéias a descobrirem os homens, em vez do contrário.

A invenção mais poderosa da agricultura é, sem dúvida, o arado. Uma lâmina sulcando a terra, essa é nossa concepção do arado. A lâmina, por si só, é uma invenção mecânica antiga e importante. Entretanto, o arado é mais do que isso, e esse mais é fundamental: é uma alavanca que revolve o solo, e nesse sentido uma das primeiras aplicações desse princípio. Muito tempo depois, quando Arquimedes explicava o princípio da alavanca aos gregos, afirmou que com um ponto de apoio e uma alavanca moveria a Terra. Mas, milhares de anos antes, o agricultor do Oriente Médio já havia dito: "Dê-me uma alavanca e eu *alimentarei* a Terra".

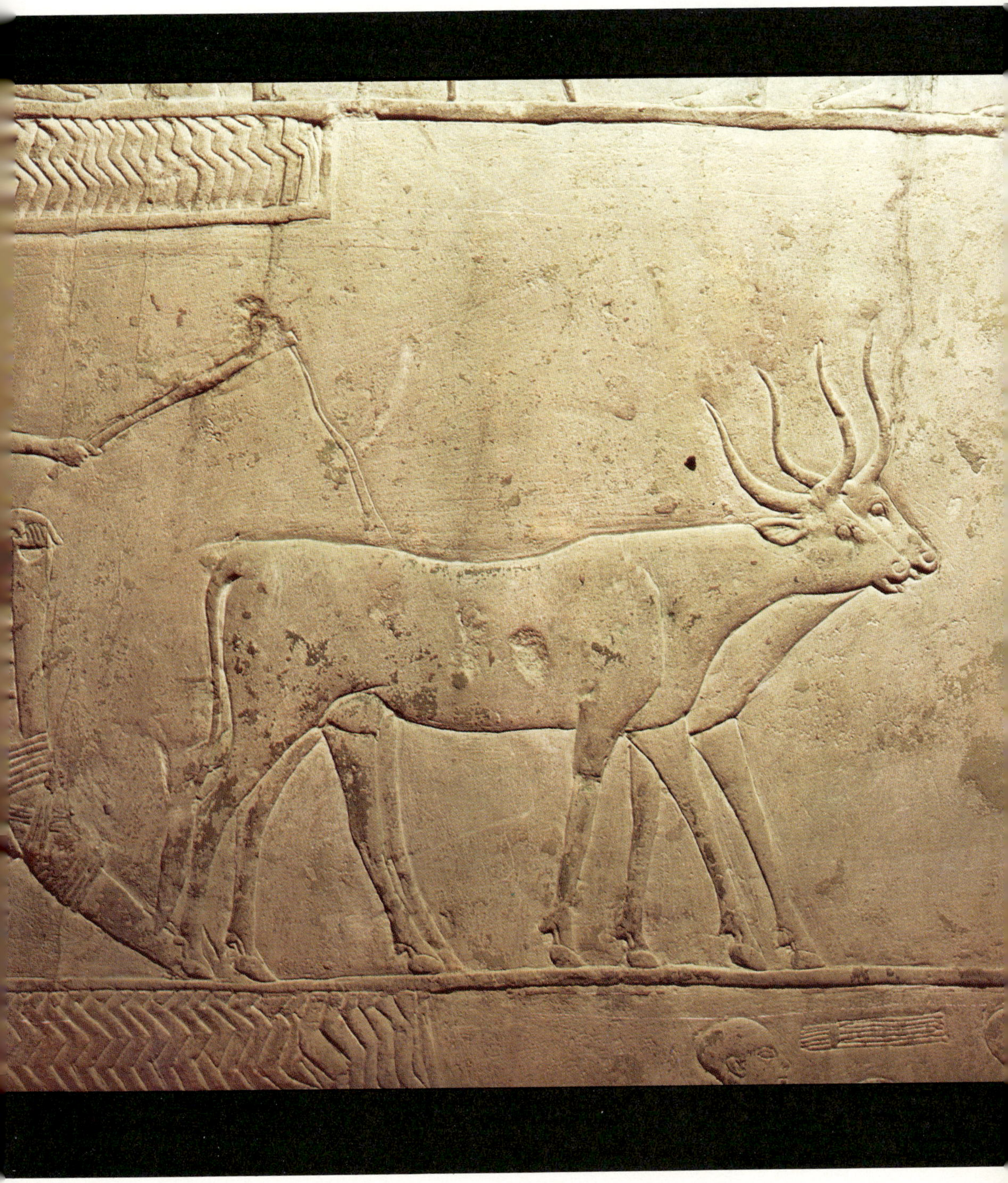

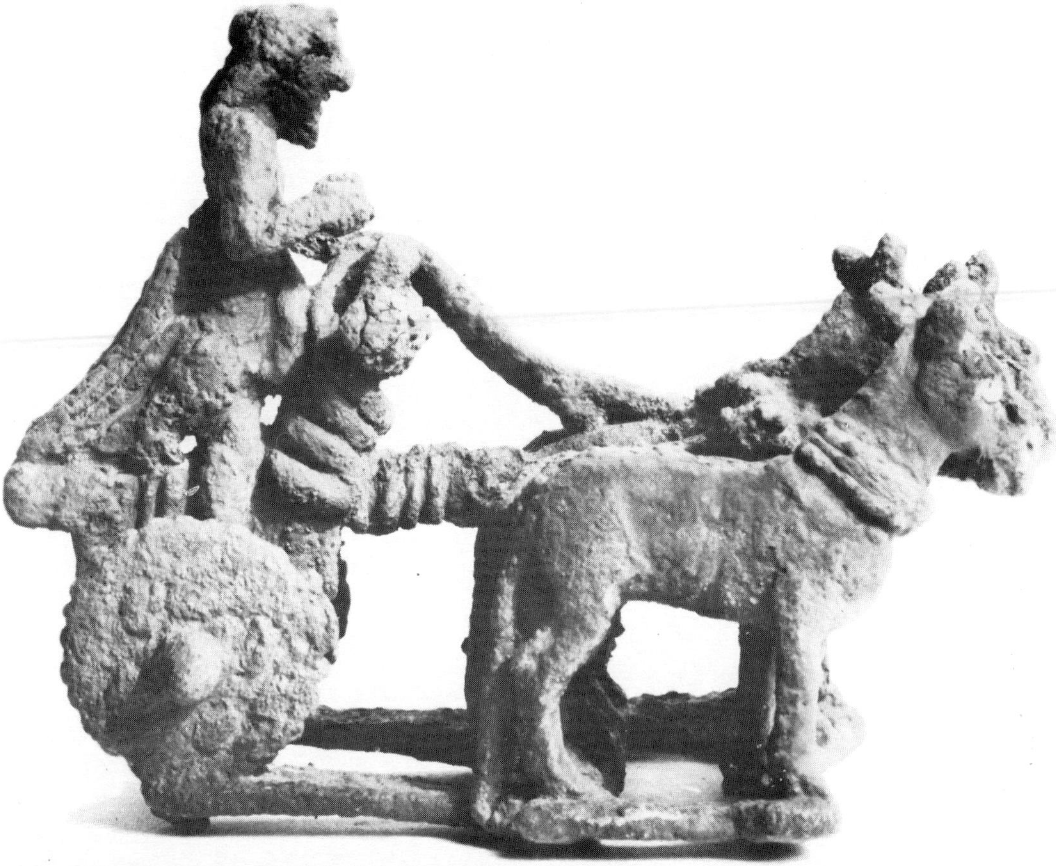

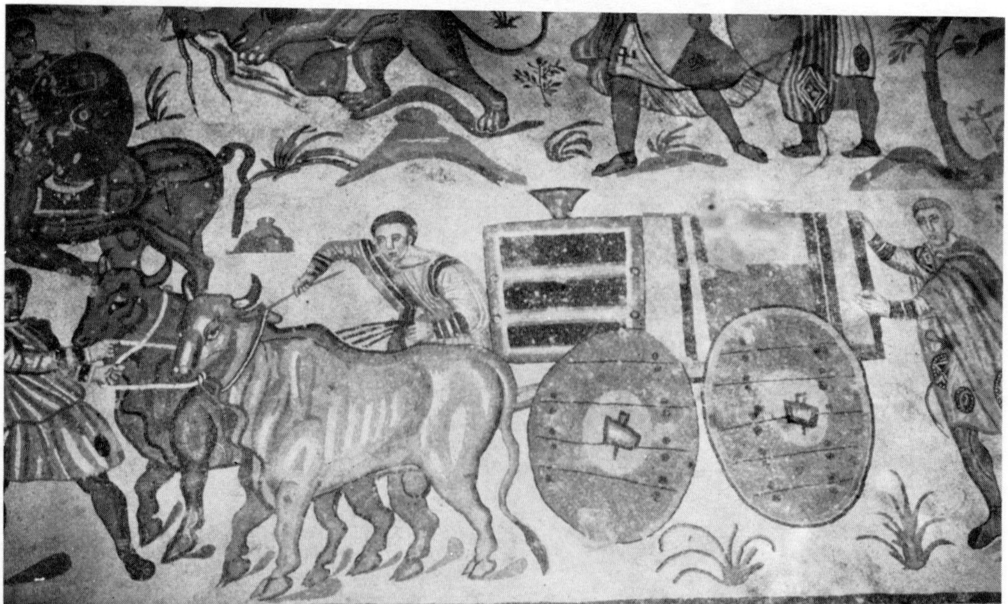

As Colheitas Sazonais

Mencionei acima o fato da agricultura ter sido inventada, pelo menos uma vez mais, muito mais tarde, na América. Mas o arado e a roda não o foram, uma vez que dependem de animais de tração. E o passo seguinte no desenvolvimento da agricultura do Oriente Médio foi justamente a domesticação de animais de tiro. Não tendo ensaiado esse passo biológico, o Novo Mundo ficou para trás, no nível do semeio de vara e da trouxa às costas; nem mesmo chegaram perto da roda do oleiro.

A existência da roda foi atestada, pela primeira vez, antes de 3000 a.C., no que agora é chamado Sul da Rússia. Esses primeiros achados consistem em sólidas rodas de madeira ligadas a plataformas mais antigas, usadas para arrastar cargas, transformada assim em um carro. Daqui para a frente a roda e o eixo tornam-se os pivôs de crescimento de todas as invenções. Por exemplo: aparece um instrumento para moer o trigo, usando para tal as forças naturais: primeiro animais e depois o vento e a água. A roda se torna o modelo de todos os movimentos de rotação, a norma de explanação e o símbolo supra-humano de poder, nas ciências e nas artes. O Sol é uma biga, o próprio céu é uma roda, desde os tempos em que os babilônios e gregos mapearam o movimento do firmamento estrelado. Para a ciência moderna o movimento natural (movimento não perturbado) segue uma trajetória retilínea; mas para a ciência grega o movimento natural (isto é, inerente à natureza), e portanto perfeito, seguia a trajetória do círculo.

Ao tempo em que Josué ameaçava Jericó, por volta de 1400 a.C., os engenheiros mecânicos da Suméria e da Assíria adaptaram a roda à forma de polia de puxar água. Ao mesmo tempo desenvolveram grandes projetos de irrigação. Suas torres de elevação ainda sobrevivem tais quais pontos de exclamação na paisagem da Pérsia. Elas atingem noventa metros de profundidade, onde alcançam os *qanats* ou rede de canais subterrâneos, em um nível em que o lençol de água natural está protegido da evaporação. Três mil anos após sua construção as mulheres da vila de Khuzistan ainda obtêm dos *qanats* as quotas de água que lhes vão permitir levar a cabo os mesmos afazeres domésticos das antigas comunidades.

Os *qanats* são construções que representam o produto de uma civilização urbana e, portanto, subentendem a existência de leis regulando os direitos de uso da água, de posse da terra e outras relações sociais. Em uma comunidade agrícola (as grandes fazendas coletivas da Suméria, por exemplo), o sentido da lei tem

28
A roda e o eixo representam a raiz dupla da qual nascem as invenções. *Modelo de cobre de um carro de guerra. Mesopotâmia, c. 2800 a.C. Mosaico romano exibindo um carro com rodas sólidas.*

A Escalada do Homem

caráter diferente daquele de uma lei nômade sobre o roubo de cabras e ovelhas. Agora, a estrutura social é mantida através de leis dirigidas a assuntos que afetam a comunidade como um todo: o acesso à terra, a concessão e o controle do direito de uso da água, o direito de usar e trocar aquelas preciosas construções das quais dependem as colheitas sazonais.

    A esta altura o artesão já conquistou o *status* de inventor. Ao incorporar princípios mecânicos básicos em ferramentas elaboradas cria, de fato, as precursoras das máquinas. Exemplos destas são tradicionais no Oriente Médio. O torno-de-arco, por exemplo, usa um esquema clássico de transformação de movimento linear em rotatório. A engenhosidade do esquema consiste no enrolar um cordão em um tambor e amarrar suas pontas às extremidades de uma espécie de arco de violino. A peça de madeira a ser trabalhada é fixada ao tambor que gira de acordo com os movimentos ritmados do arco, enquanto a madeira é cortada com o auxílio de um formão. O instrumento data de alguns milhares de anos, mas eu o vi sendo usado por ciganos, no fabrico de pernas de cadeiras, em um bosque inglês em 1945.

As Colheitas Sazonais

29
O torno-de-arco representa um dos esquemas clássicos no sentido de transformar um movimento linear em rotatório. *Carpinteiros de meados do século dezenove, trabalhando com torno-de-arco. Índia Central.*

A máquina é um dispositivo que aproveita o poder da natureza. Isto é verdade tanto para o simplérrimo fuso usado pelas mulheres bakhtiari, como para o histórico primeiro reator nuclear e toda a sua progênie. Contudo, à medida que a máquina foi utilizando fontes de energia cada vez mais poderosas, ela foi-se desvinculando de sua utilidade natural. Como, em sua forma atual, a máquina passou a representar uma ameaça para nós?

O fulcro dessa questão está na escala do poder que a máquina pode gerar. Coloquemos o problema em forma de alternativas: o poder da máquina está dentro da escala de trabalho para a qual foi designada ou, então, é aquele tão desproporcional a ponto dela poder dominar o usuário e distorcer sua utilidade? Assim enunciada, a questão tem suas origens em um passado longínquo; tudo começou quando o homem disciplinou uma força muito maior que a sua própria: a força animal. Toda máquina é uma espécie de animal de tiro — mesmo o reator nuclear. Ela aumenta o rendimento que o homem vem obtendo da natureza desde os primórdios da agricultura. Portanto, cada máquina reaviva o dilema original: a produção de energia responde à demanda da sua utilização específica, ou sua disponibilidade excede os limites da sua utilização construtiva? O conflito dessas escalas de poder já estava presente na gênese da história humana.

A agricultura representa uma parte da revolução biológica; a domesticação e o treino de animais, a outra. A domesticação se desenvolve em uma seqüência ordenada. O cão foi o primeiro, talvez mesmo antes de 10000 a.C. Depois vieram os animais de abate, começando pelas cabras e ovelhas. Seguiram-se os animais de carga, representados por espécies de jumentos selvagens. Os animais aumentam a produção muito além do que consomem. Mas isso é verdadeiro apenas na medida em que os animais permanecem modestamente nas funções produtivas a eles destinadas, isto é, como servos no trabalho agrícola.

À primeira vista não era esperado que os animais domésticos representassem, eles mesmos, uma ameaça às reservas de grãos, essencial à sobrevivência de uma comunidade sedentária. Isso é surpreendente porque são justamente o boi e o jumento que permitiram acumular essas reservas. (O Velho Testamento recomenda cuidadosamente que lhes sejam dispensados bons tratos; por exemplo, proíbe ao camponês atrelar boi e jumento a um mesmo arado, uma vez que esses animais trabalham em passos diferentes.) Mas, em torno de cinco mil anos atrás surge um outro animal de tração — o cavalo. Este último é desproporcionalmente mais rápido, mais forte e mais dominador do que todos os seus antecessores. E, daqui para a frente, vai se constituir na ameaça aos estoques alimentares da comunidade.

Tal qual o boi, o cavalo começou puxando carros de rodas — mas, logo ganhou em esplendor ao ser atrelado a charretes nas paradas reais. Então, mais ou menos em 2000 a.C., o homem aprendeu como montá-lo. No seu tempo essa invenção deve ter parecido tão surpreendente quanto a das máquinas voadoras. Inicialmente o cavalo era um animal pequeno e, como o lhama da América do Sul, não agüentava carregar um homem em seu lombo por muito tempo. Portanto, foi preciso desenvolver uma variedade maior e mais robusta. O uso regular do animal de sela começa em tribos nômades criadoras de cavalos. Eram homens da Ásia Central, Pérsia, Afganistão e além; no Ocidente eram chamados citas, denominação coletiva para uma criatura desconhecida e aterrorizadora, um fenômeno da natureza.

Note-se que, para o espectador, o cavaleiro é mais do que um homem: ele olha altaneiro para os outros e se movimenta com um poder impressionante, deixando à margem o mundo vivente. Tendo domado plantas e animais para seu uso, ao montar o cavalo o homem realizou muito mais do que um simples gesto, ele estabeleceu um símbolo de domínio sobre toda a criação. Em tempos históricos temos um exemplo desse fato representado pelo pavor e desconcerto causado nos exércitos do Peru pelos cavaleiros espanhóis que os conquistaram em 1532. Assim, muito antes, os citas haviam representado esse terror, vencendo os povos ainda desconhecedores da técnica de montar. Para os gregos o cavaleiro cita era uma só criatura (sintetizando homem e cavalo), e daí surge a lenda do centauro. Na verdade, aquele outro híbrido humano da imaginação grega, o sátiro, era, originalmente, não meio bode, mas, sim, meio cavalo; tão profundo foi o impacto do tropel dessas criaturas vindas do Leste.

Não nos é possível, hoje, reconstruir o terror que o cavalo montado imprimiu, em sua primeira aparição, nos povos do Oriente Médio e do Leste Europeu. Há aí uma diferença de escala que só pode ser comparada à chegada dos tanques na Polônia em 1939, arrasando tudo que encontravam pela frente. De minha parte, acredito que a importância do cavalo na história européia tem sido subestimada. Em um certo sentido, a guerra como uma

30
As hordas móveis transformaram a organização da batalha.
Cavalaria mongol de Jami'al-Tawarikh, "A História do Conquistador do Mundo", completada em 1306 a.C. por Rashid al-Din, vizir e escriba junto à Oljeitu Khan. Tropas atravessando um rio durante a invasão mongol da Índia.

جماعة من جرده الفارسي على حصار المسلم فودعت الروس الى ببلد وقاربت النفوس منها وحطبت صرب السيوف بين بمن مفار

بحصار للضلاع والسباع من بعض تلك الاسواحي شعبة كشته به والموضع ووقعت واندا المبانى لكبه دمه الملك والدراري والجوارى

١٠٨٦

atividade nômade foi iniciada com o cavalo. Essa foi a contribuição dos hunos, depois dos frígios e, ainda depois dos mongóis, até atingir um clímax muito mais tarde sob a égide de Genghis Khan. As hordas móveis transformaram particularmente a organização da batalha. Eles concebiam a estratégia de guerra de forma diferente — uma estratégia semelhante a disputas ou jogos guerreiros; e como os guerreiros gostam de jogar!

A estratégia das hordas móveis depende de manobras, de comunicações rápidas, e de deslocamentos táticos estudados, os quais podem ser organizados em diferentes seqüências, mantendo a surpresa dos ataques. Os resquícios dessa prática permanecem representados nos jogos bíblicos de origem asiática, ainda hoje apreciados, como o xadrez e o pólo. Para os vitoriosos a estratégia de guerra é sempre tomada como uma espécie de jogo. Ainda hoje é praticado no Afganistão um jogo, o Buz Kashi, que tem suas origens nas competições eqüestres introduzidas pelos mongóis.

Os homens que participam do jogo do Buz Kashi são profissionais — o que significa que são empregados, e tanto eles como os cavalos são treinados e mantidos unicamente para as glórias da vitória. Em grandes ocasiões cerca de trezentos homens, de diferentes tribos, participavam da competição; já fazia vinte ou trinta anos que isso não acontecia, até que nós organizamos uma.

Os participantes do Buz Kashi não formam equipes. A finalidade da competição não é confrontar grupos, mas, sim, consagrar um campeão. Há campeões famosos do passado que são reverenciados. O presidente desta competição foi um campeão no passado. Ao presidente compete transmitir as ordens através de um imediato, que pode ser um beneficiário do jogo, embora menos importante. Esperaríamos ver uma bola, mas, fazendo as vezes dela, o que encontramos é um bezerro decapitado. (Essa brincadeira macabra diz alguma coisa a respeito do caráter do jogo: é como se os cavaleiros estivessem se divertindo com o alimento dos camponeses.) A carcaça pesa uns vinte quilos, e deve ser arrebatada e defendida contra as investidas dos outros, à medida que é levada através de dois estágios. O primeiro consiste em levar a carcaça até a haste de uma bandeira às margens do campo e contorná-la. O estágio crucial é a volta; constantemente assediado, o cavaleiro tem de atingir o gol, que é um círculo marcado no centro do campo, bem no meio da confusão.

O jogo é ganho quando o primeiro gol é marcado, assim, não há tréguas. Isto não chega a ser um evento esportivo; as regras não

31
Ao ver os cavaleiros citas, os gregos tomaram cavalo e cavaleiro como formando um ser único; a partir desse fato é que inventaram a lenda do centauro.
Vaso grego decorado, c.560 a.C. Centauros e uma formação armada.

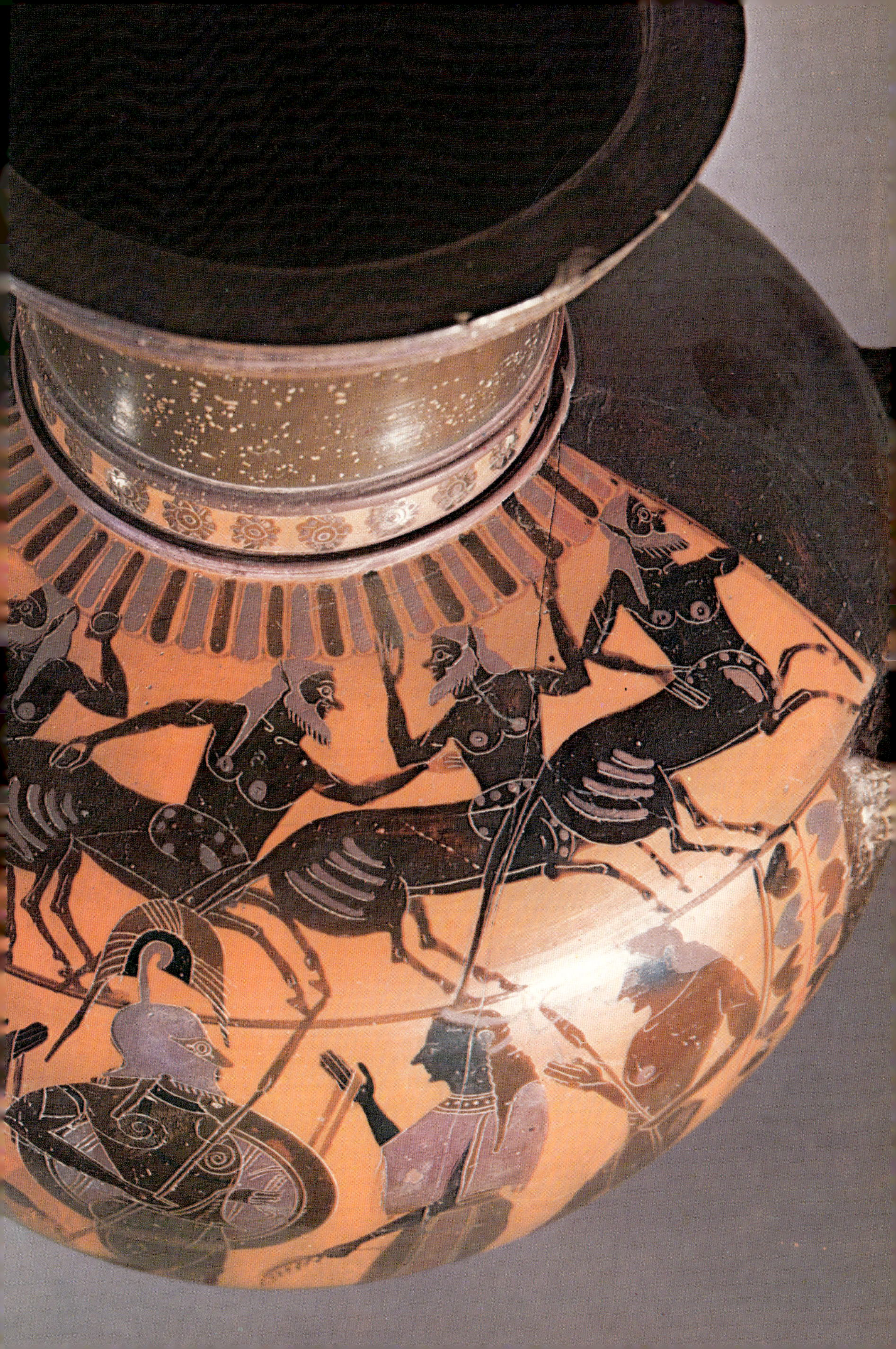

32
Ainda hoje é praticado no Afganistão um jogo, o Buz Kashi, que tem suas origens nas competições eqüestres introduzidas pelos mongóis.

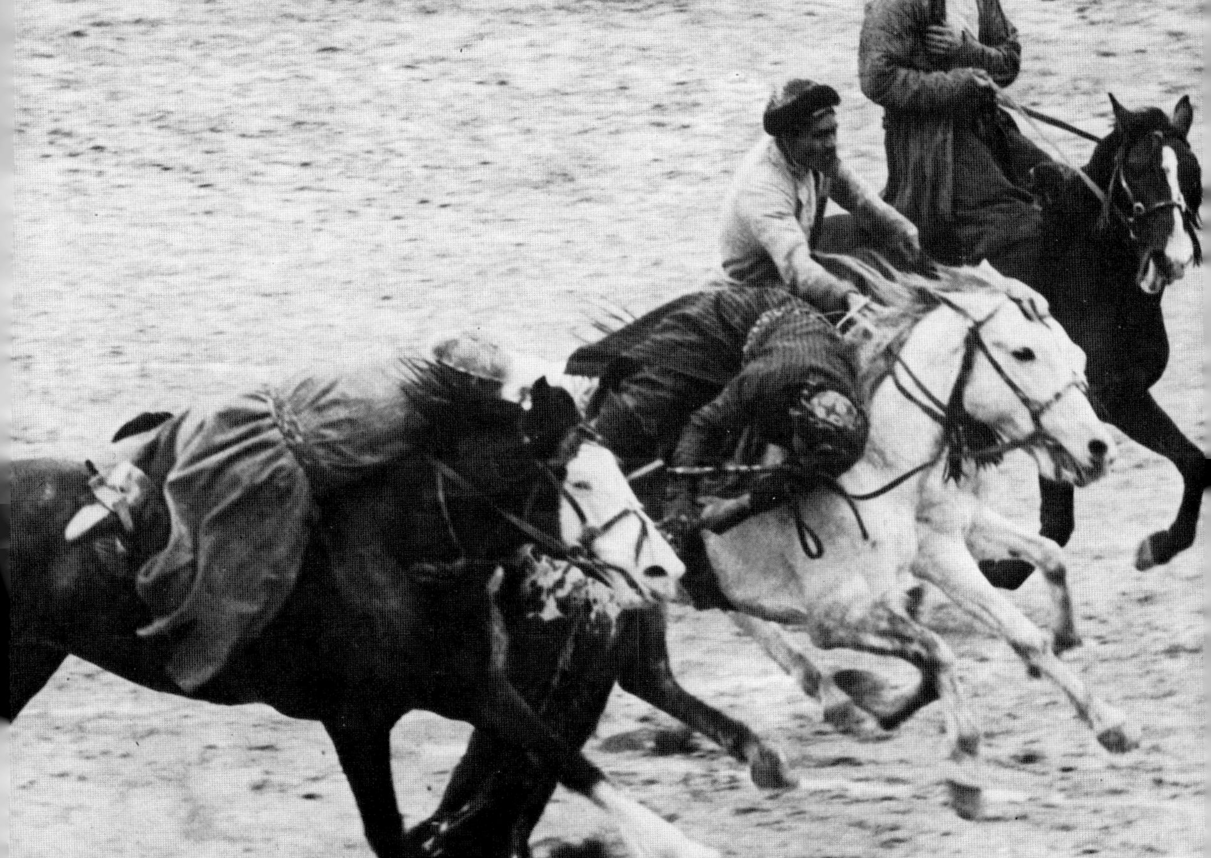

A Escalada do Homem

tocam em lealdade e respeito entre competidores. As táticas são essencialmente mongóis; uma disciplina de truques: o aspecto surpreendente desse jogo foi o mesmo que confundiu os exércitos inimigos dos mongóis; aquilo que mais parece um tropel bárbaro e indisciplinado é, na realidade, cheio de manobras e termina em um repente, quando o vencedor dispara desimpedido para o círculo central.

Tem-se a impressão de que o envolvimento emocional, toda a excitação, vem da platéia e não chega a atingir os cavaleiros. Estes se mostram atentos mas frios; cavalgam de forma brilhante mas rude, e estão absorvidos não no jogo mas, sim, na vitória. Terminado o jogo, o campeão se deixa envolver pela excitação geral. Ele deve solicitar a confirmação do gol ao presidente, uma vez que, mesmo nessa confusão, o esquecimento dessa atitude cavalheiresca pode invalidar o gol. Felizmente o presidente confirma o resultado.

O Buz Kashi é um jogo guerreiro. O que o torna eletrizante é a ética eqüestre: cavalgar como num passe de guerra. Expressa a cultura monomaníaca da conquista; o predador se portando como herói porque ele cavalga o redemoinho. Mas o vento é vazio. Cavalo ou tanque, Genghis Khan ou Hitler ou Stalin só podem existir montados no trabalho de outros homens. Em seu papel histórico de guerreiro o nômade ainda é um anacronismo, e pior que isso, em um mundo que descobriu, nos últimos doze mil anos, ser a civilização uma obra de povos sedentários.

Subjacente a toda a extensão deste ensaio esteve sempre presente o conflito entre nomadismo e sedentarismo como estilos de vida. Assim, à guisa de epitáfio, seria apropriado irmos até o alto, inóspito e castigado pelo vento platô de Sultaniyeh na Pérsia onde se frustrou a última tentativa da dinastia mongol de Genghis Khan de consolidar a supremacia da vida nômade. Deve-se notar que a invenção da agricultura há doze mil anos, por si só, nem estabeleceu e nem confirmou a vida sedentária. Ao contrário, a domesticação de animais, que foi um produto da agricultura, contribuiu para revigorar a economia nômade: a domesticação de cabras e ovelhas e depois, mas principalmente, a domesticação do cavalo. Este animal deu a base do poder às hostes mongóis de Genghis Khan, e possibilitou a organização para conquistar a China, os Estados islâmicos e chegar às portas da Europa Central.

33
Platô de Sultaniyeh na Pérsia, alto, castigado pelo vento e inóspito, onde se frustrou a última tentativa de se estabelecer a supremacia do modo de vida nômade.
Túmulo de Oljeitu Khan, quinto na linhagem de Genghis Khan, governador das terras persas de 1304 a 1316 sob o império mongol. A página mostrada é uma dedicatória a Oljeitu em um manuscrito do Alcorão, datado de 1310.

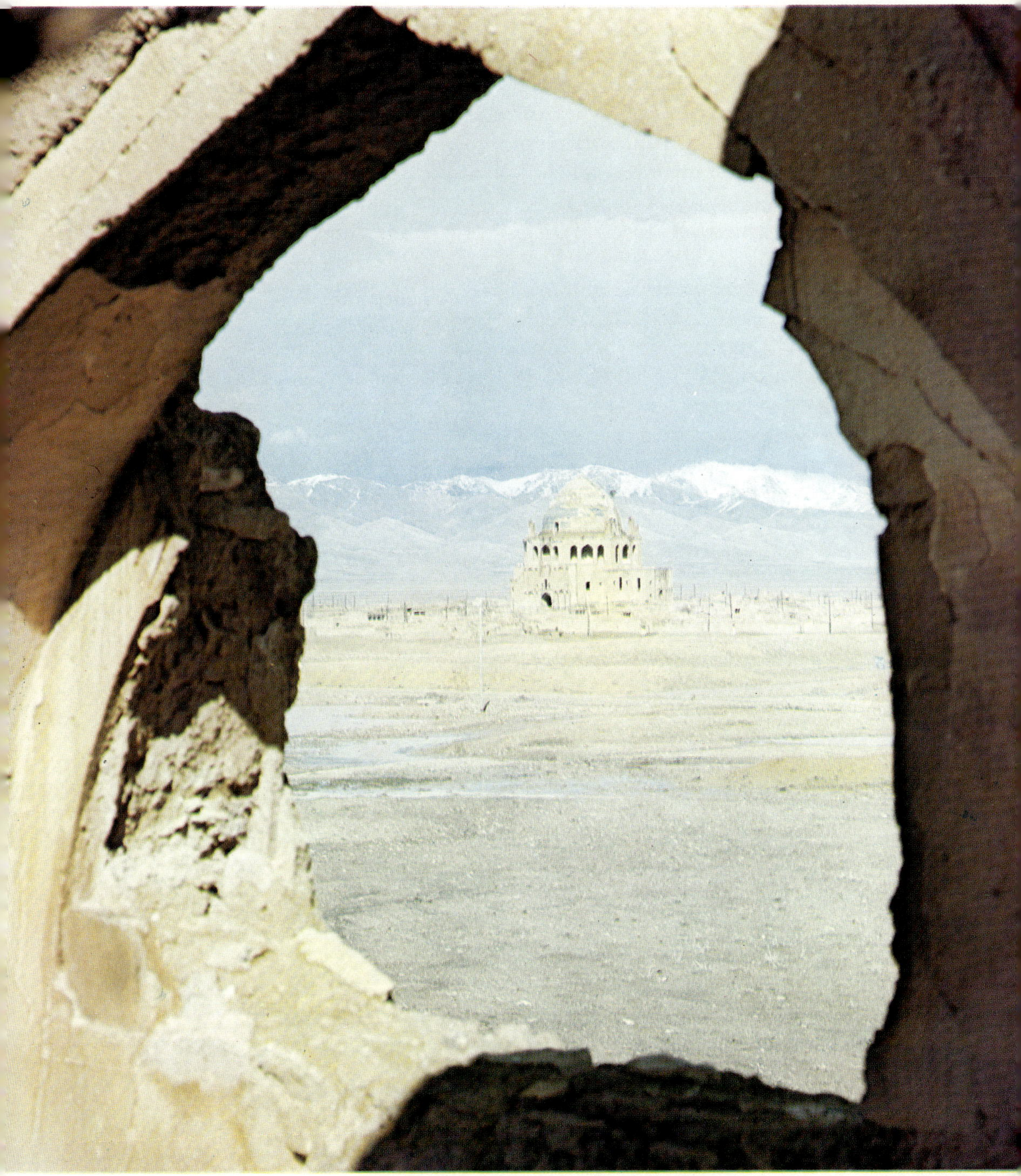

A Escalada do Homem

Genghis Khan era um nômade e inventor de uma poderosa máquina de guerra — essa conjunção pode esclarecer muita coisa sobre as origens da guerra na história humana. É claro que podemos cerrar os olhos à história e ir especular sobre algum instinto animal como responsável pela gênese desses conflitos: como se nós, à semelhança do tigre, ainda tivéssemos de matar para viver ou, tal qual o sabiá-laranjeira, defender o território do ninho. Mas a guerra, a guerra organizada, não é um instinto humano. Ela representa muito mais uma forma altamente organizada de cooperação para o roubo. E essa forma de roubo se iniciou há dez mil anos quando os agricultores acumularam reservas de alimentos, e os nômades assomaram do deserto com o objetivo de conseguir aquilo que, por eles mesmos, não podiam produzir. Evidência para isso encontramos nas muralhas de Jericó e em sua torre pré-histórica. Esse foi o começo da guerra.

Genghis Khan e sua dinastia mongol trouxeram até o nosso milênio a pilhagem como meio de vida. De 1200 e 1300 d.C. viu-se a última tentativa de se estabelecer o domínio do salteador que nada produz sobre o camponês que não tinha para onde fugir. Em seu modo irresponsável, o nômade vinha apropriar-se das reservas acumuladas da agricultura.

Entretanto, a tentativa falhou. Falhou principalmente porque os mongóis nada puderam fazer senão assimilar os costumes dos povos por eles conquistados. Tendo dominado os muçulmanos, eles próprios se converteram ao islamismo. Acabaram por se estabelecer em comunidades porque a pilhagem, a guerra, não são estados permanentes que possam ser mantidos. É fato que os ossos de Genghis Khan ainda foram espalhados entre seus seguidores através dos campos. Mas seu neto, Kublai Khan, já era um construtor e monarca estabelecido na China; vocês se lembram do poema de Coleridge;

> Em Xanadu, de fato, Kublai Khan
> Majestosa mansão mandou construir.

O quinto dos sucessores de Genghis Khan foi o sultão Oljeitu, que veio a este tenebroso planalto pérsico a fim de construir uma nova cidade-capital, Sultaniyeh; o que resta de seu próprio mausoléu foi, mais tarde, modelo para grande parte da arquitetura islâmica. Oljeitu era um monarca liberal e para cá trouxe homens de todas as partes do mundo. Era inicialmente cristão,

As Colheitas Sazonais

tornou-se budista e, mais tarde, maometano e tentou, realmente, criar as condições para que sua corte fosse internacional. Essa foi uma contribuição importante dos nômades para a civilização; recolheram culturas dos quatro cantos do mundo, juntaram-nas, misturaram-nas e então, mandaram-nas de volta para fertilizar a terra.

A ironia da derradeira proposição dos nômades mongóis para o poder está no fato de, ao morrer, Oljeitu ser conhecido como Oljeitu, o Construtor. A agricultura e o modo de vida por ela criado formavam agora um degrau sólido da escalada do homem, instalando uma nova forma de harmonia entre os homens, que iria frutificar no futuro: a organização urbana.

In his hand he took the Golden Compasses, prepared
In Gods eternal store, to circumscribe
This Universe, and all created things.
One foot he centerd, and the other turn'd
Round through the vast profundity obscure;
And said, thus far extend, thus far thy bounds
This be thy just circumference, O World.

3   A TEXTURA DA PEDRA

> Na mão
> Tomou o compasso dourado, da fábrica
> Eterna de Deus, para circunscrever
> O Universo, e todas as coisas criadas:
> Uma ponta pousou, e a outra girou
> À volta da vasta escuridão profunda,
> E disse: eis a tua extensão, os teus limites,
> Seja esta a tua Circunferência, Ó Mundo.
>
> Milton, *Paraíso Perdido*, Livro VII

John Milton descreveu e William Blake desenhou a formação da Terra por um único movimento rápido do Compasso de Deus. Mas essa é uma imagem excessivamente estática dos processos naturais. A existência da Terra data de mais de quatro bilhões de anos. Ao longo desse tempo ela tem sido plasmada e transformada por dois tipos de ações. Forças ocultas no interior da terra têm consolidado as camadas, elevado e deslocado as massas rochosas. Na superfície, a erosão da neve, da chuva, da tempestade, dos rios e dos oceanos, o sol e o vento, esculpiram a arquitetura natural.

O homem também acabou se tornando arquiteto do seu meio ambiente, mas ele não comanda forças tão poderosas quanto as da natureza. Seu método tem sido seletivo: uma abordagem intelectual na qual a ação depende do entendimento. Eu escolhi acompanhar sua história tomando por base as culturas do Novo Mundo, que são mais recentes do que as da Europa e da Ásia. Meu primeiro ensaio teve como objeto a África Equatorial, porque foi aí que o homem começou; e o segundo ensaio sobre o Oriente Médio, porque aqui nasceu a civilização. Entretanto, agora, já é tempo de lembrar ter o homem alcançado outros continentes em sua longa caminhada através da Terra.

O Canyon de Chelly que, sem interrupção, desde o nascimento de Cristo, tem sido habitado por uma tribo de índios após outra, mostra os mais antigos vestígios da presença humana na América do Norte. Na frase espirituosa de Sir Thomas Browne: "Enquanto na *América* os caçadores estão acordados, na *Pérsia*, já passaram pelo primeiro sono". Por volta do nascimento de Cristo os

34
John Milton descreveu, e William Blake desenhou, a formação da Terra por um único movimento rápido do Compasso de Deus.
Aquarela de William Blake de 1794 para o frontispício de Europa, uma profecia.

caçadores estavam se preparando para a agricultura no Canyon de Chelly, ensaiando os mesmos passos já percorridos no Crescente Fértil do Oriente Médio, ao longo da escalada do homem.

Qual a razão do grande atraso para o início da civilização no Novo Mundo em relação ao Velho? Evidentemente porque o homem chegou mais tarde ao Novo Mundo. Chegou antes da invenção do barco; o que implica uma travessia por terra, através dos estreitos de Bering, quando estes ainda formavam uma extensa ponte de terra durante a última glaciação. Indícios glaciológicos apontam dois períodos possíveis para a caminhada do homem, desde os promontórios do extremo leste do Velho Mundo, para além da Sibéria, até a desolação rochosa do Oeste do Alaska, no Novo. Um período entre 28000 a.C. e 23000 a.C., e o outro entre 14000 a.C. e 10000 a.C. Depois disso, as torrentes do degelo da última glaciação novamente elevaram o nível do mar uma centena de metros, fechando, assim, a porta às migrações para o Novo Mundo.

Dessa maneira, o homem veio da Ásia para a América entre trinta e dez mil anos atrás, e essa transferência não se deu, necessariamente, de uma só vez. Há sinais arqueológicos (locais pré-históricos e ferramentas) de que duas correntes distintas de cultura chegaram à América. Além disso, e parece-me ainda mais significativo, há indícios biológicos sutis, mas persuasivos, que só posso interpretar como significando que o homem veio em duas pequenas migrações sucessivas.

As tribos indígenas das Américas do Norte e do Sul não são portadoras de todos os grupos sangüíneos encontrados em outras populações. Esse inesperado capricho biológico pode revelar-nos algo sobre a ascendência dessas tribos. A natureza da transmissão genética dos grupos sangüíneos é tal que, analisada em uma grande população, pode fornecer dados sobre o passado genético. A ausência total do grupo sangüíneo A em uma população implica, com certeza quase absoluta, a não--existência de ancestrais portadores desse grupo sangüíneo; o mesmo acontece em relação ao grupo sangüíneo B. Na América isto é o que de fato acontece. As tribos das Américas Central e do Sul (do Amazonas, dos Andes e da Terra do Fogo) pertencem inteiramente ao grupo sangüíneo O; o mesmo acontece com algumas tribos da América do Norte. Outras tribos, entre elas os sioux, os chippewa e os pueblos, são portadoras de grupo

35
O Canyon de Chelly no Arizona é um vale secretivo e asfixiante. *Fotografia de T. H. Sullivan de 1873 de ruínas pueblas, denominada "A Casa Branca".*

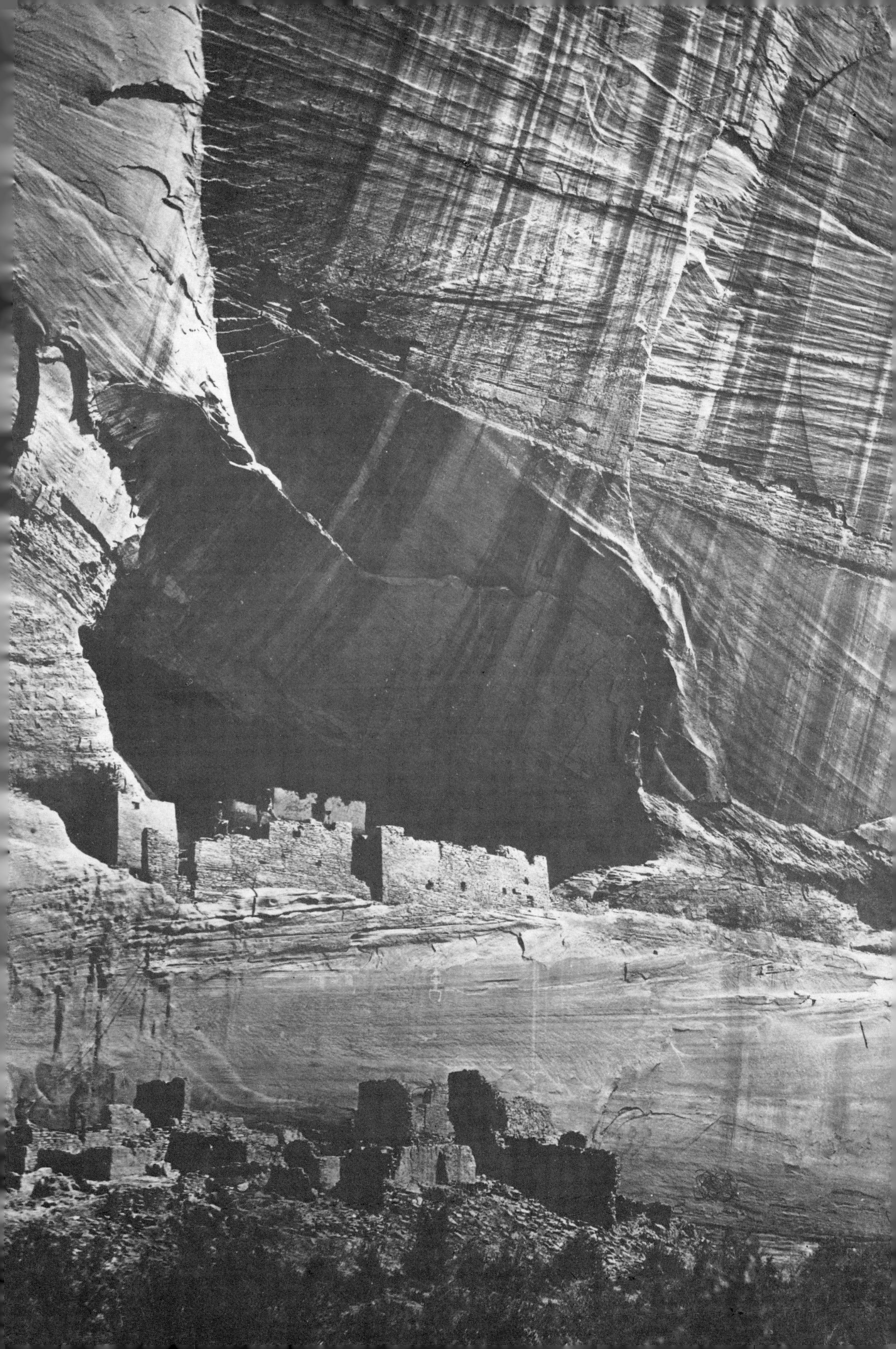

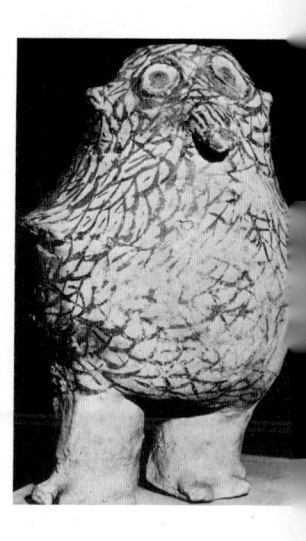

sangüíneo O, com uma mescla de dez a quinze por cento de grupo sangüíneo A.

Em resumo, a evidência é a de que não há grupo sangüíneo B representado na América, como acontece em outras partes do mundo. Nas Américas Central e do Sul toda a população indígena original é do grupo sangüíneo O. Na América do Norte estão representados os grupos sangüíneos O e A. Não me ocorre nenhuma outra forma sensata de interpretar esses achados, a não ser supondo uma primeira migração de um grupo modesto e aparentado (todos de grupo sangüíneo O) que, chegando à América se multiplicou, espalhando-se em direção ao Sul. Uma segunda migração, ainda de pequenos grupos, mas, agora, de portadores de grupos sangüíneos A somente, ou de A e O. Estes últimos se fixaram na América do Norte apenas, e, por assim dizer, seriam mais recentes.

A agricultura do Canyon de Chelly reflete essa chegada tardia. Embora o milho já fosse cultivado há muito tempo nas Américas Central e do Sul, aqui ele só aparece no início da era cristã. O povo é muito despojado, não tem casas e vive em cavernas. Por volta de 500 d.C. aparece a cerâmica. As choças eram cavadas nas paredes das cavernas, tendo por cobertura tetos de barro moldado ou de adobe. Até cerca do ano 1000 d.C. o Canyon permaneceu imutável nesse estágio, quando a grande civilização pueblo chega com os tijolos de pedra.

36
A Natureza esconde seus segredos ao homem quando ele lhe impõe essas formas cálidas, roliças, femininas e artísticas.
Pote pueblo em forma de coruja. Período cesteiro, século VIII.
Pote pueblo, século VIII.

Note-se que estou traçando uma nítida linha separando a arquitetura baseada na moldagem e aquela resultante de ajustamento de partes distintas. Essa distinção pode parecer simplória, entre casa de barro e casa de tijolo de pedra. Na realidade isso representa uma diferença intelectual fundamental, e não apenas tecnológica. Sempre que o homem a conseguiu, essa distinção representou o mais importante passo na sua evolução: trata-se aqui de diferenciar a ação manipulatória da mão da sua capacidade de dividir e analisar partes de um todo.

Tomar uma quantidade de barro e moldá-lo na forma de uma bola, de uma estátua, de uma caneca ou de uma choupana, parece-nos a coisa mais natural do mundo. À primeira vista poderíamos pensar que esse molde foi tirado de uma forma da natureza. Entretanto, isso não é verdade. O molde veio do homem. O pote não representa senão a concavidade da mão em concha; a choupana reflete a ação modeladora do homem. E a

A Textura da Pedra

natureza esconde seus segredos ao homem quando ele lhe impõe essas formas cálidas, roliças, femininas e artísticas. Nada mais é refletido do que a forma da própria mão.

Uma outra ação da mão humana é diferente e oposta. Acontece quando ela racha madeira ou quebra pedra; essas ações (com ajuda de ferramentas) exploram além da aparência superficial das coisas e, portanto, se tornam instrumentos de descobertas. Há um grande avanço intelectual no ato de rachar um pedaço de madeira ou de rocha, desnudando à análise a forma que a natureza lhes havia imposto. Os pueblos deram esse passo nos penhascos de rocha vermelha que se elevam a trezentos metros nas construções do Arizona. Os estratos tabulares ali estavam para serem cortados e os blocos foram assentados em planos semelhantes àqueles do Canyon de Chelly.

Desde tempos remotos o homem vinha trabalhando diferentes tipos de rocha no fabrico de ferramentas. Algumas vezes a rocha tinha uma textura natural; algumas vezes o ferramenteiro, aprendendo a maneira exata de golpear a pedra, criava as linhas de clivagem. A idéia deve ter surgido, em primeiro lugar, do trabalho de rachar madeira, porque esta tem uma estrutura visivelmente fácil de ser aberta no sentido longitudinal das fibras, mas difícil de lascar no sentido transversal. Assim, a partir desse modesto começo, o homem é agraciado com uma visão reveladora das leis da composição das estruturas. A mão já não mais se impõe às formas das coisas. Pelo contrário, ela se torna um instrumento que à descoberta alia o prazer, no qual a ferramenta transcende o seu uso imediato, penetrando e arrancando do material os segredos das qualidades que estavam ocultos no seu bojo. À semelhança do lapidador que trabalha o cristal, descobrimos as leis secretas da natureza na estrutura interna da matéria.

A descoberta de uma ordem subjacente à estrutura da matéria se constitui no conceito humano básico para posteriores explorações da natureza. A arquitetura das coisas revela uma estrutura sob a aparência, uma textura que, quando desnudada, torna possível isolar as diferentes conformações naturais e reagrupá-las em múltiplas combinações. Na escalada do homem isto representa para mim o passo que marca o início da ciência teórica. Tal aquisição é pertinente tanto à maneira pela qual o homem concebe sua própria comunidade como ao seu conceito da natureza.

A Escalada do Homem

Nós, seres humanos, somos agrupados em famílias, as famílias em grupos de parentesco, os grupos de parentesco em clãs, os clãs em tribos e as tribos em nações. O senso de hierarquia, de uma pirâmide na qual uma camada se superpõe à outra, manifesta-se no modo como olhamos a natureza. As partículas elementares formam núcleos, os núcleos se agrupam em átomos, os átomos em moléculas, estas em bases amídicas e as bases dirigem a combinação de ácidos aminados que, por sua vez, se combinam para formar proteínas. Encontramos de novo, na natureza, algo que parece corresponder profundamente à maneira pela qual nossas relações sociais nos congregam.

O Canyon de Chelly é uma espécie de microcosmo de culturas, e seu clímax foi atingido quando os pueblos construíram as grandes estruturas, pouco depois do ano 1000 d.C. Elas representam, não apenas um tremendo conhecimento da natureza do trabalho com a pedra, mas, também, de relações humanas; tanto aqui como em outras localidades, os pueblos construíram cidades em miniatura. As habitações nos penhascos às vezes se sobrepunham em cinco ou seis andares, os pisos superiores apresentando recessos em relação aos inferiores. O bloco frontal acompanhava o plano do penhasco, mas os fundos se insinuavam para dentro da rocha. Esses grandes complexos arquitetônicos chegavam a atingir uma área construída de dez a quinze mil metros quadrados, abrigando quatrocentos ou mais aposentos.

Pedras constroem paredes, paredes constroem casas, casas formam ruas e ruas, cidades. Uma cidade é pedra e gente; mas não é apenas pedras empilhadas e gente amontoada. Na passagem da vila para a cidade surge uma nova organização comunal, baseada na divisão de trabalho e em hierarquias de comando. Ao andarmos pelas ruas de uma cidade desconhecida, de uma cultura extinta, essa noção aflora claramente.

Na América do Sul, nas partes mais elevadas dos Andes, Machu Picchu se encima a dois mil e quinhentos metros de altura. Foi construída no auge do Império Inca, por volta de 1500 (quase exatamente ao tempo em que Colombo tocava as Índias Ocidentais), quando o planejamento urbano representava uma de suas maiores conquistas. Ao conquistar e saquear o Peru em 1532, os espanhóis, por assim dizer, não tomaram conhecimento de Machu Picchu e suas cidades irmãs. Passaram, então, quatrocentos anos de esquecimento até que, no inverno de 1911, Hiram

37
Ruas de uma cidade que nenhum de nós jamais viu, em uma cultura que desapareceu. *Junções sem argamassa e faces almofadadas caracterizam as construções de pedra incas. Página seguinte: Machu Picchu, Vale Urubamba, Andes Orientais, Peru. O pico montanhoso ao fundo, Huayna Picchu alcança 4.500 metros.*

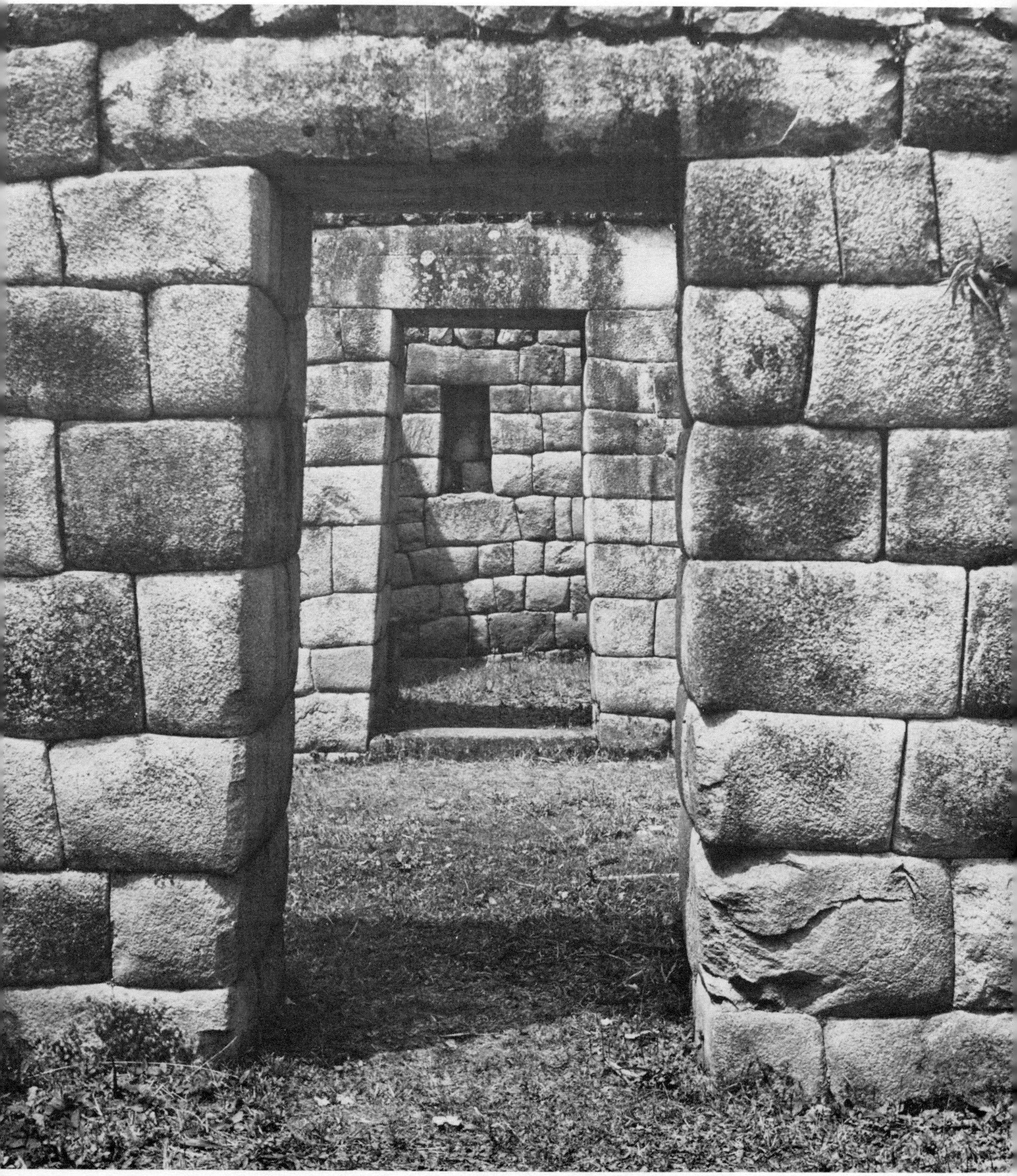

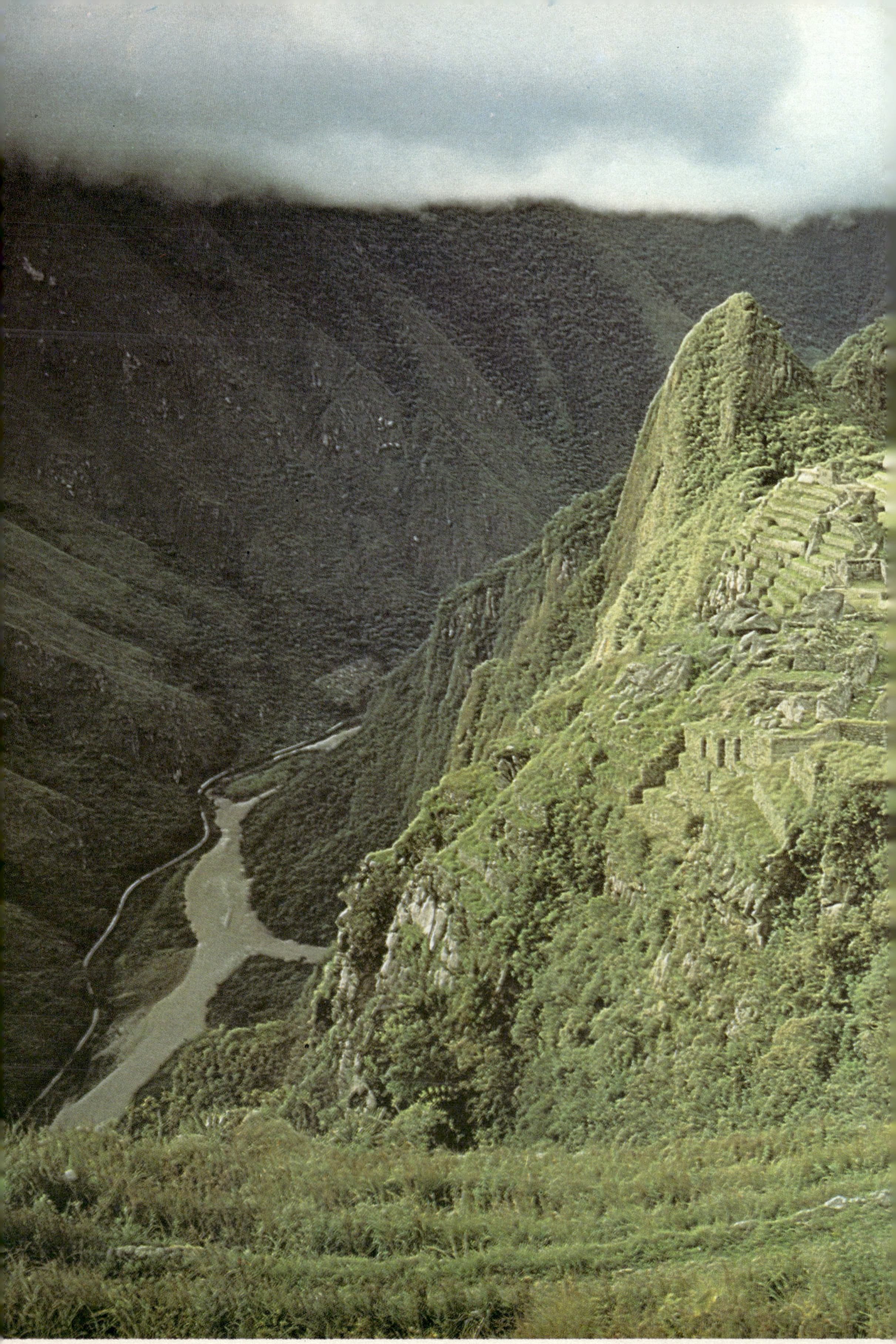

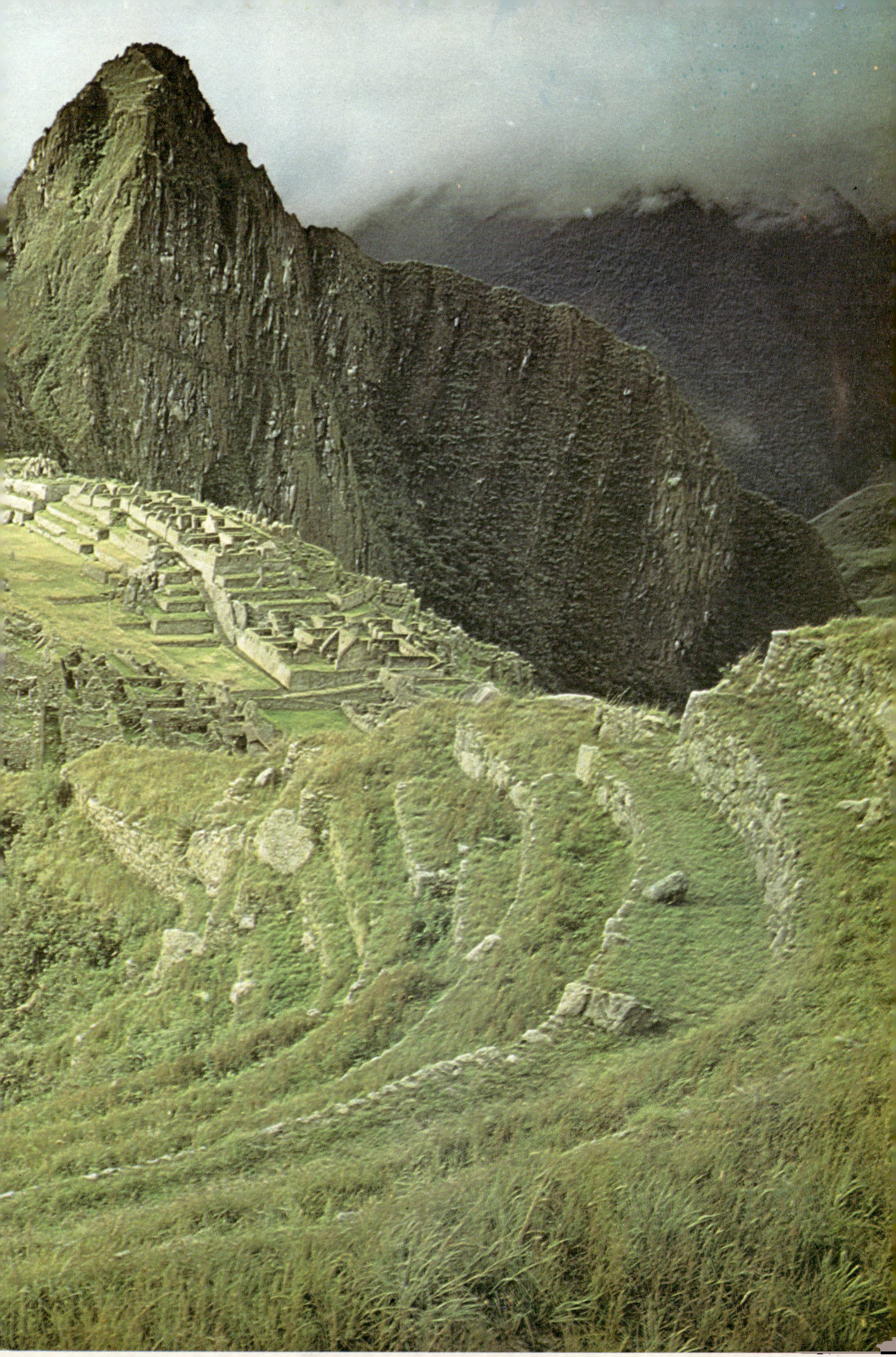

A Escalada do Homem

Bingham, um jovem arqueólogo da Universidade de Yale, tropeçou em suas ruínas. Os séculos de abandono a haviam despojado a ponto de parecer restos de um esqueleto. Mas esse esqueleto de cidade contém a estrutura fundamental de toda a civilização urbana, em todas as eras e em todos os cantos do mundo.

Uma cidade pressupõe a existência de uma infra-estrutura de terra que lhe garanta a subsistência através de uma rica produção agrícola; assim, a infra-estrutura visível da civilização inca era o cultivo de terraços. É claro que atualmente esses terraços raspados nada mais produzem senão capim; mas, aqui, já se cultivou a batata (que é nativa do Peru) e o milho, que agora nativo, tinha sido trazido do norte. Além disso, como esta era uma cidade destinada a cerimônias, certamente muitas especiarias tropicais eram cultivadas para a estada dos incas que para aqui acorriam. Entre elas está a coca, uma espécie de erva inebriante que só à aristocracia inca era permitido mascar e da qual extraímos a cocaína.

O coração de uma cultura em terraços é o sistema de irrigação. E isso foi desenvolvido pelos impérios pré-incaico e inca; ele percorre os terraços através de canais, aquedutos e profundas ravinas, em direção ao Pacífico, pelo deserto afora, fazendo-o florescer. O solo é tão fértil quanto o do Crescente Fértil e, portanto, a sua produtividade dependia do controle sobre a fonte de água. Assim, aqui no Peru, a civilização inca foi construída sob a égide do controle da irrigação.

Um sistema de irrigação que se estende por todo um império requer uma forte autoridade central. Foi assim na Mesopotâmia. Foi assim no Egito. Foi assim no Império Inca. Isso significa que esta cidade e todas as cidades da região possuem uma base de comunicação invisível por meio da qual a autoridade podia estar presente e audível em toda parte, de modo a enviar ordens do centro para a periferia e receber informações no sentido inverso. Três invenções sustentaram a organização autoritária: as estradas, as pontes (numa região selvagem como esta), as mensagens. Ao inca elas chegavam e dele elas irradiavam. Esses são os laços que mantêm a ligação de qualquer cidade com outra, mas, aqui, nesta cidade, notamos, imediatamente, a existência de diferenças.

Em um grande império, estradas, pontes e mensagens constituem sempre invenções avançadas, posto que, uma vez interrompidas, a autoridade se desorganiza e desaparece — em tempos modernos elas têm sido os alvos preferidos dos revolucionários.

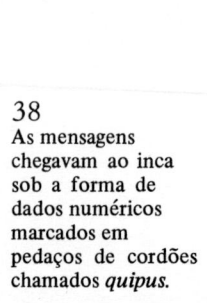

38
As mensagens chegavam ao inca sob a forma de dados numéricos marcados em pedaços de cordões chamados *quipus*.

A Textura da Pedra

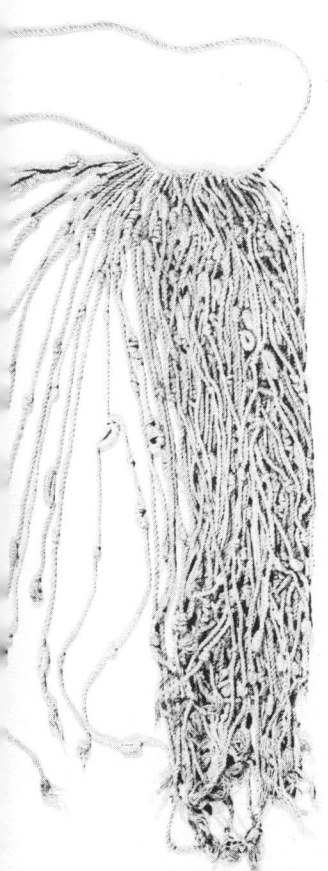

Sabemos que os incas dispensavam grandes cuidados a elas. Entretanto, nas estradas não havia carros, sob as pontes não se notavam arcos e as mensagens não eram escritas. A cultura incaica ainda não tinha feito essas descobertas no ano 1500. Essas são as razões por que a civilização na América se iniciou com um atraso de alguns milhares de anos, e foi conquistada antes de poder realizar todas as invenções do Velho Mundo.

É estranho o fato de uma civilização capaz de transportar enormes blocos de rocha para construções, rolando-as sobre toras de madeira, não ter inventado a roda; nós nos esquecemos de que o fundamental a respeito da roda é o eixo fixo. Além disso, também é de se estranhar a construção de pontes suspensas sem o auxílio de arcos. Mas, mais estranhável ainda, é a existência de uma civilização que mantinha cuidadosos registros de informações numéricas e, no entanto, não chegou a escrevê-las — o inca era tão analfabeto quanto os mais pobres dos seus cidadãos ou os aventureiros espanhóis que os destruíram.

As mensagens chegavam ao inca sob a forma de dados numéricos marcados em pedaços de cordões chamados *quipus*. O *quipu* registra apenas números (na forma de nós, em um arranjo semelhante ao nosso sistema decimal) e eu, sendo matemático, sinceramente gostaria de poder dizer que os números são um simbolismo tão humano e informativo quanto as palavras; mas eles não o são. Os números que descreviam a vida de um homem no Peru eram coletados em uma espécie de cartão perfurado ao reverso, um cartão de computador em *braille*, organizado sob a forma de nós em um barbante. Quando casava, seu cordão era ajuntado a um outro chicote familiar. Todo tipo de coisas pertencentes aos exércitos incas ou estocados em seus silos e despensas eram registradas nos *quipus*. O fato é que o Peru já personificava a terrificante metrópole do futuro, o armazém de memória no qual o Império organiza os atos de cada cidadão, mantém-no, atribui-lhe tarefas, e registra tudo impessoalmente, através de números.

Era uma estrutura social extremamente fechada. Cada um tinha seu lugar; cada um recebia sua subsistência; e cada um — camponês, artesão ou soldado — trabalhava para um homem, o Inca supremo. Este, era o chefe civil do Estado e também a encarnação religiosa da divindade. Os artesãos que graciosamente esculpiram a pedra a fim de representar a aliança simbólica entre o Sol e seu deus e rei, o Inca, trabalhavam para o Inca.

A Escalada do Homem

Assim sendo, tratava-se, necessariamente, de um império extraordinariamente frágil. Em menos de cem anos, a partir de 1438, os incas conquistaram quatro mil e oitocentos quilômetros de costa, em quase toda a extensão entre o Pacífico e os Andes. A despeito disso, em 1532, um aventureiro espanhol semi-analfabeto, Francisco Pizarro, cavalgou para o Peru com não mais do que sessenta e dois terríveis cavalos e cento e sessenta soldados a pé, e, da noite para o dia, conquistou o grande império. Como? Simplesmente capturando o Inca e, assim, decapitando a pirâmide. A partir desse momento o império ruiu, e as cidades, as lindas cidades, se quedaram inermes à mercê dos pilhadores de ouro e dos abutres.

39
No acabamento dos templos gregos estão presentes os ângulos retos e os pórticos quadrados.
Templo de Poseidon no Paestum, ao sul da Itália. A sobreposição de colunas é um artifício para dar leveza à estrutura.

A Textura da Pedra

Mas, certamente, a cidade representa mais do que uma autoridade central. O que é uma cidade? Uma cidade é povo. Uma cidade tem vida. Representa uma comunidade sustentada por uma infra-estrutura agrícola, mas muito mais rica do que uma vila, a tal ponto que pode prover todas as categorias de artesãos e torná-los especialistas em suas profissões.

Os especialistas desapareceram, suas obras foram destruídas. Os construtores de Machu Picchu — o ferreiro, o artesão de cobre, o tecelão, o oleiro — foram roubados. Os tecidos apodreceram, o bronze pereceu e o ouro foi levado. O que restou foi o trabalho dos pedreiros, o lindo artesanato dos homens que construíram a cidade — pois a cidade nasceu das mãos dos artesãos e não da dos incas. Mas é natural que, se você trabalha para o Inca (ou para qualquer outro homem), as idiossincrasias dele dirijam seus atos, e você nada inventa. No ocaso do império, esses homens ainda utilizavam os dormentes; eles não chegaram a inventar a arcada. Esta é a medida do atraso entre o Novo e o Velho Mundo, uma vez que esse é exatamente o ponto atingido dois mil anos antes pelos gregos, que aí também pararam.

No Sul da Itália, Paestum foi uma colônia grega cujos templos são mais antigos do que o Partenon: cerca de 500 a.C. Seu rio foi-se sedimentando, e hoje monótonas bacias de sal separam-no do mar. Mas sua glória ainda é espetacular. A despeito de ter sido saqueada pelos piratas sarracenos no século IX e pelos cruzados no XI, Paestum, em ruínas, é uma das maravilhas da arquitetura grega.

40
As limitações físicas da pedra não puderam ser superadas senão através de uma nova invenção. *Modelos fotoelásticos mostrando linhas de igual tensão nas colunas-com--travessa e nos arcos. A tensão aumenta abruptamente na face interna da travessa. No arco a tensão é distribuída de maneira mais uniforme.*

Paestum é contemporânea ao surgimento da matemática grega; exilado, Pitágoras ensinou em Crotona, uma outra colônia grega não muito longe daqui. À semelhança da matemática peruana de dois mil anos mais tarde, no acabamento dos templos gregos estão presentes os ângulos retos e os pórticos quadrados. Os gregos também não inventaram a arcada, e, dessa maneira, seus templos são avenidas congestionadas de pilares. A aparência de amplidão surge com as ruínas, mas, na realidade, são monumentos com pouco espaço de circulação. Isto se deve ao fato de a ampliação se dar pela adição de travessas retas e, neste caso, cada vão é limitado pelo comprimento da viga e pelo peso que ela pode suportar.

Tendo-se uma viga apoiada em duas colunas, a análise computacional mostra que a tensão na viga aumenta à medida que afastamos uma coluna da outra. Quanto mais longa for a viga, maior será a compressão que seu peso produz na face superior e maior a tensão na face inferior. E pedra suporta pouca tensão; as colunas não se partem porque são comprimidas, mas as vigas se partem quando a tensão se torna demasiada. É a face inferior que arrebenta primeiro, a não ser que as colunas sejam mantidas bem próximas.

A engenhosidade dos gregos se manifestava no sentido de tornarem a construção mais leve, por exemplo, superpondo colunas. Mas isso era apenas um artifício; fundamentalmente, as limitações físicas da pedra não podiam ser superadas senão por

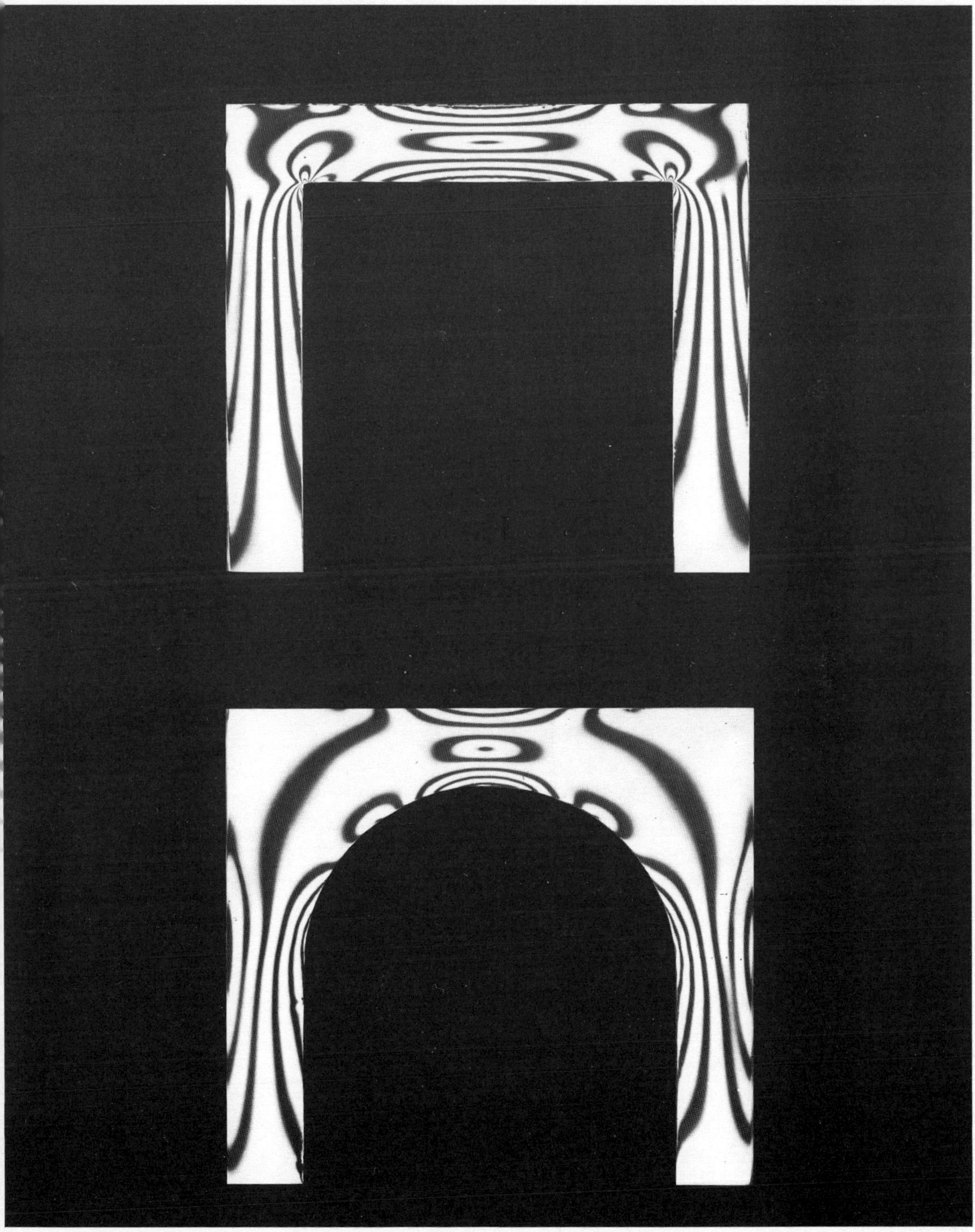

A Escalada do Homem

41
O arco é a descoberta de uma cultura pragmática e plebéia.
"El Puente del Diablo", *aqueduto de Segóvia.*

uma nova invenção. Tendo-se em conta a fascinação grega pela geometria, o fato deles não terem concebido o arco é curioso. Acontece, porém, que o arco é uma invenção da engenharia, e, assim, apropriadamente, foi a invenção de uma cultura muito mais plebéia do que as do Peru e da Grécia.

O aqueduto de Segóvia na Espanha foi construído pelos romanos, por volta do ano 100 de nossa era, sob o reinado do imperador Trajano. Canaliza as águas do Rio Frio, que desce de suas nascentes na Sierra, numa distância de dezesseis quilômetros. O aqueduto corta o vale numa extensão de uns oitocentos metros, com mais de uma centena de arcos com pilares sobrepostos, feitos de blocos toscos de granito lascado, assentados sem argamassa ou cimento. Suas proporções colossais de tal forma impressionaram os cidadãos espanhóis e mouriscos de eras posteriores, e também mais supersticiosas, que hoje é alcunhado *El Puente del Diablo*.

A prodigalidade e o esplendor dessa estrutura podem parecer desproporcionais para uma simples rede de água. Entretanto, esquecemos os enormes problemas de uma civilização urbana, dada a facilidade com que obtemos água pelo simples abrir de uma torneira. Mas, qualquer cultura avançada, que concentra os melhores de seus homens nas cidades, depende do tipo de facilidades e organização representadas pelo aqueduto romano de Segóvia.

A invenção romana do arco não apareceu primeiramente em pedra, mas, sim, em uma forma de concreto moldado. Estruturalmente, o arco é um método de ampliar o vão, de modo a não sobrecarregar o centro mais do que as extremidades; a tensão se distribui de forma mais homogênea. Ainda mais, o arco pode ser montado a partir de partes separadas: os blocos de pedra que a carga vai comprimindo. Nesse sentido, o arco representa um triunfo do método de dividir as formas naturais e recombiná-las em novos arranjos mais poderosos.

Os arcos romanos são sempre semicirculares; chegaram a uma forma matemática que funcionava bem e não se inclinaram a inová-la. O círculo ainda permaneceu como a base da construção do arco, mesmo quando os árabes o utilizaram na produção em massa de suas obras arquitetônicas. Tal fato é evidente na arquitetura religiosa dos mosteiros árabes: por exemplo, na grande

42
O círculo permaneceu a base do arco nas construções em massa dos países árabes.
A Grande Mesquita, Córdoba.

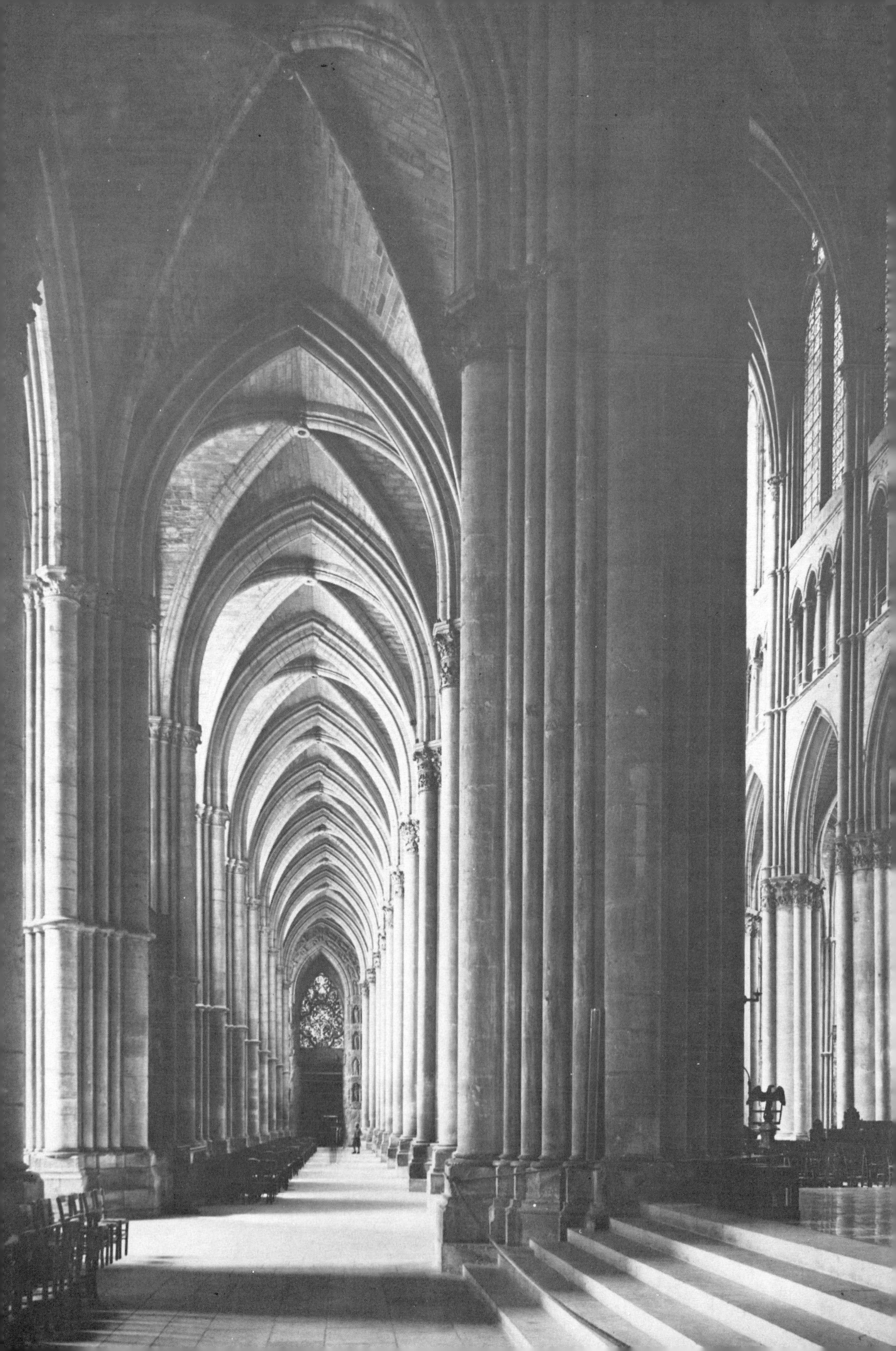

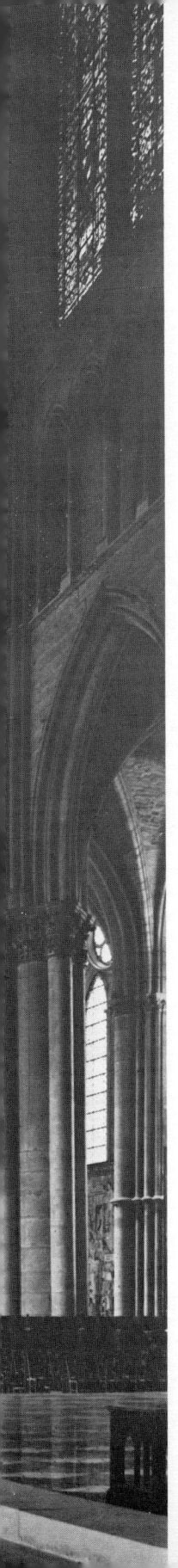

43
A decisão de construir as catedrais dependia do consenso dos cidadãos de uma localidade, os quais confiavam as obras a pedreiros locais.
Nave e aléia da Catedral de Rheims.

mesquita de Córdoba, também na Espanha, construída em 785, depois da conquista árabe. Embora seja uma estrutura muito mais espaçosa que o Paestum grego, aparentemente se defrontou com dificuldades semelhantes; isto é, a grande quantidade de blocos isolados que não podiam ser dispensados, a não ser por uma nova invenção.

Descobertas teóricas com conseqüências radicais são rapidamente reconhecidas como originais e revolucionárias. Mas, descobertas práticas, mesmo quando se tornam de grande alcance, freqüentemente se apresentam como mais modestas e menos memoráveis. Assim, a inovação estrutural que veio remover as limitações do arco romano chegou, provavelmente de fora da Europa, quase que clandestinamente. A invenção se constitui em uma nova forma de arco baseada não mais no círculo, mas, sim, na elipse. Embora pareça uma modificação de somenos importância, seu impacto na articulação das construções foi espetacular. Evidentemente, um arco pontiagudo e mais alto permite a ampliação do espaço e melhor iluminação. Entretanto, a contribuição mais importante do arco gótico foi a de uma nova concepção no aproveitamento do espaço interno, como se pode ver na Catedral de Rheims. As paredes são liberadas da carga, e assim podem ostentar janelas e vitrais; o efeito do conjunto é o de uma gaiola suspensa pelas arcadas do teto, uma vez que o esqueleto é externo.

John Ruskin descreve admiravelmente o efeito do arco gótico.

As construções egípcias e gregas, na sua maior parte, se mantêm devido ao próprio peso e massa, cada bloco segurando o adjacente; mas, nas abóbadas góticas e suas ornamentações, há uma solidez semelhante ao esqueleto ósseo de um membro ou às fibras de uma árvore; uma tensão elástica e comunicação de força de parte a parte e, também, uma deliberada expressão do conjunto em cada linha visível do prédio.

Entre todos os monumentos da audácia humana nenhum pode ser comparado a essas torres de ornamentação e vidro que brotaram ao norte da Europa antes do ano 1200. A construção desses gigantescos e imponentes monstros representa um enorme feito da previsão humana — ou, mais apropriadamente, eu diria que, tendo sido construídos na ausência de conhecimentos matemáticos capazes de calcular as forças neles envolvidas, são obras da intuição humana. É claro que isso não aconteceu sem

A Escalada do Homem

ter havido erros e mesmo consideráveis fracassos. Mas o que o matemático deve notar em relação às catedrais góticas é o fato de, a partir de uma intuição fecunda, haver um desenvolvimento tão harmonioso e racional a partir de cada uma das experiências com as estruturas sucessivas.

A decisão de construir as catedrais dependia do consenso dos cidadãos de uma localidade, os quais confiavam as obras a pedreiros locais. Elas não guardam nenhuma relação com a arquitetura utilitária da época, mas as improvisações que tais obras exigiam multiplicavam-se em invenções de toda sorte. No que diz respeito à mecânica, o desenho havia trocado o arco semicircular romano pelo arco gótico, pontiagudo e elevado, de tal forma que as tensões se distribuem através dos arcos para pontos no exterior da construção. No século XII surgiu o semi--arco, outra inovação revolucionária que introduziu o arcobotante. Neste, a tensão se distribui na coluna, da mesma forma que se distribui em meu braço, quando levanto a mão e empurro contra a parede, como se a estivesse apoiando — onde não há tensão não há necessidade de tijolos. Nenhum princípio básico em arquitetura foi acrescentado a esse realismo, até a invenção do aço e dos prédios de cimento armado.

Tem-se a impressão de que os homens que conceberam essas elevadas construções estavam alucinados pelo recém-descoberto domínio da força na pedra. De que outra forma se pode explicar a proposição de construir abóbadas de 40 e 45 metros de altura, em uma época em que não havia meios de se calcular a distribuição de forças? Pois bem, a cúpula de 45 metros — construída em Beauvais, a menos de cento e cinqüenta quilômetros de Rheims — ruiu. Mais cedo ou mais tarde, os seus construtores inevitavelmente tinham que deparar com algum tipo de desastre. Há um limite físico para o tamanho, mesmo em se tratando de catedrais. E este aconteceu com o desmoronamento do teto de Beauvais, em 1284, apenas alguns anos após ter sido terminada. A partir daí, a aventura gótica tornou-se mais modesta, e nenhuma outra estrutura tão alta foi projetada. (Contudo, a planta empírica pode ter sido correta; provavelmente o solo de Beauvais não era suficientemente firme e cedeu sob o peso da estrutura.) Mas, em Rheims, a cúpula de 40 metros manteve-se firme, e desde 1250 tem-se constituído em um centro artístico da Europa.

O arco, as escoras, a abóbada (que é uma espécie de arco de rotação) ainda não constituem a última etapa de nossa capacidade

44
Os pedreiros carregavam consigo um conjunto de ferramentas leves. A vertical era mantida com o auxílio de uma linha-de-prumo e a horizontal não por meio de um nível de bolha, mas, sim, através de uma linha-de-prumo atada a um ângulo reto.
Pedreiros trabalhando, século XIII.

45
A tensão é aliviada das paredes e a construção fica como que uma gaiola suspensa a partir da abóbada.
Arcobotante, Catedral de Rheims.

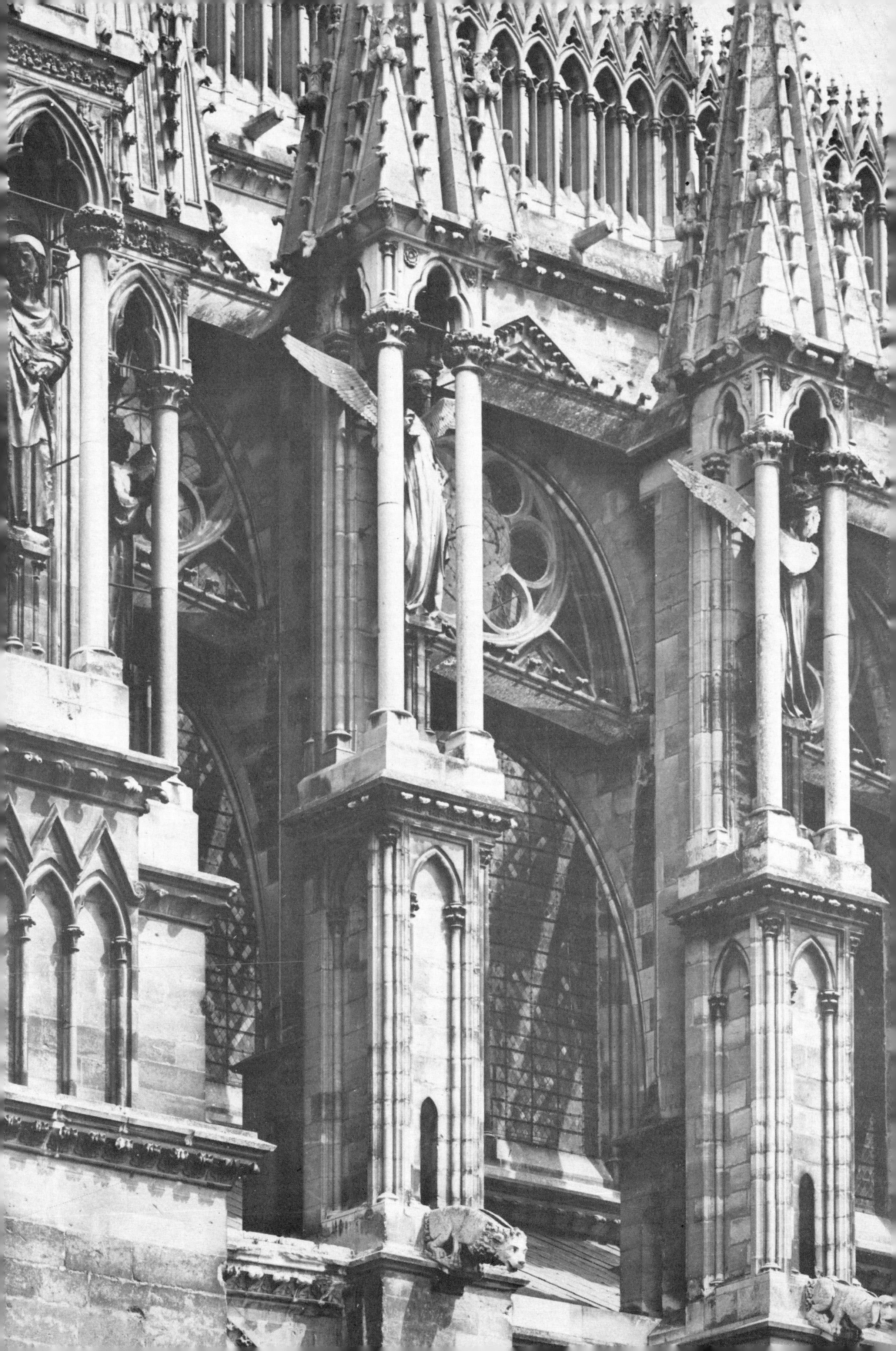

A Escalada do Homem

46
A abóbada é uma espécie de arco em rotação.
Desenho de Pier Luigi Nervi para o Palazzetto dello Sport, Roma.

de modificar a textura da natureza em nosso proveito. Mas o que nos espera deve ter uma tessitura mais delicada, devemos olhar para os limites dos próprios materiais. É como se a arquitetura acompanhasse a física na sua mudança de enfoque, isto é, indo examinar a matéria no seu nível microscópico. De fato, modernamente o problema não é tanto o de projetar uma estrutura a partir dos materiais disponíveis, mas, sim, o de projetar os materiais para uma determinada estrutura.

Os pedreiros traziam em suas cabeças um estoque, não tanto de formas como de idéias, que se desenvolvia com a experiência, à medida que se deslocavam de uma obra para a outra. Suas bagagens incluíam conjuntos de ferramentas leves. Os compassos serviam para marcar as formas ovais das abóbadas e os círculos as rosáceas das janelas. Intersecções eram determinadas com o uso de compassos de calibre, podendo assim alinhar as peças de modo a ajustá-las para a reprodução de padrões. Verticais e horizontais eram obtidas com o auxílio da régua em T que, à semelhança da matemática grega, utilizava o ângulo reto (veja-se pág. 157). Isto é, a vertical era alinhada por meio de um prumo, e para a horizontal, em vez de nível de bolha, usava-se outra linha de prumo perpendicular à vertical.

Os construtores itinerantes constituíam uma aristocracia intelectual (à semelhança dos relojoeiros de quinhentos anos mais tarde) e, certos de encontrarem trabalho e de serem bem recebidos, deslocavam-se para todos os cantos da Europa. Já no século XIV esses homens se auto-intitulavam *freemasons* (pedreiros livres). A habilidade de suas mãos e de suas mentes passou a representar tanto um mistério como uma tradição, uma congregação secreta de conhecimentos que se manteve à margem do formalismo estéril do ensino magistral oferecido pelas universidades. No século XVII, quando o trabalho dos *freemasons* já estava minguando, eles passaram a admitir membros honorários, os quais gostavam de atribuir ao tempo da construção das pirâmides as origens dessa atividade. Na realidade, essa lenda não os enaltecia, uma vez que as pirâmides foram construídas dispondo-se de uma geometria muito mais primitiva do que a das catedrais.

Há alguma coisa na visão geométrica que é universal. Quero explicar por que me interesso pelas belas obras arquitetônicas — tais como a Catedral de Rheims. O que tem a ver a arquitetura

A Textura da Pedra

com a ciência? Particularmente, o que tem ela a ver com a ciência da maneira como concebíamos esta, no ínico deste século, quando a ciência era toda números — o coeficiente de expansão deste metal, a freqüência daquele oscilador?

O ponto que desejo destacar é o de que nosso conceito de ciência, atualmente, no final do século XX, mudou radicalmente. Agora vemos a ciência como uma maneira de descrever e explicar as estruturas subjacentes às coisas; assim, palavras tais como *estrutura, padrão, plano, arranjo, arquitetura* nos ocorrem constantemente em toda tentativa de descrição. Por coincidência, esse problema tem acompanhado toda a minha vida, e me proporcionado um prazer especial; desde a infância tenho trabalhado com matemática geométrica. Entretanto, isso já não é mais uma questão de preferência pessoal ou profissional, porque é essa a linguagem hodierna do discurso científico. Falamos sobre as formas de combinação dos cristais, da maneira como partículas elementares formam átomos — e, acima de tudo, falamos sobre as partes constituintes da matéria viva. No ano passado, a estrutura helicoidal do ADN passou a representar a imagem viva da ciência. Essa mesma vida se reflete na trama imaginosa daqueles arcos.

Mas, afinal, qual o feito dessa gente que construiu esta catedral e outras semelhantes a ela? Simplesmente tomaram uma pilha de pedras sem vida, que não é uma catedral, e a transformaram numa obra de arte ao explorar as forças naturais da gravidade, da maneira pela qual os blocos de pedra se assentam naturalmente nos planos de construção, a brilhante invenção dos arcobotantes, do arco, enfim, e assim por diante. A estrutura por eles criada se desenvolveu a partir da análise da natureza para atingir uma síntese majestosa. O mesmo tipo de homem que hoje se interessa pela arquitetura da natureza foi o artífice dessa obra de oitocentos anos passados. Há um dom humano que é só dele, do homem, entre todos os outros animais, e esse dom se mostra por toda parte na arte gótica: o imenso prazer do exercício e aprimoramento de suas próprias habilidades.

Um clichê popular da Filosofia diz que a ciência é análise pura ou, reducionismo, como o que separa as listras do arco-íris; e arte, síntese pura, reconstruindo o arco-íris. Tal concepção não é verdadeira. Toda imaginação começa a partir de uma análise da natureza. Michelangelo disse-o vivamente, por implicação, em suas

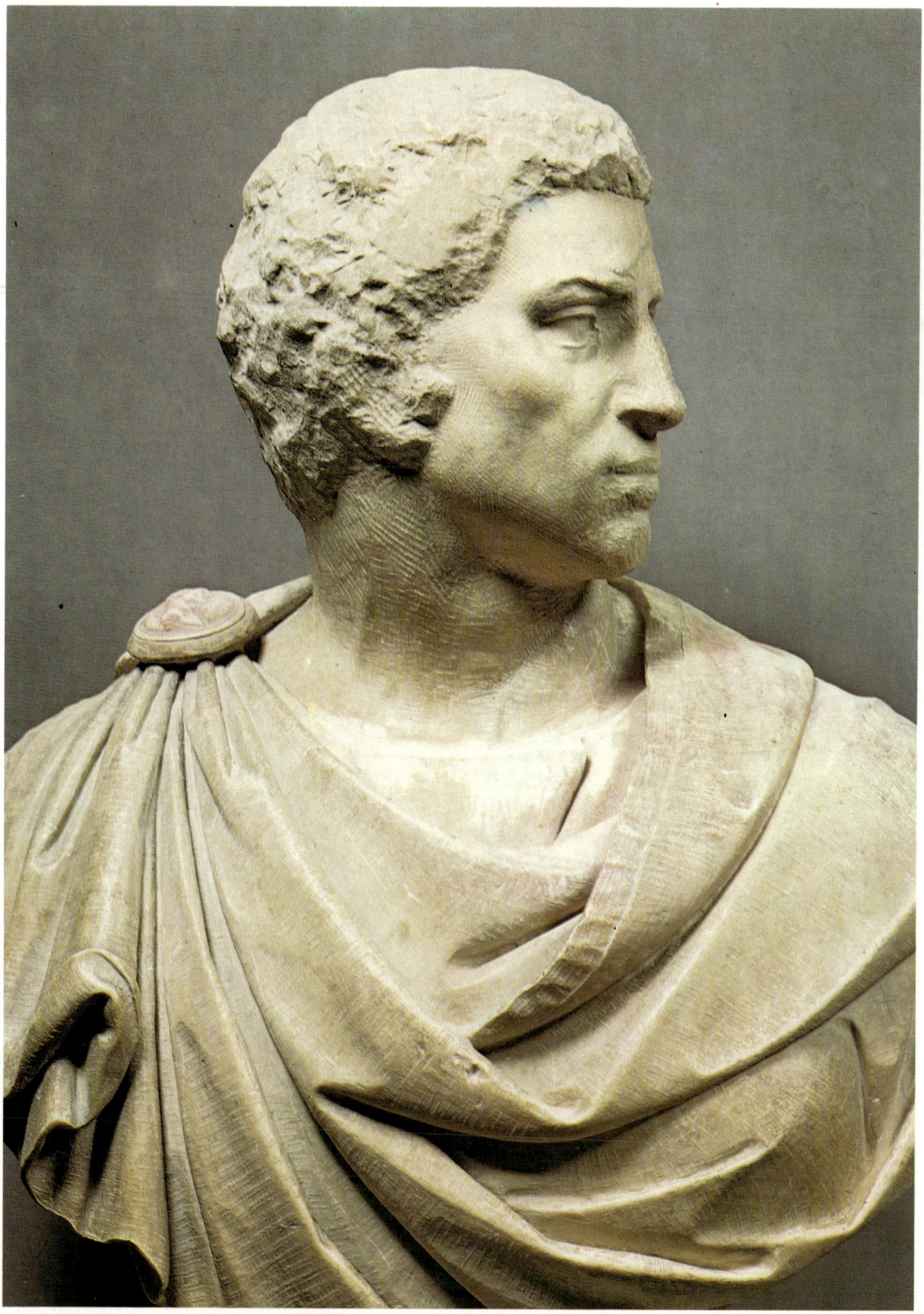

A Textura da Pedra

esculturas (o que é particularmente claro em suas obras inacabadas) e, explicitamente em seus sonetos sobre o ato da criação.

> "Quando o que em nós é divino tenta
> Moldar uma face, cérebro e mão se unem
> Para dar, de um modelo fugidio,
> Vida à pedra através da energia livre da arte."

"Cérebro e mão unidos": o material toma forma através da mão e assim prenuncia o escopo do trabalho para o cérebro. O escultor, tanto quanto o pedreiro, perscruta a forma no seio da natureza, onde, para ele, ela já se encontra perfeita. Esse princípio é uma constante.

> "O melhor dos artistas nem pensou em mostrar
> Aquilo que a pedra bruta sob a carapaça
> Esconde: a magia do mármore quebrar
> É mister da mão, que o cérebro realiza."

Ao tempo em que Michelangelo esculpiu a cabeça de Brutus outros homens extraíam o mármore para ele. Mas o artista iniciou sua vida como escavador de mármore em Carrara, e sentia que o martelo em suas mãos, tanto agora como antes, tateava na pedra à procura de formas nela escondidas.

Agora, os escavadores de mármore trabalham em Carrara para os escultores modernos que aí chegam — Marino Marini, Jacques Lipchitz e Henry Moore. Descrevendo seus próprios trabalhos, eles não são tão poéticos quanto Michelangelo, mas o sentimento é o mesmo. As reflexões de Henry Moore são particularmente relevantes, uma vez que se dirigem ao gênio de Carrara.

No princípio, como um jovem escultor, não podia pagar por pedras caras, de modo que as obtinha revirando os estoques até encontrar o que era chamado "bloco de descarte". A partir daí, então, tinha de pensar de modo semelhante ao que Michelangelo talvez fizesse, que consistia em esperar até surgir uma idéia adequada para a forma da pedra, e essa idéia era vista no próprio bloco.

47
"A magia do mármore quebrar é mister da mão, que o cérebro realiza."
Cabeça de Brutus, Michelangelo, Museu Borgello, Florença.

É claro que não se deve entender literalmente que o que o escultor imagina e esculpe já se encontra escondido no bloco. Contudo, a metáfora revela a verdade sobre a relação da descoberta existente entre o homem e a natureza; e é característico o fato de filósofos da ciência (Leibniz, em particular) terem usado

A Escalada do Homem

48
A mão é a lâmina afiada da mente.
"Knife-edge-two-piece" de Henry Moore, 1962.

a mesma metáfora da mente instigada por um veio no mármore. Em um certo sentido, tudo o que descobrimos já existia: uma figura esculpida e uma lei natural estão ambas escondidas na matéria virgem. Em outro sentido, o que o homem descobre é descoberto *por ele;* não teria exatamente a mesma forma nas mãos de um outro — nem a figura esculpida, nem a lei natural se apresentariam como cópias idênticas, quando produzidas por duas mentes diferentes, em duas épocas distintas. Descoberta é uma relação recíproca de análise e síntese. Como análise, investiga o existente; mas, então, como síntese, rearranja as partes de tal maneira que a criação mental transcende os limites, o esqueleto, mostrados pela natureza.

A escultura é uma arte sensual (os esquimós fazem pequenas esculturas que não se destinam a ser olhadas e, sim, manipuladas). Assim, deve parecer estranho o fato de eu tomar como modelo para a ciência, usualmente tida como atividade abstrata e fria, as ações físicas, alegres, da escultura e da arquitetura. E o fato é que isso está correto. Temos de aprender que o conhecimento do mundo nos é revelado através da ação, e não da contemplação. A mão é mais importante do que o olho. Não pertencemos às civilizações resignadas e contemplativas do Extremo Oriente ou da Idade Média, para as quais o mundo tinha apenas de ser visto e pensado, e não praticavam nenhuma forma de ciência do modo como a concebemos. Nós somos ativos; e entendemos (veja-se pág. 417), como algo mais importante do que um mero acidente simbólico durante a evolução do homem, que a mão orienta o subseqüente desenvolvimento do cérebro. Hoje encontramos ferramentas construídas por homens antes de se tornarem homens. Em 1778, Benjamin Franklin chamou o homem de "animal fabricante de ferramentas", o que é correto.

Descrevi a mão usando uma ferramenta como instrumento de descoberta; esse é o tema deste ensaio. Observamos o fato cada vez que uma criança aprende a ajustar a mão à ferramenta — amarrar os sapatos, enfiar uma agulha, soltar um papagaio ou soprar um apito. A ação prática implica uma outra, que é o prazer pela própria ação — na manipulação que se aperfeiçoa, o aperfeiçoamento ocorre pelo prazer que causa. No fundo, isso responde por toda obra de arte, e científica também: nossa apreciação poética sobre o que os seres humanos fazem existe

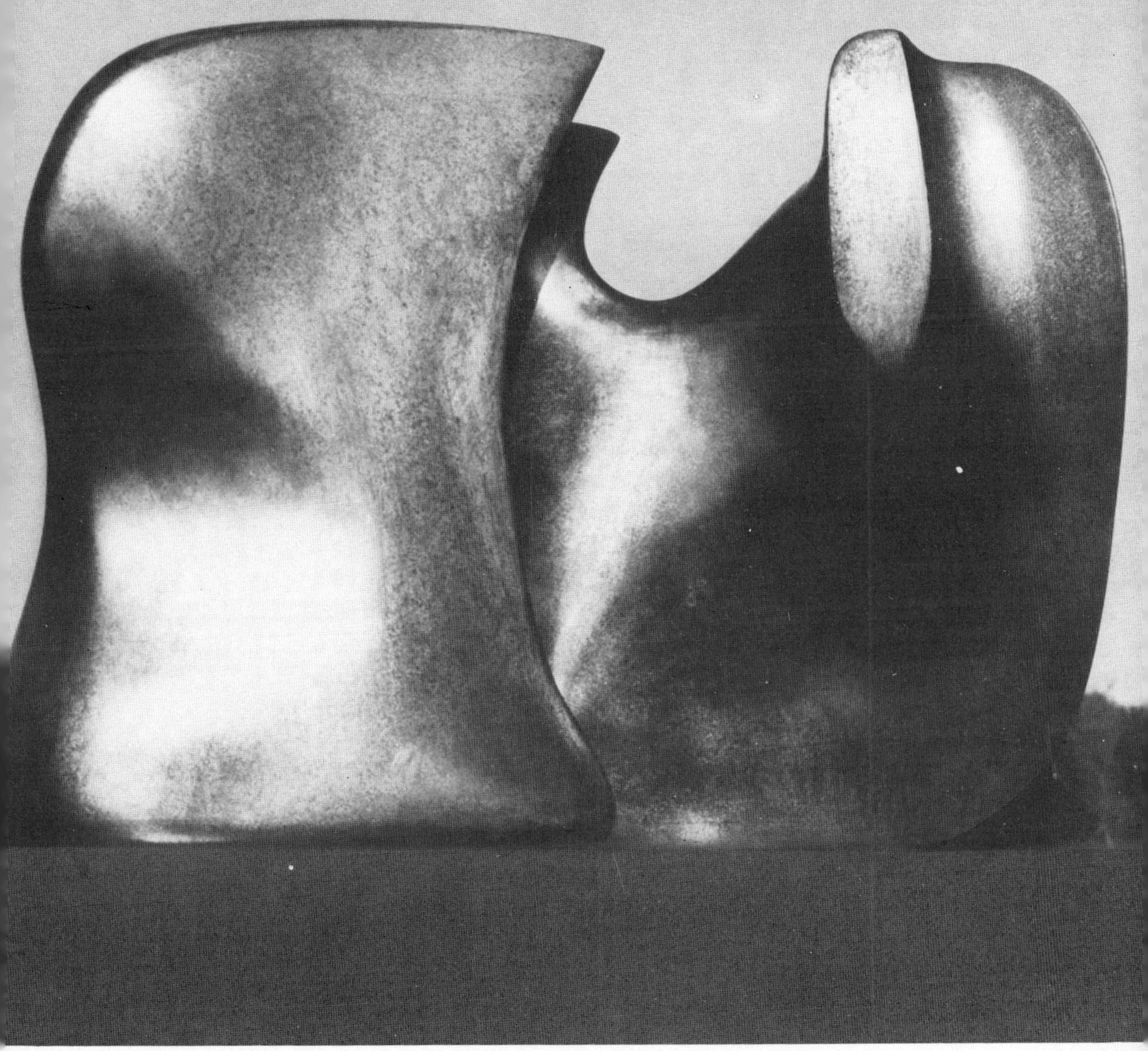

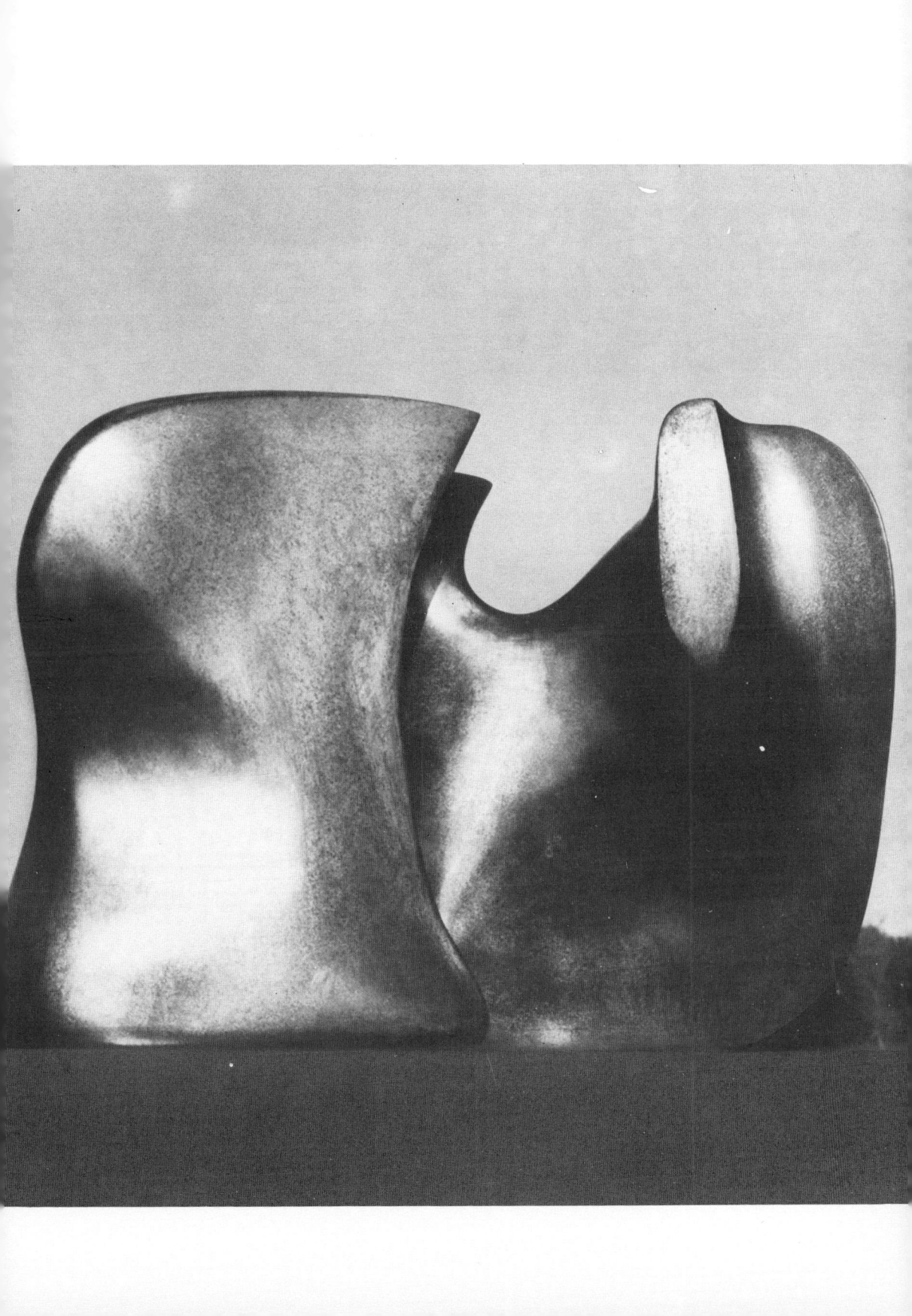

porque eles são capazes de fazer. E a maior exaltação que vem disso é porque o uso poético encerra, em última instância, o significado mais profundo. Mesmo na pré-história o homem construía ferramentas com corte mais afiado do que era necessário. O corte mais fino, por sua vez, destinou a ferramenta a um uso mais delicado, um refinamento prático e uma extensão de uso para a qual a ferramenta não havia sido construída.

Henry Moore chama de *The Knife Edge* a esta escultura. A mão é a lâmina cortante da mente. Civilização não é uma coleção de artefatos acabados mas, sim, a elaboração de processos. Enfim, a escalada do homem é representada pelo refinamento da mão em ação.

O incentivo mais poderoso na escalada do homem é o prazer que ele extrai de sua própria habilidade. Compraz-se com aquilo que faz bem e, obtendo esse resultado, delicia-se em aperfeiçoá-lo. Vê-se isso na ciência. Vê-se também na magnificência das esculturas e construções humanas, no carinho, na exuberância, na audácia. Os monumentos pretendem homenagear reis e religiões, heróis, dogmas, mas, ao final, o que realmente homenageiam são os construtores.

Assim, a grande arquitetura religiosa de cada civilização exprime a identificação do indivíduo com a espécie humana. Chamá-la de veneração aos ancestrais, como na China, é pouco. A questão é que o monumento fala em nome dos mortos para os vivos e, assim, estabelece um sentido de permanência que é uma visão caracteristicamente humana: o conceito de que a vida humana forma uma continuidade que transcende e flui através do indivíduo. O homem sepultado a cavalo ou venerado em seu navio *Sutton Hoo* torna-se, nos monumentos de pedras de eras subseqüentes, um arauto da crença de que há uma entidade chamada humanidade, da qual cada um de nós é um representante — na vida e na morte.

Não poderia terminar este ensaio sem falar de meus monumentos favoritos, construídos por um homem tão pobremente equipado quanto os pedreiros góticos. Trata-se das *Watts Towers* de Los Angeles, construídas pelo italiano Simon Rodia. Este veio da Itália para os Estados Unidos com a idade de doze anos. Então, aos quarenta e dois anos, depois de ter trabalhado como pedreiro e mestre de obras, decidiu construir em seu quintal essas tremendas estruturas, usando tela de galinheiro, pedaços

49
Monumentos construídos por um homem cujos equipamentos científicos não eram melhores do que os dos pedreiros góticos.
Watts Towers, *Los Angeles.*
Detalhes de um mosaico com impressões de ferramentas e (à página seguinte) as torres.

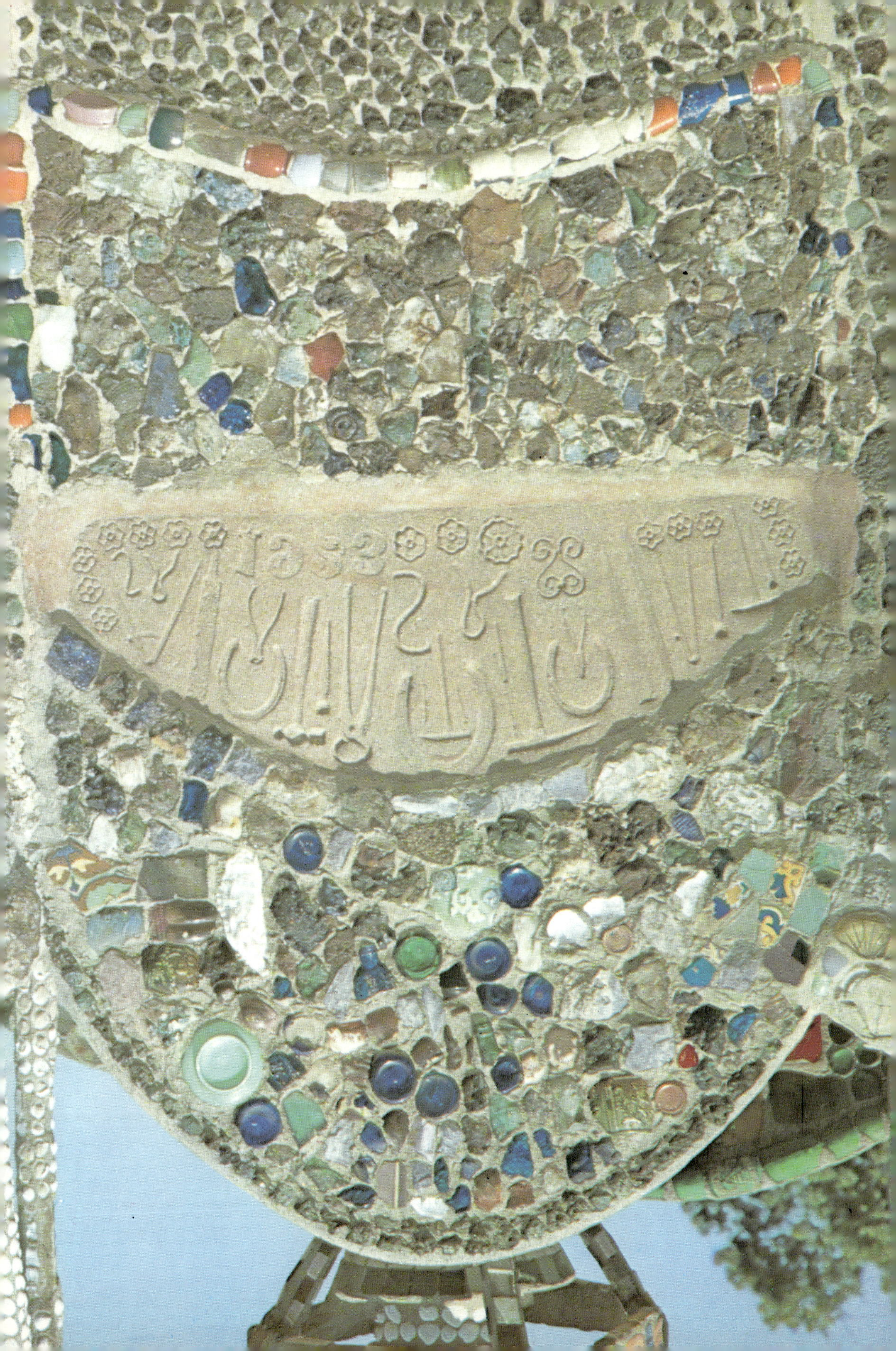

A Escalada do Homem

de dormentes, hastes de aço, cimento, conchas, cacos de vidro e, é claro, azulejos – enfim, tudo o que encontrasse ou que os garotos da vizinhança pudessem trazer. Passaram-se trinta e três anos até o término da construção. Ninguém o auxiliou, principalmente porque, em suas próprias palavras, "na maior parte do tempo eu mesmo não estava certo do que iria fazer". A obra se completa em 1954 e ele contava setenta e cinco anos. Então, doou a casa, o jardim e as torres a um vizinho e, simplesmente, abandonou tudo.

O que Simon Rodia pensava a respeito de sua obra foi assim expresso: "Eu tinha em mente realizar alguma coisa grande. E o fiz. A gente tem de ser ou muito bom ou muito ruim para ser lembrado". Ele aprendeu sua engenharia empiricamente, à medida que ia fazendo, e extraía prazer de sua realização. Como era de se esperar, o Departamento Municipal de Obras considerou que as torres não apresentavam segurança e conseqüentemente, em 1959, realizaram nelas os testes adequados. Esta é a torre que o Departamento tentou pôr abaixo. Para minha felicidade não se conseguiu o intento. Assim, as *Watts Towers* sobreviveram; o trabalho das mãos de Simon Rodia, um monumento no século XX a nos reportar à habilidade simples, feliz e fundamental da qual se originaram todos os nossos conhecimentos das leis da mecânica.

A ferramenta que amplia a mão humana é igualmente um instrumento de visão. Revela a estrutura das coisas e permite sejam elas rearranjadas em novas e imaginativas combinações. Mas, é claro, a estrutura revelada não é a única existente no mundo. Sob ela há uma outra estrutura mais delicada. Assim, a etapa seguinte na escalada do homem vai consistir na descoberta de uma ferramenta que permite expor a estrutura invisível da matéria.

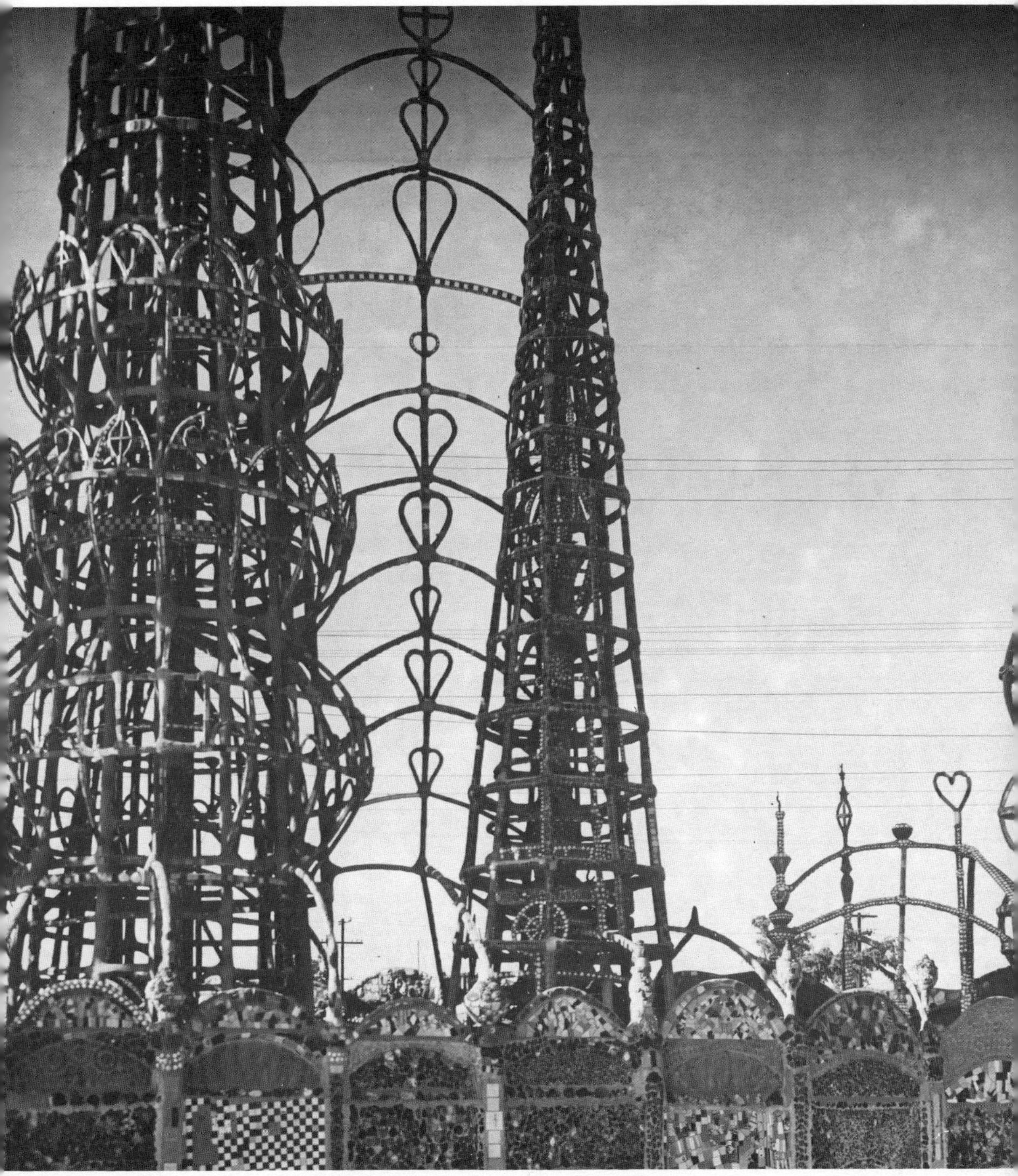

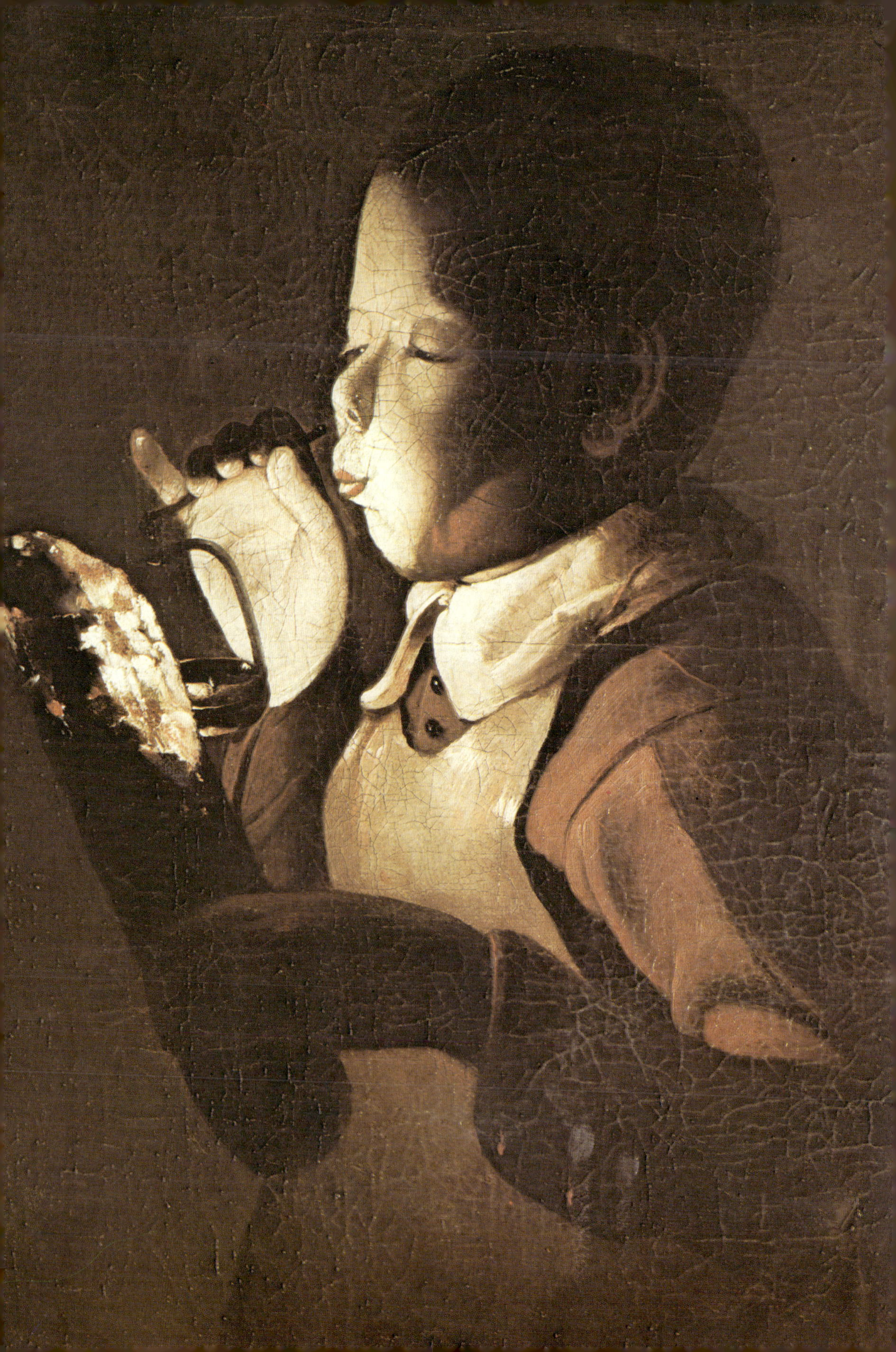

4 A ESTRUTURA INVISÍVEL

> É com o fogo que o ferreiro subjuga o ferro
> Em limpa forma, à imagem de seu pensamento:
> Sem o fogo como pode o artista dar
> Ao ouro sua imaculada pureza de cor.
> Nem a fênix fabulosa reviveria
> Sem se queimar.
>
> Michelangelo, Soneto 59

Tudo o que o fogo produz é alquimia, quer na retorta, quer no fogão da cozinha.

Paracelsus

Há mistério e fascínio na relação entre o homem e o fogo, o único dos quatro elementos dos gregos que não admite habitante animal (nem mesmo a salamandra). As ciências físicas modernas se dedicam muito à estrutura fina e invisível da matéria, e esta é revelada em primeira mão pela lâmina afiada desse instrumento que é o fogo. Embora essa maneira de análise de processos práticos (extração de sais e metais, por exemplo) tenha se iniciado há milhares de anos, ela certamente se afirmou pela magia que emana do próprio fogo: a crença alquímica de que substâncias podem ser transformadas de maneiras imprevisíveis. É essa qualidade luminosa que parece fazer do fogo uma fonte de vida e uma coisa vivente a nos levar através do mundo oculto e misterioso das entranhas da matéria. Muitas receitas antigas expressam essa idéia.

Agora a substância do cinabre se apresenta de tal forma que quanto mais é aquecido, mais admiráveis são as suas sublimações. O cinabre se faz mercúrio, e através de uma série de outras sublimações, volta, novamente, a ser cinabre. Dessa forma, ele permite que o homem se beneficie da vida eterna.

Em toda a parte, da China à Espanha, essa é a experiência clássica com que os alquimistas da Idade Média arrancavam admiração de todos aqueles que a presenciavam. Eles tomavam o pigmento vermelho, cinabre, que é sulfeto de mercúrio, e aqueciam-no. O aquecimento elimina o enxofre e deixa uma magnífica pérola do metal líquido, mercúrio prateado, para espanto e admiração do espectador. Ao ser aquecido em presença do ar, o mercúrio se oxida e se transforma, não em cinabre

50
A misteriosa qualidade que parece fazer do fogo uma fonte de vida.
"Le Souffleur à la Lampe" por *Georges de la Tour.*

A Escalada do Homem

(como ensinava a receita), mas em um óxido de mercúrio, igualmente vermelho. Entretanto, a receita não era de todo errada; o óxido pode transformar-se novamente em mercúrio, de vermelho para prateado, e o mercúrio em seu óxido, de prateado para vermelho, sempre pela ação do fogo.

O experimento não apresenta grande importância em si mesmo, embora acontecesse que os alquimistas de antes de 1500 d.C. considerassem o enxofre e o mercúrio como os dois elementos dos quais o Universo era composto. Mas, em todo caso, ele mostra uma coisa importante: o fogo sempre foi considerado um elemento de transformação, e nunca de destruição. Essa tem sido a magia do fogo.

Lembro-me de Aldous Huxley, conversando longamente comigo durante toda uma noite, suas mãos claras suspensas junto ao fogo, dizendo: "Este é o que transforma. Estas são as lendas que o mostram. Acima de tudo, a lenda da Fênix que renasce do fogo, e vive, vez por outra, geração após geração". O fogo é a imagem da juventude e do sangue, a cor simbólica do rubi e do cinabre, e do ocre e da hematita, com as quais os homens se pintavam em cerimoniais. Quando, segundo a mitologia grega, Prometeu trouxe o fogo ao homem, deu-lhe vida e tornou-o semideus – por essa razão Prometeu foi punido pelos deuses.

Pensamos que, de uma maneira mais prática, o fogo foi conhecido pelo homem primitivo há quatrocentos mil anos. Esse fato implica o conhecimento do fogo pelo *Homo erectus;* como já enfatizei, há certamente vestígios dele nas cavernas do homem de Pequim. Desde essa época, toda cultura *usou* o fogo, embora não esteja claro se todas elas sabiam como *fazer* fogo; os pigmeus (tribo descoberta em tempos históricos, habitantes da floresta tropical das ilhas Andaman, ao sul de Burma) não possuem tecnologia para fazer fogo, de forma que dispensam os maiores cuidados alimentando os fogos surgidos espontaneamente.

De maneira geral, diferentes culturas têm usado o fogo para finalidades semelhantes: aquecer, afugentar predadores, limpar terreno, e levar a cabo as transformações comezinhas do dia a dia – cozinhar, secar e endurecer madeira, aquecer e partir pedras. Contudo, é claro que a grande transformação plasmadora de nossa civilização é muito mais penetrante: é o uso do fogo revelando uma classe inteiramente nova de materiais, os metais. Este constitui um dos altíssimos degraus, um salto na escalada do

51
Submetido à tensão o cobre, na forma de arame, por exemplo, começa imediatamente a se adelgaçar.
O adelgaçamento de um arame de cobre ocorre por deslizamento interno dos cristais, antes de aparecer o ponto de fratura. Magnificação de 15 x.

A Estrutura Invisível

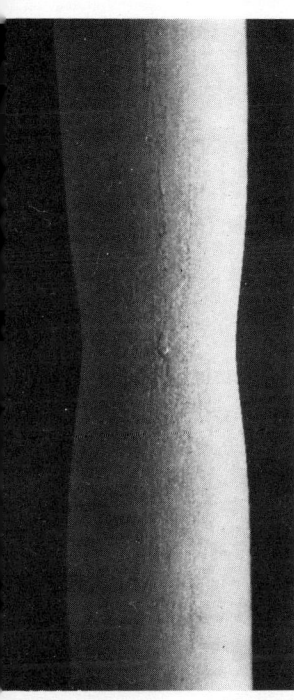

homem, o qual se emparelha à invenção mestra das ferramentas de pedra, posto ter ela surgido da descoberta de ser o fogo uma ferramenta muito mais sutil na tarefa de dividir a matéria. A física é a faca que separa a textura da natureza; o fogo, a espada flamejante, na pedra, corta além da estrutura visível.

Há quase dez mil anos, logo depois do estabelecimento de comunidades sedentárias na agricultura, no Oriente Médio, o homem já usava o cobre. Mas a utilização dos metais não se generalizou senão após terem-se encontrado processos sistemáticos de extraí-los. Como sabemos agora, a extração de metais de suas escórias iniciou-se há mais de sete mil anos, na Pérsia, e no Afganistão, por volta do ano 5000 a.C. No início, pedras verdes de malaquita eram colocadas diretamente no fogo e delas fluía o metal vermelho do cobre — uma feliz coincidência, posto que o cobre se desprende a uma temperatura relativamente baixa. Os homens reconheciam o cobre porque esse metal era encontradiço na superfície, em blocos e, nesta forma, vinha sendo martelado e moldado por mais de dois mil anos.

O Novo Mundo também trabalhava o cobre, e já o fundia pelo tempo de Cristo, mas parou por aí. Apenas no Velho Mundo o metal chegou a se constituir no esqueleto da vida civilizada. De repente, a gama de controles exercidos pelo homem aumentou imensamente. Tem agora em suas mãos um material que pode ser moldado, estirado, amassado, fundido em moldes; o qual pode ser transformado em ferramenta, ornamento ou utensílio; e, além de tudo, pode ser novamente atirado ao fogo e reaproveitado. A sua única desvantagem: o cobre é um metal mole. Sob tensão oferece pequena resistência. Isso é devido ao fato de, como outros metais puros, o cobre ser formado de camadas de cristais. Os átomos do metal se dispõem em arranjos regulares nas camadas, as quais deslizam umas em relação às outras até o ponto de ruptura. Quando um arame de cobre estirado começa a se adelgaçar (isto é, desenvolvendo pontos de fraqueza), não é tanto por uma falha na sua tensão, mas, sim, pelo deslizamento interno.

É claro que o trabalhador do cobre não pensava dessa maneira há seis mil anos atrás. Ele enfrentava um problema mais sério, isto é, o cobre não se prestava ao fabrico de instrumentos de corte. Por um curto período de tempo a escalada do homem se manteve na expectativa da etapa seguinte: conseguir um metal duro com borda cortante. Se isso pode sugerir uma importância muito grande para um avanço tecnológico, vejamos como foi bela e paradoxal a descoberta da etapa seguinte.

Considerado em um contexto moderno, o que deveria ser feito nessa etapa seguinte parece óbvio. Como já foi dito, o cobre, na sua forma metálica pura, é mole porque seus cristais se dispõem em planos paralelos que deslizam facilmente uns em relação aos outros. (Pode-se endurecê-lo um pouco molhando-o, de forma que, ao quebrarem-se os cristais maiores, a estrutura se torna mais compacta.) Assim, se conseguirmos introduzir alguma coisa áspera nos cristais, tal manobra pode impedir o deslizamento das camadas e endurecer o metal. Evidentemente, em se tratando do nível fino de estrutura ao qual estou me referindo, a coisa áspera tem de ser uma outra espécie de átomo substituindo átomos de cobre nos cristais. Temos de conseguir uma liga cujos cristais sejam mais rígidos porque os átomos de suas estruturas não são todos da mesma espécie.

Esta é a abordagem moderna; apenas nos últimos cinqüenta anos é que viemos a entender serem as propriedades especiais das ligas metálicas atribuíveis às suas estruturas atômicas. No entanto, por sorte ou por experimento, os antigos forjadores encontraram a solução: adicionando ao cobre um outro metal ainda mais mole, o estanho, consegue-se uma liga mais dura e mais durável que qualquer um dos dois — o bronze. O golpe de sorte talvez venha do fato de que, no Velho Mundo, os minérios de cobre e de estanho sejam encontrados nas mesmas localidades. Por outro lado, qualquer metal puro é mais fraco e muitas impurezas têm o efeito de torná-lo mais rígido. A função do estanho nessa liga nada tem de especial; representa uma propriedade geral de adicionar ao material puro um tipo de abrasivo atômico — pontos de grande coeficiente de atrito que aderem às malhas do cristal, impedindo os deslizamentos.

Esforcei-me para dar uma descrição científica da natureza do bronze porque ela constitui uma descoberta maravilhosa. Maravilhosa, também, como uma revelação para aqueles que a manipulam, do potencial criado e suscitado por um novo procedimento. O trabalho no bronze atingiu sua refinação máxima na China. Certamente o bronze chegou aí através do Oriente Médio, aonde foi descoberto em 3800 a.C. O auge da era do bronze na China coincide com o início da civilização chinesa, na forma que a concebemos — a dinastia de Shang, antes de 1500 a.C.

52
Vasos para vinho e alimento — em parte ornamentais e em parte divinos. *Vaso para vinho na forma de coruja. Bronze chinês, 800 a.C.*

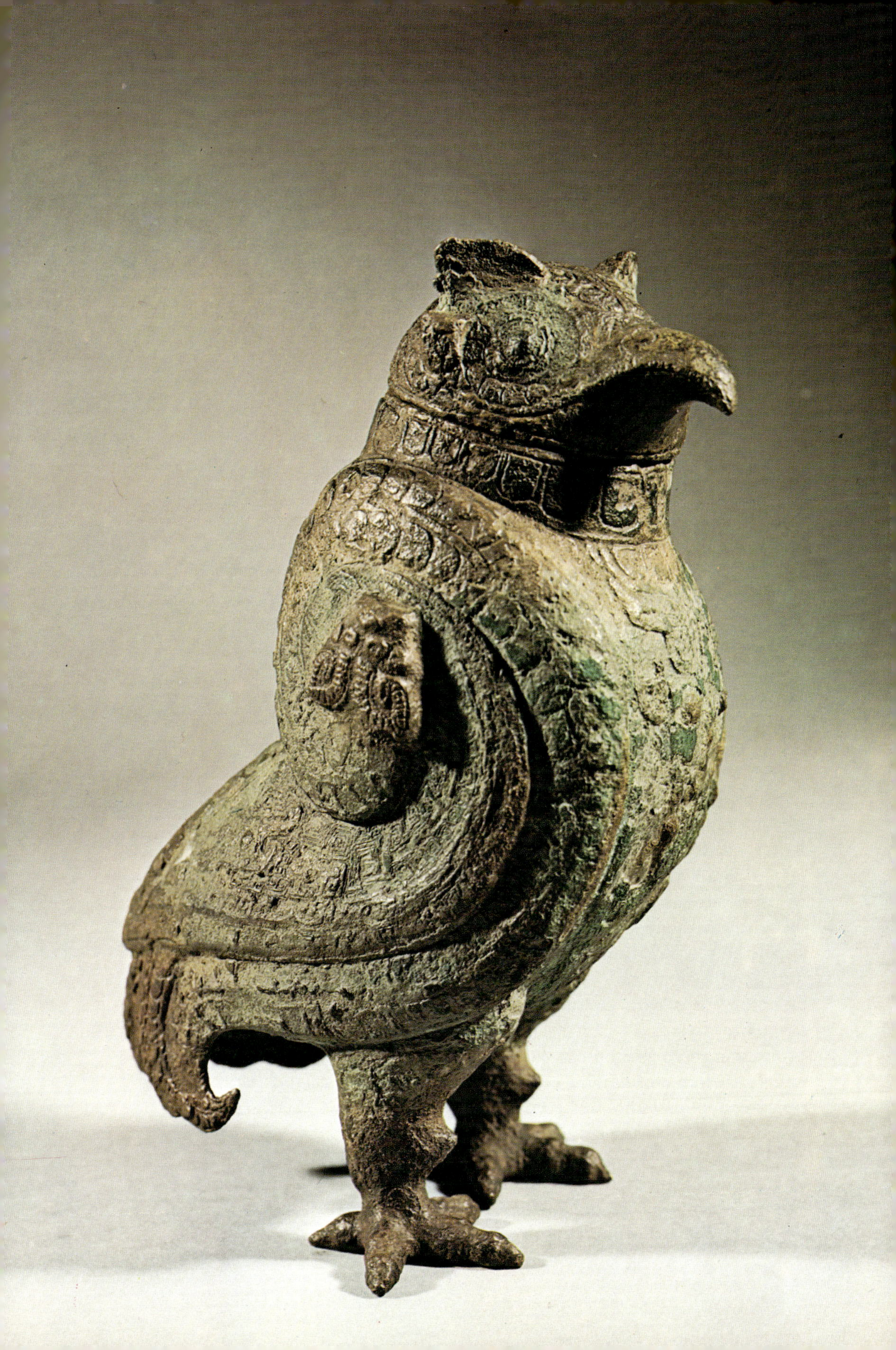

A Escalada do Homem

A dinastia Shang governou um grupo de domínios feudais no vale do Rio Amarelo, e, pela primeira vez, criou uma forma de cultura e estado unitário na China. Em todos os sentidos trata-se de um período formativo, quando a cerâmica também se desenvolve e a escrita se estabelece (é a caligrafia, tanto na cerâmica como no bronze, que nos surpreende). Os objetos de bronze do período alto foram feitos com uma tal preocupação oriental do detalhe que, em si mesmos, são fascinantes.

Os chineses construíam os moldes para os objetos de bronze fundido colando cintas de argila em torno de um cerne de cerâmica. Como essas cintas ainda podem ser encontradas, podemos determinar a seqüência do procedimento: a preparação do cerne central, o entalhamento dos desenhos e, particularmente, as inscrições nas cintas apostas ao bloco central. Nesses moldes as cintas constituem a face externa, a qual é cozida de modo a poder receber o metal fundido. Podemos mesmo acompanhar a preparação tradicional do bronze. As proporções de cobre e estanho usadas pelos chineses são quase exatas. Bronze pode ser obtido a partir de qualquer proporção de estanho, entre cinco e vinte por cento, adicionado ao cobre. Os melhores objetos de bronze Shang contêm quinze por cento de estanho, e nesses a fidelidade da reprodução é perfeita. Nessa proporção, o bronze é cerca de três vezes mais duro do que o cobre.

Os bronzes Shang são objetos litúrgicos, divinos. Para a China, eles representaram objetos monumentais de adoração, equivalentes na Europa a Stonehenge, constituída na mesma época. Daqui para a frente o bronze se torna matéria-prima para todos os propósitos, um verdadeiro plástico do seu tempo. Encontramos-lhe essa qualidade universal tanto na Europa como na Ásia.

Entretanto, no clímax do artesanato chinês, o bronze é portador de um significado mais rico. O encanto desses trabalhos chineses, vasos para vinho e comida — em parte decorativos e em parte divinos — está no fato deles constituírem uma arte brotada espontaneamente a partir de suas habilidades tecnológicas. O artífice é orientado e dirigido pelo material; na forma e no relevo o desenho flui com o processo. A beleza criada, a maestria revelada, nascem da devoção ao ofício.

O conteúdo científico dessas técnicas clássicas é bem definido. Com a descoberta de que o fogo funde metais aparece no seu devido tempo a descoberta mais sutil: ele pode fundi-los conjun-

53
O trabalho no bronze atingiu sua expressão mais requintada na China. *Sino de bronze fundido, 800 a.C. Detalhe da caligrafia inscrita no topo do sino.*

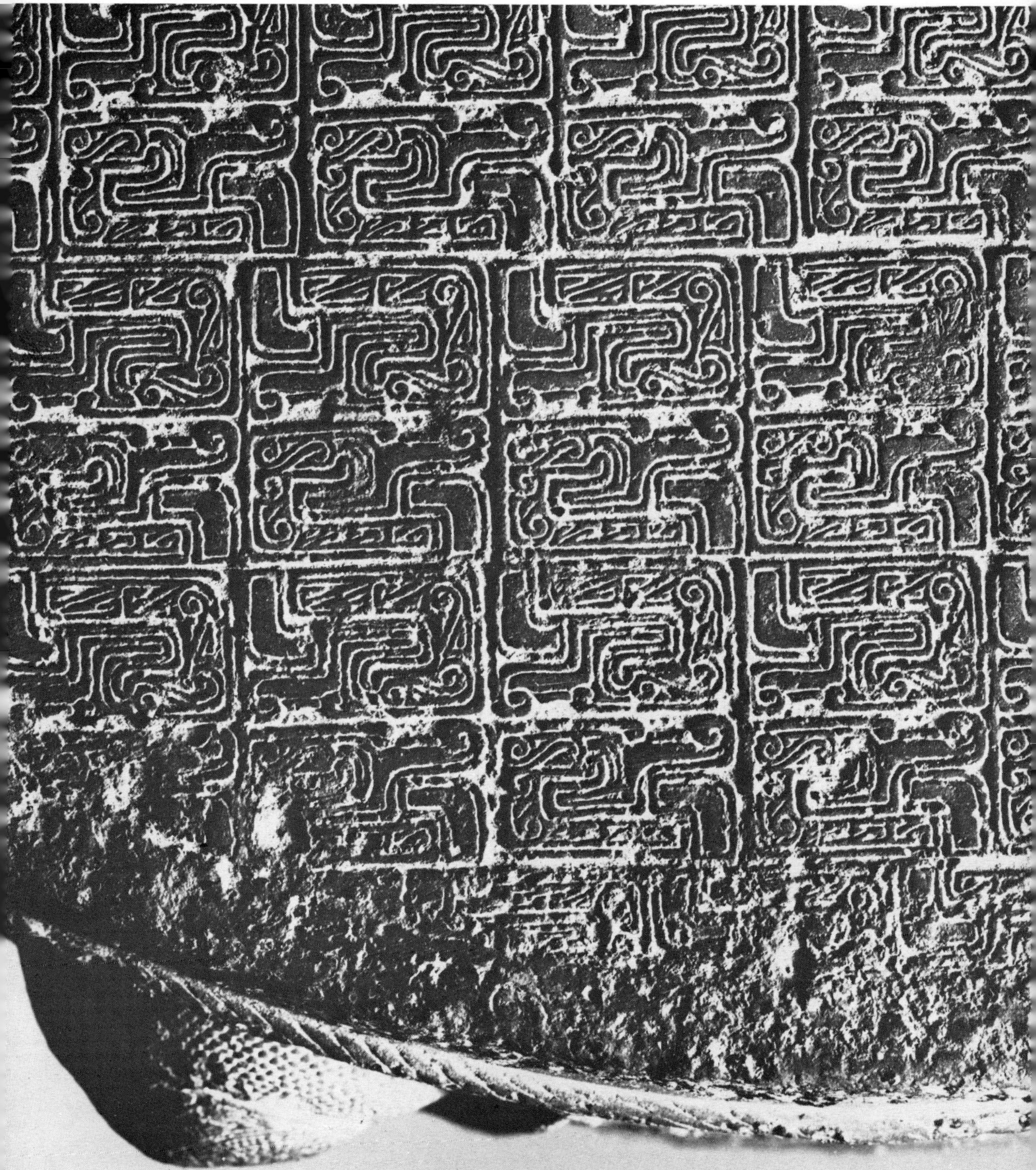

54
A forja da espada, como acontecia com toda a metalurgia antiga,
obedece a um ritual.
*Mestre cuteleiro Getsu em seu trabalho. O tempero e o polimento da lâmina
é levado a cabo na oficina do Templo de Nara, Japão.*

A Estrutura Invisível

tamente, surgindo ligas que ostentam novas propriedades. E isto vale igualmente para o ferro e para o cobre. Na realidade, o paralelismo da história da utilização dos dois metais se revela em todos os estágios. O ferro também foi primeiramente usado em sua forma natural; ferro bruto chega à superfície da Terra por meio de meteoros, razão pela qual seu nome sumeriano é "metal dos céus". Quando o minério de ferro foi fundido mais tarde, o metal pôde ser reconhecido, uma vez que já havia sido usado. Os índios da América do Norte utilizavam ferro de meteoro, mas não chegaram a fundir o minério.

Dada a maior dificuldade da extração do ferro a partir de seu minério, a fundição desse metal se constitui em invento posterior ao do cobre. A primeira evidência positiva de seu uso prático é representada por um fragmento de ferramenta cravada em umas das Pirâmides; isso lhe confere uma idade anterior a 2500 a.C. Entretanto, o uso generalizado do ferro se iniciou com os hititas, nos arredores do Mar Negro, por volta de 1500 a.C. — justamente ao tempo dos mais finos bronzes da China, tempo, também, de Stonehenge.

Da mesma forma que a importância do cobre se deveu à obtenção de uma liga, o bronze, a importância do ferro marcou época com o aparecimento do aço. Por volta de 1000 a.C., em quinhentos anos portanto, o aço é produzido na Índia, e as maravilhosas propriedades dos diferentes tipos de aço passam a ser conhecidas. No entanto, o aço permaneceu como um material para usos especiais, e de certa forma raro, até muito recentemente. Há apenas duzentos anos a indústria de aço de Sheffield ainda era modesta e atrasada, a tal ponto de o *quaker* Benjamin Huntsman, necessitando uma mola de relógio de precisão, ter-se visto na contingência, ele próprio, de se tornar metalúrgico e descobrir como fazer o aço de que necessitava.

Uma vez que dirigi minha atenção para o Extremo Oriente quando quis ilustrar o aperfeiçoamento do bronze, tomarei agora um exemplo oriental de como evoluíram as técnicas de produção dos diferentes tipos de aço. Para mim, o auge dessas técnicas foi atingido com a confecção da espada pelos japoneses, a qual, de uma forma ou de outra, vem se continuando desde 800 d.C. A forja da espada, como acontecia com toda a metalurgia antiga, obedece a um ritual, mas há uma razão evidente para isso. Quando não se tem linguagem escrita ou mesmo nada próximo do que se

A Escalada do Homem

poderia chamar uma fórmula química, um cerimonial estrito fixa exatamente a seqüência das operações, de modo a tornar possível sua reprodução sem alterações indesejáveis.

Assim, há uma forma de reverência, de sucessão apostólica, através da qual uma geração dá graças e transmite os materiais à seguinte, abençoa o fogo, e abençoa o cuteleiro. O homem fazendo a espada da foto porta o título de "Monumento Cultural Vivente" formalmente atribuído aos mestres proeminentes das artes antigas pelo governo japonês. Seu nome é Getsu. E, em um sentido profissional, considera-se descendente direto de Masamune, que aperfeiçoou o processo no século XIII — a fim de ajudar a repelir os mongóis. Ou pelo menos assim reza a tradição; certamente, sob o comando de Kublai Khan, neto de Genghis Khan, os mongóis devem ter repetidamente tentado invadir o Japão, a partir de suas bases na China.

O ferro é uma descoberta mais recente do que o cobre porque em todos os estágios ele requer maior aquecimento — na fusão, na moldagem e, obviamente, no processamento de sua liga, o aço. (O ponto de fusão do ferro está em torno de 1500ºC, quase 500ºC mais alto do que o do cobre.) Além disso, tanto no tratamento pelo calor como na sua reação com elementos adicionados, o aço é material infinitamente mais caprichoso do que o bronze. O aço é produzido pela adição ao ferro de pequenas quantidades de carbono, usualmente menos de um por cento, e variações nesta determinam as suas propriedades especiais.

O processo envolvido na fabricação da espada ilustra a necessidade do controle delicado do carbono e do aquecimento, no sentido de se obter um objeto de aço perfeitamente adequado às finalidades de sua utilização. Mesmo a parte de aço do cabo não se consegue simplesmente, uma vez que a espada tem de combinar duas propriedades diferentes e incompatíveis dos materiais. Tem de ser flexível, mas, ao mesmo tempo, dura. No mesmo objeto essas duas propriedades só podem ser combinadas quando ele é constituído pela justaposição de camadas. O método para se obter o cabo consiste em, após tê-lo aparado, dobrá-lo sobre si mesmo inúmeras vezes, conseguindo, assim, a justaposição de muitas superfícies internas. Em sua técnica, Getsu dobra o cabo quinze vezes. Isso significa que se tem aí 2^{15} camadas de aço, bem mais do que trinta mil. Cada camada tem de ser ligada à adjacente, a qual apresenta diferentes propriedades. É como se ele estivesse querendo combinar a flexibilidade da borracha com a dureza do

55
As duas propriedades são finalmente combinadas no acabamento da espada. *Marcas de água em uma espada feita por Nobuhide, no século XIX, para o Imperador Meiji.*

vidro. Enfim, a espada é um imenso sanduíche dessas duas propriedades.

No último estágio a espada é recoberta com argila em camadas de diferentes espessuras, de modo que ao ser aquecida, e então mergulhada na água, o arrefecimento não seja uniforme. Neste momento final, a temperatura do aço tem de ser avaliada exatamente, e isso é conseguido através de longa prática, ao ponto de se perceber a espada resplandecendo nas cores do sol matinal, o que, nesta civilização, dispensa métodos mais objetivos de medida. A favor destes artesãos, tenho de relatar o uso generalizado da determinação de matizes de cores na fabricação de aço na Europa: ainda no século XVIII, o estágio preciso para temperar o aço era quando ele se tornava amarelo-palha, ou púrpura, ou azul, de acordo com o tipo de aço desejado.

O auge, não tanto da encenação mas da química, está no arrefecimento, que endurece a espada e confere as diferentes propriedades às suas partes. Cristais de diferentes formas e tamanhos são produzidos por diferentes gradações de resfriamento: cristais grandes e suaves no cerne flexível da espada, e pequenos e denteados no fio cortante. As propriedades da borracha e do vidro são finalmente fundidas na espada, e reveladas na aparência da sua superfície — um brilho de seda furta-cor altamente valorizado pelos japoneses. Entretanto, o teste da espada, o teste de uma técnica empírica, o teste de uma teoria científica se resume no seguinte: ela funciona? Pode ela cortar o corpo humano segundo o formalismo descrito no ritual? Os talhos tradicionais são mapeados tão cuidadosamente quanto os cortes de carne em livros de culinária: "Talho número dois — o O-jo--dan". Nos dias de hoje o corpo humano é substituído por um boneco de palha, no que tange ao teste da espada. Tempos houve, entretanto, em que a espada era testada literalmente, isto é, na execução de prisioneiros.

A espada era a arma dos Samurais. Com ela, sobreviveram a intermináveis guerras civis que dividiram o Japão a partir do século XII. Esses homens estavam pejados de delicados objetos de metal: a armadura flexível construída com fitas de aço, os arreios das montarias, os estribos. No entanto, os Samurais eram totalmente ignorantes em relação às técnicas através das quais esses objetos eram feitos. À semelhança dos cavaleiros de outras culturas, eles viviam pela força, mas, mesmo para suas armas, dependiam da habilidade de aldeãos, os quais eram, alternadamente, protegidos e roubados pelos Samurais. Estes acabaram-se transformando em um bando de mercenários que vendiam seus serviços a peso de ouro.

Nosso entendimento de como o mundo material é organizado a partir de unidades elementares vem de duas fontes. Uma delas já foi comentada e constitui o desenvolvimento de técnicas de obtenção de metais úteis e suas ligas. A outra é a alquimia, e esta apresenta características diferentes. Trabalha em pequena escala, não é dirigida a objeto de uso diário, e se insere em um corpo de teoria especulativa. Por razões obscuras, mas não acidentais, a alquimia ocupou-se muito com outro metal, o ouro, que é virtualmente inútil. Contudo, o ouro tem fascinado tanto as sociedades humanas que seria perversidade minha não tentar apontar as propriedades que lhe deram poder simbólico.

O ouro se constitui no prêmio universal em todos os países, em todas as culturas e em todas as eras. Uma coleção representativa de objetos de ouro pode ser lida tal qual uma crônica da civilização. Rosário de ouro esmaltado, século XVI, inglês. Broche representando uma serpente de ouro, 400 a.C., grego. Coroa tripla de ouro de Abuna, século XVII, abissiniana. Bracelete de ouro em forma de cobre, romano antigo. Vasos rituais de ouro aquimenídeo, século VI a.C., persa. Tigela de beber de ouro *Malik*, século VIII a.C., persa. Cabeças de boi de ouro... Faca cerimonial de ouro, Chimu, Pré-inca, peruano, século IX...

Saleiro de ouro esculpido, Benvenuto Cellini, estatuetas do século XVI, encomendadas pelo rei Francisco I. Cellini registrou as palavras de seu patrão francês a respeito de sua obra:

Quando expus o trabalho perante o rei, ele perdeu o fôlego, maravilhado; não conseguia tirar os olhos da peça. Então, exclamou cheio de admiração: "Isto é cem vezes mais divino do que eu jamais poderia ter pensado! Que ser extraordinário é o homem!"

Os espanhóis saquearam o Peru por seu ouro, o qual a aristocracia inca coletava como nós colecionaríamos selos, com um toque de Midas. Ouro da avareza. Ouro do esplendor, ouro do adorno, ouro da reverência, ouro do poder, ouro sacrificial, ouro da vivificação, ouro da ternura, ouro do barbarismo, ouro da volúpia...

Os chineses descobriram a qualidade que torna esse metal irresistível. Assim falou Ko-Hung: "Ouro amarelo, mesmo fundido uma centena de vezes, nunca se deteriora". Através dessa

56
O ouro se constitui no prêmio universal em todos os países, em todas as culturas, e em todas as eras. *Ouro grego: máscara de um rei aqueu, de um túmulo em Micenas, 16.º século a.C. Ouro persa: moeda do Rei Creso, século VII. Ouro peruano: Mochica puma, estampado com desenhos de serpentes de duas cabeças. Ouro africano: escudo peitoral de um Chefe, impresso com padrões de semente de cacau, Ghana, século XIX. Ouro moderno: receptor central de entrada, minicalculador de bolso Concorde. Edinburgh, século XX.*

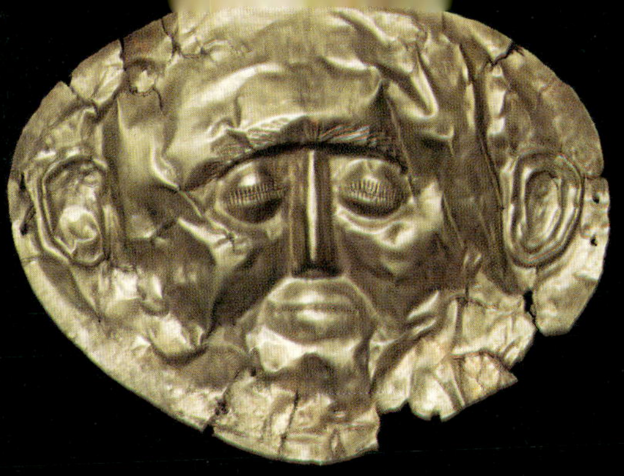
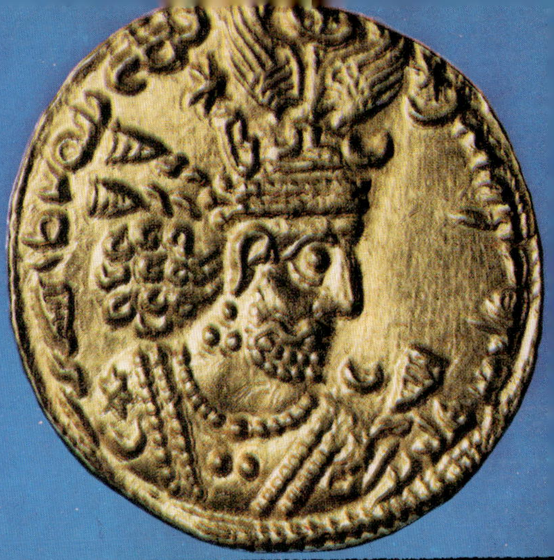
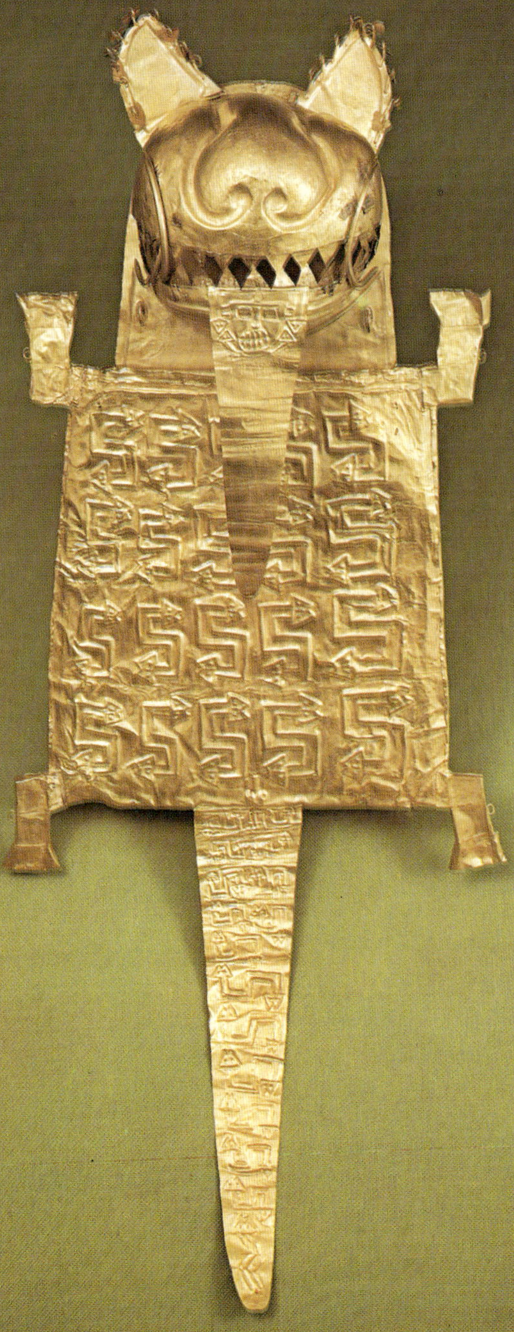
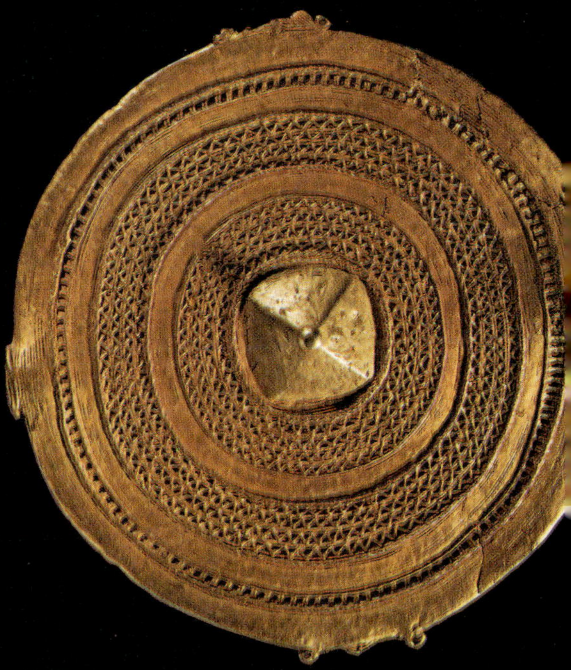
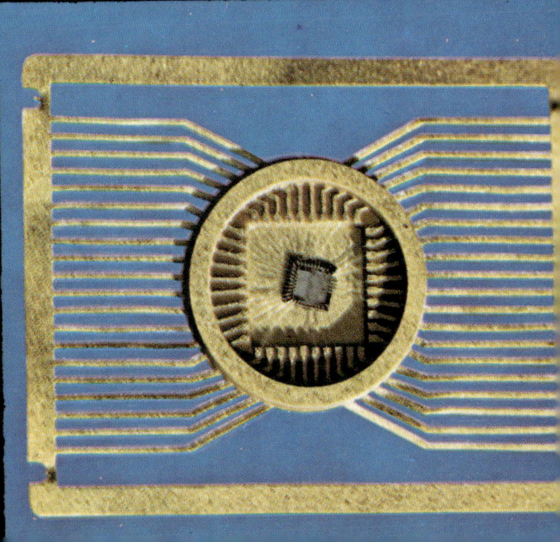

frase tomamos conhecimento de uma propriedade física que torna o ouro singular, a qual pode ser testada ou experimentada na prática, e demonstrada em teoria.

É fácil ver que o homem encarregado da feitura de artefatos de ouro não era um simples artesão, mas sim um artista. Igualmente importante, mas menos fácil de reconhecer é que o homem encarregado da experimentação com o ouro também era mais do que um simples técnico. Para ele, o ouro era um elemento científico. Dominar uma técnica é útil; mas como qualquer outra habilidade, o que lhe dá força e importância é sua posição em um esquema natural geral — numa teoria.

Os homens que tentaram e refinaram o ouro colocaram a descoberto uma teoria da natureza: uma teoria pela qual, embora o ouro seja único, ele pode ser obtido de outros elementos. Essa é a razão pela qual grande parte da antigüidade despendeu seu tempo e engenhosidade elaborando maneiras de testar a pureza do ouro. No início do século XVII Francis Bacon definiu a questão claramente.

57
*Ouro renascentista: saleiro de ouro moldado e esmaltado, feito por Benvenuto Cellini, representando Netuno e Vênus, oferecido ao Rei Francisco I da França, 1543.
Ouro irlandês: gargalheira de ouro. C. Clare, século IX.*

O ouro apresenta essas naturezas — grandeza do peso, intimidade de partes, fixação, maleabilidade ou maciez, imunidade à ferrugem, cor ou tintura amarela. Se alguém conseguir fazer um metal com todas essas propriedades, deixemos que os homens discutam se se trata ou não de ouro.

Entre os vários testes clássicos de pureza do ouro, um deles apresenta mais visivelmente suas propriedades diagnósticas. Trata-se do teste pela *cupelação*. Um pote de cinza de osso, o cadinho *(cupel)*, é aquecido em fornalha a uma temperatura muito mais alta do que a do ponto de fusão do ouro puro. Colocado no cadinho, o ouro contaminado por escória se funde. (O ouro apresenta ponto de fusão bastante baixo, pouco acima de 1000ºC, quase igual ao do cobre.) O que acontece então é que a escória se desprende do ouro e é absorvida nas paredes do cadinho: assim, repentinamente, acontece a separação visível, como se fosse entre a impureza do mundo e a pureza oculta do ouro. O sonho dos alquimistas de fabricar ouro sintético tinha que passar pelo teste concreto da sobrevivência da pérola de ouro no fundo do cadinho.

A capacidade do ouro resistir ao que era chamado degeneração (e nós a chamaríamos ataque químico) era ímpar, e, portanto, valiosa e diagnóstica. Implicava, também, um poderoso simbolis-

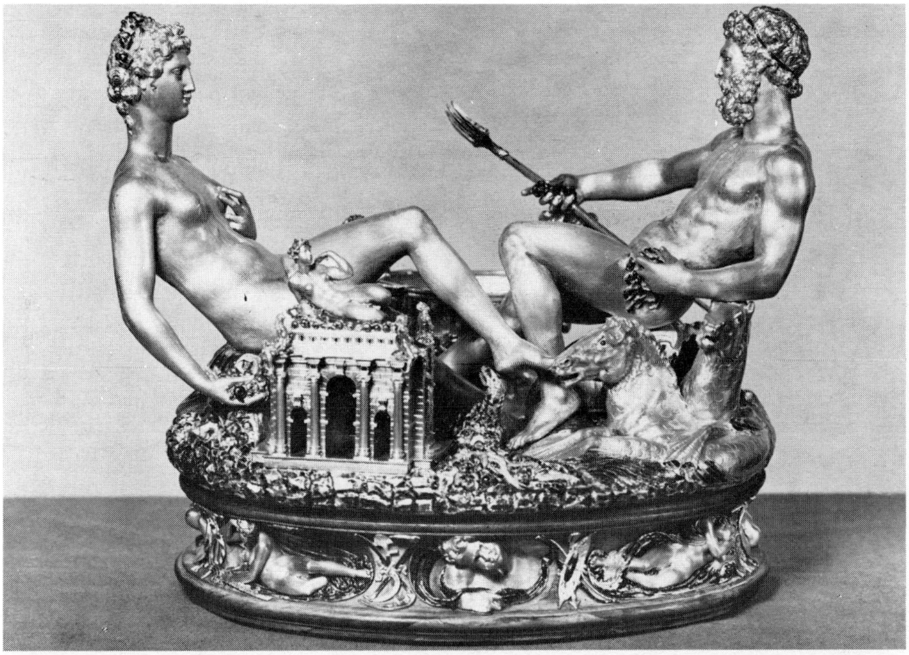

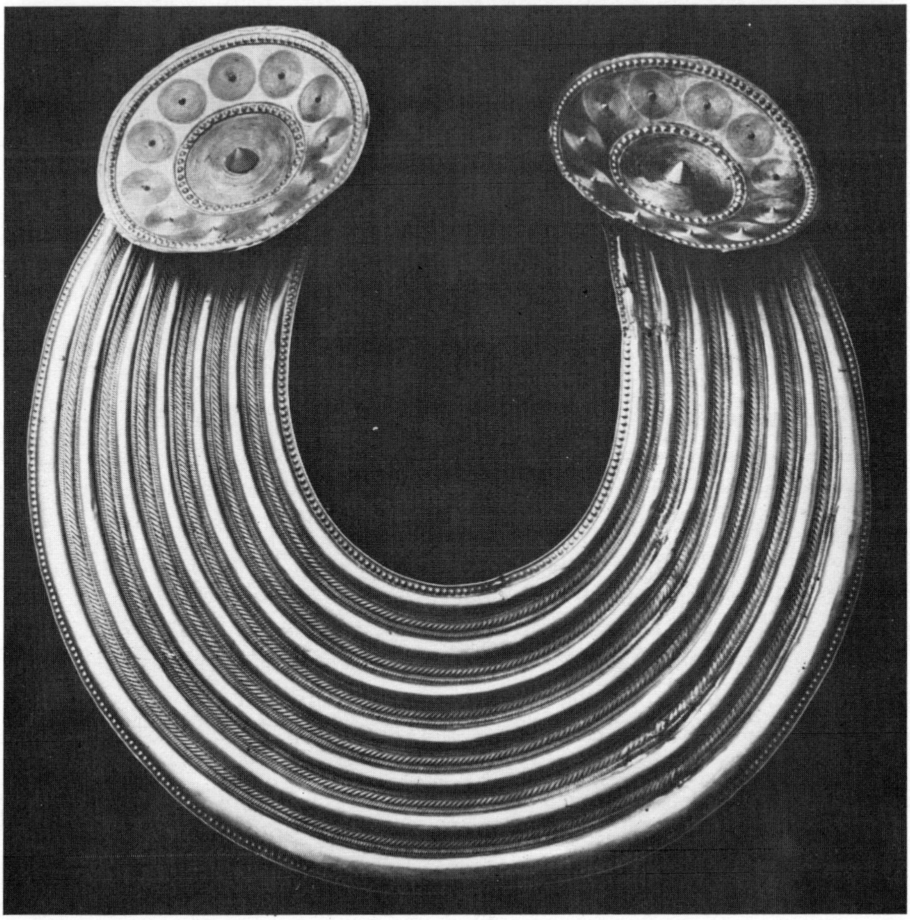

A Escalada do Homem

mo, explícito mesmo nas fórmulas mais antigas. A primeira referência escrita à alquimia data de dois mil anos e é chinesa. Relata um método de obtenção de ouro e seu uso para prolongar a vida. Para nós, essa é uma conjunção extraordinária. Em nossa civilização o ouro é precioso pela sua raridade; mas para os alquimistas de todo o mundo o ouro era precioso por ser incorruptível. Nenhum ácido ou álcali conhecido naquele tempo o atacava. Essa, aliás, era a maneira pela qual o ourives do imperador atestava a pureza do ouro; o tratamento com ácido era muito menos laborioso do que o da *cupelação*.

Em um tempo em que a vida era considerada (e para a maioria o era de fato) solitária, pobre, desagradável, brutal e curta, o ouro representava para o alquimista a centelha eterna no corpo humano. A procura da fórmula para conseguir ouro e o elixir da vida era uma só. O ouro simboliza a imortalidade — mas devo dizer que para o alquimista não era símbolo, mas, sim, a expressão, a materialização da incorruptibilidade, nos mundos físico e vivente.

Assim, ao tentar a transmutação de metais básicos em ouro, o alquimista buscava, com a ajuda do fogo, transformar o corruptível no incorruptível; tentava extrair a qualidade de permanência a partir do cotidiano. E tal empresa era afim da busca da eterna juventude: todas as poções destinadas a combater o mal da velhice continham ouro, ouro metálico como ingrediente essencial, e uma recomendação para que fosse bebida em taça de ouro, para prolongar a vida.

A alquimia representa muito mais do que um simples conjunto de truques ou uma crença vaga em uma magia benigna. Desde seus primórdios se constitui em uma teoria de como o mundo se relaciona com a vida humana. Em uma era em que não se fazia distinção clara entre substância e processo, e elemento e ação, os elementos alquímicos eram também aspectos da personalidade humana — da mesma forma que os quatro elementos dos gregos representavam humores que o temperamento humano combinava. Portanto, subjacente ao trabalho deles havia uma teoria profunda: derivada inicialmente das idéias gregas sobre os quatro elementos, evoluiu na Idade Média tomando uma forma nova e muito importante.

Para o alquimista havia uma afinidade entre o microcosmo do corpo humano e o macrocosmo representado pela natureza. Um vulcão era uma chaleira em grande escala; uma tempestade seguida

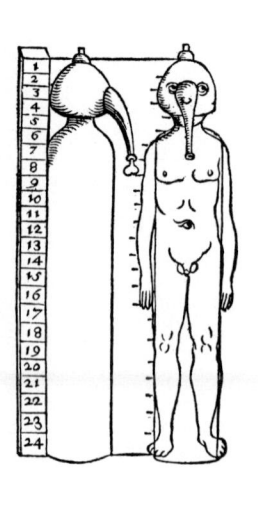

A Estrutura Invisível

58
O Universo e o corpo são feitos dos mesmos materiais ou princípios ou elementos.
*Representação da fornalha do corpo, segundo desenho de Paracelsus, com uma régua para o estudo da urina no diagnóstico de doenças, retirado de "Aurora Thesaurusque philosophorum", Basiléia, 1577.
Desenho de Paracelsus representando os três elementos, terra, ar e fogo.
A correspondência de formas anatômicas e astronômicas segundo a teoria alquimista da natureza.*

de chuva torrencial equivalia a um acesso de choro. Sob essas analogias superficiais jaz um conceito mais profundo: o de que o Universo e o corpo são feitos dos mesmos materiais, ou princípios, ou elementos. Havia dois desses princípios para o alquimista. Um era o mercúrio, representando tudo que fosse denso e permanente. O outro era o enxofre, representando tudo o que fosse inflamável e fugaz. Todos os corpos materiais, incluindo o corpo humano, eram feitos a partir desses dois princípios, e também podiam ser refeitos a partir deles. Por exemplo, os alquimistas acreditavam que todos os metais cresciam no seio da terra a partir do mercúrio e do enxofre, da mesma forma que os ossos crescem no embrião a partir de um ovo. Para eles essa analogia era concreta e ainda permanece no simbolismo da medicina de hoje. Ainda usamos o símbolo alquímico do cobre para a fêmea, isto é, o que é tenro: Vênus; para o homem o símbolo alquímico do ferro, isto é, o que é duro: Marte.

Hoje, isso tudo pode parecer uma teoria infantil, uma mistura de fábulas e falsas comparações. Entretanto, nossa química irá parecer infantil daqui a quinhentos anos. Toda teoria se apóia em algum tipo de analogia e, mais cedo ou mais tarde, a teoria falha porque a analogia se mostra falsa. No seu tempo, uma teoria auxilia a solução dos problemas cotidianos. E todos os problemas médicos permaneceram insolúveis até cerca de 1500 devido à crença de que as curas deviam vir ou de plantas ou de animais — um tipo de vitalismo incapaz de admitir o pensamento de que os elementos químicos do corpo são iguais aos outros, confinando, assim, a medicina à procura de curas por ervas.

Então, os alquimistas introduzem o uso de minerais na medicina. O sal, por exemplo, foi uma substância chave nessa virada conceitual, e um teórico da alquimia elevou-o à categoria de terceiro elemento. Esse mesmo homem desenvolveu um método de cura bastante característico para uma moléstia que se alastrava por toda a Europa por volta de 1500, o flagelo da sífilis, até então desconhecida. Ainda não sabemos de onde a sífilis apareceu. Pode ter sido trazida através dos marinheiros que acompanharam Colombo; ou ter-se expandido a partir do Oriente durante a conquista mongol, ou simplesmente não era, antes dessa época, reconhecida como entidade mórbida isolada. Mas a sua cura veio a depender do uso do mais poderoso elemento alquímico, o mercúrio. O homem que fez essa descoberta é um marco na transição da velha alquimia para a nova, a caminho da química moderna: iatroquímica, bioquímica, a química da vida. O seu descobridor batalhou na Europa durante o século XVI. O lugar, Basiléia, na Suíça. O ano, 1527.

Há instantes na escalada do homem em que ele emerge do país das sombras dos conhecimentos secretos e anônimos para um novo sistema de descobertas públicas e pessoais. Para simbolizar esse passo, escolhi um homem batizado com o nome de Aureolus Phillipus Theophrastus Bombastus von Hohenheim. Felizmente ele próprio escolheu para si o nome mais compacto de Paracelsus, a fim de tornar pública sua discordância em relação a Celsus e outros autores que, embora mortos há mais de mil anos, ainda

59
O médico se comportava como um erudito, academicamente treinado em antigos textos, administrava tratamentos ao pobre doente por intermédio de um assistente, que nada mais fazia do que aplicar passivamente as instruções recebidas. *Três médicos em conferência, enquanto a perna de um paciente é amputada. Entalhe em madeira, retirado de um trabalho sobre prática cirúrgica. Frankfurt, 1465.*

A Estrutura Invisível

eram considerados autoridades através de seus textos médicos amplamente difundidos na Idade Média européia. Em 1500 os trabalhos dos autores clássicos ainda eram tidos e aceitos como fonte de sabedoria inspirada em uma época de ouro da medicina, das ciências e das artes também.

Paracelsus nasceu perto de Zurique em 1493 e morreu jovem, com apenas quarenta e oito anos, em 1541, em Salzburg. Sua atividade era uma perpétua ameaça a tudo que fosse acadêmico: por exemplo, foi o primeiro homem a reconhecer uma moléstia industrial. Na corajosa batalha travada por Paracelsus contra as idéias tradicionais e a prática da medicina de seu tempo, contam-se episódios tanto grotescos como ternos. Sua cabeça era fonte perpétua de teorias, muitas das quais contraditórias, a maioria delas ultrajantes. Portador de um caráter indomável, picaresco, rabelaisiano, bebia com estudantes, dava em cima de mulheres, viajava muitíssimo através do Velho Mundo, e, até recentemente, figurou na história da ciência como um charlatão. Mas isso ele certamente nunca o foi. Era um homem dispersivo, mas profundamente genial.

Acontece que Paracelsus era o que hoje chamaríamos de uma *figura*. Descobrimos nele, talvez pela primeira vez, de uma forma por assim dizer transparente, que uma descoberta científica flui a partir de uma personalidade e é vivificada na medida em que a identificamos com o homem que a trouxe à luz. Paracelsus era um homem prático, entendia a importância do diagnóstico correto no tratamento de um paciente (ele próprio era um excelente propedeuta) e a aplicação direta do remédio pelo próprio doutor. Ele quebrou a tradição do médico se comportar como um erudito, academicamente treinado em antigos textos, administrando tratamentos ao pobre doente por intermédio de um assistente que nada mais fazia senão aplicar passivamente as instruções recebidas. "Não pode haver cirurgião onde não haja também um médico", escreveu Paracelsus. "Quando o médico não consegue ser também um cirurgião, ele não passa de um ídolo, mera pintura de um macaco."

Tal aforismo não conquistou as boas graças de seus rivais, mas atraiu para si o interesse de outras mentes independentes da época da Reforma. Assim, aconteceu dele ter sido trazido à Basiléia para gozar um único ano de triunfo em sua desastrada carreira mundana. Nessa cidade, no ano de 1527, o eminente protestante e editor humanista Johann Frobenius padecia de seríssima infecção na perna, a ponto dela estar para ser amputada. Em desespero, apelou para amigos do novo movimento, os quais lhe enviaram Paracelsus. Este enxotou os acadêmicos do quarto do paciente e salvou-lhe a perna, efetuando uma cura que ecoou por toda a Europa. De Erasmo ele recebeu as seguintes palavras: "Do país dos mortos trouxestes de volta Frobenius, a quem pertence metade de minha vida".

Não constitui apenas uma coincidência o fato de idéias novas e iconoclásticas em medicina e na terapêutica química terem aparecido ligadas, no tempo e no espaço, à Reforma iniciada por Lutero em 1517. Basiléia era o foco desse momento histórico. Aqui havia florescido o humanismo, mesmo antes da Reforma. A universidade mantinha uma tradição democrática, que tornou possível ao Conselho Municipal conceder licença e garantir a Paracelsus o direito de aí ensinar, a despeito dele ser olhado de esguelha pelos seus colegas. A família Frobenius editava livros, entre eles os de Erasmo de Roterdã, espalhando a nova concepção por todos os lugares e sobre todos os campos do conhecimento.

Um vento de mudança sacudia a Europa, muito mais forte talvez que a própria reformulação religiosa e política iniciada por Lutero. Aproximava-se o ano que se tornaria o seu símbolo, 1543. Neste ano foram publicados três livros que mudaram a mentalidade da Europa: o atlas anatômico de Andreas Vesalius; a primeira tradução, do grego, da matemática e da física de Arquimedes; e o livro de Nicolau Copernicus, *Das Revoluções do Orbe Celeste* que, ao colocar o Sol no centro do céu, iniciou o que hoje conhecemos como Revolução Científica.

Toda essa batalha entre o passado e o futuro foi resumida profeticamente por um simples ato realizado em Basiléia. Paracelsus atirou à tradicional fogueira dos estudantes um exemplar do livro de Avicena, um clássico texto de medicina do discípulo árabe de Aristóteles.

Há um simbolismo oculto naquele gesto junto à fogueira de meio-verão que tentarei trazer para o presente. O fogo é o elemento alquímico com o qual o homem penetra profundamente na estrutura da matéria. Então, seria o próprio fogo uma forma de matéria? Tomando essa asserção como verdadeira, teríamos de lhe atribuir toda sorte de impossíveis propriedades — tais como, ser ele mais leve do que nada. Ainda em 1730, duzentos anos depois de Paracelsus, os químicos tentaram, com a teoria

60
Paracelsus era portador de um caráter indomável, picaresco, rabelaisiano. *Retrato de Paracelsus, atribuído a Quentin Metsys.*

FAMOSO·DOCTOR   PARESELSVS.

de flogisto, vestir o fogo com uma última roupagem material. Entretanto, viu-se que a substância flogística, da mesma forma que o princípio vital, não podia ser demonstrada — o fogo não é matéria, e a vida não é matéria. O fogo é um processo, transformação e mudança, através do qual elementos materiais são reagrupados em novas combinações. A natureza das reações químicas só pôde ser entendida quando o fogo foi compreendido como um processo.

Aquele gesto de Paracelsus dizia: "A ciência não pode ficar presa ao passado. Nunca existiu uma Idade de Ouro". Duzentos e cinqüenta anos depois do tempo de Paracelsus, um novo elemento foi descoberto, o oxigênio, o que propiciou a explicação da natureza do fogo e arrancou a química do atoleiro da Idade Média. O fato insólito em relação a essa descoberta é que Joseph Priestley não estudava a natureza do fogo quando descobriu o oxigênio; sua inquirição se dirigia a um outro elemento dos gregos, o ar, invisível e onipresente.

Quase tudo do que resta do laboratório de Joseph Priestley encontra-se na Smithsonian Institution em Washington, capital dos Estados Unidos. Mas, estando aí, está deslocado. Esse equipamento deveria ser exposto em Birmingham, na Inglaterra, o centro da Revolução Industrial, onde Priestley realizou a maior parte de seu esplêndido trabalho. E por que, então, esse deslocamento? Porque em 1791 uma corja expulsou Priestley de Birmingham.

Este evento é um outro exemplo característico do conflito entre originalidade e tradição. Em 1761, aos vinte e oito anos, Priestley foi convidado a lecionar línguas modernas em uma das universidades dissidentes (ele era unitariano) as quais se ofereciam àqueles estudantes discordantes da orientação das universidades controladas pela Igreja da Inglaterra. Dentro de um ano, entusiasmado com as conferências sobre ciências de um colega seu, começou a escrever um livro sobre eletricidade; e, esse foi o primeiro passo no caminho que o levou à experimentação química. Tornou-se, também, admirador da Revolução Americana (Benjamin Franklin o havia encorajado) e, mais tarde, da Revolução Francesa. Por essa razão, no segundo aniversário da queda da Bastilha, cidadãos leais à realeza atearam fogo ao laboratório que Priestley descreveu como um dos mais cuidadosamente equipados da Europa. Emigrou, então, para a América mas não foi bem recebido. Apenas seus pares intelectuais o apreciavam;

61
Priestley era um homem difícil, irascível, frio, preciso, afetado e puritano.
Joseph Priestley, desenhado pela senhora Ellen Sharples em 1794, ao tempo em que viveu na América, depois de sua casa e laboratório terem sido destruídos por uma corja de fanáticos em Birmingham.

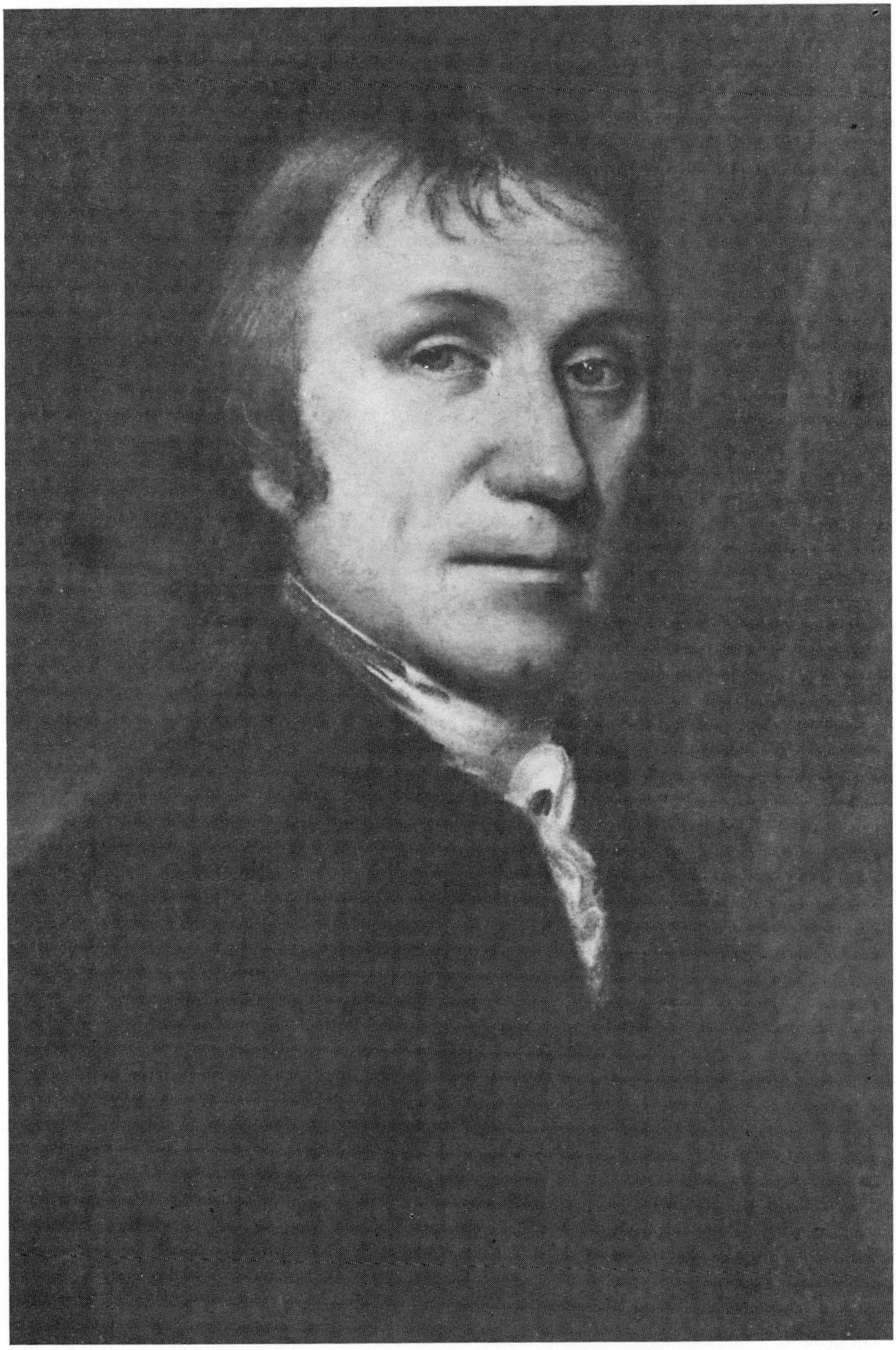

62
Lavoisier repetiu um experimento de Priestley que consistia em quase uma caricatura de um dos experimentos clássicos da alquimia.
O cadinho alquímico continha glóbulos puros do líquido prateado do mercúrio sublimado a partir de cinábrio.
Reconstrução, utilizando equipamento moderno, do experimento de Lavoisier. É mostrado o estágio seguinte do experimento no qual o mercúrio é aquecido na presença de oxigênio.
Abaixo: mercúrio em um frasco.
Na página oposta: o mercúrio aquecido se combina com oxigênio. O volume do oxigênio absorvido é medido pela queda na coluna de líquido.
O equipamento completo: o experimento é, então, revertido mediante a continuação do aquecimento do óxido de mercúrio.

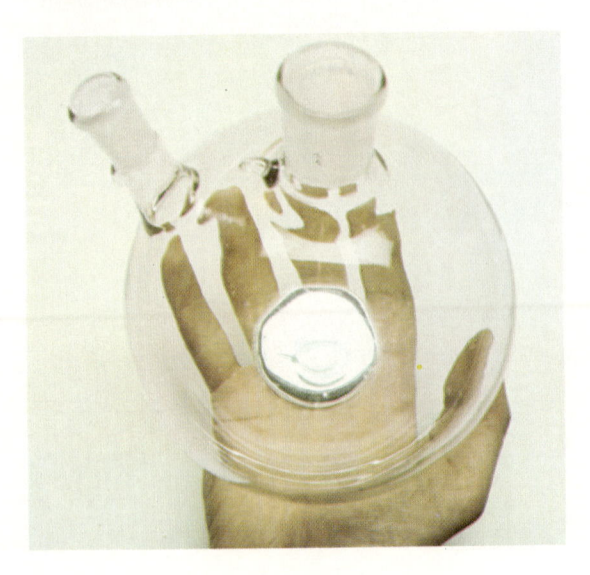

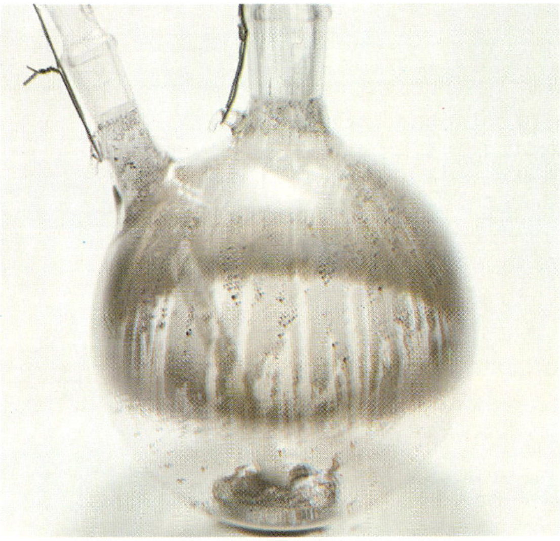
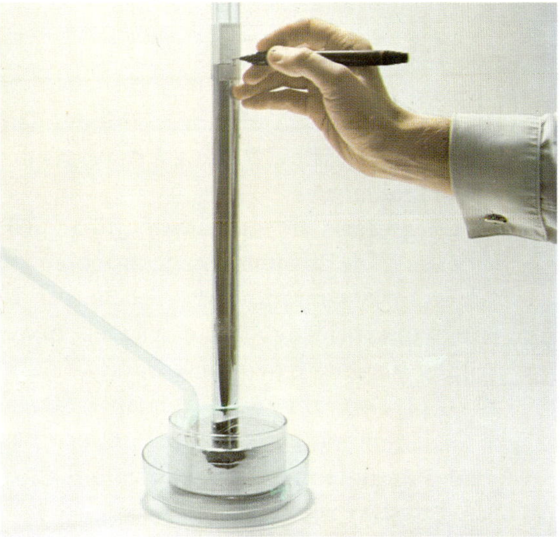
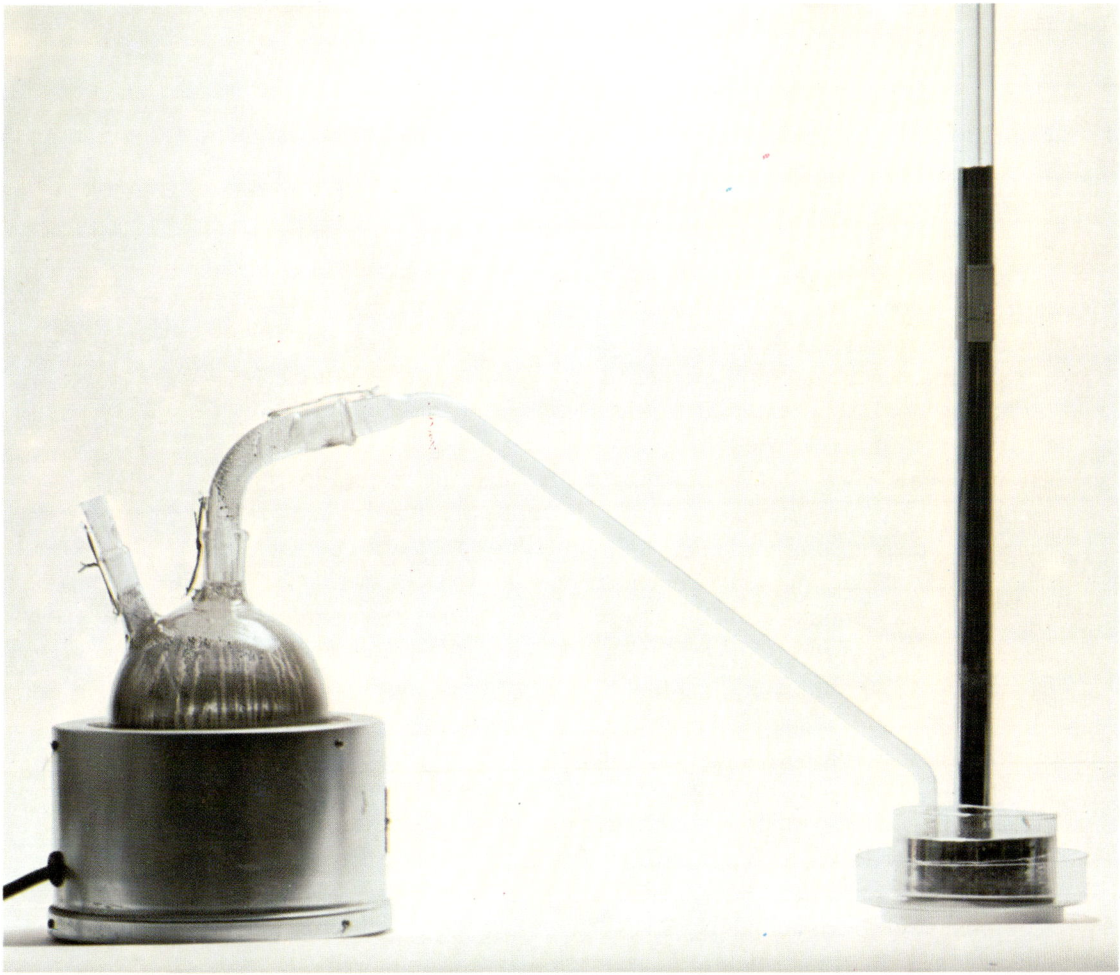

já Presidente dos Estados Unidos, Thomas Jefferson assim se dirigiu a Priestley: "A sua é uma das poucas vidas preciosas para a humanidade".

Eu gostaria de dizer-lhes que a turba que destruiu a casa de Priestley em Birmingham destroçou o sonho de um belo homem, amável e encantador. Mas receio que isso não seja verdade. Não creio que Priestley fosse amável, não mais do que Paracelsus. Minha suspeita é de que se tratava de um homem difícil, irascível, frio, preciso, afetado e puritano. Mas a escalada do homem não é feita por gente amável. É feita por pessoas que têm duas qualidades: grande integridade e, pelo menos, um pouco de genialidade. Priestley reunia as duas.

Sua descoberta consistiu em mostrar que o ar não era uma substância elementar: compunham-no vários gases, entre os quais o oxigênio — chamado por ele "ar desflogisticado" — este sendo essencial para a vida dos animais. Priestley era um bom experimentador, de modo que avançou cautelosamente em várias etapas. No dia primeiro de agosto de 1774 conseguiu isolar um pouco de oxigênio e, maravilhado, observou o intenso brilho de uma chama queimando nele. Em outubro do mesmo ano, foi a Paris onde comunicou seu achado a Lavoisier e outros. Entretanto, só aconteceu depois de seu retorno, no dia 8 de março de 1775, dele ter a idéia de manter um camundongo no oxigênio e, em seguida, verificar como era fácil a respiração em uma atmosfera desse gás. Um ou dois dias depois escreve uma deliciosa carta na qual comunica a Franklin que "Até esta data, apenas dois camundongos e eu próprio tivemos o privilégio de respirá-lo".

Também é de Priestley a observação de que as plantas eliminam oxigênio quando iluminadas pelo sol, contribuindo, assim, para a manutenção da vida animal. Nos cem anos seguintes constatou-se tratar-se de fenômeno crucial; o reino animal não teria existido se as plantas não tivessem produzido oxigênio. Mas, no fim da década de 1770 ninguém ainda havia pensado nesse assunto.

A importância fundamental da descoberta do oxigênio atingiu sua exata dimensão graças à mente clara e revolucionária de Antoine Lavoisier (o qual foi executado pela Revolução Francesa). Lavoisier repetiu um experimento de Priestley que consistia em quase uma caricatura de um dos experimentos clássicos da alquimia, já descrito acima (p. 123) neste ensaio. Os dois homens aqueceram o óxido vermelho de mercúrio, usando uma lente de

Œuvres de Lavoisier_Tom.III_PL.IX.

A *Grande Lentille à liqueur.*
B *Petite Lentille pour rassembler les raïons plus près.*
C *Centre de mouvement horisontal de toute la Machine.*
D *Manivelle servant à imprimer le mouvement horisontal.*
E *Manivelle servant à imprimer le mouvement vertical par le moïen des Vis 1 et 2.*
F *Vis de rappel pour éloigner de la grande Loupe la petite Lentille ou la rapprocher.*
G *Porte objet aïant le mouvement de haut en bas et de bas en haut celui d'avancer et reculer parallellement à la plate-forme et de s'incliner au degré du Soleil et de s'avancer parallellement aux raïons.*
H *Chariot ou Plate-forme portant toute la Machine et les Opérateurs.*
I *Roues du Chariot tendantes au Centre de mouvement par leurs Axes et roulantes sur des bandes de fer incrustées circulairement sur une plate-forme de pierre.*
K *Escalier pour parvenir sur le Chariot, il est soutenu de deux rouleaux excentriques.*

formée par 2 Glaces de 52 po. de diam. chacune coulées à la Manufacture Royale de St Gobin, courbées et travaillées sur une portion de Sphère ...ntrolleur des Ponts et Chaussées, et ensuite opposées l'une à l'autre par la concavité. L'espace lenticulaire qu'elles laissent entr'elles a été ...n. et plus de 6 pouc. d'epaisseur au centre: Cette Loupe a été construite d'après le désir de L'ACADÉMIE Roïale des Sciences, aux frais et ...raire de cette Académie, sous les yeux de Messieurs de Montigny, Macquer, Brisson, Cadet et Lavoisier, nommés Commissaires par l'Académie ...r de Berniere, perfectionnée et exécutée par Mr Charpentier, Mécanicien au Vieux Louvre.
A Monsieur De Trudaine
Par son très humble et très obéissant Serviteur, Charpentier

63
O aquecimento usando lente de aumento estava na moda naquela época. *A gravura mostra a gigantesca lente de aquecimento construída por Lavoisier, para a Academia Real de Ciências, nos arredores de Paris, em 1777.*

64
"Ao que se sabe, nenhum homem conseguiu dividir o átomo."
Retrato de John Dalton.

aumento para focalizar energia solar (que estava na moda naquela época), dentro de um recipiente no qual podiam ver o gás sendo formado e coletá-lo. O gás era o oxigênio e a demonstração era qualitativa. Entretanto, para Lavoisier, tal evento se constituiu na imediata sugestão de que a decomposição química era quantificável.

A idéia era simples e radical; realizar o experimento alquímico nos dois sentidos e, então, medir exatamente as quantidades permutadas. Primeiramente, em um sentido direto: queimar mercúrio (de modo que ele absorva oxigênio) e medir exatamente a quantidade de oxigênio gasta no vaso selado, entre o início e o fim da queima. Em seguida, o processo é revertido: toma-se o óxido de mercúrio obtido, aquecendo-o vigorosamente de forma que libere novamente o oxigênio. O mercúrio é deixado no fundo, o oxigênio flui para dentro de um vaso, e a questão crucial é: "Mas, quanto?" Exatamente a quantidade gasta anteriormente. De repente, o processo se revela como na realidade ele é, nada mais do que o acoplamento e o desacoplamento de quantidades fixas de duas substâncias. Essências, princípios, flogistos, todos desaparecem. Dois elementos concretos, oxigênio e mercúrio, foram realmente demonstrados como podendo se combinar e descombinar.

Pode parecer desvario querermos, partindo do processo primitivo dos primeiros forjadores do cobre e das especulações mágicas dos alquimistas, atingir a idéia mais poderosa da ciência moderna: a idéia do átomo. No entanto, o caminho, o caminho daqueles que pisam em brasas, é direto. Apenas um degrau se interpõe entre a noção de elemento químico quantificada por Lavoisier e sua expressão em termos atômicos pelo filho de um artesão em tecelagem de Cumberland, ao noroeste da Inglaterra, na fronteira com a Escócia, John Dalton.

Depois do fogo, do enxofre e do mercúrio em chamas, era inevitável que o clímax da história acabasse por acontecer na fria umidade de Manchester. Aqui, entre 1803 e 1808, um mestre-escola *quaker* chamado John Dalton transformou o vago conhecimento das combinações químicas, ainda que iluminado brilhantemente por Lavoisier, e isto de uma hora para a outra, no preciso conceito moderno da teoria atômica. Foi um tempo de descobertas espetaculares na química — naqueles cinco anos, dez novos elementos foram encontrados; ainda assim, o interesse de Dalton estava muito longe de tudo isso. Para dizer a verdade, ele era, por assim dizer, um homem apagado. (Cego para cores, ele era de fato, e o defeito genético de confundir vermelho com verde, que ele descreveu a partir de si mesmo, foi chamado, desde então, "daltonismo".)

Dalton era homem de hábitos regulares. Todas as tardes de quintas-feiras andava até os arredores para jogar *criket*. Além disso, as coisas que prendiam seu interesse eram aquelas encontradas no campo e que ainda caracterizam a paisagem de Manchester: água, gás dos pântanos, dióxido de carbono. Dalton dirigiu a si próprio questões muito concretas a respeito de como os elementos se combinavam em peso. Por que razão, sendo a água composta de oxigênio e hidrogênio, sempre acontece das mesmas quantidades desses elementos se combinarem a fim de produzir uma certa quantidade de água? Por que razão isso acontece na formação do dióxido de carbono, do metano? Por que essas constâncias de peso?

Dalton passou todo o verão de 1803 trabalhando nessas questões. Seu relato é o seguinte: "O inquérito sobre os pesos relativos das partículas elementares é, até onde vai meu conhecimento, inteiramente novo. Ultimamente tenho prosseguido nesse inquérito com inusitado sucesso". A partir daí, chegou à conclusão de que, sim, a antiga teoria atômica dos gregos, de há muito abandonada, era verdadeira. Mas o átomo não é apenas uma abstração; em um sentido físico ele possui um peso que caracteriza este ou aquele elemento. Os átomos de um elemento (Dalton chamava-os "partículas essenciais ou elementares") são todos iguais e diferentes das do átomo de um outro elemento; e, fisicamente, essa diferença se manifesta na diferença entre os respectivos pesos. "Eu entenderia a existência de um número considerável do que se deveria propriamente chamar partículas *elementares,* as quais jamais se *metamorfoseassem* uma em outra."

Em 1805, Dalton publica, pela primeira vez, suas idéias sobre a teoria atômica que, resumidamente, exprimia o seguinte: se uma quantidade mínima de carbono, um átomo, se combina para formar dióxido de carbono, ela o faz, invariavelmente, com uma determinada quantidade de oxigênio — dois átomos de oxigênio.

Se água se forma com dois átomos de oxigênio, cada um combinando com a quantidade necessária de hidrogênio, teremos uma molécula de água a partir de um átomo de oxigênio e outra molécula de água a partir de outro átomo de oxigênio.

Os pesos estão corretos: o peso de oxigênio que produz uma molécula de dióxido de carbono irá produzir duas moléculas de água. E para um composto que não apresenta oxigênio em sua molécula, estariam os pesos igualmente corretos? Para o gás dos pântanos ou metano, por exemplo, resultante da combinação direta do carbono com o hidrogênio, estariam corretos os pesos? Sim, exatamente. Removendo-se os dois átomos de oxigênio de uma única molécula de dióxido de carbono e os dois átomos de oxigênio de duas moléculas de água, o equilíbrio é perfeito: têm-se as quantidades corretas de hidrogênio e de carbono para formar metano.

65
Símbolos usados por Dalton para os elementos.

A Estrutura Invisível

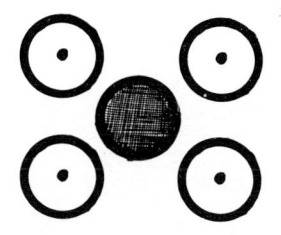

As quantidades, expressas em peso, dos diferentes elementos que se combinam entre si, exprimem, através de suas constâncias, um esquema subjacente à combinação entre seus átomos.

A aritmética exata dos átomos faz da teoria química a base fundamental da moderna teoria atômica. Esta se constitui na primeira lição penetrante, a emergir de toda aquela multitude de especulações sobre o ouro, o cobre e a alquimia, vindo alcançar seu cume com Dalton.

Uma outra lição se dirige à questão do método científico. Dalton era homem de hábitos regulares. Durante cinqüenta e sete anos, todos os dias, percorria os arredores de Manchester medindo a quantidade de precipitação de água e a temperatura — empresa particularmente monótona, em se tratando desse clima. Mas desse enorme volume de dados nada brotou. Entretanto, naquela busca, nascida de uma pergunta quase infantil sobre o significado dos pesos que entram na composição de algumas moléculas simples — naquela busca, encontrou a moderna teoria atômica. Tal é a essência da ciência: faze uma pergunta impertinente e estarás no caminho de receber uma resposta pertinente.

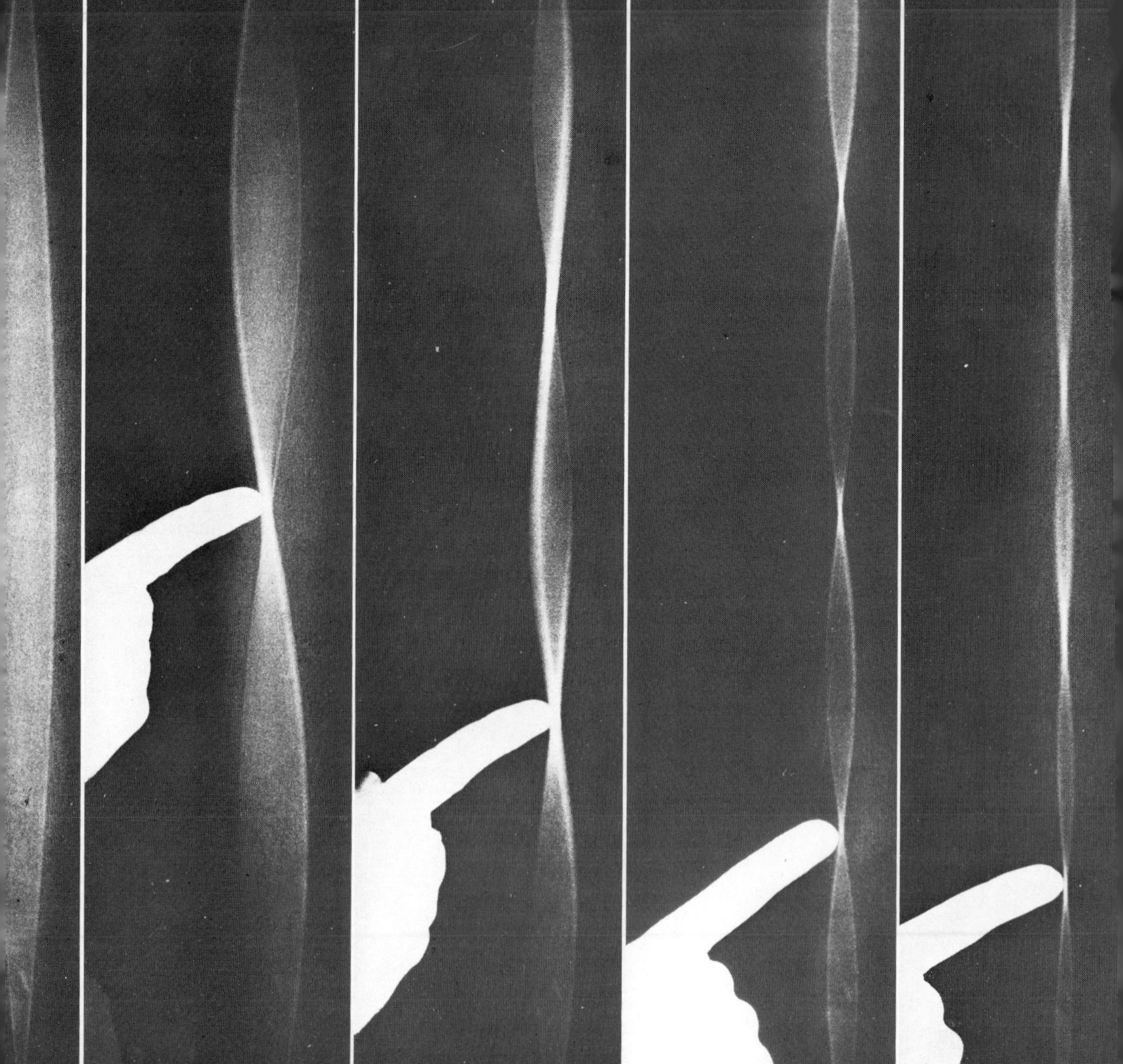

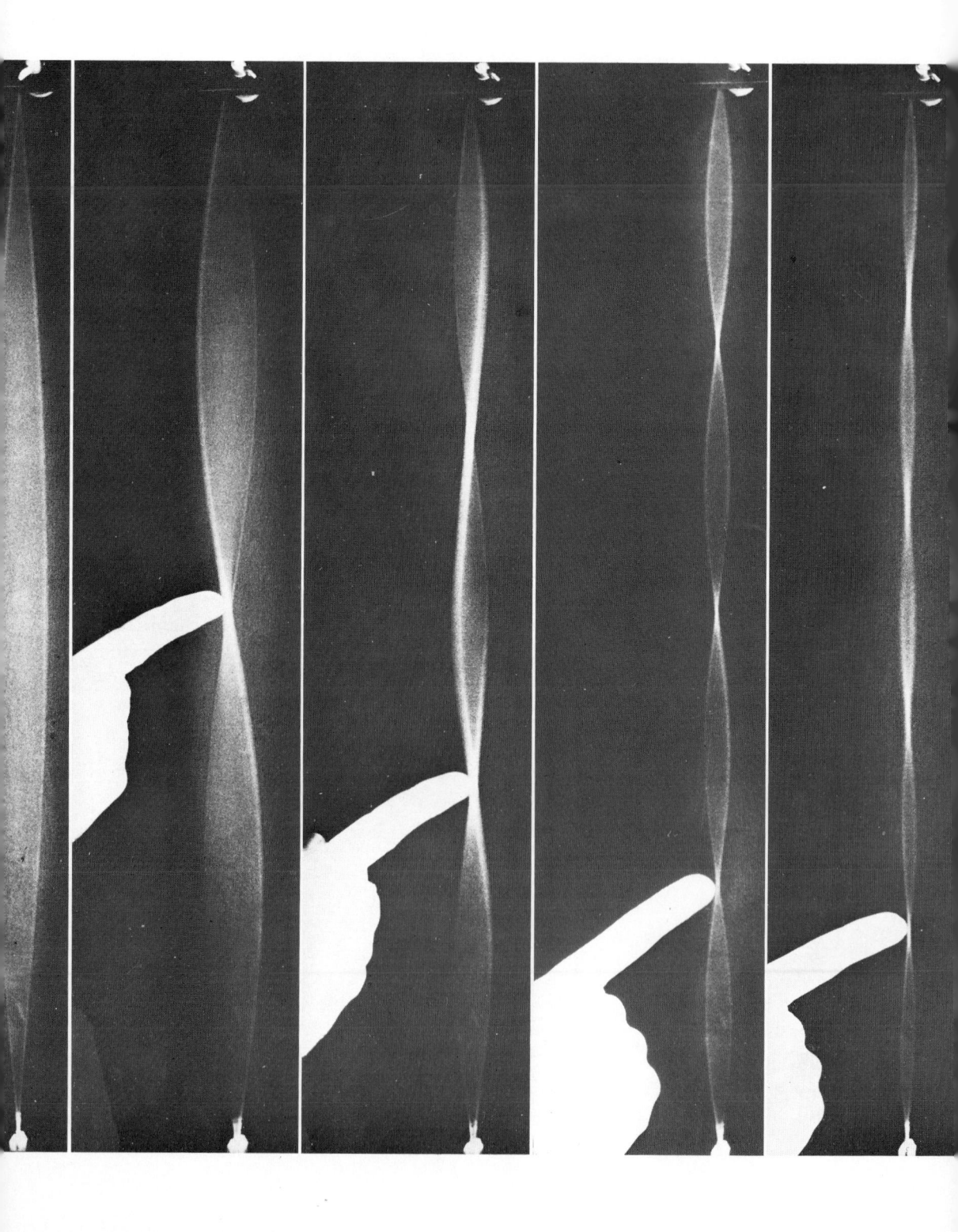

5 A MÚSICA DAS ESFERAS

A matemática é, sob muitos aspectos, a mais elaborada e requintada das ciências — ou pelo menos a mim me parece, sendo eu matemático. Assim, a despeito do prazer, há um certo constrangimento em minha tentativa de descrever os progressos da matemática, na medida em que esta tem sido objeto de tanta especulação humana: uma escada tanto para o pensamento místico como para o racional, na escalada intelectual do homem. Entretanto, alguns conceitos têm de figurar, necessariamente, em qualquer exposição sobre o que a matemática representa: a idéia lógica de prova, a idéia empírica das leis exatas da natureza (de espaço, particularmente), a emergência do conceito de operações, e a evolução, dentro da matemática, da descrição estática para a descrição dinâmica da natureza. Esses conceitos constituem o tema deste ensaio.

Mesmo povos muito primitivos possuem um sistema numérico; podem não saber contar além de quatro, mas sabem que dois de uma espécie mais dois da mesma espécie perfazem quatro, não apenas algumas vezes, mas, sempre. A partir desse passo fundamental, muitas culturas desenvolveram sistemas numéricos próprios, freqüentemente na forma de uma linguagem escrita, com convenções semelhantes. Os babilônios, os maias e o povo da Índia, por exemplo, inventaram essencialmente a mesma maneira de escrever grandes números, organizando-os na seqüência de dígitos por nós utilizada, isso apesar desses povos terem existido isolados uns dos outros, no espaço e no tempo.

Dessa maneira, não irei encontrar nem um local, nem um momento histórico para o qual possa apontar e dizer "A aritmética começa aqui, agora". Contar e falar são duas atividades identificadas em todos os povos, em todas as épocas. A aritmética, como a linguagem, começa como lenda. Mas as matemáticas, no sentido que lhe emprestamos, raciocínio com números, é matéria diferente. Assim, na esperança de maiores esclarecimentos sobre a origem destas, isto é, do encontro entre lenda e história, velejei até a Ilha de Samos.

Em tempos lendários, Samos era o centro da adoração grega da deusa Hera, a Rainha dos Céus, esposa legítima (e ciumenta) de Zeus. O que resta de seu templo, o Heraion, data do século

66
Pitágoras encontrou uma relação fundamental entre harmonia musical e matemática.
Corda vibrando na nota fundamental. Com o nó no meio a corda vibra em uma nota uma oitava mais alta. O nó sendo deslocado, para um terço do comprimento, a corda irá tocar a um quinto acima; com um quarto do comprimento, irá tocar a um quarto, uma oitava mais alto; a um quinto do comprimento, um terço mais alto.

VI antes de Cristo. Por essa época, em torno de 580 a.C., nasceu em Samos o primeiro gênio e fundador da matemática grega, Pitágoras. Em seu tempo a ilha foi tomada por um tirano, Polícrates. E a tradição conta que, antes de fugir, Pitágoras ensinou, oculto em uma caverna branca da montanha, ainda hoje mostrada àquele que queira acreditar.

Samos é uma ilha mágica. No ar sente-se o mar, as árvores, a música. Muitas outras das ilhas gregas seriam palco apropriado para *The Tempest*, mas, para mim, esta é a ilha de Próspero, a praia onde o acadêmico se transformou no mágico. Pode ser que também Pitágoras fosse uma espécie de mágico para seus seguidores; ele não ensinou ser a natureza comandada pelos números? Há uma harmonia, disse ele, uma unidade em sua variedade, e uma linguagem apropriada: os números são a linguagem da natureza.

Pitágoras encontrou uma relação básica entre harmonia musical e matemática. A história dessa descoberta tal qual uma lenda popular está envolta em mistério, mas a descoberta em si foi precisa. Uma única corda, ao vibrar, produz uma nota básica. Os harmônicos dessa nota são produzidos por cordas obtidas por divisões daquela corda em números exatos de partes: exatamente duas, três, quatro partes, e assim por diante. No caso do ponto fixo da corda, o nó, não coincidir com uma dessas divisões, o som será distoante.

Ao se deslocar o nó ao longo da corda, as notas harmônicas são reconhecidas quando aquelas divisões são atingidas. Comecemos com a corda inteira: essa é a nota básica. Movamos o nó para o ponto médio: essa é a oitava acima dela. Movamos o nó a um terço do comprimento: essa é a quinta acima dela. Movamos, agora, o nó para um quarto do comprimento: essa é a quarta ou outra oitava acima. E, ao movermos o nó, para um ponto a um quinto ao longo do comprimento, esta será (a qual Pitágoras não alcançou) a terça maior acima.

Pitágoras descobriu serem as notas cujos respectivos sons agradam aos ouvidos — aos ouvidos ocidentais — aquelas obtidas por divisões da corda por números inteiros. Aos pitagóricos essa descoberta adquiriu o significado de uma força mística. O acordo entre natureza e números era tão perfeito, a ponto deles se persuadirem de que, não apenas os sons naturais, mas todas as suas dimensões características, deveriam ser números representando harmonias. Por exemplo, Pitágoras ou seus seguidores acredita-

A Música das Esferas

vam ser possível calcular as órbitas dos corpos celestes (conduzidos ao redor da Terra em esferas de cristal, segundo a concepção grega) relacionando-as aos intervalos musicais. Para eles, todas as regularidades naturais eram musicais. Assim, os movimentos celestes representavam a música das esferas.

Essas idéias conferiram a Pitágoras uma posição de vidente na filosofia, quase um líder religioso, cujos seguidores formavam uma seita secreta, e talvez revolucionária. É provável que muitos dos seguidores mais tardios de Pitágoras fossem escravos; acreditavam na transmigração das almas, o que poderia representar uma maneira de garantir a esperança de uma vida mais feliz após a morte.

Embora venha falando sobre a linguagem dos números, que é a aritmética, em meu último exemplo foram referidas as esferas celestes, as quais representam formas geométricas. A transição não é acidental. A natureza se nos apresenta através de formas: uma onda, um cristal, o corpo humano, e compete a nós sentir e encontrar as relações numéricas nelas contidas. Pitágoras foi um pioneiro no estudo das correspondências numéricas da geometria, e tendo sido essa minha escolha dentro das matemáticas, acho pertinente analisar o que ele fez nesse campo.

Pitágoras havia provado que o mundo dos sons é governado por números exatos. Assim, dirigiu sua pesquisa no sentido de verificar se o mesmo ocorria no mundo das imagens visuais. E nisso há um feito extraordinário. Olho ao meu redor: aqui estou nesta paisagem grega, colorida e maravilhosa, entre formas rústicas naturais e grotões órficos e o mar. Onde, sob este lindo caos, poderia ser encontrada uma estrutura simples, numérica?

A questão nos reporta às mais primitivas constantes de nossa percepção das leis naturais. Para encontrar a resposta é claro que devemos partir de dados universais da experiência. Há duas experiências nas quais nosso mundo visual se baseia: a gravidade é vertical e o horizonte é ortogonal à primeira. Essa conjunção, esse cruzamento de linhas no campo visual, fixa a natureza do ângulo reto; assim, se eu girasse esse ângulo reto sensorial (o sentido de "para baixo" e o sentido de "para os lados") quatro vezes, voltaria ao cruzamento da gravidade com o horizonte. O ângulo reto é definido por essa operação em quatro estágios, e, através dela, diferenciado de qualquer outro ângulo arbitrário.

A Escalada do Homem

Então, no mundo visual, na imagem do plano vertical que nos é apresentada pelos nossos olhos, um ângulo reto é definido por sua rotação em quatro estágios sobre si mesmo. A mesma definição é válida para o plano horizontal percebido, no qual, na realidade, nos movemos. Considerem esse mundo, o mundo da Terra plana dos mapas e dos pontos cardeais. Nele me encontro olhando através dos estreitos, de Samos para a Ásia Menor, na direção Sul. Tomo um sarrafo triangular e aponto-o naquela direção: sul (com o sarrafo triangular pretendo ilustrar as quatro rotações sucessivas do ângulo reto). Girando o sarrafo, de um ângulo reto, ele irá apontar para o oeste; mais uma rotação de um ângulo reto e estará apontando para o norte; numa terceira, o ponto apontado será leste; e, na quarta, e última volta, a apontar para o sul, para a Ásia Menor, nosso ponto de partida.

Não somente o mundo natural de nossa percepção, mas também o mundo por nós construído, obedece a essas relações. Tem sido assim desde os tempos em que os babilônios construíram os Jardins Suspensos, e mesmo antes, no tempo da construção das pirâmides pelos egípcios. Em um sentido prático, essas culturas já tinham conhecimento de um arranjo quadrado de construção, no qual as relações numéricas revelavam e formavam ângulos retos. Os babilônios conheciam muitas delas, talvez centenas dessas fórmulas, por volta de 2000 a.C. Os indianos e os egípcios conheciam algumas. Parece que estes últimos quase sempre usavam o arranjo quadrado, como os lados do triângulo constituídos de três, quatro ou cinco unidades. Não foi senão por volta de 550 a.C., que Pitágoras recuperou esse conhecimento do mundo dos fatos empíricos para o universo daquilo que hoje chamaríamos de prova. Isto é, ele formulou a pergunta: "De que maneira os números que representam o triângulo dos construtores derivam do fato de um ângulo reto ser aquele que tem de ser girado quatro vezes para voltar a apontar na mesma direção?".

Sua prova, imaginamos, era mais ou menos a seguinte (não é aquela que aparece nos livros escolares). Os quatro pontos cardeais – Sul, Oeste, Norte e Leste –, dos triângulos que formam os cruzamentos na bússola, representam os cantos de um quadrado. Deslizo os quatro triângulos de tal modo que o lado mais longo de cada um coincide com o ponto cardeal formado pela justaposição ao vizinho. Assim, acabei por construir um quadrado cujos lados são iguais ao maior lado do triângulo reto – a hipotenusa. A fim de que se possa melhor identificar a área

67
Pitágoras elevou esse conhecimento do mundo dos fatos empíricos para o mundo do que agora chamamos de prova.
A prova pitagórica, descrita no texto, de que, em um triângulo retângulo, o quadrado da hipotenusa é igual a soma dos quadrados dos outros dois lados.

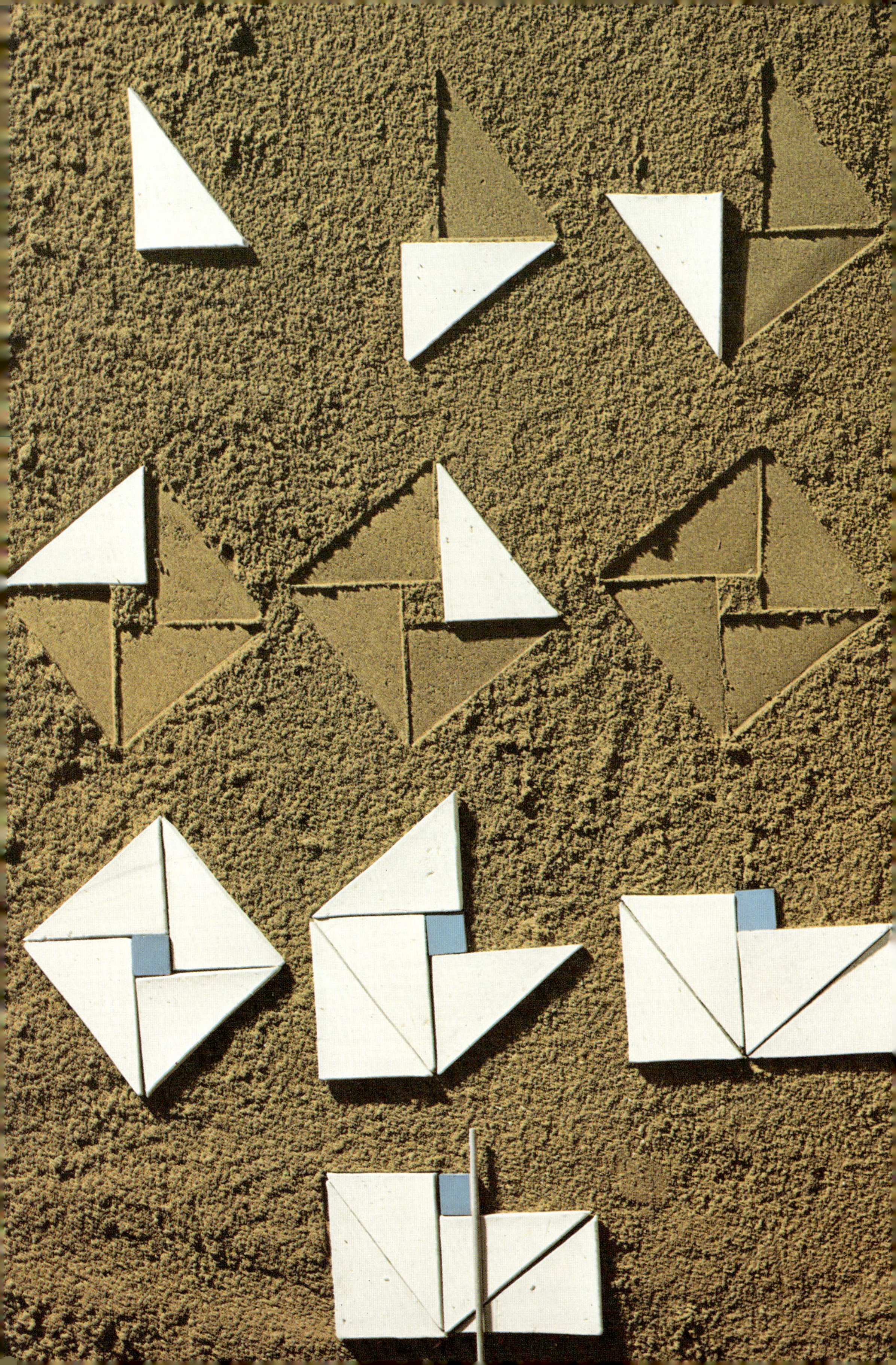

interna, formada por aquilo que não lhe pertence, vou preencher o pequeno quadrado interno com outro pedaço de sarrafo. (Faço uso de sarrafos porque muitas de suas formas, em Roma e no Oriente, derivam desse tipo de casamento entre relações matemáticas e pensamento sobre a natureza.)

Temos, então, um quadrado pela hipotenusa e, é claro, por meio de cálculos, podemos relacioná-lo aos quadrados através dos lados menores. Mas essa operação iria ocultar a estrutura natural da figura. Nenhum cálculo é necessário; podemos dispensá-lo. Uma pequena brincadeira, dessas apreciadas por crianças e matemáticos, revelará muito mais do que cálculos. Transponham-se dois triângulos para novas posições. Assim. Mova-se o triângulo que apontava para o sul, de modo que seu lado mais longo se justaponha ao lado correspondente do triângulo que apontava para o norte. Repita-se a mesma operação com os triângulos que apontavam, respectivamente, para o leste e para o oeste.

Dessa maneira construímos uma figura em forma de L, com a mesma área (evidentemente, uma vez que composta das mesmas peças), em cujos lados podemos identificar de pronto os lados menores do triângulo reto. Vejamos um meio de visualizar a composição da figura em forma de L: isto se consegue colocando-se uma divisão ao nível superior do segmento horizontal do L. E então? Não fica claramente demarcado, na parte superior, um quadrado com lado igual ao lado menor do triângulo? E a parte inferior, não forma um quadrado, incluindo o ângulo reto, com lado igual ao lado maior do triângulo?

Dessa forma, Pitágoras provou um teorema geral, válido não apenas para o triângulo 3:4:5 egípcio ou para um dos triângulos babilônicos, mas para qualquer triângulo que contenha um ângulo reto. Isto é, desde que um triângulo contenha um ângulo reto, o quadrado da hipotenusa é igual à soma dos quadrados dos catetos (ou lados menores do triângulo). Por exemplo, lados na proporção 3:4:5 formam um triângulo retângulo uma vez que

$$5^2 = 5 \times 5 = 25$$
$$= 16+9 = 4 \times 4 + 3 \times 3$$
$$= 4^2 + 3^2.$$

O mesmo acontece com os triângulos encontrados pelos babilônios, tanto o simples 8:15:17, como o inacreditável 3367:3456:4825 o que não deixa a menor dúvida em relação ao fato deles terem sido ótimos em aritmética.

68
Pitágoras provou um teorema geral não apenas para o triângulo 3:4:5 dos egípcios ou qualquer outro triângulo particular dos babilônios, mas, sim, para qualquer triângulo que contiver um ângulo reto.
Página de uma versão árabe do ano 1258 e uma impressão chinesa do teorema, associada à história da China pelo contemporâneo de Pitágoras, Chou Pei.

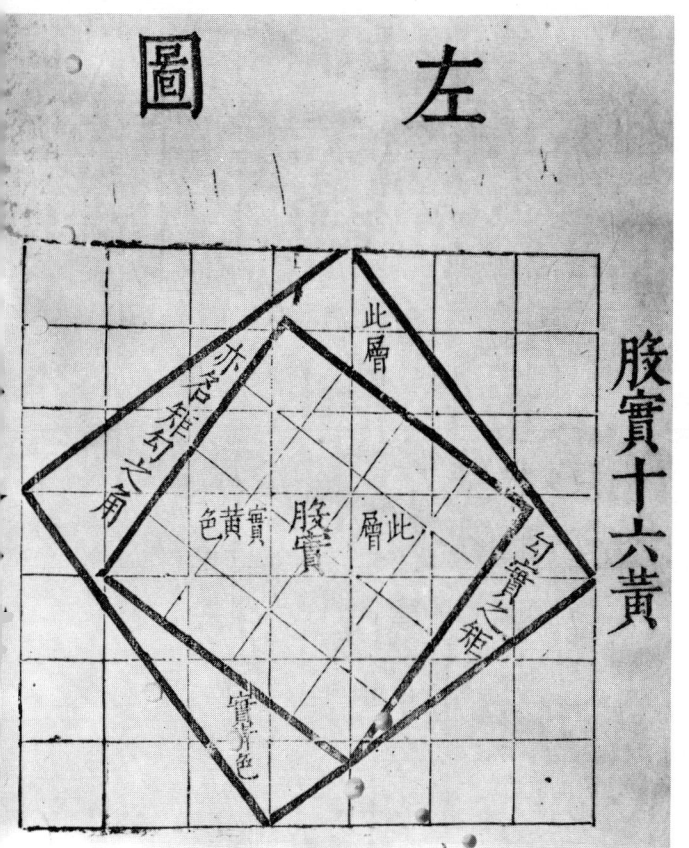

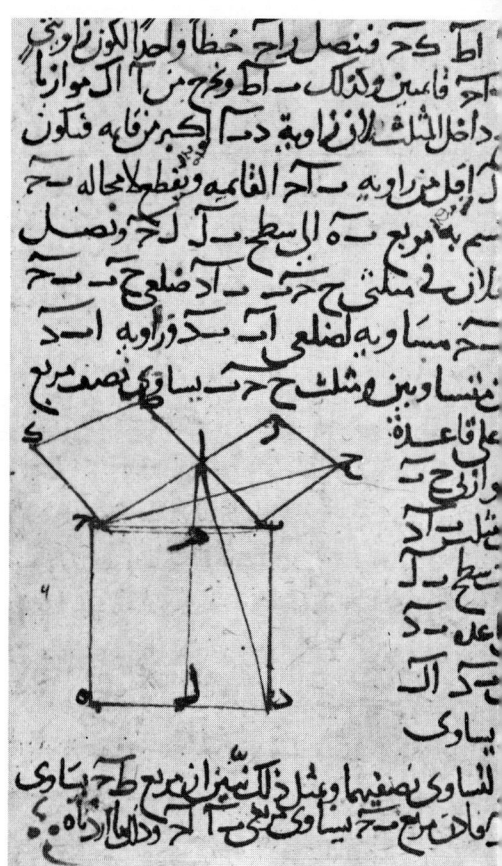

Até hoje o teorema de Pitágoras permanece sendo o teorema simples mais importante de toda a matemática. Embora ousada, essa afirmação não é extravagante. Pitágoras estabeleceu a caracterização do espaço no qual nos movemos e, também, pela primeira vez, traduziu-a em números. E a adequação dos números descreve as leis exatas que unem o Universo. De fato, os números componentes do triângulo retângulo foram propostos para servirem de mensagens intergalácticas como uma forma de sondarmos a existência de vida racional em outros mundos.

Na forma em que o demonstrei, o teorema de Pitágoras esclarece a simetria do espaço plano; o ângulo reto é o elemento da simetria que divide o plano quatro vezes. Se o espaço plano apresentasse outro tipo de simetria, o teorema não seria verdadeiro; a verdade estaria em alguma outra relação entre os lados de outros triângulos particulares. E, note-se, o espaço é parte fundamental da natureza, tanto quanto o é a matéria, mesmo sendo (como o ar) invisível; nessa dimensão está a essência da geometria. A simetria não representa apenas uma sofisticação descritiva; à semelhança de outros pensamentos pitagóricos, ela busca a harmonia da natureza.

Em agradecimento à inspiração, depois de provar o grande teorema, Pitágoras ofereceu uma centena de bois às Musas. Foi um gesto ao mesmo tempo de orgulho e humildade, equivalente ao sentimento experimentado por todo cientista ao ver os números se encaixarem e murmurar: "Eis aí um caminho, uma chave para desvendar a estrutura da natureza".

Pitágoras era tanto um filósofo como uma espécie de líder religioso para seus seguidores. Nele também havia qualquer coisa de influência asiática, que pervaga toda a cultura grega, e que tendemos a não levar em conta. Para nós, a Grécia é parte do Ocidente; mas Samos, no extremo da Grécia clássica, fica a dois quilômetros da costa da Ásia Menor. Daqui fluiu grande parte dos pensamentos inspiradores da Grécia; nos séculos seguintes eles se refletiram de volta para a Ásia, muito antes de chegarem à Europa Ocidental.

O conhecimento realiza viagens prodigiosas, de forma que o que a nós parece um salto no tempo se constituiu em uma demorada progressão de um local para outro, de cidade em cidade. Juntamente com suas mercadorias, as caravanas transportaram métodos de comércio de seus países — os pesos e as medidas, os métodos de contabilização —, assim, através da Ásia e do Norte da África, por onde quer que fossem, divulgavam técnicas e idéias. Como um exemplo entre muitos, a matemática de Pitágoras não chegou até nós diretamente. Ela incendiou a imaginação dos gregos, mas foi numa cidade do Nilo, Alexandria, onde recebeu a forma de um sistema ordenado. O responsável por esse feito foi, nada menos, do que o famoso Euclides que, provavelmente, chegou a Alexandria por volta de 300 a.C.

Euclides evidentemente pertencia à tradição pitagórica. Conta-se, certa feita, que ao ser questionado por um ouvinte a respeito do uso prático de um teorema, teria ele respondido, desdenhosamente, dirigindo-se ao seu escravo: "Ele quer ter lucro com o conhecimento; dê-lhe uma moeda". Essa frase provavelmente foi adaptada a partir de um moto da fraternidade pitagórica, o qual pode ser livremente traduzido por "Um diagrama e um degrau, nunca um diagrama e um tostão". "Um degrau" sendo degrau de conhecimento ou o que chamei Escalada do Homem.

O impacto de Euclides como modelo de raciocínio matemático foi fortíssimo e duradouro. Seu livro *Elementos de Geometria* foi copiado e traduzido muito mais do que qualquer outro livro,

69
Os *Elementos de Geometria* foram, até os tempos modernos, traduzidos e copiados mais do que qualquer outro livro, com exceção da Bíblia.
Página da tradução de Euclides, feita no século XII por Adelard de Bath e desde então reiteradamente copiada. Esta cópia foi feita na Itália, nos fins do século XV.

Geometrie Euclidis liber primus incipit.

Punctus est cuius pars non est. Linea est longitudo sine latitudine, cuius quidem extremitates duo puncta sunt. Linea recta est ab uno puncto in aliud punctum extensio in extremitates suas utrinque comprimens. Superficies est que longitudinem & latitudinem tantum habet, cuius termini quidem sunt linee. Superficies plana est ab una linea ad aliam extensio, in extremitates suas eas recipiens. Angulus planus est duarum linearum alternus contactus quarum expansio supra superficiem applicatioque non directa. Quando que angulus continetur duabus lineis rectis, rectilineus angulus nominatur. Cum recta linea supra rectam lineam steterit, duoque anguli utrobique fuerint equales, eorum uterque rectus erit. Lineaque linee supstans, ei cui supstat, perpendicularis dicitur. Angulus vero qui recto maior est, obtusus dicitur. Angulus minor recto, acutus appellatur. Terminus est quod cuiusque finis est. Figura est que termino vel terminis continetur. Circulus est figura plana una quidem linea contenta que circumferentia notatur, in cuius medio punctus est, a quo omnes linee ad circumferentiam exeuntes sibiinuicem sunt equales. Et hic quidem punctus centrum circuli dicitur. Diametros circuli est linea recta, que supra centrum circuli transiens, extremitatesque suas circumferentie applicans, circulum in duo media diuidit. Semicirculus est figura plana diametro circuli & medietate circumferentie contenta. Portio circuli est figura recta linea & parte circumferentie contenta, semicirculo quidem aut maior aut minor. Rectilinee figure sunt que rectis lineis continentur. Quarum quedam trilatere, tribus rectis lineis, quedam quadrilatere, quatuor rectis lineis, quedam multilatere, pluribus que quatuor rectis lineis continentur. Figurarum trilaterarum alia est triangulus habens equalia latera, alia triangulus duo habens equalia, alia triangulus trium inequalium laterum. Earum itemque alia est orthogonium, unum scilicet rectum angulum habens, alia Ambligonium, aliquem obtusum habens angulum, alia oxigonium in qua tres anguli sunt acuti. Figurarum autem quadrilaterarum alia est quadratum equilaterum atque rectangulum, alia est Tetragonus longus, estque figura rectangula, sed alia est elmuahyn equilatera sed rectangula non est. Alia que similis elmuahyn que opposita latera habet equalia atque oppositos angulos equales, idem tamen nec rectos angulos nec equis lateribus continetur. Preter has autem omnes figure elmuariffe notantur. Equidistantes linee sunt que in eadem superficie collocate atque in alterutram partem protracte non conuenient etiam si in infinitum protrahantur.

Petitiones sunt quinque. A quolibet puncto in quemlibet punctum rectam lineam ducere, atque lineam definitam in continuum rectumque quantumlibet protrahere. Supra centrum quodlibet quantolibet occupando spacio, circulum designare. Omnes rectos angulos sibiinuicem esse equales. Si linea recta super duas lineas rectas ceciderit, duoque anguli ex una parte duobus angulis rectis minores fuerint, illas duas lineas in eandem partem protractas procul dubio coniunctum iri. Item dua lineas rectas [...]

Linea
Linea recta
Superficies plana
Angulus

Angulus rectus
Angulus acutus
Angulus obtusus

Circulus
Diametros
Circumferentia
Semicirculus
Portio minor
Portio maior

Triangulus trium inequalium laterum
Triangulus duorum equalium laterum
Triangulus equilaterus

Orthogonium Ambligonium Oxigonium

Quadratum Tetragonus longus

Similis elmuahyn Elmuahyn

Elmuariffe siue figure irregulares

Linee equedistantes

A Escalada do Homem

com exceção da Bíblia. Minhas primeiras noções de matemática, aprendi-as com um homem que ainda citava os teoremas da geometria pelos números a eles atribuídos por Euclides; esse modo de referência era o adotado no passado, sendo comum há cinqüenta anos atrás. Quando, por volta de 1680, John Aubrey escreveu seu relato sobre como, já à meia-idade, Thomas Hobbes "se apaixonou" pela geometria, e daí pela filosofia, explica o acontecimento pelo fato de Hobbes ter encontrado, "na biblioteca de um cavalheiro, os *Elementos* de Euclides aberto no *47 Element Libri I*". A proposição 47 do Livro 1 dos *Elementos* de Euclides é o famoso teorema de Pitágoras.

A outra ciência praticada em Alexandria, nos séculos próximos ao nascimento de Cristo, era a astronomia. Mais uma vez podemos descobrir o tecido da história nas malhas da lenda: quando a Bíblia afirma que três sábios seguiram uma estrela até Belém, na narrativa distinguimos o eco de uma era em que os homens de conhecimento observavam as estrelas. O segredo dos céus, procurado pelos sábios da antigüidade, foi desvendado pelo grego Claudius Ptolomeu, em Alexandria, cerca do ano 150 de nossa era. Seu trabalho chegou à Europa através de textos árabes, uma vez que as edições manuscritas do original grego se perderam, algumas na pilhagem da grande biblioteca de Alexandria, por fanáticos cristãos, no ano 389, outras nas guerras e invasões que agitaram o Mediterrâneo Leste durante a Idade Média.

O modelo celeste construído por Ptolomeu é maravilhosamente complexo, mas parte de uma analogia simples. A Lua gira em torno da Terra, obviamente; assim, para Ptolomeu, nada mais evidente do que considerar que o Sol e os outros planetas fizessem o mesmo. (Para os antigos, o Sol e a Lua eram planetas.) A forma perfeita de movimento para os gregos era o movimento circular; assim, Ptolomeu fez com que seus planetas girassem em círculos. Hoje, consideramos esse esquema de ciclos e epiciclos ingênuo e artificial. Entretanto, o sistema constituía uma invenção igualmente bela e funcional, tendo se tornado objeto de fé, para árabes e cristãos, por toda a Idade Média. Sobreviveu mil e quatrocentos anos, portanto, muito mais tempo do que qualquer teoria moderna pode aspirar, sem sofrer modificações radicais.

Torna-se pertinente, nesta altura, fazer algumas reflexões sobre as razões que levaram a astronomia a um desenvolvimento tão precoce e elaborado, de forma a se firmar como arquétipo

70
O sistema ptolomaico era construído a partir de círculos, ao longo dos quais o tempo transcorria uniforme e imperturbavelmente. *Ilustração tirada de um manuscrito provençal do século IV. Os anjos giram manivelas que movem uma esfera celeste ao redor da Terra.*

das ciências físicas. Por si próprias, as estrelas devem ser os objetos com a menor probabilidade de despertar a curiosidade humana. O corpo humano deveria ter sido um candidato muito mais natural como objeto de investigação sistemática. Então, por que a astronomia avançou, como ciência, na frente da medicina? Por que a própria medicina se voltou para as estrelas em busca de preságios, a fim de determinar condições favoráveis ou desfavoráveis para a vida do paciente? — e não seria o apelo à astrologia uma abdicação da medicina como ciência? Em minha opinião isso se deveu ao fato de se terem tornado possíveis cálculos sobre os movimentos das estrelas, a partir de tempos remotos (talvez 3000 a.C. na Babilônia), e daí assentado as bases para a matemática. A preponderância da astronomia se estabeleceu por ser possível tratá-la matematicamente; assim, os progressos da física, e, mais recentemente, os da biologia, se ligam à procura de formulações de suas leis, de tal forma que possam ser arranjadas em modelos matemáticos.

Muito freqüentemente, a vulgarização de uma idéia depende de um novo impulso. O aparecimento do islamismo, seiscentos anos depois de Cristo, foi um novo e poderoso impulso. Iniciou-se como um movimento local, ainda incerto de seu destino, mas, depois da conquista de Meca por Maomé, no ano 630, atingiu toda a parte Sul do mundo daquela época, como se fosse uma tempestade. Em uma centena de anos o islamismo capturou Alexandria, estabeleceu uma fabulosa cidade de conhecimento em Bagdá, e estendeu suas fronteiras para além de Isfahan, na Pérsia. No ano 730, o império maometano englobava desde a Espanha e sul da França até as fronteiras da China e da Índia: um império de força e beleza, enquanto a Europa permanecia mergulhada na escuridão da Idade Média.

Essa religião prosélita assimilava com avidez cleptomaníaca a ciência dos povos conquistados. Ao mesmo tempo, propiciava a liberação de atividades artesanais simples, locais, que de há muito vinham sendo desdenhadas. Por exemplo, as primeiras mesquitas abobadadas foram construídas com equipamentos não mais requintados do que o conjunto de esquadros dos pedreiros — ainda hoje em uso. O Masjid-i-Jomi (Mesquita da Sexta-feira), em Isfahan, representa um dos monumentos dos primórdios do islamismo. Em centros como esse, os conhecimentos gregos e orientais eram reverenciados, absorvidos e diversificados.

Em Maomé havia a convicção firme de que o Islamismo não deveria se tornar uma religião de milagres; no seu conteúdo intelectual se afirmou como padrão de contemplação e análise. Os escritores maometanos despersonalizaram e formalizaram o divino; o misticismo islâmico não é sangue e vinho, carne e pão, mas, sim, um êxtase imaterial.

Alá é a luz dos céus e da terra. Sua luz pode ser comparada ao nicho que abriga uma lâmpada, a lâmpada no interior de um cristal de radiação estelar, luz sobre luz. Nos templos que Alá escolheu para serem construídos, para que seu nome seja reverenciado, os homens que a Ele dão graças de manhã e à noite são homens cuja atenção nem comércio nem lucro podem desviar de Sua lembrança.

Uma das invenções gregas elaborada e divulgada pelo islamismo foi o astrolábio. Como dispositivo de observação ele é primitivo; mede apenas a elevação do sol ou de uma estrela, e mesmo isso grosseiramente. Mas, pela combinação dessa observação simplista com um ou mais mapas de estrelas, o astrolábio também permitia a elaboração de um esquema computacional capaz de determinar latitudes, horas do nascer e pôr do sol, horas de orações, e a direção da Meca para o viajante. Sobre o mapa estelar, o astrolábio era decorado com detalhes religiosos e astrológicos, para maior conforto místico, evidentemente.

Durante longo tempo o astrolábio foi o relógio de bolso e a régua de cálculo do mundo. As instruções para usar o astrolábio, escritas em 1391 pelo poeta Geoffrey Chaucer, e, endereçadas ao seu filho, foram copiadas das de um astrônomo árabe do século VIII.

71
O astrolábio representava o relógio de bolso e a régua de cálculo do mundo.
Face de um astrolábio islâmico do século IX, de Toledo.
Face posterior de um astrolábio gótico de 1390, do tipo descrito por Chaucer.
Computador astrológico de cobre. Baghdad, 1241.

بيت الحس والخيال
بيت المال
بيت النفل والحركا
قد يوضح ما في الغد
لم يبن لنا سكاكنه
صنعة محمد بن خلف الموصلي سنة ٦٣٩
فطلعه وسعد الطالع كذا وسعد الزملة
انا ذو البلاغة والحديث صامتا ومنطقى
يخفى اللبيب ضميره في بينه فكان اغـ

A Escalada do Homem

O cálculo se constituía em deleite inesgotável para o acadêmico mourisco. Cultivavam problemas, deliciando-se em encontrar métodos engenhosos de solução, os quais, muitas vezes, eram empregados para a construção de dispositivos mecânicos. Um calculador mais elaborado do que o astrolábio é representado pelo computador astrológico ou astronômico, semelhante a um calendário automático, feito no Califado de Bagdá, no século XIII. Suas operações não são muito poderosas, consistindo de alinhamentos de ponteiros para fins prognósticos; no entanto, apresenta-se como testemunho da habilidade mecânica daqueles que o construíram há setecentos anos, bem como da apaixonante atração que os números exerciam sobre suas mentes.

A inovação isolada mais importante oferecida pela sagacidade, irriquietude e tolerância do pensador árabe foi a maneira de escrever os números. Na Europa, a notação adotada ainda era a romana, na qual os números são escritos por simples adição de partes independentes: por exemplo, 1825 é escrito MDCCCXXV, porque representa a soma de M = 1000, D = 500, C + C + C = 100 + 100 + 100, X + X = 10 + 10 e V = 5. O islamismo a substituiu pela notação decimal que usamos, e por isso é chamada notação "arábica". À margem de um manuscrito árabe (reproduzido abaixo) os números na linha superior são 18 e 25. Para se escrever 1825, os números seriam alinhados justamente na forma que aí aparecem, uma vez que o importante, nessa notação, é a posição em que o número aparece na seqüência, sinalizando milhares, centenas, dezenas e unidades.

Entretanto, em um sistema em que a magnitude é sinalizada pela posição em seqüência, há de se poder dispor de posições vazias. A notação arábica exigiu a invenção do zero. O símbolo para o zero ocorre duas vezes nessa página, e muito mais na seguinte, parecendo-se bastante com a nossa. As palavras *zero* e *cifra* são de origem árabe, do mesmo modo que o são *álgebra, almanaque,* e *zênite* e uma dúzia de outras usadas em matemática e astronomia. O sistema decimal foi trazido da Índia pelos árabes, por volta do ano 750, mas esse não se estabeleceu na Europa senão quinhentos anos depois.

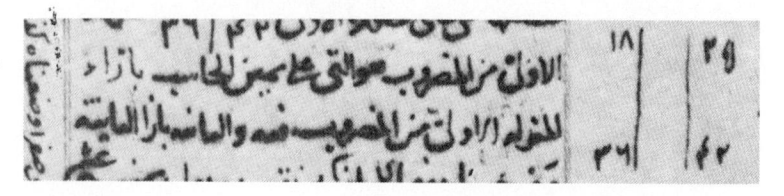

No manuscrito ilustrado à esquerda vê-se que, já muito cedo, aparecem os números de 1 a 9. Estes são lidos da direita para a esquerda.

A Música das Esferas

A grande extensão do Império Mourisco talvez seja a responsável por ele ter-se tornado uma espécie de bazar do conhecimento, cujos intelectuais incluíam desde os heréticos cristãos nestorianos do Oriente, até os judeus infiéis do Ocidente. Havia, também, uma qualidade na religião islâmica, a qual, embora empenhada em converter as pessoas, jamais desprezava o conhecimento delas. A leste, a cidade persa de Isfahan é o seu monumento. A oeste, ainda sobrevive o Alhambra, no sul da Espanha, como exemplo de um de seus mais extraordinários postos avançados.

Visto do exterior, o Alhambra aparece como uma fortaleza quadrada, bruta, sem a menor indicação de se tratar de uma construção árabe. Por dentro, vê-se não se tratar de uma fortaleza, mas, sim, de um palácio, e de um palácio deliberadamente planejado para representar, na terra, as delicadezas do céu. O Alhambra é uma construção tardia. Tem a lassidão de um império em declínio, que perdeu o espírito aventureiro e se julga estável. A religião da meditação torna-se sensual e acomodada. Ela ressoa com a música da água, cujas frases sinuosas permeiam todas as melodias árabes, mas se encaixam perfeitamente na escala pitagórica. Cada recanto ecoa a memória de um sonho, no qual o sultão flutua (pois já não andava mais — era carregado). Alhambra se pretende uma réplica do Paraíso descrito no Alcorão.

Abençoada seja a recompensa daqueles que trabalham pacientemente e confiantes em Alá. Aqueles que abraçam a verdadeira fé e produzem boas obras serão hóspedes eternos das mansões do Paraíso, onde rios correrão aos seus pés... e honrados serão nos jardins das delícias, na maciez das almofadas. De uma fonte uma taça será passada entre eles, límpida, deliciosa, àqueles que bebem... Suas esposas, em macias almofadas verdes, e em lindos tapetes, reclinar-se-ão.

O Alhambra representa o último e mais curioso monumento da civilização árabe na Europa. Aqui governou o último rei mourisco até 1492, ao tempo em que Isabel de Espanha financiava a aventura de Colombo. Forma uma colméia de quadras e aposentos, e a *Sala de las Camas* é o recanto mais secreto do palácio. Para aqui se dirigiam as donzelas do harém, onde, depois do banho, se reclinavam nuas. Músicos cegos tocavam na galeria, e os eunucos se agitavam à volta. O sultão contemplava altaneiro, até enviar uma maçã, a mensagem de sua escolha, àquela que seria sua companheira da noite.

72
Visto de fora o Alhambra
é uma fortaleza quadrada,
brutal.
*Vista da Serra Nevada e
do Alhambra em Granada.*

73
O Alhambra representa o
último e mais requintado
monumento da
civilização árabe na
Europa.
*Galeria dos músicos
e sala de banhos do
harém.*

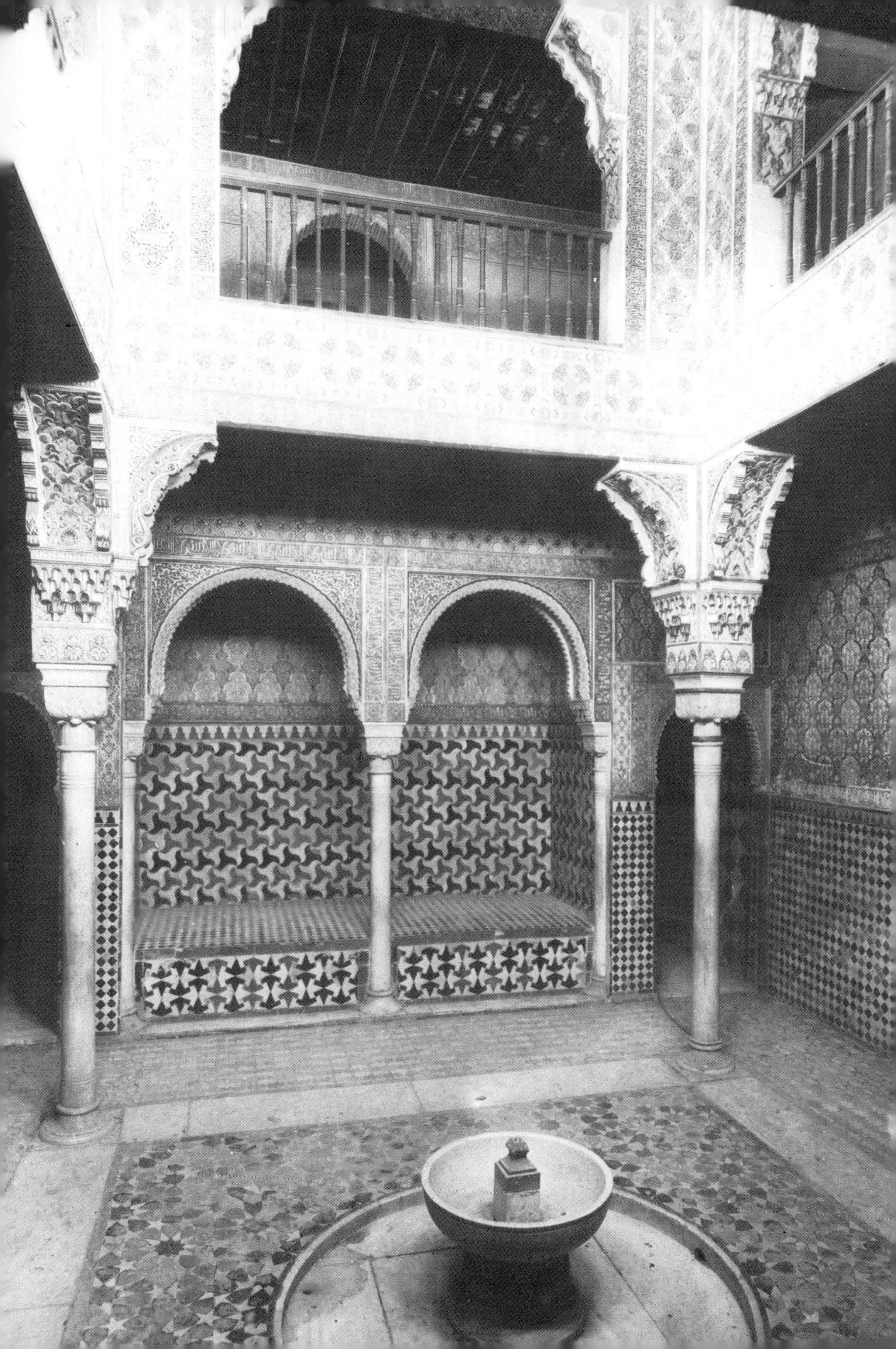

A Escalada do Homem

Em uma civilização ocidental, um aposento desse tipo estaria certamente decorado de maravilhosas pinturas eróticas de formas femininas. Mas, aqui, não. A representação do corpo humano era proibida ao maometano. Mesmo o estudo da anatomia era proibido, o que acabou sendo um fator de atraso na ciência muçulmana. Assim, a decoração se vale de cores, mas em desenhos de formas geométricas extraordinariamente simples. Na civilização árabe, o artista e o matemático se confundem. E isso, reafirmo, se deu literalmente. Os padrões do desenho representam o resultado final da exploração, pelos árabes, das sutilezas e simetrias do espaço; do espaço plano, bidimensional, daquilo que agora chamamos plano euclidiano, cuja caracterização coubera a Pitágoras.

Dentre uma grande riqueza de padrões, escolhi começar por um que é simples, mas representativo. Neste, um par de formas, uma horizontal e escura e a outra vertical e clara, se repete e se imbrica. As simetrias óbvias são representadas por translações (isto é, deslocamentos paralelos do padrão) ou reflexões, tanto verticais como horizontais. Mas há um ponto mais delicado que deve ser notado. Os árabes preferiam desenhos nos quais as formas claras e escuras do padrão fossem idênticas. Assim sendo, desconheçam as cores por um momento e vejam que, através da rotação de um ângulo reto, uma forma escura ocupa o lugar de uma clara. Continuando a rotação no mesmo sentido, acabamos, após três passos, voltando à posição inicial; mas, observemos, também, que todo o padrão obedece ao mesmo sentido de rotação, de tal forma que cada figura acaba ocupando a posição de qualquer outra, independentemente da distância dos centros de rotação em que se encontrem.

A Música das Esferas

Tanto a reflexão na linha horizontal como na vertical apresentam pares simétricos dos padrões coloridos. Mas, ignorando as cores, vemos que a simetria é quádrupla. Esta aparece impondo-se uma rotação, em etapas de ângulos retos repetidos quatro vezes, que é uma operação semelhante àquela por mim utilizada na demonstração do teorema de Pitágoras; dessa maneira, os padrões não coloridos equivalem, em simetria, ao quadrado pitagórico.

Vejamos, agora, um padrão muito mais sutil. Esses triângulos, em forma de catavento, e apresentados em quatro cores, mostram apenas um tipo puro de simetria em duas direções. O padrão passa a ocupar posições idênticas, quando deslocado horizontal ou verticalmente. A forma de catavento não é irrelevante. É incomum encontrar sistemas simétricos que não permitam reflexões. Entretanto, esses triângulos em forma de catavento não o são, não se pode refletir uma figura sem torná-la sua imagem especular.

Suponhamos, agora, que as cores desapareceram e o verde, o amarelo, o preto e o azul-real passem a ser identificados apenas como triângulos escuros e claros. Ainda assim, permanece uma simetria de rotação. Fixemos nossa atenção em um ponto de junção: aí há confluência de seis triângulos, alternando-se escuros e claros. Um triângulo escuro pode ser rodado para a posição dos triângulos escuros seguintes, voltando, na terceira vez, a ocupar sua posição original — essa simetria tripla roda todo o padrão.

Na realidade, as simetrias possíveis não param aí. Desconhecendo as cores por completo aparece uma outra rotação possível,

A Escalada do Homem

74
Simetrias impostas pela natureza do espaço em que vivemos. *Cristais naturais de fluorita púrpura, rombóides da Islândia e cubos de pirita.*

fazendo-se um triângulo escuro ocupar o lugar de um claro, uma vez que são idênticos em suas formas. Esta operação de rotação levando de um escuro a um claro vai revelar uma simetria sêxtupla que também gira todo o padrão. Este padrão de simetria nós conhecemos bem — é o apresentado pelos cristais de neve.

A esta altura, o não-matemático tem o direito de perguntar: "E daí?". É essa a preocupação principal da matemática? Será que os professores árabes e os matemáticos modernos gastam seu tempo com essa espécie de jogo elegante? A resposta é, talvez, inesperada: Bem, não se trata propriamente de um jogo. Ele nos coloca face a face com algo difícil de lembrar, isto é, que vivemos em um tipo especial de espaço — tridimensional, plano — cujas propriedades são inextrincáveis. Assim, procurando saber que operações podem reverter um padrão de figuras de volta a ele mesmo, estamos no caminho da descoberta das leis invisíveis que governam nosso espaço. E este comporta apenas alguns tipos de simetria, tanto para os desenhos feitos pelo homem como para as regularidades que a própria natureza impõe às suas estruturas atômicas fundamentais.

As estruturas que, por assim dizer, simbolizam os padrões naturais de espaço são representadas pelos cristais. Quando se olha para um exemplar que jamais foi tocado pela mão humana — por exemplo, um cristal da Islândia — experimenta-se uma inesperada surpresa ao perceber não ser intuitiva a noção de que suas faces sejam regulares. Mesmo o fato de suas faces serem planas não é intuitivo. Assim são os cristais; estamos habituados com o fato de eles serem regulares. Mas, por quê? Não foi o homem quem os criou e sim a natureza. A superfície plana é a forma pela qual os átomos se juntam uns aos outros. O espaço impõe a superfície plana e a regularidade à natureza com a mesma irrevocabilidade com que deu simetria aos motivos mouriscos por mim analisados.

Tomemos um belo cubo de pirita. Ou o que, para mim, é o mais interessante de todos os cristais, o octaedro da fluorita (o cristal de diamante tem esta mesma forma). Suas simetrias são imposições do espaço no qual vivemos — as três dimensões, a superfície plana na qual nos movimentamos —, e nenhuma agregação de átomos pode-se desviar dessa lei crucial da natureza. À semelhança das unidades componentes de um padrão, no cristal os átomos se empilham em todas as direções. Dessa maneira,

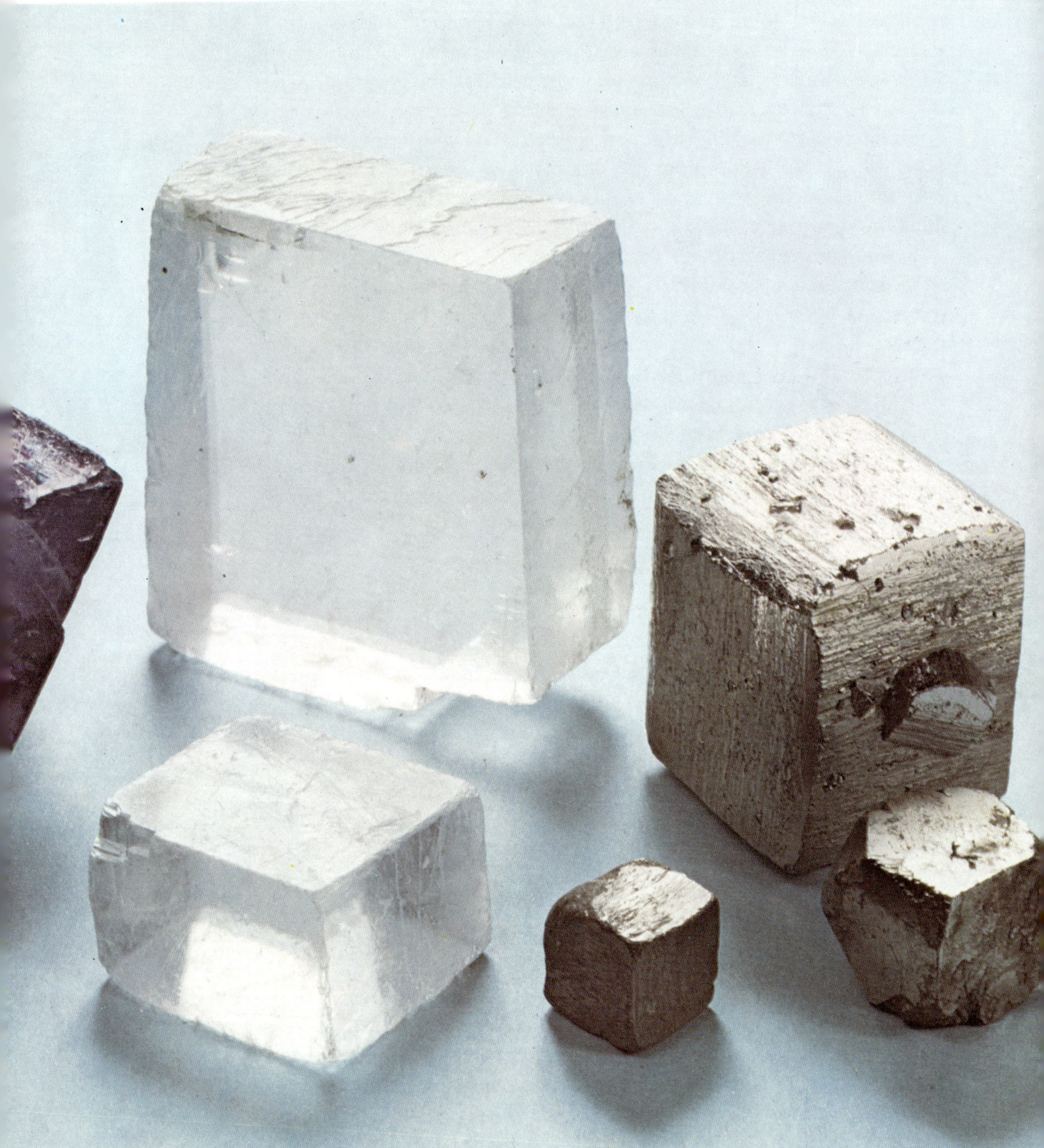

A Escalada do Homem

imitando o que vimos para o padrão, o cristal tem de apresentar uma forma que possa ser entendida ou replicada indefinidamente. Por essa razão as faces de um cristal apresentam apenas algumas formas definidas; isto porque os padrões de simetria têm de ser mantidos. Por exemplo, as únicas rotações possíveis para turnos completos se compõem de repetição de dois e de quatro, de três e de seis, e só. Repetições de cinco nunca aparecem. Não se consegue agregar átomos de modo a formarem triângulos que se ajustem, cinco de cada vez, mantendo uma regularidade espacial.

Pensar sobre as formas desses padrões, esgotando na prática as possibilidades de simetria espacial (pelo menos em duas dimensões), foi o grande feito da matemática árabe. E seu propósito é maravilhoso, a despeito de seus mil anos. O rei, as mulheres nuas, os eunucos e os músicos cegos compunham um esplêndido padrão formal no qual se podia atingir a perfeição na exploração do que existia, sem pretensões de buscar nenhuma inovação. Aqui não há nada de novo na matemática, porque nada de novo há no pensamento humano, até que a escalada do homem arranque em busca de uma nova dinâmica.

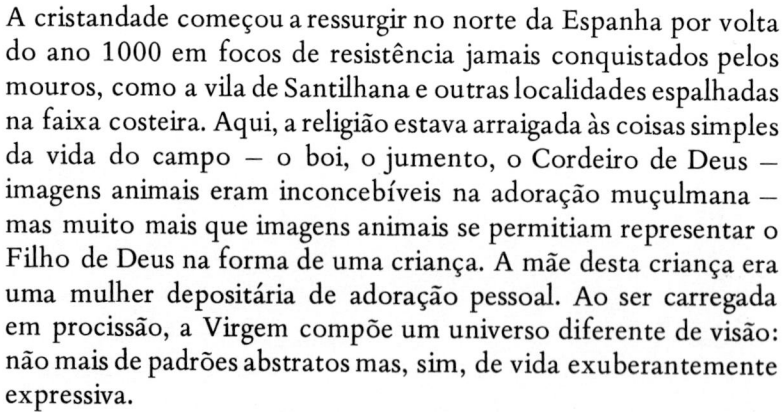

A cristandade começou a ressurgir no norte da Espanha por volta do ano 1000 em focos de resistência jamais conquistados pelos mouros, como a vila de Santilhana e outras localidades espalhadas na faixa costeira. Aqui, a religião estava arraigada às coisas simples da vida do campo — o boi, o jumento, o Cordeiro de Deus — imagens animais eram inconcebíveis na adoração muçulmana — mas muito mais que imagens animais se permitiam representar o Filho de Deus na forma de uma criança. A mãe desta criança era uma mulher depositária de adoração pessoal. Ao ser carregada em procissão, a Virgem compõe um universo diferente de visão: não mais de padrões abstratos mas, sim, de vida exuberantemente expressiva.

Na reconquista da Espanha pela cristandade, as fronteiras foram palco da luta mais intrigante. Mouros, cristãos e também judeus se mesclaram em uma extraordinária cultura tecida de diferentes credos. Em 1085 Toledo foi por algum tempo o centro de tal cultura. A cidade de Toledo se constituiu no porto de entrada para a Europa cristã de todos os clássicos recolhidos pelos árabes da Grécia, do Oriente Médio e da Ásia.

Para nós a Itália representa o berço do Renascimento. No entanto, sua conceituação vamos encontrá-la na Espanha, no

75
A famosa escola de tradutores de Toledo.
Ilustração de Alfonso, o Sábio, fazendo um ditado para acadêmicos.

século XII, simbolizada e expressa nos trabalhos da famosa escola de tradutores de Toledo, onde os textos antigos eram vertidos do grego (que a Europa havia esquecido), através do árabe e do hebraico, para o latim. Entre outros avanços intelectuais, em Toledo foram compostas algumas séries de tabelas astronômicas na forma de uma enciclopédia da posição das estrelas. As tabelas são cristãs, mas a numeração é arábica, fato esse que caracteriza a cidade e a época, ainda hoje se nos apresentando reconhecidamente atuais.

Geraldo de Cremona foi o mais famoso dos tradutores de Toledo, e o mais brilhante também. Veio da Itália especialmente em busca de uma cópia do *Almagesto,* o livro de astronomia de Ptolomeu, mas acabou permanecendo na cidade e traduzindo Arquimedes, Hipócrates, Galeno, Euclides — os clássicos da ciência grega.

Contudo, para mim, a tradução mais importante e que acabou tendo uma influência duradoura não foi a de um grego. Isso tem a ver com meu interesse pela percepção de objetos no espaço. Aliás, este é um assunto sobre o qual os gregos se equivocaram redondamente. Mas tal fato foi compreendido, pela primeira vez, por volta do ano 1000, como produto do trabalho de um matemático excêntrico, ao qual chamamos Alhazen, a única mente realmente científica produzida pela

His præostensis, iteremus ci-
neæ, & dubitentur literæ. S
mus lineam d q: & sit d b æ
sit compar sibi in prima figura: & s
perficiem circuli [per 12 p 11] & s
[per 3 d 11] & circulus, quem facit
reflectitur: & erit arcus, quem me
6: quia uterque subtendit angulu
punctis b, f, reflectentur duo punc
n imago u. Et extrahamus ex u pe
[per 11 p 1] & fit z u e: & fit d centr
neam z u e in duobus punctis: [q
altius est puncto u, ex prima thesi
z, e: & fit arcus z o e: & continuem
extrahamus extra circulum: & à c
dine d q faciamus arcum t q: sec
lineas d z, d e in t, k: & continuer
ergo lineam d q in l. Quia ergo h c
cularis super superficiem circuli:
lus h d t, h d k erit rectus: [per 3 d
superficies h d t, h d k faciet in su
li circulum [per 1 th. 1 sphær.] & a
ter duas lineas h d, d t erit æqualis
inter duas lineas h d, d q: & simi
est inter duas lineas h d, k: & ut
d e est æqualis lineæ d o [per 15 d
arcus sunt huiusmodi, quòd ex ill
secundum angulos æquales duo
demonstratum est 66 n 5] & duæ
sunt æquales lineæ d q [per 15 d 1
ctam t est imago z, & k est imago
neæ d t, d q, d k sunt æquales: &
d e sunt æquales: erit [per 7 p 5] p
d z, sicut proportio q d ad d o, &
k d ad d e. Sed proportio q d ad d
figura [præcedentis numeri] pr
est maior proportione n d ad d u
tio d t ad d z est maior proportione
similiter k d ad d e. Et quia duæ lin
æquales, & duæ lineæ d t, d k sunt
neæ t k æquidistans z e [per 2 p 6:
p 5 d t ad d z, sicut d k ad d e: & per
z d, sic k ead e d.] Ergo [per 2 p 6.
proportio d t ad d z, & k d ad d e e
portio l d ad d u. Ergo proportio l
lineam d [per 10 p 5.] Ergo est in
go imago lineæ z u e rectæ, est line
est conuexa. Ex quibus patet, q
quibusdam sitibus.

76
Em um afresco de
Florença, pintado
por volta de 1350,
não há nenhuma
intenção de
perspectiva, porque
o pintor se pensava
registrando as coisas
não da maneira
como elas se
apresentavam, mas
como elas eram.

A Música das Esferas

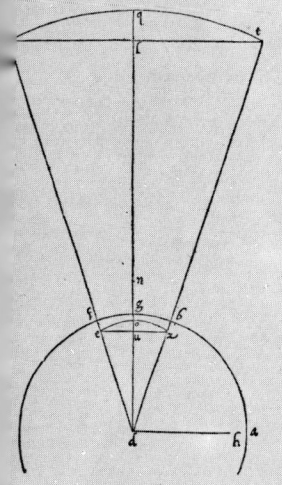

cultura árabe. Os gregos pensavam que a luz ia dos olhos para o objeto. Alhazen foi o primeiro a reconhecer que a visão de um objeto se deve à reflexão e direcionamento, para os olhos, de raios de luz incidindo em cada ponto do mesmo objeto. A conceituação grega não permitia explicar a mudança de forma aparente de um objeto; de minha mão, por exemplo, quando em movimento. Na explanação de Alhazen, fica perfeitamente esclarecido que o cone de raios emergentes do contorno e da forma de minhas mãos diminui de diâmetro à medida que o afasto dos olhos de um observador. Aproximando minha mão dos olhos desse mesmo observador, o cone de raios, entrando nos olhos dele, aumenta de diâmetro, subentendendo, dessa maneira, um ângulo maior. E isso, e apenas isso, dá conta da diferença de tamanho percebida. A noção é tão incrivelmente simples que é de se admirar como os cientistas não lhe deram atenção (Roger Bacon foi uma exceção) durante seiscentos anos. Entretanto, artistas levaram-na em conta muito antes, e o fizeram de uma forma prática. A idéia do cone de raios que vai do objeto para o olho se constitui no fundamento da perspectiva. E a perspectiva é a nova idéia que revivifica a matemática.

A perspectiva foi incorporada à arte no norte da Itália, em Florença e Veneza, no século XV. Na Biblioteca do Vaticano há uma cópia manuscrita de uma tradução da *Optica* de Alhazen, anotada por Lorenzo Ghiberti, autor da famosa perspectiva em bronze das portas do Batistério de Florença. Mas este não foi o pioneiro da perspectiva — Filippo Brunelleschi é um candidato mais provável — e, na realidade, pode-se identificar um número deles, a tal ponto de formarem uma escola de *Perspectivi*. Era uma escola de pensadores, uma vez que se propunham, não apenas imprimir vida às suas figuras, mas, também, criar a impressão de seus movimentos no espaço.

O movimento se apresenta evidente, mesmo em uma rápida confrontação de um trabalho de um dos *Perspectivi* com outro, anterior a eles. A "Santa Úrsula" de Carpaccio, representando uma figura feminina se afastando de um porto veneziano vagamente delineado, foi pintada em 1495. O efeito pretendido é o de dar uma terceira dimensão ao espaço visual, à semelhança da nova profundidade e dimensão das harmonias então recentemente introduzidas na música européia. Mas o efeito buscado não era tanto profundidade como movimento. Na música e na pintura, os habitantes possuem mobilidade. Acima de tudo, temos a

77
Alhazen foi o primeiro a reconhecer que vemos um objeto porque cada ponto do mesmo dirige e reflete um raio de luz para dentro de nossos olhos. O conceito de um cone de raios do objeto para os olhos vai-se constituir no fundamento da perspectiva.

A Escalada do Homem

impressão de que os olhos do pintor estão em movimento contínuo.

Examinemos, agora, um afresco florentino pintado há uma centena de anos anteriormente, por volta de 1350. Reproduz uma visão da cidade, tomada de fora dos muros, o pintor olhando ingenuamente por cima destes e dos telhados, como se fossem dispostos em andaimes. Entretanto, esse quadro não reflete uma habilidade ou falta dela, mas, sim, uma intenção. A perspectiva não é considerada, porque o pintor se pensa a si próprio como um reprodutor das coisas como elas são, e não como elas parecem ser: uma visão do olho de Deus, um mapa da verdade eterna.

O pintor da perspectiva é portador de uma intenção diferente. Qualquer visão absoluta ou abstrata é deliberadamente afastada.

78
O pintor da perspectiva é imbuído de uma intenção diferente. A pintura e seus habitantes são móveis.
"Santa Úrsula e seu pretendente despedindo-se de seus pais" de Vittorio Carpaccio. Academia, Veneza, 1495.

A Música das Esferas

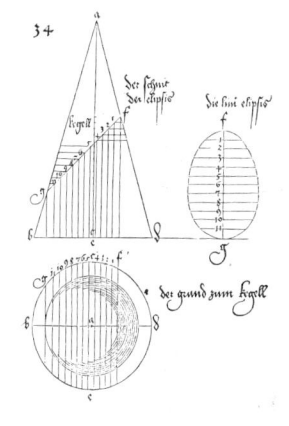

79
Dürer fixou um momento no tempo. *"Interponha uma tela de malhas de fios entre seus olhos e o modelo nu a ser representado e desenhe os quadros correspondentes no papel. Coloque uma marca na tela de modo que sirva como ponto fixo de referência."* Esta é a maneira pela qual da Vinci descreve o uso de uma tela semelhante a esta. Diagrama da construção de uma elipse por Dürer.

O reproduzido não é um lugar, mas um momento, e um momento fugaz: um ponto de vista no tempo, mais do que no espaço. Tudo isso foi conquistado através de métodos exatos, matemáticos. O equipamento então utilizado foi cuidadosamente descrito e ilustrado pelo artista alemão Albrecht Dürer, que foi à Itália em 1506 a fim de aprender a "arte secreta da perspectiva". O próprio Dürer fixou um momento no tempo; se recriarmos sua cena, veremos o artista em busca do momento dramático. Ele poderia ter interrompido mais cedo sua inspeção à volta do modelo. Um momento mais tarde poderia igualmente ter sido escolhido para ser fixado na tela. Mas, acontece que ele decidiu abrir os olhos, tal qual o diafragma de uma câmera, e isso compreensivelmente, no instante exato em que o modelo se mostrou por inteiro. A perspectiva não representa apenas um ponto de vista; naquilo que toca ao pintor é um trabalho ativo e contínuo.

Nos primórdios da perspectiva costumava-se usar um visor e uma grade como ajuda para fixar o momento na tela. O equipamento de observação vinha da astronomia, e o papel quadriculado no qual a cena era desenhada constitui, hoje, um dispositivo auxiliar da matemática. Todos os detalhes naturais nos quais Dürer se delicia são expressões da dinâmica do tempo: o boi e o asno, o corado juvenil na face da Virgem. A tela é *A Adoração dos Magos*. Os três sábios do Leste encontraram a estrela, e esta anunciava o nascimento do tempo.

A taça, no centro da pintura de Dürer, era uma peça-chave no ensino da perspectiva. Por exemplo, temos a análise de Uccello sobre as maneiras de se ver e desenhar uma taça; hoje, podemos entregar essa tarefa a um computador. Mas o artista da perspectiva

80
O boi e o asno, o rosado
juvenil na face da
Virgem.
*Dürer: "A Adoração dos
Magos", (detalhe).
Uffizi, Florença.*

Um momento como um
risco no espaço.
"A Enchente", de
*Paolo Uccello e sua análise
em perspectiva de um
cálice.*

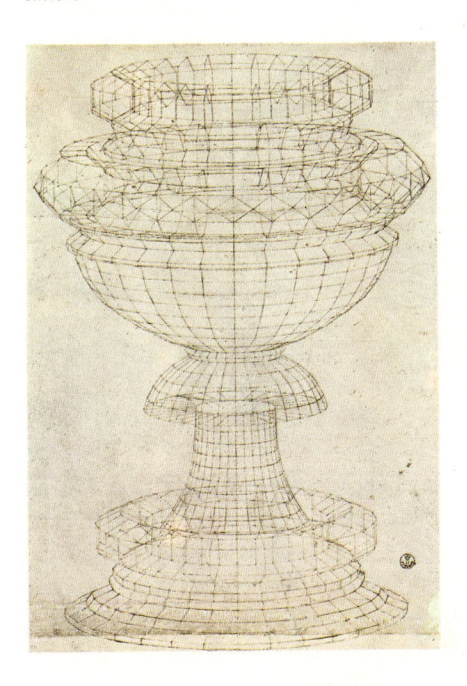

81
A trajetória de um projétil... seqüência na formação de uma gota de líquido.
Desenho de da Vinci das trajetórias de balas de morteiro.
Formação e queda de uma gota de água sob a ação da gravidade.

trabalhava intensamente; seus olhos giravam tal qual uma mesa giratória, a fim de explorar a forma cambiante do objeto, a elongação dos círculos em elipses e, então, apanhar um instante no tempo, na forma de uma pincelada no espaço.

Analisar as variações dos movimentos de um objeto, como eu posso fazer com a ajuda de um computador, era uma atividade totalmente estranha às mentes dos gregos e dos muçulmanos. Estes procuravam sempre o imóvel, o estático, um mundo intemporal de perfeita ordem. Para eles, a forma perfeita era representada pelo círculo. O movimento tinha de progredir, suave e uniformemente, em círculo; aí estava a harmonia das esferas.

Essa é a razão pela qual, no sistema de Ptolomeu, as órbitas eram circulares, pois, assim, o tempo podia transcorrer uniforme e imperturbavelmente. Acontece, porém, não existirem movimentos uniformes no mundo real. Velocidade e direção variam a cada instante, de modo que só puderam ser analisadas quando se criou uma matemática na qual o tempo era uma variável. Este problema pode ser teórico tratando-se dos céus, mas é prático e de aplicação imediata na terra — na trajetória de um projétil, no crescimento explosivo de uma planta, no simples cair de uma gota de líquido, passando por variações abruptas de tamanho e direção. A Renascença não dispunha de equipamento capaz de fazer parar, de instante a instante, a imagem de uma cena em movimento. Mas a Renascença havia conquistado o equipamento intelectual: o olho penetrante do pintor e a lógica do matemático.

Dessa maneira, depois do ano 1600, Johannes Kepler se convenceu de que o movimento de um planeta não é nem circular nem uniforme. A órbita é uma elipse que o planeta percorre em velocidades variáveis. Isso significava que a velha matemática dos padrões estáticos já não era mais suficiente; nem a matemática do movimento uniforme. Havia a necessidade de uma matemática capaz de definir e operar com movimentos instantâneos.

A matemática do movimento instantâneo foi inventada por duas mentes privilegiadas do fim do século XVII — Isaac Newton e Gottfried Wilhelm Leibniz. A nós nos parece tão familiar que tendemos a considerar o tempo como um elemento natural na descrição da natureza; mas isso não foi sempre assim. Foram eles que criaram a idéia de tangente, a idéia de aceleração, a idéia de inclinação, a idéia de infinitesimal, de diferencial. Há uma palavra, já agora esquecida, mas que representa a melhor

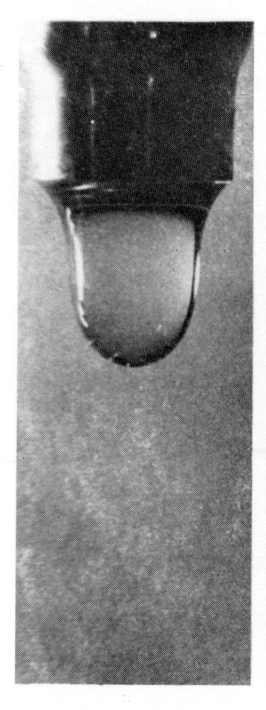

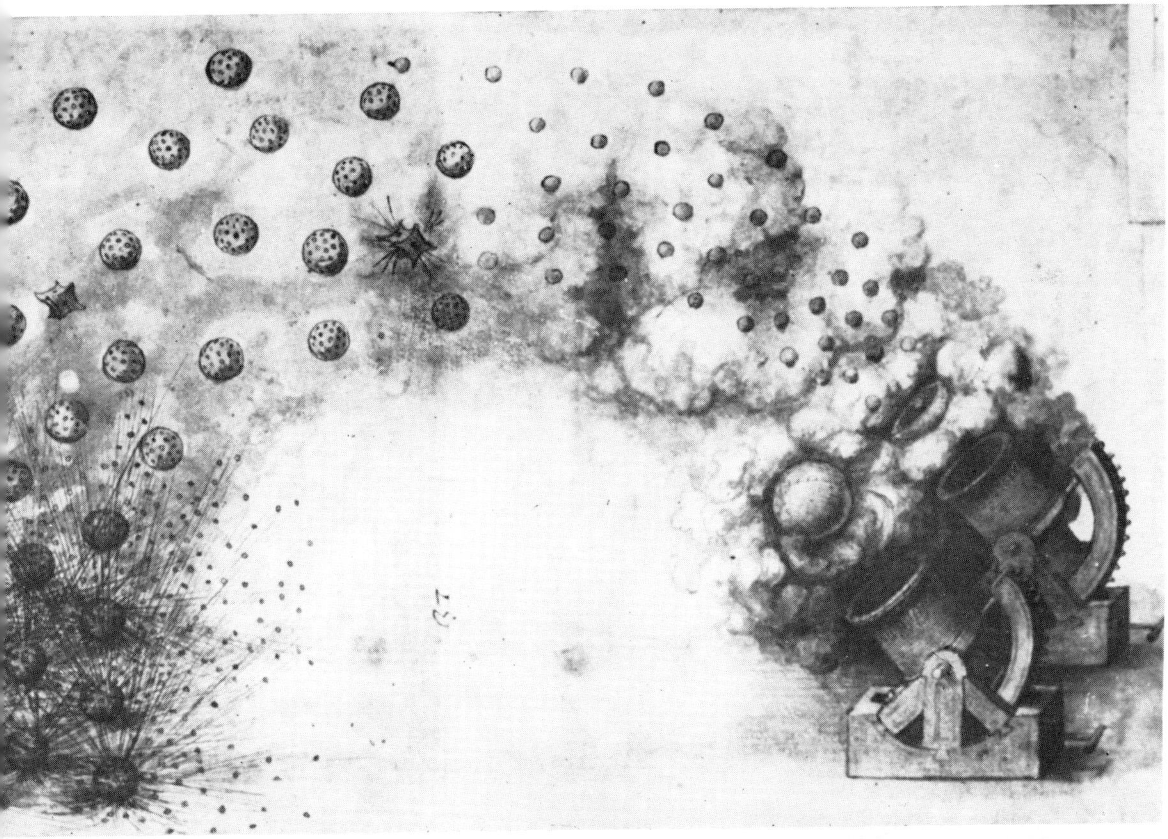

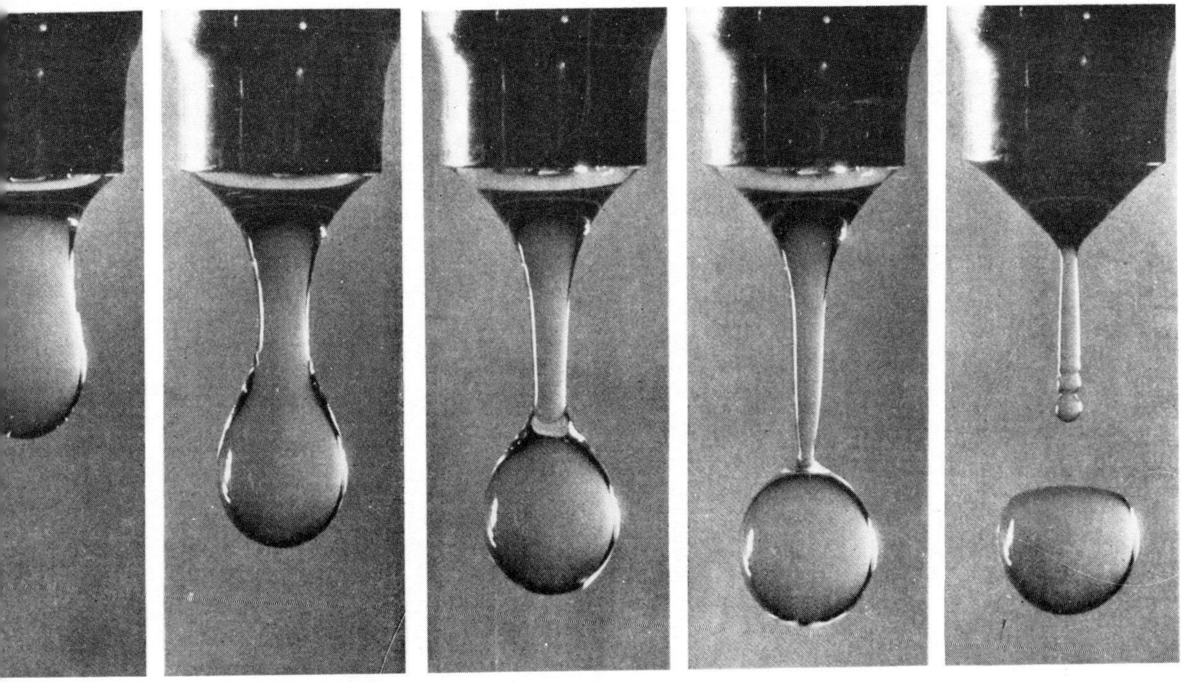

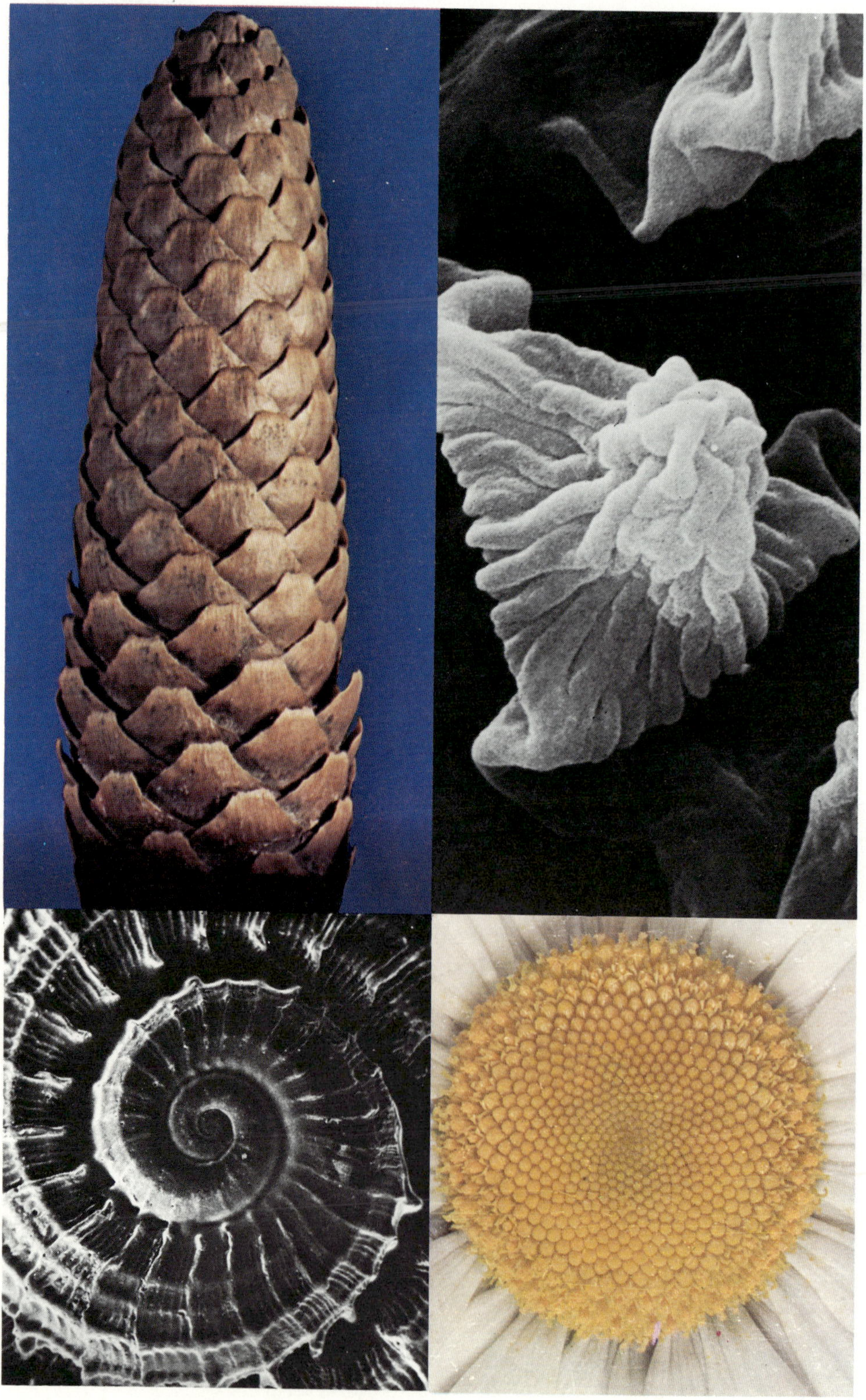

82
O crescimento explosivo de uma planta.
Um cone de pinheiro, a superfície de uma pétala de rosa, uma concha e uma margarida.

descrição para aquele fluxo de tempo o qual Newton fez parar como que com um golpe de guilhotina: *Fluxions.* Este era o nome dado por Newton ao que, depois de Leibniz, passou a ser chamado cálculo diferencial. Considerá-lo sob o aspecto de apenas mais uma técnica avançada equivaleria a não entender o seu significado real. Com ele a matemática se torna uma maneira dinâmica de pensamento, e essa conquista representa um enorme salto mental na escalada do homem. O conceito técnico subjacente a toda a sua aplicação é, por estranho que isso possa parecer, o de um deslocamento infinitesimal; e o avanço intelectual consistiu em se ter atribuído um rigoroso significado ao mesmo. Mas podemos deixar o conceito técnico aos profissionais, e nos contentarmos em chamá-la matemática das variações.

As leis da natureza têm sido sempre formuladas através de números, desde que Pitágoras os considerou a linguagem da natureza. Entretanto, agora já se tornava necessário que a linguagem da natureza incluísse números capazes de descrever o tempo. As leis naturais tornam-se leis do movimento, e a própria natureza já não é mais uma seqüência de quadros estáticos, mas, sim, um processo em movimento.

83
A matemática se transforma em uma maneira dinâmica de pensamento, e esse fato constitui um dos grandes passos na escalada do homem. *Curva gerada por computador da trajetória de partículas subatômicas.*

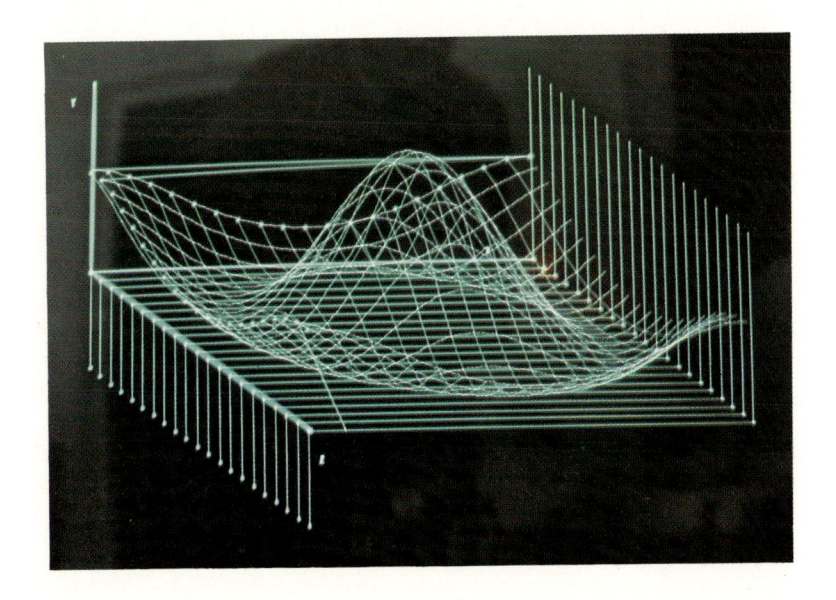

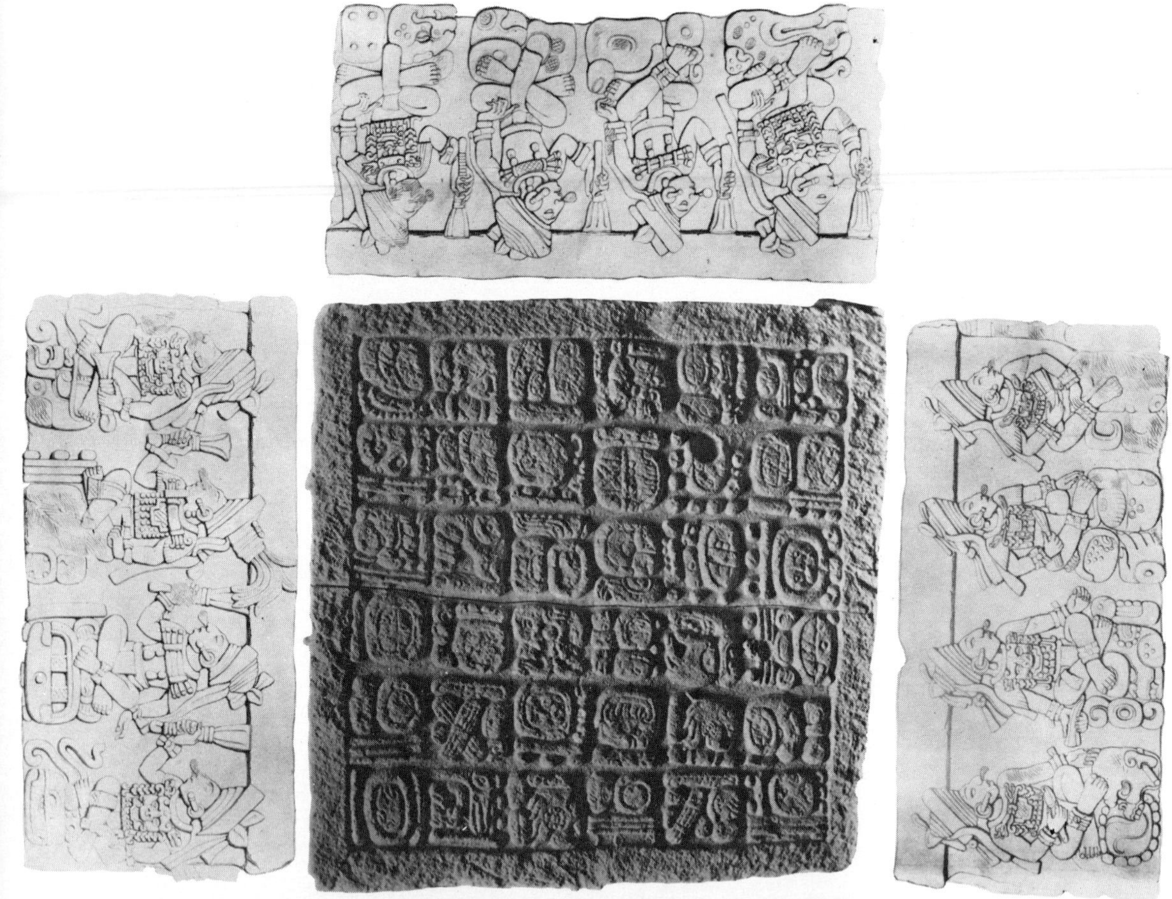

6   O MENSAGEIRO SIDERAL

Em um sentido moderno, a primeira ciência a aflorar da civilização mediterrânea foi a astronomia. Podemos ir da matemática para a astronomia quase que diretamente porque, afinal de contas, a astronomia se desenvolveu primeiro, e tornou-se modelo para as outras ciências, justamente por ter sido possível expressá-la através de números exatos. E isso não é uma idiossincrasia minha. Mas, certamente, uma idiossincrasia poderá ser identificada no fato de eu começar a exposição do drama da primeira ciência mediterrânea pela sua manifestação no Novo Mundo.

Rudimentos de astronomia existem em todas as culturas, de forma que podemos inferir fazerem parte das preocupações de todos os povos primitivos do mundo. Uma das razões se mostra claramente. A astronomia é um conhecimento importante para nos guiar através dos ciclos das estações — por exemplo, pelo movimento aparente do sol. Dessa maneira, o homem pode fixar uma época de plantio, de colheita, de rodízio do rebanho, e assim por diante. Portanto, todas as culturas sedentárias acabaram por desenvolver um calendário para orientar seus planos. Tal aconteceu no Novo Mundo, da mesma forma que nas bacias fluviais da Babilônia e do Egito.

Podemos tomar a civilização maia como exemplo. Considerada a mais avançada das culturas americanas, floresceu, antes do ano 1000 d.C., no istmo da América Central, entre os oceanos Atlântico e Pacífico. Os maias possuíam uma linguagem escrita, conhecimentos de engenharia e artes originais. Seus templos, construídos em forma de pirâmides íngremes, abrigavam alguns astrônomos; de um grupo deles nos ficaram os retratos gravados em um amplo altar de pedra. O altar foi erigido em comemoração a um antigo congresso astronômico que teve lugar no ano 776. Dezesseis matemáticos aqui se reuniram, nesse famoso centro da cultura maia, a cidade sagrada de Copan, na América Central.

O sistema aritmético maia era mais adiantado do que o europeu; por exemplo, eles já tinham um símbolo para o zero. Eram excelentes matemáticos; contudo, não chegaram a mapear os movimentos das estrelas, a não ser os mais simples. Por outro lado, seus rituais revelavam uma preocupação obsessiva com a passagem do tempo, refletindo-se na astronomia, na poesia e nas lendas.

84
O ritual maia era obsessivo em relação à passagem do tempo, e essa preocupação dominava sua astronomia. Peça "Q" do altar Copan comemorando o encontro de astrônomos maias para corrigir a diferença de tempo entre os dois calendários maias. No topo estão registradas as datas das luas novas do século VIII. A data do encontro aparece entre as cabeças dos astrônomos.

A Escalada do Homem

Quando a grande conferência reuniu-se em Copan os sacerdotes astrônomos maias estavam em dificuldade. Poderíamos supor que a convocação desses homens de conhecimento, representantes de diferentes centros, teria ocorrido para a discussão de um problema real de observação — mas, não. O congresso foi convocado para solucionar um problema de cálculo aritmético que, de há muitos anos, vinha preocupando os guardiães do calendário. Havia dois calendários; um sagrado e outro profano, não totalmente coincidentes; eles despenderam toda a sua engenhosidade tentando impedir o descompasso entre eles. Os astrônomos maias possuíam apenas algumas regras ingênuas para seguir os movimentos planetários, e nenhum conceito geral sobre os seus mecanismos. Para eles, a astronomia era uma ciência formal, um meio de manter a correção do calendário. E foi isso que se fez naquele ano de 776, quando os delegados orgulhosamente posaram para serem retratados.

Mas a astronomia não se esgota com o calendário. Um outro uso, embora não universal, pode ser identificado entre os povos primitivos. Os movimentos dos astros no céu noturno também podem servir de guia ao viajante, principalmente ao viajante marítimo, que não pode contar com outro tipo de ponto de referência. No Velho Mundo, esta era a importância da astronomia para o navegador mediterrâneo. No Novo Mundo, até onde podemos saber, a astronomia não foi utilizada como um meio científico de orientar viagens por terra ou por mar. Sem a ajuda da astronomia é realmente impossível a orientação através de longas distâncias, ou mesmo desenvolver qualquer tipo de teoria sobre a forma da Terra, incluindo seus acidentes geográficos terrestres e marítimos. Colombo dispunha de uma astronomia antiquada e rústica para nossas mentes, quando velejou tentando atingir o outro lado do mundo: por exemplo, para ele, a Terra era muito menor do que na realidade é. Mesmo assim, o Novo Mundo foi descoberto. Não é mero acidente que o Novo Mundo nunca tivesse pensado que a Terra fosse redonda e nunca tivesse saído à procura do Velho Mundo. Foi o Velho Mundo que enfunou suas velas ao redor da Terra para descobrir o Novo.

A astronomia não representa nem o cume da ciência, nem da invenção. Entretanto, pode ser um teste do perfil do temperamento e da mentalidade subjacentes a uma cultura. Desde os tempos dos gregos, os navegadores mediterrâneos eram imbuídos

85
Representação dos céus movendo-se em torno de um eixo, e o eixo era a Terra redonda.
O diagrama mostra a trajetória percorrida pelos planetas quando observados a partir da Terra. A teoria ptolomaica tentou explicar essas observações. A fotografia mostra os movimentos de Mercúrio, Vênus, Marte, Júpiter e Saturno registrados por meio de exposição prolongada no Planetário de Munique.

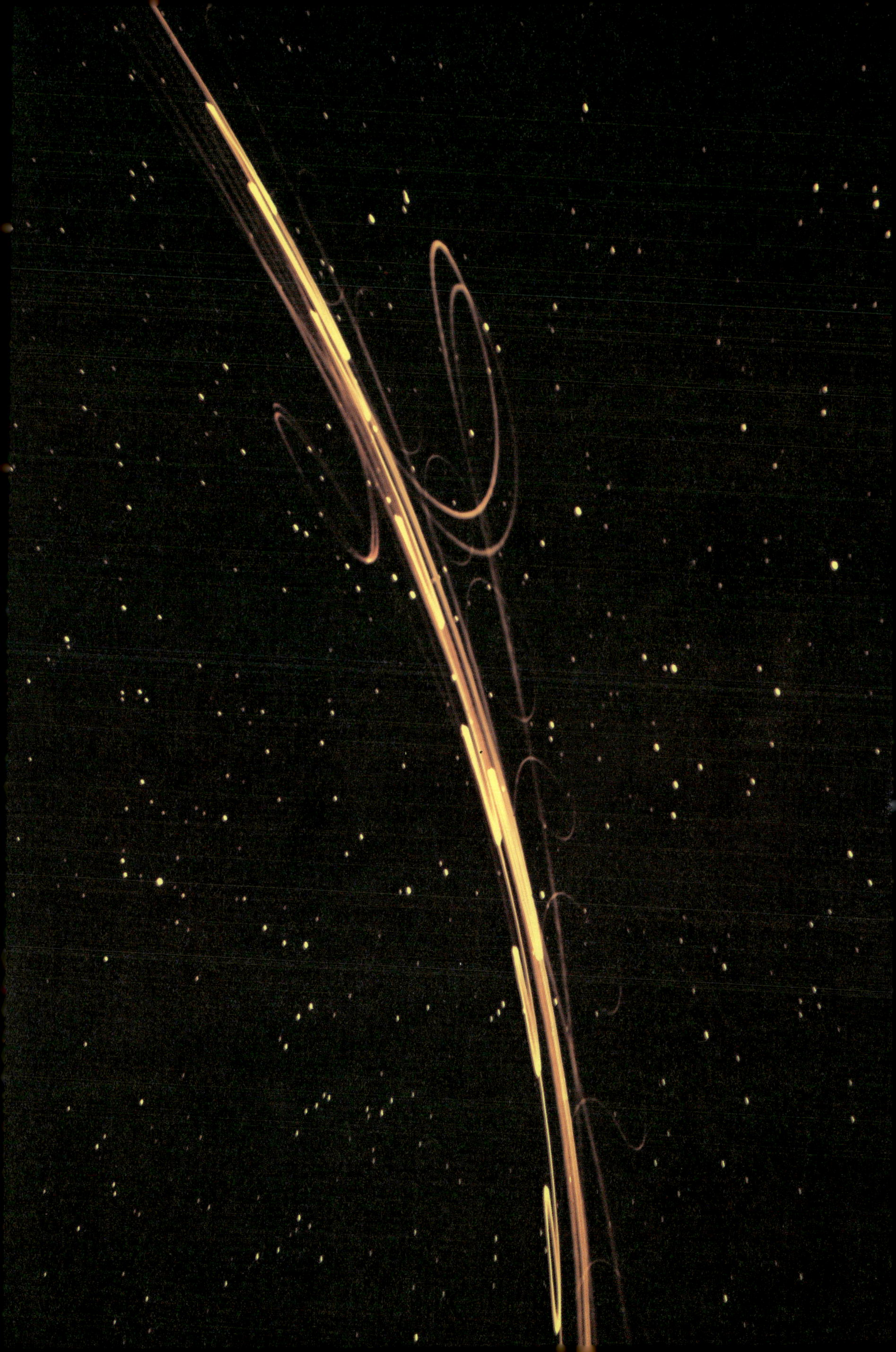

A Escalada do Homem

86
Um paraíso terrestre não se constrói através de uma vazia repetição.
Uma fileira de cabeças esculpidas em pedra junto à Baía de Moais, Ilha da Páscoa.

de um tipo especial de cogitação, onde a aventura se unia à lógica — o empírico ao racional — em uma forma unificada de inquirição. Tal não se deu no Novo Mundo.

Então o Novo Mundo não contribuiu com nenhuma invenção? É claro que contribuiu. Mesmo uma cultura primitiva como a da Ilha da Páscoa realizou uma grande invenção, representada pela escultura de estátuas gigantescas e uniformes. Nada de semelhante existe no resto do mundo, de forma que, como sempre acontece, as indagações mais disparatadas e irrelevantes aparecem em relação a elas. Por que foram dispostas dessa forma? Como foram transportadas? Como foram colocadas nos locais onde agora se encontram? Mas esses problemas não são significativos. Stonehenge, que data de uma civilização muito mais antiga, apresentou maiores dificuldades para se erigir; o mesmo acontece com Avebury e muitos outros monumentos. O fato é que as culturas primitivas acham seus caminhos, passo a passo, através de enormes empreendimentos comunitários.

Por que razão foram feitas todas *iguais?*. Esta é a pergunta crítica a se endereçar a essas estátuas. Lá estão elas, tal qual Diógenes em seus barris, olhando o céu com seus olhos vazios, observando o Sol e as estrelas passarem sobre suas cabeças, sem a menor intenção de pelo menos tentar entendê-los. Quando, no domingo de Páscoa de 1772, os holandeses descobriram essa ilha, ela foi descrita como uma réplica do paraíso na terra. Contudo, isso não pode ser verdade. Um paraíso terrestre não se constrói pela repetição dessas figuras vazias, como se fossem uma imagem do vaivém de um animal enjaulado, a monotonia de chegar e partir sempre dos mesmos pontos. Essas expressões imóveis, essas figuras congeladas de um filme que chega ao fim do rolo, representam uma civilização que não chegou a dar o primeiro passo na escalada do conhecimento racional. Aí se manifesta o insucesso das culturas do Novo Mundo, mortas em suas próprias eras glaciais simbólicas.

A Ilha da Páscoa dista uns mil e quinhentos quilômetros da ilha habitada mais próxima, a ilha de Pitcairn, a oeste. A outra ilha mais próxima fica a cerca de dois mil e quinhentos quilômetros a leste, as ilhas de Juan Fernandez, onde, em 1704, Alexander Selkirk, o Robinson Crusoe, encalhou. Distâncias dessa ordem não podem ser vencidas a não ser que se disponha de um tipo de modelo dos céus ou da posição das estrelas, através do qual as rotas possam ser traçadas. De que maneira os habitantes

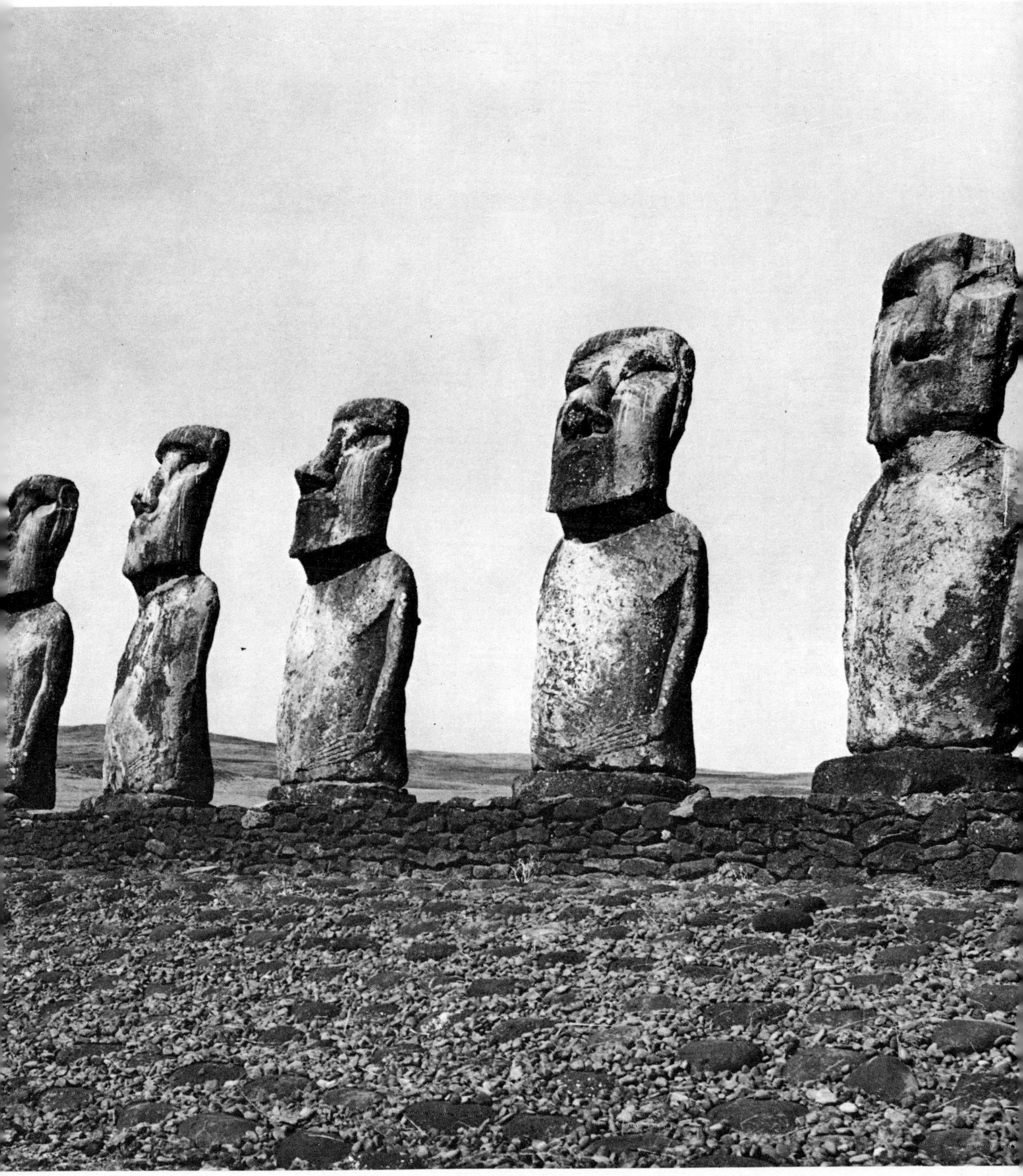

da Ilha da Páscoa acabaram chegando até ela é uma pergunta freqüentemente formulada. A resposta é óbvia, e sobre ela não se pode alimentar a menor dúvida: por acidente. Mas, então, por que não conseguiram voltar para o lugar de onde vieram? Simplesmente por não conhecerem os movimentos das estrelas, os quais teriam permitido retraçarem suas rotas.

E por que não? Uma das razões está na ausência de uma Estrela Polar no céu do hemisfério sul. Sabemos de sua importância pelo papel que desempenha na migração das aves. Talvez isso também explique porque a maioria das migrações dos pássaros se dê no hemisfério norte e não no sul.

A ausência de uma Estrela Polar pode ter sido significativa para o hemisfério sul, mas não para todo o Novo Mundo. A América Central, o México, e toda uma série de lugares que nunca desenvolveram uma astronomia, ficam acima do Equador.

O que havia de errado aí? Ninguém sabe. Acredito que eles não dispunham daquela grande imagem dinâmica, tão comum no Velho Mundo — a roda. A roda nunca passou além de um brinquedo no Novo Mundo. Entretanto, no Velho Mundo, sua imagem dominava a poesia e a ciência; tudo encontrava nela seu fundamento. A concepção dos céus movendo-se em torno de um eixo inspirou Cristóvão Colombo em sua aventura de 1492, e o centro da idéia era a esfericidade da Terra. Os gregos haviam fornecido a pista com suas estrelas de esferas fixas a produzirem música à medida que giravam. Rodas no interior de rodas. Assim era o sistema de Ptolomeu, uma explicação adequada por mais de mil anos.

Mais de cem anos antes da partida de Cristóvão Colombo, o Velho Mundo tinha sido capaz de produzir um excelente relógio dos céus. Seu construtor foi Giovanni de Dondi, e o trabalho foi realizado em Pádua em 1350. A obra levou dezesseis anos para ser completada e, infelizmente, o modelo original não foi conservado. Entretanto, valendo-se de seus desenhos, foi possível reconstruir esse maravilhoso modelo da astronomia clássica, que hoje se encontra exposto no Smithsonian Institution de Washington.

O modelo representa muito mais do que uma peça de engenhosidade mecânica; é a cristalização intelectual das idéias de Aristóteles, de Ptolomeu, e de todos os gregos. Através do relógio de De Dondi visualizamos suas concepções de como os planetas se comportavam quando vistos a partir da Terra. Aqui se distin-

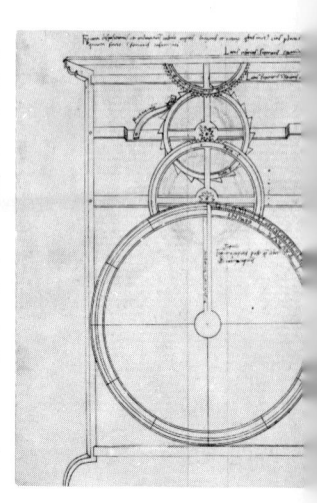

O Mensageiro Sideral

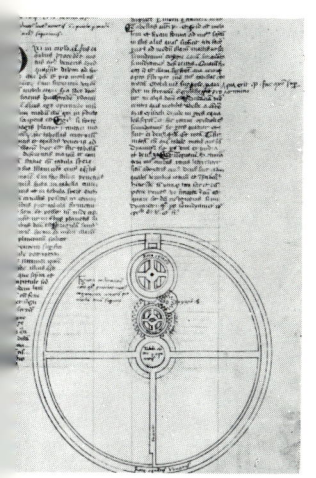

guiam sete planetas — ou assim os antigos pensavam, uma vez que o Sol era contado entre os planetas da Terra. Dessa maneira, o relógio é portador de sete faces ou mostradores, e em cada uma delas corre um planeta. A trajetória do planeta em seu mostrador é (aproximadamente) a trajetória observada a partir da Terra —

87
O magnífico relógio dos céus estrelados. *Reconstrução do relógio astronômico de Giovanni de Dondi de Pádua, e uma cópia tardia, datada do século XV, de duas páginas do manuscrito de De Dondi, mostrando o mecanismo do relógio.*

A Escalada do Homem

o relógio é quase tão preciso quanto o era a observação no tempo em que foi construído. Quando a trajetória aparente era circular, ela assim se mostrava na face do relógio; tal representação não constituía dificuldade. Entretanto, quando a trajetória aparente do planeta era excêntrica, De Dondi lançou mão de uma combinação de círculos os quais reproduziam os epiciclos (isto é, a combinação de círculos girando dentro de círculos) ou seja, as órbitas planetárias descritas por Ptolomeu.

Então, em primeiro lugar, o Sol: uma trajetória circular, assim como lhes parecia. A segunda face apresenta Marte: note-se que seu movimento depende de um mecanismo de relojoaria movendo uma roda no interior de outra. Em seguida Júpiter: uma maior complexidade de rodas dentro de rodas. Então, Saturno: rodas dentro de rodas. Depois vem a Lua – é interessante a maneira como De Dondi a representou. Seu mostrador é simples, posto que ela é verdadeiramente um planeta da Terra, e sua trajetória é circular. Finalmente, vamos encontrar os mostradores de dois planetas que se interpõem entre nós e o Sol: Mercúrio e Vênus. E aqui, mais uma vez, a figura se repete: a roda que transporta Vênus gira no interior de outra hipotética roda maior.

A concepção intelectual é maravilhosa; sua complexidade impressiona – mas isso serve apenas ao propósito de nos maravilhar ainda mais com o fato de os gregos, não muito depois do nascimento de Cristo, no ano de 150, terem sido capazes de conceber e dar uma formulação matemática a essa surpreendente construção. Mas, mesmo assim, ela apresenta uma imperfeição. Um detalhe apenas: para cada planeta há um mostrador independente, sete ao todo – e os céus só podem ter uma maquinaria, e não sete. Essa maquinaria única só foi encontrada em 1543, quando Copérnico colocou o Sol no centro dos céus.

Nicolau Copérnico era um clérigo, eminente e distinguido intelectual humanista, nascido na Polônia em 1473. Estudou leis e medicina na Itália, assessorou o governo de seu país na reformulação monetária e, a pedido do Papa, colaborou na reforma do calendário. Pelo menos vinte e cinco anos de sua vida foram dedicados à proposição moderna de que a Natureza devia ser simples. Por que as trajetórias dos planetas se apresentavam tão complicadas? Em sua resposta atribui a complexidade ao fato de olharmos os planetas do lugar onde nos encontramos, isto é, da Terra. À semelhança do que fizeram os pioneiros da perspec-

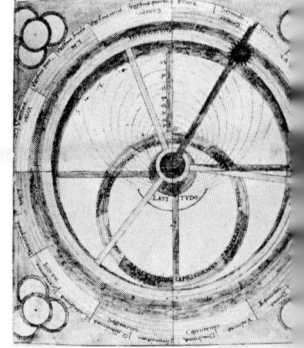

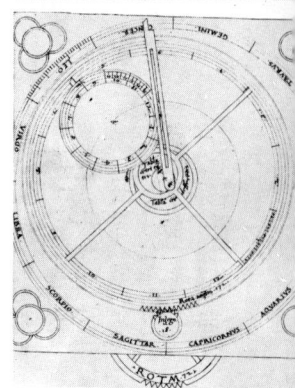

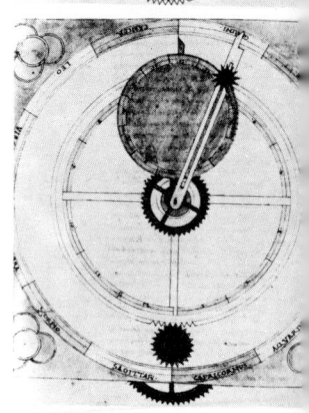

Faces do relógio de De Dondi mostrando os movimentos do Sol, de Marte e de Vênus.

O Mensageiro Sideral

tiva, Copérnico decidiu olhá-los a partir de um outro local. Havia boas razões renascentistas, muito mais emocionais do que intelectuais, para que o dourado Sol fosse o lugar escolhido.

No meio de tudo está entronizado o Sol. Poderia haver, nesse templo maravilhoso, melhor localização de onde ele pudesse iluminar tudo ao mesmo tempo? Ele é chamado com razão A Lâmpada, A Mente, O Senhor do Universo: Hermes Trismegistus o chama de Deus Visível; Electra, de Sófocles, chama-o O que tudo vê. Dessa maneira, vemos que o Sol se mantém como que no seu trono real, governando seus filhos — os planetas — que giram em torno dele.

Sabemos que Copérnico havia pensado já há longo tempo em colocar o Sol no centro do Universo. É provável que sua primeira tentativa, os delineamentos não-matemáticos de seu esquema, tenha sido escrita antes de ter completado quarenta anos de idade. Entretanto, essa proposição não poderia ser feita levianamente em uma época de convulsões religiosas. Foi apenas em torno de 1543, já próximo dos setenta anos, que Copérnico se sentiu seguro de dar ao público sua descrição matemática dos céus, a qual recebeu o nome de *De Revolutionibus Orbium Coelestium (A Revolução das Órbitas Celestes),* onde um sistema unitário tem o Sol como centro. (Atualmente, a palavra "revolução" tem uma conotação que nada tem a ver com a astronomia, mas isso não aconteceu acidentalmente. Sua origem se liga ao tempo em que este tópico se desenvolveu.) Copérnico morreu no mesmo ano. Conta-se que apenas um vez ele pôde ver uma cópia de seu livro, e esta teria sido posta em suas mãos já em seu leito de morte.

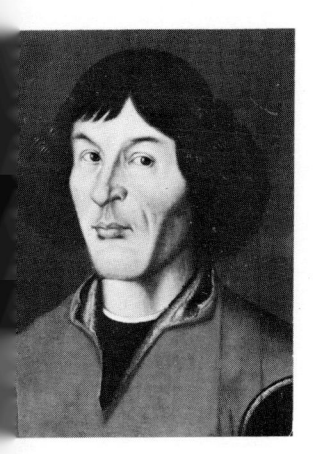

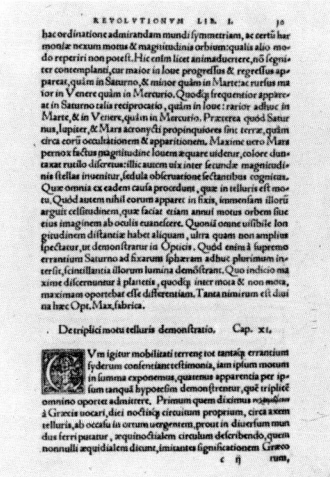

88
Copérnico colocou o Sol no centro dos céus em 1543. *O jovem Nicolau Copérnico em Torun, Polônia.*

Duas páginas do De Revolutionibus Orbium Coelestium.

A Escalada do Homem

O surgimento explosivo da Renascença — na religião, nas artes, na literatura, na música e nas ciências matemáticas — representou uma colisão frontal com a totalidade do sistema medieval. Para nós, a coexistência da mecânica de Aristóteles e da astronomia de Ptolomeu com o sistema medieval parece apenas um acidente. Contudo, aos contemporâneos de Copérnico elas exprimiam a ordem natural e visível do mundo. A roda, o símbolo grego para o movimento perfeito, havia se tornado um deus petrificado, tão rígido como o calendário maia ou as figuras de pedra da Ilha da Páscoa.

Mesmo com os planetas girando em círculos, o sistema de Copérnico não podia ser tomado como natural para as mentes dessa época (coube a um cientista mais jovem, Johannes Kepler, trabalhando em Praga, mostrar serem as órbitas elípticas). Mas não era essa a preocupação do homem na rua ou no púlpito. Para eles a roda era os céus, e seus habitantes tinham de girar em torno da Terra. Tal era o ato de fé, como se a Igreja houvesse decidido que o sistema de Ptolomeu não tivesse sido a obra de um grego levantino, mas, sim, da própria Magnificência Celeste. Mas, neste assunto, pode-se ver claramente que a controvérsia interessa menos à doutrina do que a autoridade. Assim, setenta anos mais tarde, em Veneza, vamos encontrar uma cabeça na qual este problema se materializou.

No ano de 1564 nasceram dois grandes homens: William Shakespeare na Inglaterra e Galileo Galilei na Itália. Ao abordar o tema do poder em sua época, Shakespeare o faz, por duas vezes, tomando como cenário a República de Veneza: em *O Mercador de Veneza* e em *Otelo*. Isto se deve ao fato de, em 1600, o Mediterrâneo ainda se constituir no centro do mundo e Veneza no seu eixo. A liberdade de criação permitida aqui atraía os mais ambiciosos: mercadores, aventureiros, intelectuais, e assim como acontece ainda hoje, uma multidão de artistas e artesãos congestionava suas ruas.

Os venezianos eram considerados um povo discreto e dissimulado. Veneza era o que se poderia chamar um porto-livre, envolvida naquela atmosfera de conspiração das cidades neutras; como acontece em Lisboa e Tânger de nossos dias. Foi em Veneza que, em 1592, um falso benfeitor iludiu Giordano Bruno e o entregou à Inquisição para ser queimado, oito anos mais tarde, em Roma.

89
Em 1600 o Mediterrâneo era o centro do mundo e Veneza o seu coração. *Detalhes de um entalhe em madeira representando Veneza, por Jacopo de'Barbari, datado de 1500.*

Galileo era baixo, retaco, um homem ativo de cabelos ruivos.
Retrato de Galileo, realizado oito anos antes de seu julgamento, por Octavio Leone.

A Escalada do Homem

Entretanto, os venezianos eram práticos. Em Pisa, Galileo havia trabalhado profundamente em matéria fundamental para a ciência, mas o que certamente atraiu a atenção dos venezianos, quando o contrataram para ensinar matemática em Pádua, foi seu talento para invenções práticas. Algumas delas ainda sobrevivem na coleção histórica da *Accademia Cimento* de Florença, e são elaboradas tanto na concepção como na execução. Entre elas encontramos o aparelho de vidro convoluto para a medida da expansão de líquidos, semelhante ao termômetro, e a balança hidrostática, baseada no princípio de Arquimedes, destinada a avaliar a densidade de objetos preciosos. Há, também, um instrumento ao qual Galileo deu o nome de "Bússola Militar" que, na realidade, se parece muito com uma régua de cálculo. O interessante no caso é que isso revela o tino comercial desse cientista, pois o instrumento era fabricado e vendido em sua própria oficina, e o manual de instrução para uso de sua "Bússola Militar" foi uma de suas primeiras publicações. Os venezianos o admiravam por isso. Essa utilização prática do conhecimento científico estava bem de acordo com a índole deles.

Sendo como era, a República de Veneza foi o local natural de escolha para a comercialização de um tipo primitivo de luneta inventada por uns fabricantes de óculos de Flandres. Isso aconteceu em 1608. Mas a mesma República de Veneza tinha a seu serviço, na pessoa de Galileo, um cientista e matemático imensamente mais poderoso do que qualquer outro do norte da Europa. À sua mente privilegiada ele aliava gosto e habilidade para a publicidade, de tal forma que, quando construiu seu telescópio, carregou todo o Senado Veneziano para o topo do Campanário, a fim de exibir o instrumento.

Galileo era baixo, retaco, ativo, ostentando uma cabeleira vermelha e muito mais filhos do que um solteirão se devia permitir. Contava quarenta e cinco anos de idade quando ouviu falar da invenção dos flamengos, e isso o eletrizou. Em uma única noite ele recriou o instrumento, fabricando em seguida um objeto de observação capaz de uma ampliação de três vezes – o que equivale mais ou menos a um bom binóculo de ópera. Entretanto, antes de sua demonstração no Campanário de Veneza ele já havia elevado o poder de ampliação de seu instrumento para oito ou dez vezes – o que equivale a um verdadeiro telescópio. Assim, no alto do Campanário, de onde o horizonte se descortinava a uns trinta quilômetros de distância, os navios não só podiam ser

Um instrumento do tipo que Galileo fabricava: uma delicada balança hidrostática destinada a medir a densidade de objetos preciosos, e baseada no princípio de Arquimedes.

91
Galileo aumentou o poder de magnificação para oito ou dez vezes, obtendo, dessa maneira, um verdadeiro telescópio.
O telescópio provavelmente mostrado por Galileo à Signoria em 1609.

observados no mar como também seguidos por uma distância equivalente a duas horas de navegação. E isso valia um bom dinheiro para os negociantes do Rialto.

Em carta datada de 29 de agosto de 1609, Galileo descreve esses eventos ao seu cunhado em Florença:

Como você já deve saber, há uns dois meses espalhou-se a notícia de que, em Flandres, foi apresentada ao Conde Maurício uma luneta construída de tal maneira que objetos muito distantes parecem, através dela, muito próximos, de modo que um homem a uns três quilômetros pode ser visto distintamente. Essa possibilidade me pareceu tão maravilhosa que tomou conta de meus pensamentos; para mim, o efeito só poderia ser baseado na ciência da perspectiva, o que me deu matéria para pensar sobre os meios de sua fabricação; estes, finalmente, os encontrei, e a qualidade do meu instrumento supera de muito aquela atribuída ao construído pelos flamengos. A notícia de que eu havia construído um se espalhou por Veneza, e há seis dias atrás fui convocado pela Signoria, a quem eu o deveria demonstrar em companhia de todo o Senado, para infinita surpresa de todos eles; e houve numerosos cavalheiros e senadores que, embora de idade avançada, subiram por mais de uma vez as escadarias do campanário mais alto de Veneza a fim de observarem as velas no mar aberto e os navios tão distantes que, se se aproximassem a toda velocidade do porto, seriam precisas duas horas ou mais para serem vistos sem o auxílio de minha luneta. De fato, o efeito do instrumento é o de representar um objeto, por exemplo, que esteja a trinta quilômetros de distância, como se estivesse a apenas cinco.

Galileo é o criador do método científico moderno. E isso ele realizou seis meses após o triunfo no Campanário, o qual teria sido o bastante para qualquer outra pessoa. A ele ocorreu a idéia de

92
O brinquedo de Flandres acabou se transformando em um instrumento de pesquisa.
Mural do ático da casa de um membro da Sociedade Lineana de Roma, mostrando a moda da observação através de telescópio que a demonstração de Galileo desencadeou.

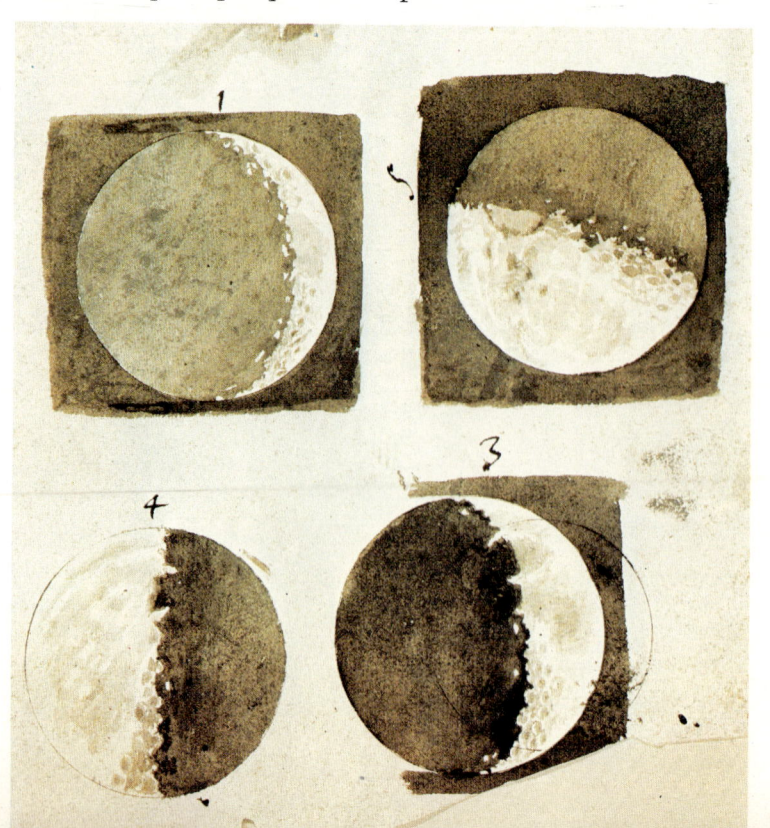

93
"A contemplação do corpo da Lua oferece uma das vistas mais lindas e deliciosas."
Pinturas de Galileo, representando as fases da Lua, vista através de seu telescópio de 1610.

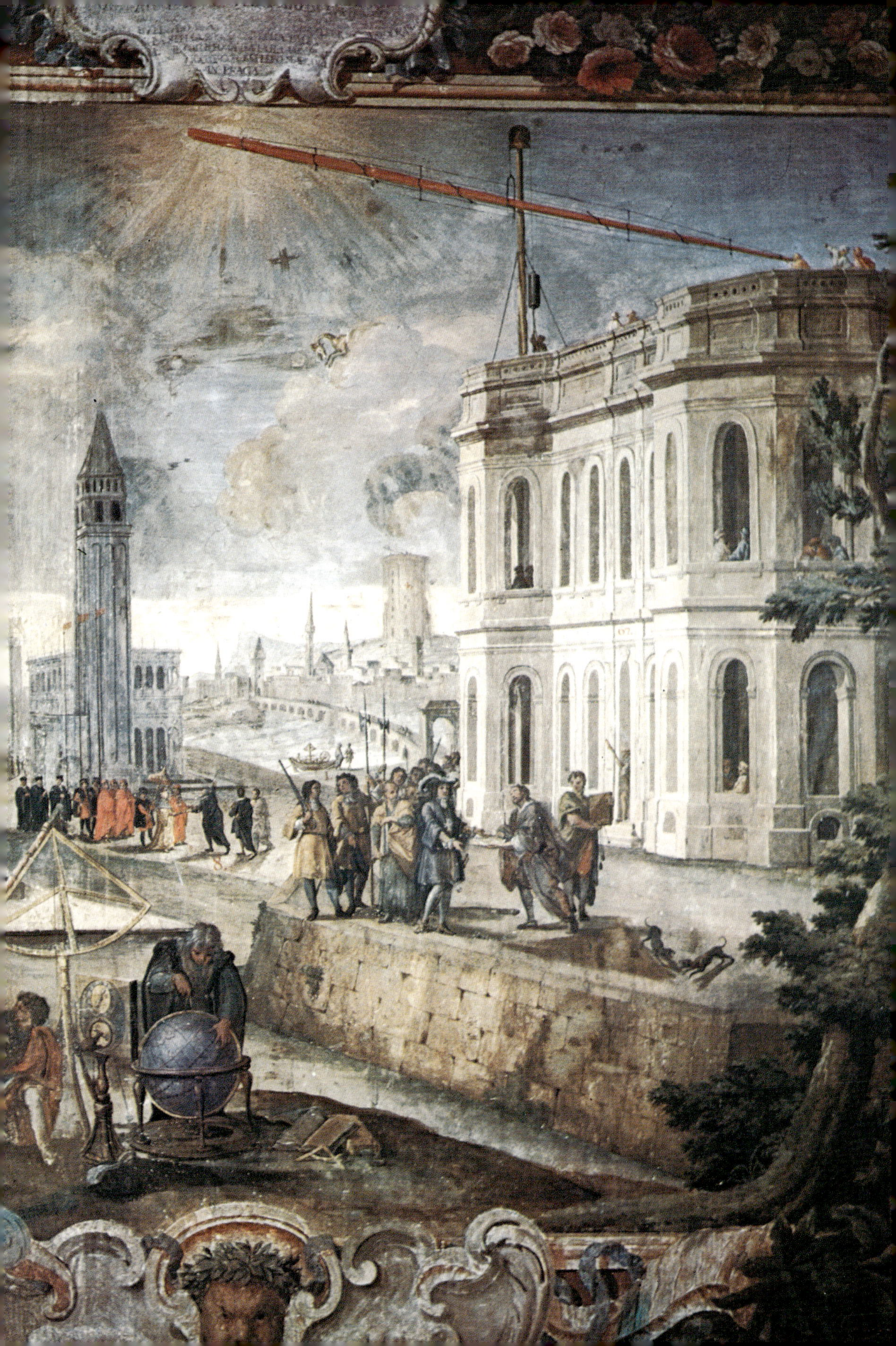

que o brinquedo flamengo podia, não só ser transformado em um instrumento para a navegação marítima, mas, e isto era totalmente original para sua época, igualmente em um instrumento de pesquisa. O poder de ampliação do telescópio foi elevado a trinta e então dirigido às estrelas. Dessa maneira, pela primeira vez, se consumou de forma completa aquilo que chamamos ciência aplicada: construção do equipamento, realização da experiência e publicação dos resultados. Isso tudo foi realizado entre setembro de 1609 e março de 1610, data da publicação, em Veneza, de seu esplêndido livro *Sidereus Nuncius (O Mensageiro Sideral)*, que apresentava um relato ilustrado de suas, então recentes, observações astronômicas. Vejamos o que ele diz:

[Eu tenho visto] miríades de estrelas, as quais jamais foram vistas antes, que ultrapassam em número as anteriormente observadas, em mais de dez vezes.

Entretanto, aquilo que provocaria a maior admiração e que, de fato, me levou a chamar a atenção de todos os astrônomos e filósofos, é que descobri quatro planetas, nem conhecidos, nem observados por nenhum dos astrônomos que me precederam.

Esses eram os satélites de Júpiter. *O Mensageiro Sideral* também conta como foi que ele dirigiu o telescópio em direção à Lua. Galileo foi o primeiro homem a publicar mapas sobre a Lua. Nós possuímos suas aquarelas originais.

É uma visão linda e deliciosa contemplar o corpo da lua... (Ela) certamente não possui uma superfície lisa e polida, mas, sim, acidentada e irregular, e, justamente como a superfície da própria terra, mostra grandes protuberâncias por toda parte, fendas profundas e sinuosidades.

O embaixador britânico junto à corte do Duque de Veneza escreveu o seguinte relato aos seus superiores na Inglaterra, no dia da publicação de *O Mensageiro Sideral*:

O professor de matemática em Pádua... descobriu quatro novos planetas girando em torno da esfera de Júpiter, além de muitas outras estrelas fixas desconhecidas; da mesma forma... que a Lua não é esférica, mas portadora de muitas proeminências... O autor está destinado a se tornar ou excessivamente famoso ou excessivamente ridículo. Pelo próximo navio Sua Nobreza irá receber, como um presente de minha parte, um desses instrumentos [ópticos], na versão aperfeiçoada por esse homem.

A notícia era sensacional. Seu prestígio foi elevado muito mais alto do que quando do triunfo junto à comunidade de comerci-

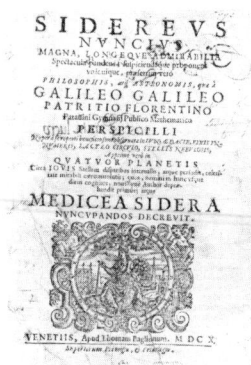

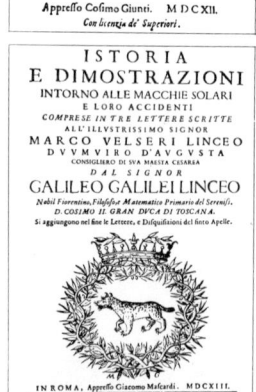

O Mensageiro Sideral

antes. Contudo, a acolhida não foi totalmente favorável, uma vez que a observação de Galileo vinha mostrar que o sistema ptolomaico simplesmente não mais podia ser defendido. A poderosa intuição de Copérnico havia-se provado correta, e agora aparecia à luz clara, revelada. Da mesma forma como aconteceu com muitos outros resultados científicos mais recentes, aquele não foi absolutamente do agrado das autoridades do seu tempo.

Galileo imaginou que bastava mostrar que Copérnico estava certo, e todo mundo o ouviria. Esse foi seu primeiro erro: a má avaliação das intenções de outras pessoas, a todo passo comum aos cientistas. Imaginou, também, ser agora sua reputação suficientemente bem estabelecida de modo a lhe permitir retornar à sua Florença natal, abandonando, assim, a estéril atividade didática em Pádua, a sobrecarga que ela lhe trazia e, com isso, a proteção, essencialmente anticlerical, de sua segura República de Veneza. Este foi seu segundo erro, aliás, fatal.

Os sucessos da Reforma Protestante no século XVI instigaram a Igreja Católica Romana a organizar uma Contra-Reforma feroz. A reação contra Lutero alcançava seu auge; na Europa, a luta era pela autoridade. A Guerra dos Trinta Anos começou em 1618. Em 1622 a Igreja instituiu o movimento para a propagação da fé, que é de onde a palavra *propaganda* se originou. Católicos e protestantes estavam envolvidos naquilo que hoje chamaríamos guerra-fria, na qual — se pelo menos Galileo tivesse percebido! — não havia contemplação para com homens, fossem eles grandes ou pequenos. O julgamento era bastante simples, de ambos os lados; quem não concorda conosco é um herege. Mesmo um intérprete da fé tão desprendido como o Cardeal Belarmino havia considerado as especulações astronômicas de Giordano Bruno intoleráveis, a ponto de mandá-lo para a fogueira. A Igreja representava um grande poder temporal e naqueles tempos amargos estava envolvida em uma luta em que todos os meios eram justificados pelo fim — a ética do estado policial.

A mim me parece estranha a inocência de Galileo a respeito do mundo da política, inocência essa que se tornou mais desastrosa por ter, confiante em sua própria sagacidade, pensado em poder ludibriá-lo. Ao longo de vinte anos ou mais, ele trilhou um caminho que o levou inevitavelmente à sua condenação. Não foi fácil vencê-lo; mas, desde o início, não podia pairar a menor dúvida de que Galileo seria silenciado, pois o desacordo entre ele

94
"O professor de matemática de Pádua descobriu quatro novos planetas girando em torno da esfera de Júpiter."
Página de O Mensageiro Sideral, *mostrando a posição das órbitas das luas de Júpiter. Páginas de rosto de algumas das obras científicas publicadas por Galileo entre 1606 e 1630 em Veneza, Pádua, Florença e Roma. "Il Saggiatore" foi dedicado ao Papa Urbano VIII.*

e as autoridades era absoluto. Elas acreditavam no domínio da fé; Galileo, na persuasão da verdade.

O choque entre princípios e, evidentemente, entre personalidades, veio a público durante seu julgamento em 1633. Entretanto, todo julgamento político é precedido de uma longa história secreta, travada nos bastidores que, neste caso, se encontra trancafiada nos Arquivos Secretos do Vaticano. No meio de

O Mensageiro Sideral

todos esses corredores de documentos há um cofre modesto no qual o Vaticano mantém aquilo que é considerado documento crucial. Aqui, por exemplo, se encontra o pedido de licença para o divórcio de Henrique VIII — a recusa do qual trouxe a Reforma à Inglaterra, terminando, assim, as ligações desta com Roma. O julgamento de Giordano Bruno não deixou muitos documentos, pois a maior parte foi destruída; mas o que restou também se encontra aqui.

O Codex 1181, *Processos contra Galileo Galilei,* não poderia estar em outro local. O julgamento se deu em 1633. As surpresas começam logo ao se constatar as datas dos documentos. Em 1611, no momento em que Galileo alcançava seu triunfo em Veneza, informações secretas vindas a Florença e Roma eram apresentadas contra ele perante o Sacro Colégio da Inquisição. Provas apresentadas em documentos mais antigos, que não pertencem a estes arquivos, indicam ter sido o Cardeal Belarmino o instigador dos inquéritos contra ele. Outros relatos são arquivados nos anos 1613, 1614 e 1615. Por esta época, o próprio Galileo já se alarmara. Por sua livre iniciativa se dirige a Roma, a fim de tentar persuadir amigos entre os cardeais, no sentido de que estes não proíbam o sistema de Copérnico.

Entretanto, chega tarde. Em fevereiro de 1616 a sentença formal já aparece rascunhada no Codex e, em uma tradução livre, é a seguinte:

> Proposições a serem proibidas:
> que o Sol é imóvel no centro do Universo;
> que a Terra não esteja no centro dos céus e não seja imóvel, mas se mova com dois tipos de movimentos.

Aparentemente, Galileo não sofreu nenhum tipo de censura severa. Em todo caso foi chamado pelo poderoso Cardeal Belarmino, que documenta em carta o fato de Galileo ter-se convencido de não defender o Sistema Planetário de Copérnico — mas o documento pára aí. Infelizmente, há um outro documento registrado que estende esse assunto, e sobre o qual o julgamento vai se basear. Mas isto aconteceu dezessete anos depois.

Nesse meio tempo, Galileo retorna a Florença imaginando ter aprendido duas coisas. A primeira é a de que o tempo de defender Copérnico publicamente ainda não havia chegado. A segunda é a de que esse tempo chegaria. Seu acerto se limitou à primeira

95
Há um cofre modesto no qual o Vaticano guarda aqueles documentos considerados cruciais.
O autor nos Arquivos Secretos do Vaticano, examinando os documentos do julgamento de Galileo.

96
Em 1623 um cardeal intelectual foi eleito Papa: Maffeo Barberini.
Busto do Papa recém-eleito pelo escultor e arquiteto que ele mais estimava, Gianlorenzo Bernini, e quem já havia iniciado trabalhos da decoração da Catedral de São Pedro em 1626.

proposição. De qualquer forma, esperou seu tempo até que um cardeal intelectual se elegeu Papa: Maffeo Barberini.

O evento aconteceu em 1623, quando Maffeo Barberini se tornou o Papa Urbano VIII. O novo Papa era amante das artes. Apreciador da música, encomendou ao compositor Gregório Allegri um *Miserere* para nove vozes que, muito tempo depois, tornou-se exclusivo do Vaticano. Amante da arquitetura, desejava transformar São Pedro no ponto central de Roma. Assim, o escultor e arquiteto Gianlorenzo Bernini foi encarregado de completar os interiores da Basílica de São Pedro; o longo *Baldacchino* (dossel do trono papal) por ele desenhado é a única adição de valor à obra original de Michelangelo. Quando mais jovem, o papa intelectual era dado a escrever poesia; um de seus sonetos foi dedicado aos escritos astronômicos de Galileo, em tom de cumprimento.

Urbano VIII tinha-se a si próprio na conta de um inovador. De qualquer forma, era possuidor de uma mente confiante, se bem que originalmente impaciente:

Sei melhor do que todos os cardeais juntos! Um decreto de um Papa vivo vale mais do que todos os decretos de uma centena de Papas mortos,

disse peremptório. Entretanto, como Papa, Barberini foi simplesmente grotesco: dado ao nepotismo, extravagante, dominador, inconstante em seus propósitos, e totalmente surdo às idéias alheias. Chegou ao ponto de ordenar a matança de todos os pássaros dos jardins do Vaticano sob a alegação de que essas criaturas o perturbavam.

Otimista, Galileo veio a Roma em 1624, e em passeios pelos jardins entreteve seis longas conversas com o Papa recém-eleito. Era sua esperança que o Papa intelectual anulasse ou, pelo menos, fizesse vista grossa ao decreto de 1616 proibindo a divulgação da concepção de mundo de Copérnico. Na realidade, Urbano VIII não se comoveu. Mas Galileo ainda alimentava esperanças de — e os dignitários da corte papal esperavam — ser a intenção do Papa deixar que as novas idéias científicas se insinuassem silenciosamente na Igreja, até que, imperceptivelmente, substituíssem as velhas concepções. Afinal de contas, essa tinha sido a forma pela qual idéias pagãs como as de Aristóteles e Ptolomeu acabaram fazendo parte da Doutrina Cristã. Assim sendo, Galileo passou a contar o Papa entre seus aliados — dentro dos limites, é claro, das responsabilidades que o cargo impunha —, até que a hora da verdade chegou. As previsões do sábio mostraram-se profundamente infundadas.

Desde o início seus pontos de vista eram intelectualmente irreconciliáveis. Para Galileo uma teoria só adquiria foro de verdade quando testada contra a natureza.

Penso que discussões sobre problemas da Física devem tomar como ponto de partida não a autoridade de passagens das Escrituras, mas, sim, experiências sensíveis e suas necessárias demonstrações... Deus não é revelado com menor excelência nos atos da Natureza do que nas afirmações sagradas da Bíblia.

Para Urbano VIII os desígnios de Deus dispensavam qualquer tipo de teste, e isso, ele insistia, devia figurar no livro de Galileo.

Seria uma irreverência extravagante permitir a qualquer um se dar ao luxo de limitar ou confinar o poder e a sabedoria Divinas ao saber de conjecturas pessoais.

Tal estipulação era particularmente querida ao Papa. Com efeito, bloqueava a Galileo a possibilidade de exprimir qualquer conclusão definida (mesmo a conclusão negativa de que Ptolomeu estava errado), uma vez que sempre acabaria por infringir o direito de Deus governar o Universo através de milagres, livre do respeito às leis naturais.

A hora da verdade chegou em 1632, ano no qual Galileo finalmente imprimiu seu livro: *Discursos sobre os Grandes Sistemas do Mundo*. Urbano VIII considerou-se insultado grosseiramente.

Seu Galileo aventurou-se a amealhar matéria indevida, cuja importância torna extremamente perigoso qualquer debate sobre a mesma em nossos dias,

assim se expressou em carta dirigida ao embaixador toscano, datada de 4 de setembro daquele ano. No mesmo mês veio a ordem fatal:

Sua Santidade encarrega o Inquisidor junto a Florença de informar Galileo, em nome do Santo Ofício, que ele deve comparecer o mais brevemente possível, no decurso do mês de outubro, a Roma, perante o Comissário-Geral do Santo Ofício.

O Papa, o amigo Maffeo Barberini, Urbano VIII, entregou-o pessoalmente nas mãos do Santo Ofício da Inquisição, processo irreversível.

A Santa Inquisição Romana e Universal tinha suas instalações no mosteiro dominicano de Santa Maria Sopra Minerva, e ali eram julgados todos aqueles cuja fidelidade fosse questionada. Havia

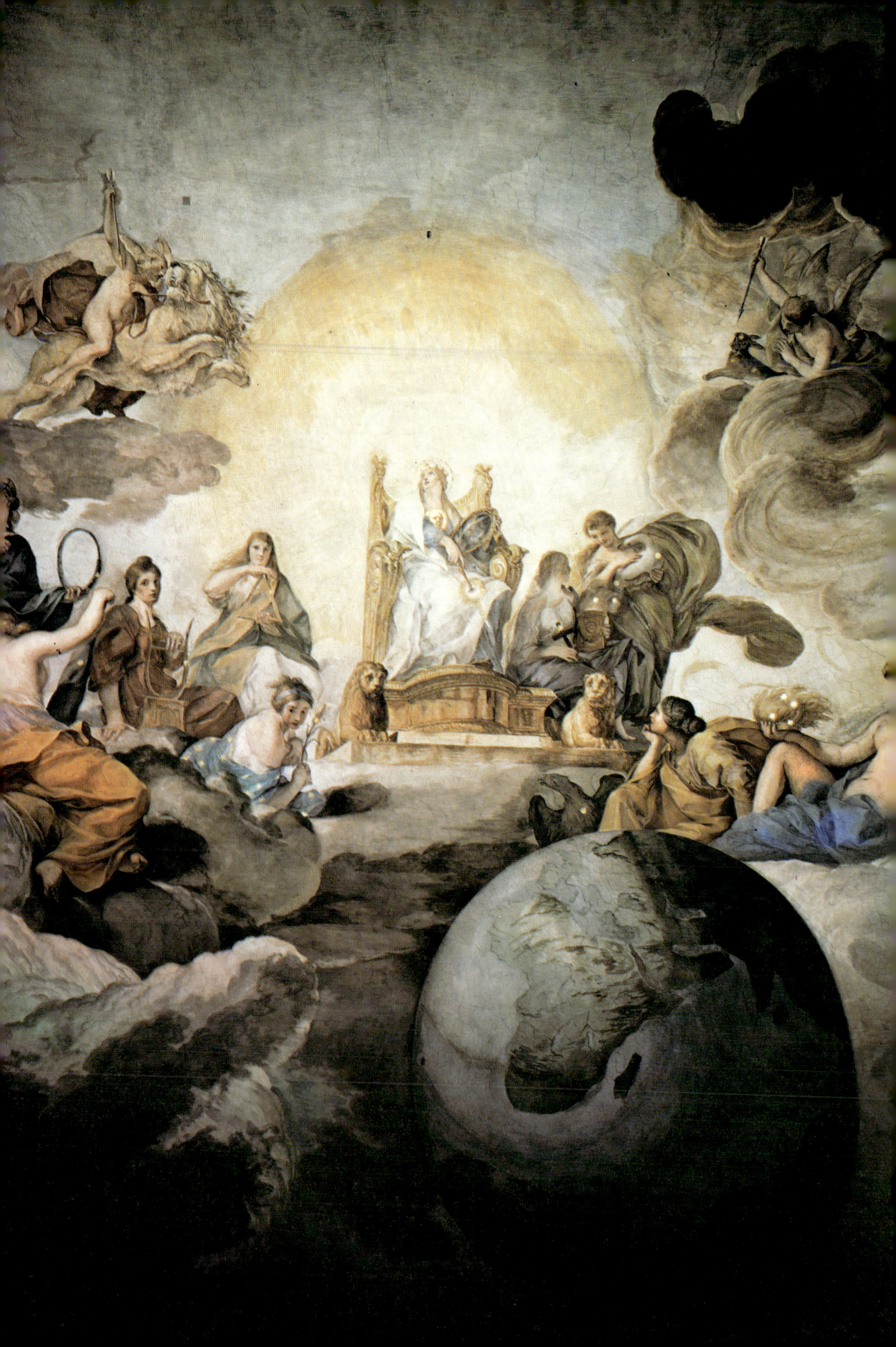

O Mensageiro Sideral

sido criada pelo Papa Paulo III em 1542 com a finalidade de escorar a luta contra a propagação das Doutrinas Reformistas e, especialmente, "contra a depravação herética de toda a Comunidade Cristã". A partir de 1571 adquiriu também o poder de julgar as doutrinas escritas, tendo, então, instituído o Index de Livros Proibidos. O regulamento processual era estrito e exato. Formalizados em 1588, estavam longe de seguir os procedimentos de um júri. O prisioneiro não tinha acesso ao conteúdo da acusação contra ele; também não tinha direito à defesa constituída.

No julgamento de Galileo figuravam dez juízes, todos cardeais e todos dominicanos. Um deles era irmão e outro sobrinho do Papa. O julgamento foi conduzido pelo Comissário Geral da Inquisição. O salão onde Galileo foi julgado faz parte, hoje, do prédio dos Correios de Roma, mas podemos ter uma idéia desse ambiente em 1633: uma sala de reuniões fantasmagórica, em um clube para cavalheiros.

Podemos traçar perfeitamente a trajetória que levou Galileo a essa passagem. Iniciou-se naquelas caminhadas através de aléias ajardinadas em companhia do novo Papa em 1624. Estava claro que este não iria permitir a discussão pública das doutrinas de Copérnico. Mas Galileo enveredou por uma via alternativa; no ano seguinte começou a escrever, em italiano, os *Diálogos sobre os Grandes Sistemas do Mundo,* nos quais um interlocutor formulava objeções à teoria, as quais eram respondidas por dois outros, mas muito mais inteligentes e sagazes.

Tal era, até certo ponto, necessário, uma vez que a teoria de Copérnico não podia ser apreendida intuitivamente. Não é de todo claro como poderia a Terra girar em torno do Sol uma vez por ano, e em torno de seu próprio eixo uma vez por dia, sem que tudo em sua superfície fosse arremessado através dos espaços. Também não é fácil conceber como um peso caindo de uma torre pode manter uma trajetória vertical em uma Terra em rotação. As respostas a tais objeções Galileo as deu, por assim dizer, em nome de Copérnico, de há muito desaparecido. De uma coisa jamais nos deveríamos esquecer: Galileo desafiou a santa autoridade defendendo uma teoria que não era sua, mas, sim, de um homem morto há longo tempo, simplesmente porque acreditava na verdade nela contida.

Contudo, a favor de Galileo, notamos que ao longo de todo o seu livro paira aquele sentido científico que já estava evidente na sua juventude, em Pisa, quando, ao contemplar os movimentos

97
Como Papa, Barberini mostrou sua face barroca: descaradamente nepótico, extravagante, dominador, instável em seus planos. *Um dos tetos do Palazzo Barberini, pintado em 1629-33 por Andrea Sacchi. Os temas alegóricos ilustram uma passagem da Sabedoria de Salomão. As tranqüilas servas da Sabedoria estão identificadas pelas constelações. No seio da Sabedoria pode ser distinguida a tímida face do Sol.*

de um pêndulo, acompanhou-os palpando os batimentos de seu próprio pulso. É a percepção de que as leis vigentes aqui na terra se estendem ao universo infinito, atravessando as esferas de cristal. Sua proposição afirma serem de uma só natureza as forças dos céus e da terra; assim, as experiências mecânicas realizadas aqui nos dão informações sobre as estrelas. Ao dirigir seu telescópio para a Lua, para Júpiter e para as manchas solares, destruiu a ideologia clássica baseada na perfeição e imutabilidade dos céus; também estes, à semelhança da Terra, foram colocados à sujeição da lei da transformação.

O livro foi terminado em 1630, mas não foi fácil obter licença para sua publicação. Os censores se mostravam benevolentes, o que de pouco adiantava, uma vez que forças poderosas se opunham ao livro. Entretanto, Galileo acabou conseguindo não menos do que quatro *Imprimatur*, e o livro foi publicado, em Florença, no início de 1632. O sucesso instantâneo da publicação se revelou um desastre instantâneo para Galileo. De Roma veio a ordem: suspendam a impressão. Recolham todas as cópias — que na realidade já haviam se esgotado. Galileo tem de ir a Roma dar conta de seu ato. Nenhuma das desculpas por ele apresentadas foram consideradas relevantes: sua idade (agora perto dos setenta anos), sua enfermidade (que era real), a proteção do Grão-Duque da Toscana, nada adiantou. Ele tem de ir a Roma.

Evidentemente, o Papa se sentia profundamente ofendido com a publicação do livro. Pelo menos uma passagem sobre a qual ele havia insistido particularmente ali estava explícita, mas, no diálogo, defendida por uma personagem irritantemente simplória. A Comissão Preparatória para o julgamento diz isso, preto no

98
Eram dez juízes. Um deles irmão e outro sobrinho do Papa.
Guache de Urbano VIII dando bênçãos. Seu irmão Antonio segura a vela para ele. O terceiro cardeal é seu sobrinho Francesco, o qual se absteve de votar no julgamento de Galileo.

branco: a estipulação por mim citada, tão querida do Papa, foi posta "in bocca di un sciocco" — o defensor da tradição a quem Galileo havia chamado "Simplicius". Pode ser que o Papa tenha tomado Simplicius como uma caricatura de si mesmo; assim sendo, o insulto era direto. Para ele, Galileo havia trapaceado e seus próprios censores o haviam traído.

Desse modo, a 12 de abril de 1633, Galileo foi trazido a essa sala onde, sentado junto a uma mesa, respondeu às perguntas do Inquisidor. As perguntas eram formuladas cortesmente, de acordo com a atmosfera intelectual que reinava na Inquisição — em Latim, na terceira pessoa. Como ele chegou a Roma? É este seu livro? Por que razão o havia escrito? Do que trata o livro? Todas essas perguntas eram esperadas, e Galileo pretendia defender seu livro. Mas, então, eis que surge uma pergunta inesperada.

Inquisidor: Havia ele estado em Roma, precisamente no ano de 1616, e com que propósito?
Galileo: Estive em Roma no ano de 1616 em função do fato de ter ouvido dúvidas expressas a respeito das opiniões de Nicolau Copérnico; assim, pretendia saber que interpretação seria adequada manter-se.
Inquisidor: Deixemos que ele mesmo relate o que foi decidido e lhe foi dado a conhecer nessa ocasião.
Galileo: No mês de fevereiro de 1616, o Cardeal Belarmino me assegurou que aceitar a opinião de Copérnico como um fato provado ia de encontro às Sagradas Escrituras. Portanto, não podia nem ser aceita e nem defendida; mas poderia ser utilizada como hipótese. Como prova disso, tenho um certificado do Cardeal Belarmino, datado de 26 de maio de 1616.
Inquisidor: Haveria algum outro preceito que lhe havia sido esclarecido então?
Galileo: Não me lembro de mais nada que me tenha sido dito ou de mim exigido.
Inquisidor: Se a ele fosse dito que, na presença de testemunhas, lhe foi recomendado não albergar ou defender a dita opinião, ou ensiná-la de qualquer maneira, seria ele capaz de se lembrar?
Galileo: Lembro-me de que a instrução era para que eu nem albergasse nem defendesse a dita opinião. Os outros dois quesitos: nem ensinar e nem considerá-la de nenhuma forma não estão explícitos no certificado no qual baseio minha afirmação.
Inquisidor: Após ter ficado ciente do preceito acima citado, procurou ele obter permissão para escrever o livro?
Galileo: Eu não pedi autorização para escrever este livro, simplesmente porque não me considerava desobedecendo as instruções recebidas.
Inquisidor: Ao solicitar permissão para a impressão do livro, revelou ele a ordem da Sagrada Congregação sobre o que acabamos de falar?
Galileo: Nada disse ao buscar autorização para publicar, uma vez que no livro nem alberguei, nem defendi a dita opinião.

A Escalada do Homem

Galileo possuía um documento no qual estava expressa a proibição dele albergar ou defender a teoria de Copérnico, o que significava, por assim dizer, um fato comprovado. Era uma proibição imposta a todo católico daquele tempo. A Inquisição argumenta haver um documento proibindo a Galileo, e a Galileo somente, ensinar *sob qualquer forma* — isto é, mesmo sob a forma de discussão, especulação ou mera hipótese. A Inquisição não se via na obrigação de apresentar tal documento; isso não fazia parte das regras do julgamento. Entretanto, o documento existe — encontra-se nos Arquivos Secretos, e é manifestamente uma falsificação — ou, mais condescendentemente, um rascunho de anotações sobre um pretenso encontro, o qual foi negado. Não contém a assinatura do Cardeal Belarmino. Não traz assinatura de testemunhas. Não é assinado por escrivão. E, principalmente, não mostra a assinatura de Galileo, como prova dele o ter recebido.

Não nos parece estranho o fato de a Inquisição ter lançado mão de manobras legalistas girando em torno de irrelevâncias como "albergar ou defender", ou "ensinar sob qualquer forma", e, além disso, ter-se escorado em um documento cuja autenticidade seria questionada em qualquer tipo de fórum? Sim, é estranho, mas, na realidade, nada mais se poderia fazer. O livro já havia sido publicado, e com o aval de muitos censores. Consumado como estava, o Papa podia fazer descer sua ira sobre os censores — arruinar, por exemplo, seu próprio Secretário por ter sido favorável a Galileo. Entretanto, para condenar o livro, nesta altura, alguma justificativa pública, e de grande efeito, tinha de ser encontrada. E foi. Permaneceu no Index por cerca de duzentos anos, sob a alegação de: *Atos Faltosos Cometidos por Galileo*. Essa a razão pela qual o julgamento evitou entrar em qualquer tipo de discussão substancial ou sobre o livro ou sobre Copérnico, e se inclinou para a consideração de fórmulas e documentos. Galileo tinha de ser apresentado como um trapaceiro deliberado em relação aos censores, agindo não só de maneira contestatória mas, também, desonesta.

Para nossa surpresa, a corte não se reuniu novamente; o julgamento terminou aí. Isto é, Galileo foi trazido mais duas vezes ao salão, mas apenas para prestar testemunho em sua própria defesa; entretanto, nenhuma outra pergunta lhe foi dirigida. O veredito foi lavrado em uma sessão da Congregação do Santo Ofício presidida pelo Papa. O cientista dissidente tinha de ser humilhado;

99
Nos jardins, o otimista Galileo entreteve seis conversas com o Papa recém-eleito. *Mural representando um passeio de um Cardeal junto à Fonte de Tritão, construída por Bernini. O Cardeal lê uma passagem do Texto Sagrado para um acadêmico penitente. Este mural, em uma residência particular em Roma, deve datar de um período entre 1620 e 1630, quando o resultado da defesa de Galileo da teoria de Copérnico ainda não era conhecido.*

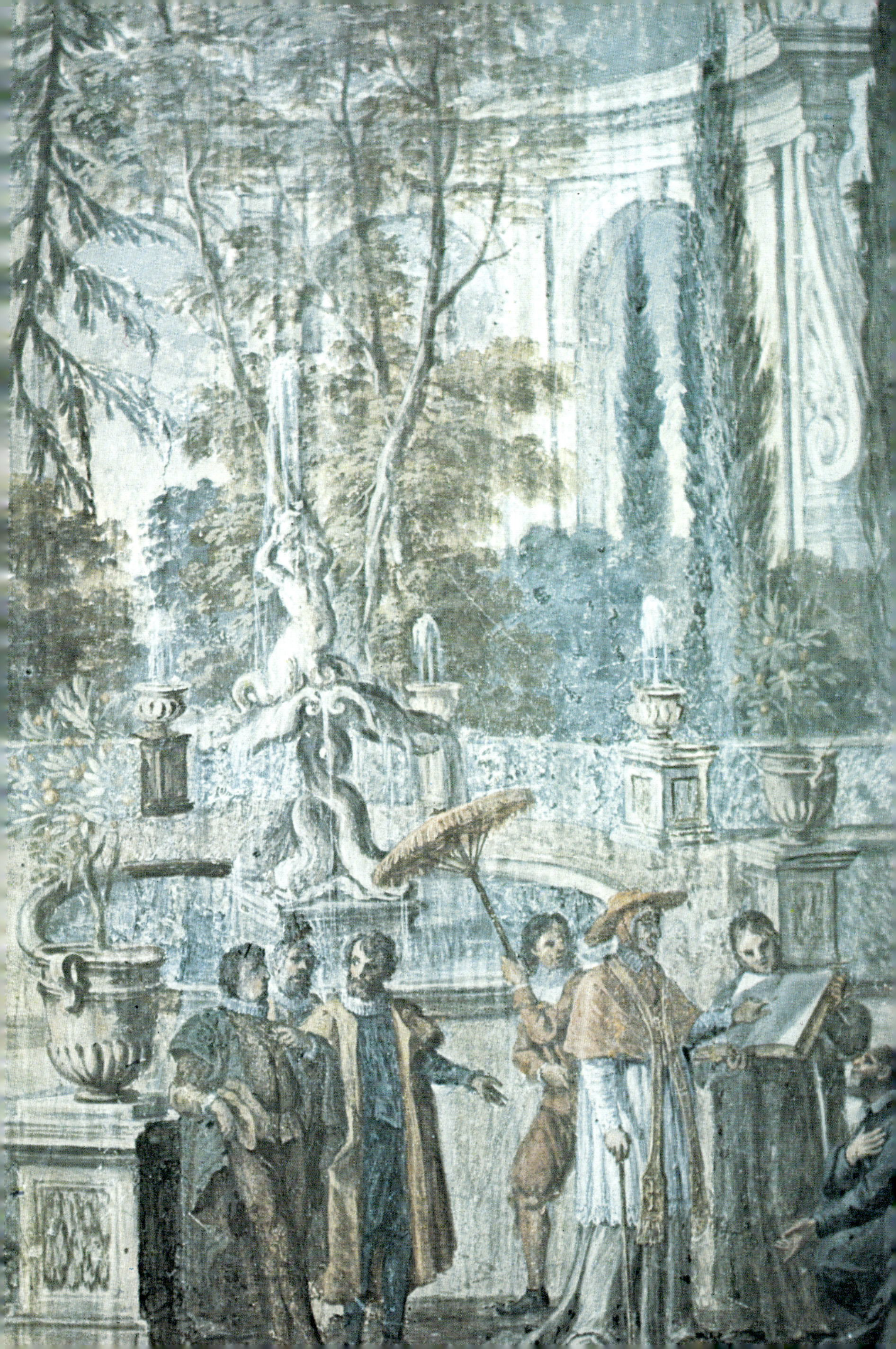

não só em ação mas, também, em intenção. Galileo tinha de se retratar; a ele deviam ser mostrados os instrumentos de tortura como se a intenção fosse a de usá-los.

O significado de um tal tratamento para um homem que havia iniciado sua carreira como médico pode ser aquilatado pelo testemunho de um contemporâneo que, tendo sido submetido ao mesmo, sobreviveu. Trata-se de William Lithgow, um inglês torturado pela Inquisição Espanhola.

Fui trazido para uma plataforma de madeira e colocado sobre a mesma. Esta era formada pela justaposição de três pranchas maciças, nos vãos entre as quais minhas pernas foram presas, sendo os tornozelos atados por meio de cordas. Ao girarem as alavancas, a força exercida sobre meus joelhos contra as duas pranchas acabou arrebentando todos os ligamentos de minhas pernas, ao mesmo tempo que minhas rótulas eram esmagadas. Meus olhos se esbugalharam, minha boca espumava e exsudava, meus dentes batiam como baquetas rufando sobre tambores. Meus lábios tremiam, meus gemidos eram veementes, e sangue brotava de meus braços, dos tendões arrebentados das mãos e dos joelhos. Ao ser aliviado dessa dor cruciante, fui depositado no solo, sem que cessasse a constante injunção: "Confesse! Confesse!".

Galileo não foi torturado; apenas foi ameaçado, por duas vezes. Sua imaginação podia se encarregar do resto. Tal era o objetivo do julgamento, mostrar a homens de imaginação que eles não eram imunes ao processo primário, irreversível, do medo puramente animal. Mas ele já havia concordado em se retratar.

Eu, Galileo Galilei, filho do falecido Vicenzo Galilei, florentino, com setenta anos de idade, arrolado pessoalmente diante deste tribunal, de joelhos perante os mais Eminentes e Reverendos Senhores Cardeais, Inquisidores Gerais contra a depravação herética por toda a República Cristã, tendo diante de meus olhos e tocando com minhas mãos os Santos Evangelhos, juro ter sempre acreditado, acreditando agora, e com a ajuda de Deus irei acreditar no futuro, em tudo o que é admitido, pregado e ensinado pela Santa Igreja Católica Apostólica Romana. Entretanto, uma vez que uma injunção foi judicialmente sentenciada à minha pessoa por este Santo Ofício, no sentido de que eu deva, de uma vez por todas, abandonar a opinião falsa de que o Sol seja o centro do mundo e imóvel, e de que a Terra não seja o centro do mundo e se mova, e de não poder sustentar, defender ou ensinar, sob qualquer forma que seja, verbalmente ou por escrito, a dita doutrina e, ainda, que eu, mesmo após ter sido notificado de ser a dita doutrina contrária às Santas Escrituras, tenha escrito e feito publicar um livro no qual essa doutrina, de antemão condenada, é, não só discutida, como, também, fortalecida com argumentos de grande coerência em favor da mesma, sem, no entanto, apresentar nenhuma solução para os mesmos; e, assim, por esta causa eu tenha sido pronunciado pelo Santo Ofício como altamente suspeito de heresia, isto é, de ter sustentado e acreditado ser o Sol o centro do mundo e imóvel, e não ser a Terra o centro e se mover.

100
O julgamento evitou entrar para considerações importantes, tanto sobre o livro como sobre Copérnico, inclinando-se a manipular fórmulas e documentos.
O documento no qual a Inquisição baseou sua acusação contra Galileo. Pretensamente registra uma proibição imposta a Galileo aos 26 de fevereiro de 1616 na presença do Cardeal Belarmino e outras testemunhas, mas não está assinado por eles. Galileo exibiu uma carta bem mais liberal, escrita e assinada por Belarmino em 26 de maio de 1616.

O Mensageiro Sideral

Portanto, desejoso de remover das mentes de Vossas Eminências, e de todos os fiéis cristãos, esta forte suspeita, razoavelmente concebida contra mim, com sinceridade no coração e inquebrantável fé eu abjuro, rejeito e detesto os erros e heresias acima mencionados e, de modo geral, qualquer outro erro ou seita de qualquer espécie contrários aos ditames da Santa Igreja; e juro nunca mais dizer ou inferir, verbalmente ou por escrito, qualquer coisa que dê ensejo para que novamente se levante tal suspeita em relação a mim; e, além disso, se vier a tomar conhecimento de algum herege, ou pessoa suspeita de heresia, eu a denunciarei ao Santo Ofício, ou ao Inquisidor ordinário do lugar onde quer que me encontre. Da mesma forma juro, e prometo observar e cumprir todas as penitências que foram ou serão impostas à minha pessoa pelo Santo Ofício. E, na eventualidade de eu vir a desobedecer (que Deus não mo permita!) a qualquer uma dessas promessas, protestos e juramentos, submeto-me a todas as dores e penalidades impostas e promulgadas nos cânones sagrados e outras constituições, gerais e particulares, contra tais delinqüentes. Assim, valha-me Deus, e estes seus sagrados mandamentos que toco com minhas mãos.

Eu, o dito Galileo Galilei, tendo abjurado, jurado, prometido e me submetido na forma acima exposta; e, em testemunho da verdade, tenho por bem, com minhas próprias mãos, subscrever o presente documento de minha abjuração, e lê-lo em voz alta, palavra por palavra, em Roma, no Convento de Minerva, neste vigésimo-segundo dia de junho de 1633.

Eu, Galileo Galilei abjurei da forma acima exposta com minhas próprias mãos.

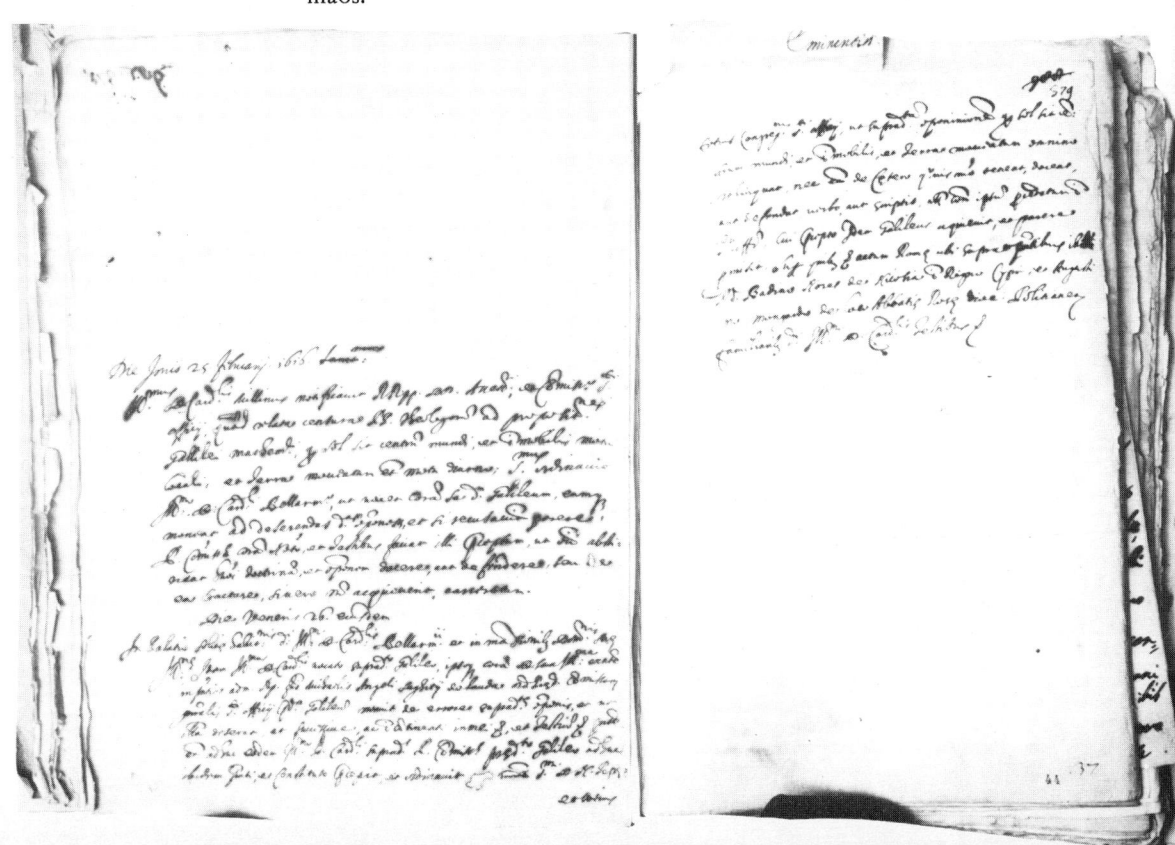

Galileo foi confinado pelo resto da vida em sua vila em Arcetri, perto de Florença, sob estrita prisão domiciliar. O Papa permaneceu implacável. Absolutamente nada devia ser publicado. A doutrina proibida não podia ser discutida. Galileo não poderia sequer falar com protestantes. O resultado disso foi o silêncio entre os cientistas católicos daí por diante. O mais importante contemporâneo de Galileo, René Descartes, interrompeu suas publicações na França e, finalmente, transferiu-se para a Suécia.

Galileo havia decidido realizar uma coisa. Escreveria o livro que o julgamento havia interrompido: o livro versando sobre *Novas Ciências,* as quais eram entendidas por ele como a física, não das estrelas, mas interessando a matéria aqui da terra. O livro foi terminado em 1636, isto é, três anos após o julgamento, por um ancião de setenta e dois anos. Evidentemente não teria conseguido publicá-lo, não fossem os préstimos de alguns holandeses de Leyden, que o imprimiram dois anos mais tarde. Nessa época Galileo já estava completamente cego. Em um relato sobre si mesmo:

Ai de mim!... Galileo, seu devoto amigo e servo, há um mês se encontra total e incuravelmente cego; de maneira que este céu, esta terra, este universo, os quais através de minhas notáveis observações e claras demonstrações foram expandidos uma centena, ou melhor, um milhar de vezes além dos limites universalmente admitidos pelos sábios de todas as eras precedentes, se encontram, agora, para mim, confinados aos limites de minhas próprias sensações corporais.

Entre aqueles que visitaram Galileo em Arcetri figurava o jovem poeta inglês John Milton, preparando um poema épico que seria o trabalho de sua vida. Ironicamente, quando Milton se entregou à composição de seu grande poema, trinta anos mais tarde, ele também estava completamente cego, e dependente de seus filhos para terminá-lo.

No fim de sua vida, Milton se identificou a Sansão, Sansão entre os filisteus,

> Cego em Gaza, junto ao Mó com escravos,

os quais destruíram o império filisteu no momento de sua morte. Tal foi o destino de Galileo, contra sua própria vontade. A conseqüência do julgamento e da prisão foi a de terminar, definitivamente, a tradição científica do Mediterrâneo. Daqui para a frente, a Revolução Científica se transfere para o Norte da Europa. Ao morrer em 1642, Galileo ainda era mantido prisioneiro em sua própria casa. No dia de Natal do mesmo ano, na Inglaterra, nascia Isaac Newton.

101
"O Universo se encontra agora, para mim, confinado aos limites de minhas próprias sensações corporais."
A Terra vista da Lua.

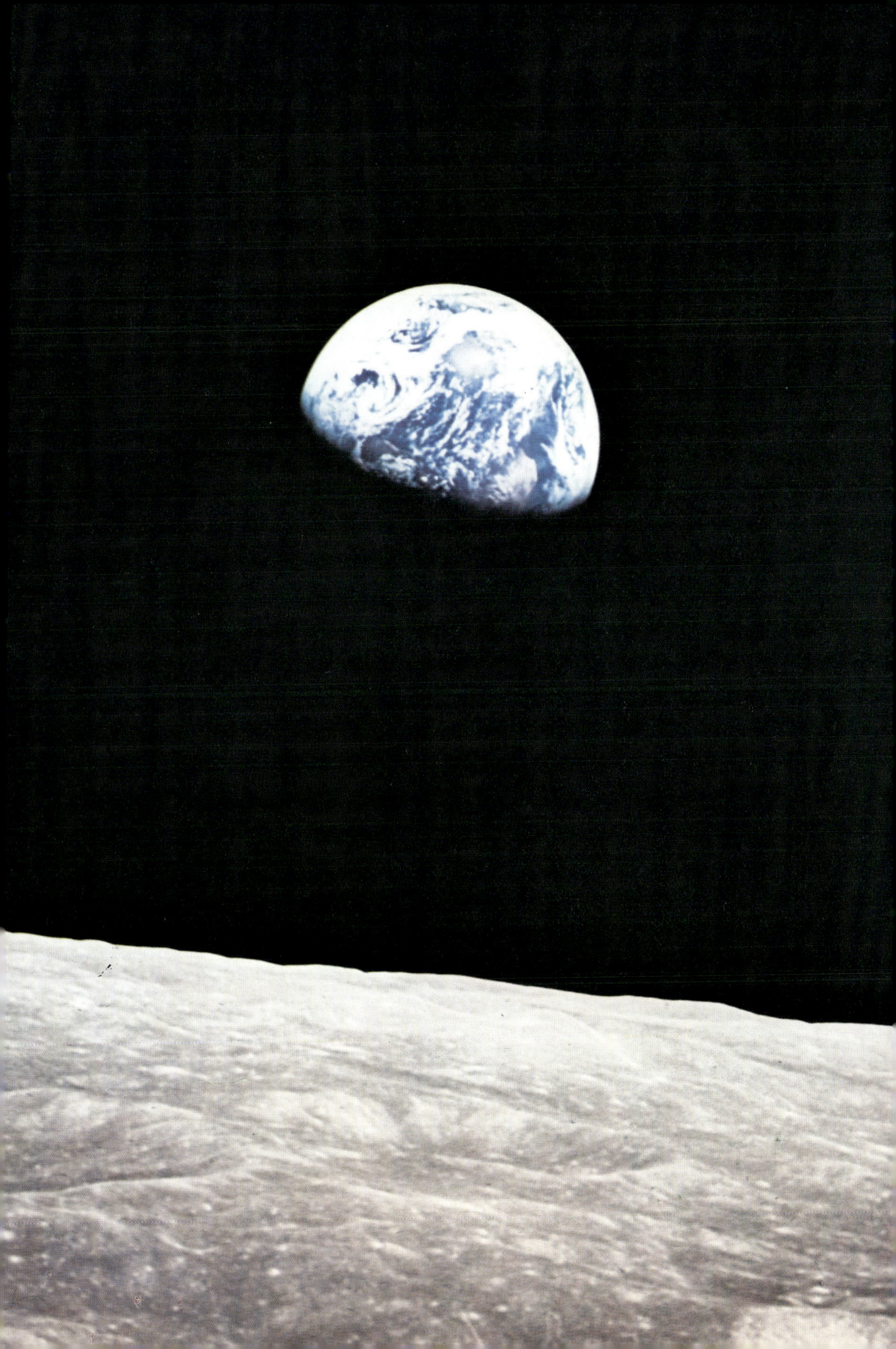

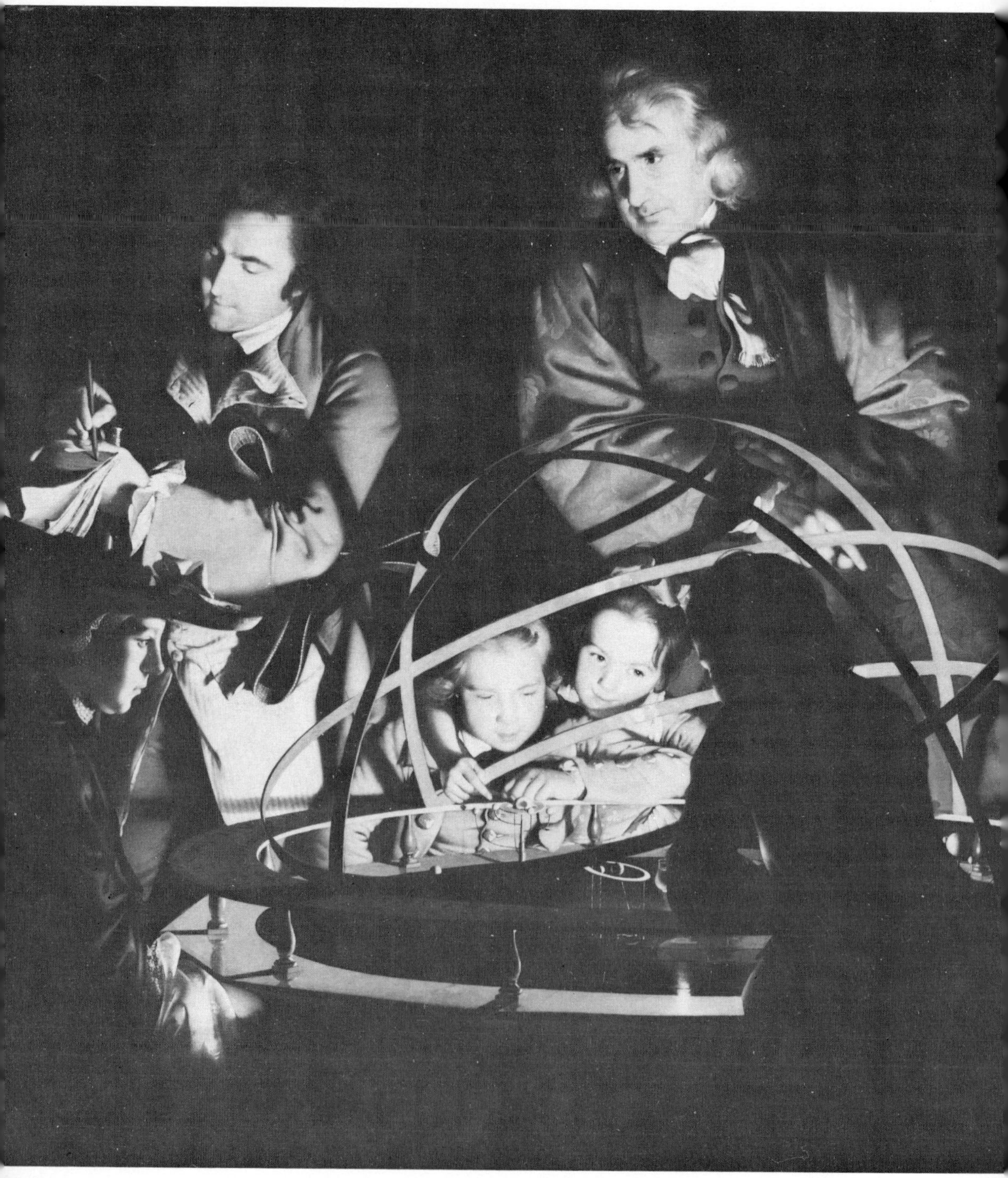

7 O RELÓGIO MAJESTOSO

Ao escrever as páginas introdutórias de seu *Diálogos sobre os Grandes Sistemas do Mundo,* em 1630, Galileo chamou a atenção, em duas oportunidades, para o perigo que a ciência (e o comércio) italianos corriam de serem superados por seus concorrentes do Norte. Sua profecia foi absolutamente verdadeira. O homem a quem dava atenção particular era Johannes Kepler, o astrônomo, que chegou a Praga em 1600, aos vinte e oito anos, e aí viveu seus anos mais produtivos. Suas três leis transformaram a descrição geral do Sol e dos planetas de Copérnico em uma formulação matemática precisa.

Em primeiro lugar, Kepler mostra que a órbita de um planeta é apenas aproximadamente circular; trata-se de uma elipse na qual o Sol se encontra ligeiramente excêntrico em um dos focos. Em segundo lugar, um planeta não se movimenta em velocidade constante; o que é constante é a velocidade com que a linha unindo o planeta ao Sol varre a área existente entre sua órbita e a do Sol. E, em terceiro lugar, o tempo gasto por um determinado planeta para percorrer sua própria órbita — seu ano — aumenta com a sua distância (média) do Sol, de maneira bastante precisa.

Esse era o estado de coisas por ocasião do nascimento de Isaac Newton em 1642, no dia de Natal. Kepler havia falecido há doze anos e Galileo no ano presente. Não só a astronomia, mas a ciência permanecia no limbo: esperava-se uma nova mente capaz de divisar o degrau fundamental entre o trabalho pioneiro das descrições do passado e o dinamismo das explanações causais do futuro.

Por volta do ano 1650, o centro de gravidade do mundo civilizado havia-se transferido da Itália para a Europa do Norte. A causa óbvia podia ser encontrada na mudança das rotas comerciais do mundo de então, acarretada pelo descobrimento e exploração da América. O Mediterrâneo já havia deixado de ser o que seu nome implica, o meio caminho do mundo. O meio caminho se deslocou para o Norte, como Galileo previra, às margens do Atlântico. Acompanhando a nova forma de comércio, surgiu uma nova visão política, enquanto a Itália e o Mediterrâneo permaneceram presos às suas aristocracias.

Idéias novas e novos princípios agora se desenvolviam nas nações entregues ao mercantilismo marítimo: a Inglaterra e a Holanda. A Inglaterra ia-se tornando republicana e puritana. Os

102
Novas idéias e novos princípios agora começam a se impor.
"The Orrery" por Joseph Wright de Derby.

holandeses surgiram no Mar do Norte a fim de drenarem as terras baixas da Inglaterra; pântanos foram transformados em terra firme. Um espírito de independência tomava corpo nas planícies e na neblina de Lincolnshire, onde Oliver Cromwell recrutou seus *Ironsides*. Em 1650 a Inglaterra era uma república que havia cortado a cabeça de seu monarca.

O nascimento de Newton teve lugar na casa de sua mãe, em Woolsthorpe; seu pai havia morrido alguns meses antes. Dentro de pouco tempo sua mãe voltou a se casar e o pequeno foi entregue aos cuidados de uma das avós. Ele não era exatamente uma criança sem lar, mas não tinha a segurança que os pais dão. Por toda a sua vida deixa a impressão de alguém que nunca foi amado. Não se casou; parece nunca ter conseguido demonstrar o entusiasmo que torna o sucesso um resultado natural do pensamento, que se elabora em contato com outras pessoas. Pelo contrário, as conquistas de Newton foram todas solitárias, e ele sempre teve medo que outros lhas roubassem como (talvez pensasse ele) tinham-lhe roubado a mãe. De sua vida, enquanto freqüentou a escola primária e os primeiros anos da universidade, quase nada se sabe.

Os dois anos que se seguiram à graduação de Newton foram os anos da Peste, 1665 e 1666; a universidade estando fechada, ele permaneceu em casa. Sua mãe perdeu o segundo marido e estava de volta a Woolsthorpe. Neste local, descobriu sua mina de ouro: a matemática. Agora que seus cadernos de anotações foram lidos, pode-se constatar que Newton não recebeu um bom ensino inicial e teve que aprender sozinho a maior parte da matemática. Daí, partiu para descobertas originais. Inventou os *fluxions*, que hoje conhecemos por cálculo. Newton manteve os *fluxions* como arma secreta; suas descobertas eram alcançadas graças à utilização deles, mas os resultados eram transcritos em matemática convencional.

Neste mesmo local Newton concebeu a idéia da gravitação universal, testando-a imediatamente no cálculo do movimento da Lua em torno da Terra. A Lua representava um símbolo poderoso para ele. Se ela segue sua órbita devido à atração que a Terra exerce sobre ela, então a Lua é como uma bola (ou uma maçã) atirada com muita força – embora tenda a cair em direção à Terra, vai tão rápido que constantemente perde o alvo – movimenta-se em círculos porque a Terra é redonda. Qual deve ser a magnitude da força de atração?

103
1665 e 1666 foram os anos da Peste, e, a Universidade estando fechada, Newton permaneceu em casa.
A casa em Woolsthorpe. Desenho do começo do século XVIII, feito por William Stukeley, da casa da mãe de Newton.

> Deduzi serem as forças que mantêm os planetas em suas órbitas a recíproca do quadrado das distâncias entre os centros em torno dos quais eles giram; assim, comparei a força requerida para manter a Lua em sua órbita com a força da gravidade na superfície da Terra; encontrei-as quase coincidentes.

A subestima de seus próprios dados é uma das características de Newton; seus primeiros cálculos aproximados, na realidade, forneceram valores praticamente exatos do período lunar, isto é, 27¼ dias.

Quando os dados se encaixam com tal perfeição, fica-se sabendo, à semelhança do que ocorreu com Pitágoras, que um segredo na natureza foi desvendado e está seguro, ao alcance das mãos. Uma lei universal rege o majestoso relógio do céu, no qual o movimento da Lua é um evento harmonioso. É como se a chave correta tivesse sido introduzida na fechadura e, ao ser girada, a natureza despejasse em números a confirmação de sua estrutura. Entretanto, sendo Newton quem era, esses dados não foram publicados.

De volta a Cambridge, em 1667, Newton foi nomeado *fellow* do Trinity College. Dois anos depois o seu professor se demitiu da cadeira de matemática. Pode ser que isso não tenha sido feito explicitamente em favor de Newton, como se pensava, mas o resultado foi o mesmo — Newton ocupou esse lugar. Contava, então, vinte e seis anos.

A primeira publicação de Newton foi sobre óptica. Esta foi concebida, como todas as suas grandes idéias, "nos anos da Peste de 1665 e 1666, porque, nesses dias, eu estava no vigor de minha capacidade de invenção". Quando a Peste abrandou, Newton, durante um curto espaço de tempo, deixou sua casa para viver no Trinity College, em Cambridge.

De certa forma parece-nos insólito o fato do mestre da explanação do universo material iniciar sua carreira com um trabalho sobre a luz. Entretanto, duas razões o justificam. Em primeiro lugar, não esqueçamos estarmos em um mundo dominado pela vida no mar, no qual todas as mentes brilhantes da Inglaterra se ocupavam com os problemas suscitados pela navegação marítima. Homens como Newton não se interessariam por pesquisa técnica, naturalmente; essa seria uma maneira muito ingênua de explicar seu interesse pelo assunto. Homens como esses acabam se envolvendo em assuntos sobre os quais os grandes mestres discutem — aliás, como sempre tem acontecido com os jovens de todos os tempos. O telescópio se constituía em problema importante naquele tempo; assim, ao polir as lentes para a construção de seu próprio telescópio, Newton tomou consciência do problema das cores na luz branca.

Mas, é claro que, subjacente a essa, vamos encontrar outra razão muito mais fundamental. Os problemas físicos sempre resultam de interações de energia e matéria. A luz nos permite ver a matéria; e tomamos conhecimento da luz porque ela é interceptada por matéria. Esse pensamento constitui o mundo de todo grande físico, pois eles sabem ser impossível aprofundar o conhecimento de uma, isoladamente da outra.

Em 1666 Newton começou a pensar sobre a causa das franjas coloridas nas bordas das lentes, analisando esse efeito através de simulações com o auxílio de prismas. Toda borda de lente constitui um pequeno prisma, e o fato deste dispositivo fornecer luz colorida já era conhecido, pelo menos, desde os tempos de Aristóteles. Igualmente velha era a explicação disponível para o fenômeno, uma vez que a qualidade da luz não era analisada. Assim, aceitava-se que a luz branca, ao atravessar vidros de espessuras crescentes, produzia em suas bordas afiladas, devido também a um processo de escurecimento progressivo, luzes de cores vermelha, verde, azul, e assim por diante. Ingenuidade simplesmente maravilhosa, posto que, nada explicando, soa plausível. Contudo, permanecia inexplicado um fato óbvio, para o qual Newton já havia chamado a atenção, fato que se revelou completamente no momento em que ele, restringindo um feixe de luz solar com o auxílio de um anteparo portador de um orifício, fez com que esse feixe atravessasse seu prisma. O resultado foi o seguinte: a luz solar incidente segundo uma configuração circular, emerge numa forma alongada. Ora, que o espectro se apresentava

104
Newton em Cambridge.
Retrato de Isaac Newton com sua cabeleira natural, pintado em Cambridge por Godfrey Kneller em 1689.

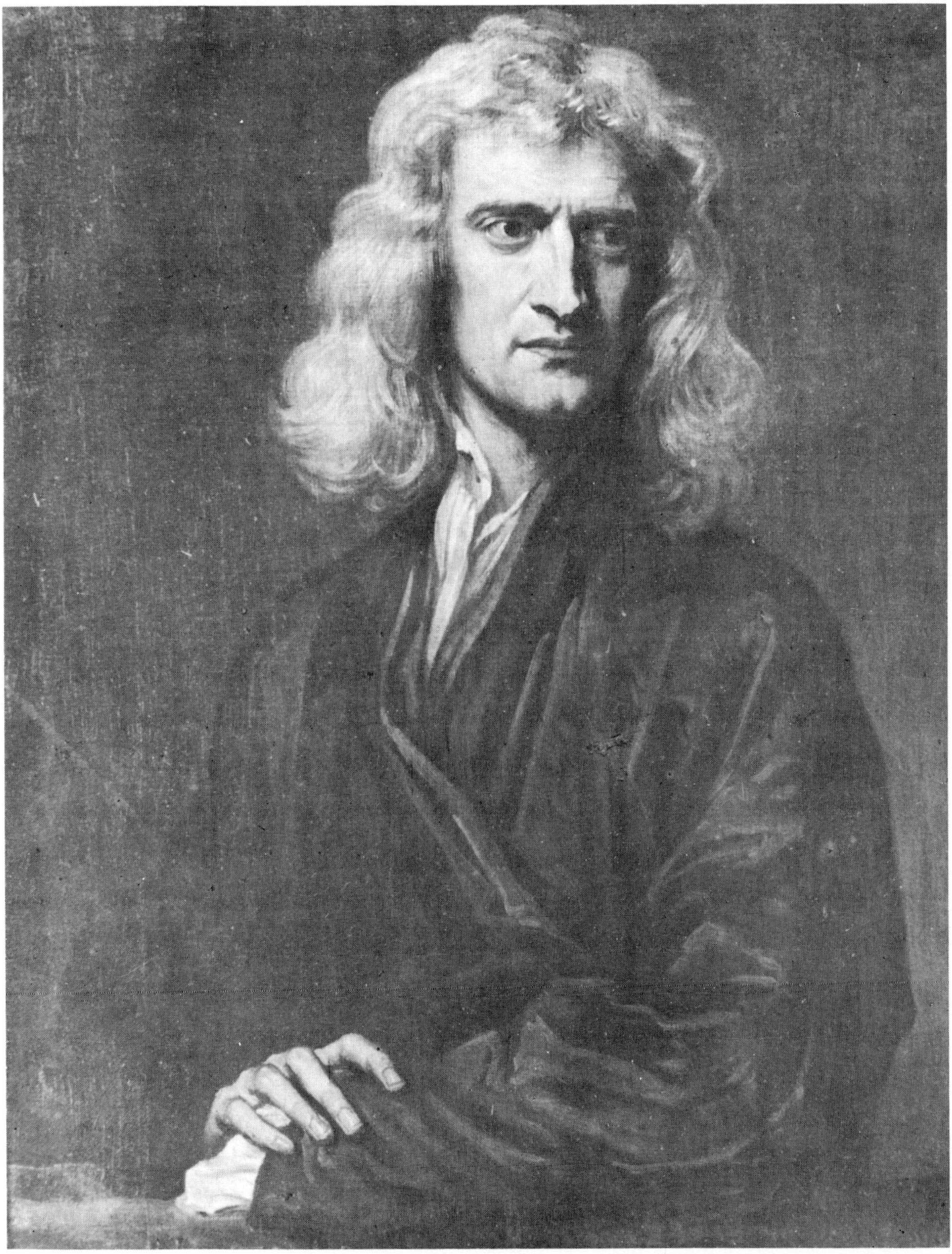

alongado era sabido há pelo menos um milhar de anos, a qualquer um que se tivesse dado ao trabalho de observá-lo. Acontece, entretanto, que é preciso aparecer uma mente poderosa como a de Newton que se disponha a quebrar a cabeça na tentativa de explicar o óbvio. E o óbvio, segundo ele mostrou, é que a luz não se modifica e sim que a luz pode ser fisicamente separada.

Essa idéia foi fundamentalmente original na explanação científica, sendo praticamente inacessível aos seus contemporâneos. Assim sendo, a começar por Robert Hooke, praticamente físicos de todas as tendências reuniram argumentos contra a nova concepção. Essa polêmica estendeu-se a tal ponto, que Newton assim expressou seu aborrecimento em uma carta dirigida a Leibniz:

Eu fui de tal forma perseguido por discussões suscitadas pela publicação de minha teoria sobre a luz, que não posso senão culpar minha própria imprudência em abandonar uma bênção tão substancial como a minha quietude, em troca de uma corrida no encalço de uma sombra.

A partir dessa época, ele passou a recusar terminantemente toda forma de debate — mormente com argumentadores como Hooke. Seu livro sobre óptica só foi publicado em 1704, um ano após a morte de Hooke, e avisou o presidente da *Royal Society:*

É minha intenção não atender a solicitações de nenhuma espécie sobre questões de Filosofia; assim, espero que você não leve a mal o fato de eu não me afastar nunca dessa resolução.

Mas, melhor seria começar pelo começo e, portanto, deixar que Newton se expresse com suas próprias palavras. No ano de 1666

obtive um prisma triangular de vidro, a fim de com ele tentar reproduzir *os Fenômenos das Cores.* De modo a poder realizar o experimento, havia escurecido meu quarto, feito em uma das folhas da janela um pequeno orifício que deixasse passar uma quantidade conveniente de raios do Sol, colocando o prisma na entrada da luz, de forma que esta pudesse ser refratada na parede oposta. Inicialmente, esse arranjo propiciou-me um divertimento agradável, dado pela contemplação das cores vivas e intensas produzidas dessa forma; mas, depois de um certo tempo, forçando-me a examiná-las mais seriamente, notei, para minha surpresa, uma forma *oblonga* na disposição das cores. Entretanto, se fôssemos interpretar o fenômeno de acordo com as leis aceitas da Refração, a forma obtida tinha de ser *circular.*

Além disso eu vi... que a luz na extremidade de uma das bordas da Imagem sofria Refração de maior magnitude do que na outra extremidade. Assim, a verdadeira causa da extinção daquela Imagem não podia ser outra senão a da existência de *Raios de Luz diferentemente refratáveis,* os quais, independentemente de qualquer diferença em suas respectivas incidências, eram, de acordo com seus graus de refratabilidade, transmitidos a diferentes partes da parede.

O alongamento do espectro estava explicado; era causado pela separação e divergência dos raios luminosos componentes das diferentes cores.

Então coloquei um outro Prisma... de modo que a luz... pudesse passar através dele também, e ser refratada uma vez mais, antes de atingir a parede. Feito isto, tomando o primeiro Prisma em minha mão, imprimi a ele movimentos lentos, alternados, em torno de seu *Eixo*, de maneira a permitir que as diferentes partes da Imagem... sucessivamente passassem através dele... e eu pudesse observar em que lugares na parede o segundo Prisma as refratava.

Quando qualquer tipo de Raio podia ser nitidamente separado dos outros, sua cor era obstinadamente mantida, a despeito de tudo que eu tentasse fazer no sentido de alterá-la.

Essa demonstração arruinava a concepção tradicional; assim, fosse a luz modificada pelo vidro, o segundo prisma deveria produzir novas cores, por exemplo, transformar vermelho em verde ou azul. Newton o chamou de experimento crítico; uma vez que as cores são separadas pela refração, não podem mais ser alteradas.

Eu a refratei com auxílio de Prismas, e a refleti usando corpos que, à luz do di , se apresentavam de outras cores; intercaptei-a com o filme colorido de Ar retido entre duas placas de vidro; fi-la transmitir através de Meios coloridos, e através de Meios irradiados com outros tipos de Raios, e várias outras manipulações até desistir. Nenhuma dessas manobras foi capaz de alterar a cor originalmente escolhida.

Mas a composição mais surpreendente e maravilhosa foi a da *Brancura*. Não há nenhum tipo de Raio que, isoladamente, possa exibi-la. Ela é sempre composta e, para se manifestar, é preciso que se componham todas as assim chamadas Cores primárias, misturadas em proporções adequadas. Com freqüência pude contemplar, em estado de admiração, que fazendo-se convergir todas as Cores produzidas pelo Prisma, recombinando-as portanto, reproduzia-se luz, inteira e completamente branca.

Assim, do acima exposto, resulta que a *Brancura* é a cor ordinária da *Luz;* porque Luz é um agregado confuso de toda sorte de Raios de diferentes Cores, adquiridas na medida em que são indiscriminadamente emitidos a partir das diferentes partes de corpos luminosos.

Essa carta foi dirigida à *Royal Society,* logo após Newton ter sido eleito um de seus membros, em 1672. Ele havia-se revelado um novo tipo de experimentador, que sabia como formular uma teoria e testá-la exaustivamente contra alternativas possíveis. Tal conquista lhe era cara, motivo especial de orgulho.

A Escalada do Homem

Um naturalista dificilmente esperaria ver a ciência dessas cores ser formulada matematicamente, mas, no entanto, eu arriscaria afirmar que ela é portadora de tanta certeza quanto se pode encontrar em qualquer outra parte da Óptica.

O renome de Newton ia-se afirmando, tanto em Londres como na Universidade; uma consciência da cor parece tomar conta daquele mundo metropolitano, como se o espectro tivesse espalhado suas luzes pelas sedas e especiarias trazidas à capital pelos mercadores.

A paleta dos pintores se enriquece, surge uma preferência pelos objetos vivamente coloridos do Oriente, e o emprego de muitas palavras designando cores tornou-se comum. Isto se mostra claramente na poesia da época. Alexandre Pope, que contava dezesseis anos quando Newton publicou sua *Opticks,* era poeta muito menos sensual do que Shakespeare, contudo, aquele usa de três a quatro vezes mais palavras para designar cores do que este, e em uma freqüência dez vezes maior. Como exemplo, vejamos a descrição de Pope dos peixes do Tâmisa,

> A Perca de olhos brilhantes e nadadeiras de púrpura de Tiro,
> A Enguia prateada rolando em espumas brilhantes,
> A Carpa amarela, com escamas salpicadas de ouro,
> Céleres Trutas, decorando o quadro com seus matizes de carmesim.

que seria inexplicável, a não ser como um exercício sobre as cores.

Ser famoso na metrópole significava, inevitavelmente, novas controvérsias. Os resultados confidenciados a cientistas londrinos

105 No Pátio de Neville a grande biblioteca Wren estava sendo construída. *Desenho de Wren da biblioteca do Trinity College.*

O Relógio Majestoso

através de cartas alcançavam grande circulação. Foi assim que começou, depois de 1676, uma longa e amarga disputa com Gottfried Wilhelm Leibniz sobre quem teria a prioridade na invenção do cálculo diferencial. Newton não queria acreditar que Leibniz, também grande matemático, pudesse ter concebido sozinho esse cálculo.

Newton pensou em se aposentar definitivamente da vida científica, retirando-se para seu mosteiro em Trinity. O Great Court era suficientemente espaçoso e confortável para um *scholar* abastado; ele dispunha de seu pequeno laboratório e de um jardim privativo. A grande biblioteca de Wren estava sendo construída em Neville. Newton contribuiu com quarenta libras. Parecia que ele encarava a possibilidade de levar uma vida acadêmica exclusivamente voltada para estudos de interesse particular. Entretanto, a sua importância era de tal ordem que, diante de uma recusa de marcar presença entre os cientistas de Londres, estes iam até Cambridge apresentar-lhe suas idéias.

Newton concebeu a idéia da gravitação universal durante o ano da Peste de 1666, e usou-a com grande sucesso na explicação do movimento da Lua em torno da Terra. Parece extraordinário que durante os quase vinte anos que se seguiram ele não tivesse feito praticamente nenhuma tentativa para publicar qualquer coisa sobre o problema maior a respeito do movimento da Terra em torno do Sol. As razões desse bloqueio não são claras, mas os fatos são cristalinos. No ano de 1684 surgiu em Londres uma

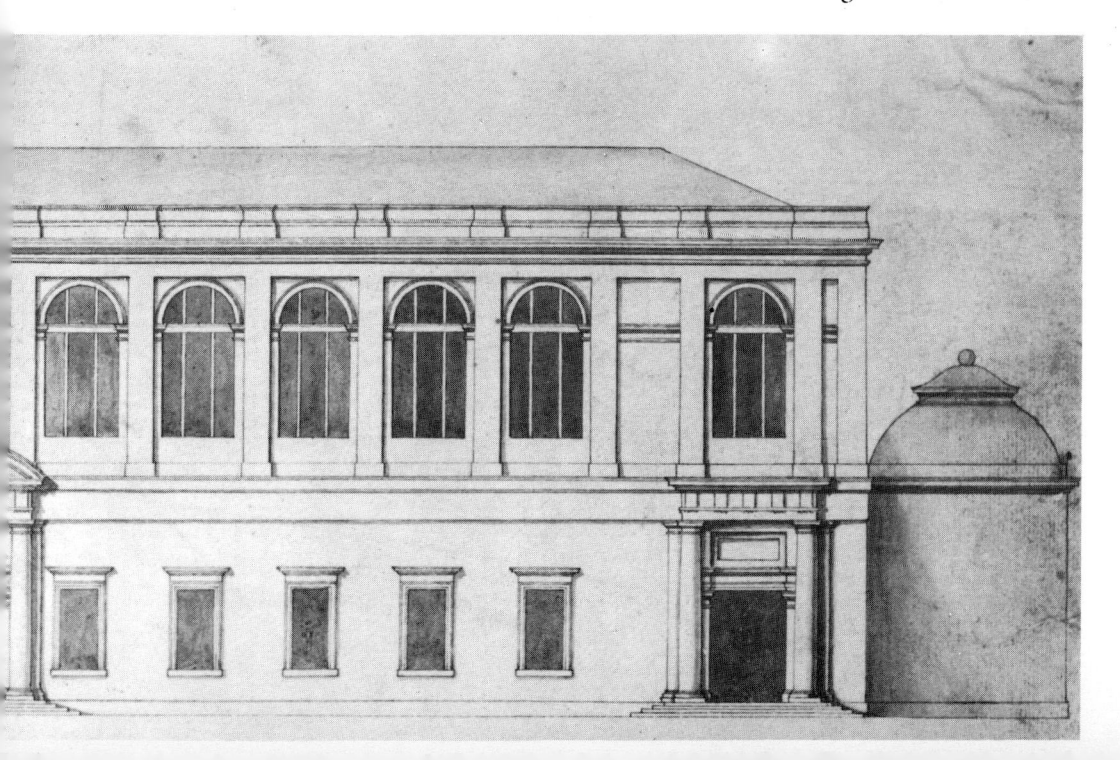

"Obtive um prisma triangular de vidro." *Cinco dos experimentos ópticos de Newton, de 1672:* "Coloquei meu Prisma à entrada da luz, de tal forma que ela pudesse ser refratada na parede oposta."

"Então coloquei um outro Prisma... de modo que a luz... pudesse passar através dele também, e ser refratada uma vez mais, antes de atingir a parede. Feito isto, tomando o primeiro Prisma em minha mão, imprimi a ele movimentos lentos, alternados, em torno de seu *Eixo,* de maneira a permitir que as diferentes partes da Imagem... sucessivamente passassem através dele... e eu pudesse observar em que lugares na parede o segundo Prisma as refratava."

"Quando qualquer tipo de Raio podia ser nitidamente separado dos outros, sua cor era obstinadamente mantida."

"Tenho transmitido [luz] através de Meios coloridos e extinguido das mais diferentes maneiras; mesmo assim jamais consegui obter nenhuma outra cor a partir dela."

"Com freqüência pude contemplar, em estado de admiração, que fazendo-se convergir todas as Cores produzidas pelo Prisma, recombinando-as portanto, reproduzia-se luz, inteira e completamente branca."

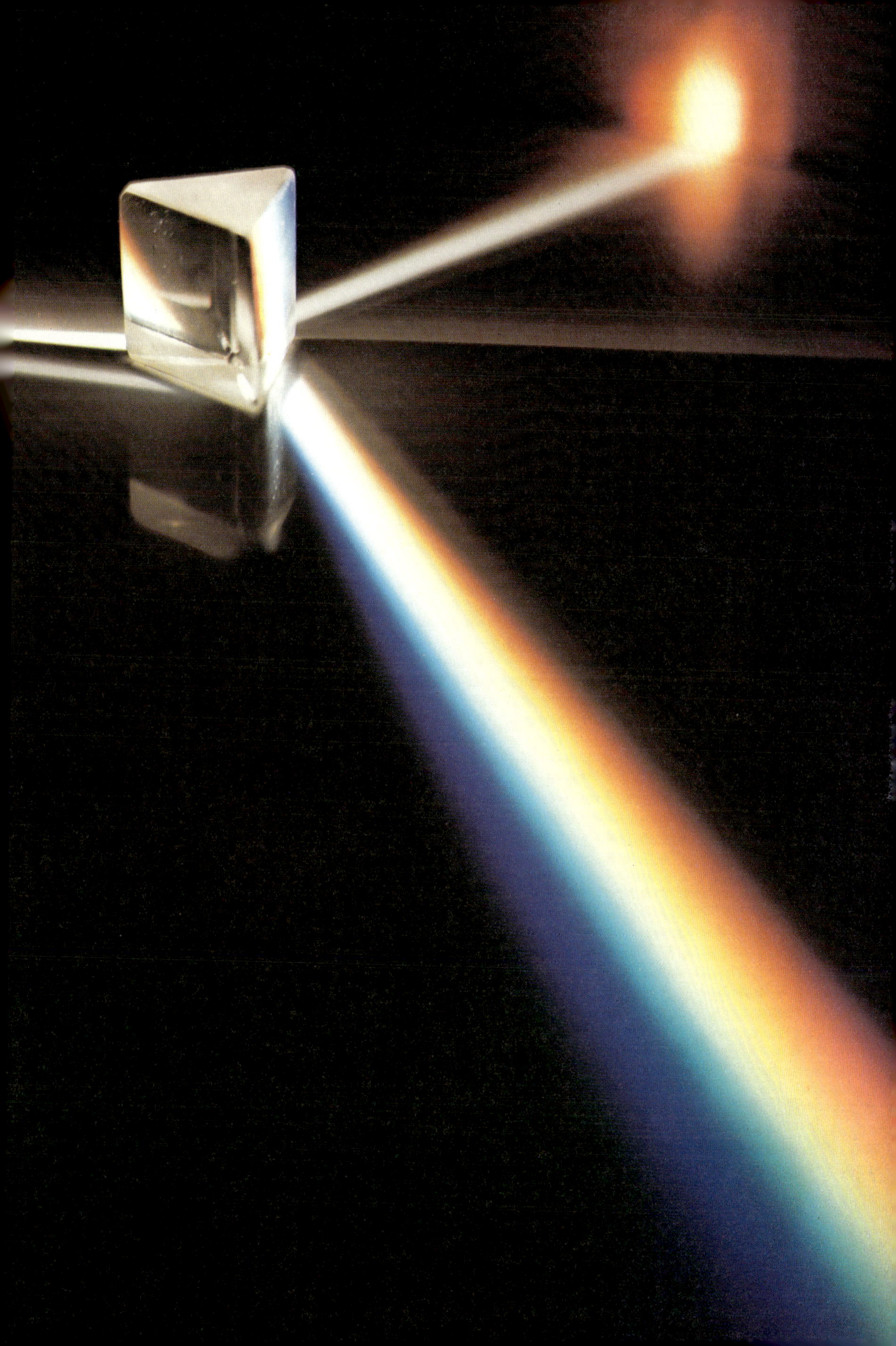

107
Newton na Casa da Moeda.
Retrato de Newton usando peruca longa, de maneira que assim o viu Godfrey Kneller em 1702.

108
Newton levou três anos, de 1684 a 1687, para escrever a demonstração completa. Halley animou, incentivou e até mesmo financiou os *Principia*.
Carta de Halley a Isaac Newton quando este ameaçou abandonar o livro, vendo-se coagido a reconhecer algum mérito em Robert Hooke, escrita em 29 de junho de 1686.
"Senhor, eu volto a lhe implorar que não deixe se tomar tão fortemente de ressentimentos a ponto de nos privar do seu terceiro livro. Com sua aprovação quanto aos tipos e o papel, eu passarei a pressionar vigorosamente para o termos editado."

controvérsia envolvendo Sir Christopher Wren, Robert Hooke e o jovem astrônomo Edmond Halley, em função da qual Halley foi até Cambridge, à procura de Newton.

Depois de estarem juntos por algum tempo, o doutor [Halley] perguntou qual era a opinião dele a respeito da forma da curva descrita pelos planetas, supondo que a força de atração em direção ao Sol fosse a recíproca do quadrado das distâncias entre eles. Sir Isaac respondeu prontamente que se trataria de uma elipse. O doutor, tomado de alegria e admiração, quis saber como é que ele sabia. "Porque", disse ele, "eu a calculei". Diante disso, o Dr. Halley quis ver seus cálculos imediatamente. Sir Isaac procurou-os entre seus papéis, mas sem nenhum sucesso, ficando, entretanto, a promessa de que eles lhe seriam remetidos logo que fossem encontrados.

Newton levou três anos, de 1684 a 1687, para escrever a demonstração que ficou tão longa como os *Principia*. Halley animou, incentivou e até mesmo financiou os *Principia* que Samuel Pepys, na qualidade de presidente da *Royal Society,* aceitou em 1687.

Como um sistema do mundo é claro que causou sensação desde o momento da publicação. Representa uma descrição maravilhosa do mundo subordinado a um único conjunto de leis. Mas, muito mais do que isso, estabelece um marco na evolução do método científico. Pensamos a ciência como se fosse a apresentação de séries de proposições, umas após as outras, todas derivadas da matemática de Euclides. E isso é verdade. Entretanto, foi somente após Newton as ter transformado em um sistema físico, emprestando propriedades dinâmicas à matemática, que o método científico realmente adquiriu o rigor que hoje conhecemos.

E no livro encontramos os empecilhos que o impediam de avançar depois do sucesso da explicação sobre a órbita da Lua. Por exemplo, estou certo de que uma razão forte foi representada pelo fato dele não poder encontrar uma solução razoável para o problema discutido na Secção 12: "Como uma esfera atrai uma partícula?". Em Woolsthorpe, havia feito cálculos aproximados, tratando a Terra e a Lua como se fossem partículas. Acontece que os astros (o Sol e os planetas) são enormes esferas; sendo assim, poderia a atração gravitacional entre eles ser admitida como devida à atração de seus centros? Sim, mas apenas (revelou-se ironicamente) para o caso de atrações que ficam fora do quadrado das distâncias. Por aí se pode ter uma idéia das imensas dificuldades que ele teve de enfrentar antes do livro estar pronto para publicação.

Ao ser pressionado a responder questões tais como: "Você não respondeu ao porquê da ação da gravidade", "Você não explicou como uma ação pode ser exercida à distância", ou mesmo, "Você não explicou por que os raios de luz se comportam dessa maneira", sua resposta era sempre nos mesmos termos: "Eu não elaboro hipóteses". Para ele essa frase significava: "Eu não me envolvo em especulações metafísicas. Uma lei foi descrita, e a partir dela eu deduzo fenômenos". Isso corresponde exatamente ao que ele havia dito em seu tratado sobre óptica, e era exatamente aquilo que não podia ser entendido pelos seus contemporâneos, isto é, uma abordagem diferente dos problemas da óptica.

Por outro lado, tivesse sido ele um homem simples, muito teimoso e terra-a-terra, tudo isso seria facilmente explicável. Mas vou mostrar-lhes que esse não era o caso. Newton era, na verdade, possuidor de um temperamento dos mais extraordinariamente imprevisíveis. Praticava a alquimia. Em segredo, escreveu volumes imensos sobre o Livro da Revelação. Estava convencido de que a lei do inverso dos quadrados já podia ser encontrada nos trabalhos de Pitágoras. O caráter inescrutável de Newton se exprime de maneira extraordinária no fato desse homem — que em segredo vivia imerso em especulações metafísicas e místicas — ter o topete de dizer em público: "Eu não elaboro hipóteses". No seu *Prelúdio,* William Wordsworth encontrou uma frase felicíssima

Newton, com seu prisma e sua face silenciosa

que o define perfeitamente.

No entanto, sua imagem pública revelava grande sucesso. É claro que Newton não conseguia promoção na Universidade, mas isso se prendia ao fato dele ser um *Unitarian,* não aceitando a doutrina da Trindade, a qual, na verdade, se constituía em um ponto sensível para todos os cientistas de seu tempo. Portanto, não poderia chegar a Pastor, etapa necessária para galgar o posto de Mestre de um Colégio Universitário. Dessa maneira, em 1696 ele se transferiu para Londres, ligando-se à Casa da Moeda, da qual acabou sendo presidente. Depois da morte de Hooke ele aceitou a presidência da *Royal Society* em 1703. Em 1705 foi sagrado par do reino pela Rainha Ana. Ao morrer, em 1727, já dominava completamente o ambiente intelectual de Londres. O garoto provinciano ascendeu na vida.

Em sua história há, para mim, um ponto triste: julgado pelos padrões do século XVIII ele, sem dúvida, alcançou grande sucesso social, mas, segundo os seus próprios padrões, acho que não.

109
Em seus escritos íntimos, Newton não era tão arrogante como em sua postura pública, tão freqüente e diversamente representada. *Diferentes ângulos do busto em terracota de Newton que serviu de modelo para John Rysbrack construir o monumento na Abadia de Westminster.*

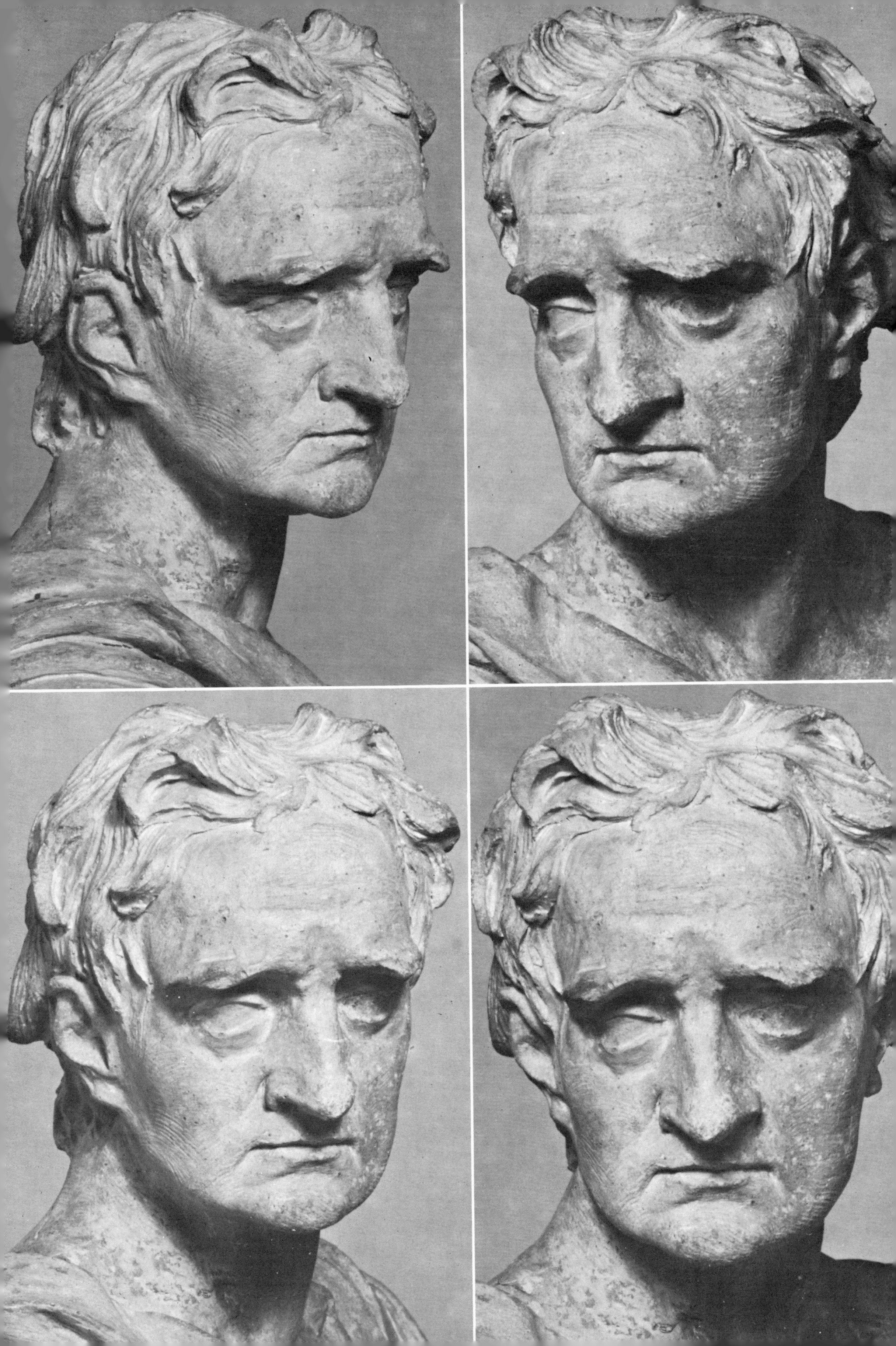

A Escalada do Homem

Infelizmente, a fim de se tornar um ditador nos conselhos do Poder Constituído, assimilou os critérios daquela sociedade e considerou tal situação uma conquista pessoal.

Um ditador intelectual não é uma figura agradável, mesmo quando tenha origens humildes. Contudo, em seus escritos mais íntimos Newton não se mostra a figura arrogante, tão freqüente e diversamente representada em sua vida pública.

Explicar toda a natureza é uma tarefa muito difícil para um homem ou mesmo para uma era. Muito melhor é fazer um pouco com segurança, deixando o resto para outros que venham depois de você, do que tentar tudo de uma só vez.

Em uma outra passagem, mais famosa, ele diz a mesma coisa, mas em um contexto mais compassivo.

Não sei que tipo de imagem o mundo faz de mim; mas, eu me sinto como se tivesse sido apenas um garoto brincando à beira do mar, contente em achar aqui uma pedrinha mais lisa, ali uma concha mais atraente do que de ordinário, tendo sempre diante de mim, ainda por descobrir, o grande oceano da verdade.

Aos setenta anos Newton presidia uma *Royal Society* onde se realizava muito pouco trabalho científico de valor. Sob os Georges, a Inglaterra estava muito mais preocupada com dinheiro (estes eram os anos da Exaltação dos Mares do Sul), com política e com escândalos. Nos cafés, ágeis homens de negócios organizavam companhias a fim de explorarem invenções fictícias. Os escritores ridicularizavam os cientistas, em parte por despeito e em parte por motivos políticos, uma vez que Newton era figura importante do governo.

No inverno de 1713 um grupo de escritores do Partido Conservador (então Tory) constituiu uma sociedade literária. Até a morte da Rainha Ana, no verão seguinte, eles se reuniam regularmente no Palácio de St. James, sob o patrocínio do médico da monarca, Dr. John Arbuthnot. Essa sociedade, que adotou o nome de Scriblerus Club, se entregou ao mister de ridicularizar as agremiações culturais da época. O ataque dirigido contra a comunidade científica por Jonathan Swift no terceiro livro das *Viagens de Gulliver,* brotou das discussões desse grupo. Esses *Tories* que mais tarde ajudaram John Gray em sua sátira do governo em *The Beggar's Opera (A Ópera dos Mendigos)* também o assessoraram em 1717 ao escrever a peça *Three Hours After Marriage (Três Horas Após o Casamento).* Nesta, o alvo da sátira é representado por um cientista idoso, cheio de pompa, osten-

110
A nós soa como irreverência uma sátira a Newton feita por seus contemporâneos. *Caricatura contemporânea satirizando a gravitação de Newton.*

A. *absolute Gravity.* B. *Conatus against absolute Gravity.* C. *partial Gravity.*
D. *comparative Gravity* E. *horizontal, or good Sense.* F. *Wit.* G. *comparative Levity,
or Coxcomb.* H. *partial Levity, or pert Fool.* I. *absolute Levity, or Stark Fool.*

tando o nome de Dr. Fossile. Abaixo reproduzimos algumas passagens nas quais contracenam o Dr. Fossile e um aventureiro, Plotwell, que, no momento, entretém um caso amoroso com a dona da casa.

Fossile: Prometi minha "pedrinha" a Lady Longfort. A pobre senhora está prestes a abortar, mas acho que isso irá impedir. Ah! Quem está aqui! Não me agrada o aspecto do sujeito. Em todo caso não serei demasiadamente severo.
Plotwell: Illustrissime domine, huc adveni —
Fossile: Illustrissime domine — non usus sum loquere Latinam — se você não falar inglês não poderemos entreter nenhuma conversação verbal.
Plotwell: Eu poder falar só um pouco englese. Eu tenho ouvido muito do fama do grande luminário de todos os artes e ciências, o ilustrado doutor Fossile. Eu gostar de fazer comutações (como dizer isso?). E troca alguns de meus coisas por alguns de seus coisas.

Naturalmente, o primeiro tópico da brincadeira gira em torno da alquimia; o jargão é bastante preciso ao longo de todo o texto.

Fossile: Por favor, meu senhor, qual a sua universidade?
Plotwell: O famosa universidade de Cracow...
Fossile: ...mas de que arte Arcana o senhor é mestre?
Plotwell: Vê aqui, senhor, este caixa de rapé.
Fossile: Caixa de rapé.

111
"É melhor fazer um pouco com certeza, e deixar o resto para os outros que virão depois de nós, do que tentar explicar tudo."
Putti realizando experimentos com o telescópio de Newton, seu universo, seus prismas, suas moedas e sua fornalha. Baixo-relevo de Rysbrack do monumento a Newton na Abadia de Westminster.

Plotwell: Certo. Caixa de rapé. Este ser o verdadeiro ouro.
Fossile: Mas, afinal, o que isso significa?
Plotwell: Significar? Eu fazer aquele ouro eu mesmo, do chumbo do grande Igreja de Cracow.
Fossile: Através de que operações?
Plotwell: Por calcinação; reverberação; purificação; sublimação; amalgamação; precipitação; volatilização.
Fossile: O senhor deveria ser mais cuidadoso em suas afirmações. A volatilização do ouro não é um processo óbvio...
Plotwell: Eu não precisar ensinar o ilustroso Dr. Fossile que todo metal não ser senão ouro ainda verde.
Fossile: O senhor se expressou tal qual um filósofo. No entanto, ainda acho que o parlamento deveria exarar um ato proibindo a mineração do chumbo, assim como a derrubada de árvores jovens.

Em seguida, referências científicas são despejadas rápidas e maldosamente: os problemas em foco se referem ao trabalho espinhoso da determinação das latitudes no oceano, à invenção dos *fluxions* ou cálculo diferencial.

Fossile: No momento não estou disposto para experimentações.
Plotwell: O senhor mexe com latitudes?
Fossile: Eu não me ocupo com impossibilidades. Apenas procuro o grande elixir.

A Escalada do Homem

Plotwell: O que pensar o senhor sobre o novo método dos *fluxions*?
Fossile: Não conheço nenhum outro a não ser através do mercúrio.
Plotwell: Há, há, mim dizer *fluxions* de quantidade.
Fossile: A maior quantidade jamais vista por mim foram três quartos por dia.
Plotwell: Haver algum segredo em hidrologia, zoologia, minerologia, hidráulica, acústicas, pneumáticas, logaritimia, sobre o qual querer você saber?
Fossile: Estão todos fora de meu campo de interesse.

A nós parece uma grande irreverência essa sátira a Newton; mesmo uma crítica séria por parte de seus contemporâneos o pareceria. O fato é que toda teoria, por mais majestosa que seja, subentende suposições abertas à contestação e, na realidade, terão de ser substituídas no tempo devido. Aconteceu o mesmo com a teoria de Newton, a despeito de sua maravilhosa aproximação dos fenômenos naturais. Newton confessou-o. A suposição primária de Newton, enunciada desde o início, foi a seguinte: "Considero o espaço como sendo absoluto". Com isso queria dizer ser o espaço sempre plano e infinito, da forma que o entendemos em nossa própria vizinhança. Desde o início, essa suposição foi criticada por Leibniz, e corretamente. Afinal de contas, ela não é sequer provável em nossa experiência ordinária. Embora estejamos habituados a viver em um espaço plano, basta olharmos ao largo para nos convencermos de nosso erro.

A Terra é esférica; assim, um ponto localizado no Pólo Norte pode ser mirado por dois observadores colocados na linha do Equador, mas separados por grande distância, e os dois afirmarem estar olhando em direção Norte. Tal arranjo seria inconcebível para um habitante de uma terra plana, ou para qualquer pessoa acreditando que a planura de sua vizinhança se estende por toda a superfície da Terra. Dessa maneira, Newton estava se comportando como um habitante de uma terra plana em uma escala cósmica: viajando através do Universo, tendo a trena em uma das mãos e o relógio de bolso na outra, mapeando o espaço como se este fosse, lá fora, semelhante ao percebido aqui. Necessariamente, tal suposição não é verdadeira.

Não se trata mesmo de o espaço ser uniformemente esférico — isto é, que deva ter uma determinada curvatura. Pode acontecer dele ser arqueado ou ondulado. A existência de locais de depressão no espaço é possível, para eles deslizando corpos em maior proporção do que para outros. É claro, entretanto, que os movimentos dos corpos celestes devem permanecer os mesmos — nossas

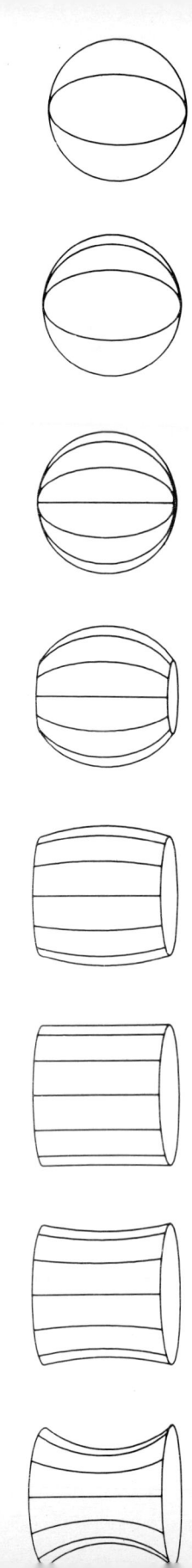

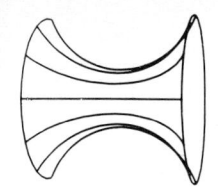

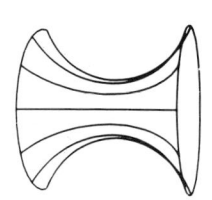

O Relógio Majestoso

explanações têm de ser coerentes com a maneira pela qual eles se nos apresentam. Mas, para cada concepção há uma explanação adequada. Então, segundo o último caso considerado, a Lua e os planetas obedeceriam leis geométricas e não gravitacionais.

Naquele tempo todas essas considerações eram especulações futuras e, mesmo quando formuladas, a matemática da época não oferecia condições para lhes dar tratamento formal. No entanto, às mentes inquiridoras e filosóficas, não tinha passado despercebido o fato de que, ao estender o espaço como se fora uma grade absoluta, Newton havia dado uma simplicidade irreal à percepção das coisas. Contrastando com esse mundo de idéias, Leibniz havia pronunciado as palavras proféticas: "Para mim, espaço, da mesma forma que tempo, são entidades puramente relativas".

O tempo é um outro absoluto no sistema newtoniano. O tempo é fundamental no mapeamento dos céus: em primeiro lugar, não sabemos a que distância as estrelas se encontram de nós, sabemos apenas o momento que elas passam pelo nosso campo de visão. Dessa maneira, para aperfeiçoar os conhecimentos marítimos, dois instrumentos eram fundamentais: o telescópio e o relógio.

O aperfeiçoamento dos telescópios veio em primeiro lugar, e agora já se encontravam instalados no Observatório Real de Greenwich. O ubíqüitário Robert Hooke o havia planejado ao tempo em que ele e Sir Christopher Wren reconstruíam Londres depois do Grande Incêndio. De agora em diante o marinheiro, ao fixar sua posição — latitude e longitude — em um local distante da terra, podia comparar suas leituras das estrelas com aquelas de Greenwich. O meridiano de Greenwich torna-se, então, um marco fixo no mundo tempestuoso de qualquer marinheiro: o meridiano e o Tempo Médio de Greenwich.

112
Podemos conceber um tipo de espaço contendo zonas de estreitamento. *Gráfico gerado em computador mostrando a inversão de uma esfera a fim de produzir uma curvatura negativa.*

113
O marinheiro em uma praia remota podia comparar suas leituras das estrelas com aquelas de Greenwich. *Vista panorâmica de Greenwich, pintada em 1750 por R. Griffier.*

Apr. 22
1715

O Relógio Majestoso

Em seguida o relógio tinha de ser aperfeiçoado, de forma a ser uma ajuda na determinação de posições. Esse instrumento torna-se o problema da época, uma vez que, a fim de se utilizarem praticamente as teorias de Newton para a navegação marítima, era imperioso o desenvolvimento de um relógio capaz de marcar hora certa nos navios. O princípio é bastante simples. Desde que o Sol completa o seu ciclo em torno da Terra em vinte e quatro horas, cada um dos 360 graus de latitude ocupa quatro minutos de tempo. Assim, um marinheiro comparando meio-dia em seu navio (a posição mais elevada do Sol) com meio-dia marcado em um relógio que mantenha a hora de Greenwich, poderá ficar sabendo que cada quatro minutos de diferença entre as duas leituras o colocam um grau afastado do meridiano de Greenwich.

O governo ofereceu um prêmio de vinte mil libras para o marcador de tempo que provasse sua precisão, com erro mínimo de meio grau, em uma viagem de seis semanas. Evidentemente, um tal prêmio acendeu a competição entre os relojoeiros londrinos (a de John Harrison, por exemplo) os quais construíam relógios cada vez mais engenhosos, tentando compensar, por meio da combinação de pêndulos, os distúrbios causados pelos movimentos dos navios.

Esses problemas técnicos deram origem a uma explosão de invenções e criaram a preocupação com a medida do tempo, que veio a dominar a ciência e a vida cotidiana até nossos dias. Na realidade, um navio pode ser comparado a uma estrela. De que maneira uma estrela se desloca no espaço e como podemos determinar o tempo gasto em suas deslocações? O navio se apresenta como um ponto de partida para se pensar na relatividade do tempo.

114
Os relojoeiros de então eram aristocratas entre os trabalhadores.
Primeiro marcador de tempo marítimo de John Harrison.

115
Um navio é uma espécie de modelo de uma estrela.
Manual de Navegação roubado ao grande impressor holandês Blaeu de Amsterdam por John Joynson "dwelling at the Waterside by the Old Bridge at the sign of the Sea-Mappes". Vêem-se navegadores trabalhando com seus mapas enquanto a frota holandesa levanta âncoras.

O Astrônomo real John Flamsteed e seus assistentes enquanto se ocupam de observações. Pintura no teto do Royal Naval College, Greenwich.

A Escalada do Homem

Os relojoeiros dessa época passaram a formar a elite dos trabalhadores, à semelhança da confraria dos pedreiros da Idade Média. O marcapasso amarrado em torno de nossos pulsos, o ditador dos tempos modernos, foi, desde a Idade Média, embora, nesta época, de interesse apenas diletante, um sonho intrigante, que estimula a habilidade dos artesãos. Nesses dias, porém, o relojoeiro pretendia, não propriamente acompanhar as horas do dia, mas, sim, o movimento das estrelas do céu.

O universo de Newton manteve seu tique-taque ininterrupto por cerca de duzentos anos. Viesse seu fantasma à Suíça, em qualquer tempo antes de 1900, todos os relógios cantariam aleluia, em uníssono, em seu louvor. Entretanto, logo após 1900, em Berna,

116
O universo de Newton manteve seu tique-taque ininterrupto por cerca de duzentos anos. Viesse seu fantasma à Suíça, em qualquer tempo antes de 1900, todos os relógios cantariam aleluia, em uníssono, em seu louvor. Luz e tempo começaram a se dissociar justamente por volta dessa época. *Torre do relógio de Berna.*

O Relógio Majestoso

a uns duzentos metros da antiga torre do relógio, surge o jovem que, em tempo, vai tirar muito do entusiasmo daquela aleluia: Albert Einstein.

Luz e tempo começaram a se dissociar, exatamente por volta dessa época. Em 1881 Albert Michelson realizou um experimento (repetido posteriormente com a colaboração de Edward Morley), no qual, projetando feixes luminosos em diferentes direções, teve a estonteante surpresa de verificar que, independentemente dos movimentos impressos ao aparelho, a luz mantinha sempre a mesma velocidade. Esse fato não podia ser esperado a partir das leis de Newton, e, dessa maneira, foi aquele primeiro ruído no coração da física, que, em 1900, começou a provocar um certo pânico nos cientistas de então.

O marcador de tempo n.º 4 premiado de John Harrison.

117
Seu trabalho como funcionário do Escritório de Patentes da Suíça. *Albert Einstein junto à sua mesa de trabalho no Escritório de Patentes em Berna, 1905*

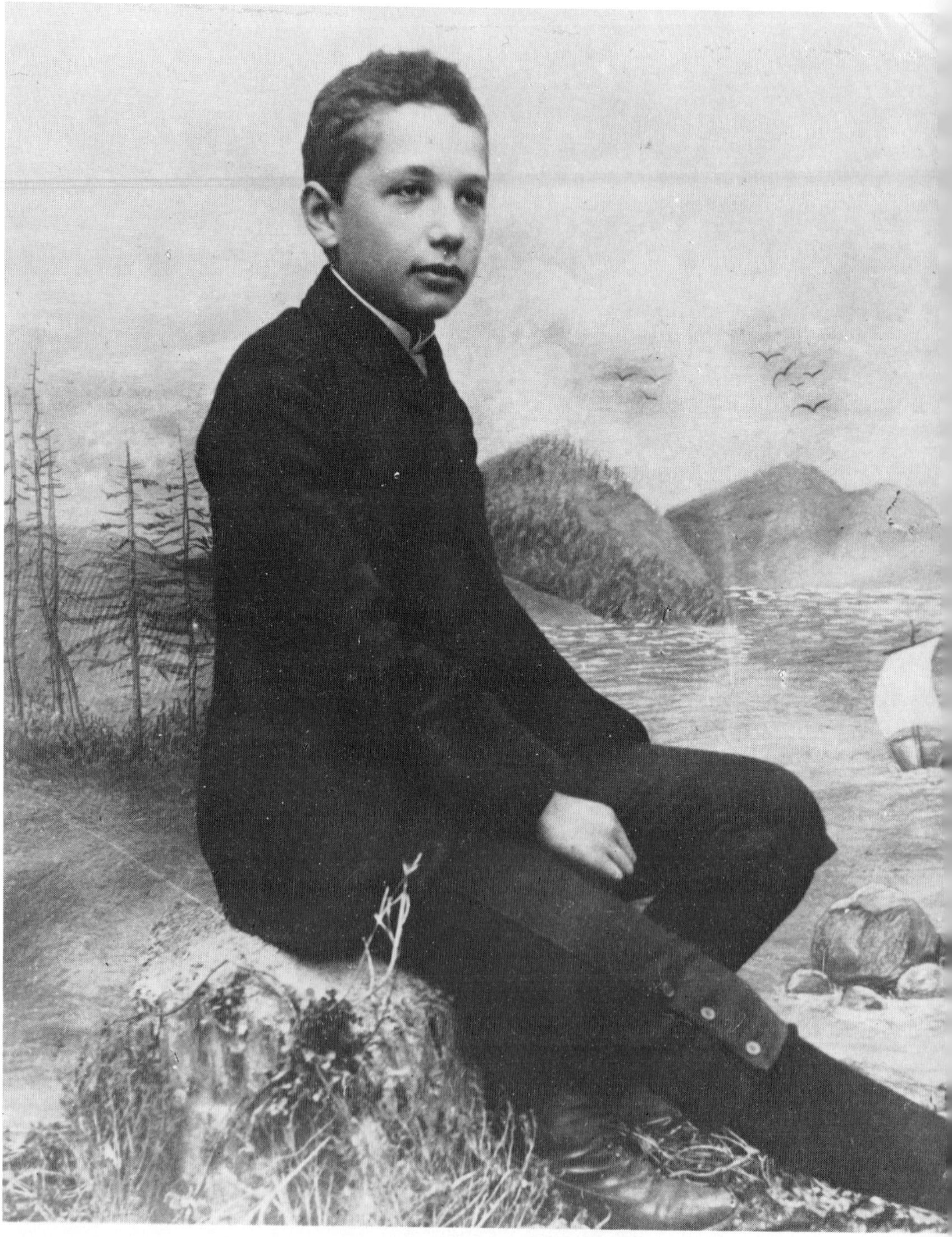

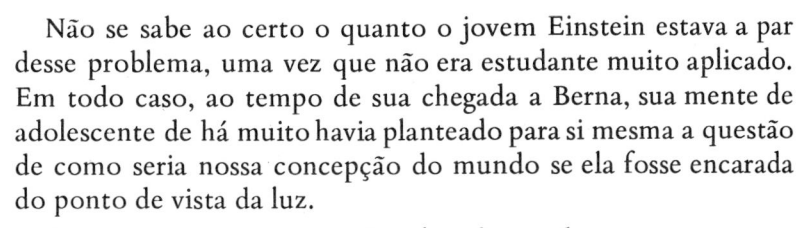

"Como se me apresentaria o mundo se eu pudesse viajar em um raio de luz?"
Albert Einstein aos catorze anos.

O Relógio Majestoso

Não se sabe ao certo o quanto o jovem Einstein estava a par desse problema, uma vez que não era estudante muito aplicado. Em todo caso, ao tempo de sua chegada a Berna, sua mente de adolescente de há muito havia planteado para si mesma a questão de como seria nossa concepção do mundo se ela fosse encarada do ponto de vista da luz.

A resposta a essa pergunta é repleta de paradoxos, o que a torna intrincada. E, como acontece com todo paradoxo, o mais difícil não é explicá-lo, mas, sim, concebê-lo. A genialidade de homens tais como Newton e Einstein tem aí sua base; eles formulam perguntas transparentes, inocentes, mas, cujas respostas são catastróficas. O poeta William Cowper chamou a Newton o "sábio infantil", tendo em conta essa qualidade, que descreve perfeitamente o ar de surpresa em relação ao mundo, marcando indelevelmente a face que conhecemos de Einstein. Quer ele falasse sobre uma viagem em um raio de luz ou uma queda no espaço, Einstein sempre ilustrava esses princípios com lindos exemplos; assim, vou arrancar uma página ao seu livro, dirigindo-me ao subsolo da torre do relógio e tomando o mesmo bonde do qual se servia todos os dias para chegar ao seu trabalho, onde era funcionário do Escritório de Patentes da Suíça.

O pensamento que ocorreu à mente do adolescente Einstein foi o seguinte: "Como se me apresentaria o mundo se eu pudesse viajar em um raio de luz?". Suponham o caso deste bonde estar se afastando daquela torre do relógio, montado no mesmo raio de luz que usamos para enxergá-lo. O relógio estaria congelado em uma posição. Eu, o bonde, esta caixa cavalgando o raio de luz, estaríamos fixos no tempo. O tempo teria de parar.

Analisemos essa proposição mais pormenorizadamente. Suponhamos que o relógio que está ficando para trás marque meio-dia, quando eu parto. Agora, eu estaria viajando à velocidade da luz, a 297.600 quilômetros de distância dele; isso tomaria um segundo de tempo. Entretanto, o relógio, como o vejo, ainda marca "meio-dia", uma vez que o feixe de luz e eu nos afastamos juntamente do relógio. Da mesma forma que para o relógio, acontece com o universo dentro do bonde: ao me manter à velocidade da luz fico indiferente ou independente da passagem do tempo.

Esse paradoxo é extraordinário, mas vamos deixar de lado suas implicações, ou outras com as quais Einstein estava preocupado.

A Escalada do Homem

Concentremo-nos, porém, em um ponto: ao viajar em um raio de luz, o tempo deixa de ter significado para mim. Isso deve significar que, ao me aproximar da velocidade da luz (o que vou simular aqui neste bonde), estarei ficando sozinho em meu compartimento de tempo e espaço, e progressivamente me afastando das normas daquilo que me cerca.

Esses paradoxos revelam dois pontos claramente. Um deles é óbvio: não há um tempo universal. O outro é mais sutil: são diferentes as experiências daqueles que viajam e daqueles que ficam, e, assim, para cada um de nós em seu caminho. Minhas percepções dentro deste bonde são coerentes: as leis por mim descobertas em relação ao tempo, distância, velocidade, massa e força serão iguais às de qualquer outro observador. Mas os valores numéricos por mim atribuídos ao tempo, à distância, e assim por diante, não serão os mesmos igualmente atribuídos por parte de um observador que permanece na calçada.

Esse é o cerne do Princípio da Relatividade. Entretanto, aí fica uma questão óbvia: Bem, e o que mantém nossos compartimentos, o seu e o meu, ligados? A passagem da luz: a luz carrega a informação que nos une. Essa também é a razão pela qual o fato experimental crucial vinha desnorteando as pessoas desde 1881: quando trocamos sinais, descobrimos que não medimos tempo durante a permuta de informações; temos sempre o mesmo valor para a velocidade da luz. Assim sendo, tempo, espaço e massa têm de ser diferentes para cada um de nós, porque as leis deles extraídas devem ser consistentes, tanto para mim aqui dentro do bonde, como para o homem lá fora na calçada — mantendo, entretanto, o mesmo *valor* para a velocidade da luz.

A luz e as outras radiações são sinais que se espalham a partir de um evento, como se fossem ondulações através do Universo, não havendo nenhuma possibilidade de informação daquele evento trafegar a uma velocidade maior. A luz ou as ondas de rádio e os raios X são veículos de mensagens por excelência, e formam uma rede básica de informações, as quais mantêm interligado o universo material. Mesmo que a mensagem a ser enviada seja simplesmente tempo, não podemos obtê-la, indo de um local para outro, mais rapidamente do que a luz ou a onda de rádio que a transporta. Não há tempo universal para o mundo, nenhum sinal emitido a partir de Greenwich, para que acertemos nossos relógios, está isento de sua ligação inextrincável com a velocidade da luz.

119
Para dizer a verdade, a maioria dos pedidos de registro se nos apresentam agora como bastante idiotas.
Pedido de registro de patente de 1904.

O Relógio Majestoso

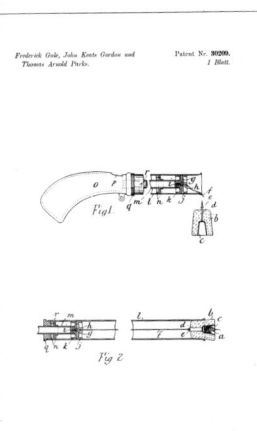

Nesta dicotomia, uma dessas manifestações tem de ser primordial. Note-se que a trajetória de um raio de luz (da mesma forma que a trajetória de um projétil) não se apresenta igual a um observador casual e ao homem que o disparou. A trajetória parecerá mais longa ao espectador; e, assim, o tempo em que a luz permanece na trajetória também parecerá mais longo para ele, posto que ele toma o mesmo valor para a velocidade da luz.

Isso é real? Sim. Nossos conhecimentos atuais sobre processos cósmicos e atômicos nos autoriza a dizer que, para grandes velocidades, o fenômeno ocorre. Se eu estivesse viajando a uma velocidade igual à metade da velocidade da luz, então, nos três minutos e um pouco mais marcados em meu relógio, a viagem de bonde de Einstein pareceria meio minuto mais longa para um homem observando-o da calçada.

Tomemos, agora, a velocidade do bonde como sendo igual à da luz, para ver o que acontece. O efeito da relatividade faz com que as coisas mudem suas aparências. (As variações de cor observadas não são devidas à relatividade.) Os topos dos edifícios parecem envergar para dentro e para a frente. Os próprios edifícios parecem se aproximar uns dos outros. Minha viagem é horizontal, e, portanto, distâncias no plano horizontal parecem mais curtas; mas as alturas permanecem as mesmas. Automóveis e pessoas apresentam distorções nesse mesmo padrão: estreitos e altos. Além disso, o que é verdadeiro para mim que estou olhando para fora, também o é ao homem olhando para dentro. O mundo de relatividade de *Alice no País das Maravilhas* é simétrico. O observador vê o bonde como se este tivesse sido comprimido: fino e alto.

Evidentemente, essa se constitui em uma visão do mundo completamente diferente daquela da de Newton. Para este, espaço e tempo formavam uma estrutura absoluta, dentro da qual os eventos do mundo material se sucediam em uma ordem imperturbável. Sua visão do mundo era semelhante à de Deus: imutável ao observador, independente de sua posição e do meio através do qual ele se desloca. Por outro lado, Einstein olha o mundo com os olhos do homem, isto é, varia dependendo da posição do observador e do tipo e qualidade dos deslocamentos durante a observação — portanto, influenciado pelo tempo e pela velocidade. E essa relatividade não pode desaparecer. Não podemos conhecer o mundo como ele é em si mesmo; conseguimos apenas comparar as diferentes maneiras pelas quais ele se apresenta a mim e a você,

120
Não há tempo universal para o mundo, nenhum sinal de Greenwich através do qual possamos acertar nossos relógios sem que a velocidade da luz esteja inextrincavelmente ligada a ele.
O observador na calçada vê o bonde parado à esquerda sem nenhuma distorção. Ele vê os

dois outros bondes altos e finos porque estes viajam a altas velocidades. Um bonde apresenta-se azul por estar se movendo em direção ao observador, e o outro avermelhado porque se afasta dele; mas estes efeitos não são devidos à relatividade. O observador no bonde parado vê as casas sem distorção. No bonde em movimento ele as vê altas e finas.

> 3. *Zur Elektrodynamik bewegter Körper;*
> *von A. Einstein.*
>
> Daß die Elektrodynamik Maxwells — wie dieselbe gegenwärtig aufgefaßt zu werden pflegt — in ihrer Anwendung auf bewegte Körper zu Asymmetrien führt, welche den Phänomenen nicht anzuhaften scheinen, ist bekannt. Man denke z. B. an die elektrodynamische Wechselwirkung zwischen einem Magneten und einem Leiter. Das beobachtbare Phänomen hängt hier nur ab von der Relativbewegung von Leiter und Magnet, während nach der üblichen Auffassung die beiden Fälle, daß der eine oder der andere dieser Körper der bewegte sei, streng voneinander zu trennen sind. Bewegt sich nämlich der Magnet und ruht der Leiter, so entsteht in der Umgebung des Magneten ein elektrisches Feld von gewissem Energiewerte, welches an den Orten, wo sich Teile des Leiters befinden, einen Strom erzeugt. Ruht aber der Magnet und bewegt sich der Leiter, so entsteht in der Umgebung des Magneten kein elektrisches Feld, dagegen im Leiter eine elektromotorische Kraft, welcher an sich keine Energie entspricht, die aber — Gleichheit der Relativbewegung bei den beiden ins Auge gefaßten Fällen vorausgesetzt — zu elektrischen Strömen von derselben Größe und demselben Verlaufe Veranlassung gibt, wie im ersten Falle die elektrischen Kräfte.
>
> Beispiele ähnlicher Art, sowie die mißlungenen Versuche, eine Bewegung der Erde relativ zum „Lichtmedium" zu konstatieren, führen zu der Vermutung, daß dem Begriffe der absoluten Ruhe nicht nur in der Mechanik, sondern auch in der Elektrodynamik keine Eigenschaften der Erscheinungen entsprechen, sondern daß vielmehr für alle Koordinatensysteme, für welche die mechanischen Gleichungen gelten, auch die gleichen elektrodynamischen und optischen Gesetze gelten, wie dies für die Größen erster Ordnung bereits erwiesen ist. Wir wollen diese Vermutung (deren Inhalt im folgenden „Prinzip der Relativität" genannt werden wird) zur Voraussetzung erheben und außerdem die mit ihm nur scheinbar unverträgliche

121
No decurso de sua vida Einstein ligou luz a tempo e tempo a espaço; energia a matéria, matéria a espaço e espaço a gravitação.
O grande trabalho de 1905.
O quadro-negro usado por Einstein na segunda das três conferências sobre relatividade proferidas em Oxford em 1931.

através de permuta de informação entre nós dois. Eu em meu bonde e você em sua cadeira não temos nenhuma possibilidade de comungar uma visão divina, instantânea, do mundo dos eventos — estamos limitados a comunicar nossas impressões um ao outro. Note-se que a comunicação não se dá instantaneamente; dela não podemos dissociar o atraso experimentado por todos os sinais, trafegando à velocidade da luz.

Contudo, o bonde não atingiu a velocidade da luz; ao contrário, ele parou, calmamente, em frente do Escritório de Patentes. Einstein desceu, cumpriu sua jornada de trabalho e, como acontecia freqüentemente, à saída dá uma passada pelo Café Bollwerk. O trabalho no Escritório de Patentes não era muito difícil. Para dizer a verdade, vistas agora, a maior parte das solicitações parecem bem idiotas: registro de um tipo aperfeiçoado de espingarda de pressão; registro de um controlador de corrente alternada, aos quais Einstein apunha a observação sucinta: "Incorreto, impreciso e confuso".

Às tardes, no Café Bollwerk, ele iria discutir um pouco de física com seus colegas, enquanto bebia café e fumava charutos. Entretanto, sempre foi um homem introspectivo, indo diretamente ao cerne dos problemas, como por exemplo: "De que maneira os seres humanos em geral, e não apenas os físicos, se comunicam entre si? Que tipos de sinais enviamos uns aos outros? Como o conhecimento é adquirido?". Nessas perguntas encontramos a trilha seguida em todos os seus escritos; pétalas arrancadas uma a uma como os véus que nos separam do coração do conhecimento.

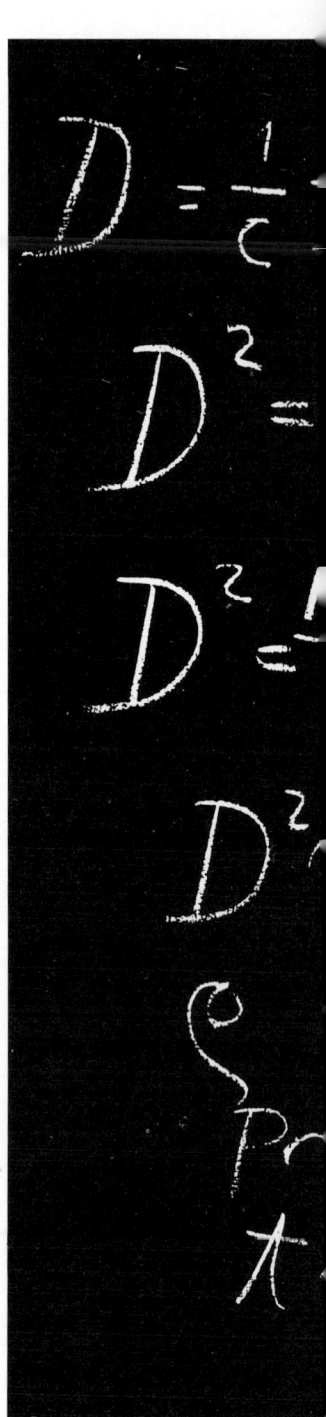

$$\frac{d\ell}{dt} = \frac{1}{\tau} \frac{1}{P} \frac{dP}{dt}$$

$$\frac{1}{P^2} \frac{P_0 - P}{P} \sim \frac{1}{P^2} \quad (1a)$$

$$g \frac{P_0 - P}{P_0} \sim \cdot \kappa \rho \quad (2a)$$

$$\sim 10^{-53}$$

$$\sim 10^{-26}$$

$$10^8 \, L \cdot y$$

$$\sim 10^{10} \, (10^{11}) \, y$$

A Escalada do Homem

Assim, o magnífico artigo de 1905 não trata apenas da luz ou, como seu título diz: *Eletrodinâmica dos Corpos em Movimento*. Ele continua em um pós-escrito do mesmo ano com a afirmação de que energia e massa são equivalentes: $E = mc^2$. Para nós, é digno de nota que a primeira explicação da relatividade devesse instantaneamente acarretar a predição prática e devastadora da energia atômica. Para Einstein, era apenas um meio de alcançar o entendimento da unidade do mundo; a exemplo de Newton e outros pensadores científicos, ele era, no fundo, um unitariano. Tal visão se estriba em uma profunda intuição sobre o sentido dos processos naturais, particularmente nas relações entre homem, conhecimento e natureza. A física não se compõe de eventos mas sim de observações. Muitos anos depois ele assim se expressou, dirigindo-se ao meu amigo Leo Szilard: "Foram os anos mais felizes de minha vida. Ninguém esperava que eu pusesse ovos de ouro". Na realidade ele manteve a qualidade de sua prole: efeitos quânticos, relatividade geral, teoria dos campos. Com ela veio a confirmação dos primeiros trabalhos de Einstein e a messe de suas predições. Em 1915 ele predisse, na Teoria Geral da Relatividade, que o campo gravitacional nas proximidades do Sol causaria a deflexão de um raio de luz — como se fosse uma distorção do espaço. Duas expedições da *Royal Society*, uma ao Brasil e outra à costa oeste da África, testaram a previsão durante a eclipse de 29 de maio de 1919. Segundo relato do próprio Arthur Eddington, encarregado da expedição africana, as primeiras medidas efetuadas a partir das fotografias lá obtidas permaneceram em sua memória, fixando o momento mais importante de sua vida. Membros da *Royal Society* sofregamente passavam a notícia de uns para os outros; Eddington, por telegrama, ao matemático Littlewood, e este, em uma nota apressada, a Bertrand Russel,

Caro Russel:
A teoria de Einstein foi totalmente confirmada. O deslocamento previsto era de 1"·72 e o observado foi de 1"·75 $\pm$ 0,06.

Do seu,
J.E.L.

A relatividade adquiria foros de um fato, na teoria especial e na geral. $E = mc^2$ acabou sendo confirmada, evidentemente. Mesmo a questão a respeito dos relógios se atrasando foi finalmente isolada por um assim dizer destino inexorável. Em 1905 Einstein havia descrito um experimento, em tom quase jocoso, como o meio ideal para testar o efeito.

O Relógio Majestoso

Se tivermos dois relógios sincronizados em A, sendo que um deles se move em curva cerrada à velocidade constante v até seu retorno a A, deslocamento esse que supomos ter gasto o tempo de t segundos, então este relógio ao chegar a A se atrasou em $½\, t\,(v/c)^2$ segundos em relação ao relógio que permaneceu estacionário. Daí concluímos que um relógio fixo junto ao Equador terrestre andará mais lentamente, por uma pequena fração, do que um relógio idêntico mas fixo junto a um dos pólos da Terra.

Einstein morreu em 1955, cinqüenta anos após a publicação do artigo de 1905. Mas agora o tempo podia ser medido com a precisão de mil milionésimos de segundo; e, portanto, já era possível pensar-se na estranha proposição de "Dois homens na Terra, um no Pólo Norte e outro no Equador. Este último está se deslocando mais rapidamente do que seu companheiro no Pólo Norte; assim, seu relógio perderá a corrida". As coisas se confirmaram exatamente dessa maneira.

O experimento foi levado a cabo por um jovem chamado H. J. Hay em Harwell. Imaginou a Terra achatada na forma de um disco, de modo que o Pólo Norte estivesse no centro e o Equador na beirada. Colocou um relógio radioativo no centro e outro na borda do disco e pôs este a girar. Esses relógios medem tempo por processo estatístico, contando o número de desintegrações dos átomos radioativos. O resultado foi o previsto: o relógio da borda do disco de Hay se atrasou em relação ao do centro. E isso é verdadeiro para qualquer disco que gire, ou mesmo para qualquer toca-discos. Assim, neste momento, em qualquer disco de vitrola que esteja sendo tocado, o centro está envelhecendo, em cada revolução, mais depressa do que a periferia.

A contribuição de Einstein foi muito mais filosófica do que matemática. Seu gênio consistiu em encontrar idéias filosóficas que permitiam reinterpretar a experiência prática. Sua abordagem da Natureza não era do ponto de vista de Deus, mas, sim, a de um guia, isto é, de um homem imerso no emaranhado dos fenômenos naturais, que acreditava existir um padrão visível na organização dos mesmos, passível de ser encontrado desde que fosse buscado sem preconceitos. No seu *O Mundo como o Vejo* ele escreveu:

Nós nos esquecemos das propriedades do mundo das experiências responsáveis pela formação de conceitos (pré-científicos); assim, é com grande dificuldade que representamos o mundo da experiência para nós mesmos, se não contamos com a concorrência de interpretações conceituais firmemente estabelecidas. Uma outra dificuldade é apresentada pela nossa linguagem, compelida a trabalhar com palavras as quais são inseparavelmente ligadas àqueles conceitos primitivos. Tais são os obstáculos encontrados ao tentarmos descrever a natureza essencial dos conceitos pré-científicos de espaço.

A Escalada do Homem

"Basta de dizer a Deus o que Ele deve fazer." *Albert Einstein e Niels Bohr na* Solvey Conference de 1933.

No decurso de sua vida Einstein ligou luz a tempo e tempo a espaço; energia a matéria, matéria a espaço e espaço a gravitação. Ao fim de sua vida ainda trabalhava no sentido de tentar descobrir a unidade subjacente à gravitação e às forças manifestadas na eletricidade e no magnetismo. Lembro-me dele nessa fase de sua atividade, lecionando na *Senate House* em Cambridge, trajando seu velho suéter e calçando pantufas, sem meias, tentando nos colocar a par do tipo de relações que havia entre aquelas forças, bem como das dificuldades que vinha encontrando em estabelecê-las.

O suéter, as pantufas, a ojeriza para com meias e suspensórios não caracterizavam uma afetação. Antes, ao vê-lo assim trajado, nos ocorria à memória um artigo de fé de William Blake: "Malditos suspensórios; abençoado relaxamento". Ele se ajustava mal a, e mal compreendia, o sucesso mundano, a respeitabilidade e o conformismo; a maior parte das vezes ele não tinha a menor noção do que se esperava de um homem eminente como ele. Odiava a guerra, a crueldade e a hipocrisia; mas, acima de tudo, o dogma lhe era intolerável – note-se que ódio é uma palavra imprópria para exprimir a repulsão e tristeza por ele experimentadas em relação a essas coisas, uma vez que o próprio ódio era, segundo entendia, uma forma de dogma. Recusou-se a ser presidente do Estado de Israel sob a alegação de não saber tratar dos problemas humanos; critério modesto que, adotado por outros candidatos à presidência, deixaria muito poucos elegíveis.

Falar sobre a escalada do homem na presença de Newton e Einstein chega a ser uma impertinência: eles caminham como se fossem deuses. Dos dois, Newton representa o deus do Velho Testamento. Einstein é mais uma personagem do Novo Testamento: humano, compassivo, irradiando enorme simpatia. Para ele a natureza é vista como se um ser humano estivesse na presença de um deus. Adorava falar sobre Deus: "Deus não joga dados", "Deus não é malicioso", a tal ponto que Niels Bohr chegou a lhe dirigir a seguinte observação: "Basta de dizer a Deus o que Ele deve fazer", que, a bem da verdade, não foi muito justa. Einstein era homem capaz de formular questões extremamente simples, mostrando através de sua vida e de seu trabalho que, quando as respostas são igualmente simples, então ouve-se o pensamento de Deus.

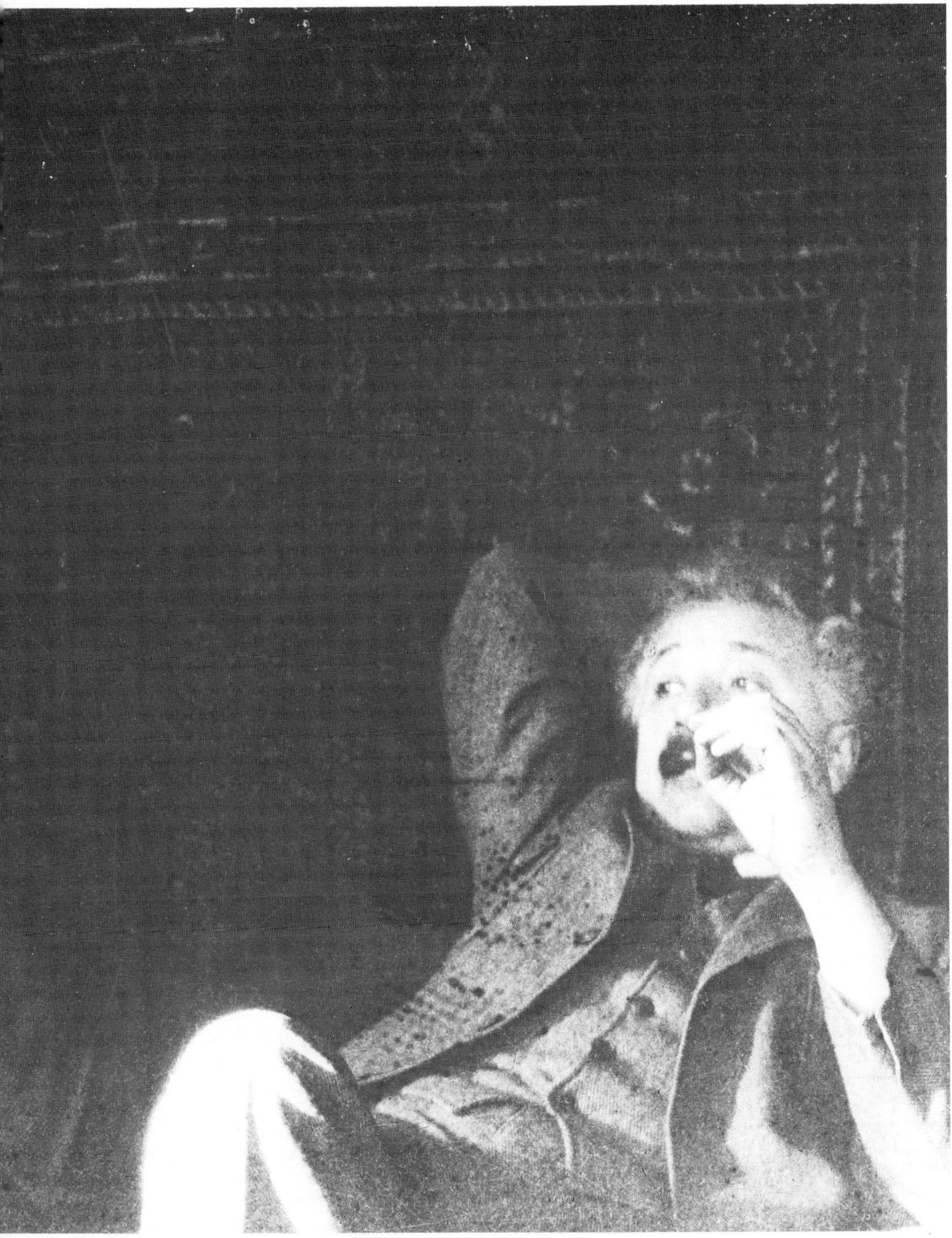

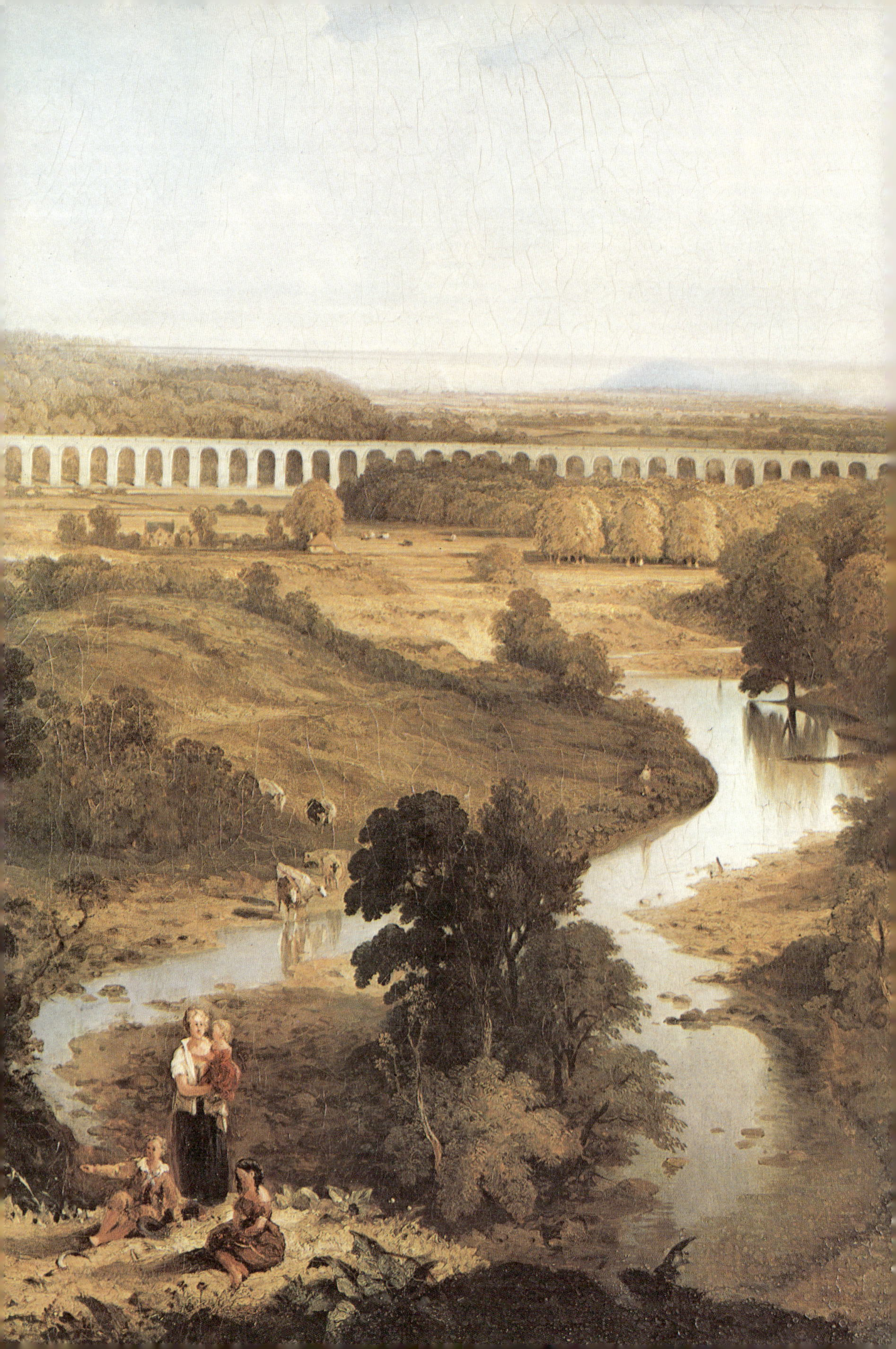

8 EM BUSCA DE PODER

Revoluções não são caprichos do destino e sim realizações de homens; algumas vezes de homens solitários, geniais. Mas as grandes revoluções do século XVIII podem ser atribuídas a homens comuns cujas forças foram aplicadas numa mesma direção; e essa força estava baseada na convicção de que cada ser humano é senhor de sua própria salvação.

Atualmente, a responsabilidade social da ciência está implícita em suas proposições. Entretanto, essa idéia estava completamente ausente das cogitações de Newton ou de Galileo. Para eles, ciência representava uma forma de organização do conhecimento, e sua única função era a de expor a verdade. A idéia de ciência como empreendimento social é recente, surgida com a Revolução Industrial. A surpresa que experimentamos ao não encontrar esse sentido social anteriormente, de certa forma se prende ao fato de estarmos propensos a olhar a Revolução Industrial como a culminância de uma época áurea.

Contudo, a Revolução Industrial se forma em um encadeamento de mudanças iniciadas por volta de 1760. E não foi uma transformação isolada: com ela, duas outras revoluções formam uma tríade solidária: a Revolução Americana, iniciada em 1775 e a Revolução Francesa, iniciada em 1789. Pode parecer inadequado amarrar em um mesmo pacote uma revolução industrial e duas revoluções políticas; mas, na verdade, todas três foram revoluções sociais. A Revolução Industrial não foi senão a maneira inglesa de processar transformações sociais; chamo-a de Revolução Inglesa.

O que a torna inglesa? Obviamente teve seu início na Inglaterra, nação que já liderava a indústria manufatureira. E esta, em seu início, se caracterizava por ser uma atividade caseira; assim, a Revolução Industrial nasce nas vilas. Seus promotores foram artesãos: moleiros, relojoeiros, construtores de canais, ferreiros. A marca peculiarmente inglesa da Revolução Industrial é dada por suas raízes provincianas.

Durante a primeira metade do século XVIII, na velhice de Newton, e no declínio da *Royal Society*, a Inglaterra se abasteceu na última florada da indústria provincial e no comércio ultramarino de mercadores aventureiros. A florada estiolou. No comércio, a competição crescia. Ao fim do século as necessidades

123
A marca peculiarmente inglesa da Revolução Industrial é dada pelas suas raízes provincianas. *"Viaduto da Amêndoa"*, pintado em 1844 por David Octavius Hill, que posteriormente se tornou um dos pioneiros da fotografia; mostra a ponte destinada a suportar a estrada de ferro Edinburgh-Glasgow.

A Escalada do Homem

124
Os trabalhadores viviam na pobreza e no obscurantismo. *As primeiras fotografias da vida rural causaram choque. Elas negavam todo o idílio da rusticidade.*

industriais eram prementes. A organização familiar do trabalho já era improdutiva. Em duas gerações, mais ou menos entre 1760 e 1820, mudaram-se as normas comuns da administração industrial. Anteriormente a 1760, os produtos eram encomendados aos trabalhadores em suas próprias casas. Por volta de 1820, os trabalhadores já haviam sido trazidos para as fábricas, onde sua atividade era supervisionada.

Sonhos, sonhos nossos sobre a vida idílica do campo do século XVIII, um paraíso perdido, como o descrito por Oliver Goldsmith, em 1770, na obra *A Vila Deserta*.

> Auburn, a mais encantadora vila da planura
> onde se alegra o campônio com saúde e fartura.
>
> Feliz aquele que coroa, à sombra dessa vila,
> A faina da juventude com velhice tranqüila.

Esse quadro era uma farsa. George Crabbe, sendo ele próprio um pastor provincial e, portanto, com um conhecimento de primeira mão da vida dos habitantes dos vilarejos, expressou-se acremente, em uma resposta realista, na forma de um poema no qual transparece a indignação por ele experimentada ao deparar com tais distorções românticas.

> Pois é, as Musas cantam felizes camponeses
> Porque nunca experimentaram os seus reveses.
>
> Vencidos pelo trabalho e prostrados sob a dura sina
> Quem se comove com a estéril bajulação de uma rima?

O campo era lugar de trabalho de sol a sol, mas o camponês não desfrutava de sua luz e sim das sombras da pobreza. As inovações progressistas do trabalho agrícola eram imemoriais, como o moinho, já antigo na época de Chaucer (poeta inglês do século XII). E a Revolução Industrial começou com essas máquinas; os moleiros seriam os engenheiros dos tempos vindouros. James Brindley de Staffordshire nasceu em uma família pobre do vilarejo e, em 1733, aos dezessete anos, iniciou sua carreira consertando rodas de moinho.

As contribuições de Brindley foram práticas: aprimoramento e aumento da potência da roda d'água, que foi a primeira máquina a ser utilizada com uma variedade de propósitos pela indústria nascente. Por exemplo, Brindley aperfeiçoou a qualidade das pedras de trituração, as quais contribuíram para o desenvolvimento da indústria de louças.

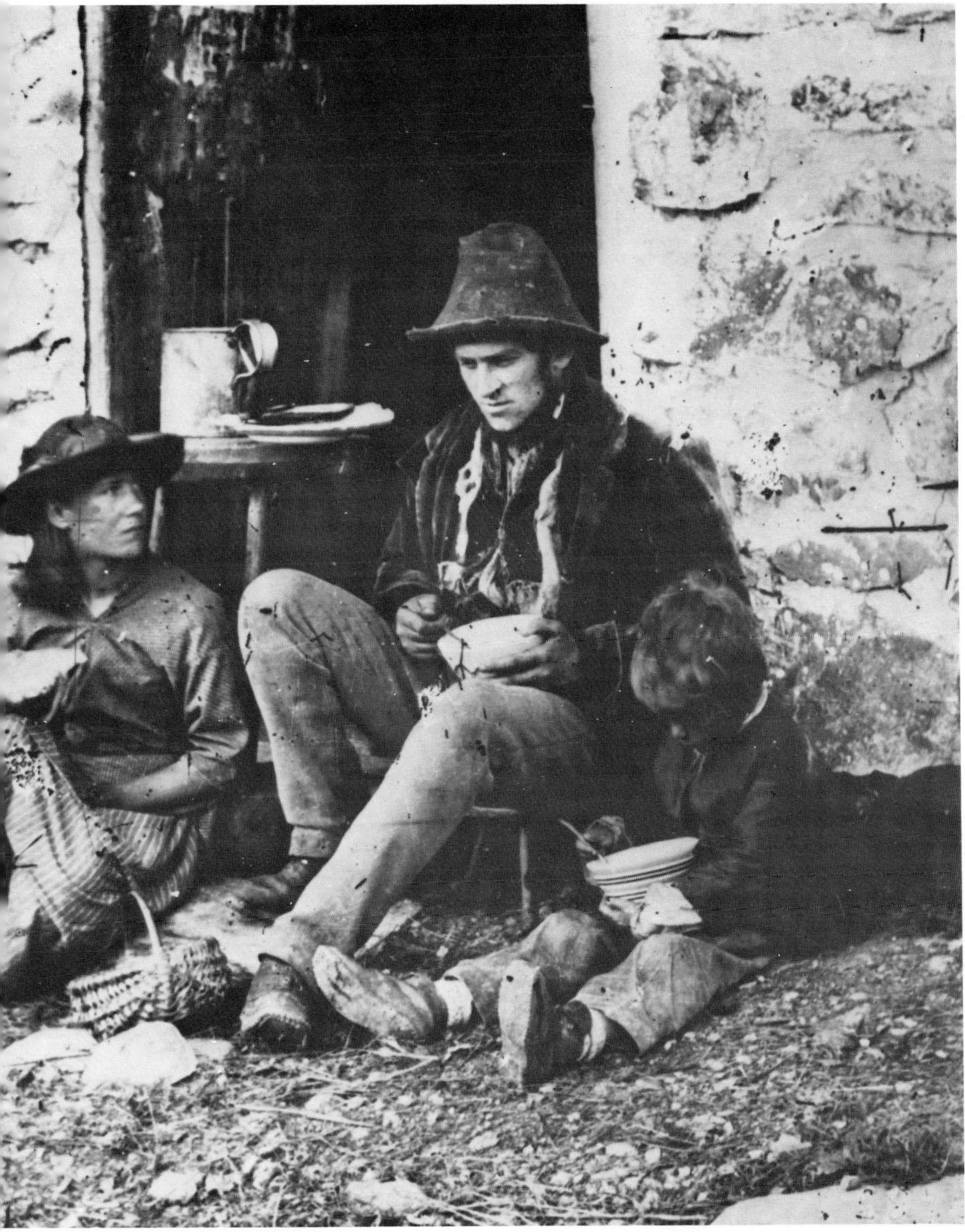

A Escalada do Homem

Ainda assim, em 1750, pairava no ar um outro movimento maior. A água havia-se convertido no elemento por excelência da engenharia, e homens tais como Brindley estavam fascinados por ela. Por todo o campo ela ou jorrava ou corria através de canais. Não era apenas uma fonte de força, era uma nova onda de movimento. James Brindley foi um pioneiro na arte da construção de canais, ou "navegação", como era então chamada. (Trabalhadores empregados na abertura de valetas ou canais ainda hoje são chamados *navies,* e isso porque Brindley não conseguia pronunciar a palavra *navigator.*)

Brindley, por iniciativa própria, desinteressadamente, havia começado a fazer um levantamento das vias hídricas, coletando dados em suas andanças obrigatórias, ao percorrer os projetos de engenharia de moinhos e mineração. Acontece, então, que, certa feita, o Duque de Bridgewater o encarrega da construção de um canal a ser utilizado para o transporte de carvão, de suas minas até a cidade nascente de Manchester. Foi um projeto arrojado, como se pode constatar pela descrição dada em uma carta ao *Mercúrio de Manchester* em 1763.

Ultimamente tenho contemplado as maravilhas artificiais de Londres e as maravilhas naturais do Peak, mas nenhuma das duas me deu tanto prazer como a contemplação dos canais de navegação do Duque de Bridgewater. O seu idealizador e construtor, o engenhoso Sr. Brindley, de tal maneira aperfeiçoou essa arte, que não podemos deixar de nos surpreender com os resultados. Em Barton Bridge ele construiu um canal navegável suspenso no ar, à altura dos topos das árvores. Enquanto inspecionava os canais em um estado de prazerosa admiração, quatro embarcações passaram por mim no espaço de três minutos, duas delas engatadas uma à outra, e puxadas por uma parelha de cavalos, marchando no canteiro às margens do canal, para onde, a muito custo me aventurei. . . a andar, uma vez que quase perdi o equilíbrio ao contemplar o caudaloso rio Irwell correndo sob meus pés. Na junção do Cornebrooke com o canal do Duque. . . cerca de uma milha de Manchester, os agentes do Duque construíram um desembarcadouro onde vendem carvão a *três pences e meio* a cesta. . . No próximo verão eles planejam estar entregando em (Manchester).

Em seguida, Brindley se entregou à ligação de Manchester a Liverpool, em um projeto ainda mais arrojado, que se desdobrou na construção de quase seiscentos e cinqüenta quilômetros de extensão de canais, constituindo uma rede que cobria toda a Inglaterra.

Na criação do sistema inglês de canais destacam-se dois aspectos típicos da Revolução Industrial. O primeiro mostra que os homens responsáveis pela revolução eram eminentemente práticos. Como

125
Os canais eram artérias de comunicação: não eram construídos para barcos de lazer, mas, sim, para barcaças. Era um comércio provincial. *Aqueduto junto à Pont-Cysyltau, que sustenta o canal de Llangollen sobre o vale do rio Dee. Desenhado por Thomas Telford em 1795.*

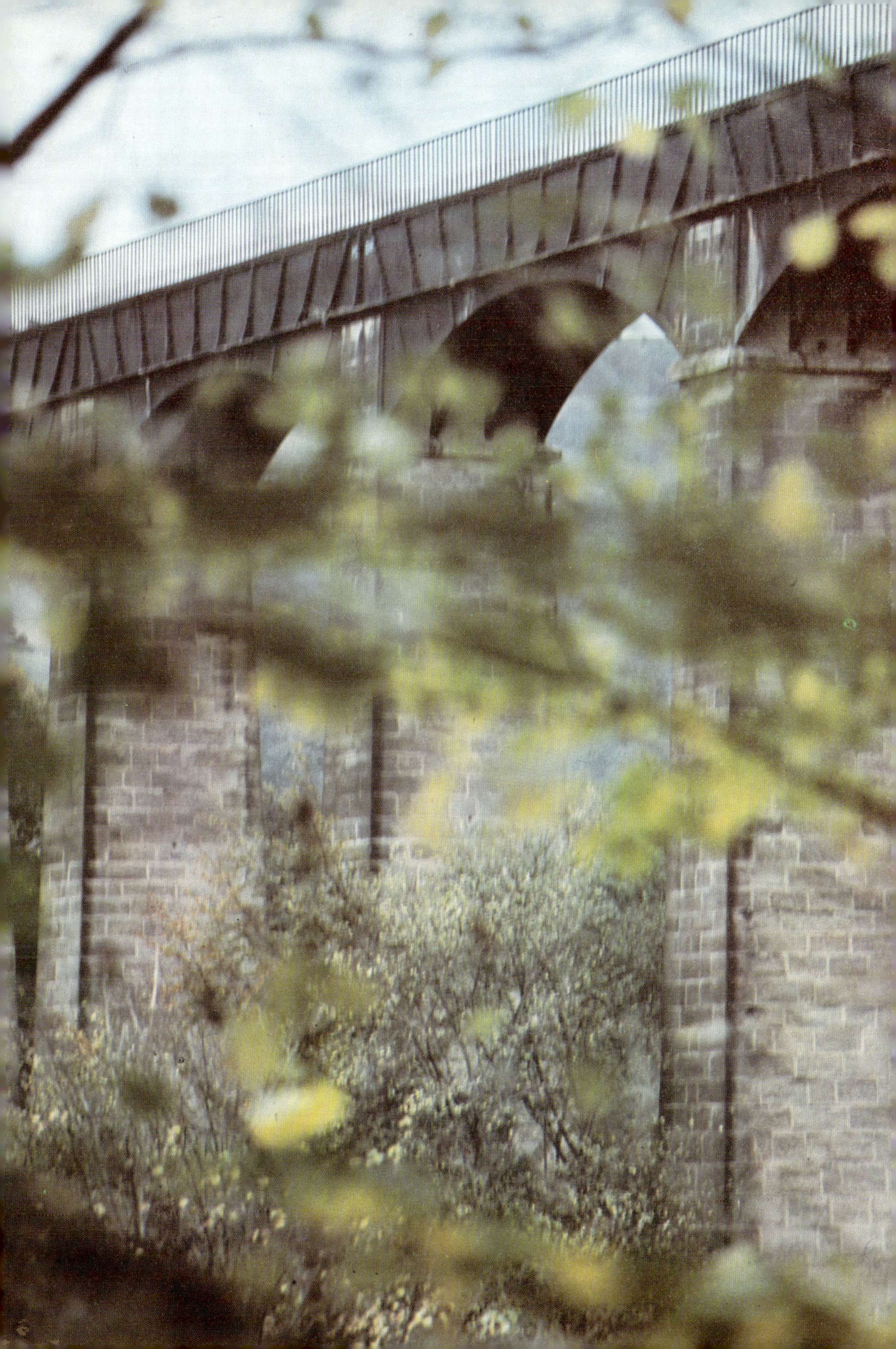

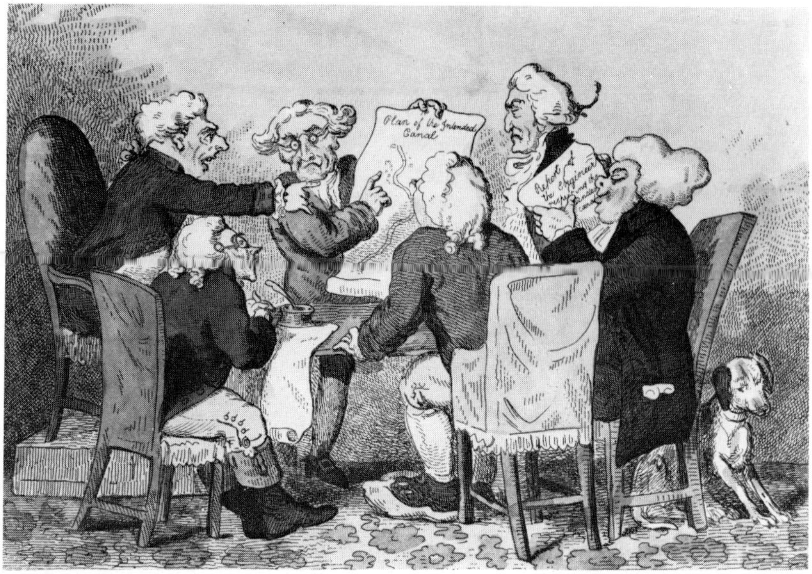
Plan of the Intended Canal

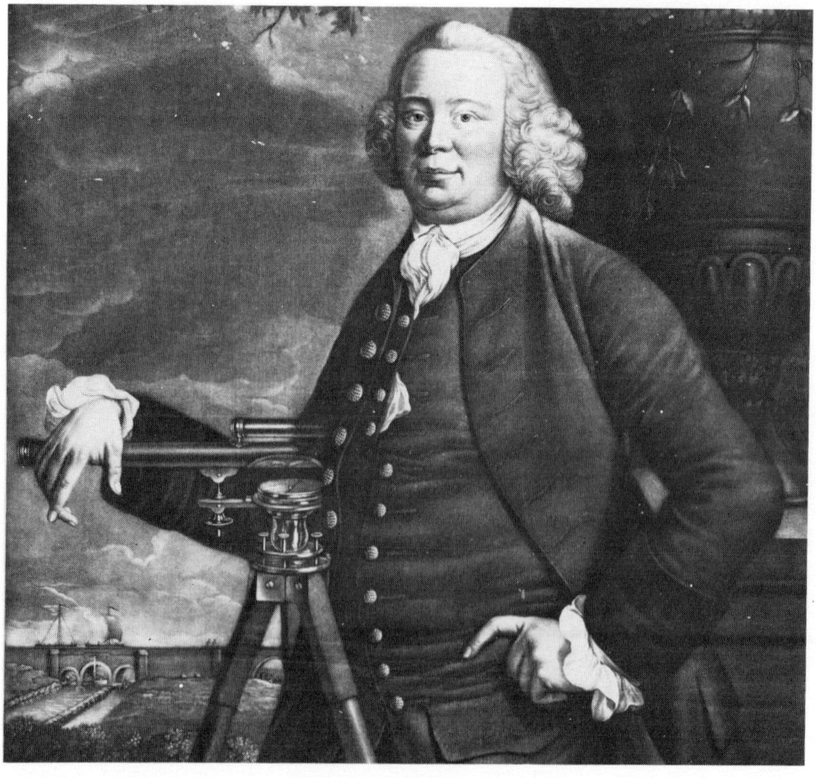

Em Busca de Poder

Brindley, não eram muito instruídos e, aliás, a escola tal como era então só poderia embotar a criatividade. Legalmente, a escola elementar só estava autorizada a ensinar as matérias clássicas, que eram seu objetivo original. Da mesma forma, as universidades (havia apenas duas: Oxford e Cambridge) pouca atenção dispensavam a estudos modernos ou mesmo científicos, além de serem fechadas aos não-adeptos da Igreja da Inglaterra.

O segundo aspecto é norteado pela constatação de que todas as novas invenções eram para uso imediato. Os canais representavam artérias de comunicação: estava fora de seus propósitos servirem de leito para barcos de lazer. Além disso, as barcaças não eram destinadas ao transporte de objetos de luxo, mas, sim, de potes, panelas, tecidos, cordas, enfim, todas as coisas ordinariamente compradas no varejo pelo povo. Essas coisas eram manufaturadas nos vilarejos, agora tomando proporções de cidades, afastadas de Londres, estabelecendo, dessa maneira, uma rede do comércio provincial.

Na Inglaterra a tecnologia era utilizada no interior, em todos os quadrantes do país, mas independente da capital. Tal fato explica por que a tecnologia não havia sensibilizado os sombrios recônditos das cortes européias. Por exemplo, os franceses e os suíços eram tão inteligentes quanto os ingleses (e muito mais engenhosos) na fabricação de brinquedos científicos; mas inteligência e engenhosidade gastas na sofisticada arte relojoeira foram despendidas na montagem de brinquedos para diversão de clientes abastados ou da família real. Os autômatos, nos quais gastavam anos de trabalho, ainda hoje constituem modelos de coordenação de movimentos dos mais requintados de que se tem conhecimento. Os franceses foram os inventores da automação: isto é, da idéia de fazer com que uma etapa, uma seqüência de movimentos, controle a seguinte. Mesmo o controle moderno de máquinas por meio de cartões perfurados já havia sido inventado por Joseph Jacquard, por volta de 1800, para uso nos teares de seda de Lyon, permanecendo limitado a esse emprego de luxo.

Antes da revolução, habilidades requintadas como essas promoviam os homens na França. O relojoeiro Pierre Caron, inventando um novo tipo de mecanismo de balanceamento para relógio que agradou à Rainha Maria Antonieta, prosperou na corte a ponto de tornar-se o Conde de Beaumarchais. Este homem era também possuidor de outros talentos, musicais e literários, por

Medalhão do Duque de Bridgewater, por Josiah Wedgwood.

126
A água jorrava e se espalhava por todo o campo. Caricatura feita por George Cruikshank representando uma reunião de acionistas durante o boom de construção de canais no final do século XVIII. James Brindley, o engenheiro autodidata, 1770.

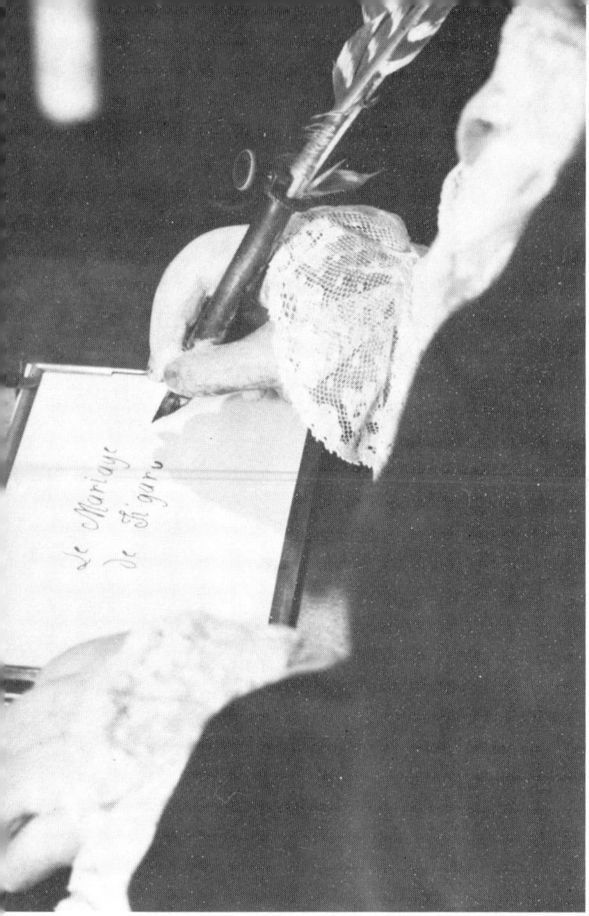
Le Mariage
de Figaro

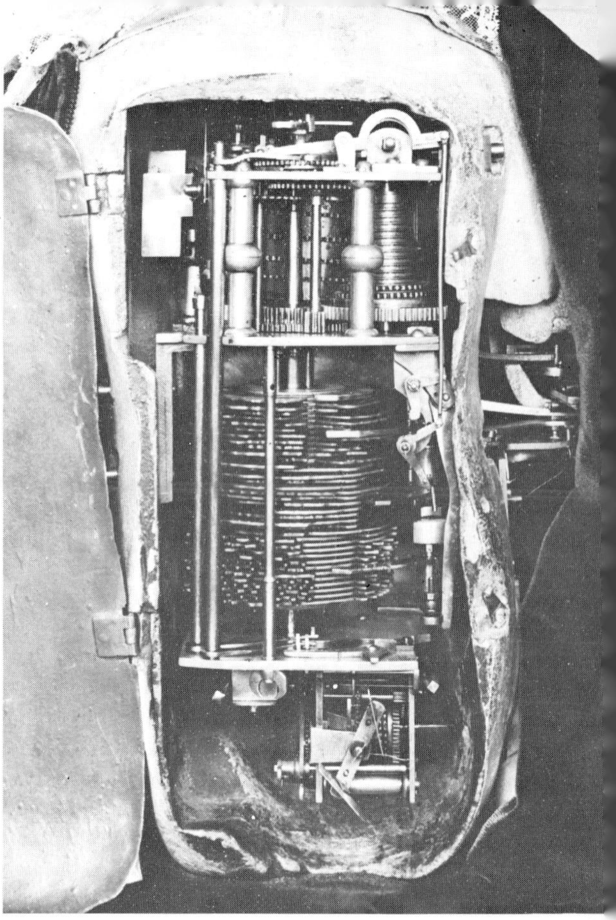

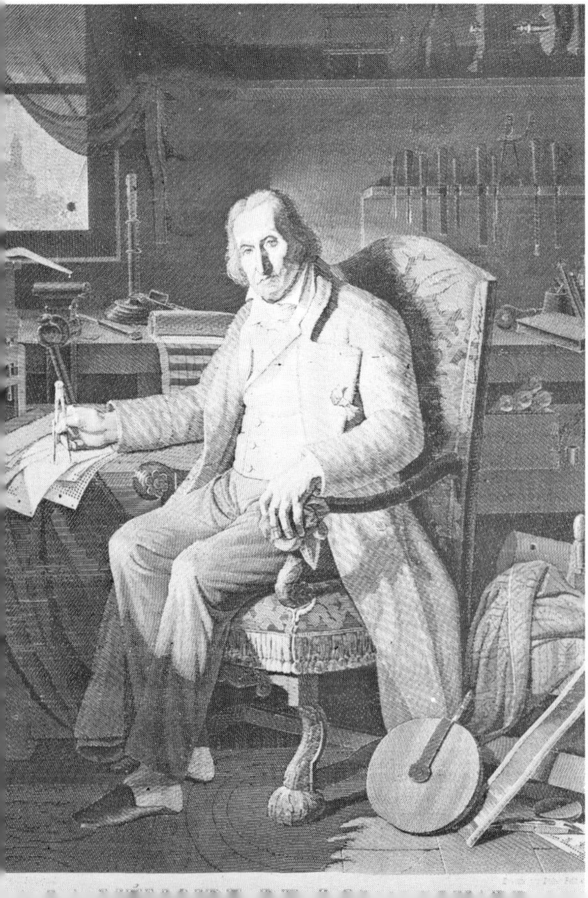

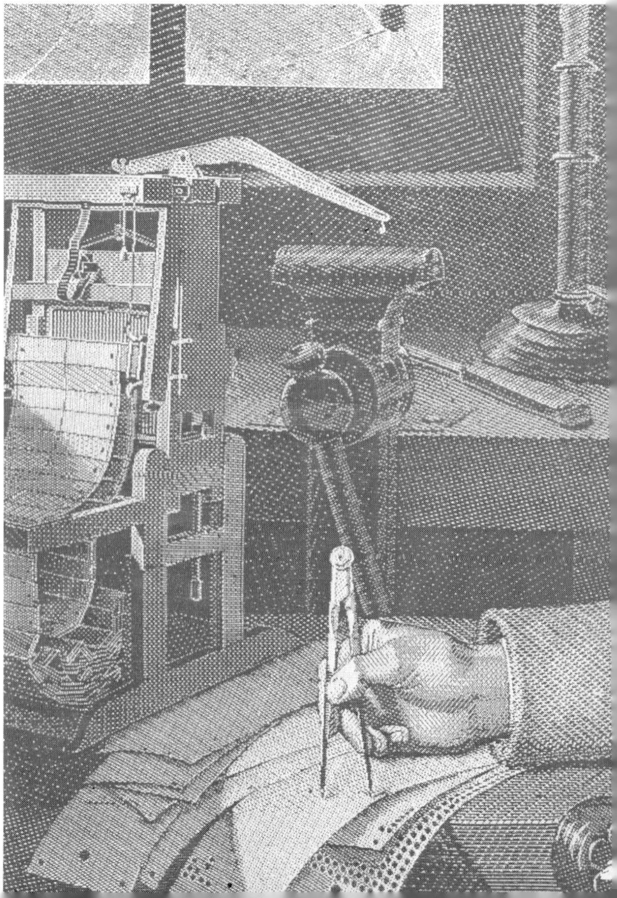

Em Busca de Poder

exemplo. É de sua autoria a peça na qual Mozart baseou a ópera *As bodas de Fígaro*. Embora uma comédia possa parecer uma fonte improvável de onde se extraiam fatos da história social, as intrigas expostas naquela peça, e as geradas em torno dela, dão uma idéia do tipo de ocupação a que se entregavam os talentos das cortes européias.

À primeira vista, *As bodas de Fígaro* é uma peça francesa para marionetes, repleta de secretas maquinações, mas, na realidade, representa um sinal precursor da tempestade revolucionária. Beaumarchais possuía um faro político apurado, capaz de perceber o que estava sendo cozinhado, de forma que procurou comer com colher de cabo longo. Era testa-de-ferro de vários ministros reais em uma variedade de transações, entre elas, a venda secreta de armas aos revolucionários americanos em luta contra os ingleses. Aos olhos do Rei, ele poderia estar representando um papel de Maquiavel, cujas maquinações políticas não passavam de artigo de exportação. Entretanto, Beaumarchais era muito mais sensível e astuto, e realmente sentia a chegada da revolução. Assim, a mensagem transmitida através do serviçal Fígaro é revolucionária.

Signor Naldi no papel de Fígaro. Estampa de teatro, feita por George Cruikshank para o "The Stage", em 1818.

127
Os franceses e suíços despenderam inteligência e engenhosidade na fabricação de mecanismos de relojoaria para clientes abastados ou da família real.
Autômatos construídos por pai e filho Jacquet-Droz em 1774; eram apreciados pelas cortes reais do mundo todo. A mão do escritor e mecanismos. Até mesmo o moderno controle de máquinas através de cartões perfurados foi concebido por Joseph Marie Jacquard, em torno de 1800, e usado nos teares de seda de Lyon. *Jacquard, retrato tecido em seda cinza em um de seus teares. Os cartões de Jacquard, mostrados no detalhe, dividem as 400 fileiras de pinos em padrões pré-programados.*

Bravo, Signor Padrone —
Agora estou começando a entender todo esse mistério, e perceber suas generosas intenções. O Rei o nomeia Embaixador em Londres, eu o acompanho como mensageiro, e minha Susana como assessora confidencial. Não. Macacos me mordam se ela for — Fígaro não concorda.

A famosa ária de Mozart, "Conde, meu Condezinho, você pode ir dançando, mas quem faz a música sou eu" (*Se vuol ballare, Signor Contino...*) é uma ameaça. Nas palavras de Beaumarchais ela aparece assim:

Não, meu senhor Conde, o senhor não pode ficar com ela, não pode. Porque o senhor é um grande fidalgo, pensa ser um grande gênio. Nobreza, riqueza, honrarias, emolumentos! Tudo isso torna um homem tão orgulhoso! O que o senhor fez para adquirir tantos privilégios? Deu-se ao trabalho de nascer, nada mais. Fora isso, o senhor é um tipo bastante ordinário.

Irrompeu um debate público sobre a natureza da fortuna, e, como não é necessário possuir a coisa a fim de discutir sobre a mesma, estando, na realidade, sem tostão, escrevi a respeito do dinheiro e de sua aplicação. Imediatamente, encontrei-me contemplando... a ponte levadiça de uma prisão... Bobagens impressas são perigosas apenas em países onde a livre circulação é controlada; sem o direito de crítica, reconhecimento e aprovações perdem o valor.

Tais eram os subterrâneos da atmosfera cortesã da sociedade francesa, tão formal quanto os jardins do Château de Villandry.

A Escalada do Homem

128
O filho da natureza vindo da floresta. *Benjamin Franklin coloca a coroa da liberdade na cabeça de Mirabeau.*

Atualmente parece inconcebível que a cena do jardim de *As bodas de Fígaro*, a ária na qual Fígaro se refere ao seu senhor como "Signor Contino", Condezinho, tenha sido considerada revolucionária. Mas é preciso não esquecer a época em que foi escrita. Beaumarchais terminou de escrever a peça em 1780. Mais quatro anos de lutas contra uma multidão de censores (entre eles o próprio Luís XVI) foram necessários para tê-la representada. A encenação escandalizou a Europa. Para poder apresentá-la em Viena, Mozart a transformou em ópera. Mozart contava então trinta anos; era 1786. Três anos mais tarde, 1789 — a Revolução Francesa.

A queda de Luís XVI e sua decapitação teriam sido causadas por *As bodas de Fígaro*? É claro que não! A sátira não é dinamite social. Mas é um termômetro social: mostra que um novo tipo de homem está batendo à porta. O que levou Napoleão a considerar o último ato da peça como "a revolução em ação"? Foi o próprio Beaumarchais que, na pessoa de Fígaro, aponta para o Conde e exclama: "Porque o senhor pertence à alta nobreza, o senhor se pensa um gênio. A sua maior realização não foi senão a de nascer".

Beaumarchais representava uma aristocracia diferente — a dos trabalhadores de talento: os relojoeiros de sua época, os pedreiros do passado, os tipógrafos. Por que razão Mozart se entusiasmou pela peça? O ardor revolucionário representado pelo movimento maçônico ao qual estava filiado, e por ele glorificado n' *A Flauta Mágica*. (A Maçonaria era, então, uma sociedade secreta em ascensão, com tendências liberais e anticlericais, o que custou aos amigos de Mozart, porque sua filiação era conhecida, grande dificuldade em trazer um padre para junto de seu leito de morte em 1791.) Note-se que o maçom mais eminente daquela época era o tipógrafo Benjamin Franklin, emissário americano junto à corte de Luís XVI, quando *As bodas de Fígaro* foi encenada pela primeira vez. E ele, mais do que qualquer outro, representa aquela categoria de homens progressistas, tenazes, confiantes, persistentes, responsáveis pela construção da nova era.

Em primeiro lugar, Benjamin Franklin tinha uma tremenda sorte. Quanto ia apresentar suas credenciais à Corte Francesa em 1778, a peruca e as roupas protocolares eram pequenas demais para ele. Arrojadamente apresentou-se de cabeça descoberta, e foi imediatamente aclamado como o filho da natureza vindo da floresta.

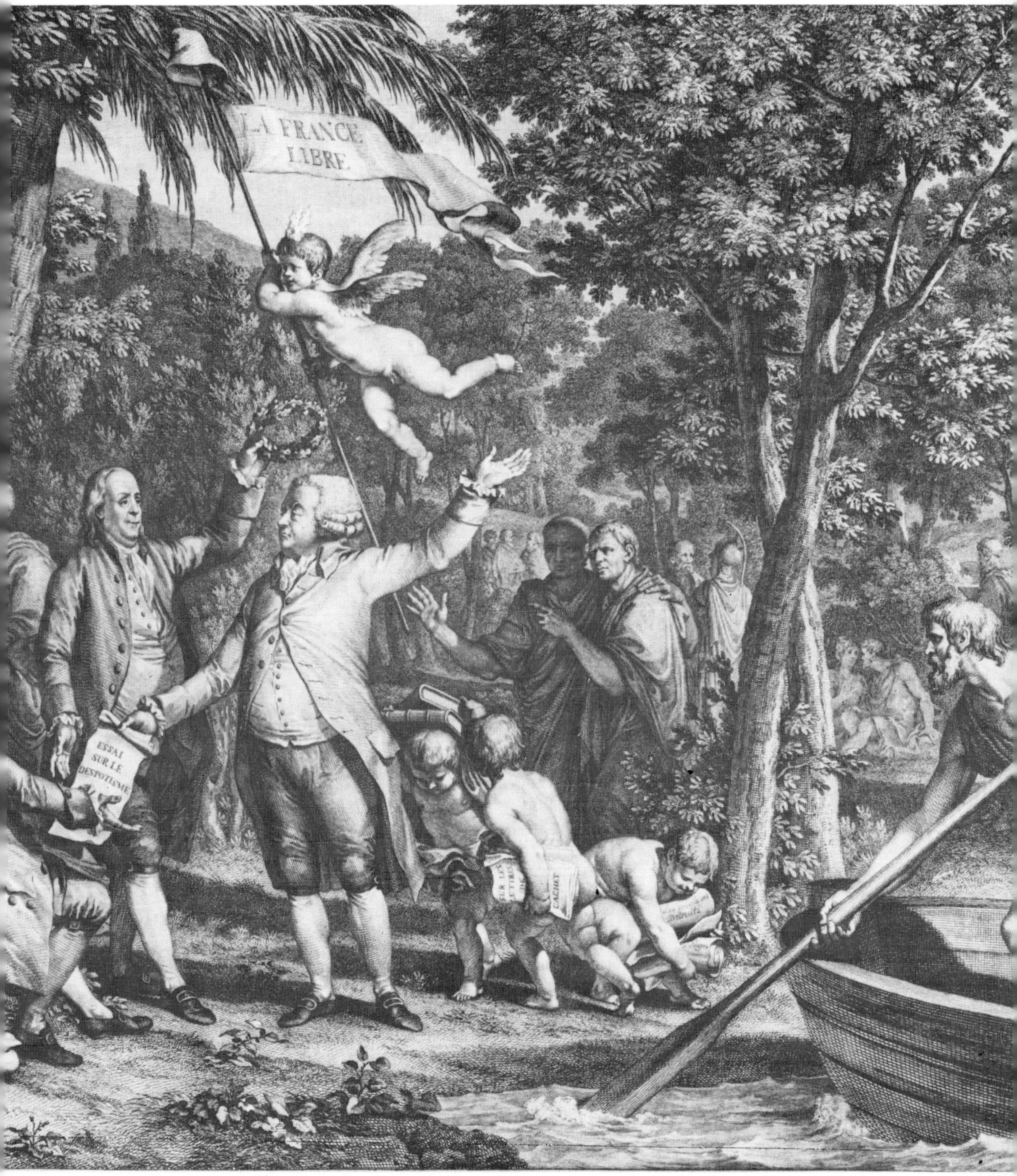
LA FRANCE
LIBRE
ESSAI
SUR LE
DESPOTISME

129
Benjamin Franklin representa aquela categoria de homens progressistas, tenazes, confiantes, persistentes, responsáveis pela construção da nova era.
Benjamin Franklin, por Joseph Duplessis, pintado em Paris em 1778.

Em Busca de Poder

Todas as suas ações traziam a estampa de um homem que não só controla sua mente, como sabe como expressá-la. Seu *Poor Richard's Almanack,* publicado anualmente, contém a matéria-prima para os futuros provérbios: "Fome não conhece pão ruim". "Se você quiser saber o valor do dinheiro, tente pedi-lo emprestado." A respeito de sua publicação, Franklin escreveu:

Meu Almanaque foi publicado pela primeira vez em 1732... empreendimento por mim continuado durante cerca de 25 anos... Pretendi mantê-lo tão interessante quanto útil, o que aparentemente foi conseguido, a julgar pela aceitação e conseqüente lucro obtidos; perto de dez mil exemplares eram vendidos anualmente... praticamente todas as comunidades da província o conheciam. Era o veículo adequado à transmissão de instruções ao povo que não comprava nenhum outro livro além desse.

Aos céticos em relação à utilidade das novas invenções (a ocasião foi propiciada durante a subida do primeiro balão de hidrogênio, em Paris, no ano de 1783), Franklin respondia: "Qual a utilidade de um bebê recém-nascido?". Seu caráter se exprime nessa resposta: otimista, terra-a-terra, piedoso e memorável o bastante a ponto de ser novamente repetido, no século seguinte, por um cientista maior, Michael Faraday. Franklin estava sempre atento à maneira pela qual os pensamentos eram expressos. Fez, para seu próprio uso, o primeiro par de lentes bifocais, serrando suas lentes pela metade, porque não conseguia entender o francês na corte a não ser que acompanhasse a expressão facial de quem falava.

Homens do tipo de Franklin são apaixonados pelo conhecimento racional. Inventariando a montanha de realizações conseguidas durante sua vida, espalhadas em panfletos, caricaturas, tipos de impressão, constatamos a amplidão e a riqueza de sua mente criadora. A diversão científica da moda era a eletricidade. Franklin era brincalhão (sendo mesmo impertinente), mas tomou a sério a eletricidade, reconhecendo-a como uma força natural. Propôs que o raio do trovão era devido à eletricidade e o provou em 1752. Que expediente um homem como ele usaria para tal fim? – simplesmente dependurando uma chave elétrica em um papagaio empinado durante uma tempestade. Sendo ele Franklin, a sorte lhe foi benévola: o experimento não o matou, mas apenas àqueles que tentaram repeti-lo. Evidentemente, provado o fenômeno, este foi logo transformado em uma invenção prática – o pára-raio. Contribuiu também com importante esclarecimento

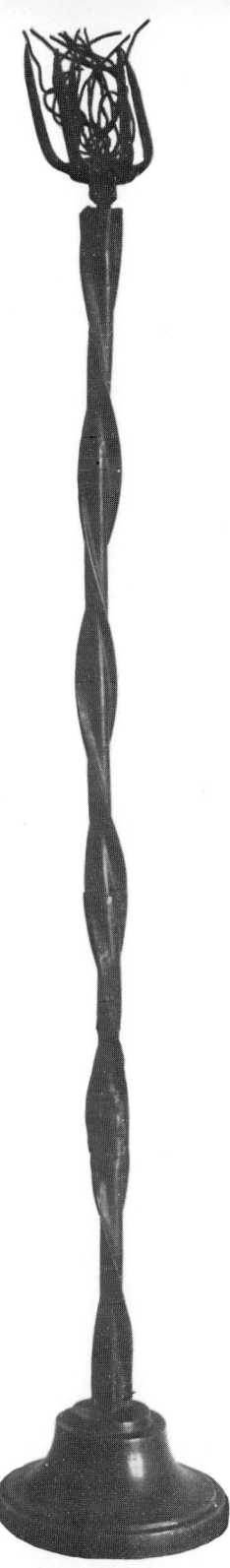

Um condutor de pára-raios da época de Franklin.

para a teoria da eletricidade, no sentido de mostrar sua uniformidade, desmentindo a crença da existência de dois fluidos.

Podemos observar mais uma vez, a propósito da invenção do pára-raios, que a história social pode se esconder em lugares inesperados. Franklin raciocinou corretamente que o pára-raios seria mais eficiente se tivesse a ponta aguda. Isso foi contestado por alguns cientistas favoráveis a uma ponta esférica; e a *Royal Society* da Inglaterra foi encarregada dessa arbitragem. Entretanto, a questão foi resolvida em instância mais primária, embora mais eminente: O Rei George III, furioso com a revolução americana, ordenou que as pontas dos pára-raios dos edifícios reais fossem esféricas. Interferências políticas na ciência são quase sempre trágicas: esse episódio cômico rivaliza com aquele descrito em *As Viagens de Gulliver* sobre a guerra entre os "dois grandes Impérios de *Lilliput* e *Blefuscu*" por quebrarem os ovos, no café da manhã, uns pela ponta longa, outros pela romba.

Franklin e seus amigos viviam a ciência; ela estava constantemente em seus pensamentos e, mais freqüentemente, em suas mãos; para eles, entender a natureza era um prazer prático e intenso. Eram homens sociáveis: Franklin agia sempre como político, quer imprimindo papel-moeda, quer editando seus intermináveis e espirituosos panfletos. E sua política era tão direta quanto seus experimentos. Eliminou os floreios da abertura da Declaração da Independência, tornando-a uma afirmação simples de confiança: "Entendemos essas verdades como *auto-evidentes*, que todos os homens são criados iguais". Ao eclodir a guerra entre os revolucionários americanos e a Inglaterra, escreveu abertamente a um político inglês, que tivera por amigo, as seguintes palavras flamejantes:

Vocês começaram a incendiar nossas cidades. Reparem em suas mãos: elas estão manchadas com sangue de parentes seus.

As irradiações vermelhas do braseiro incandescente tornam-se, na Inglaterra, a imagem da nova era — presente nos sermões de John Wesley e na fornalha dos céus da Revolução Industrial, como da paisagem flamejante de Abbeydale em Yorkshire, centro pioneiro nos novos processos de fabricação de ferro e de aço. Os senhores da indústria eram os mestres-ferreiros: figuras poderosas, quase sobrenaturais, demoníacas que, com razão, davam aos governantes a impressão de que acreditavam realmente que todos os homens nascem iguais. Os trabalhadores no norte e no oeste

130
Tom Paine, um contestador na América e na Inglaterra, protagonista de *Os Direitos do Homem*. *Paine foi satirizado por James Gillray por tentar vestir a Britannia com a indumentária da Revolução Francesa. (O pai de Paine tinha sido fabricante de corpetes de Thetford em Norfolk.)*

THOMAS PAIN
STAY-MAKER
from Thetford.
Paris Modes by express

já não eram lavradores, formavam agora uma comunidade industrial. Tinham de ser pagos em moeda e não em espécie; entrementes, o governo central em Londres desconhecia o sentido dessa transformação. Recusava-se, por exemplo, a cunhar maior quantidade de moedas, de modo que mestres-ferreiros como John Wilkinson passaram a cunhar suas próprias moedas-vale salariais, trazendo impressas nelas suas faces plebéias. O alarme chega a Londres: seria isso indício de um complô. Mas não é menos verdade que invenções radicais se originam em cérebros radicais. O primeiro modelo de estrutura de ferro para pontes, exibido em Londres, foi proposto por Tom Paine, contestador na América e na Inglaterra e protagonista de Os Direitos do Homem.

Nesse ínterim, o ferro fundido estava sendo usado de maneira revolucionária por mestres-ferreiros como John Wilkinson. Este construiu o primeiro barco de ferro em 1787, vangloriando-se de que nele seria carregado seu caixão quando morresse. Na verdade, foi enterrado em caixão de ferro em 1808, e o barco navegou sob uma ponte de ferro a qual Wilkinson havia ajudado a construir, em 1779, nos arredores da cidadela de Shropshire; ainda hoje a ponte é chamada Ironbridge (Ponte de Ferro).

Mas, chegou a arquitetura do ferro a rivalizar a arquitetura das Catedrais? Sim. Essa época foi heróica. Thomas Telford sentiu isso, ao ampliar a paisagem com ferro. Nascido pastor de ovelhas e pobre, trabalhou depois como pedreiro diarista e, por iniciativa

131
Mestres-ferreiros como John Wilkinson cunhavam seus próprios vales salariais, estampando neles suas faces plebéias. *Token de Wilkinson, 1788.*

132
Os monumentos da Revolução Industrial ostentam uma grandiosidade romana, uma grandiosidade republicana. *A pequena ponte junto à Coalbrookdale, a primeira grande extensão de ferro a ser erigida sobre o Severn, entre 1775 e 1779.*

Em Busca de Poder

própria, tornou-se engenheiro de estradas e canais, e amigo dos poetas. O grande aqueduto que sustenta o canal Llangollen sobre o rio Dee, por ele construído, atesta sua maestria no uso do ferro fundido em larga escala. Os monumentos da Revolução Industrial exibem uma grandiosidade romana, grandiosidade republicana.

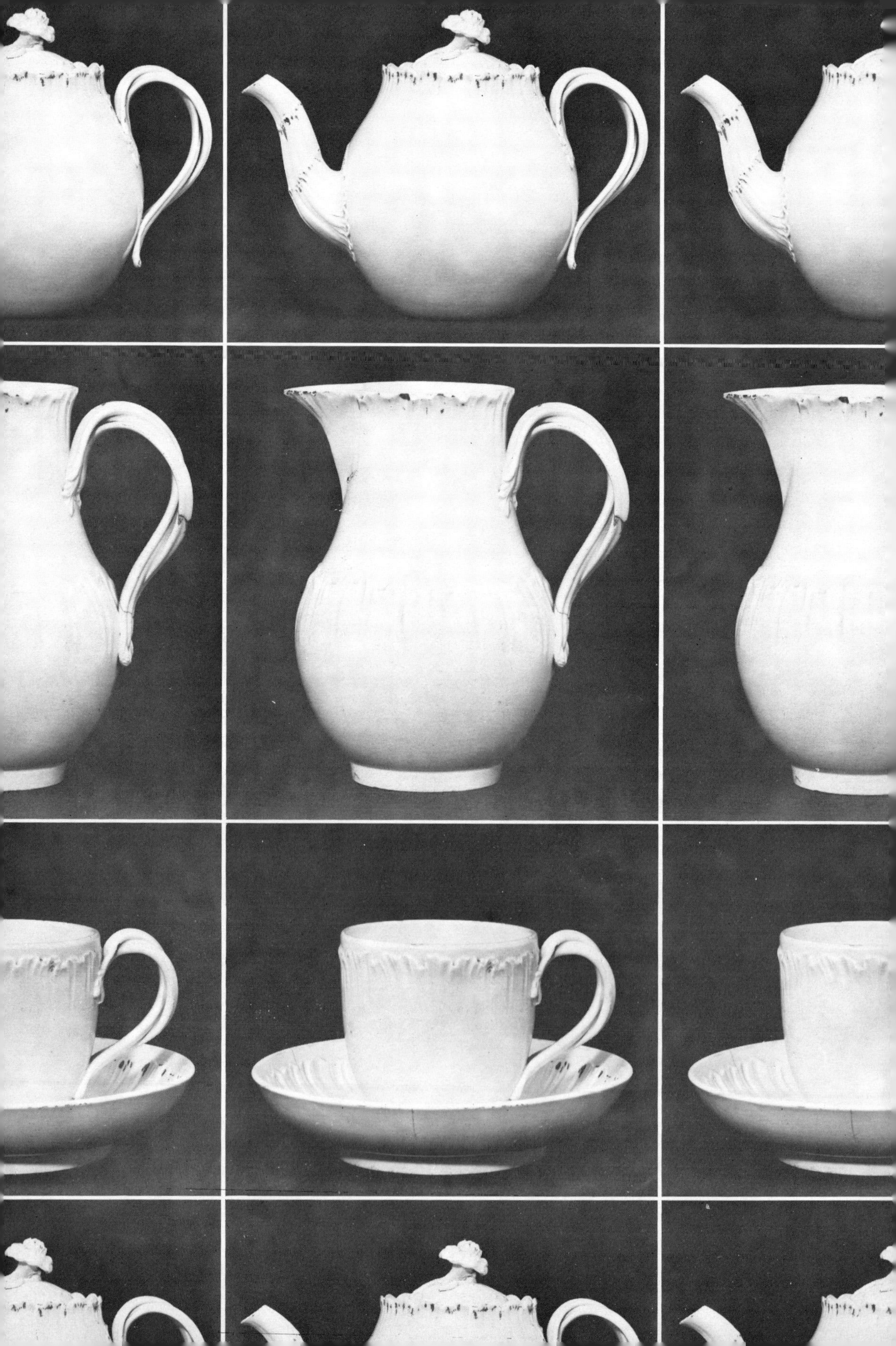

Em Busca de Poder

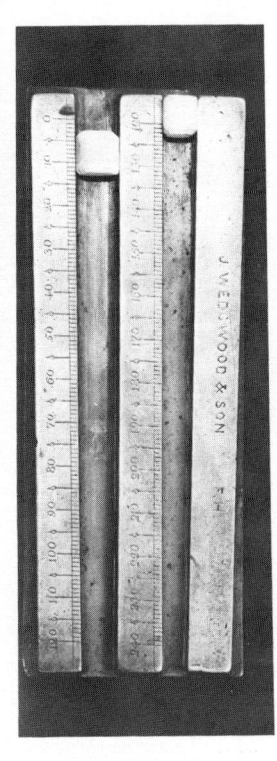

Pirômetro de Josiah Wedgwood, que lhe valeu a eleição para Fellow *da Sociedade Real de Londres.*

133
O *creamware* que tornou Wedgwood famoso transformou as cozinhas da classe trabalhadora na Revolução Industrial. *Louça de cerca de 1780.*

Os construtores da Revolução Industrial são pintados como imperturbáveis homens de negócio, sem nenhuma outra motivação senão o próprio interesse. Certamente, isso não é correto. Por um lado, porque muitos deles eram inventores que entraram para os negócios por essa via, e por outro lado porque a maioria deles não pertencia à Igreja da Inglaterra e, sim, a uma tradição puritana do tipo Unitariano ou similar. John Wilkinson estava sob a forte influência de seu cunhado Joseph Priestley, que se tornou um químico famoso, mas era, antes de tudo, Ministro Unitariano e provavelmente pioneiro do princípio "maior felicidade para o maior número".

Joseph Priestley por sua vez era conselheiro científico de Josiah Wedgwood. Pois bem, Wedgwood é habitualmente lembrado como o fabricante de maravilhosos serviços de louça para a aristocracia e realeza, o que ele realmente fez, mas em raras ocasiões, quando recebia encomendas. Por exemplo, em 1774 fabricou um conjunto de louça de cerca de mil peças ricamente decoradas para Catarina a Grande, da Rússia, que custou duas mil libras — enorme quantia de dinheiro para a época. Entretanto, a base daqueles objetos de mesa era sua cerâmica ordinária, *creamware;* sem a decoração, as mil peças custariam menos de cinqüenta libras, com as mesmas formas e qualidade das de Catarina a Grande, mas sem os cromos idílicos. O *creamware* que o tornou famoso e próspero não era porcelana e sim uma argila branca para cerâmica, de uso comum. O homem das ruas podia comprar essas peças por cerca de um *shilling* cada uma. Com o tempo, foi isto que transformou as cozinhas da classe trabalhadora da Revolução Industrial.

Wedgwood era um homem extraordinário: inventivo, em sua profissão, é claro, e também em todas as técnicas científicas que pudessem aperfeiçoar sua arte. Inventou um meio de medir a temperatura no interior do forno, usando uma espécie de escala deslizante por expansão, na qual uma peça-teste de cerâmica se movia. A medição de altas temperaturas era um problema antigo e de difícil solução que interessava sobremaneira as indústrias de metal e cerâmica; portanto (dentro do contexto da época), foi justa a eleição de Wedgwood para a *Royal Society*.

Josiah Wedgwood não era exceção, havia dezenas de homens como ele. Na realidade, fazia parte de um grupo de cerca de doze homens, a Sociedade Lunar de Birmingham (Birmingham ainda era um aglomerado de distritos industriais), assim chamada por

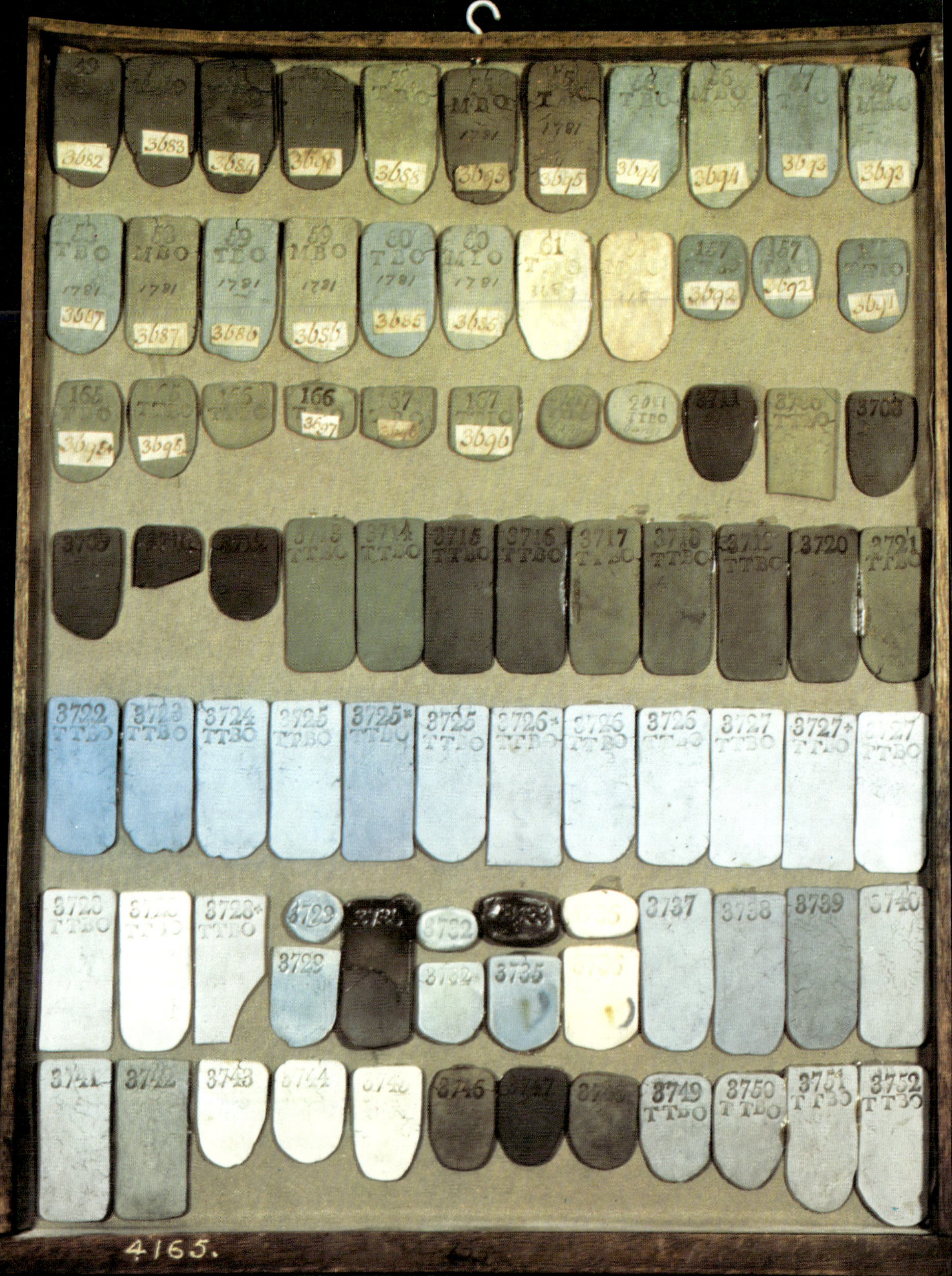
4165.

Em Busca de Poder

Wedgwood, por George Stubbs.

eles próprios devido ao fato de os encontros se darem na lua cheia. Para homens como Wedgwood, que vinham de lugares relativamente afastados de Birmingham, essa era uma medida de segurança, pois podiam cruzar estradas desoladas, perigosas, em noites escuras.

No entanto, Wedgwood não era o industrial mais importante da região: essa distinção cabia a Matthew Boulton, que trouxe James Watt para Birmingham porque aí poderiam construir a máquina a vapor. Boulton adorava conversar sobre métodos de medida; dizia que a natureza o havia destinado à engenharia ao fazê-lo nascer no ano de 1728, sendo esse o número de polegadas cúbicas em um pé cúbico. A medicina também ocupava um lugar importante naquele grupo, posto que grandes avanços estavam sendo conseguidos nesse campo. O Dr. William Withering descobriu o uso dos digitálicos em Birmingham. Um outro médico, pertencente à Sociedade Lunar e cuja fama persistiu, foi Erasmus Darwin, avô de Charles Darwin. O outro avô? Josiah Wedgwood.

Sociedades tais como a Sociedade Lunar representam o espírito dos construtores da Revolução Industrial (um espírito muito inglês) de que eles tinham responsabilidades sociais. Ao chamá-lo espírito essencialmente inglês comete-se uma injustiça; a Sociedade Lunar sofria grande influência da parte de Benjamin Franklin e de outros americanos a ela associados. O que a mantinha era um ato simples de fé: uma boa vida caracteriza-se por algo *mais do que* decência material; mas uma boa vida deve *estar baseada* na decência material.

134
Josiah Wedgwood era um homem extraordinário: inventivo, em sua profissão, é claro, e também em todas as técnicas científicas que pudessem aperfeiçoar sua arte. *Cuidadosa coleção de padrões de cores de Josiah Wedgwood, 1776.*

Passaram-se cem anos até que os ideais da Sociedade Lunar se tornassem realidade na Inglaterra vitoriana. Quando chegou, a realidade parecia lugar-comum, mesmo cômica, tal qual uma pintura vitoriana em um cartão postal. É cômico pensar que roupas íntimas de algodão e o sabão causaram tão profunda transformação na vida da população pobre. Contudo, coisas simples como essas, e mais, carvão em fogão de ferro, vidro nas janelas, alimentos à escolha, significaram uma maravilhosa elevação nos padrões de vida e de saúde. Julgados segundo critérios atuais, os distritos industriais eram favelas, mas para aqueles egressos de palhoças, uma casa representava libertação da fome, da sujeira e das doenças; ela oferecia uma infinidade de novas oportunidades. O quarto de dormir com um texto religioso pendurado na parede pode nos parecer engraçado ou mesmo patético,

A Escalada do Homem

mas para a dona-de-casa da classe trabalhadora representava a primeira experiência de vida privada decente. Provavelmente, a cama com estrado de ferro salvou mais mulheres de infecções puerperais do que a mala preta do doutor, por si só, uma inovação médica da época.

Esses benefícios vieram como conseqüência da produção em massa das fábricas. E o sistema fabril era horrendo; os manuais escolares o descrevem corretamente. Mas o horrível foi herdado de outros sistemas tradicionais. As minas e oficinas eram insalubres, superlotadas e tirânicas, muito antes da Revolução Industrial. As fábricas simplesmente mantiveram o padrão, de há muito vigente nas indústrias provinciais, de descaso impiedoso para com aqueles que nela trabalhavam.

A poluição causada pelas fábricas também não era assunto novo; minas e oficinas tradicionalmente degradavam os seus respectivos ambientes. Pensamos em poluição ambiental como se fosse uma desgraça moderna, mas essa é apenas uma outra forma de manifestação da sórdida indiferença para com a saúde e a decência, que nos séculos passados convidavam a Peste para sua visita anual.

Entretanto, o horrível da fábrica foi a introdução de um mal de outra ordem: a subordinação do homem ao ritmo das máquinas. Pela primeira vez, os trabalhadores eram conduzidos sob as ordens de um relógio impessoal: primeiro da energia hidráulica, e depois da do vapor. A nós nos parece desvario (e *era* um desvario) o fato de os operários serem intoxicados pelos contínuos jatos de vapor das caldeiras. Pregava-se uma nova ética na qual o pecado capital não era mais o vício ou a crueldade mas, sim, a preguiça. Até as escolas dominicais advertiam as crianças de que

> *Satã* sempre encontra malefícios
> Para mãos desocupadas realizarem.

A mudança da escala do tempo introduzida pelas fábricas foi cruel e destrutiva, mas a mudança da escala de poder abriu caminho para o futuro. Por exemplo, o Matthew Boulton da Sociedade Lunar construiu uma fábrica luxuosa, uma vez que o tipo de trabalho em metal por ele produzido dependia da habilidade de artesãos. E foi aí que James Watt veio construir o deus-sol de todo o poder, a máquina a vapor, único lugar onde poderia encontrar padrões de precisão necessários aos ajustes de seu invento.

Em 1776 Matthew Boulton exultava de entusiasmo pela sua associação com James Watt. Nesse mesmo ano declarou grandi-

Token de uma fábrica, mostrando a máquina a vapor de Watt, 1786.

135
Matthew Boulton construiu uma fábrica luxuosa. "Aqui eu vendo, meu senhor, aquilo que todo o mundo deseja possuir — potência."
A famosa Soho Foundry de Matthew Boulton e James Watt em Birmingham: "Da Arte, da Indústria e da Sociedade fluem Grandes Bênçãos". Certificado de Seguro de Trabalho mostrando o prédio da fábrica.

136
Passaram-se cem anos até que os ideais da Sociedade Lunar se tornaram realidade na Inglaterra vitoriana. Quando isso aconteceu, a realidade se apresentou como um lugar-comum, cômica mesmo.
Interior de um chalé em 1896.

From Art, Industry and Society, Great Blessings Flow

A Escalada do Homem

137
O novo conceito da natureza como fonte de energia colheu-os como uma tempestade. *Uma fornalha, cerca de 1790.*

loqüentemente ao biógrafo James Boswell: "Aqui eu vendo, meu senhor, aquilo que todo o mundo deseja possuir – potência". Linda frase! E verdadeira também.

Potência torna-se uma nova preocupação, em um certo sentido, uma nova idéia da ciência. A Revolução Industrial, a revolução inglesa, revelou-se uma grande descobridora de fontes de potência. Fontes de energia eram buscadas na natureza: vento, sol, água, vapor, carvão. Repentinamente uma pergunta se concretiza: Por que razão todas elas fazem a mesma coisa? Que relação existe entre elas, então? Essa pergunta jamais havia sido formulada anteriormente. Até aqui a ciência havia-se preocupado com a natureza, mas apenas explorando sua constituição. Mas, agora, a concepção moderna de se poder transformar a natureza, a fim de extrair dela energia, e mudar uma forma de energia em outra, atingia as fronteiras do pensamento científico. Em particular, tornou-se claro que o calor era uma forma de energia, transformável em outras, segundo proporções fixas. Em 1824, Sadi Carnot, engenheiro francês, examinando as máquinas a vapor, escreveu um tratado sobre o que ele chamou *la puissance motrice du feu*, no qual foi fundada, em essência, a ciência da termodinâmica – a dinâmica do calor. Energia havia-se tornado conceito científico fundamental para a ciência; assim, a indagação principal da ciência passa a ser sobre a unidade da natureza, da qual a energia constitui o cerne.

Essa indagação não atingia apenas a ciência. Para surpresa nossa, vamos encontrá-la igualmente nas artes. Enquanto tudo isso se passa, o que estava acontecendo na literatura? O surgimento da poesia romântica, em torno de 1800. Mas como podiam os poetas românticos estar interessados na industrialização? Muito simplesmente: o novo conceito da natureza como fonte de energia colheu-os tal qual uma tempestade. Eles simplesmente adoravam a palavra "tempestade", com a conotação de energia, em frases tais como *Sturm und Drang*, "tempestade e impulso". O clímax de *Rime of the Ancient Mariner (Rimas do Velho Marinheiro)* de Samuel Taylor Coleridge é conseguido lançando mão de uma tempestade quebrando uma calma mortiça e libertando a vida novamente.

> Os ares, de repente, se animaram!
> Flâmulas de fogo, às centenas, brilhavam
> como que agitadas de cá pra lá!
> De cá pra lá, acendendo e apagando,
> Pálidas estrelas também dançavam.

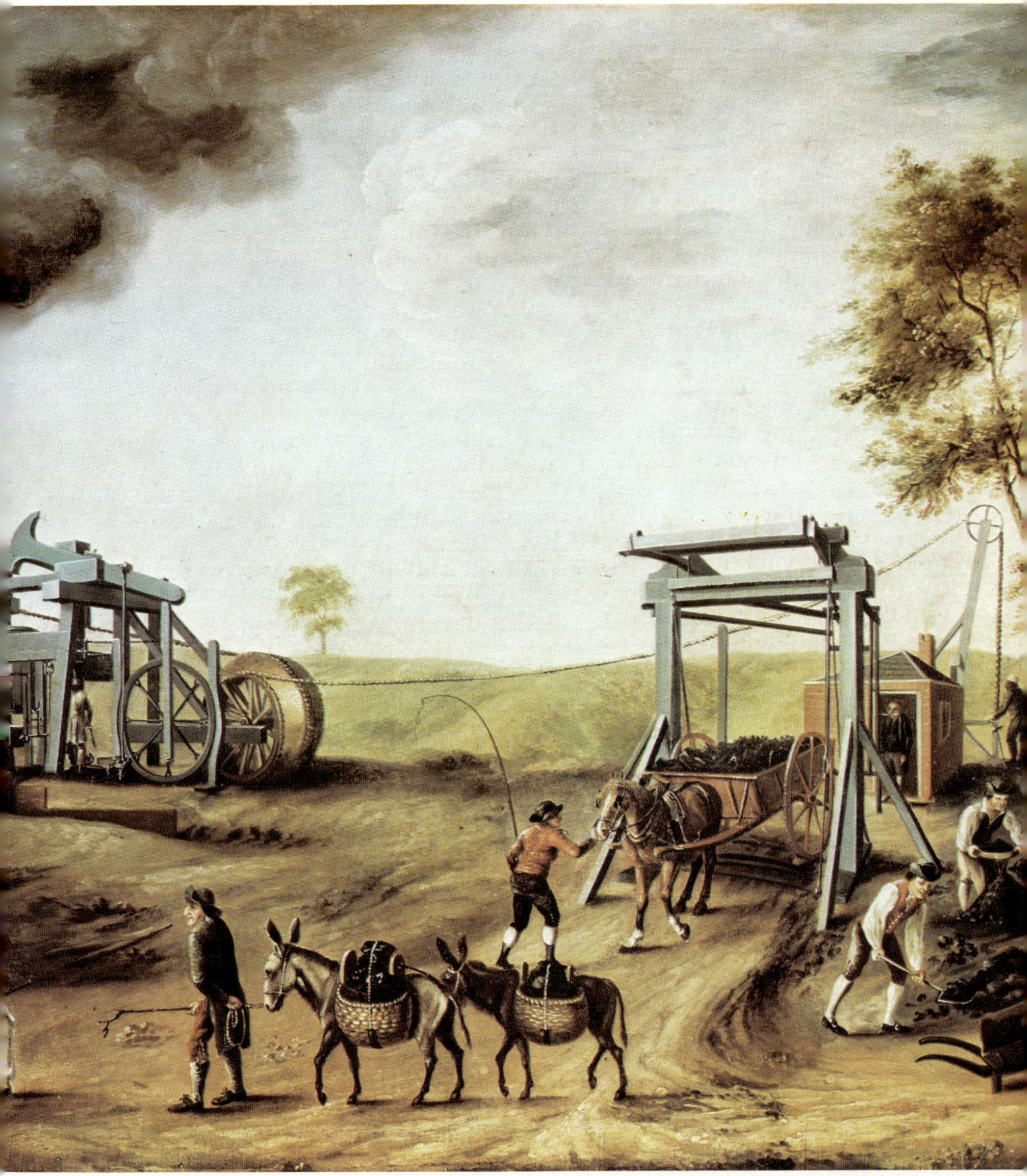

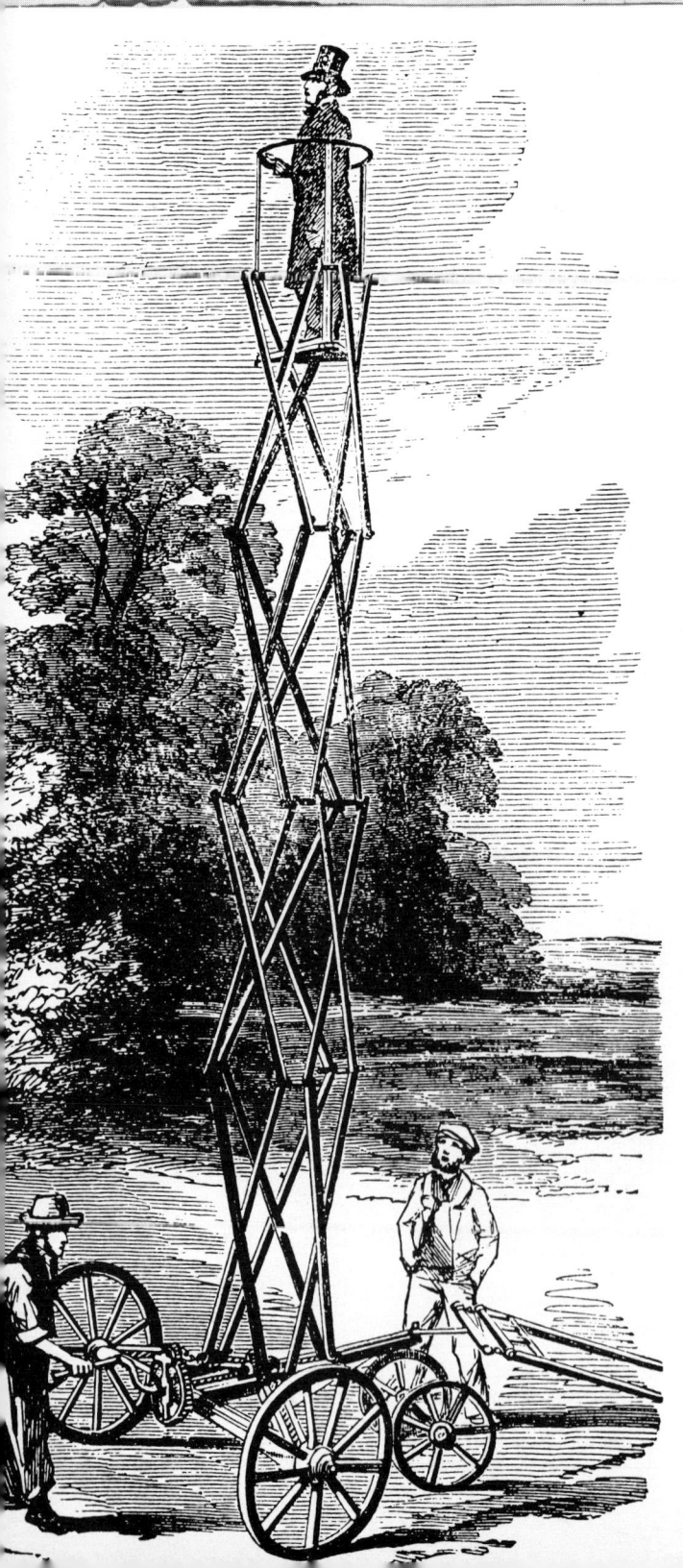

138
Dessa maneira foi produzida uma parafernália de idéias excêntricas para entreter as tardes de sábado das famílias das classes trabalhadoras.
O zootrópico; uma plataforma elevadiça; e uma mobília retrátil para quarto de dormir.

O vento forte não atingiu o barco,
No entanto, o barco, agora, se movia!
Sob os relâmpagos e à luz da lua,
O gemido dos mortos se ouvia.

Justamente por essa época, 1799, um jovem filósofo alemão, Friedrich von Schelling, inaugurou uma nova forma de filosofia que criou raízes profundas na Alemanha, *Naturphilosophie* — filosofia da natureza. Através de Coleridge ela chegou à Inglaterra, tornando-se, assim, conhecida pelos *Lake Poets* (poetas do Distrito de Lake) e pelos Wedgwoods, amigos e também patronos do poeta, uma vez que lhe destinavam um estipêndio anual. Poetas e pintores foram rapidamente envolvidos pela idéia de que a natureza é uma fonte de poder, cujas diferentes formas nada mais são do que diferentes manifestações de uma única força central, isto é, a energia.

E não apenas a natureza. A poesia romântica se afirma com clareza meridiana de uma energia divina ou, pelo menos, natural. A Revolução Industrial criou liberdade (na prática) para que, querendo, os homens pudessem realizar aquilo que clamava por se expressar de dentro deles mesmos — tal conceito era inconcebível uma centena de anos antes. Assim, o pensamento romântico inspirou aqueles homens a transformarem suas liberdades individuais em um novo sentido, em uma personalidade natural. William Blake, o maior dos poetas românticos, definiu esse ponto magistralmente: "Energia é Prazer Eterno".

A palavra-chave é "prazer" e o conceito-chave é "liberação" — um sentimento de alegria, um direito humano. Naturalmente, os homens da linha de frente da época expressaram esse impulso em invenções, produzindo uma infinidade de idéias excêntricas para alegrar as tardes de sábado das famílias trabalhadoras. (A partir de então, a maioria dos pedidos de registro de patentes, abarrotando os escritórios de patentes, beiram a insanidade, como acontece com seus próprios autores.) Poderíamos pavimentar uma avenida, indo daqui até a Lua, com tais loucuras; e isso seria tão inútil ou tão engenhoso quanto chegar até o satélite. Veja-se, por exemplo, a idéia do zootrópico, que consiste em um tambor circular para a animação de um quadro cômico vitoriano, por meio de gravuras projetadas sucessivamente em um visor. É quase tão divertido como uma sessão de cinema, transmitindo a mensagem de forma bastante direta. Ou a orquestra automática, com a vantagem de um repertório restrito. Tudo isto em pacote grosseiro, sem qualquer toque de bom gosto, mas conseguindo se impor. Para cada invenção supérflua de uso doméstico — como a do cortador de legumes — há uma outra, extraordinária, como a do telefone. Finalmente, fechando a avenida dos prazeres, deveríamos colocar a máquina representativa da essência da maquinaria: a que não faz absolutamente nada!

Os homens responsáveis pelas invenções tresloucadas e pelas de grande valor vêm do mesmo caldo de cultura. Consideremos a estrada de ferro, invenção derradeira da Revolução Industrial; lembrem-se que esta se iniciou com a construção de canais. Pois bem, a estrada de ferro tornou-se realidade pela ação de Richard Trevithick, originariamente ferreiro em Cornwale; este homem fortíssimo, lutador de luta-livre, fez da máquina a vapor uma unidade móvel de potência ao transformar o invento de Watt em uma máquina de alta pressão. Foi um ato vivificante, estabelecendo uma rede arterial de comunicação em um mundo cujo coração passou a ser a Inglaterra.

Estamos apenas a meio curso da Revolução Industrial; e, ainda bem, pois temos muito a dizer sobre ela, que fez o mundo mais rico, menor e, pela primeira vez, nosso. Literalmente, nosso mundo, o mundo de todos nós.

Em seus primórdios, quando ainda dependente do poder da água, a Revolução Industrial foi cruel para com aqueles cujas vidas ou meios de vida eram por ela ultrapassados. Todas as revoluções o são — faz parte de suas naturezas, uma vez que, por definição, as revoluções vão muito depressa para aqueles atingidos por elas. Contudo, acabou-se tornando uma revolução social, estabelecendo a igualdade social, a igualdade de direitos, e, principalmente, a igualdade intelectual, das quais todos nos beneficiamos. Onde estaria um homem como eu ou como você, se tivéssemos nascido antes de 1800? Como ainda estamos vivendo no bojo da Revolução Industrial é-nos difícil ver claro suas implicações, mas, sobre ela, o futuro dirá ter sido um passo, um salto mesmo, na escalada do homem, tão importante quanto o foi a Renascença. A Renascença estabeleceu a dignidade do homem. A Revolução Industrial estabeleceu a unidade da natureza. Moldou-se devido à atividade de cientistas e poetas românticos que viram o vento, o mar, os cursos d'água, o vapor como criação do calor do sol, e o próprio calor como uma forma de energia.

139
Richard Trevithick transformou a máquina a vapor em uma unidade móvel de potência.

Em Busca de Poder

Muitos homens pensaram sobre isso, mas, um deles, mais do que todos os outros, foi o responsável pelo estabelecimento dessas relações — James Prescott Joule, de Manchester. Nascido em 1818, a partir dos vinte anos dedicou sua vida à experimentação intrincada e detalhada da determinação do equivalente mecânico

A Escalada do Homem

do calor — isto é, do estabelecimento da proporção exata em que a energia mecânica se transforma em calor. Parecendo esse um empreendimento um tanto quanto acadêmico e cansativo, prefiro contar uma história engraçada a seu respeito.

No verão de 1847, o jovem William Thompson (que posteriormente se tornou o grande Lord Kelvin, a prima-dona da ciência britânica) estava caminhando — e onde, nos Alpes, poderia um cavalheiro britânico estar andando? — de Chamonix ao Mont Blanc. Aí encontrou — e quem poderia uma cavaleiro britânico encontrar nos Alpes? — um inglês excêntrico: James Joule, carregando um enorme termômetro e acompanhado, à pequena distância, por sua esposa em uma carruagem. Joule sempre quis fervorosamente demonstrar que a água, caindo de 260 metros, aumenta sua temperatura em um grau Fahrenheit. Assim, aproveitando sua lua-de-mel, via uma oportunidade de justificar a visita a Chamonix (mais ou menos pela mesma razão que leva casais americanos a visitarem Niagara Falls) e deixar a natureza se encarregar do experimento. A queda d'água era ideal. Não atingia os 260 metros, mas ele se contentaria com a elevação de apenas meio grau Fahrenheit. A título de informação, posso dizer que ele — evidentemente — não foi bem-sucedido; na queda, as colunas de água se quebram e espirram muito, tornando impossível a medida.

A anedota do cavalheiro britânico levando a sério suas excentricidades não é irrelevante. A esses homens devemos a visão romântica da natureza; o Movimento Romântico da poesia seguiu suas pegadas. Constatamos isso em um Goethe (que era cientista também) e em músicos tais como Beethoven. Mas foi com Wordsworth que a manifestação clara se revelou pela primeira vez: a visão da natureza sentida como uma nova vibração do espírito, porque a unidade da natureza é apreendida imediatamente pelo coração e pela mente. Wordsworth havia atravessado os Alpes em 1790, atraído ao Continente pela Revolução Francesa. Em 1798, em *Tintern Abbey,* ele se exprimiu melhor do que qualquer outro poderia ter conseguido.

>   A natureza era. . .
>   Para mim, tudo em tudo — não consigo saber
>   O que então eu era. A sonoridade da catarata
>   Me envolvia como uma paixão.

"Para mim, natureza era tudo em tudo." Joule jamais chegou a dizê-lo tão bem, mas o que disse: "Os poderosos agentes da natureza são indestrutíveis" significa a mesma coisa.

140
"Os grandes agentes da natureza são indestrutíveis."
Queda d'água de Sollanches, Chamonix.

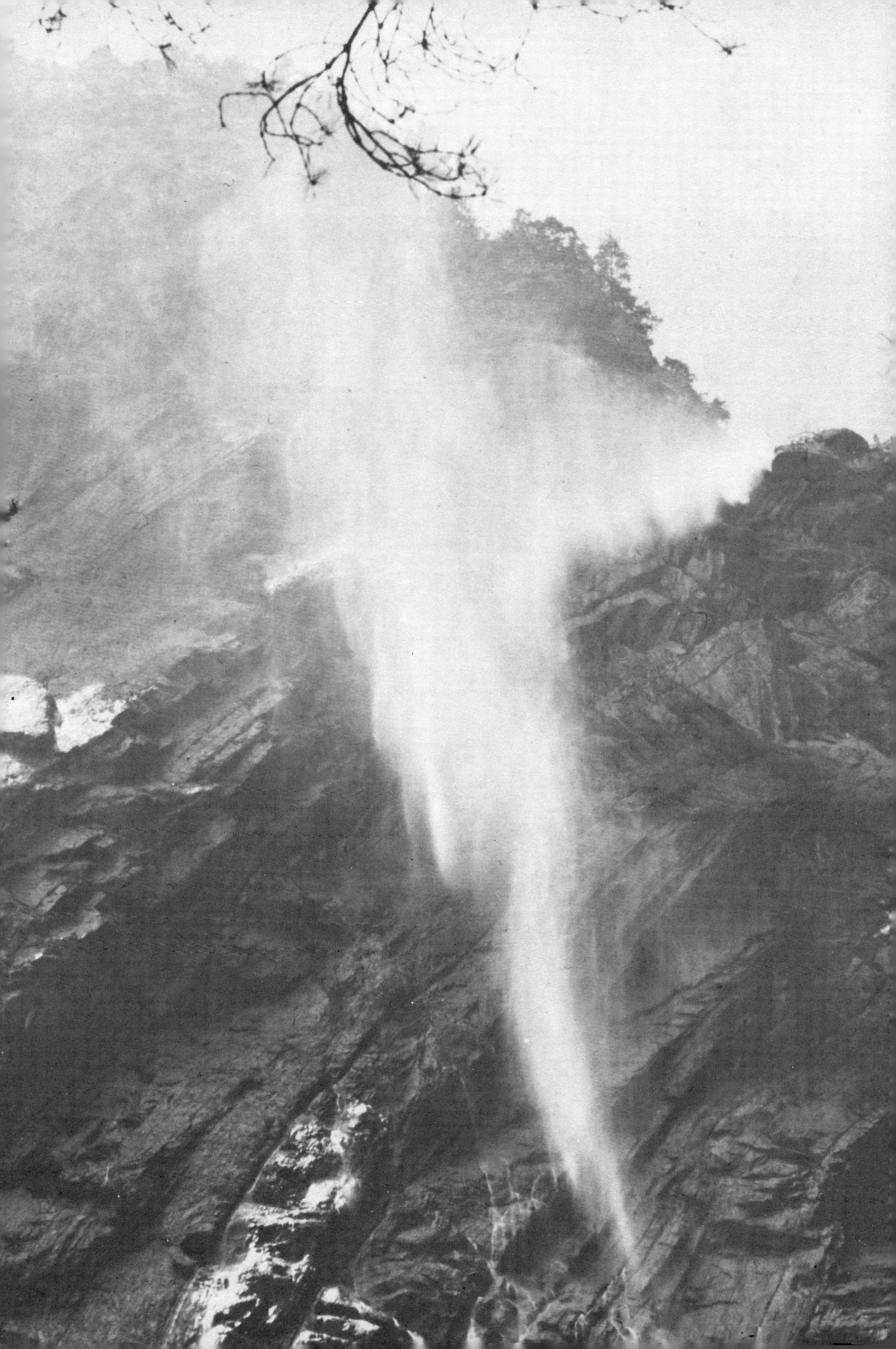

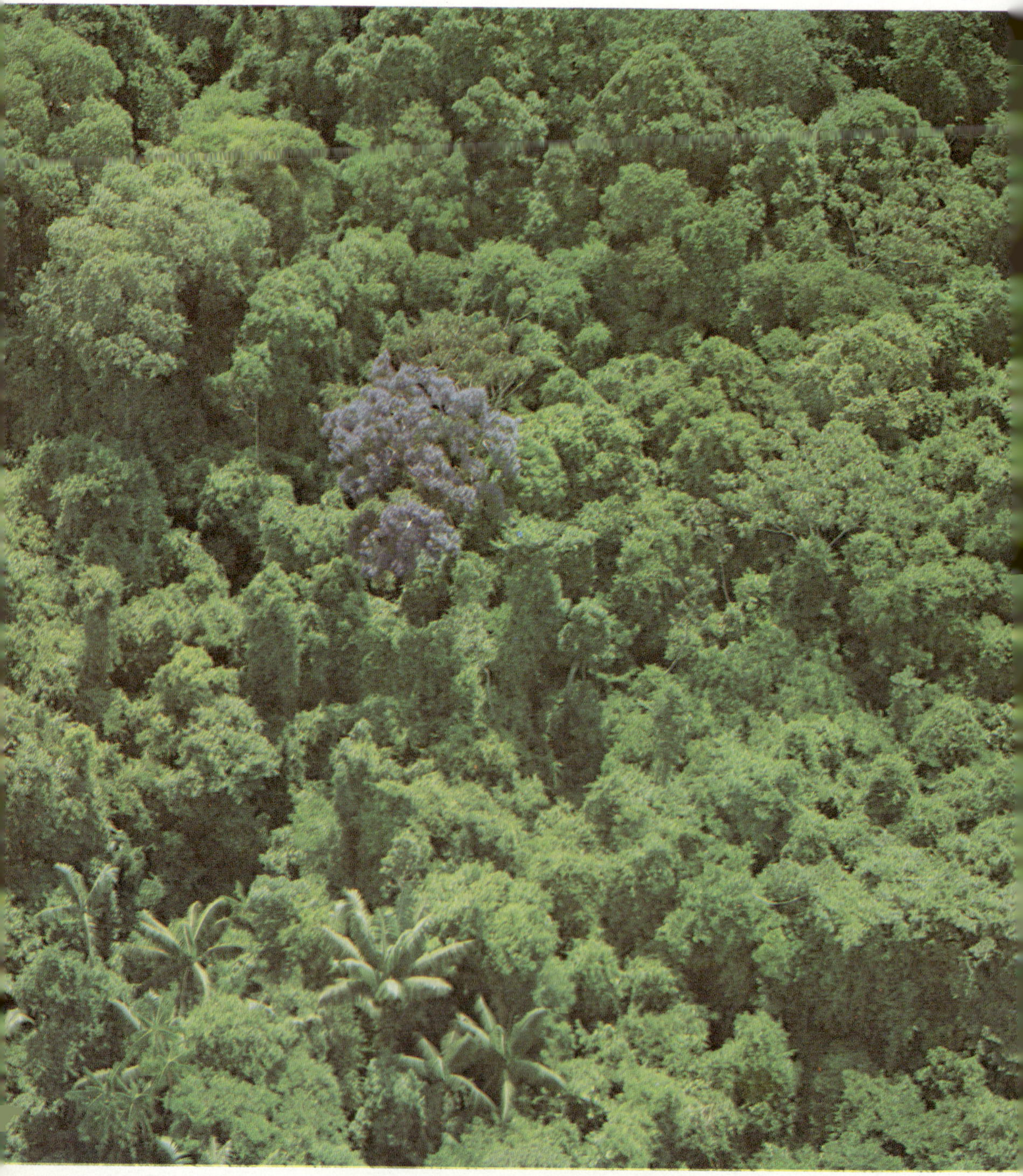

9 OS DEGRAUS DA CRIAÇÃO

A teoria da evolução pela seleção natural foi proposta na década de 1850, independentemente, por dois homens. Um deles foi Charles Darwin; o outro Alfred Russel Wallace. Ambos eram portadores de uma certa formação científica, mas, por inclinação, eram naturalistas. Darwin freqüentou o curso de medicina da Universidade de Edinburgh por dois anos, até que seu pai, o próspero doutor, decidiu fazer dele um sacerdote, mandando-o para Cambridge. Wallace vinha de família pobre; tendo abandonado a escola aos quatorze anos, freqüentou mais tarde cursos nos Institutos para Trabalhadores de Londres e Leicester, enquanto aprendiz de agrimensura ou mestre-escola.

O fato é que há duas tradições de explanação sempre marchando lado a lado na escalada do homem. Uma interessa à análise da estrutura do mundo. A outra, ao estudo dos processos da vida: sua fragilidade, sua diversidade, a recorrência dos ciclos, desde o nascimento até a morte dos indivíduos e das espécies. Com a teoria da evolução essas duas tradições se encontram; até então a vida era um paradoxo insolúvel.

O paradoxo das ciências da vida, que as coloca em uma categoria diferente da das ciências físicas, é encontrado em cada detalhe da natureza. Está à nossa volta nos pássaros, nas árvores, na grama, nos caramujos, enfim, em toda criatura vivente. Posso exprimi-lo assim: as manifestações da vida, suas formas de expressão, são tão diversas que devem conter em grande escala um elemento acidental. Mas, por outro lado, a natureza da vida é tão uniforme que deve estar determinada por muitas necessidades.

Dessa maneira, não é de surpreender o fato da biologia, da forma que hoje a entendemos, só ter aparecido com os naturalistas dos séculos XVIII e XIX: amantes do campo, observadores de pássaros, clérigos, doutores, senhores em férias em suas casas de campo. Sou tentado a chamá-los simplesmente "cavalheiros da Inglaterra vitoriana", porque não pode ter sido mero acaso o fato da teoria da evolução ter sido concebida duas vezes, por dois homens vivendo ao mesmo tempo e na mesma cultura – a cultura da Rainha Vitória da Inglaterra.

Charles Darwin contava vinte e poucos anos quando o Almirantado decidiu enviar um navio chamado *Beagle* com a finalidade de mapear as costas da América do Sul; a ele coube o cargo não-remu-

141
O paradoxo das ciências da vida se apresenta em cada manifestação da natureza.
Uma única árvore florida em uma floresta de vegetação exuberante. Manaus, Brasil.

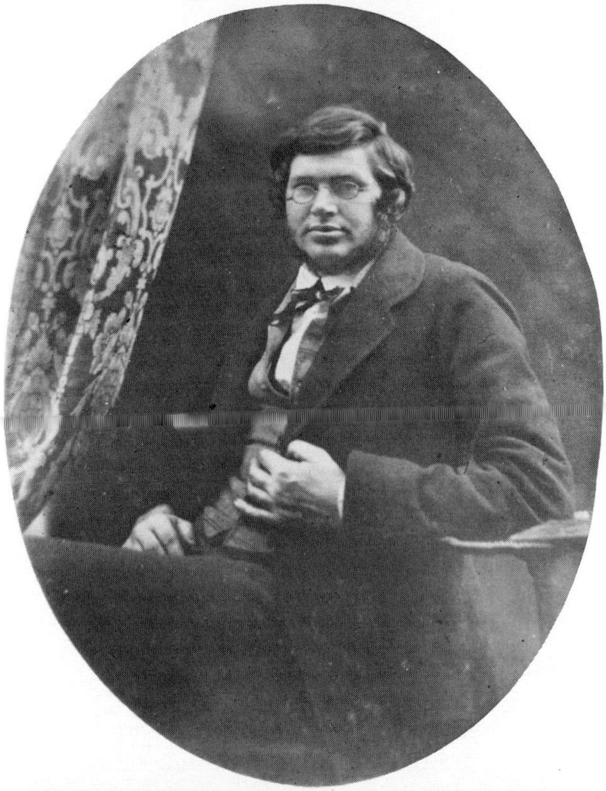

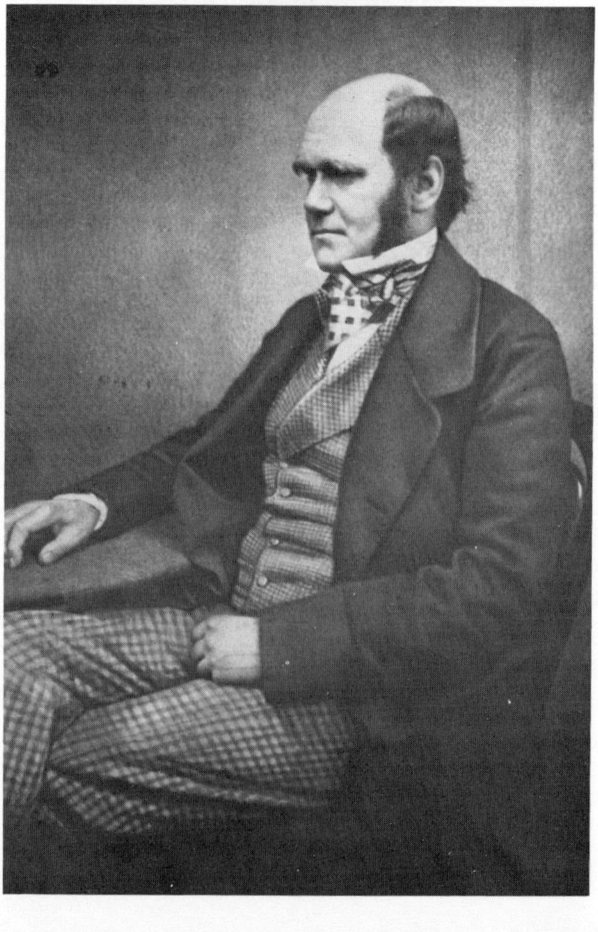

Os Degraus da Criação

142
A teoria da evolução foi concebida duas vezes, por dois homens vivendo na mesma época, e na mesma cultura.
Alfred Russel Wallace aos trinta anos.
Charles Darwin.

nerado de naturalista. O convite lhe fora feito através de uma indicação de seu professor de botânica em Cambridge, de quem havia se tornado amigo, embora durante esse período estivesse muito mais interessado em colecionar besouros do que em plantas.

Darei uma prova de meu zelo: certo dia, puxando a casca de uma velha árvore, vendo dois besouros raros, segurei-os um em cada mão; então, vi um terceiro, diferente dos outros dois, que eu não queria perder de forma alguma; assim, não titubeei em guardar um deles em minha boca.

Seu pai se opôs à viagem e o capitão do *Beagle* não tolerava a forma de seu nariz, mas o avô Wedgwood se empenhou em seu favor e ele foi. O *Beagle* levantou suas âncoras no dia 27 de dezembro de 1831.

Os cinco anos passados no navio o transformaram. Até então havia sido um apreciador e observador atento de pássaros, de flores, da vida do campo; mas, a América do Sul fez com que essa atitude explodisse nele em forma de paixão. Voltou para casa convencido de que quando isoladas umas das outras as espécies seguem diferentes direções; as espécies não são imutáveis. Entretanto, não lhe ocorria nenhum mecanismo que pudesse revelar a causa dessa diferenciação. Estávamos em 1836.

Dois anos mais tarde ele encontrou uma explicação possível para a evolução das espécies, mas relutou em publicá-las. Talvez não tivesse chegado a fazê-lo em toda sua vida se um outro homem, diferente dele, não tivesse seguido quase as mesmas etapas de experiência e pensamento, e chegado à mesma teoria. Este homem é a personagem esquecida, embora vital, na teoria da evolução pela seleção natural.

Seu nome era Alfred Russel Wallace, um gigante de homem com uma família dickenseniana tão cômica quanto a de Darwin era empertigada. Àquele tempo, 1836, Wallace era um garoto em sua adolescência; nascido em 1823, era, portanto, quatorze anos mais jovem do que Darwin. Mesmo nesta época a vida de Wallace não era nada fácil.

Se meu pai tivesse sido moderadamente rico... toda minha vida teria sido diferente, e, embora pudesse, sem dúvida, ter dedicado alguma atenção à ciência, considero pouco provável que tivesse sido tentado a empreender... uma viagem a florestas, quase que totalmente desconhecidas, do Amazonas, a fim de observar a natureza e levar a vida de um colecionador.

Esse é o relato de Wallace sobre os primeiros tempos de sua vida, quando tinha de ganhá-la nas províncias inglesas. Adotou a profis-

A Escalada do Homem

são de agrimensor, para a qual não era exigida formação universitária, podendo aprendê-la com seu irmão. Este morreu em 1846 de um resfriado contraído ao voltar para casa em uma carruagem aberta, depois de ter participado da reunião de um comitê da Comissão Real sobre disputas entre companhias de estradas de ferro.

Evidentemente, viviam uma vida ao ar livre, e Wallace acabou se interessando por plantas e insetos. Enquanto trabalhava em Leicester encontrou um outro homem com os mesmos interesses, mas muito mais instruído do que ele. Seu amigo surpreendeu-o fazendo-o ver que, a despeito de ter coletado várias centenas de espécies de besouros, havia muitas ainda a serem descobertas.

Se me fosse perguntado antes quantas espécies de besouros poderiam ser encontradas em um distrito perto de uma cidade, eu provavelmente teria arriscado dizer cinquenta... mas agora havia aprendido... que dentro de um raio de dez milhas havia milhares delas.

Foi uma revelação para Wallace, e isso definiu sua vida e a de seu amigo. Este era Henry Bates, mais tarde famoso pelos seus trabalhos sobre mimetismo em insetos.

Entrementes, o jovem tinha de ir trabalhando para viver. Felizmente, a época era favorável para a agrimensura, devido à expansão das estradas de ferro da década de 1840. Wallace foi contratado para fazer o levantamento de uma possível rota para uma linha no Vale Neath no Sul de Gales. Ele era um técnico consciencioso, como seu irmão havia sido, e como eram todos os vitorianos, mas logo percebeu ser um peão no jogo dos poderosos. A maioria dos levantamentos eram realizados com a finalidade de justificarem direitos de propriedade contra investidas de roubo por parte de outro barão de estrada de ferro. Wallace calculara que apenas um décimo das linhas levantadas naquele ano poderiam jamais ser construídas.

A paisagem campestre de Gales era uma delícia para um naturalista de fim de semana, tão feliz em sua ciência como um pintor de fim de semana em sua arte. Agora Wallace observava e colecionava para si mesmo, cada vez mais entusiasmado com a variedade da natureza, que guardou afetuosamente na memória por toda a sua vida.

Mesmo quando tínhamos muito trabalho, meus domingos eram totalmente livres, e integralmente usados em longas caminhadas nas montanhas com minha caixa de coletar, a qual voltava sempre repleta de tesouros... A esse tempo descobri a alegria que a descoberta de uma nova forma de vida pro-

Diagrama retirado de um manual de caça de besouro de 1840, semelhante àquele que Wallace e Bates teriam usado em suas excursões de coleta em Leicester e Sul de Gales.

143
Ele retornou convencido de que as espécies se diferenciam quando isoladas umas das outras. Ilustrações de John Gould de pássaros coletados por Darwin em diferentes ilhas de Galápagos, e por este publicadas em seu retorno em 1836, como The Zoology of the Voyage of H.M.S. Beagle.

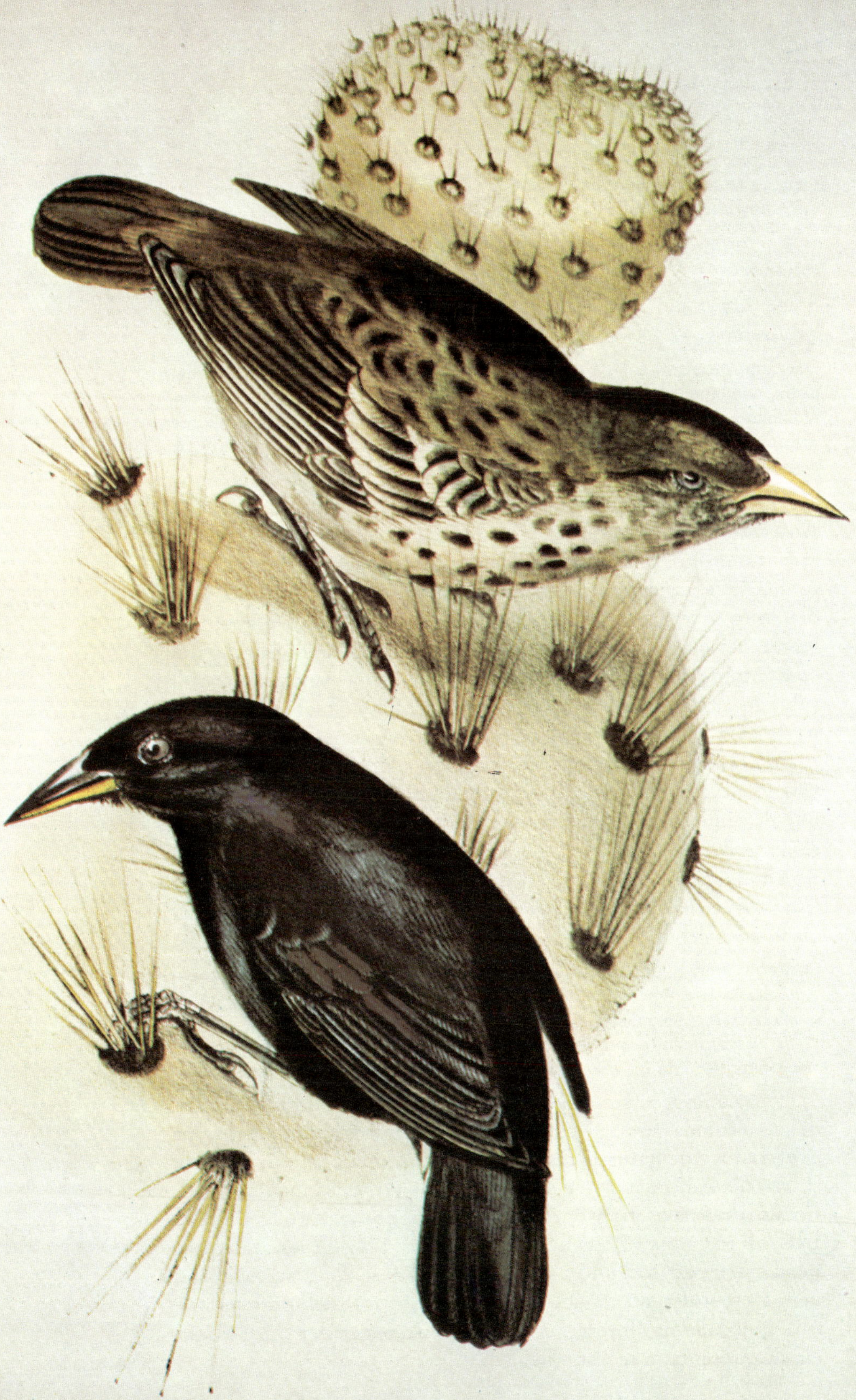

picia ao amante da natureza, quase igual aos arrebatamentos dos sentidos que experimentei a cada captura de uma nova borboleta no Amazonas.

Em um de seus fins de semana, Wallace encontrou uma caverna na qual um rio corria subterrâneo e decidiu acampar ali aquela noite. Era como uma preparação inconsciente para uma vida de explorador.

Queríamos experimentar por uma vez o que seria dormir ao relento e sem cama, com apenas o que a natureza pudesse prover... Penso que, propositadamente, tínhamos evitado qualquer tipo de preparação, de forma que era como se, acidentalmente, tivéssemos de escolher um local em um país desconhecido, sendo compelidos a dormir aí mesmo.

Na realidade, ele pouco dormiu nessa ocasião.

Aos vinte e cinco anos Wallace decidiu dedicar-se inteiramente ao naturalismo. Era uma estranha profissão vitoriana. Significava ganhar a vida coletando espécimes em países estrangeiros e vendendo-os a museus e colecionadores ingleses. Bates o acompanhava. Assim, os dois se associaram em 1848 com um capital conjunto de 100 libras. Velejaram então até a América do Sul, subindo cerca de mil milhas pelo Amazonas acima, até Manaus, na desembocadura do Rio Negro.

Embora antes não tivesse ido mais longe do que Gales, Wallace não se deixou embasbacar pelo exótico; desde o momento em que desembarcaram, seus comentários foram claros e seguros. A respeito das aves de rapina, por exemplo, seus pensamentos estão registrados nas *Narrative of Travels on the Amazon and Rio Negro (Narrativas de Viagens ao Amazonas e Rio Negro)*, publicadas cinco anos depois.

Os urubus pretos comuns eram abundantes, e por isso o alimento era escasso para eles, o que os obrigava a comer frutos de palmeiras nas florestas quando nada mais conseguiam.

Estou convencido, por observações repetidas, que as aves de rapina se valem inteiramente da visão, e não do olfato, quando buscam alimento.

Os dois amigos se separaram em Manaus, Wallace empreendendo a subida do Rio Negro. Procurava lugares ainda não muito explorados por naturalistas; para ganhar a vida como naturalista se via obrigado a coletar espécies novas ou, pelo menos, raras. Como o rio havia transbordado devido às chuvas, Wallace e seus índios puderam levar a canoa até a floresta. Os galhos das árvores pendiam quase tocando a água. De início, Wallace se espantou com a escuridão ali reinante, mas também maravilhou-se com a rica variedade da floresta, o que o levou a especular sobre como ela se apresentaria se vista do alto.

144
Inevitavelmente, entre a faina e os prazeres da floresta, a mente aguda de Wallace começou a flamejar com uma intrigante pergunta. Como poderia ter surgido toda essa variedade? *Raízes contorcidas em uma lagoa no Amazonas.*

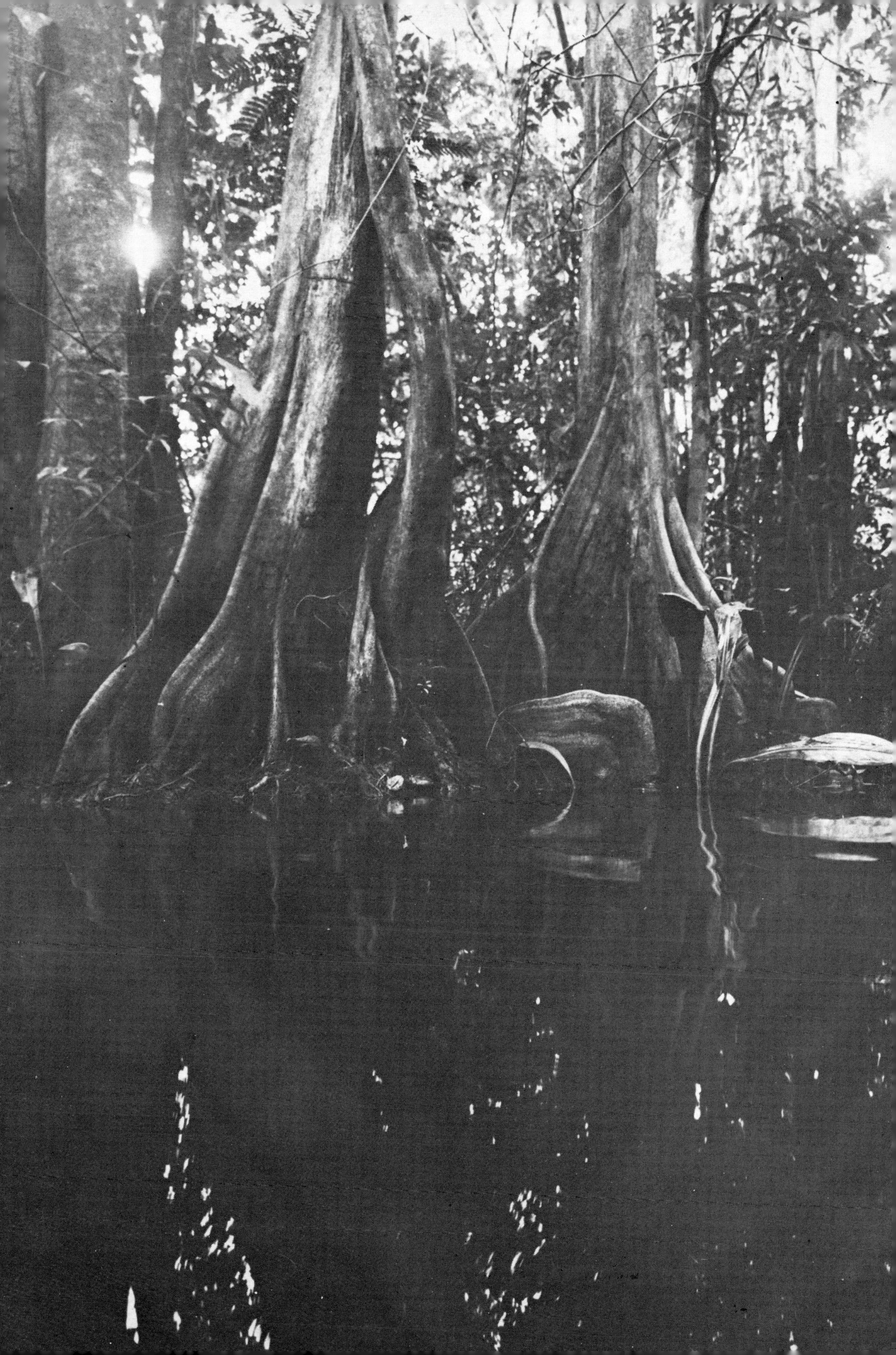

145
Tão semelhantes na aparência e, contudo, tão diferentes nos detalhes.
Um tucano de bico vermelho, urubus e uma rã arborícola.

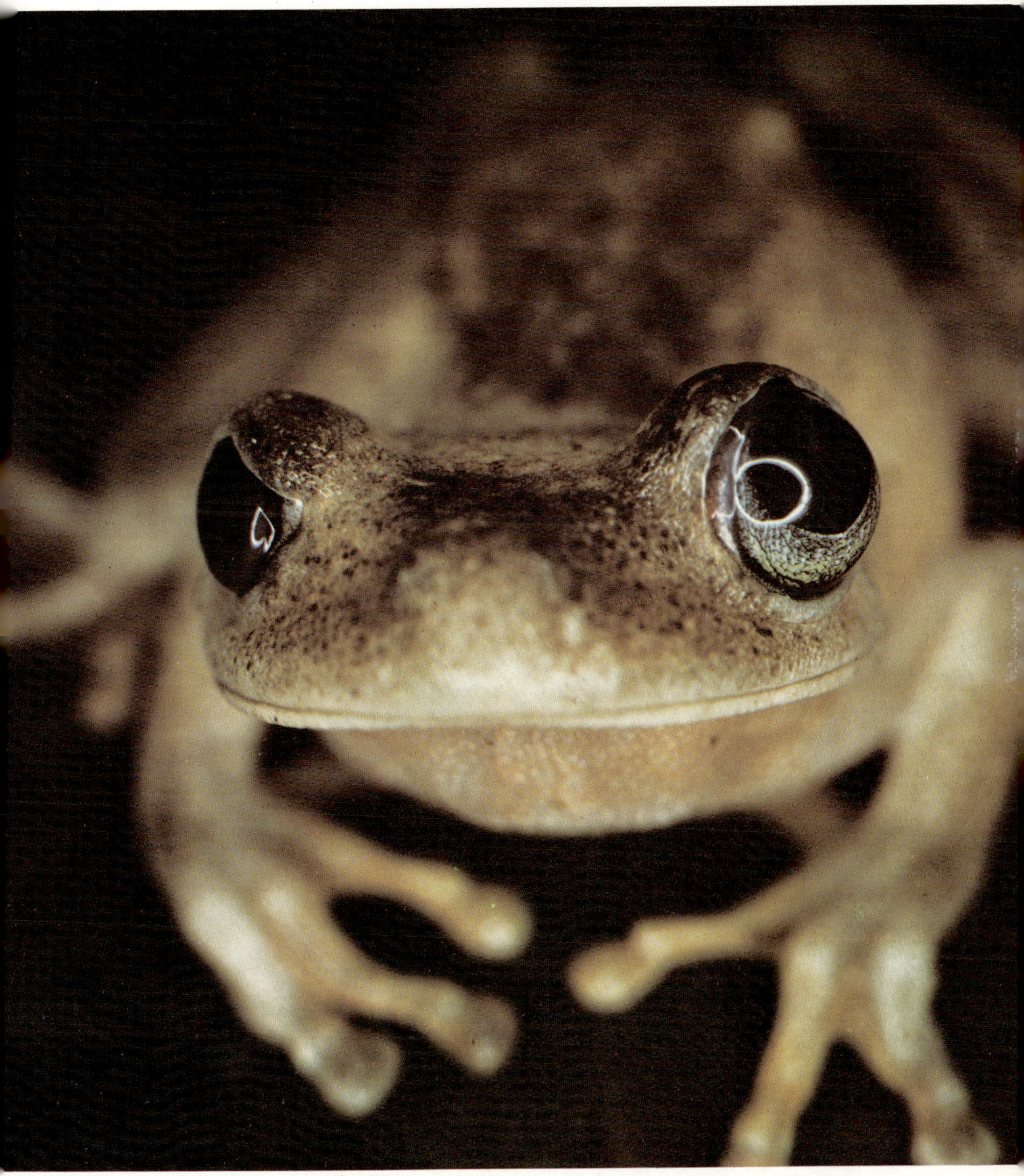

A Escalada do Homem

O que podemos dizer com justiça a respeito da vegetação tropical é que há um número muito maior de espécies, e uma maior variedade de formas, do que nas zonas temperadas.

Talvez nenhuma outra região do mundo contenha tal quantidade de matéria vegetal em sua superfície como o vale do Amazonas. Toda a sua extensão, exceto em pequenas porções, é coberta por floresta antiqüíssima, alta e densa, a mais extensa e contínua na face da Terra.

O esplendor dessa floresta só poderia ser apreciado em sua plenitude se se viajasse em um balão, acima de sua superfície superior, ondulante e florida: tal regalo talvez esteja reservado ao viajante de uma época vindoura.

Em seu primeiro contato com uma aldeia indígena experimenta um misto de excitação e medo, mas, como sempre acontecia com Wallace, seu último sentimento é de prazer.

A... mais inesperada sensação de surpresa e satisfação foi a de conviver com homens vivendo em estado natural — selvagens absolutamente não--contaminados!... Ocupavam-se de trabalhos e prazeres que nada tinham a ver com os do homem branco; andavam despreocupados como senhores livres da floresta onde habitavam e... não nos dedicavam a menor atenção, a nós estrangeiros de uma raça diferente.

Em cada pormenor eram originais e auto-suficientes, tal como os animais selvagens das florestas, absolutamente independentes da civilização, vivendo suas vidas à sua própria maneira, da mesma forma que vinham fazendo através de incontáveis gerações antes da América ter sido descoberta.

Aconteceu que os índios acabaram sendo muito mais prestativos que temíveis. Assim, Wallace os introduziu na tarefa de coletar espécimes.

Durante minha estada aqui (quarenta dias) consegui pelo menos quarenta espécies de borboletas, todas novas para mim, além de considerável coleção de outras classes.

Um dia foi trazido até mim um curioso jacarezinho de uma espécie rara, apresentando numerosas protuberâncias e tubérculos cônicos *(Caima gibbus)*, do qual tirei a pele e embalsamei, para a estupefação dos índios, meia dúzia dos quais acompanharam atentamente toda a operação.

Inevitavelmente, entre a faina e os prazeres da floresta, a mente aguda de Wallace começou a flamejar com uma intrigante pergunta. Como poderia ter surgido toda essa variedade, tão semelhante no esquema básico, mas tão mutável em seus detalhes? À semelhança do que havia acontecido com Darwin, Wallace estava intrigado com a existência de diferenças entre espécies vizinhas, e, como Darwin, começou a procurar uma explicação para tantas diferenças de desenvolvimentos.

Não há nada de mais interessante e instrutivo na história natural do que o estudo da distribuição geográfica dos animais.

146
Os índios eram muito mais prestativos do que temíveis.
Menino akawaio cortando folhas de uma palmeira, Norte do Amazonas.

Locais distando não mais que cinqüenta ou cem milhas abrigam espécies de insetos e aves encontradas em um, mas não no outro. Deve haver alguma fronteira definindo o território de distribuição de cada espécie; alguma peculiaridade exterior demarcando a linha que não deve ser cruzada.

Problemas de geografia sempre o atraíram. Mais tarde, trabalhando no arquipélago de Málaga, foi capaz de mostrar a proveniência asiática dos animais das ilhas a oeste, e australiana, daqueles das ilhas a leste: a linha dividindo esses dois grupamentos ainda mantém o nome de Linha de Wallace.

Wallace era observador tão arguto dos homens como da natureza, e com o mesmo interesse voltado para a origem das diferenças. Em uma era em que os vitorianos apunham a denominação "selvagem" à população do Amazonas, ele manifestava uma rara simpatia em relação às suas culturas. Compreendeu o que para elas significavam linguagem, invenções e costumes. Ele talvez tenha sido o primeiro a se aperceber do fato de que a distância cultural entre a civilização deles e a nossa é muito menor do que se pensa comumente. Depois dele conceber o princípio da seleção natural isso lhe pareceu não somente verdadeiro, mas biologicamente óbvio.

A seleção natural poderia apenas ter dotado o homem selvagem com um cérebro alguns graus superiores ao do macaco antropóide, enquanto, na

A Escalada do Homem

realidade, ele é um pouquinho inferior ao de um filósofo. Com o nosso advento, passou a existir um ser no qual aquela força sutil por nós chamada "mente" tornou-se de importância muito maior do que a mera estrutura corporal.

Havia devotamento em seu interesse em relação aos índios, o que o levou a escrever uma narrativa idílica sobre a vida na aldeia de Tavita, onde esteve em 1851. Nesse ponto o diário de Wallace irrompe em poesia — ou melhor, em versos.

> Há uma aldeia índia; a toda volta,
> A sombria, eterna floresta sem limites espalha
> Sua ramagem variada.
>
> Aqui de passagem, único homem branco
> Entre, talvez, duas centenas de almas viventes.
>
> Cada dia uma tarefa os ocupa. Agora vão
> Afrontar a orgulhosa floresta, ou em canoas,
> Com seu anzóis, flechas e arcos apanhar peixes;
>
> Uma esteira de folhas de palmeira dá
> Proteção contra tempestades invernais e chuva.
>
> Mulheres desenterram raízes de mandioca
> Que depois de muita labuta se transformam em pão.
>
> Todas se banham, manhãs e tardes, nas correntes,
> Brincando como se fossem sereias nas ondas marulhantes.
>
> As crianças pequenas andam nuas.
> Meninos e homens usam um cordão apenas.
> Que prazer contemplar esses corpos nus!
> Pernas bem feitas, pele macia, luzidia e bronzeada,
> Movimentos cheios de graça e vigor;
> Vendo-os correr, gritar e saltar,
> Nadando e mergulhando na correnteza,
>
> Tenho pena dos meninos ingleses,
> As pernas ágeis presas em roupas apertadas.
>
> E muito mais pena tenho das meninas
> de cintura, tórax e busto confinados
> no instrumento de tortura que é o corpete!
>
> Eu bem que seria índio aqui, contente
> A caçar e pescar na minha canoa,
>
> Vendo meus filhos crescerem quais potros selvagens
> de corpo sadio e espírito tranqüilo,
> Ricos sem riquezas e felizes sem ouro!

Os Degraus da Criação

Muito diferente foi o sentimento experimentado por Charles Darwin ao entrar em contato com índios sul-americanos. Os nativos da Terra do Fogo horrorizaram-no: essa impressão é registrada em suas próprias palavras e nos desenhos de seu livro *The Voyage of the Beagle (Viagem do Beagle)*. Evidentemente, a inclemência do clima influenciou os costumes dos fueguinos, mas as fotografias do século XIX não conseguem mostrar neles a bestialidade descrita por Darwin. Em sua viagem de volta Darwin publicou um panfleto em colaboração com o capitão do *Beagle,* com a finalidade de, na Cidade do Cabo, aprovar o trabalho desenvolvido por missionários empenhados na transformação da vida dos selvagens.

Depois de ter vivido quatro anos na bacia do Amazonas Wallace empacotou sua coleção e voltou para casa.

Febre e tremores me atacaram novamente, de modo que passei vários dias em grande desconforto. Chovia quase ininterruptamente; assim, cuidar das minhas numerosas aves e animais era um grande aborrecimento, dado o estado superlotado da canoa, e a impossibilidade de limpá-los apropriadamente enquanto chovia. Mortes ocorriam todos os dias, e eu quisera nada

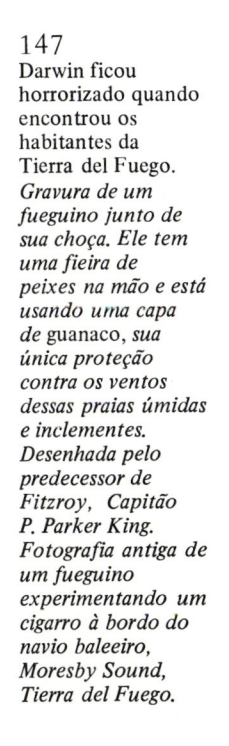

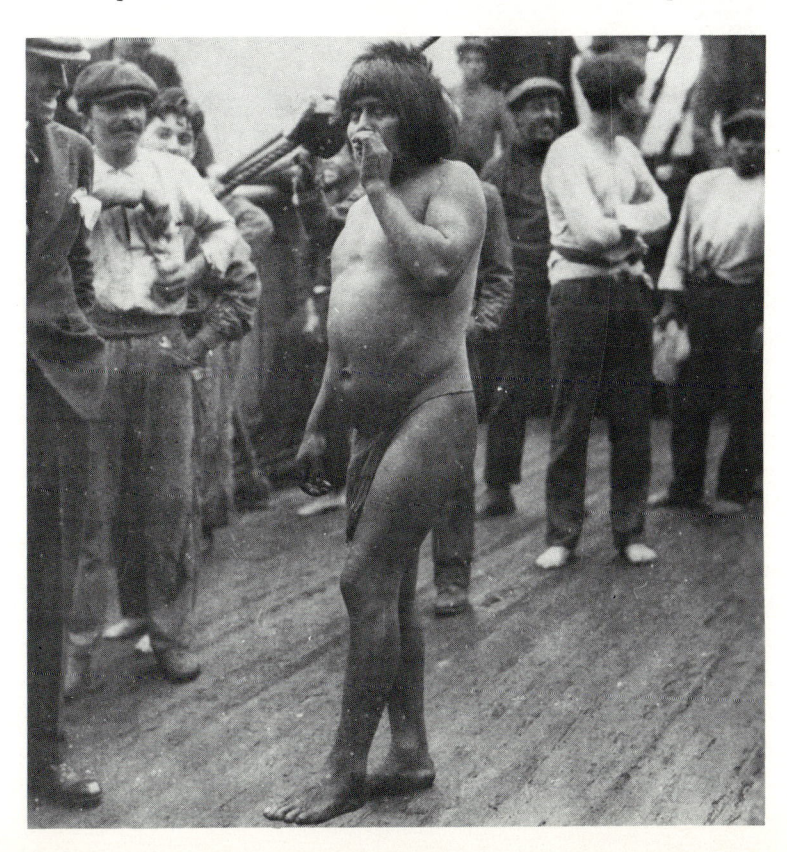

147
Darwin ficou horrorizado quando encontrou os habitantes da Tierra del Fuego. *Gravura de um fueguino junto de sua choça. Ele tem uma fieira de peixes na mão e está usando uma capa de* guanaco, *sua única proteção contra os ventos dessas praias úmidas e inclementes. Desenhada pelo predecessor de Fitzroy, Capitão P. Parker King. Fotografia antiga de um fueguino experimentando um cigarro à bordo do navio baleeiro, Moresby Sound, Tierra del Fuego.*

mais ter a ver com eles, mas, desde que os havia tomado sob meus cuidados, decidi preservá-los.

De uma centena de animais que eu havia comprado ou ganho, restavam apenas trinta e quatro.

A viagem de volta foi desastrada desde o início. A má sorte sempre acompanhou Wallace.

No dia 10 de junho partimos [de Manaus], iniciando, para mim, uma viagem desafortunada; logo ao subir a bordo, após ter dito adeus aos meus amigos, vi que meu tucano tinha desaparecido. Sem ser notado, ele deve ter caído para fora do barco e se afogado.

Sua escolha do navio também foi das mais infelizes; a carga era constituída de resina inflamável e, três semanas depois, a 6 de agosto, se incendiou.

Desci até à cabina, agora sufocante de calor e fumaça, a ver o que poderia ser salvo. Peguei meu relógio e uma pequena caixa de zinco contendo algumas camisas e dois velhos cadernos de anotações, que continham desenhos de plantas e animais, e, com eles, me arremessei para o convés. Muitas roupas e um grande porta-fólio com desenhos e esquemas permaneceram em meu catre, mas não tentei descer para recuperá-los, tomado que me encontrei de tal apatia, até hoje incompreensível para mim.

O capitão acabou mandando todos para os botes, ele mesmo deixando o navio em último lugar.

Com que desvelo eu havia cuidado de cada um dos insetos raros ou curiosos de minha coleção! Quantas vezes, mesmo quando quase inutilizado pelos tremores, havia me arrastado através da floresta, para lá ser recompensado com uma nova espécie! Quantos lugares, jamais tocados por pés europeus a não ser os meus, permaneciam nos recônditos de minha memória, ligados que ficaram aos raros pássaros e insetos de minha coleção!

E agora, tudo perdido; nenhum espécime para ilustrar as terras desconhecidas que percorri ou evocar as cenas silvestres presenciadas! Entretanto, compreendia a inutilidade dessa tristeza, de modo que tentei esquecer o passado e me ocupar das coisas no seu estado de existência.

Da mesma forma que Darwin, Alfred Wallace retornou dos trópicos convencido de que as espécies divergem a partir de um núcleo comum, e perplexo quanto ao porquê das divergências. Mas o que Wallace não sabia era o fato de Darwin já ter encontrado a explicação dois anos depois de ter retornado de sua viagem no *Beagle*. Darwin relata que, em 1838, lendo o *Essay on Population (Ensaio sobre População)* do Reverendo Thomas Malthus ("para se distrair", enfatiza Darwin, indicando, assim, não ser essa obra parte de suas leituras sérias), foi surpreendido por um pensamento expresso no trabalho. Malthus dizia que a população cresce mais rapidamente do que as fontes de alimento.

148
"Acabei de terminar o manuscrito de minha teoria das espécies", escreveu em 5 de julho de 1844, em Downe. *Canto da sala de estudos de Darwin na Down House. Um retrato do avô Erasmus está dependurado à direita da janela, ao lado da cadeira de rodas de Darwin.*

Se isso era verdade, então os animais tinham de competir entre si a fim de garantir suas respectivas sobrevivências: assim, a natureza deve agir na qualidade de uma força seletiva, matando os mais fracos, e formando novas espécies com os sobreviventes que mais se adaptam ao meio.

"Aqui, finalmente, encontrava eu uma teoria sobre a qual podia trabalhar", comenta Darwin. Era de se esperar que, chegado a essa conclusão, ele passasse imediatamente ao trabalho, escrevendo, fazendo conferências. Mas ele não fez nada disso. Por cinco anos Darwin nem mesmo registrou sua teoria em papel. Somente em 1842 é que escreveu um primeiro rascunho, a lápis, de trinta e cinco páginas; e, dois anos mais tarde, o estendeu a duzentas e trinta páginas, agora à tinta. Este manuscrito foi por ele guardado, juntamente com algum dinheiro e instruções para que sua esposa o publicasse, no caso dele morrer.

"Terminei o manuscrito delineando minha teoria das espécies", escreveu-lhe, em uma carta formal, datada de 5 de julho de 1844, estando em Downe, e prossegue:

Portanto, escrevo para, no caso de ser acometido de morte súbita, ficar como meu pedido mais solene e último, ao qual, estou certo, você considerará como se fosse parte de meu testamento legal, que seja destinada a importância de 400 libras para cobrir despesas com a publicação e, ainda, que você se ocupe da divulgação, pessoalmente ou com a ajuda de Hensleigh

A Escalada do Homem

(Wedgwood). É meu desejo que este manuscrito seja entregue a uma pessoa competente, bem como essa soma em dinheiro para que o manuscrito seja corrigido e ampliado.

Em relação a editores, Mr. (Charles) Lyell seria a melhor escolha, no caso dele vir a aceitar; acredito que ele achará o trabalho agradável, ao mesmo tempo que terá oportunidade de tomar conhecimento de alguns fatos novos.

O Dr. (Joseph Dalton) Hooker seria, também, *muito* bom.

Darwin nos dá a impressão de ter preferido ver o trabalho publicado após sua morte, desde que a prioridade lhe fosse assegurada. Não resta dúvida de que era um caráter estranho. Revela um homem perfeitamente consciente do fato de estar dizendo algo profundamente chocante para o público (mais chocante ainda para sua esposa), e, até certo ponto, chocante para ele mesmo. A hipocondria (embora tivesse como desculpa algumas infecções contraídas nos trópicos), os vidros de remédios, a atmosfera reclusa e de certa forma sufocante de sua casa e sala de estudo, os cochilos vespertinos, a relutância em escrever, a recusa ao debate público: tudo isso compõe o quadro humano de alguém que não queria enfrentar os outros.

No jovem Wallace, evidentemente, nenhuma dessas inibições encontravam guarida. A despeito de todas as adversidades se lançou impetuosamente em direção ao Extremo Oriente em 1854, viajando, nos oito anos seguintes, por todo o arquipélago Malaio em busca de espécimes da vida selvagem para serem vendidos na Inglaterra. Agora já se convencera de que as espécies não eram imutáveis: em 1855 publica um ensaio *On the Law which has regulated the Introduction of New Species (Sobre a Lei que tem regulado a Introdução de Novas Espécies)*. Daí em diante "a questão de *como* as espécies variavam, raramente abandonava meu pensamento".

Em fevereiro de 1858 encontrava-se enfermo em uma pequena ilha vulcânica das Molucas, Ilha Ternate do conjunto das Ilhas Spice, entre Nova Guiné e Bornéu. Sua febre intermitente, com calores e calafrios alternando-se, tornava espasmódicos seus pensamentos. E aqui, em uma noite de febre, lembrou-se do mesmo livro de Malthus e a mesma explicação relampejou em sua mente, igual ao que havia acontecido com Darwin.

Ocorreu-me fazer a seguinte pergunta: Por que alguns morrem e outros sobrevivem? E a resposta foi clara: no conjunto, o mais bem-equipado sobrevive. Acometidos por doenças, os mais sadios resistem; perseguidos por inimigos, os mais fortes, os mais ágeis, os mais espertos; pela fome, os me-

149
Darwin nos dá a impressão de ter preferido ver o trabalho publicado após sua morte, desde que a prioridade lhe fosse assegurada. *Charles Darwin nos seus últimos dias, de uma fotografia tirada em Downe.*

150
Henry Bates realizou importantes estudos sobre mimetismo nos insetos. *Mimetismo protetivo em uma espécie de borboleta. A pequena* Dismorphia *do Amazonas é comida pelos pássaros, mas mimetiza três espécies diferentes que são rejeitadas por eles. A espécie* Dismorphia *está mostrada na coluna da direita: de cima para baixo,* Dismorphia amphione egaena, Dismorphia theone *e* Dismorphia orise. *As espécies mimetizadas por elas são* Mechanitis, Olerea *e* Xanthocleis.

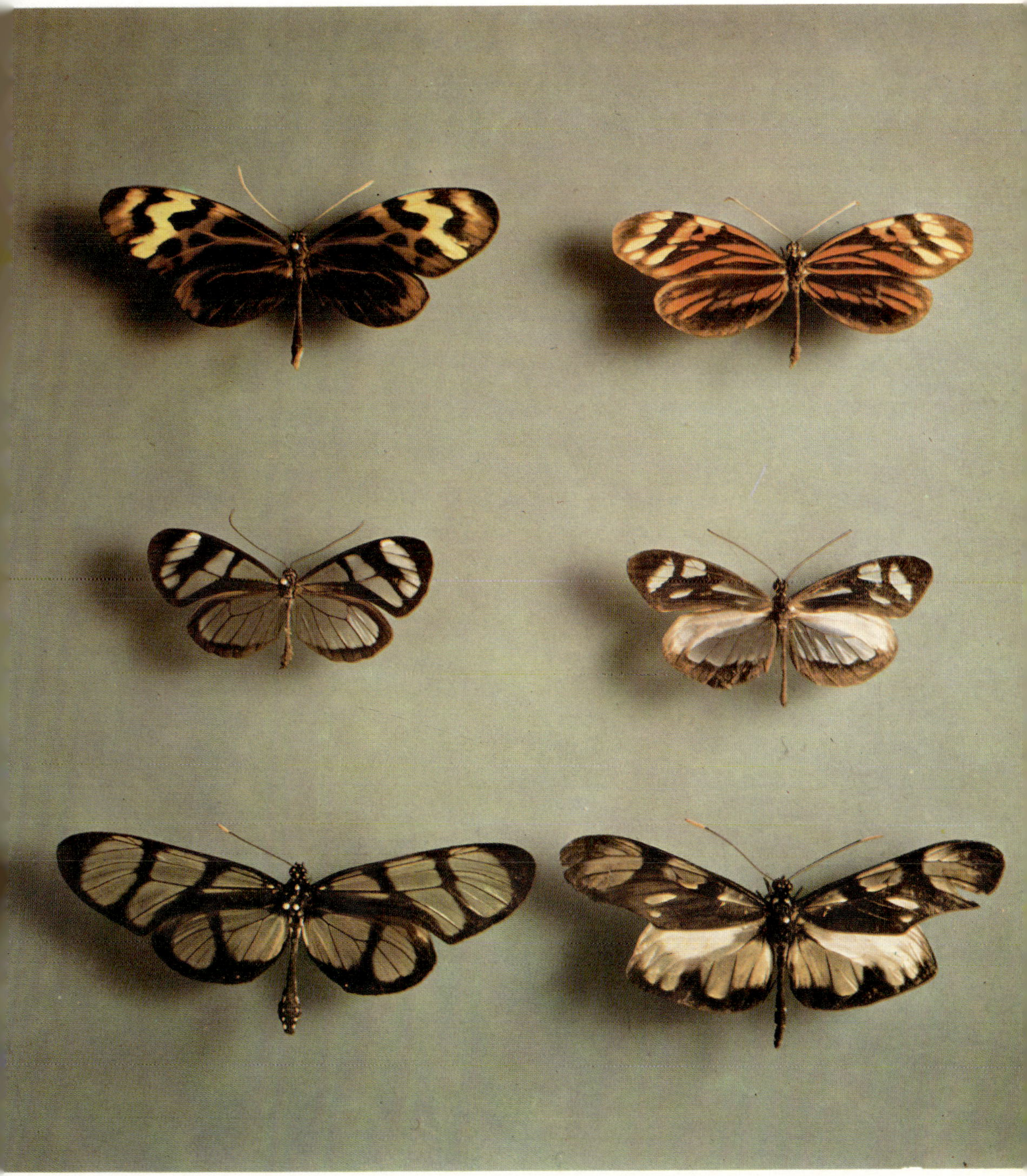

lhores caçadores ou aqueles com melhor capacidade digestiva, e assim por diante.

Então eu percebi imediatamente que a interminável variabilidade de todas as coisas viventes fornecia o material através do qual, pela simples eliminação dos menos adaptados às condições vigentes, apenas os mais equipados davam continuidade à raça.

Ali, naquele mesmo momento, a *idéia* da sobrevivência do mais bem--dotado se revelou à minha mente.

Quanto mais pensava sobre o assunto mais me convencia de que havia, finalmente, encontrado a lei natural há tanto tempo procurada, através da qual podia resolver o problema da Origem das Espécies... Ansiosamente esperei pelo término do acesso de febre, a fim de que pudesse tomar algumas notas para serem usadas na elaboração de um futuro trabalho sobre esse assunto. Na mesma tarde eu o fiz, cabalmente, e nas duas tardes subseqüentes escrevi-o cuidadosamente, com o intuito de enviá-los a Darwin, aproveitando a mala postal que partiria dentro de um ou dois dias.

Wallace sabia do interesse de Darwin pelo assunto e sugeriu que esse mostrasse o trabalho a Lyell, no caso deste ver nele algum valor.

Quatro meses depois, em 18 de junho de 1858, Darwin recebeu o trabalho de Wallace em seu escritório na *Down House*. Ficou sem saber o que fazer. Durante vinte anos ele havia cuidadosamente acumulado fatos a favor de sua teoria, e eis que tal qual um raio, cai em sua mesa um trabalho sobre o qual ele laconicamente escreveu no mesmo dia:

Jamais vi tamanha coincidência; se Wallace tivesse conhecimento de meu *MS.* (manuscrito) em 1842, ele não poderia ter feito melhor resumo do mesmo!

Entretanto, amigos resolveram o dilema em que Darwin se encontrava. Lyell e Hooker, que por essa época já tinham tido acesso a partes do trabalho dele, providenciaram para que, na ausência dos dois — Wallace e Darwin — um trabalho de cada um fosse lido, no mês seguinte, em uma reunião da Sociedade Lineana.

Os trabalhos não provocaram a menor agitação. No entanto, Darwin sentiu-se forçado a tomar uma atitude. Wallace era, segundo descrição de Darwin, "generoso e nobre". Assim, a *Origem das Espécies* foi escrita. Sua publicação, em 1859, se constituiu em sensação imediata e sucesso de vendagem.

A teoria da evolução pela seleção natural foi, sem a menor dúvida, a inovação científica de maior importância do século XIX. Passada toda a onda de comentários jocosos por ela suscitada, o mundo

Os Degraus da Criação

151
Passada toda a onda de comentários jocosos por ela suscitada, o mundo dos seres vivos ficou diferente. *Caricatura de Charles Darwin no "Hornet", 22 de março de 1871.*

Fotografia de Wallace admirando um Eremurus robustus *florido, em seu jardim, em 1905.*

dos seres vivos ficou diferente, porque agora era um mundo em movimento. A criação não é estática, varia no tempo, em contraste com os processos físicos. Há dez milhões de anos o mundo físico se apresentava tal qual o conhecemos hoje, e suas leis eram as mesmas. Mas o mundo dos seres vivos não era o mesmo; por exemplo, há dez milhões de anos não havia seres humanos capazes de discuti-lo. Diferentemente do que ocorre com a física, qualquer generalização em biologia representa um corte no tempo; e a evolução é o agente criador da originalidade e da novidade no Universo.

Assim sendo, cada um de nós traça sua própria construção desde os processos evolucionários primordiais do aparecimento da vida. Darwin, é claro, e Wallace examinaram comportamentos, mediram esqueletos nas formas agora apresentadas, e fósseis nas formas que tinham, a fim de reconstruir os pontos da via percorrida por você e por mim. Entretanto, comportamento, ossos, fósseis já representam formas complexas de manifestação de vida, organizadas a partir da combinação de unidades menores, mais simples, que devem ser mais antigas. Como deveriam ser as primeiras unidades simples? Presumivelmente moléculas simples com características de vida.

De maneira que, ao procurarmos vislumbrar a origem comum da vida, hoje temos de olhar, ainda mais profundamente, para a estrutura química comum a todos nós. O sangue, fluindo neste momento em meu dedo, veio, através de milhões de etapas, a partir das moléculas primordiais capazes de se reproduzirem ao longo de mais de três bilhões de anos. Tal é o conceito de evolução em sua forma contemporânea. Os processos através dos quais ela se desenvolve dependem, em parte, da hereditariedade (a qual nem Darwin, nem Wallace compreenderam) e, também, em parte, da estrutura química (a qual, novamente, era feudo da ciência francesa, e não de naturalistas britânicos). As explicações emanam conjuntamente a partir de diferentes campos, mas tendo entre elas um ponto em comum. Representam as espécies separando-se umas das outras em estágios sucessivos — implicação necessária ao se aceitar a teoria da evolução. Assim, a partir desse momento, não mais era possível acreditar na possibilidade da vida ser recriada, de novo, a qualquer momento.

A implicação da teoria da evolução de que algumas espécies animais apareceram depois de outras era contestada por alguns

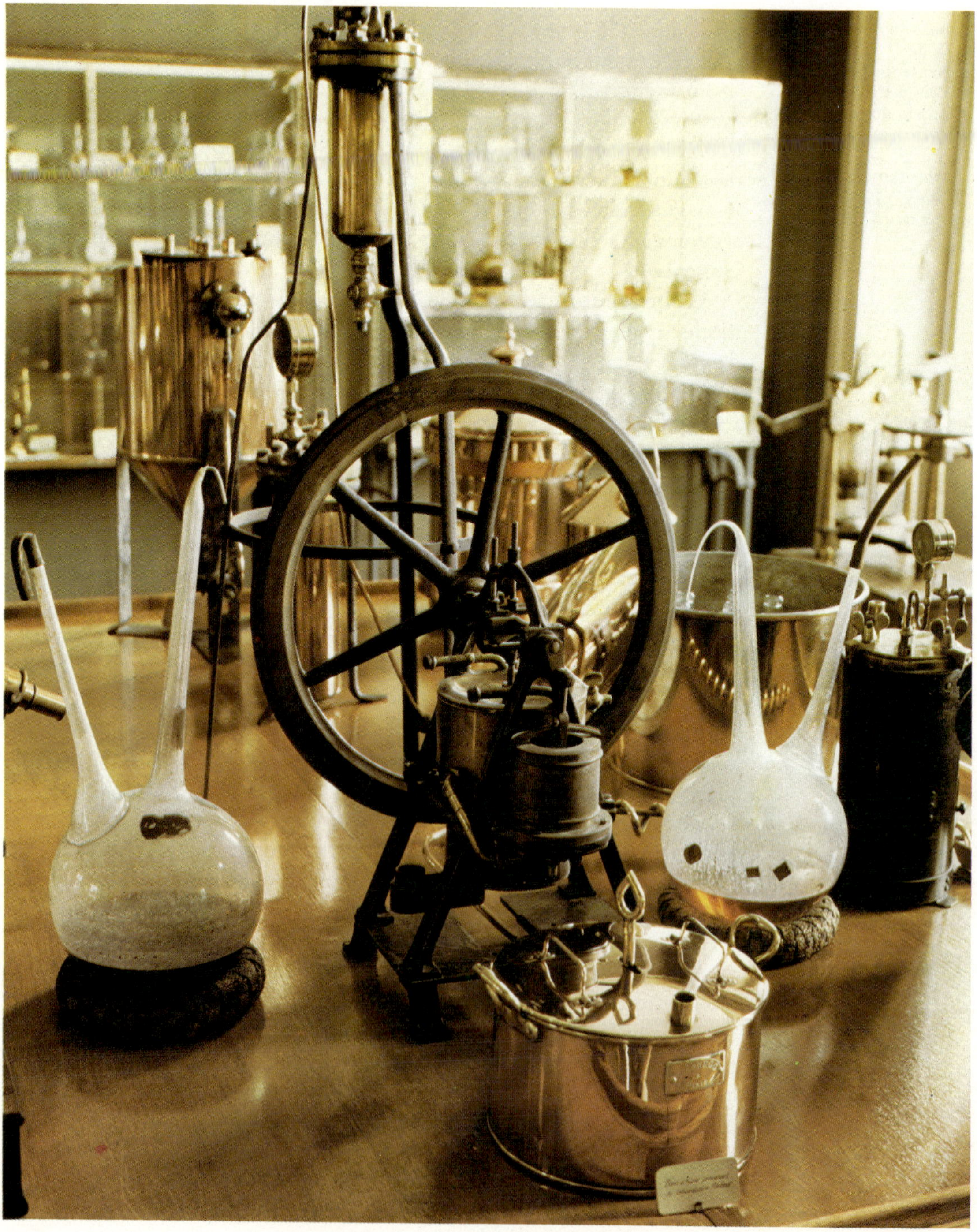

Os Degraus da Criação

152
A pedido do Imperador da França, foi encarregado de estudar as causas das dificuldades que vinham sendo experimentadas com a fermentação do vinho.
Laboratório de Pasteur.

de seus críticos com citações da Bíblia. Alguns acreditavam que o Sol, agindo sobre a lama do Nilo, podia gerar crocodilos. Camundongos podiam brotar espontaneamente de montes de trapos; e, obviamente, varejeiras se originavam de carne estragada. Larvas deviam ser criadas no interior de maçãs — fosse de outra forma, como poderiam ter entrado? Todas essas criaturas eram supostas surgirem espontaneamente, sem o concurso de progenia.

As fábulas tratando de criaturas geradas espontaneamente são antiqüíssimas, e ainda acreditadas, a despeito de Louis Pasteur ter claramente exposto a falácia dessa crendice na década de 1860. A maior parte do seu trabalho foi realizado na casa no Jura francês onde havia vivido durante sua infância, e para a qual adorava voltar todos os anos. Ele já havia trabalhado em fermentação antes disso, particularmente sobre a fermentação do leite (a palavra "pasteurização" nos faz lembrar disso). Mas, em 1863, ele vivia o auge de seu poder criativo (contava quarenta anos) quando foi encarregado, a pedido do Imperador, de estudar as causas das dificuldades que vinham sendo experimentadas com a fermentação do vinho. O problema foi resolvido em dois anos. Note-se que, por ironia, aqueles foram dois dos melhores anos para a produção de vinho; até hoje, a safra de 1864 é considerada como sem rival.

"O vinho é um oceano de organismos" disse Pasteur. "Alguns lhe conferem vida e outros o destroem." Dois pontos são fulminantes nesse pensamento. O primeiro dá conhecimento de organismos capazes de viver na ausência de oxigênio. Naquele tempo isso era apenas um aborrecimento para os produtores de vinho, mas, com o tempo, se tornou mais importante para a compreensão da origem da vida, simplesmente porque, em seus primórdios, a Terra não dispunha de oxigênio. O segundo ponto atesta o fato de que Pasteur dispunha de uma técnica poderosa, capaz de identificar a presença de traços de vida no interior de líquidos. Aos vinte anos tinha ficado conhecido por ter mostrado a existência de moléculas portadoras de formas características. E, desde então, acumulara indícios no sentido de mostrar que isso se devia às suas origens, a partir de processos vitais. Essa descoberta passou a ter um significado tão profundo, e até hoje de certa forma enigmático, que não podemos deixar de ir até o laboratório de Pasteur e rever seu próprio relato.

Qual seria a melhor comparação para dar conta do que acontece com o vinhaço no interior da cuba? Massa de pão deixada crescer, azedamento do

153
Açúcar de uva fermentando na presença de fungos.

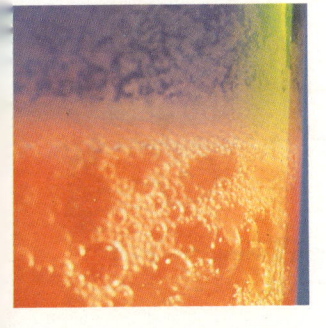

Paratartrate double de Soude et d'Ammon.

Les cristaux sont souvent hémyèdres à gauche, souvent à droite, ~~mais~~ ~~cependant toutes les fois, je répète~~ ~~comme le veut la Symétrie.~~

C'est là qu'est la différence des deux sels.

8 gr. Paratart. (hémy... à droite) dissous dans 55,5 cent. cub. d'eau ont donné dans un tube de 20 cent. une déviation 2,8 = 6° à 17°. (1)

(à gauche)

8 gr. Tartrate de S. et Am. dans les mêmes circonstances m'ont donné 7°54' à 17°, à droite.

Os Degraus da Criação

leite se transformando em coalhada, ou o apodrecimento de folhas mortas se transformando em húmus? Devo confessar que minhas pesquisas têm sido, desde longa data, dominadas pela idéia de que as estruturas das substâncias, tomadas do ponto de vista de suas conformações levogira e dextrogira (se tudo mais for igual), desempenham papel importante nas mais íntimas leis da organização dos seres vivos, interessando aos recônditos mais obscuros de suas fisiologias.

Dextrogiro, levogiro; esse foi o veio fértil seguido por Pasteur em suas pesquisas sobre a vida. O mundo está repleto de exemplos de estruturas que se apresentam aos pares, como imagens especulares umas das outras, onde as propriedades de uma delas, esquerda, são diferentes da outra, direita. Sacarrolha para a direita e sacarrolha para a esquerda; caramujos com espirais para a esquerda ou para a direita. Acima de tudo, as duas mãos; cada uma espelha a imagem da outra, mas não podem ser intercambiáveis. Mesmo no tempo de Pasteur se sabia da ocorrência do fenômeno em alguns cristais, cujas faces são arranjadas segundo imagens especulares, de um para outro.

Pasteur construiu modelos de madeira desses cristais (era habilidoso com as mãos e exímio desenhista), que eram sobretudo modelos intelectuais. Na primeira fase de suas pesquisas chegou à noção de que havia moléculas cujas estruturas eram imagens especulares de outras; assim, se isso era verdade para os cristais, esse arranjo diferente devia implicar diferentes propriedades para as moléculas também. E isso devia ser demonstrável através do comportamento das moléculas, em situações de dissimetria. Por exemplo, se em uma solução se fizer atravessar um feixe de luz polarizada (isto é, assimétrica), as moléculas de um tipo (digamos, as dextrogiras) devem impor uma rotação do plano da luz polarizada para a esquerda. Uma solução de cristais, todos de um mesmo tipo, irá se comportar assimetricamente em relação a um raio de luz assimétrico obtido por meio de um polarímetro. Ao se girar o disco de polarização, a solução aparecerá escura e clara, e escura e clara novamente.

O fato importante é que soluções químicas de células vivas se comportam da mesma maneira. Ainda não sabemos por que a vida apresenta essa estranha propriedade; mas essa propriedade estabelece que a vida é portadora de características químicas específicas, mantidas durante todo o processo da evolução. Pela primeira vez, Pasteur ligou todas as formas de vida a um tipo de estrutura química. A partir desse poderoso pensamento segue-se que podemos ligar a evolução à química.

154
Dextrogiro, levogiro; essa foi a importante pista seguida por Pasteur no estudo da vida.
Modelos de madeira dos cristais dextrogiro e levogiro do tartarato, feitos por Pasteur.
Página oposta: Pasteur com um amigo do Jura, ao tempo que investigava a fermentação do vinho em 1864. Página crucial do protocolo de Pasteur sobre a estrutura dos cristais, 1847.

A Escalada do Homem

A teoria da evolução deixou de ser um campo de batalha. Isto porque as evidências a seu favor são hoje muito mais ricas e variadas do que eram na época de Darwin e Wallace. E a evidência mais interessante e moderna é fornecida pela química de nosso corpo. Vejamos um exemplo prático: sou capaz de mover minha mão neste momento porque os músculos contêm uma reserva de oxigênio, aí mantida graças à existência de uma proteína chamada mioglobina, composta de cento e cinqüenta ácidos aminados. Este número é o mesmo em mim e em todos os animais possuidores de mioglobina, embora os ácidos aminados possam apresentar pequenas diferenças. Entre a minha e a do chimpanzé há apenas uma diferença em um ácido aminado; entre a minha e a do musaranho (que é um primata primitivo) há várias diferenças entre os ácidos aminados; e, enfim, entre a minha e a do carneiro ou do camundongo, o número de diferenças aumenta. A medida da distância evolucionária entre mim e os outros mamíferos é dada pelo número de diferenças entre os ácidos aminados.

É evidente que devemos buscar o processo evolucionário da vida na estruturação das moléculas químicas. E essa estruturação deve ter começado nas matérias que ferviam na Terra em formação. Para falar sensatamente sobre o início da vida devemos adotar uma atitude bastante realista. A pergunta a ser formulada é histórica. Como eram a superfície da Terra e sua atmosfera há quatro bilhões de anos, antes do aparecimento da vida?

Muito bem, temos uma resposta aproximada. A atmosfera era expelida a partir do interior da Terra, e, portanto, devia ser semelhante à vigente nas imediações de um vulcão em atividade — uma mistura de vapor, nitrogênio, metano, amônia e outros gases redutores, assim como um pouco de dióxido de carbono. Um gás não está presente: não há oxigênio livre. Este pormenor é crucial, uma vez que o oxigênio é produzido pelas plantas e não existia em sua forma livre antes do aparecimento da vida.

Fracamente solúveis no oceano, esses gases formavam uma atmosfera redutora. Como, então, reagiriam sob a ação de raios, descargas elétricas e, particularmente, sob a ação da luz ultravioleta — a qual ocupa lugar de importância em qualquer teoria da vida, uma vez que pode penetrar na ausência de oxigênio —? Essa pergunta foi respondida nos Estados Unidos, na década de 1950, por meio de um elegante experimento realizado por Stanley Miller. Tendo colocado a atmosfera em um frasco — metano, amônia, água e assim por diante — passou a, dia após dia, aquecê-

155
Os ácidos aminados são as unidades elementares da vida. *Leslie Orgel e Robert Sanchez observam uma descarga elétrica em um aparelho no Instituto Salk. No frasco de Miller aparecem não homúnculos, mas, sim, ácidos aminados.*

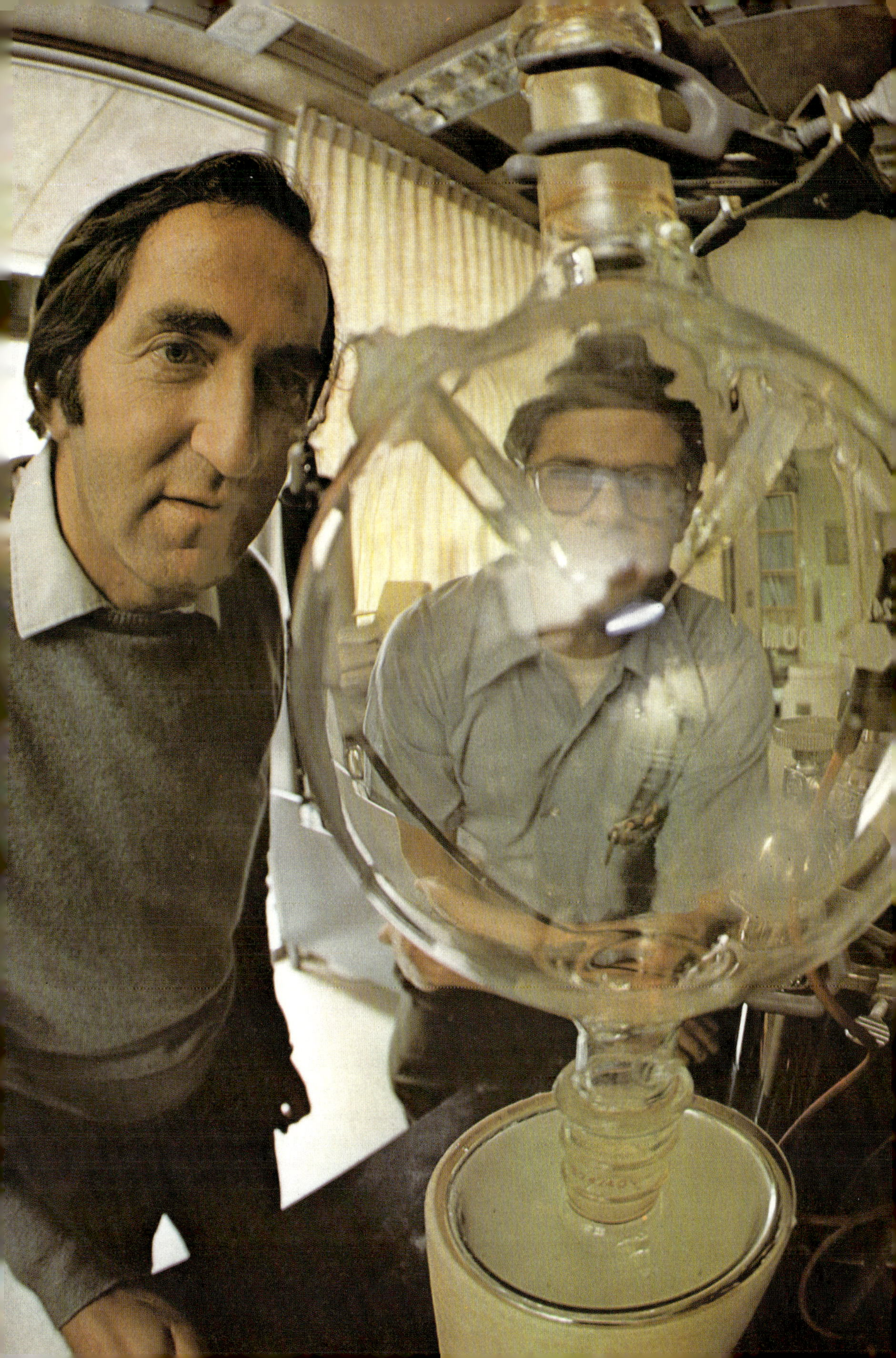

-la e submetê-la a descargas elétricas (simulando raios) e a outras forças violentas. A mistura tornou-se mais escura. Por quê? Nos testes pôde-se mostrar que ácidos aminados haviam-se formado no seu interior. Essa verificação se constituiu em um grande avanço, uma vez que os ácidos aminados são os tijolos com os quais a vida é construída. A partir deles as proteínas são formadas, e estas são constituintes de todas as coisas vivas.

Até há poucos anos atrás pensávamos que a vida só poderia ter-se iniciado sob condições de aquecimento, vapores e descargas elétricas. Aos poucos, entretanto, foi ficando claro na mente de alguns cientistas que outro tipo de condições extremas eram igualmente poderosas: isto é, a presença de gelo. É um pensamento estranho; mas o gelo apresenta duas propriedades muito interessantes para a formação de moléculas simples, básicas. Em primeiro lugar, o processo de resfriamento concentra material, que, no início dos tempos, devia se apresentar sob forma bastante diluída no oceano. E, em segundo lugar, pode acontecer que a estrutura cristalina do gelo torne possível a organização de seqüências de moléculas, as quais são certamente importantes a cada estágio da vida.

Seja como for, Leslie Orgel realizou uma série de elegantes experimentos dos quais descreverei o mais simples. Tomou alguns dos constituintes fundamentais os quais deviam estar presentes na atmosfera da Terra em qualquer estágio dos tempos primordiais: o ácido cianídrico é um deles; a amônia é outro. Depois de preparar uma solução diluída desses componentes, congelou-a durante vários dias. Como resultado observou que o material concentrado era empurrado para a superfície, aí permanecendo sob a forma de minúsculos *icebergs* e a presença de coloração, ainda que pálida, revelando a formação de moléculas orgânicas. Alguns ácidos aminados, sem dúvida; mas, principalmente, Orgel constatou a formação de um dos quatro constituintes fundamentais do alfabeto genético, do qual dependem todos os processos vitais. Havia sintetizado adenina, uma das quatro bases do ADN (v. pág. 390). Assim, é possível que o alfabeto da vida no ADN se tenha formado nessas condições, e não, como se pensava, em condições tropicais.

O problema da origem da vida gira em torno, não das moléculas mais complexas, mas, sim, das mais simples, capazes de se reproduzirem. A capacidade de reproduzir cópias ativas da mesma molécula é a característica da vida; e a questão da origem da vida é, portanto, a questão de se saber se as moléculas básicas identificadas nos trabalhos da presente geração de biólogos poderiam ter sido formadas através de processos naturais. A respeito da origem da vida, sabemos muito bem o que estamos procurando: moléculas simples, elementares, tais quais as assim chamadas bases (adenina, timina, guanina, citosina) componentes das espirais do ADN, as quais se reproduzem a si próprias durante a divisão de qualquer célula. O curso subseqüente, através do qual os organismos tornaram-se mais e mais complexos, envolve um outro tipo de problema, o estatístico: isto é, a evolução da complexidade por meio de processos estatísticos.

É justo que se pergunte se as moléculas automultiplicadoras foram formadas muitas vezes, em diferentes locais. Essa questão só pode ser respondida por inferências baseadas em interpretações fornecidas por indícios colhidos junto aos seres vivos atuais. Atualmente, a vida é controlada por umas poucas moléculas — as quatro bases do ADN. Elas encerram as mensagens da hereditariedade em cada uma de todas as criaturas conhecidas; da bactéria ao elefante; do vírus à rosa. Uma conclusão possível, tendo em vista a uniformidade do alfabeto da vida, é a de que esses são os únicos arranjos atômicos capazes de manter a seqüência de auto-reprodução.

Contudo, há apenas alguns biólogos favoráveis a essa hipótese. A maioria prefere pensar que a natureza seja capaz de inventar outros arranjos automultiplicadores; as possibilidades seguramente seriam maiores do que as quatro mencionadas. Se isso for correto, então, a razão pela qual a vida, tal como a conhecemos, é dirigida pelas mesmas quatro bases, é que simplesmente *aconteceu* da vida ter começado com elas. Sob essa interpretação, as bases são prova de que a vida só começou uma vez. Depois disso, quando surgia qualquer outro arranjo, não conseguia ligar-se às formas de vida já existentes. Evidentemente, ninguém mais pensa que a vida ainda esteja sendo criada do nada aqui na Terra.

A biologia teve a fortuna de descobrir, no espaço de tempo de uma centena de anos, duas grandes idéias fecundas. Uma foi a da teoria da evolução pela seleção natural, de Darwin e Wallace. A outra foi a descoberta, por parte de nossos contemporâneos, de como expressar os ciclos da vida numa fórmula química que os vincula à natureza como um todo.

A Escalada do Homem

Seriam as substâncias, presentes aqui na Terra, enquanto a vida se formava, exclusivas de nosso planeta? Costumávamos pensar que sim, mas os indícios mais recentes mostram o contrário. Nos últimos anos tem-se encontrado, nos espaços interestelares, traços espectrais de moléculas, as quais pensávamos jamais poderem-se formar nessas frígidas regiões: ácido cianídrico, ciano--acetileno, formaldeído. Não se suspeitava pudessem tais moléculas existir fora da Terra, o que aponta para o fato de a vida poder-se manifestar em começos e formas variadas, mas não nos autoriza a supor que a vida descoberta em outros planetas (se tal chegar a acontecer) tenha seguido os mesmos estágios evolucionários da nossa. Não é mesmo necessário que a reconheçamos na qualidade de vida como tal — ou que ela nos reconheça.

156
Seriam peculiares apenas à Terra as substâncias aqui presentes quando a vida começou? *Dispositivo com ponta da prova para testar a possível presença de substâncias orgânicas em uma aterrizagem serena em Marte.*

157
O material concentrado é empurrado para a superfície sob a forma de minúsculos *icebergs*. *Formação de adenina a partir de uma solução congelada de cianeto e amônia.*

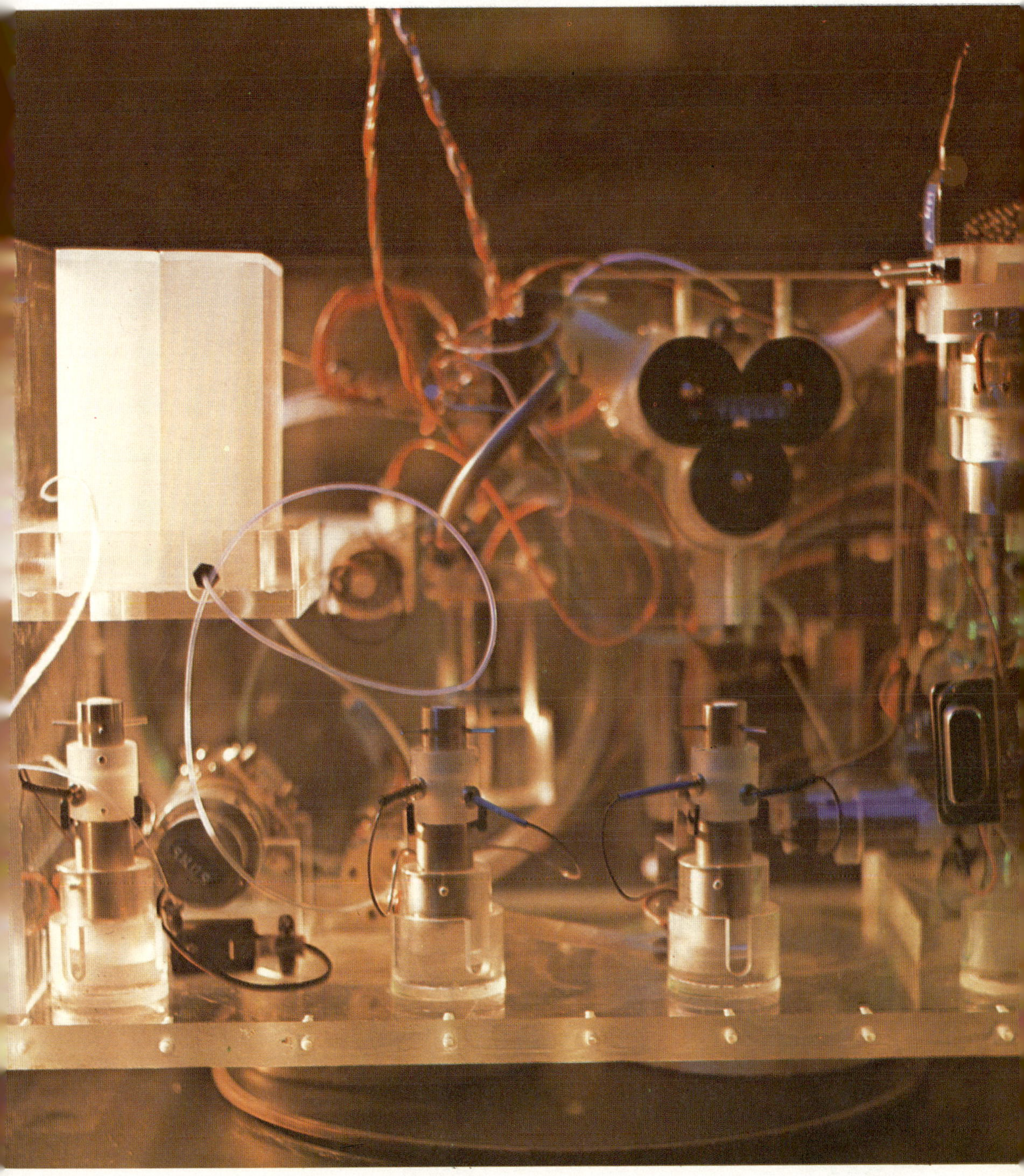

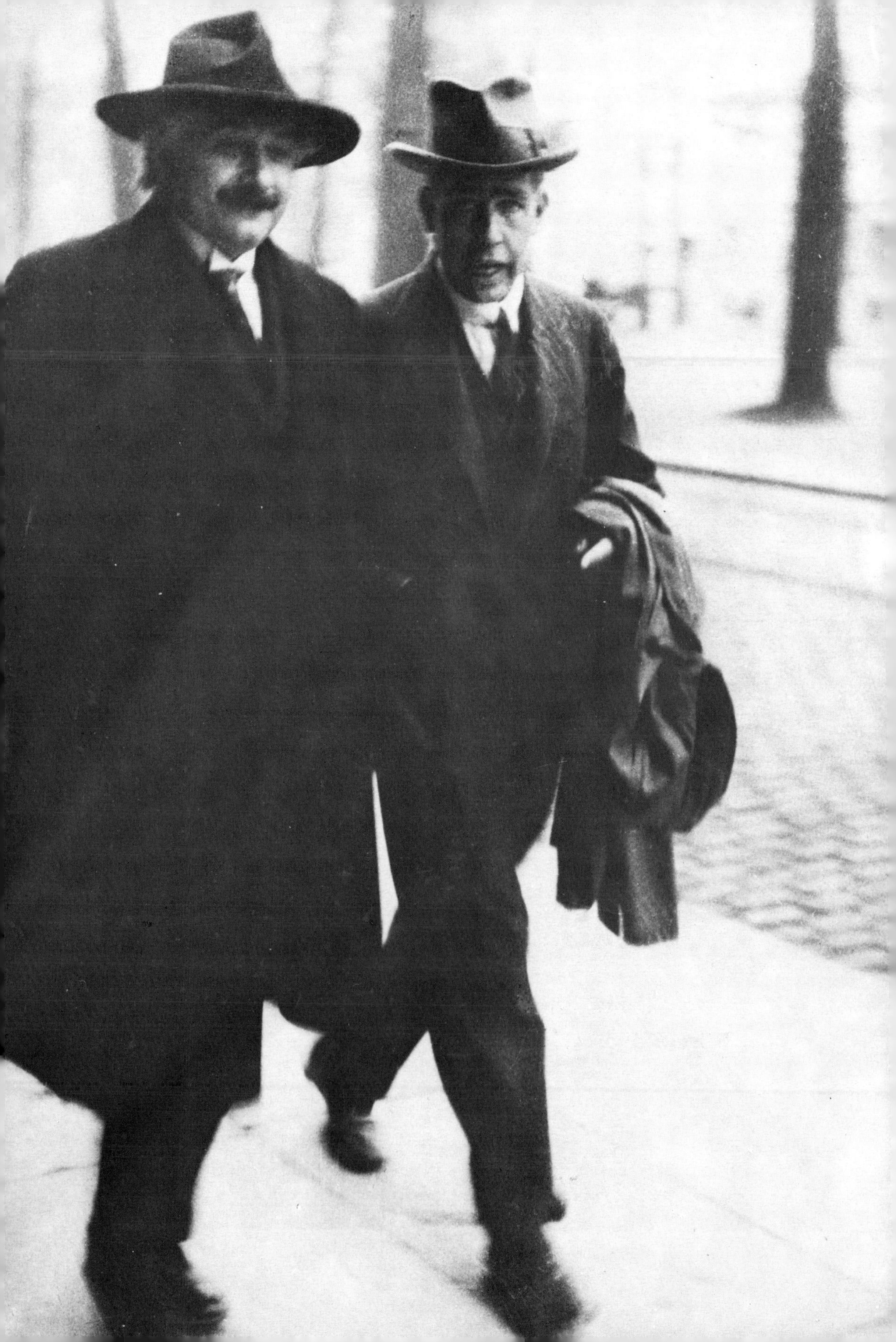

10 UM MUNDO DENTRO DO MUNDO

Há, na natureza, sete formas básicas de cristais e uma multidão de cores. Formas sempre fascinaram os homens, tanto como figuras no espaço como descrições da matéria; para os gregos, os elementos fundamentais eram dotados de forma, à semelhança dos sólidos regulares. Em termos modernos também é verdade que os cristais naturais expressam alguma coisa sobre o arranjo dos átomos que os compõem; isso auxilia a classificação dos átomos em famílias. E disto se ocupa a Física de nosso século, os cristais representando a porta de entrada para esse mundo.

Entre toda a variedade dos cristais, o mais modesto é o cubo simples, incolor, do sal de cozinha; mas nem por isso deixa de ser um dos mais importantes. Há cerca de mil anos o sal tem sido extraído da grande mina de sal de Wieliczka, perto de Cracóvia, antiga capital polonesa, onde ainda são conservadas algumas estruturas de madeira e máquinas tracionadas por cavalos do século XVII. O alquimista Paracelsus deve ter passado por aqui em suas viagens em direção ao leste. A ele se deve uma inovação na alquimia, por afirmar que entre os elementos componentes do homem e da natureza o sal tem de ser contado. O sal é essencial para a vida e todas as culturas sempre lhe atribuíram uma qualidade simbólica. À semelhança dos romanos, ainda chamamos "salário" à quantia de dinheiro paga a um homem, embora isso signifique "dinheiro do sal". No Oriente Médio as barganhas ainda são seladas com sal, à maneira do que é chamado, no Velho Testamento, "um acordo com sal é para sempre".

Paracelsus errou em um ponto: o sal não é um elemento no sentido moderno do termo. É composto por dois elementos: sódio e cloro. O sódio é um metal branco, efervescente, e o cloro, um gás amarelado, venenoso; mas o interessante é que, da união dos dois, resulta uma estrutura estável, o sal comum. Além disso, o sódio e o cloro pertencem a famílias químicas diferentes. Cada família apresenta uma gradação ordenada de propriedades similares: o sódio pertence à família dos metais alcalinos e o cloro à dos halogênios ativos. Os cristais permanecem imutáveis, quadrados e transparentes, à medida que membros da mesma família são trocados uns pelos outros. Por exemplo, o sódio pode ser perfeitamente substituído pelo potássio, dando, agora, o cloreto

158
O modelo do átomo precisava de um novo refinamento. *Niels Bohr e Albert Einstein andando nas ruas de Bruxelas, outubro de 1933.*

159
O que determina o agrupamento dos elementos em famílias?
Cubo natural do cristal do sal de cozinha (cloreto de sódio), indistinguível de outros sais halogenados de metais alcalinos.

de potássio. Igualmente, o cloro pode ser substituído pelo seu elemento irmão, o bromo, dando o brometo de sódio. Ainda podemos, evidentemente, proceder a uma dupla troca: fluoreto de lítio, no qual o sódio é substituído pelo lítio e o cloro pelo flúor. Mesmo assim, os cristais mantêm a mesma aparência visual.

O que determina o agrupamento dos elementos em famílias? Na década de 1860 todo mundo coçava a cabeça à procura de solução para esse problema, e vários cientistas acabaram por apresentar soluções bastante coincidentes. Entretanto, a resposta triunfal foi dada por um jovem russo chamado Dmitri Ivanovich Mendeleiev, o qual havia visitado a mina de Wieliczka em 1859. Contava, então, vinte e cinco anos, sendo pobre, trabalhador e brilhante. Caçula de uma família de pelo menos quatorze irmãos, tinha sido o queridinho de sua mãe viúva que, ambicionando para ele um futuro ilustre, encaminhou-o para a ciência.

Mendeleiev não se distinguia apenas pelo gênio, mas, também, por uma paixão genuína pelos elementos. Fez deles seus amigos pessoais, conhecia cada capricho e pormenor de seus comportamentos. Os elementos só se distinguiam entre si por uma propriedade básica, aquela originalmente proposta por John Dalton em 1805: cada elemento é caracterizado por um peso atômico. Mas, como é que as propriedades que os tornam semelhantes ou diferentes decorriam desse único dado constante ou parâmetro? Foi

Um Mundo Dentro do Mundo

nessa questão que Mendeleiev empenhou seu talento. Tendo escrito o nome dos elementos em cartões, organizava-os em uma espécie de jogo que seus amigos chamavam *Paciência*.

Nos seus cartões escreveu também os pesos atômicos dos elementos, dispondo-os em colunas verticais, em ordem crescente ou decrescente, conforme fosse o caso. Realmente não sabia o que fazer com o mais leve, o Hidrogênio; assim, deixou-o fora de seu esquema. O próximo, na ordem dos pesos atômicos, era o Hélio, mas Mendeleiev não podia saber dele, uma vez que ainda não tinha sido identificado na face da Terra — ainda bem, porque, de outra forma, teria ficado vagueando sozinho até que seus irmãos fossem descobertos muito tempo depois.

Dessa maneira, Mendeleiev encabeçou sua primeira coluna com o elemento Lítio, um dos metais alcalóides. Assim, ficou o Lítio (o elemento mais leve depois do Hidrogênio), em seguida o Berílio, então o Boro, seguindo-se os elementos mais familiares: Carbono, Nitrogênio, Oxigênio e, por fim, o sétimo de sua coluna, o Flúor. Ainda na ordem dos pesos atômicos, o próximo

160
Mendeleiev se distinguia não apenas por seu gênio, mas, também, pela sua paixão pelos elementos.
Dmitri Ivanovich Mendeleiev.

elemento é o Sódio, e como este apresentava algumas afinidades com o Lítio, Mendeleiev decidiu iniciar com ele uma nova coluna, paralela à primeira. Nesta, encadeavam-se uma série de elementos familiares: Magnésio, Alumínio, Silício, Fósforo, Enxofre e Cloro. E eis que, novamente, constituem uma outra coluna completa de sete elementos, sendo que o último, o Cloro, se alinha na mesma fila horizontal do Flúor.

Evidentemente, há alguma coisa na seqüência dos pesos atômicos, não apenas acidental, mas sistemática. Na terceira coluna vamos encontrar novamente a mesma organização. Os elementos que se seguem ao Cloro, na ordem dos pesos atômicos, são o Potássio e depois o Cálcio. Assim, até aqui, a primeira fila contém

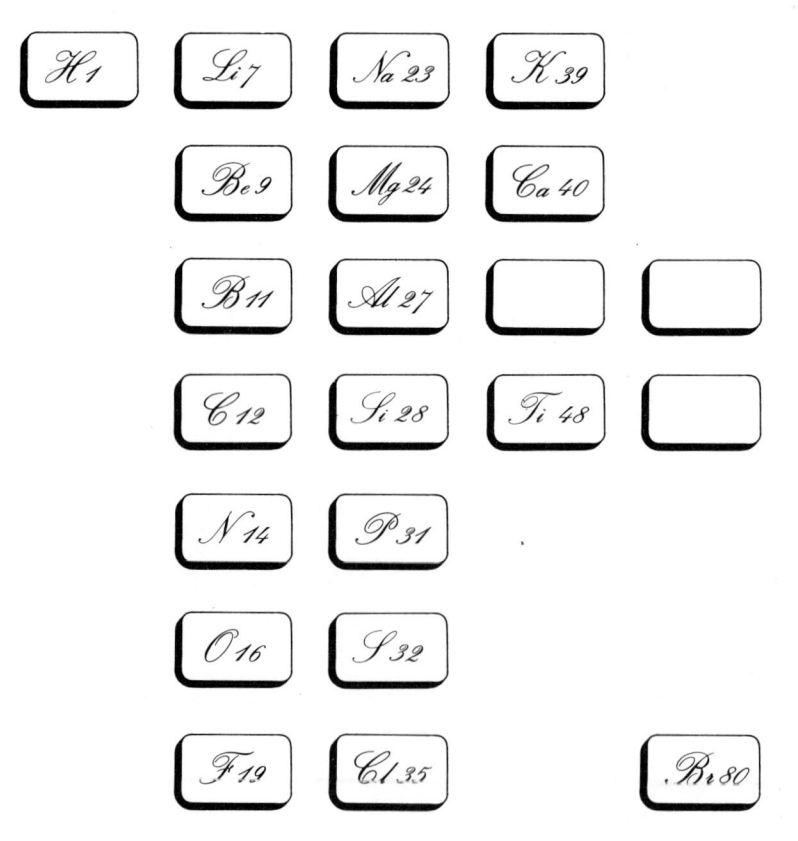

H 1	Li 7	Na 23	K 39
	Be 9	Mg 24	Ca 40
	B 11	Al 27		
	C 12	Si 28	Ti 48	
	N 14	P 31	
	O 16	S 32	
	F 19	Cl 35		Br 80

Jogo da Paciência de Mendeleiev. As cartas estão arranjadas na ordem dos pesos atômicos: os elementos se agrupam em famílias.

o Lítio, o Sódio e o Potássio, todos metais alcalinos; e a segunda fila contém o Berílio, o Magnésio e o Cálcio, todos metais com afinidades familiares. O fato é que a disposição horizontal nesse arranjo faz sentido: agrupa elementos de uma mesma família.

Um Mundo Dentro do Mundo

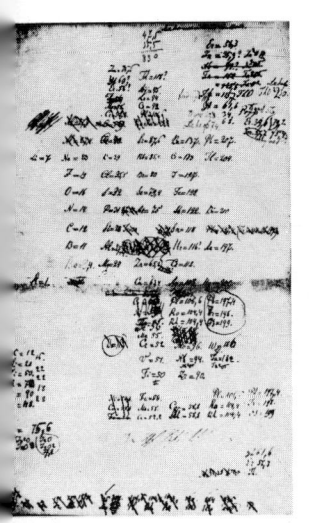

161
A seqüência dos pesos atômicos não é acidental, mas, sim, sistemática. *Uma das primeiras versões da Tabela Periódica de Mendeleiev, de 1869.*

Mendeleiev havia descoberto ou, pelo menos, encontrado indícios da existência de uma chave matemática entre os elementos. Ordenando-os pelos seus respectivos pesos atômicos, cada sete estágios constituem uma coluna vertical, iniciando outra em seguida, mantendo a seqüência dos pesos atômicos. Usando esse procedimento, as famílias serão encontradas nos arranjos horizontais. Até este ponto, o esquema de Mendeleiev pode ser acompanhado sem dificuldade, e assim ele o tinha organizado em 1871, dois anos depois de ter a primeira idéia nesse sentido. Tudo se ajusta perfeitamente bem até chegarmos à terceira coluna — então, inevitavelmente, surge o primeiro problema. Por que inevitavelmente? Porque, como se viu para o caso do Hélio, Mendeleiev não dispunha de todos os elementos. Dos noventa e dois, apenas sessenta e três eram conhecidos; dessa forma, mais cedo ou mais tarde teriam de aparecer as falhas. E uma delas apareceu justamente onde havíamos parado — no terceiro lugar da terceira coluna.

Disse que Mendeleiev havia identificado uma falha, mas essa forma abreviada de expressão esconde o que havia de mais formidável em seu raciocínio. No terceiro lugar da terceira coluna Mendeleiev encontrou-se frente à frente com uma dificuldade, resolvendo-a através de uma *interpretação* de que ali faltava um elemento. Essa escolha se deveu ao fato de o próximo elemento conhecido, o Titânio, simplesmente não exibir as propriedades que o colocariam na mesma família (fila horizontal) do Boro e do Alumínio. "O elemento a ocupar essa posição não é conhecido, mas quando o for, seu peso atômico o colocará antes do Titânio. Assim, deixando essa posição aberta, o Titânio se alinha, na quarta fila, com os elementos de sua família: Carbono e Silício." Na realidade foi isso que aconteceu no esquema básico.

A concepção das falhas ou elementos ausentes foi uma inspiração científica. Em termos práticos expressava aquilo que Francis Bacon havia formulado em termos gerais há muito tempo atrás, ou seja, que novas aplicações de uma lei natural podem ser propostas ou induzidas a partir das antigas conhecidas. Na verdade, Mendeleiev demonstrou ser a indução um processo muito mais sutil nas mãos de um cientista do que Bacon e outros filósofos haviam suposto. Em ciência não marchamos simplesmente seguindo uma progressão linear — dos eventos conhecidos para os desconhecidos. Mais do que isso, trabalhando como se estivéssemos diante de um problema de palavras cruzadas, seguimos duas progressões independentes na procura do ponto onde elas se interceptam: aí é que devem ser encontrados os esconderijos dos eventos desconhecidos. Mendeleiev seguiu a progressão dos pesos atômicos nas colunas e a da família de afinidades nas horizontais, a fim de identificar os elementos faltantes nas intercepções. Agindo assim, conseguiu elaborar predições práticas, além de tornar explícito (o que ainda hoje é mal compreendido) o uso do processo indutivo no raciocínio científico.

Muito bem: os pontos de maior interesse estão representados pelas falhas existentes nas terceira e quarta colunas. Embora eu não pretenda continuar no processo de construção da tabela além desse ponto, gostaria de chamar a atenção para o fato de que, se contarmos as falhas e seguirmos adiante, a coluna termina onde deveria, no Bromo, na família dos halogênios. Havia um certo número de falhas e Mendeleiev apontou três delas. À primeira já nos referimos: a da terceira coluna na terceira fila. As outras duas estavam na quarta coluna, terceira e quarta filas. Sobre elas Mendeleiev profetizou que, uma vez descobertos, os elementos que as preenchessem, apresentariam não só os pesos atômicos correspondentes às suas posições nas colunas, mas, também, afinidades familiares às suas posições nas filas.

Por exemplo, a previsão mais famosa de Mendeleiev, e a última a ser confirmada, foi a relativa à terceira — o que ele chamou Eka-silício. Ele enunciou as propriedades desse elemento estranho e importante, que só vinte anos depois foi descoberto na Alemanha; no nome dado a esse elemento não ficou sinal de homenagem a Mendeleiev, pois se chamou *Germânio*. Partindo do princípio de que o "Eka-silício apresentaria propriedades intermediárias entre o Silício e o Zinco" predisse que seria 5,5 vezes mais pesado do que a água: e isso verificou-se ser correto. Também determinou que seu óxido seria 4,7 vezes mais pesado do que a água; igualmente correto. E assim por diante, em relação às propriedades químicas e outras.

Essas previsões o tornaram famoso por toda parte — exceto na Rússia: lá ele não era um profeta, mas, sim, um homem de idéias liberais, e o Tsar não gostava disso. A descoberta posterior, na Inglaterra, de toda uma nova fila de elementos, começando com o Hélio, Neônio, Argônio, ampliou seu triunfo. Não conseguiu se eleger para a Academia Russa de Ciências, mas, no resto do mundo, seu nome passou a ter um sentido mágico.

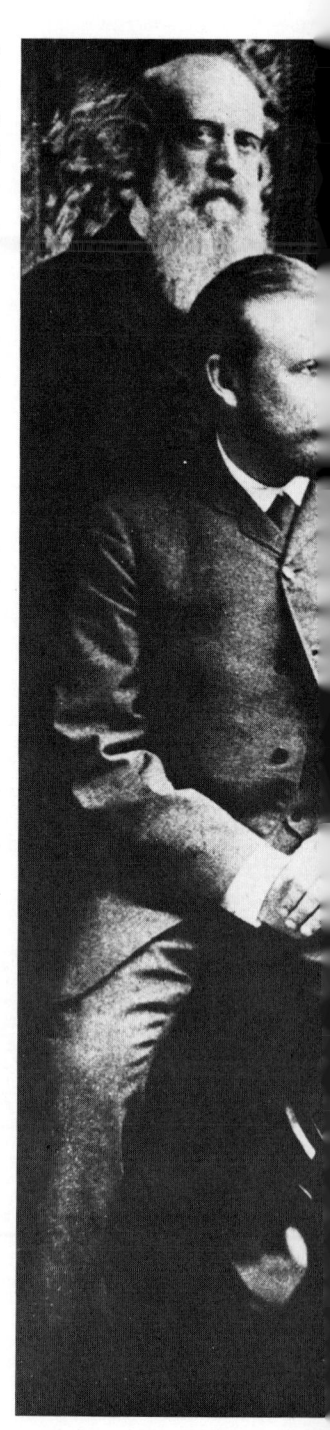

162
Mendeleiev era famoso no mundo inteiro — exceto na Rússia.
Fotografia em grupo tirada em uma das visitas de Mendeleiev a Manchester. Mendeleiev aparece no centro da fotografia, James Prescott Joule aparece em pé na extremidade direita.

163
Aqui se dá a abertura da grande era. Nestes dias a física se transforma no grande trabalho de arte coletiva do século vinte.
Duas conferências dos responsáveis pela nova Física Atômica:

Primeira Solvay Conference de 1911. Sentados, à esquerda, aparecem Rutherford no segundo e J. J. Thomson no quarto lugar. Einstein é o décimo primeiro e Marie Curie a décima sétima, a partir da esquerda, na fileira em pé.

*Fotografia da quinta conferência – de 1927. Einstein e Marie Curie
passaram para a fileira da frente (ele está no centro e ela é a terceira a partir
da esquerda). A nova geração ocupa a fileira de trás. Louis de Broglie,
Max Born e Niels Bohr são os últimos três à direita na segunda fileira, enquanto
que Schrödinger é o sexto a partir da esquerda e Heisenberg o terceiro a
partir da direita, ambos na última fileira.*

A Escalada do Homem

Que o padrão subjacente ao arranjo dos átomos era numérico, estava fora de dúvida. Contudo, isso não encerra a história; alguma coisa devia estar faltando. Não teria sentido algum acreditar que todas as propriedades dos elementos estejam contidas em um número, o peso atômico: o que está escondido aí? O peso de um átomo pode ser a medida de sua complexidade. Se assim for, ele deve ocultar uma organização estrutural interna, alguma forma de coerência física, responsável pelas propriedades dos elementos. Entretanto, essa idéia era inconcebível, na medida em que se acreditava na indivisibilidade do átomo.

Dessa maneira, a descoberta do elétron por J. J. Thomson, trabalhando em Cambridge em 1897, causa uma reviravolta nas concepções físicas. Sim, o átomo tem partes constituintes; não é indivisível como seu nome grego implica. O elétron representa uma pequeníssima parte de sua massa ou peso, mas é um dos seus componentes reais, portador de uma carga elétrica unitária. Cada elemento é caracterizado pelo número de elétrons em seu átomo. Ainda mais, os seus números são exatamente iguais ao número do local, na tabela de Mendeleiev, ocupado por aquele elemento quando o Hidrogênio e o Hélio são colocados no primeiro e no segundo local, respectivamente. Isto é, o Lítio possui três elétrons, o Berílio quatro, o Boro cinco, e assim por diante, até o fim da tabela. O local da tabela ocupado por um elemento é chamado seu número atômico, agora com foro de realidade física dentro do átomo — dada pelo número de elétrons. A ênfase se transferia do peso atômico para o número atômico, o que significa, na essência, para a estrutura atômica.

A física moderna nasceu com essa conquista intelectual. Uma grande época se inicia. Nestes anos, a física reúne a maior soma de trabalho coletivo da ciência — não, muito mais do que isso: o grande trabalho artístico coletivo do século XX.

Digo "trabalho de arte" porque a noção de que há uma estrutura subjacente, um mundo dentro do mundo do átomo, captou imediatamente a imaginação dos artistas. A arte posterior a 1900 é diferente de toda a arte que a precedeu, como pode ser constatado em qualquer pintor original da época: em Umberto Boccioni, por exemplo, no *As Forças de uma Rua* ou no *Dinamismo de um Ciclista*. A arte moderna e a física moderna nasceram ao mesmo tempo, porque a mesma idéia lhes deu origem.

164
O pintor visivelmente divide e reconstrói o mundo em uma mesma tela. Pode-se seguir seu pensamento enquanto ele faz isso.
Detalhe de "Jovem com Esponja de Pó" de Georges Seurat, pintado em 1886. Distribuindo as tintas em um mosaico de pequenos pontos coloridos, Seurat pretendia aumentar a luminosidade do quadro.

A partir da *Opticks* de Newton os pintores descobriram a face colorida das coisas. O século XX mudou o objeto de seus interesses. À semelhança do que fazem os raios X de Röntgen, passaram a buscar os ossos por baixo da pele, e as estruturas sólidas profundas, que, de dentro para fora, suportam a forma total de um objeto ou de um corpo. Pintores tais como Juan Gris estão engajados na análise da estrutura, tanto em se tratando de formas naturais em *Natureza Morta,* como do corpo humano em *Pierrot.*

A Escalada do Homem

Os pintores cubistas, por exemplo, obviamente se inspiram nas formas dos cristais. Nelas eles vêem a forma de um vilarejo construído em uma encosta, como o fez Georges Braque em sua *Casas em L'Estaque,* ou um grupo de mulheres, como Picasso as pintou em *As Donzelas de Avignon.* No seu famoso começo da pintura cubista, Pablo Picasso — a simples face, o *Retrato de Daniel-Henry Kahnweiler* — desvia a atenção da pele e da fisionomia para a geometria subjacente. A cabeça foi resolvida e dissociada em formas matemáticas, e, então, reconstruída, em uma recriação, de dentro para fora.

Essa nova procura da estrutura oculta é marcante nos pintores da Europa do Norte: Franz Marc, por exemplo, ao representar uma paisagem natural em *Coisa na Floresta;* e também (este favorito dos cientistas) o cubista Jean Metzinger, cuja *Mulher em um Cavalo* foi comprada por Niels Bohr para a coleção de quadros de sua casa em Copenhage.

Existem duas diferenças nítidas entre uma obra de arte e um escrito científico. A primeira é que na obra de arte o pintor divide o mundo em pedaços e o recompõe novamente, em uma mesma tela. A segunda é dada pelo fato de podermos acompanhar seus pensamentos enquanto trabalha. (Por exemplo, Georges Seurat dispondo pequenas manchas de diferentes cores até chegar ao efeito total em *Jovem com Esponja de Pó* ou em *O Bico.*) O escrito científico é deficiente nessas duas atribuições. Freqüentemente é apenas analítico; e, quase invariavelmente, esconde o processo do pensamento em sua linguagem impessoal.

Escolhi falar sobre um dos pais da física do século XX, Niels Bohr, porque ele era um artista consumado nesses dois aspectos. Nunca tinha respostas prontas. Suas aulas eram sempre iniciadas pela frase introdutória: "Cada sentença minha deve ser interpretada por vocês não como uma afirmativa, mas, sim, como uma pergunta". Seu questionamento era dirigido à estrutura do mundo, e aqueles que com ele trabalhavam, moços ou velhos (ele ainda estava entrando em seus setenta anos), também estavam quebrando o mundo em pedaços, repensando-o e tornando a reconstruí-lo.

Aos vinte anos de idade Bohr foi trabalhar com J. J. Thomson e o antigo estudante deste, Ernest Rutherford, o qual, por volta de 1910, era o mais importante físico experimental do mundo. (Tanto Thomson como Rutherford haviam sido induzidos à

165
Os pintores futuristas escolheram temas que estavam ocupando a mente dos físicos. Em seu manifesto eles afirmam: "objetos em movimento se multiplicam e sofrem distorções semelhantes as das vibrações propagando-se através do espaço", 1912.
Umberto Boccioni: "Dinamismo de um Ciclista", de 1913 (acima). Balla: "Planeta Mercúrio Passando Diante do Sol".

Um Mundo Dentro do Mundo

carreira científica pelos desejos de suas respectivas mães viúvas, tal qual havia sido o caso de Mendeleiev.) Rutherford era então professor junto à Universidade de Manchester. Em 1911 havia proposto um novo modelo para o átomo, no qual representava praticamente toda a massa concentrada em um núcleo pesado ou cerne central, e os elétrons girando em órbitas ao redor, em movimentos semelhantes aos dos planetas em relação ao Sol. Era uma concepção brilhante — e uma bela ironia da história o fato de, em três centenas de anos, a idéia ultrajante de Copérnico, Galileo e Newton ter-se afirmado como o modelo mais comum, aceito por qualquer cientista. Isso acontece freqüentemente em ciência: a teoria inaceitável de uma época torna-se uma imagem cotidiana para suas sucessoras.

Entretanto, nem tudo ia bem com o modelo de Rutherford. Se o átomo fosse uma pequena máquina, então o que, em sua estrutura, seria responsável pelo fato dele nunca parar — sendo uma pequeníssima máquina, nessas condições representaria o único exemplo conhecido de movimento perpétuo? Os planetas, à medida que percorrem suas órbitas, perdem energia, e, assim, suas órbitas se tornam cada vez menores — uma quantidade desprezível, se considerada de ano para ano, mas que, fatalmente, os levará a ir de encontro ao Sol. Dessa maneira, se os elétrons se comportarem à semelhança dos planetas, eles se projetarão no núcleo, donde se conclui que alguma coisa deve estar impedindo a perda contínua de energia por parte dos elétrons. Tal consideração requeria a existência de um novo princípio físico capaz de limitar a valores fixos a energia perdida por um elétron. Essa seria a única maneira de aceitar uma medida, uma unidade definida, que mantivesse os elétrons em órbitas de dimensões invariáveis.

Na busca dessa unidade, Niels Bohr foi encontrá-la em um trabalho publicado por Max Planck em 1900. Planck havia mostrado, uma dezena de anos antes, que em um mundo no qual a matéria se apresenta em forma de pedaços ou pacotes, a energia também deve se apresentar em pacotes ou *quanta*. Em retrospectiva, essa idéia não nos parece estranha. Mas Planck a reconheceu como revolucionária desde o dia em que a concebeu, o que é ilustrado por ele ter convidado seu pequeno filho para um desses passeios professorais, tão familiares a todos os acadêmicos do mundo, e, durante o qual, assim se expressou: "Hoje me ocorreu uma idéia tão revolucionária e tão grande como a de Newton". E era mesmo.

É claro que agora, em um certo sentido, a tarefa de Bohr estava facilitada. Em uma das mãos tinha o átomo de Rutherford e, na outra, o *quantum*. O que havia de tão maravilhoso no trabalho de um jovem cientista de vinte e sete anos, em 1913 juntar os dois e sair-se com a imagem moderna do átomo? Nada mais do que a maravilhosa explicitação de um processo de pensamento: nada mais do que um esforço de síntese. Além disso, também a idéia de ir buscar o dado no lugar exato onde ele podia ser encontrado: na impressão digital do átomo, no espectro através do qual seu comportamento se faz visível para nós, quando olhado de fora.

A maravilhosa idéia de Bohr foi justamente essa. O interior do átomo é invisível, mas há uma janela por onde se olhar, uma

166
Por volta de 1910 Ernest Rutherford era o físico experimental mais importante do mundo. *Rutherford depois de suceder J.J. Thomson no Laboratório Cavendish, Cambridge.*

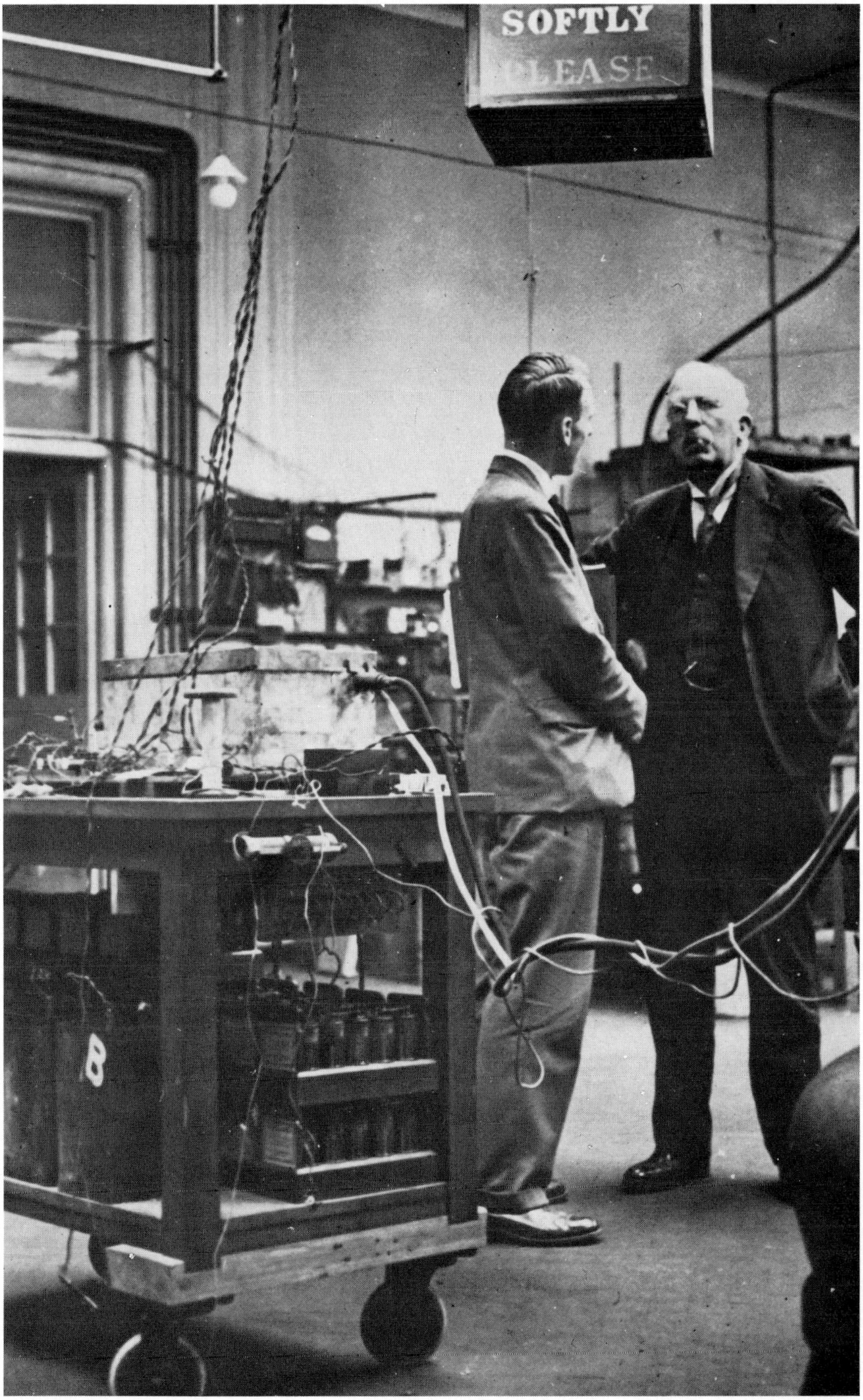
SOFTLY

janela de vidro colorido: o espectro do átomo. Cada elemento tem seu próprio espectro, o qual não se apresenta contínuo como aquele descrito por Newton para a luz branca, mas, sim, mostra uma série de faixas ou bandas brilhantes características. Por exemplo, o Hidrogênio apresenta três bandas muito vivas no seu espectro visível: uma banda vermelha, uma banda azul-esverdeada e uma banda azul. Bohr explicou o significado de cada uma delas como sendo o resultado da liberação de energia por parte de um único elétron, quando este salta de uma órbita externa para outras mais internas.

Nenhuma energia é liberada pelo elétron do átomo de Hidrogênio se ele permanecer na mesma órbita. Entretanto, toda vez que ele saltar de uma órbita externa para outra órbita interna, a diferença de energia entre as duas será liberada sob a forma de emissão de um *quantum* de luz. As emissões simultâneas de bilhões de átomos se manifestam naquilo que enxergamos como uma banda característica do Hidrogênio. A banda vermelha é produzida por saltos eletrônicos da terceira órbita para a segunda; e a banda azul-esverdeada quando o elétron salta da quarta órbita para a segunda.

O artigo de Bohr: *On the Constitution of Atoms and Molecules (Sobre a Constituição dos Átomos e das Moléculas)* tornou-se um clássico imediatamente. A estrutura do átomo era, agora, tão matematicamente determinada como o universo de Newton. Contudo, incluía o princípio adicional do *quantum*. Niels Bohr acabara de construir um mundo no interior do átomo, avançando a física do seu tempo para além de onde ela havia permanecido, por dois séculos, depois de Newton. Em triunfo, retornou a Copenhage. A Dinamarca era seu lar novamente, um novo lugar onde trabalhar. Em 1920 construíram para ele o Instituto Niels Bohr, em Copenhage. Este tornou-se um centro procurado por jovens da Europa, América e Oriente, onde podiam discutir a física dos *quanta*. Werner Heisenberg era um freqüentador assíduo, e ali mesmo foi incitado a desenvolver algumas de suas idéias fundamentais: Bohr jamais permitia a alguém estacionar em uma idéia inacabada.

Reconstruir as etapas da história da confirmação do modelo do átomo de Bohr é uma tarefa interessante uma vez que elas espelham a recapitulação do ciclo de vida de qualquer teoria científica. Em primeiro lugar vem o artigo. Neste, resultados conhecidos

Um Mundo Dentro do Mundo

são utilizados na validação do modelo; assim, mostra-se que o espectro do Hidrogênio em particular possui bandas, de há muito conhecidas, cujas posições correspondem a transições quânticas do elétron de uma órbita para outra.

A etapa seguinte consiste em estender aquela confirmação a um novo fenômeno: neste caso, as bandas no espectro de energia mais alta dos raios X, embora invisíveis ao olho, são igualmente formadas por saltos de elétrons. Este trabalho estava sendo desenvolvido no laboratório de Rutherford em 1913, e acabou fornecendo lindos resultados, confirmando fielmente as previsões de Bohr. O responsável pelo trabalho foi Henry Moseley, então, contando vinte e sete anos, mas cuja carreira brilhante foi interrompida por sua morte no malfadado ataque britânico a Gallipoli em 1915 — essa campanha ceifou, indiretamente, outras vidas jovens e promissoras, entre elas a do poeta Rupert Brooke. À semelhança do trabalho de Mendeleiev, o de Moseley também apontava para a existência de alguns elementos desconhecidos, e um deles foi descoberto no laboratório de Bohr, recebendo o nome de *Háfnio*, em homenagem a Copenhage, através de sua denominação latina. A descoberta foi anunciada, a propósito, por Bohr, no discurso de recebimento do Prêmio Nobel em 1922. O tema do discurso é memorável, uma vez que, nele, Bohr descreve pormenorizadamente aquilo que, quase poeticamente, foi por ele mesmo resumido em outra ocasião: a maneira pela qual o conceito do *quantum* tinha

levado gradualmente a uma classificação sistemática dos tipos de ligações estacionárias de qualquer elétron em um átomo, oferecendo, assim, uma explanação completa das notáveis relações entre as propriedades físicas e químicas dos elementos, da maneira como eles aparecem na famosa tabela periódica de Mendeleiev. Uma tal interpretação das propriedades da matéria surgiu como a realização, ultrapassando os sonhos dos pitagóricos, do antigo ideal de poder reduzir a formulação das leis da natureza a considerações de números puros.

Entretanto, neste mesmo momento, quando tudo parecia deslizar suavemente, sente-se, de chofre, que a teoria de Bohr se encontra, como mais cedo ou mais tarde acontece com qualquer teoria, no limite daquilo que pode realizar. Começa a emperrar em algumas fraquezas, uma espécie de dor reumática. E esse estado de coisas nos revela claramente que de forma nenhuma tinha sido resolvido o problema real da estrutura do átomo.

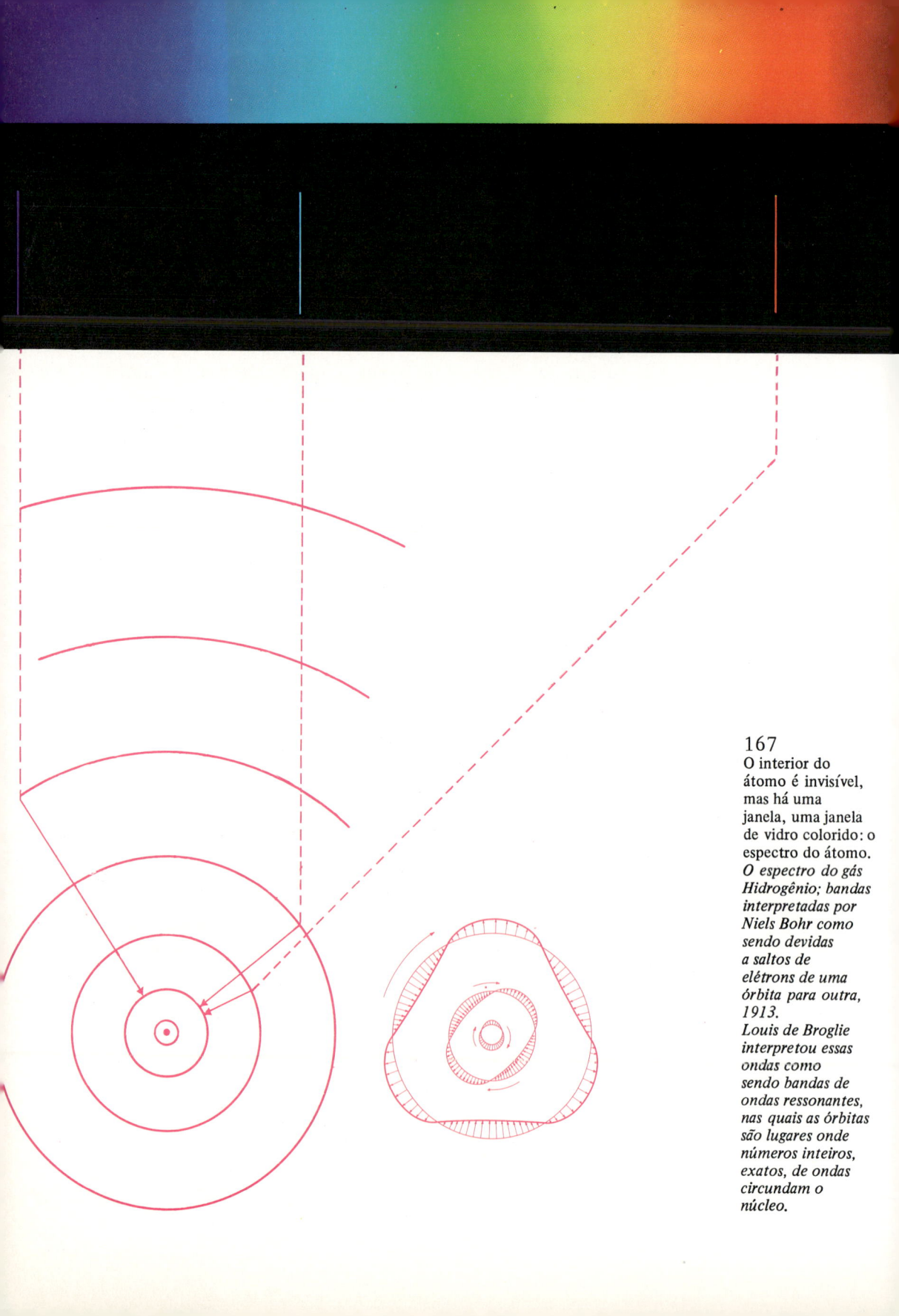

167
O interior do átomo é invisível, mas há uma janela, uma janela de vidro colorido: o espectro do átomo.
O espectro do gás Hidrogênio; bandas interpretadas por Niels Bohr como sendo devidas a saltos de elétrons de uma órbita para outra, 1913.
Louis de Broglie interpretou essas ondas como sendo bandas de ondas ressonantes, nas quais as órbitas são lugares onde números inteiros, exatos, de ondas circundam o núcleo.

H. G.·J. Moseley, quando estudante, nos laboratórios de química em Oxford, 1910.

Apenas a casca havia sido partida. Mas, dentro da casca, o átomo se revela um ovo, com gema, o núcleo; e, mesmo o núcleo, tinha apenas começado a ser entendido.

Niels Bohr era pessoa afeita à contemplação e ao lazer. Ao ganhar o Prêmio Nobel gastou o dinheiro comprando uma casa no campo. Seu gosto pelas artes incluía a poesia. De certa feita, disse a Heisenberg: "Ao considerar os átomos, a linguagem só pode ser usada como em poesia. Também o poeta não está, nem de longe, interessado em descrever fatos, mas, sim, em criar imagens". Esse é um pensamento inesperado: em se tratando de átomos, a linguagem não está descrevendo fatos, mas, criando imagens. E assim é. Além do mundo visível está sempre o imaginário, literalmente: um jogo de imagens. Não há nenhuma outra forma de se falar sobre o mundo invisível — na natureza, na arte e na ciência.

Ao cruzarmos a cancela do átomo, encontramo-nos em um mundo no qual nossos sentidos não nos podem valer. Ali existe uma nova arquitetura, uma maneira de organizar as coisas, a qual não podemos conhecer: apenas tentamos apreendê-la através de analogias, novamente um ato da imaginação. As imagens arquiteturais são calcadas no mundo concreto de nossos sentidos, porque esse é o único mundo passível de descrição através de palavras. Ao descrever o mundo invisível sempre acabamos em metáforas, semelhanças tomadas de empréstimo ao mundo mais amplo dos olhos, dos ouvidos e do tato.

Desde que descobrimos não serem os átomos os tijolos com os quais a matéria se constrói, só nos resta fazer modelos mostrando a maneira pela qual esses tijolos se agrupam e agem em conjunto. Modelos pretendem mostrar, através de analogias, a constituição da matéria. Assim, ao testar os modelos temos de fragmentar a matéria, como se fôssemos lapidadores de diamante em busca da estrutura do cristal.

A escalada do homem se constrói numa sucessão de sínteses cada vez mais ricas, mas cada degrau representa um esforço de análise: de análise mais profunda, mundos dentro de mundos. Ao ser mostrada a divisibilidade do átomo, restava um centro indivisível, o núcleo. Mas, por volta de 1930 constatou-se que esse modelo precisava ser revisto. No centro do átomo, o núcleo tampouco representava o fragmento último da realidade.

No findar do sexto dia da Criação, dizem os comentadores hebraicos do Velho Testamento, Deus presenteou o homem com um certo número de ferramentas, que lhe conferiam o poder de criar também. Se esses comentadores pudessem reaparecer hoje, eles diriam: "E Deus criou o neutrino". Ei-la, aqui em *Oak Ridge,* no Tennessee, a cintilância azul, atestando a existência do neutrino: o dedo visível de Deus tocando Adão, como no quadro de Michelangelo, não com alento, mas com poder.

Não. Eu não vou retroceder tanto no tempo. Comecemos já em 1930. Nesta época o núcleo do átomo ainda parecia tão invulnerável como o átomo parecera outrora. A dificuldade estava em não se conseguir uma divisão elétrica do núcleo: os números simplesmente não se ajustavam. O núcleo é portador de uma

Um Mundo Dentro do Mundo

carga positiva (equilibrando-se com os elétrons do átomo) igual ao número atômico. Contudo, a massa do núcleo não é um múltiplo constante da carga: varia desde a igualdade (no Hidrogênio) a muito mais do que duas vezes o valor da carga (nos elementos pesados). Tal fato era inexplicável, uma vez que todo mundo estava convencido do fato de a matéria só poder ser construída a partir da eletricidade.

Devemos a James Chadwick a destruição dessa idéia arraigada na mente dos físicos, quando, em 1932, provou a existência de dois tipos de partículas na composição do núcleo: o próton, eletricamente positivo, e o nêutron, partícula destituída de carga elétrica. As massas dessas duas partículas são quase iguais, nominalmente iguais (aproximadamente) ao peso atômico do Hidrogênio. Apenas, o núcleo do Hidrogênio não contém nêutrons, sendo formado por um próton somente.

Portanto, o nêutron se oferecia como um novo tipo de ferramenta, uma espécie de chama alquímica, porque, não sendo portador de carga elétrica, podia ser projetado de encontro aos núcleos dos átomos, sem o perigo de provocar perturbações elétricas, mas impondo alterações nos mesmos. O alquimista moderno, o homem que maior vantagem conseguiu com a manipulação dessa nova arma, está representado na figura de Enrico Fermi, trabalhando em Roma.

Enrico Fermi era uma criatura peculiar. Conheci-o muito mais tarde porque, como é sabido, em 1934 Roma estava nas mãos de Mussolini, Berlim nas de Hitler, e homens como eu não iriam se meter nessas paragens. Entretanto, ao vê-lo mais tarde em Nova Iorque, fiquei intrigado: era o homem mais inteligente que meus olhos haviam visto — bem, talvez o mais inteligente, com uma única exceção. Era sólido, pequeno, poderoso, penetrante, muito informal, e sempre senhor de si, tudo controlando em sua mente clara, dando a impressão de poder enxergar no fundo das coisas.

Fermi disparou nêutrons em todos os elementos que estavam ao seu alcance, e a fábula da transmutação se tornou uma realidade em suas mãos. Os nêutrons usados por ele podem ser vistos espirrando para fora do reator, uma vez que se servia de um vulgarmente chamado reator de "piscina", porque a velocidade dos nêutrons era diminuída pela água. Mas eu darei o nome correto: trata-se de um Reator de Isótopo de Alto Fluxo, desenvolvido em *Oak Ridge,* no Tennessee.

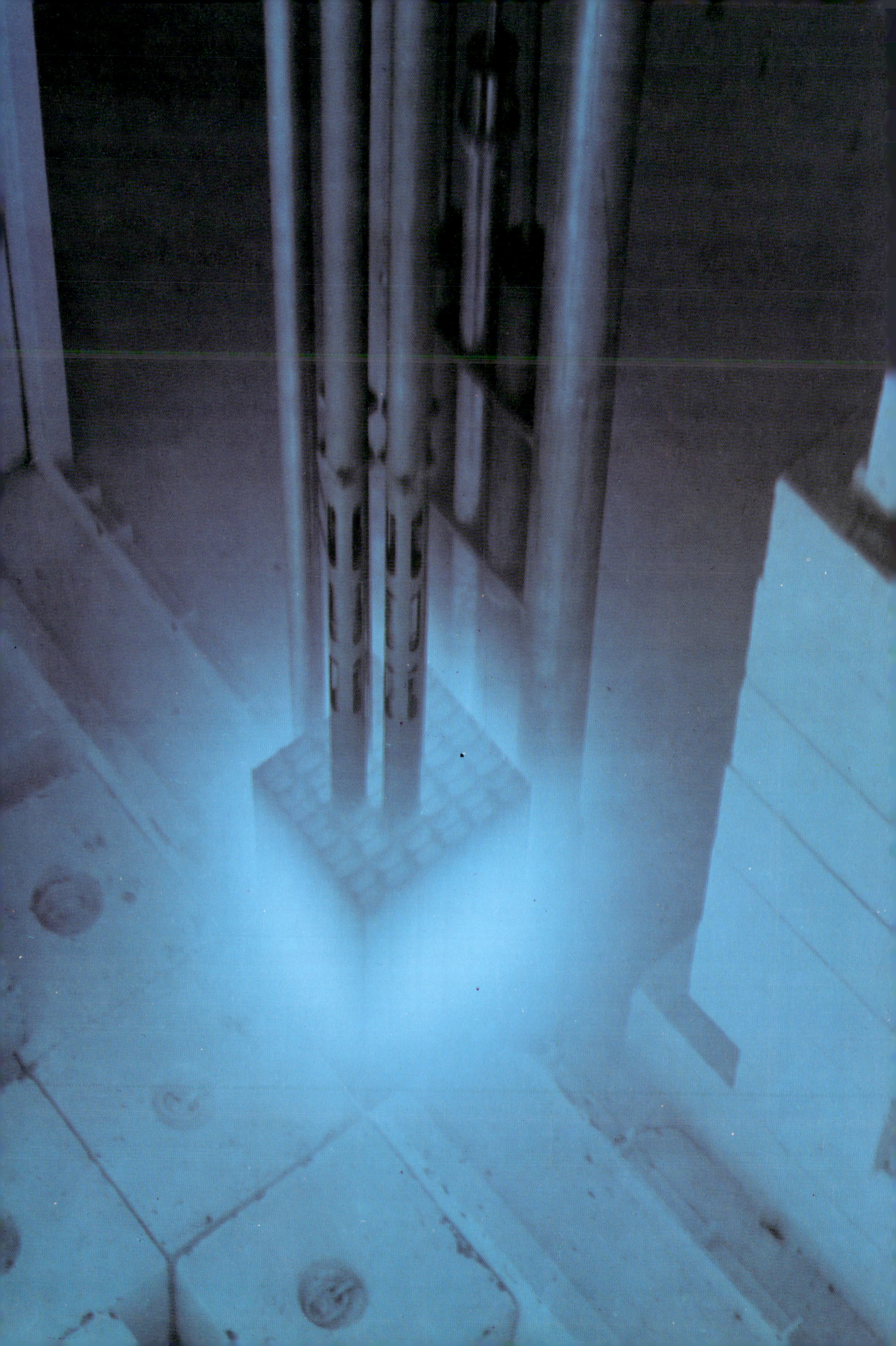

Um Mundo Dentro do Mundo

A transmutação, está claro, era um sonho acalentado há eras. No entanto, para uma mente com tendências teóricas como a minha, a contribuição mais estimulante da década de 1930 foi a abertura do caminho à evolução da natureza. Explico esta frase. Comecei esta etapa citando o dia da Criação, e o farei novamente. Por onde principio? O arcebispo James Ussher, há muito tempo atrás, em 1650, afirmou ter sido o Universo criado no ano 4004 a.C. Entrincheirado como estava no dogma e na ignorância, ninguém o contestou; ou ele ou outro clérigo qualquer sabiam o ano, o dia do mês, o dia da semana e a hora, dos quais, afortunadamente, me esqueci. Mas o enigma da idade do mundo permaneceu indecifrado, e com ele um paradoxo, até o século XX: conquanto se admitisse a idade da Terra em milhões e milhões de anos, não se conseguia conceber qual fosse a fonte de energia do Sol e de outras estrelas, que os mantêm ativos há tanto tempo. Tinha-se, é claro, a equação de Einstein mostrando que a perda de matéria produzia energia. E a matéria, como era reorganizada?

Muito bem: essa é realmente a questão essencial sobre a energia e foi a porta do conhecimento aberta pela descoberta de Chadwick. Trabalhando na Universidade Cornell, Hans Bethe explicou, pela primeira vez, em 1939, em termos precisos, a transformação do Hidrogênio em Hélio no interior do Sol. Através dela, a perda de massa escoa para nós sob a forma de uma dádiva preciosa de energia. É com paixão que falo sobre esse assunto, porque, para mim, ele é portador da qualidade, não da memória, mas da experiência. A explanação de Hans Bethe se me apresenta tão vívida como o dia de meu casamento, e as etapas subseqüentes, como as dos nascimentos de meus filhos. Isto porque, nos anos seguintes, tomamos conhecimento (e finalmente confirmado, naquilo que considero a análise definitiva, em 1957) de que, em todas as estrelas, há processos em curso responsáveis pela construção, um após outro, de átomos de estruturas cada vez mais complexas. A própria matéria *evolui*. A palavra foi cunhada por Darwin e pela biologia, mas foi ela que transformou a física dos meus dias.

A primeira etapa na evolução dos elementos transcorre nas estrelas jovens, tais como o Sol. É a passagem do Hidrogênio ao Hélio, requerendo o grande calor interior; aquilo que observamos na superfície do Sol são apenas tempestades produzidas por essa atividade. (O Hélio foi identificado pela primeira vez através de uma banda espectral observada durante o eclipse do Sol de 1868; daí a razão pela qual foi chamado *helium,* pois nessa época ainda

169
A luminescência azul que indica a presença de neutrinos.
Reator de Alto Fluxo em Oak Ridge, Tennessee, EUA.

não era conhecido na Terra.) Efetivamente, o que acontece, de tempos em tempos, é a fusão de dois átomos de Hidrogênio pesado, dando origem a um núcleo de Hélio.

Lentamente, o Sol acabará constituído de Hélio apenas. Aí, então, se transformará em uma estrela mais quente, onde os núcleos irão colidir e formar átomos mais pesados. O Carbono, por exemplo, é formado em uma estrela sempre que três núcleos de Hélio colidem em um ponto, dentro de um intervalo de tempo menor do que um milionésimo de um milionésimo de segundo. Todo átomo de Carbono presente no corpo de qualquer criatura é formado como resultado dessa colisão tão fantasticamente improvável. Depois do Carbono são formados Oxigênio, Silício, Enxofre e outros elementos mais pesados. Os elementos mais estáveis são aqueles que ocupam posições mais centrais na tabela de Mendeleiev, aproximadamente entre o Ferro e a Prata. Contudo, o processo de formação dos elementos vai muito além deles.

Por que razão a natureza interrompe em um ponto a formação de elementos, se eles são construídos uns em seguida aos outros? Por que temos apenas noventa e dois elementos, o último sendo representado pelo Urânio? Evidentemente, só podemos resolver essa questão se pudermos construir elementos além do Urânio, e provar que, ao se tornarem maiores, os elementos se tornam mais complexos e tendem a se quebrar em fragmentos. Entretanto, ao procedermos dessa maneira, não só iremos produzir elementos novos, mas, também, fazer alguma coisa potencialmente explosiva. O elemento Plutônio, conseguido por Fermi no primeiro e histórico Reator Grafite (nós o chamávamos a "Pilha" naqueles velhos tempos coloquiais), foi o elemento feito pelo homem que demonstrou isso ao mundo inteiro. Em parte, ele é um monumento ao gênio de Fermi; mas prefiro pensá-lo como se fosse um tributo ao deus das trevas, Plutão, que deu seu nome ao elemento, quando penso nas quarenta mil pessoas mortas em Nagasaki, sob a ação da bomba de plutônio aí despejada. Estamos em um outro tempo da história do mundo, em que um monumento reverencia um grande homem e muitos mortos, conjuntamente.

Nesta altura, tenho de retornar à mina de Wieliczka a fim de explicar uma contradição histórica lá iniciada. Embora os elementos estejam sendo formados constantemente nas estrelas,

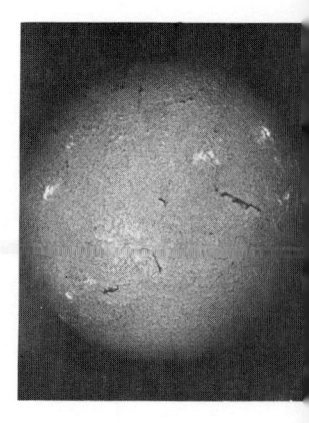

170
A própria matéria evolui. *O Sol e uma mancha solar.*

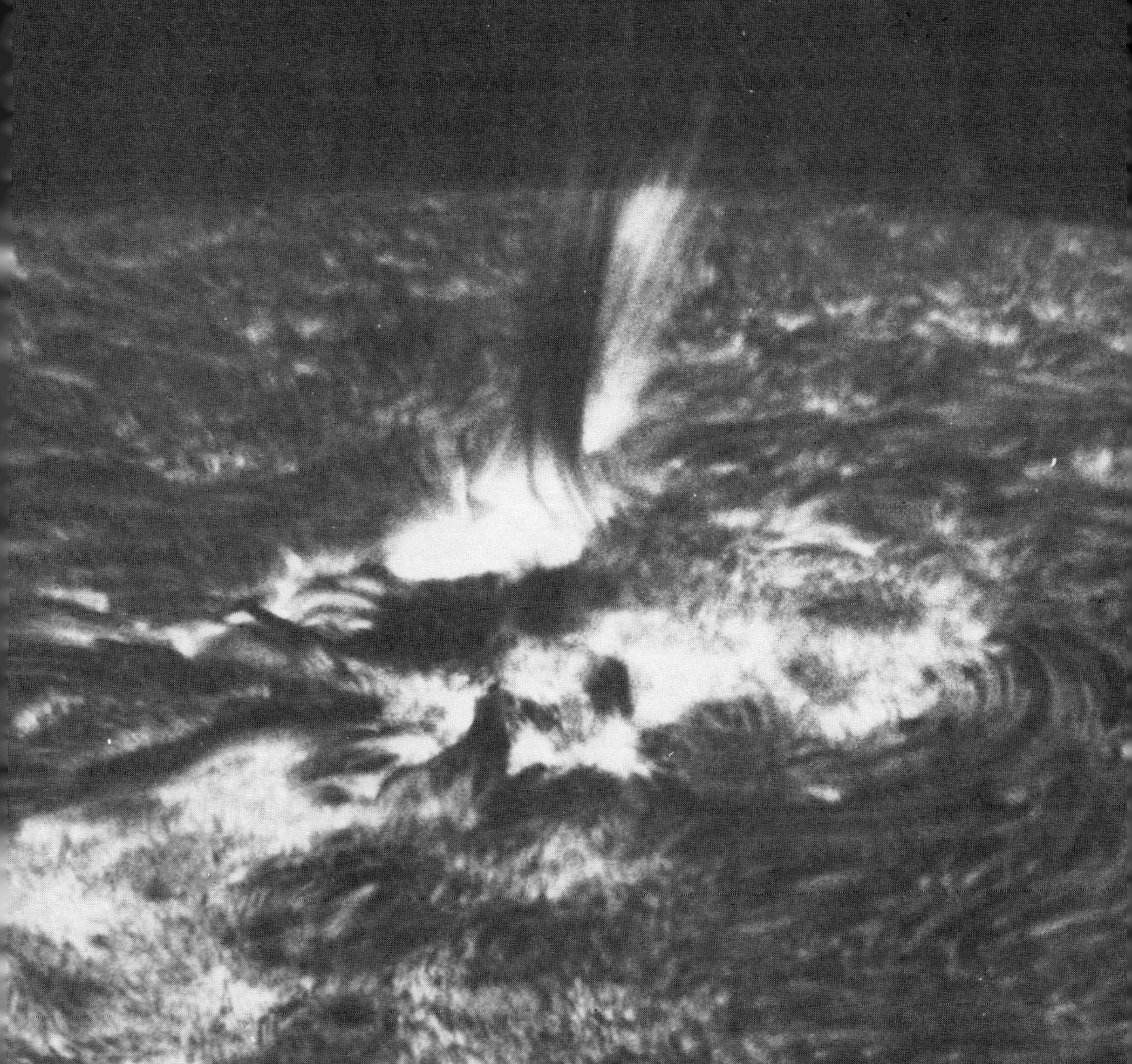

ON DECEMBER 2, 1942
MAN ACHIEVED HERE
THE FIRST SELF-SUSTAINING CHAIN REACTION
AND THEREBY INITIATED THE
CONTROLLED RELEASE OF NUCLEAR ENERGY

costumávamos pensar no Universo sob um processo contínuo de desgaste. Por quê? Ou como?

A idéia do desgaste do Universo vem da sua comparação com as máquinas ordinárias. Toda máquina consome mais energia do que fornece. Uma parte dela é gasta em atrito, e a outra pelo uso. Em algumas máquinas, mais requintadas do que as antigas engrenagens de madeira de Wieliczka, as perdas se dão, necessariamente, por outras formas — por exemplo, através de amortecedores e através de radiadores. Todos esses são meios através do quais há degradação de energia. Existe sempre uma quantidade inacessível de energia na qual, para toda energia fornecida, uma parte se perde inexoravelmente, sem possibilidade de recuperação.

Em 1850, Rudolf Clausius organizou esse problema na forma de um princípio elementar. Para ele havia energia disponível e energia residual inacessível. A esta última chamou entropia e formulou a famosa Segunda Lei da Termodinâmica: a entropia aumenta continuamente. No Universo, o calor drena para uma espécie de lago da igualdade, de onde não pode mais ser recuperado.

Cem anos atrás, essa era uma bela idéia, uma vez que o calor ainda era considerado ser um fluido. Mas calor já não mais podia ser considerado como sendo mais material do que o fogo, ou mesmo do que a vida. Calor é um movimento casual dos átomos. Assim, foi Ludwig Boltzmann, na Áustria, quem apreendeu a idéia brilhantemente, dando a ela o poder de interpretação sobre o que ocorre em uma máquina comum, em uma máquina a vapor, e no Universo.

Quando energia é degradada, disse Boltzmann, o átomo passa a um estado de maior desordenação, e a entropia é uma medida dessa desordem: essa foi a concepção profunda gerada pela nova interpretação de Boltzmann. Estranhamente, a desordem pode ser medida; representa a probabilidade de um estado particular — aqui definido como o número de maneiras capazes de ser organizado a partir de seus átomos. A relação foi definida precisamente,

$$S = K \log W;$$

S, a entropia, é representada como sendo proporcional ao logaritmo de W, a probabilidade de um determinado estado (K sendo uma constante de proporcionalidade, agora chamada constante de Boltzmann).

Evidentemente, os estados desordenados são muito mais prováveis do que os estados ordenados, desde que qualquer conjunto ao acaso de átomos será desordenado; assim, de maneira geral, qualquer arranjo ordenado tende a se desorganizar. Mas "de maneira geral" não significa "sempre". Não é verdade que os sistemas ordenados tendam *continuamente* a se desorganizar. É uma lei estatística, postulando que a ordem *tende* a desaparecer; mas, a estatística nunca afirma "sempre". A estatística permite a formação de sistemas ordenados em algumas ilhas do Universo (aqui na Terra, em você, em mim, nas estrelas, em toda sorte de lugares) enquanto a desordem dá conta do restante.

A concepção é linda, mas ainda falta uma questão a ser resolvida. Se é verdade que foi a probabilidade que nos permitiu existir, não poderia ela ser tão baixa a ponto de não termos o direito à existência?

As pessoas preocupadas com essa questão formulam-na da maneira que se segue. Considere-se o conjunto de todos os átomos que neste momento estão constituindo nosso corpo. Seria incrivelmente improvável eles virem todos a este local e, neste instante, formarem meu corpo. Realmente, se as coisas se passassem dessa maneira não seria apenas improvável — seria virtualmente impossível.

Entretanto, a natureza não age dessa forma. Os átomos formam moléculas, as moléculas formam bases, as bases dirigem a formação de ácidos aminados, os ácidos aminados formam as proteínas, e estas se organizam na formação de células. As células dão existência aos animais mais simples em primeiro lugar, em seguida aos mais complexos, e, assim por diante, etapa após etapa. As unidades estáveis, compondo um nível ou estrato, constituem matéria-prima para encontros ocasionais, dando origem a configurações mais complexas, algumas das quais têm a oportunidade de ser estáveis. Assim, desde que reste um potencial de estabilidade ainda não concretizado, a manifestação de um evento ocasionalmente tem outra forma como se exprimir. A evolução representa uma escalada que vai do simples para o complexo, degrau por degrau, todos eles estáveis.

Como esse é meu campo de trabalho, tenho um nome para o processo: chamo-o *Estabilidade Estratificada*. A vida surgiu através dele, em passos lentos, mas subindo continuamente os degraus da complexidade — os quais constituem o problema e a maneira de progredir essenciais da evolução. E, agora, sabemos que tal é verdade, não só para a vida, mas, também, para a matéria. Se as estrelas tivessem de formar um elemento pesado

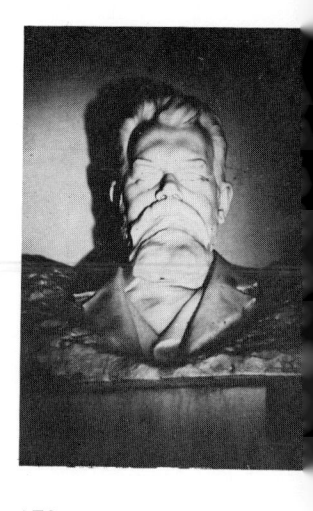

173
Ludwig Boltzmann, a quem devemos o fato de o átomo ser tão real para nós como nosso próprio mundo.
Busto de Boltzmann em seu túmulo em Viena.

Um Mundo Dentro do Mundo

como o Ferro, ou outro mais pesado ainda como o Urânio, pela combinação instantânea de todas as suas partes, isso seria virtualmente impossível. Mas não. Uma estrela forma Hélio a partir de Hidrogênio; então, em um outro estágio, em uma estrela diferente, o Hélio se combina na formação de Carbono, de Oxigênio e dos outros elementos mais pesados; e assim por diante, estágio após estágio, até a formação dos noventa e dois elementos naturais.

Não podemos reproduzir inteiramente os processos estelares porque não dispomos das elevadíssimas temperaturas necessárias à fusão da maioria dos elementos, mas já começamos a firmar os pés no primeiro degrau da escada: conseguimos obter Hélio a partir do Hidrogênio. Em outro setor de *Oak Ridge* tenta-se a fusão do Hidrogênio.

Evidentemente, não é fácil recriar a temperatura de dentro do Sol — superior a dez milhões de graus centígrados. Ainda mais difícil é conseguir um tipo de material capaz de sobreviver a uma tal temperatura, mantendo-a por uma fração de segundo que seja. Não há esse tipo de material; um continente para um gás nesse estado violento só pode ter a forma de uma armadilha magnética. E esta dá origem a um novo tipo de física: a Física dos Plasmas. Estimula, sim, e é importante por se tratar da física da natureza. Por uma vez, pelo menos, os rearranjos realizados pelo homem não vão contra a natureza, mas, sim, reproduzem o mesmo caminho por ela seguido, no Sol e nas estrelas.

Termino este ensaio contrastando imortalidade e mortalidade. A física do século vinte é um trabalho imortal. A imaginação humana em seu trabalho comunitário jamais produziu monumento que a igualasse, nem as Pirâmides, nem a *Ilíada*, nem as baladas e nem as catedrais. Os homens responsáveis, uns após os outros, por essa concepção são os heróis pioneiros de nossa era. Mendeleiev arrumando os cartões; J. J. Thomson derrubando a crença grega da indivisibilidade do átomo; Rutherford transformando-o em um sistema planetário; e Niels Bohr oferecendo condições para que o modelo funcionasse. Chadwick descobrindo o nêutron e Fermi usando-o para abir e transformar o núcleo. E, à frente de todos eles, os iconoclastas: Max Planck, que deu à energia uma característica atômica, à semelhança da matéria; e Ludwig Boltzmann, a quem devemos, mais do que a qualquer outro, o fato de o átomo — o mundo no interior do mundo — se

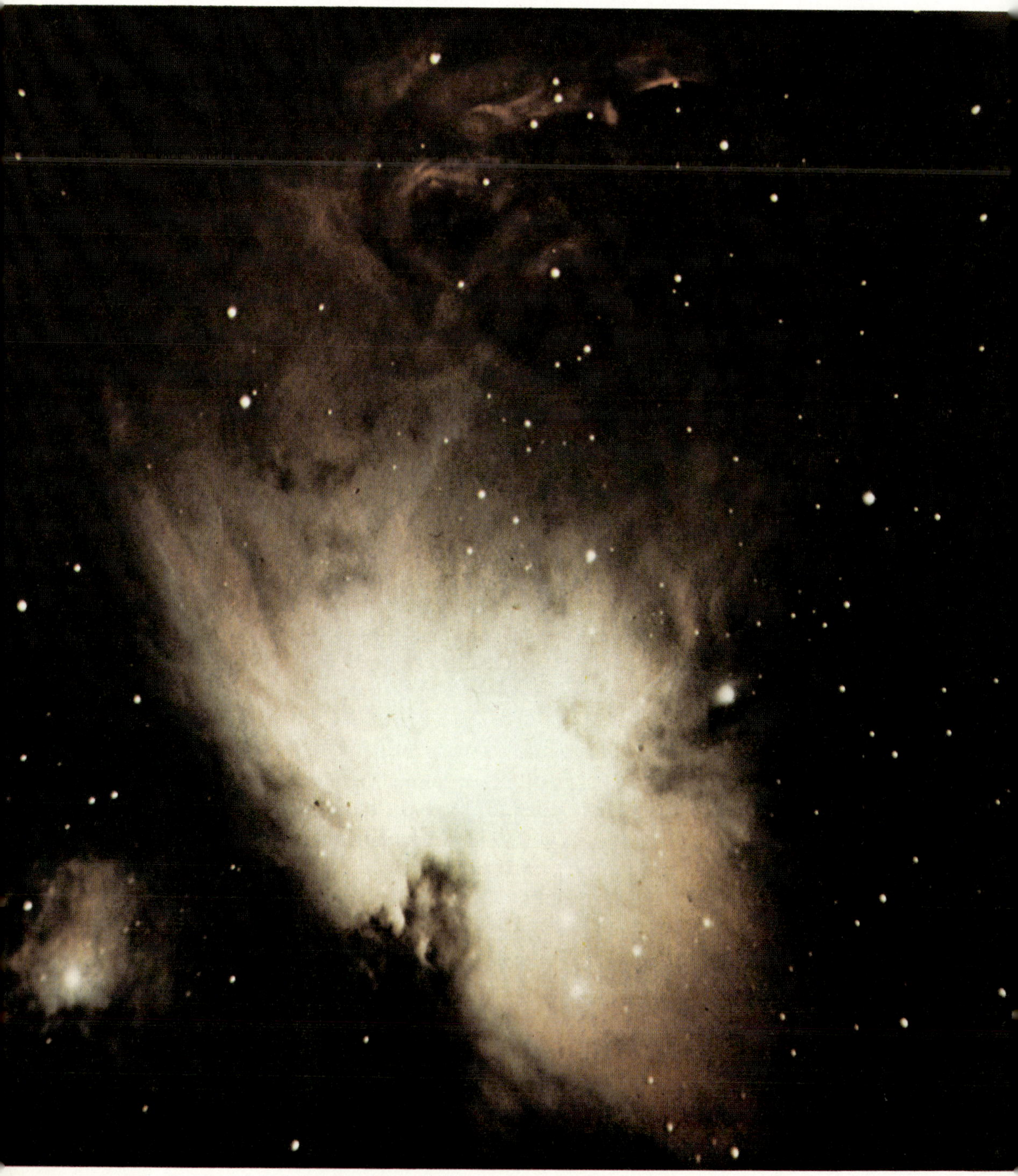

174
Uma estrela forma Hélio a partir de Hidrogênio; depois, em um outro estágio, em uma outra estrela, os átomos de Hélio se combinam formando Carbono, Oxigênio, e os elementos mais pesados.
A Grande Nebulosa M42 em Orion, fotografada através do telescópio de 200" de Monte Palomar.
A nebulosa está a 1500 anos-luz e muitas estrelas variáveis têm sido observadas formando-se a partir de Hidrogênio interestelar.

tornar tão real para nós como tão real é o nosso próprio mundo.

Quem poderia imaginar que chegássemos tão longe, se, ainda em 1900, era travada uma batalha, digamos, de morte, entre partidários da realidade e da irrealidade do átomo. O grande filósofo alemão Ernst Mach dizia: não tem realidade. O mesmo o fez o grande químico Wilhelm Ostwald. No entanto, naquela crítica virada do século, um homem manteve-se convicto, baseado em dados teóricos fundamentais, da realidade do átomo. Este homem foi Ludwig Boltzmann, ao pé de cujo túmulo eu lhe rendo homenagem.

Boltzmann era irascível, extraordinário, difícil, um dos primeiros seguidores de Darwin, briguento e encantador, e tudo o mais que qualquer ser humano deveria ser. A escalada do homem oscilou em um tênue equilíbrio intelectual naquele momento, uma vez que, tivessem as doutrinas anti-atômicas vencido a batalha naqueles dias, nosso progresso teria sido atrasado de muitas décadas ou, talvez, de centenas de anos. Não apenas o avanço da física teria sido cortado, pois a biologia depende fundamentalmente dessa concepção.

Boltzmann apenas argumentou? Não. Ele viveu e morreu aquela paixão. Em 1906, aos sessenta e dois anos de idade, sentindo-se solitário e derrotado, no exato momento em que a doutrina atômica ia vencer a disputa, avaliou mal e pensou tudo estar perdido. Suicidou-se. Restou sua fórmula, uma eterna homenagem à sua inteligência,

$$S = K \log W,$$

gravada em seu túmulo.

Não tenho, de minha, nenhuma frase que possa fazer jus à frase compacta, de penetrante beleza de Boltzmann; assim, citarei o poeta William Blake, dando os versos iniciais de seu *Auguries of Innocence (Augúrios da Inocência)*:

> Ver o Mundo em um Grão de Areia
> E um Céu em uma Flor Silvestre
> Tomar o Infinito em sua mão
> E a Eternidade em uma hora.

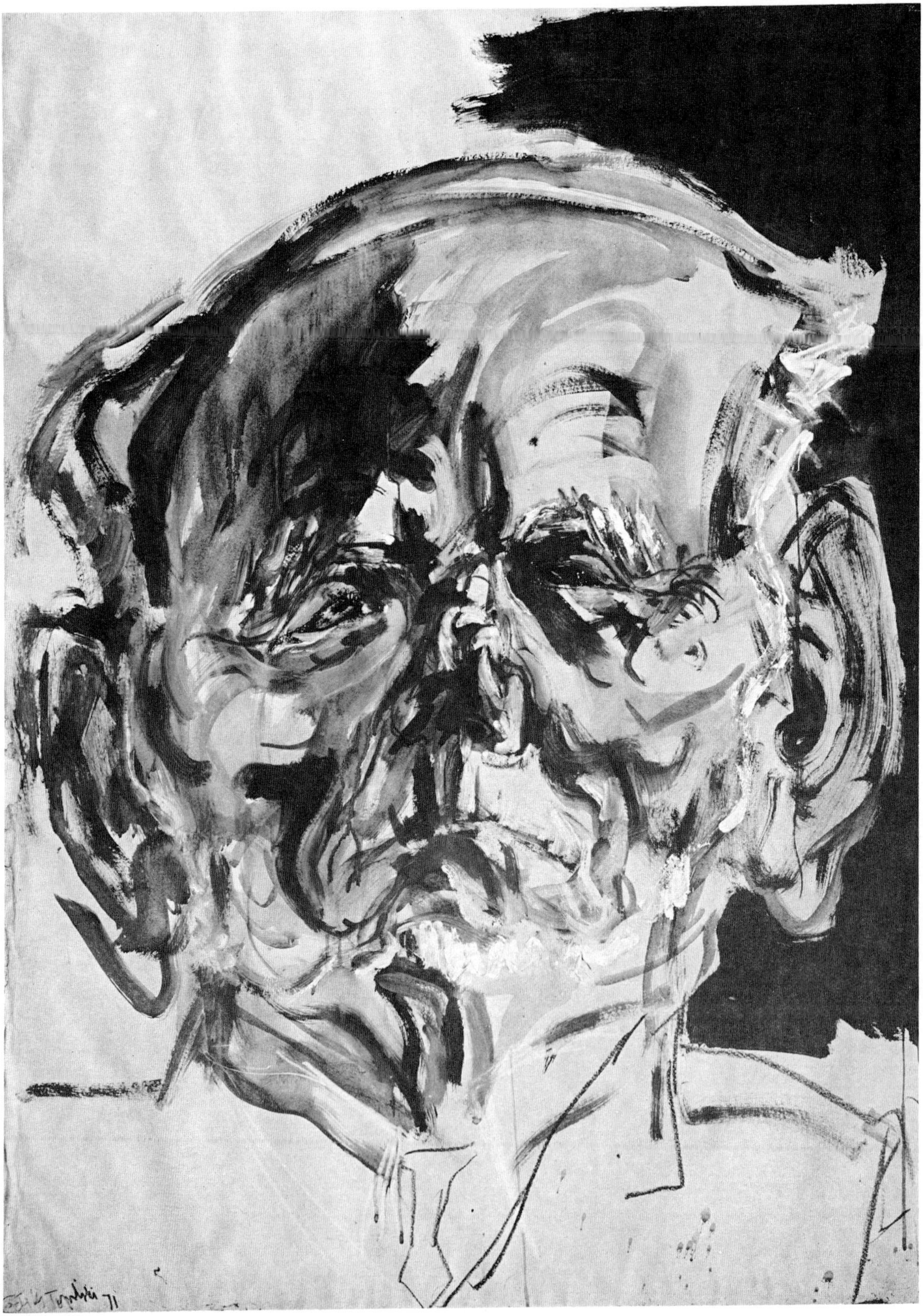

11 CONHECIMENTO OU CERTEZA

Um dos objetivos das ciências físicas era o de dar uma descrição exata do mundo material. A conquista da física do século XX foi mostrar que esse objetivo é inatingível.

Tome-se um objeto bastante concreto como a face humana. Estou ouvindo uma mulher cega, enquanto ela corre seus dedos pelas faces de um homem desconhecido, pensando em voz alta: "Eu diria que ele é idoso. Penso, obviamente, não ser ele inglês. Sua face é mais arredondada do que a da maioria da dos ingleses. Diria mesmo ser ele europeu; e até mais: do Leste da Europa. As linhas de seu rosto parecem de sofrimento. A princípio pensei tratar-se de cicatrizes. Não é uma face feliz".

O rosto era o de Stephan Borgrajewicz, que, como eu, era polonês. Na figura 175 ele pode ser visto segundo a concepção do artista polonês Feliks Topolski. Sabemos que essas pinturas não somente retratam uma face como também a analisam; o artista delineia os detalhes de tal forma que parece os estar tocando; e que cada linha adicionada reforça o retrato, sem nunca chegar a terminá-lo. Nós o aceitamos como o método do artista.

Mas a física também chegou ao ponto de mostrar ser esse o único método de conhecimento. Não há conhecimento absoluto. E os defensores deste, quer cientistas, quer dogmáticos, nada mais fazem do que abrir a porta à tragédia. Toda informação é imperfeita. Assim, devemos tratá-la com humildade; essa é a condição humana e é o postulado da Física Quântica. Esta afirmação não é retórica: deve ser tomada ao pé da letra.

Observemos esse rosto submetido à cada faixa de todo o espectro eletromagnético. O ponto ao qual quero chegar é este: quão minucioso e quão exato é o detalhe desse rosto, que podemos ver com os melhores instrumentos do mundo — mesmo que fosse um instrumento perfeito se é que podemos concebê-lo?

Além disso, ver os detalhes não está confinado a vê-los através de luz visível. Em 1867 James Clerk Maxwell propôs ser a luz uma vibração eletromagnética, e as equações por ele montadas para demonstrá-lo indicaram existir outras. O espectro de luz visível, do vermelho ao violeta, é somente uma oitava, ou mais ou menos isso, no contínuo das radiações invisíveis. Há todo um teclado de informação, desde os comprimentos mais longos das

175
Os retratos mais exploram a face do que a fixam.
Retrato de Stephan Borgrajewicz, por Feliks Topolski, Londres, 1972.

ondas de rádio (notas graves), até os comprimentos de onda mais curtos dos raios X (notas mais agudas). Vamos iluminar uma face humana com cada uma dessas ondas.

As ondas mais longas do espectro invisível são representadas pelas ondas de rádio, cuja existência foi provada há cerca de cem anos, em 1888, por Heinrich Hertz, confirmando a teoria de Maxwell. Sendo as mais longas são, também, as mais grosseiras. Uma varredura de radar, trabalhando com ondas de alguns metros, não acusará o rosto, a não ser que se trate de um rosto de alguns metros de largura, como os das esculturas mexicanas. Somente quando usamos ondas mais curtas é que vamos perceber algum detalhe nessa cabeça gigantesca: se a onda for inferior a um metro, as orelhas. E praticamente no limite das ondas de rádio, de alguns centímetros, detectamos o primeiro traço de uma figura humana ao lado da estátua.

Em seguida, olhamos a face, a face do homem, agora, através de uma câmera sensível à banda seguinte de radiações, com comprimento de onda menor do que um milímetro, os raios infravermelhos. Estes foram descobertos em 1800 pelo astrônomo William Herschel, ao notar o calor produzido quando focalizava seu telescópio para além da luz vermelha: os raios infravermelhos são raios de calor. A chapa da câmera translada a imagem dos raios infravermelhos para a luz visível segundo um código

176
Quão finos e quão exatos são os detalhes que podemos ver com os melhores instrumentos do mundo? *Fotografia, por meio de radar, do Aeroporto de Londres.*

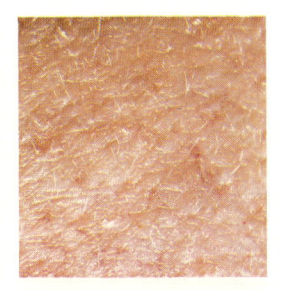

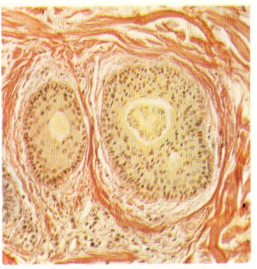

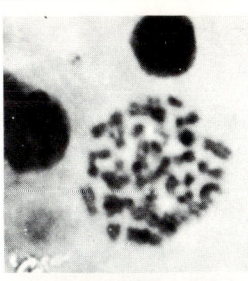

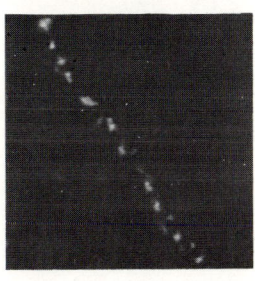

Conhecimento ou Certeza

um tanto arbitrário: os raios mais quentes aparecem em azul e os mais frios em vermelho ou simplesmente escuro. Podemos perceber os acidentes mais salientes da face: os olhos, a boca, o nariz – vemos, também, a nuvem de vapor saindo das narinas. Não há dúvida de que aprendemos algumas coisas novas sobre a face humana, mas isso sem nenhum detalhe.

Nos limites inferiores de seu comprimento de onda, alguns centésimos de milímetro ou menos, há uma transição gradual do infravermelho para o espectro visível. O filme agora usado é sensível a ambos, e a face adquire vida. Não é mais apenas a face de *um* homem, mas, sim, do homem que conhecemos: Stephan Borgrajewicz.

A luz branca o revela visivelmente ao olho em detalhes: a penugem, os poros da face, uma pequena mancha aqui, uma veiazinha ali. A luz branca é formada de uma mistura de comprimento de onda do vermelho, do laranja, do amarelo, do verde, do azul e, finalmente, do violeta, as ondas visíveis mais curtas. Os detalhes deveriam aparecer mais finamente quando observados através de luz violeta do que quando através de luz vermelha, mas, na prática, dentro de mais ou menos uma oitava, não há grandes diferenças.

O pintor analisa a face, isola suas partes, separa as cores, amplia a imagem. Assim, podemos perguntar: Não deveria o cientista usar um microscópio para isolar e analisar os traços mais delicados? Sim, deveria. Entretanto, devemos ter presente que embora o microscópio amplie a imagem ele não a melhora: a nitidez do detalhe é determinada pelo comprimento de onda da luz. Dessa maneira, para qualquer comprimento de onda, os raios de luz só podem ser interceptados por objetos mais ou menos das mesmas dimensões do comprimento de onda dos raios; um objeto menor simplesmente não produzirá sombra.

Uma ampliação de mais de duzentas vezes pode isolar uma única célula da pele, quando olhada com luz branca. Mas, para obter maior detalhe, precisamos de luz de menor comprimento de onda. O próximo passo seria, então, a luz ultravioleta, com comprimento de onda de um milionésimo de milímetro ou menos – mais curto para mais de dez vezes do que a luz visível. Se nossos olhos fossem capazes de enxergar com luz ultravioleta, o que veríamos seria uma paisagem fantasmagórica de fluorescência. O microscópio de luz ultravioleta olha, através de uma luz tremeluzente, o interior da célula, ampliada de três mil e qui-

Microfotografia da superfície da pele humana, 50x.
Microfotografia de um corte de pele humana, mostrando glândulas sebáceas, 200x.
O microscópio de raios ultravioletas olha para dentro da célula ao nível dos cromossomos.
Átomos de Tório.

nhentas vezes, ao nível dos cromossomos. Mas esse é o limite: nenhuma luz irá ver os genes dentro dos cromossomos.

Uma vez mais, querendo ir mais profundamente, temos de encurtar o comprimento de onda: o próximo são os raios X. Entretanto, estes são tão penetrantes, a ponto de não poderem ser focalizados por nenhum tipo de material; não se pode construir um microscópio de raios X. Assim, temos de nos contentar em projetá-los em uma face e obter uma espécie de sombra; os detalhes dependem, agora, de sua penetração. Vemos o crânio sob a pele — por exemplo, vemos que o homem havia perdido os dentes. Esta capacidade de escrutinar o corpo conferiu grande interesse aos raios X imediatamente após terem sido descobertos por Wilhelm Konrad Röntgen em 1895; aqui estava um achado da física que parecia ter sido destinado pela natureza ao serviço da medicina. A descoberta deu a Röntgen um ar de benévola figura paternal e o primeiro Prêmio Nobel em 1901.

Algumas vezes, um feliz acaso nos leva a um resultado inesperado quando, por inferência, descobrimos algo que não pode ser visto diretamente. Os raios X não mostram os átomos, uma vez que estes são ainda muito pequenos para produzir sombras, mesmo sob esse diminuto comprimento de onda. Contudo, podemos mapear os átomos, em um cristal, porque seus espaçamentos são regulares, de maneira que os raios X produzirão um padrão regular de ondas, a partir das quais a posição dos átomos obstrutores pode ser inferida. Este é o padrão dos átomos em uma espiral do ADN: representa um retrato de um gene. O método foi inventado em 1912 por Max von Laue, e consistiu em um golpe duplo de engenhosidade, uma vez que foi a primeira prova da realidade dos átomos, e, também, a primeira prova da natureza eletromagnética dos raios X.

Ainda podemos dar mais um passo nesse sentido e chegar ao microscópio eletrônico, onde os raios são de tal maneira concentrados, a ponto de não mais podermos dizer se tratar de ondas ou de partículas. Os elétrons são disparados contra um objeto de maneira a traçar os contornos deste, à semelhança do que faz um atirador de facas em um circo. O menor objeto identificado por esse método foi um átomo isolado de Tório. Isso é espetacular. No entanto, a imagem indefinida confirma o fato de que, como acontece com as facas delineando a figura da jovem do circo, mesmo os elétrons mais duros não produzirão uma imagem

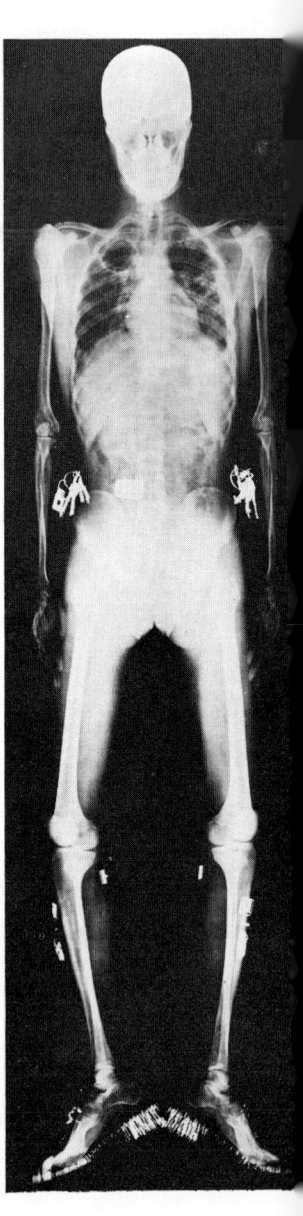

177
A exploração do corpo humano através dos raios X se iniciou tão pronto Röntgen os descobriu. *Chapa original de Röntgen mostrando um homem com seus sapatos e chaves nos bolsos traseiros das calças.*

178
Os raios X formam um padrão regular de franjas, através do qual a posição dos átomos interceptados pode ser inferida.
Padrão de difração de raios X passando através de um cristal de ADN.

nítida. A imagem perfeita permanece ainda tão distante como a das estrelas mais remotas.

Neste ponto nos defrontamos face a face com o paradoxo fundamental do conhecimento. Ano após ano divisamos instrumentos mais precisos a fim de observar a natureza com maior precisão, mas, ao examinarmos as imagens obtidas ficamos decepcionados ao constatar serem elas ainda muito indefinidas, trazendo-nos a sensação de que a incerteza é tão grande como sempre foi. É como se estivéssemos perseguindo um objeto que foge para o infinito no momento mesmo em que o avistamos.

O paradoxo do conhecimento não está confinado à diminuta escala atômica; pelo contrário, está também presente na escala do homem, e mesmo na das estrelas. Vamos colocá-lo no contexto de um observatório astronômico. O observatório de Karl Friedrich Gauss em Göttingen foi construído em 1807. Desde então, os instrumentos astronômicos têm sido aperfeiçoados. Ao examinarmos a posição de uma estrela, tal como foi determinada naquele tempo e agora, temos a impressão de estarmos chegando perto de determinar exatamente onde ela se encontra. Entretanto, ao compararmos nossas próprias observações individuais notamos, com pesar, que elas não coincidem; esperávamos eliminar os erros humanos e sermos, nós mesmos, dotados da Visão Divina; mas o fato é que não há observação sem erro. E, note-se, tal contingência é válida tanto quando observamos estrelas ou átomos, como quando olhamos uma face humana, ou quando ouvimos contar o que o outro falou.

Gauss reconheceu esse fato com aquele gênio maravilhoso e brincalhão que sempre o acompanhou até sua morte, aos oitenta anos de idade. Contando apenas dezoito anos, ao vir para Göttingen, em 1795, a fim de ingressar na universidade, já havia resolvido o problema da melhor estimativa para uma série de observações portadoras de erros internos. Seu raciocínio de então era o mesmo que os estatísticos continuam utilizando hoje.

Ao olhar para uma estrela, um observador sabe existirem múltiplas causas de erros. Dessa maneira, ele anota várias observações na esperança de, naturalmente, encontrar, na média, a melhor estimativa da posição da estrela — o centro da dispersão dos pontos. Até aqui, o óbvio. Entretanto, Gauss foi além, e perguntou qual seria o significado de tal *dispersão*. O resultado apareceu na forma do que hoje é conhecido como curva gaussiana, na qual

179
O paradoxo do conhecimento não está confinado à minúscula escala atômica; ao contrário, ele é igualmente manifesto na escala do homem, e mesmo das estrelas.
Karl Friedrich Gauss. A Curva de Gauss.

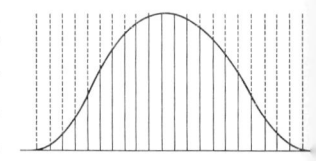

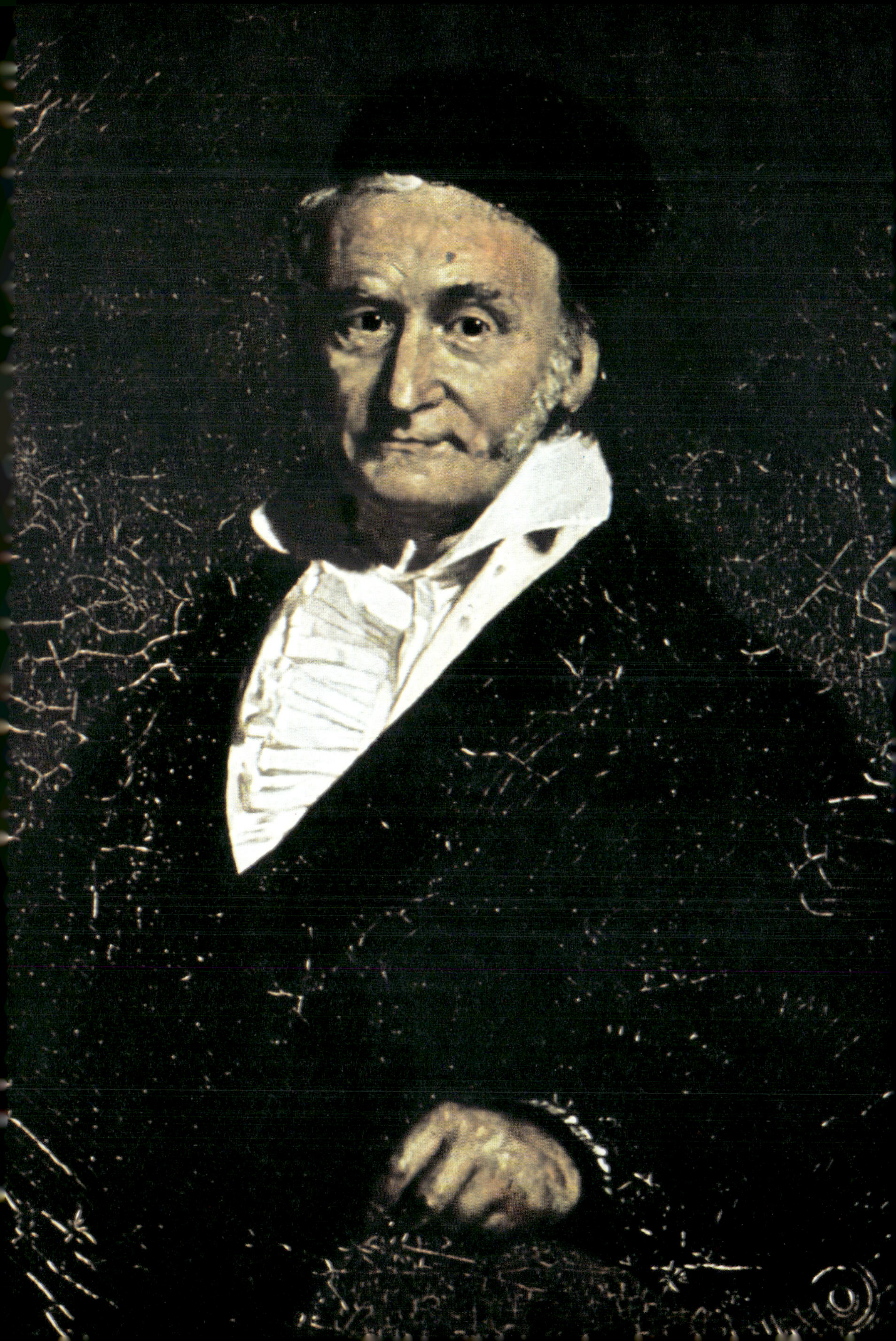

a dispersão é representada pelo desvio, ou espalhamento, da curva. A partir daí veio uma idéia de longo alcance: a dispersão representa uma área de incerteza, uma vez que não podemos estar certos de que a posição real esteja localizada no centro. Tudo o que podemos dizer é que a posição se encontra *na área de incerteza,* área esta passível de ser calculada a partir da dispersão das observações individuais.

Portador dessa visão sutil do conhecimento humano, Gauss se sentia particularmente irritado com aqueles filósofos que afirmavam possuir um acesso ao conhecimento muito mais perfeito do que o fornecido pela observação. Dentre muitos exemplos escolherei apenas um. Há um filósofo chamado Friedrich Hegel, a quem, devo confessar, detesto em especial, mas com certo sentimento de felicidade por constatar ser esse sentimento comum ao de um grande homem como Gauss. Em 1800 Hegel apresentou uma tese, provando que, embora a definição de planeta tenha mudado desde os Antigos, ainda poderiam existir, filosoficamente, somente sete planetas. Ora bem, não apenas Gauss sabia responder a isso; Shakespeare já havia respondido há muito tempo. Na maravilhosa passagem do *Rei Lear,* onde, quem mais poderia dizer, senão o Bobo, dirigindo-se ao Rei: "A razão por que as sete estrelas não são mais do que sete é uma razão gozada". O Rei acena astutamente e diz: "Porque elas não são oito". E o Bobo replica: "Sim, isso mesmo, e você daria um ótimo bufão". Hegel também daria. No dia primeiro de janeiro de 1801, antes de ter havido tempo para secar a tinta da dissertação de Hegel, um oitavo planeta foi descoberto — o planeta Ceres.

A história está repleta de ironias. Na curva de Gauss estava escondida uma bomba-relógio, que explodiu após a sua morte, a do descobrirmos que não temos visão divina. Os erros estão inextrincavelmente ligados à natureza do conhecimento humano. Ironicamente, essa descoberta foi feita em Göttingen.

As cidades universitárias antigas são maravilhosamente parecidas entre si. Göttingen é semelhante à Cambridge da Inglaterra ou à Yale dos Estados Unidos: muito provincianas, afastadas das rotas para qualquer outro lugar — ninguém se dirige a essas paragens estagnadas a não ser para desfrutar da companhia de professores. Mas os professores estão certos de ocuparem o centro do mundo. Aqui, há uma inscrição no *Rathskeller,* onde se lê, "Extra Göttingen non est vita", "Fora de Göttingen não há vida". Este

180
Max Born.
Born com seu filho em Göttingen, em 1924, após ter sido indicado para a cátedra de Física Teórica junto à Universidade de Göttingen. Ele foi exonerado de seu cargo em 26 de abril de 1933.

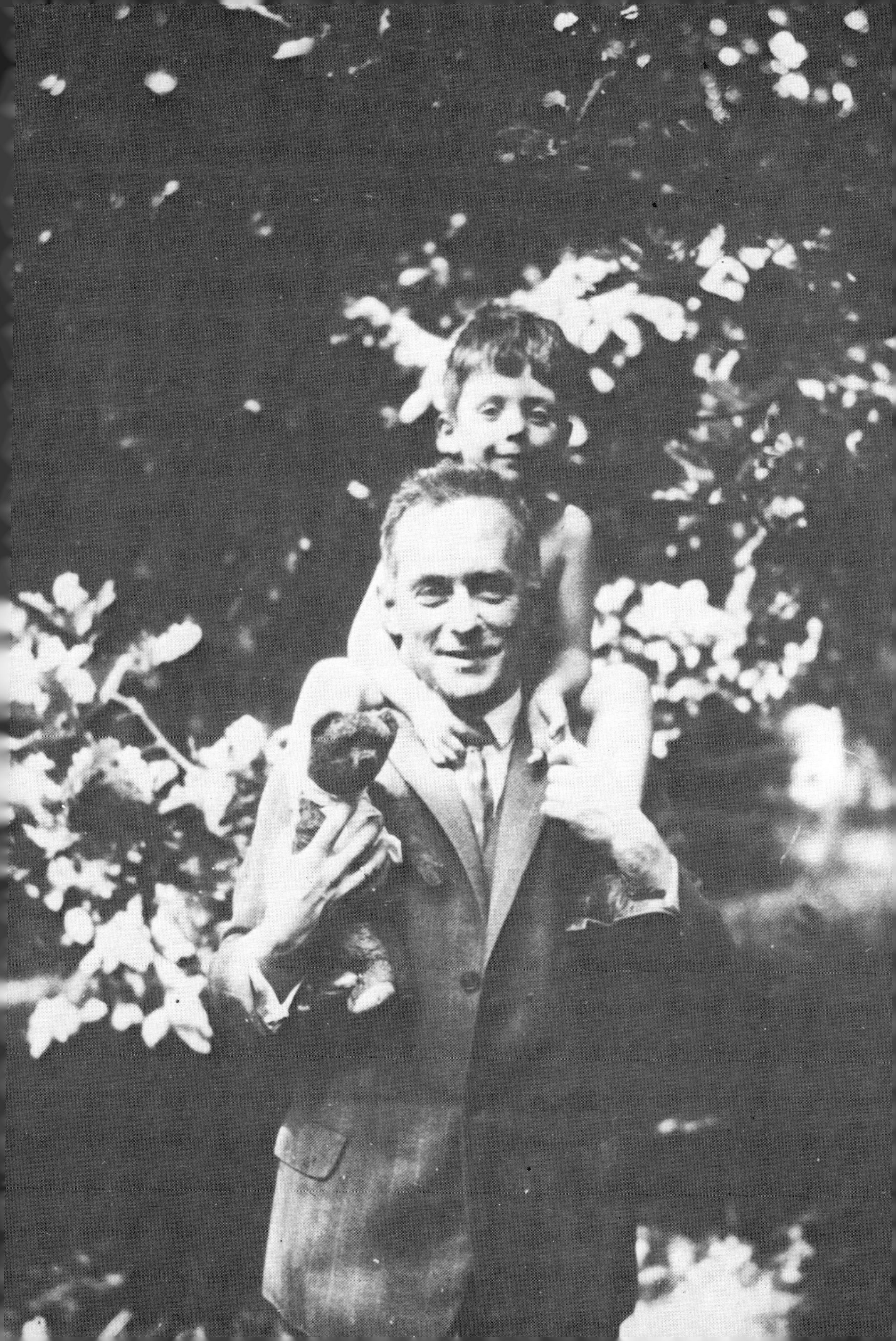

epigrama, ou deveria chamá-lo epitáfio, não é levado tão a sério pelos estudantes como o é pelos professores.

O símbolo da Universidade é representado pela estátua de ferro na porta do *Rathskeller*, de uma menina com um ganso, que cada estudante tem de beijar em sua graduação. A Universidade é uma Meca, a qual os estudantes buscam com algo menos do que a perfeita fé. E é importante que os estudantes sejam imbuídos de uma certa irreverência em seus estudos; eles não estão aqui para adorar, e, sim, para questionar o que é conhecido.

À semelhança de toda cidade universitária, Göttingen tem suas longas alamedas que são cenários para as caminhadas que os professores fazem depois do almoço, às vezes acompanhados de estudantes extáticos, quando agraciados com a deferência de um convite. No passado, Göttingen deve ter sido pachorrenta. As pequenas cidades universitárias alemãs são anteriores à unificação do país (Göttingen, por exemplo, foi fundada por George II, quando ainda Senhor de Hanover), e, assim, exibem um ar de burocracia local. Mesmo depois de terminado o domínio militar e o Kaiser ter abdicado em 1918, elas continuaram mais conformistas do que as universidades de fora da Alemanha.

A ligação entre Göttingen e o mundo exterior era feita através de uma estrada de ferro. Por essa via chegavam os visitantes de Berlim, e de outras cidades, ansiosos por trocar idéias sobre as questões momentosas da física que estivessem agitando o mundo lá fora. Em Göttingen, costumava-se dizer que a ciência ganhava vida no trem para Berlim, uma vez que aqui era onde as pessoas argumentavam, eram questionadas, e tinham novas idéias. E onde novas idéias eram contestadas também.

Nos anos da Primeira Guerra Mundial a ciência em Göttingen, como em toda parte, era dominada pela Relatividade. Mas, no após-guerra, em 1921, a Cátedra de Física foi ocupada por Max Born o qual, com seus seminários, passou a atrair a atenção da comunidade dos físicos atômicos. É interessante notar que Max Born foi guindado à cátedra quando contava já perto de quarenta anos, fato incomum, pois que, de maneira geral, os físicos realizam seus melhores trabalhos antes dos trinta anos (matemáticos ainda mais cedo e biólogos talvez um pouco mais tarde). Entretanto, Born era dotado de um extraordinário dom socrático, muito pessoal. Atraía os jovens, estimulava-os, e as idéias discutidas e contestadas entre eles constituíram o melhor do seu trabalho. Dentre uma multidão de nomes, qual deles deveria eu

181
Eles estão aqui não para reverenciar o que já é conhecido, mas, sim, para questioná-lo.
A fonte de bronze da menina com o ganso, Praça do Mercado de Göttingen.

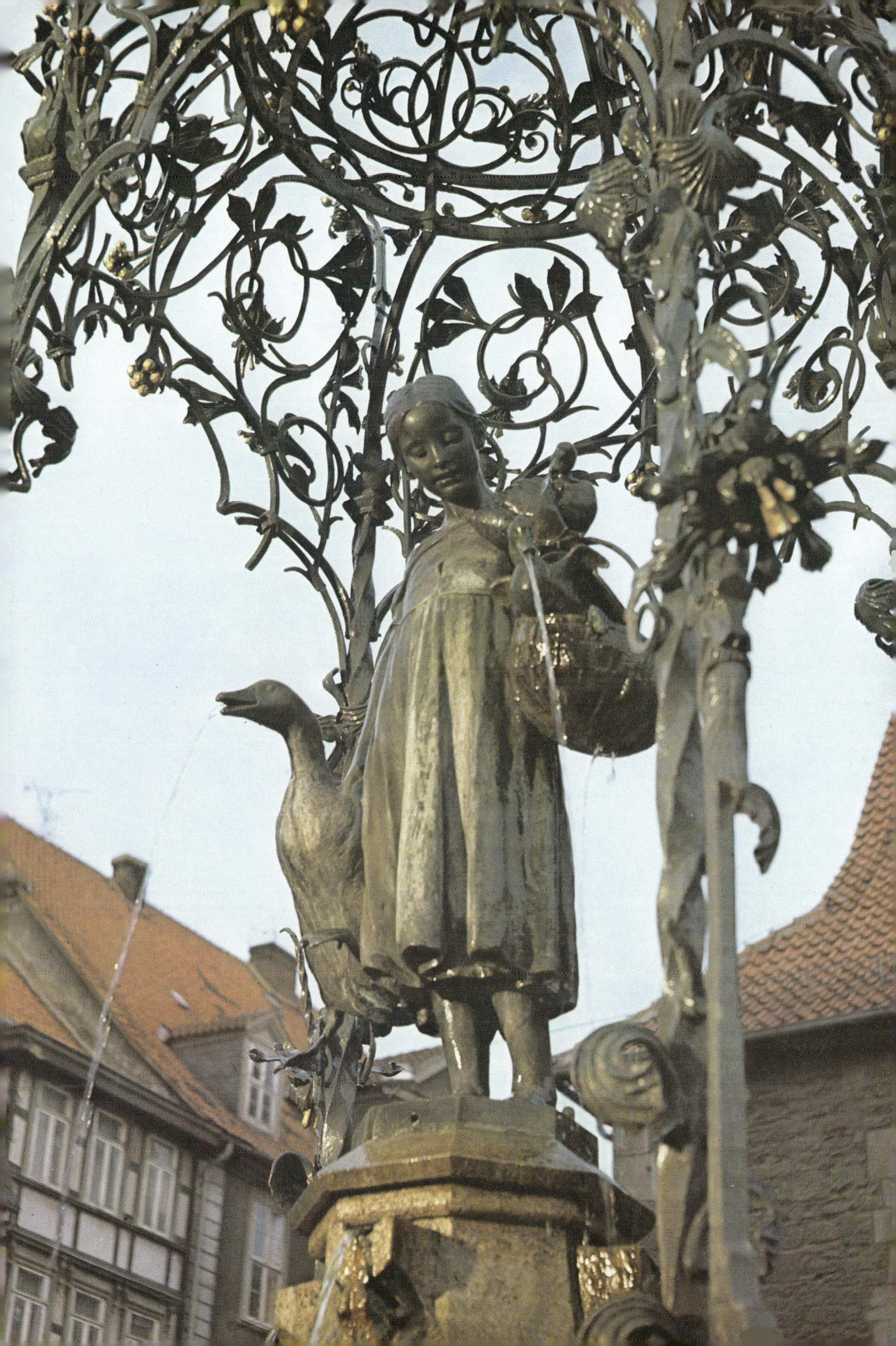

escolher? Werner Heisenberg, obviamente, que realizou aqui, com Born, o seu melhor trabalho. Quando Erwin Schrödinger publicou uma forma diferente de física atômica básica, foi também aqui onde ocorreu o principal debate, atraindo gente de todo o mundo.

Pode parecer inadequado falar nesses termos sobre uma atividade que mais parece brotar como resultado de vigílias noturnas à luz mortiça de lampiões. Assim, teria mesmo a física da década dos 20 consistido em argumentos, seminários, discussões e debates? Sim, consistiu. E ainda consiste. As pessoas que aqui se reuniam, as pessoas que ainda se reúnem em seus laboratórios, só dão seus trabalhos por terminados quando conseguem expressá-los em formulações matemáticas. Começam tentando resolver enigmas conceituais. Os enigmas das partículas subatômicas — dos elétrons e do resto — representam enigmas mentais.

Pensem no quebra-cabeça que o elétron representava naquele tempo. Os professores até diziam brincando (devido à maneira pela qual os horários das universidades são organizados) que às segundas, quartas e sextas os elétrons se comportavam como se fossem partículas e às terças, quintas e sábados, como se fossem ondas eletromagnéticas. Como se poderiam conciliar esses dois aspectos, tomados à escala muito mais ampla do mundo exterior, e socados nesse mundo liliputiano do interior do átomo? Os argumentos e especulações de então giravam nesse tipo de roda. A fim de resolvê-los eram necessários não apenas cálculos, mas, sim, inspiração, imaginação — metafísica, se vocês quiserem. Lembro-me de uma frase de Max Born, usada por ele quando, muitos anos mais tarde, veio para a Inglaterra, e que está registrada em sua autobiografia: "Estou convencido de que física teórica é, na realidade, filosofia".

Max Born entendia que as novas idéias da física eram endereçadas a uma visão diferente da realidade. O mundo não é imutável, não consiste em um arranjo fixo de objetos externos, e não pode ser inteiramente separado da percepção que temos dele. Ele se transforma sob nosso olhar, ele interage conosco, e o conhecimento daí derivado tem de ser por nós interpretado. Não há meio possível de trocar informações sem a concorrência de julgamentos. Seria o elétron uma partícula? Comporta-se como tal no modelo de Bohr, mas em 1924, de Broglie (figura 167) construiu um lindo modelo de ondas, no qual as órbitas estão representadas por posições onde todo um número exato de ondas se concentram em torno do núcleo. Max Born imaginou um trem de elétrons no qual cada um deles estava preso a uma manivela, de forma que, em conjunto, constituíam uma série de curvas gaussianas, uma onda de probabilidades. Uma nova concepção estava sendo gerada no trem para Berlim e nas caminhadas professorais pelos bosques de Göttingen: quaisquer que fossem as unidades fundamentais a partir das quais o mundo se construía, elas eram mais delicadas, mais fugidias, mais lépidas do que aquilo que conseguimos apanhar na rede de caçar borboletas de nossos sentidos.

Todas essas caminhadas pelos bosques e conversações atingiram um clímax em 1927. No início desse ano Werner Heisenberg deu uma nova caracterização ao elétron. Sim, trata-se de uma partícula, disse ele, mas uma partícula capaz de transmitir apenas uma quantidade limitada de informação. Isto é, pode-se especificar onde ela se encontra neste instante, mas, ao se deslocar, não se consegue impor a ela velocidade e direção específicas. Ou, posto de outra forma, se insistimos em dispará-la a velocidade e direção determinadas, torna-se impossível especificar exatamente seu ponto de partida, e, conseqüentemente, seu ponto de chegada.

Essa caracterização pode parecer muito grosseira. Mas não é. Heisenberg tornou-a profunda ao fazê-la precisa. A informação da qual o elétron é portador é limitada em sua totalidade. Isto quer dizer que, por exemplo, sua velocidade *e* sua posição *se ajustam* de tal forma a estarem confinadas pela tolerância do *quantum*. Aí está a idéia profunda: uma das grandes idéias científicas, não só do século XX, mas, da história da ciência.

A essa formulação Heisenberg deu o nome de Princípio da Incerteza. Em um certo sentido, representa um sólido princípio do dia a dia. Sabemos não podermos pedir ao mundo para que seja exato. Se um objeto (uma face conhecida, por exemplo) tivesse de ser sempre *exatamente* o mesmo para que o pudéssemos reconhecer, não seria possível identificar uma mesma pessoa de um dia para o outro. Reconhecemos o mesmo objeto em diferentes ocasiões porque ele permanece o mesmo e não porque permanece exatamente o mesmo; as coisas permanecem toleravelmente semelhantes a si mesmas. No ato do reconhecimento entra um julgamento — uma área de tolerância ou de incerteza. Dessa maneira, o princípio de Heisenberg postula que nenhum evento, nem mesmo os eventos atômicos, pode ser descrito com certeza, isto é, com tolerância zero. A profundidade do

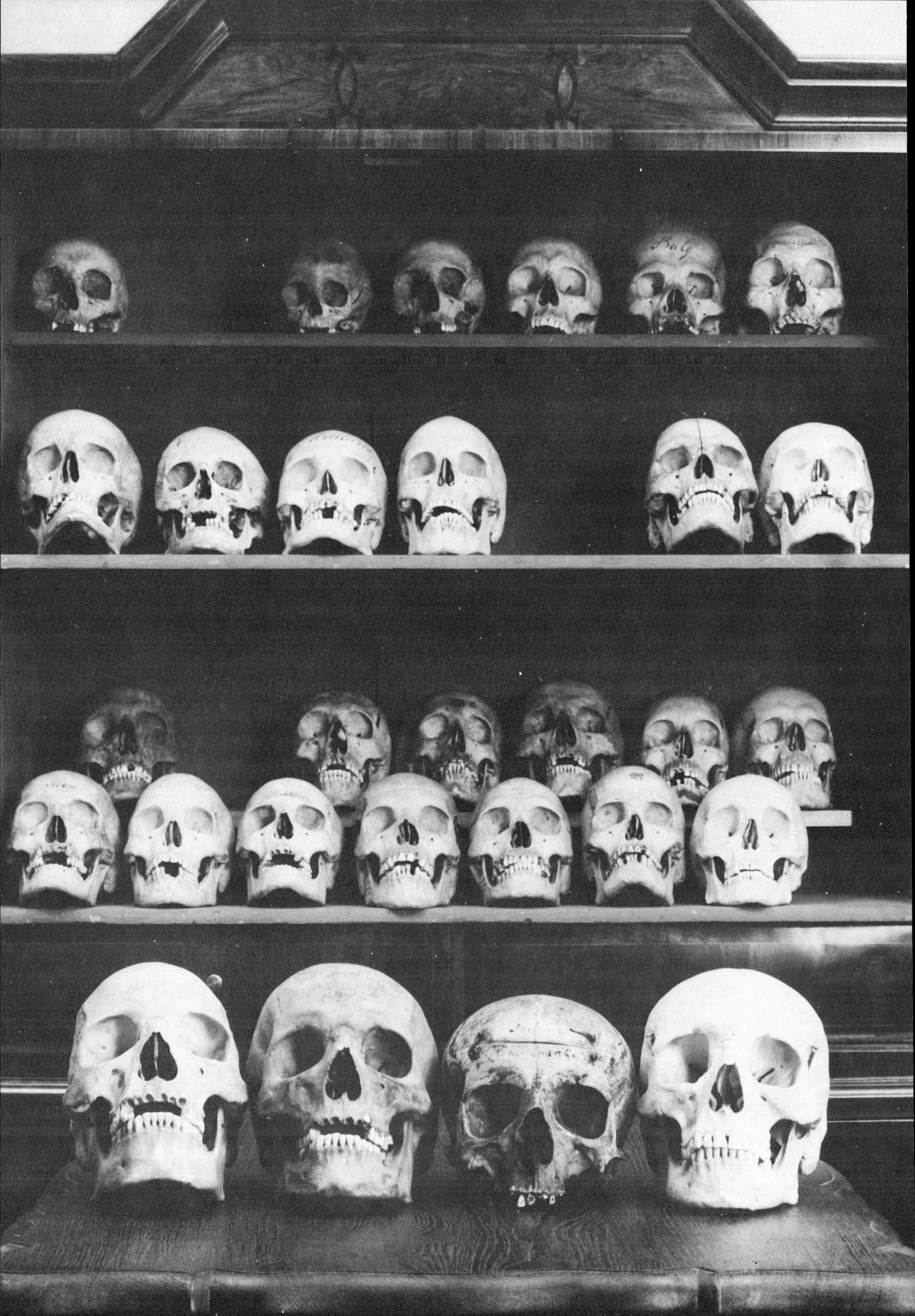

Conhecimento ou Certeza

princípio se deveu ao fato de Heisenberg ter podido especificar o grau de tolerância que pode ser alcançado. E a unidade de medida é dada pelo *quantum* de Max Planck. No mundo do átomo, a área de incerteza é sempre mapeada através do *quantum*.

Contudo, Princípio da Incerteza é um nome infeliz. Em ciência e fora dela não estamos incertos: meramente nosso conhecimento está confinado dentro de uma certa tolerância. Portanto, deveria ser chamado Princípio da Tolerância, e esta minha proposição implica dois sentidos. O primeiro, um princípio de engenharia. A ciência tem progredido degrau após degrau, o empreendimento mais bem-sucedido na escalada do homem, porque ela compreendeu ser a troca de informação entre o homem e a natureza, e dos homens entre si, possível somente se se trabalha dentro de uma certa margem de tolerância. O segundo sentido é afetivo, e interessa ao mundo real. Todo conhecimento, toda informação entre seres humanos só pode ser negociada tolerantemente. Tal assertiva é verdadeira, quer se trate de ciência, de literatura, de religião, de política e mesmo de qualquer forma de pensamento que pretenda ser dogma. A grande tragédia do meu tempo e do de vocês consistiu justamente no fato de que, enquanto aqui em Göttingen os cientistas estavam apurando ao máximo o Princípio da Tolerância, se esqueceram do mundo à sua volta e não perceberam estar a tolerância sendo destroçada, a ponto de não mais poder ser reparada.

Nuvens sombrias cobriam o céu da Europa. Mas Göttingen tinha uma nuvem particular, ensombreando-a há uma centena de anos. Por volta de 1800 Johann Friedrich Blumenbach organizou uma coleção de crânios, conseguidos através de cavalheiros eminentes espalhados por toda a Europa e com os quais se correspondia. No trabalho de Blumenbach não havia nenhuma sugestão de que aqueles crânios iriam dar suporte a uma divisão racista da humanidade, embora ele usasse medidas anatômicas com a finalidade de classificar as diferentes famílias humanas. De qualquer forma, a partir da morte de Blumenbach em 1840, a coleção foi se ampliando até se tornar o cerne da teoria racista pangermânica, sancionada pelo Partido Nacional-Socialista quando este tomou o poder.

O aparecimento de Hitler em 1933 provocou, quase que da noite para o dia, o esfacelamento de toda a tradição acadêmica alemã. Agora, o trem para Berlim simbolizava fuga. A Europa já não era mais um lugar hospitaleiro à imaginação — e não apenas

182
Por volta de 1800 Blumenbach havia reunido uma coleção de crânios, conseguidos através de cavalheiros com os quais se correspondia em toda a Europa. *Coleção de crânios de Blumenbach, Departamento de Anatomia, Universidade de Göttingen.*

à imaginação científica. Toda uma concepção de cultura batia em retirada: a concepção de que o conhecimento humano é pessoal e responsável, uma aventura sem limites às fronteiras da incerteza. Cerrou-se a cortina do silêncio, como havia acontecido depois da condenação de Galileo. Os grandes homens fugiram, mas para um mundo ameaçado. Max Born. Erwin Schrödinger. Albert Einstein. Sigmund Freud. Thomas Mann. Bertolt Brecht. Arturo Toscanini. Bruno Walter. Marc Chagall. Enrico Fermi. Leo Szilard, chegando finalmente, depois de muitos anos, ao Instituto Salk na Califórnia.

O Princípio da Incerteza ou, em minha versão, O Princípio da Tolerância, consagrou de uma vez por todas o entendimento de que todo conhecimento é limitado. Ironicamente, ao mesmo tempo que este estava sendo formulado, avolumava-se sob o jugo de Hitler na Alemanha, e de outros tiranos em outros países, a sua contrapartida: o princípio da monstruosa certeza. Analisada retrospectivamente, a década dos 30 irá se apresentar às gerações futuras como um palco onde se confrontaram duas culturas: uma é aquela sobre a qual venho discorrendo, a escalada do homem, e a outra, a da crença despótica da posse da certeza absoluta.

Entretanto, todas essas abstrações precisam ser colocadas em termos concretos, e eu lhes darei vida na forma de uma personalidade. Leo Szilard as vivia intensamente, e, durante o último ano de sua vida, muitas de minhas tardes foram dedicadas, em sua companhia, à discussão daquelas abstrações, em seu laboratório no Instituto Salk.

183
A Europa já não era mais uma hospedeira da imaginação.
Leo Szilard (à esquerda). Enrico Fermi.

Leo Szilard era húngaro, mas sua vida acadêmica transcorreu na Alemanha. Em 1929 havia publicado um importante trabalho sobre o que atualmente se conhece como Teoria da Informação, tratando das relações entre conhecimento, natureza e homem. Mas, nessa época, Szilard já estava convencido de que Hitler chegaria ao poder e a guerra seria inevitável, de forma que, desde então, manteve duas malas prontas em seu quarto e, em 1933, ele as fechou e as levou para a Inglaterra.

Em setembro de 1933, Lorde Rutherford, dirigindo-se a uma reunião da Associação Britânica, expressou algumas dúvidas sobre a viabilidade de utilização da energia atômica. Mas acontece que Leo Szilard pertencia justamente àquela espécie de cientista, talvez àquele tipo de homem inquieto e bem-humorado, que detesta qualquer tipo de afirmação contendo a palavra "nunca", particularmente quando emitida por um colega eminente. Assim, ele se decidiu a pensar sobre o problema. A história é contada por ele mesmo, naquela maneira que todos nós que o conhecíamos podemos imaginar perfeitamente. Estava vivendo no Strand Palace Hotel — ele adorava viver em hotéis. Certo dia, caminhando em direção ao Hospital Bart, onde trabalhava, ao chegar a Southampton Row parou diante do sinal vermelho. (Esta é a única parte da história a qual considero improvável: jamais tive notícia de Szilard ter respeitado um sinal vermelho.) Então, antes mesmo do sinal ter mudado para verde, ocorreu-lhe claramente a idéia de que, se um átomo fosse atingido por um nêutron e, rompendo-se, liberasse dois átomos, o que estaria ocorrendo seria uma reação em cadeia. Diante disso, escreveu as especificações para uma patente, na qual aparecia o termo "reação em cadeia", registrada em 1934.

Agora, desvendaremos uma faceta da personalidade de Szilard que, embora comum a muitos cientistas daquela época, nele se expressava de forma clara e gritante. Queria manter secreta a patente, em uma tentativa de impedir o uso indevido de descobertas científicas. Assim o fez, confiando-a à guarda do Almirantado Britânico, de forma que só foi publicada depois da guerra.

Entrementes, a guerra se tornava cada vez mais ameaçadora. A marcha do progresso da Física Nuclear e a marcha de Hitler avançavam passo a passo, etapa cobrindo etapa, de uma forma que hoje tendemos a nos esquecer. No início de 1939, Szilard escreveu a Joliot-Curie perguntando se era possível proibir uma publicação. Estava tentando impedir a publicação do trabalho de Fermi. Mas, em agosto de 1939, ele escreveu uma carta a qual Einstein assinou e enviou ao Presidente Roosevelt, dizendo (aproximadamente): "A Energia Nuclear está aqui. A guerra é inevitável. Fica a cargo do Sr. Presidente decidir o que os cientistas devem fazer a esse respeito".

Entretanto, Szilard não parou aí. Em 1945, a guerra européia já tendo sido ganha, sabendo a iminência do uso da bomba atômica sobre o Japão, ele protestou quanto pôde. Escrevia memorandos atrás de memorandos. Um dos memorandos, endereçado ao Presidente Roosevelt, só não chegou ao seu destinatário devido à morte deste no mesmo tempo em que Szilard o estava redigindo. Szilard lutava para que a bomba fosse testada abertamente perante os japoneses e uma assistência internacional, de modo que o governo japonês conhecesse seu poder de destruição e se rendesse, antes do povo ser sacrificado.

Como todos sabem, Szilard falhou, e com ele toda a comunidade dos cientistas. Fez o que um homem íntegro deveria ter feito. Abandonou a física e se interessou pela biologia — e essa foi a razão que o trouxe ao Instituto Salk —, convencendo outros a fazerem o mesmo. A física tinha sido a paixão dos últimos cinqüenta anos, e também a obra-prima dessa época. Contudo, sabíamos, agora, estar maduro o tempo de trazer ao entendimento da vida, da vida humana em particular, a mesma unidade de mente que havíamos conferido ao entendimento do mundo físico.

A primeira bomba atômica foi detonada em Hiroshima no dia 6 de agosto de 1945, às 8 e 15 da manhã. Pouco depois de minha volta de Hiroshima, ouvi alguém dizer, na presença de Szilard, ser

184
Finalmente, Szilard escreveu uma carta, que Einstein assinou, e a enviou ao Presidente Roosevelt. *Texto da carta de 2 de agosto de 1939 ao Presidente dos Estados Unidos.*

185
Página seguinte: "É uma tragédia para a humanidade." *Ruínas de Hiroshima.*

Albert Einstein
Old Grove Rd.
Nassau Point
Peconic, Long Island

August 2nd, 1939

F.D. Roosevelt,
President of the United States,
White House
Washington, D.C.

Sir:

Some recent work by E. Fermi and L. Szilard, which has been communicated to me in manuscript, leads me to expect that the element uranium may be turned into a new and important source of energy in the immediate future. Certain aspects of the situation which has arisen seem to call for watchfulness and, if necessary, quick action on the part of the Administration. I believe therefore that it is my duty to bring to your attention the following facts and recommendations:

In the course of the last four months it has been made probable - through the work of Joliot in France as well as Fermi and Szilard in America - that it may become possible to set up a nuclear chain reaction in a large mass of uranium, by which vast amounts of power and large quantities of new radium-like elements would be generated. Now it appears almost certain that this could be achieved in the immediate future.

This new phenomenon would also lead to the construction of bombs, and it is conceivable - though much less certain - that extremely powerful bombs of a new type may thus be constructed. A single bomb of this type, carried by boat and exploded in a port, might very well destroy the whole port together with some of the surrounding territory. However, such bombs might very well prove to be too heavy for transportation by air.

-2-

The United States has only very poor ores of uranium in moderate quantities. There is some good ore in Canada and the former Czechoslovakia, while the most important source of uranium is Belgian Congo.

In view of this situation you may think it desirable to have some permanent contact maintained between the Administration and the group of physicists working on chain reactions in America. One possible way of achieving this might be for you to entrust with this task a person who has your confidence and who could perhaps serve in an inofficial capacity. His task might comprise the following:

a) to approach Government Departments, keep them informed of the further development, and put forward recommendations for Government action, giving particular attention to the problem of securing a supply of uranium ore for the United States;

b) to speed up the experimental work, which is at present being carried on within the limits of the budgets of University laboratories, by providing funds, if such funds be required, through his contacts with private persons who are willing to make contributions for this cause, and perhaps also by obtaining the co-operation of industrial laboratories which have the necessary equipment.

I understand that Germany has actually stopped the sale of uranium from the Czechoslovakian mines which she has taken over. That she should have taken such early action might perhaps be understood on the ground that the son of the German Under-Secretary of State, von Weizsäcker, is attached to the Kaiser-Wilhelm-Institut in Berlin where some of the American work on uranium is now being repeated.

Yours very truly,

A. Einstein

(Albert Einstein)

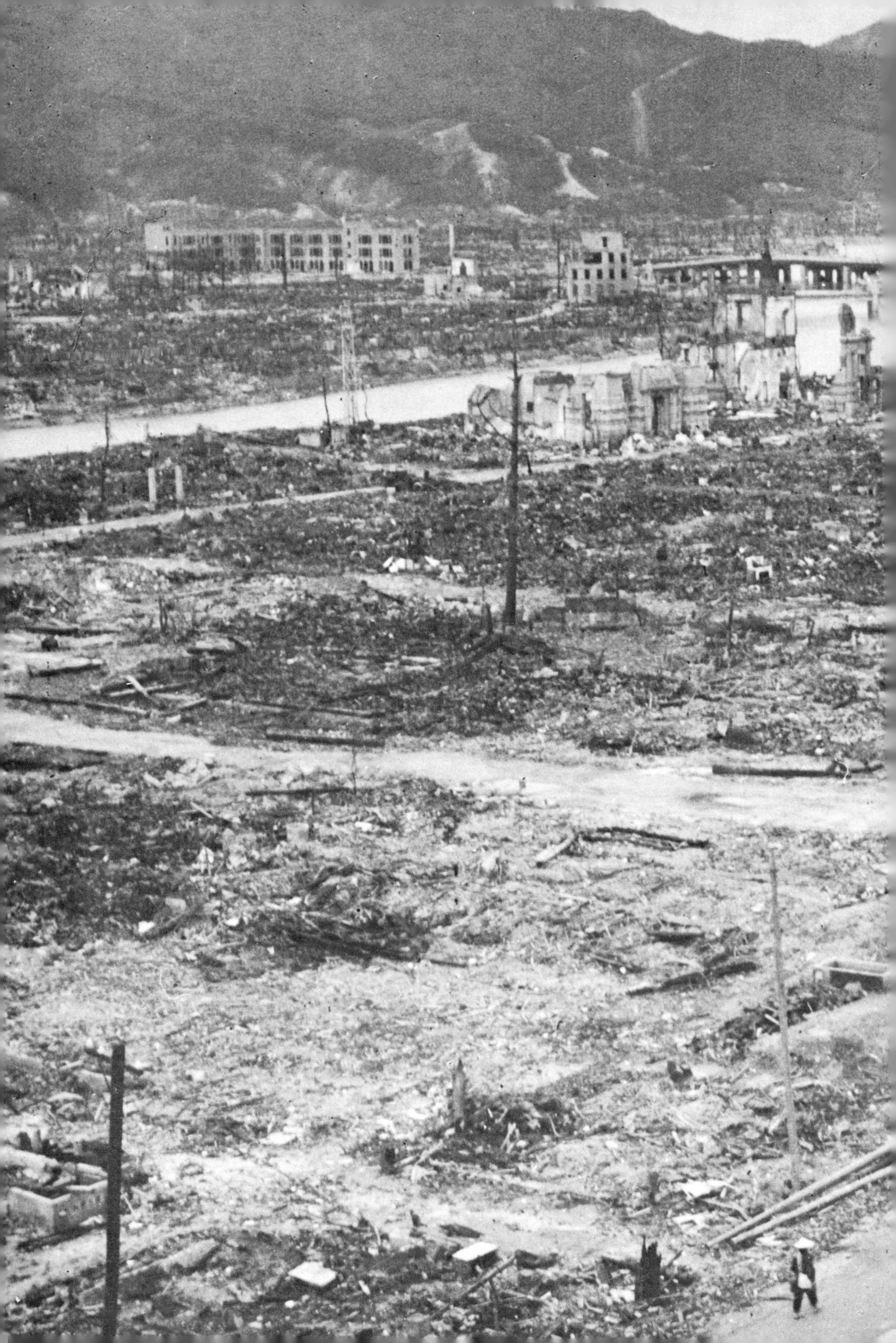

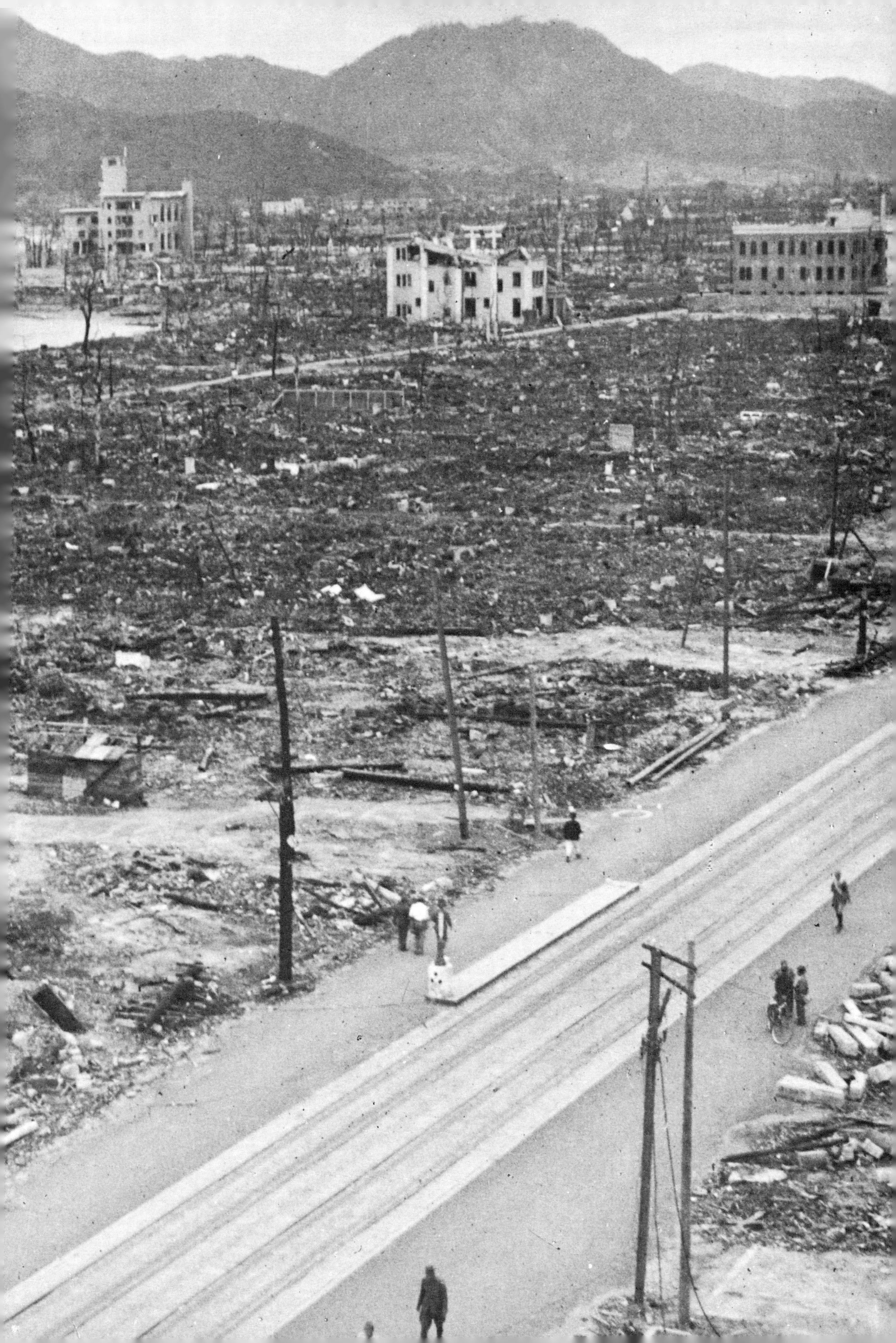

aquilo uma tragédia para os cientistas, o fato de suas descobertas serem usadas para a destruição. "É a tragédia da humanidade" replicou Szilard, autorizado como nenhum outro para tal desabafo.

O dilema humano se divide em duas partes. Uma delas é a crença de que o fim justifica os meios. É a filosofia dos apertadores de botões, dos deliberadamente surdos ao sofrimento que gerou o monstro da máquina da guerra. A outra, é a traição do espírito humano: o dogma que obtura a mente e transforma uma nação ou uma civilização em um regimento de fantasmas — fantasmas obedientes, ou fantasmas torturados.

Diz-se que a ciência acabará por desumanizar as pessoas, transformando-as em simples números. Isso é falso, tragicamente falso. Tome cuidado. Vê-se aqui o campo de concentração e o crematório de Auschwitz. Neste local é que as pessoas eram transformadas em números. Esta lagoa recebeu as descargas contendo as cinzas de uns quatro milhões de pessoas. E não foi uma obra do gás. Foi obra da arrogância. Foi feito pelo dogma. Foi feito pela ignorância. Quando as pessoas acreditam estar possuídas do conhecimento absoluto, sem nenhuma base na realidade, elas se comportam dessa maneira. Isto é o que o homem realiza quando pretende ter a ciência de deuses.

A ciência é uma forma de conhecimento essencialmente humano. Sempre nos encontramos à beira do conhecido, sempre sentimos por antecipação aquilo que pode ser esperado. Todo julgamento científico se equilibra nas margens do erro, e é pessoal. A ciência é um tributo àquilo que podemos conhecer, embora sejamos falíveis. No fim, as palavras foram ditas por Oliver Cromwell: "Eu lhe imploro, pelas entranhas de Cristo, pense pelo menos na possibilidade de você poder estar errado".

Na qualidade de cientista, o meu dever para com meu amigo Leo Szilard; na qualidade de ser humano, o meu dever para com os muitos membros de minha família, mortos aqui em Auschwitz, é estar aqui à beira desta lagoa, como sobrevivente e testemunha. Devemos nos curar do prurido do conhecimento e do poder absolutos. Temos de eliminar a distância entre o apertar o botão e o ato humano. Temos de entrar em contato com as pessoas.

186
"Eu lhe imploro, pelas entranhas de Cristo, em pensar pelo menos na possibilidade de você poder estar errado."
O autor junto à lagoa do campo de concentração de Auschwitz.

187
Página seguinte: *Crematório de Auschwitz, onde pessoas eram transformadas em números.*

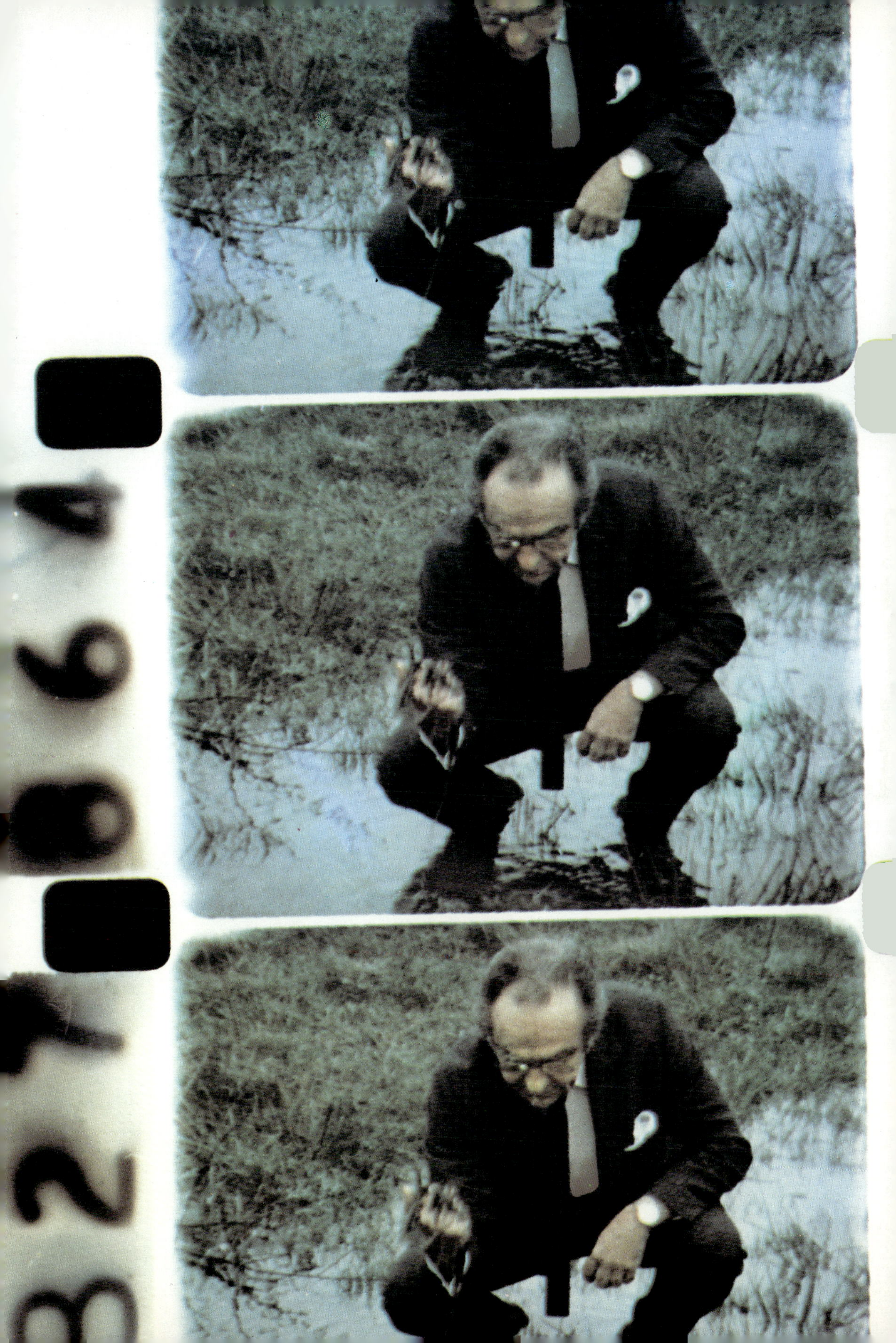

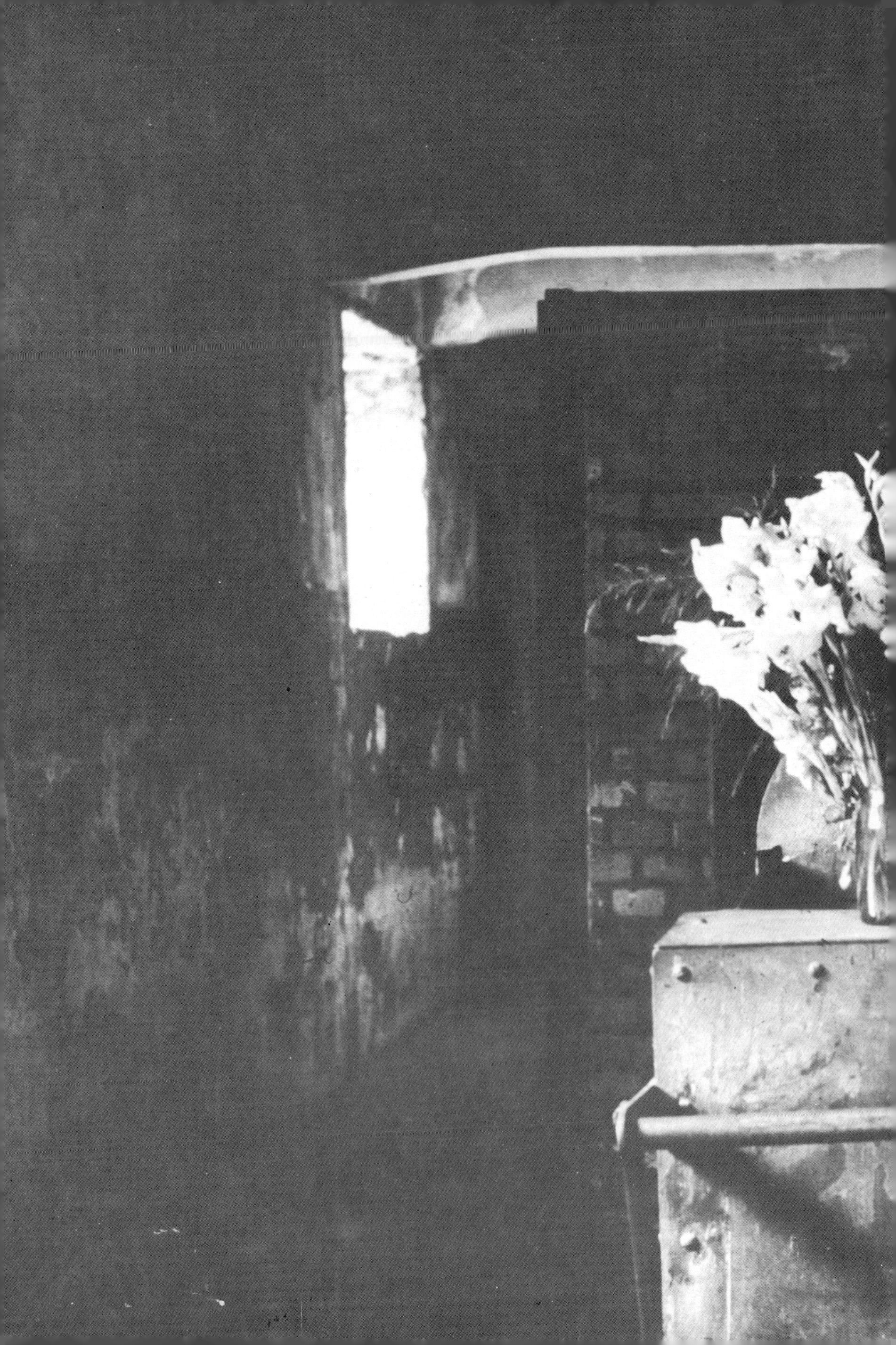

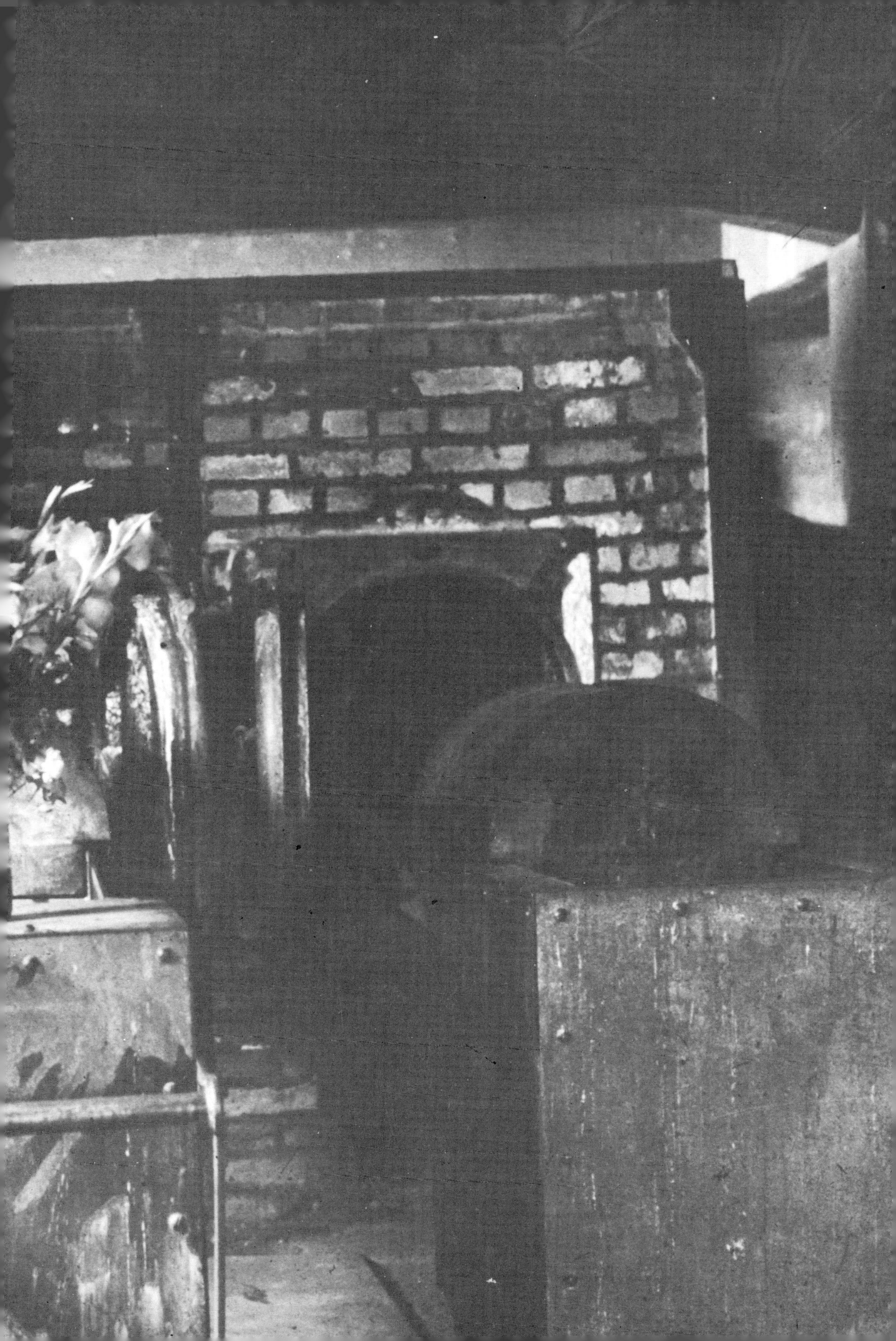

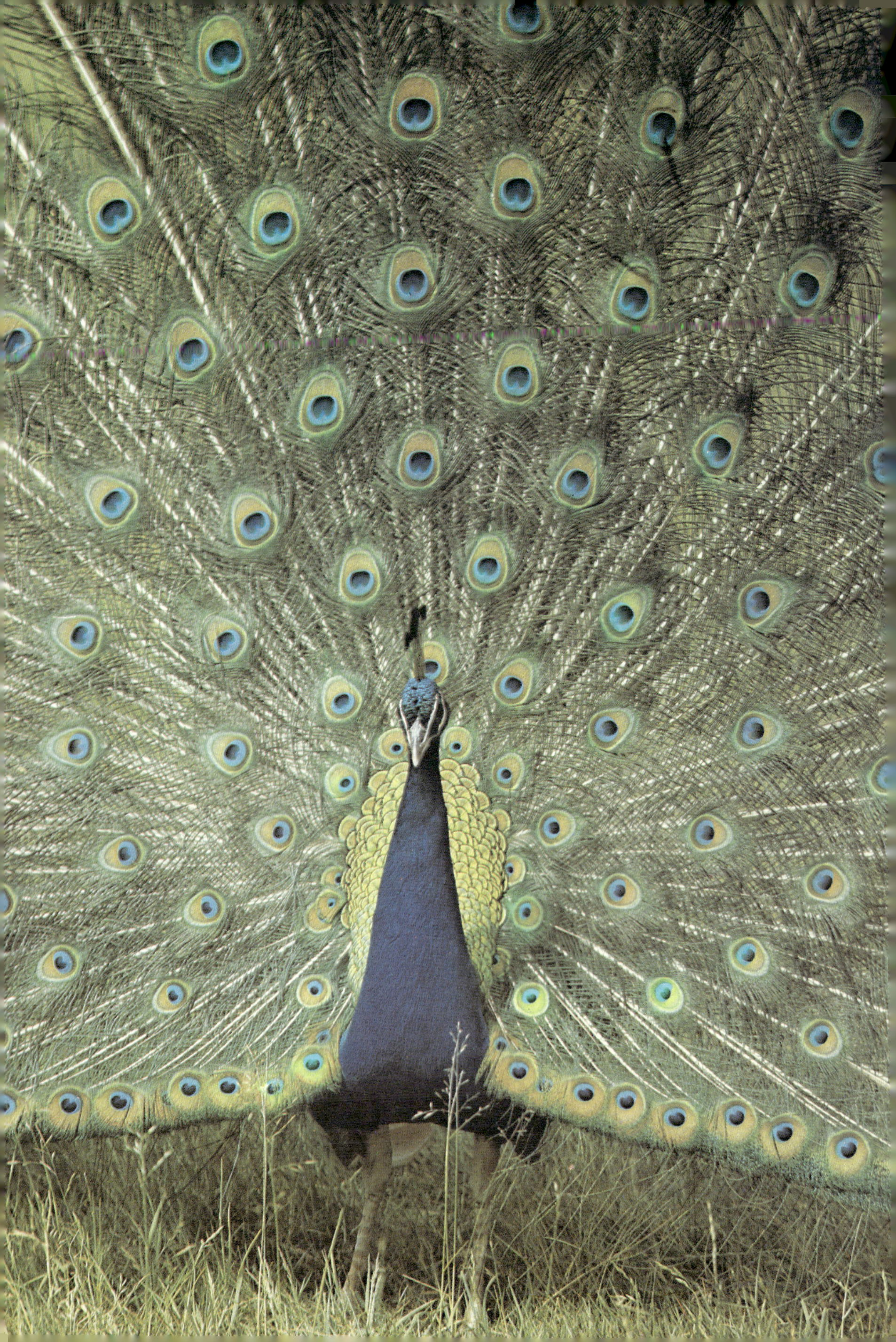

12 GERAÇÃO APÓS GERAÇÃO

No século XIX a cidade de Viena era a capital de um império que albergava em suas fronteiras um grande número de nações e de línguas. Era um centro famoso da música, da literatura e das artes. A Ciência era olhada com suspeita na conservadora Viena, as ciências biológicas em particular. Entretanto, inesperadamente, a Áustria se torna sementeira para uma idéia científica (no campo da biologia) que se tornou revolucionária.

A velha Universidade de Viena deu ao fundador da genética, e, portanto, de todas as ciências modernas da vida, o reverendo Gregor Mendel, toda a pouca educação universitária que ele possuía. Chegou aqui em uma época quando se defrontavam a tirania e a liberdade de pensamento. Em 1848, logo após sua chegada, dois jovens acabavam de publicar, na Londres distante, um manifesto escrito em alemão, que começava com a seguinte frase: "Ein Gespenst geth um Europa", "um espectro está rondando a Europa", o espectro do comunismo.

Evidentemente, Karl Marx e Friedrich Engels não criaram a revolução na Europa com *O Manifesto Comunista*; mas eles lhe deram voz. A voz da insurreição. O vendaval de descontentamento que varria a Europa era dirigido contra os Bourbons, os Habsburgos e os governos de maneira geral, em toda parte. Em fevereiro de 1848 Paris entra em ebulição e Viena e Berlim a seguem. Assim, em março de 1848 houve protestos estudantis e luta contra a polícia na Praça da Universidade em Viena. O Império Austríaco, à semelhança de tantos outros, tremeu em suas bases. Metternich se demitiu e fugiu para Londres. O Imperador abdicou.

Imperadores se vão mas os impérios ficam. O novo Imperador, Franz Josef, era um jovem de dezoito anos que reinou como autocrata até que o império instável acabou por se desmantelar durante a Primeira Guerra Mundial. Ainda me lembro de Franz Josef em minha infância; da mesma maneira que todos os Habsburgos, tinha o longo lábio inferior e as bochechas caídas, iguais às dos reis espanhóis pintados por Velásquez, hoje reconhecidas como traço genético dominante.

Franz Josef tendo subido ao trono, todos os discursos patriotas se calaram; a adesão ao jovem Imperador foi total. Naquele mes-

188
O sexo produz diversidade, e a diversidade é a propulsora da evolução. Dois é o número mágico. Por essa razão a seleção sexual e o cortejamento são altamente desenvolvidos nas diferentes espécies. *Apresentação do pavão.*

mo momento a escalada do homem estava tomando uma nova direção com a chegada de Gregor Mendel à Universidade de Viena. Nascido Johann Mendel e filho de camponeses; Gregor foi o nome que recebeu ao se tornar monge, logo antes de vir para Viena, fugindo da penúria e das frustrações acarretadas pela falta de uma educação. Na maneira pela qual conduziu seu trabalho, ele nunca abandonou seus hábitos de camponês, jamais se comportou como professor ou cavalheiro naturalista, à semelhança de seus contemporâneos ingleses: era um naturalista hortelão.

Mendel se tornou monge à procura de educação, e seu abade o enviou à Universidade de Viena a fim de que ele conseguisse um diploma formal de professor. Entretanto, era nervoso e estava longe de se revelar um estudante inteligente. O relatório de seu examinador dizia que a ele "faltavam entendimento e a necessária clareza de conhecimentos". Foi reprovado. O camponês tornado monge não tinha escolha senão se recolher novamente no anonimato de um mosteiro em Brno, na Morávia, atualmente parte da Tchecoslováquia.

Ao retornar de Viena, em 1853, Mendel contava trinta e um anos e era um fracasso. A Ordem Augustiniana de São Tomás de Brno, que o havia enviado a Viena, era dedicada ao trabalho educacional. Ao governo austríaco interessava que os monges instruíssem os jovens inteligentes do campesinato. A biblioteca deles mais se assemelha à de uma ordem de educadores do que à de um mosteiro. Dentro dessas circunstâncias é que Mendel havia falhado em obter sua qualificação de professor. Assim, Mendel tinha de se decidir: ou passar o resto de sua vida como um professor fracassado ou – o quê?... Decidiu-se finalmente; mas, nesta, falou muito mais alto o garoto chamado Hansl pelos seus amigos das fazendas, o jovem Johann, camponês, do que o monge Gregor. Voltou seus pensamentos para aquilo que havia aprendido na vida do campo e sempre o tinha fascinado: as plantas.

Em Viena fora influenciado pelo único biólogo de valor que jamais havia encontrado, Franz Unger, o qual abordava o problema da hereditariedade de uma forma prática, concreta: nada de essências espirituais, nada de forças vitais, atinha-se aos fatos. Mendel, então, passou a dedicar sua vida a experimentos práticos em biologia, enquanto no mosteiro. Uma decisão ousada, silenciosa e secreta, penso eu, uma vez que o bispo local nem mesmo permitia aos monges o ensino de biologia.

189
Gregor Mendel silenciosamente imprimiu uma nova direção à escalada do homem.
Mendel em 1865.

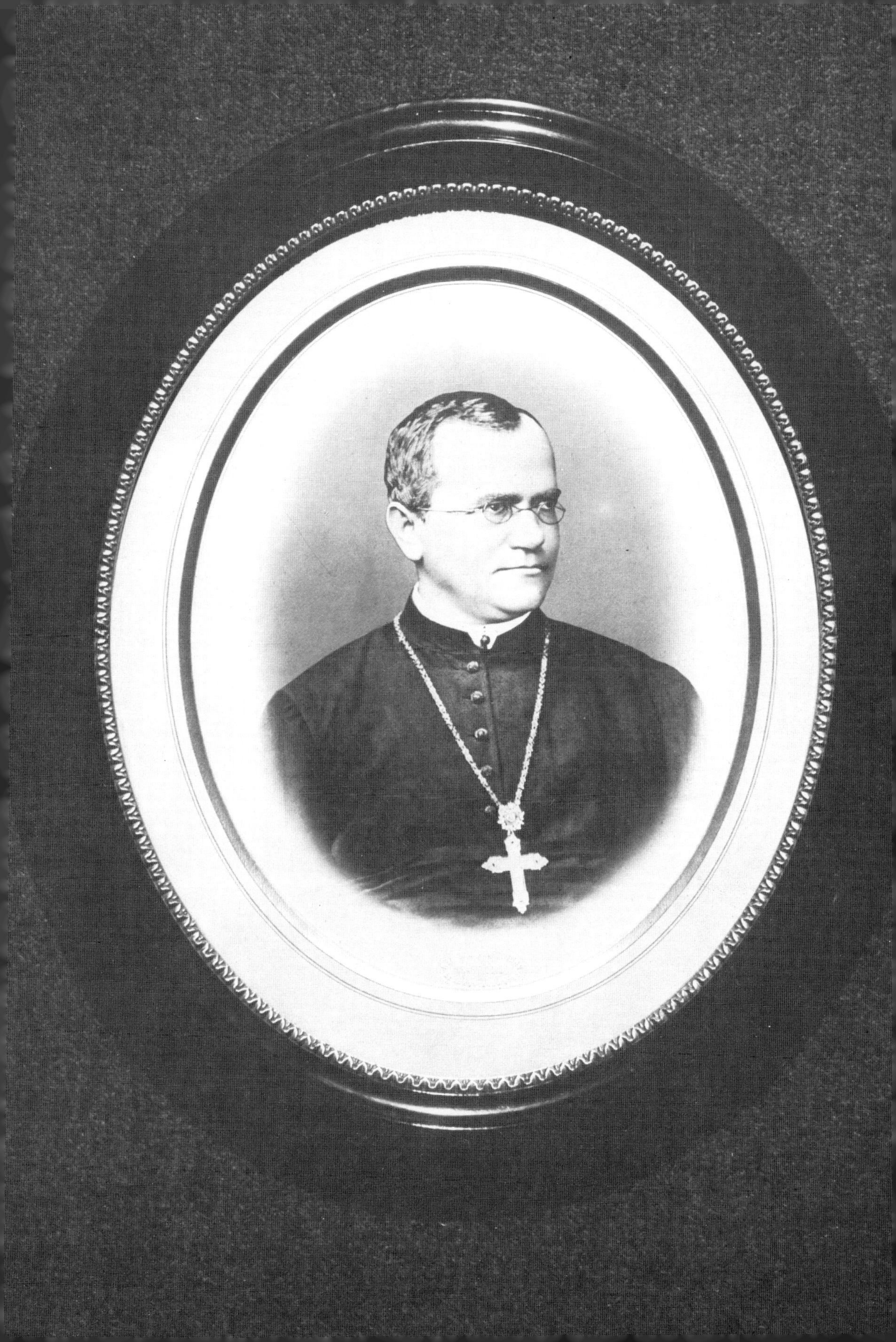

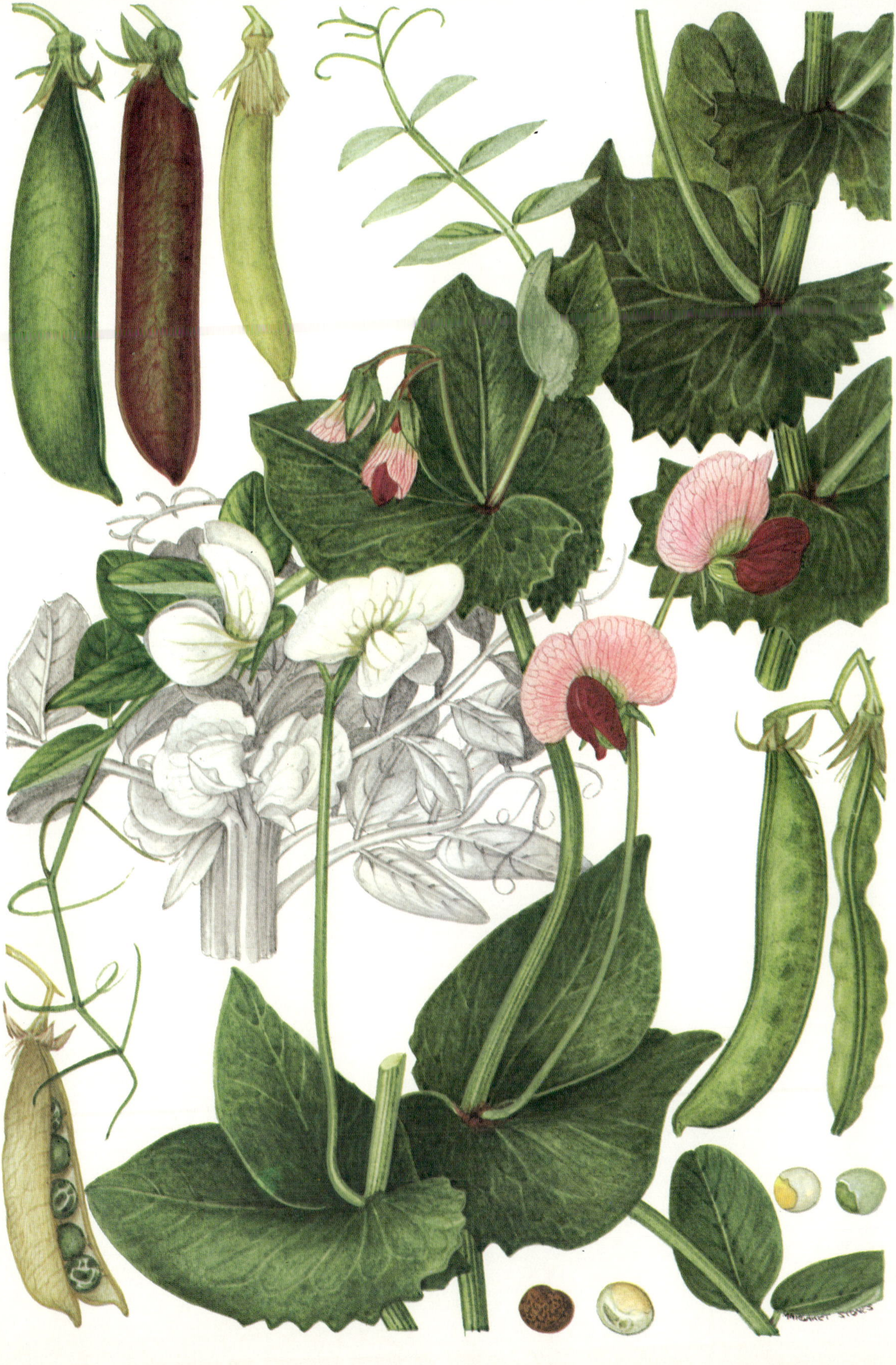
MARGARET STONES

Geração Após Geração

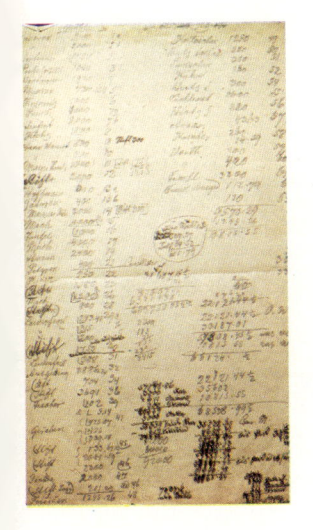

Mendel iniciou seus experimentos formais dois ou três anos após ter retornado de Viena, digamos, em 1856. Em sua comunicação diz ter trabalhado durante oito anos. A planta por ele escolhida muito cuidadosamente foi a ervilha-de-cheiro. Nestas, selecionou sete caracteres para comparação: forma da semente, cor da semente, e assim por diante, encerrando sua lista com talo alto e talo baixo. Este último caráter é o que escolhi a fim de nos servir de exemplo: alto e baixo.

Faremos um experimento seguindo exatamente os passos de Mendel. Comecemos por fazer um híbrido de alto e baixo, escolhendo as plantas-mães da forma especificada por Mendel:

Em experimentos com esse caráter, a fim de se discriminar, com segurança, os talos longos de seis a sete pés foram sempre cruzados com os baixos de ¾ pé a 1½ pés.

Para que as plantas baixas não se fertilizem a si mesmas, nós as emasculamos. Assim elas serão inseminadas artificialmente pelas plantas altas.

O processo de fertilização segue seu curso. Os tubos polínicos crescem a partir dos óvulos. Os núcleos polínicos (equivalentes ao esperma dos animais) descem através dos tubos polínicos e alcançam os óvulos do mesmo modo que acontece na fertilização normal de qualquer ervilha. As plantas dão vagens, as quais, é claro, ainda não revelam suas características.

As ervilhas obtidas das vagens são agora plantadas. Seus desenvolvimentos, a princípio, são indistinguíveis de qualquer outra ervilha-de-cheiro. Entretanto, embora representem o produto de apenas a primeira geração de híbridos, quando totalmente crescidas já serão um teste da idéia tradicional da hereditariedade, sustentada por botânicos daquela época e de muito tempo depois. A concepção tradicional era de que as características de um híbrido representavam uma média das características dos pais. Mendel tinha ponto de vista completamente diferente, e mesmo uma teoria que o justificava.

Para Mendel, um mesmo caráter era regulado por duas partículas (hoje nós as chamamos genes). Cada planta-mãe contribui com uma partícula. Se as duas partículas ou genes forem diferentes, uma será dominante e a outra recessiva. O cruzamento de plantas altas e baixas era um primeiro teste no sentido de verificar o valor dessa assertiva. E como eu, também vocês podem verificar a primeira geração dos híbridos; quando crescidos, são todos altos. Na linguagem da genética moderna, o caráter alto é

190
Tudo é genética moderna, essencialmente como se tivesse sido feita hoje, mas realizada há cem anos por um desconhecido.
Página de cálculos sobre as observações de campo de Mendel em seus oito anos de experimentação com ervilhas.
A prancha à página oposta mostra caracteres analisados por Mendel em seu trabalho em 1866. Ele notou diferenças nas sementes maduras de ervilhas: redondas ou enrugadas quando maduras, amarelas ou verdes nas vagens amadurecendo; coloração cinza ou branca correlacionavam-se com flores malva ou brancas já no início do ciclo de desenvolvimento da planta. Cruzou plantas portadoras de vagens gordas e abertas e constritas e fechadas e vagens verdes e amarelas quando ainda não maduras; também plantas com flores ao longo do caule e na ponteira somente. Nesta prancha as variedades alta e baixa podem ser identificadas pelas distâncias entre os nós nos caules. Mendel baseou suas leis nesses sete caracteres.

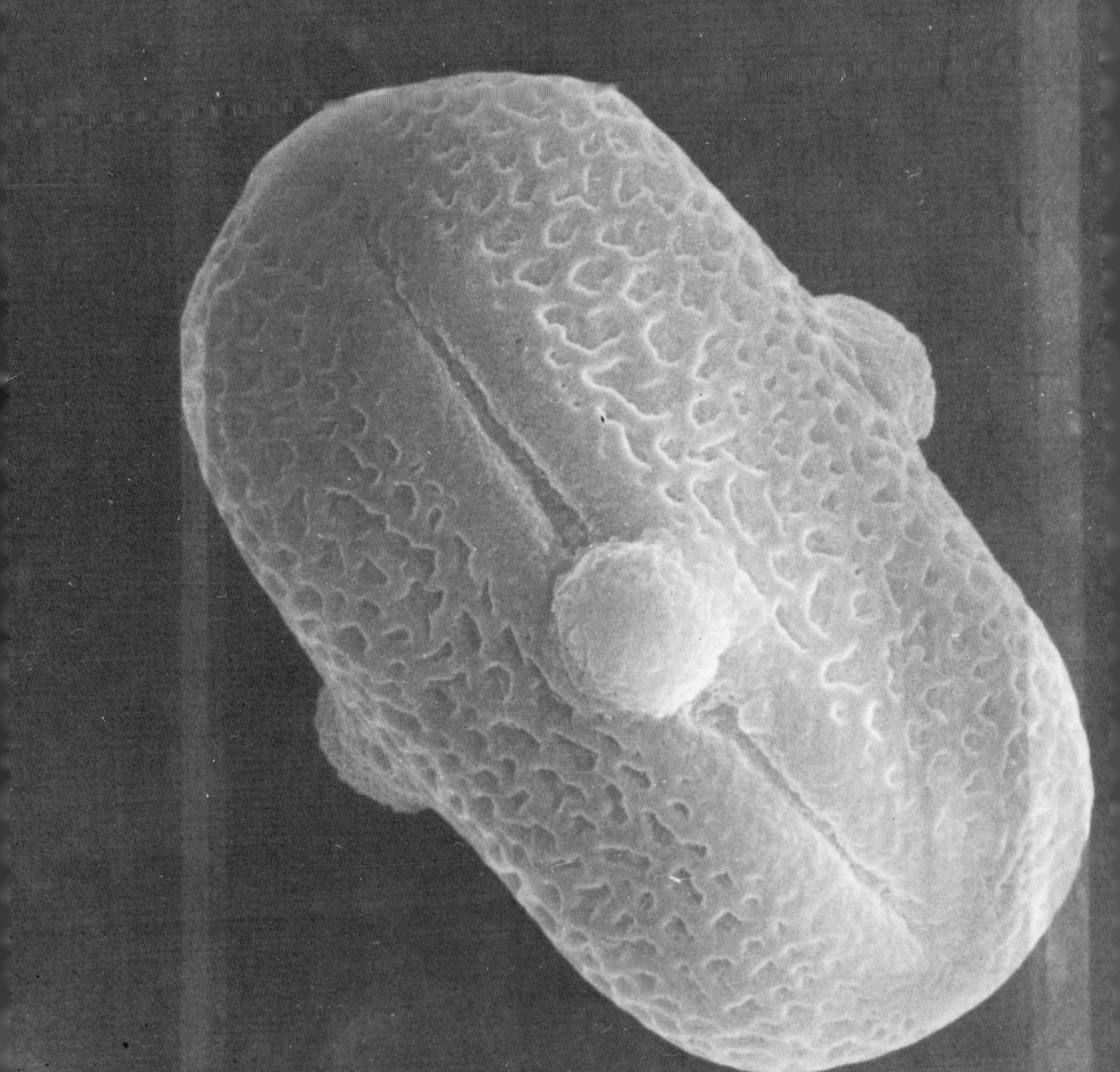

dominante sobre o caráter baixo. Os híbridos *não* apresentam altura média entre as de seus pais: todos são plantas de talo alto.

Agora, a etapa seguinte: obteremos a segunda geração, ainda seguindo Mendel. Fertilizamos os híbridos, mas, desta vez, com seus próprios pólens. Deixamos formar as vagens, plantamos as sementes e eis a segunda geração. Certamente não há uniformidade; a maioria é alta, mas uma minoria significante é baixa. A fração do total de plantas baixas deveria poder ser calculada a partir do palpite de Mendel a respeito da hereditariedade; posto que, se ele estivesse certo, na primeira geração cada híbrido seria composto de um gene dominante e um gene recessivo. Portanto, em um cruzamento dentre cada quatro entre os híbridos da primeira geração, dois genes recessivos deviam ter-se juntado, e, assim, de cada quatro plantas uma deveria ser baixa. E é isso mesmo o que acontece: na segunda geração, de cada quatro plantas uma é baixa e três são altas. Essa é a famosa relação associada ao nome de Mendel; um em quatro ou um para três, e com toda a razão, uma vez que, vejamos o relato dado por ele mesmo:

De um total de 1064 plantas, em 787 casos o talo era alto, e em 277, baixo. Daí uma relação mútua de 2,84 para 1... Se os resultados acumulados de todos os experimentos forem considerados, então se encontra, como no caso de outras formas com caracteres dominantes e recessivos, uma relação média de 2,98 para 1 ou de 3 para 1.

Agora parece claro que os híbridos formam sementes portadoras de um ou de outro dos dois caracteres diferenciadores, e, dessas, a metade irá novamente desenvolver a forma híbrida, enquanto a outra metade gera plantas que permanecem constantes e recebem os caracteres dominantes ou recessivos [respectivamente] em números iguais.

Mendel publicou seus resultados em 1866 na *Revista da Sociedade de História Natural de Brno* e recebeu instantâneo esquecimento. Ninguém se importou. Ninguém entendeu seu trabalho. Mesmo tendo escrito a uma figura eminente, e um tanto pomposa nesse campo, como a de Karl Nägeli, notamos que este permaneceu sem saber do que Mendel estava falando. Evidentemente, se Mendel tivesse sido um cientista profissional, teria forçado a divulgação de seus resultados, pelo menos publicando-os em revistas francesas ou britânicas, lidas por botânicos e biólogos. Na realidade, ele tentou atingir os cientistas do exterior enviando cópias de seu trabalho, mas esse era um meio ineficiente em se tratando de um desconhecido, publicando em uma revista desconhecida. Entretanto, neste momento acontece uma coisa inesperada na vida de Mendel: é eleito abade de seu mosteiro.

191
O processo da fertilização segue seu próprio curso.
Microfotografia eletrônica de polem de ervilha-de-cheiro.

A Escalada do Homem

192
A planta desenvolve vagens que ainda não revelam seus caracteres.
Óvulos de ervilha no interior de vagens.

E, pelo resto de seus dias, levou a cabo suas obrigações com um zelo impecável, raiando no perfeccionismo neurótico.

Em sua carta a Nägeli expressou o desejo de passar a realizar experimentos de cruzamento em animais. Mas o único tipo de animal que tinha à disposição eram abelhas — Mendel sempre acalentou a esperança de poder estender seus estudos ao reino animal. Assim, sendo Mendel, ele era possuidor de uma esplêndida mistura de fortuna intelectual e má sorte na prática. Suas abelhas híbridas deram excelente mel; mas, por outro lado, eram tão ferozes que ferroaram todo mundo numa área de vários quilômetros e tiveram de ser destruídas.

Mendel parece ter sido muito mais zeloso na defesa de seu mosteiro contra impostos oficiais do que em sua liderança religiosa. Além disso, há indícios dele ter sido considerado personagem suspeita pela Polícia Secreta do Imperador. Na cabeça do abade havia grande peso de idéias pessoais.

O enigma da personalidade de Mendel é puramente intelectual. Ninguém poderia ter concebido aqueles experimentos, a não ser que os resultados esperados estivessem claramente delineados em sua mente. Uma tal afirmação pode parecer estranha, mas darei provas concretas em seu favor.

Em primeiro lugar, um ponto prático. Mendel selecionou entre as ervilhas sete diferenças a serem testadas, tais como talo alto *versus* talo baixo, e assim por diante. As ervilhas possuem, na realidade, sete pares de cromossomos, de maneira que nelas é possível testar sete diferentes tipos de caracteres transmitidos por genes localizados em sete diferentes cromossomos, mas acontece ser esse o número máximo de caracteres que poderia ter sido selecionado. Não se poderia testar oito diferentes caracteres sem que dois genes estivessem localizados em um mesmo cromossomo, e, portanto, ligados, pelo menos parcialmente. Ninguém ainda havia pensado em genes ou em ligá-los. Ninguém havia mesmo pensado em cromossomos, ao tempo em que Mendel realizava seus experimentos.

Convenhamos que alguém possa ser destinado por Deus ao cargo de abade de um mosteiro, mas ninguém pode ter *aquela* sorte. Mendel deve ter realizado muitas observações e alguns experimentos antes de planejar o trabalho formal, talvez com a intenção de intrigar e convencer a si próprio de que as sete qualidades ou caracteres eram tudo aquilo que poderia ser levado em

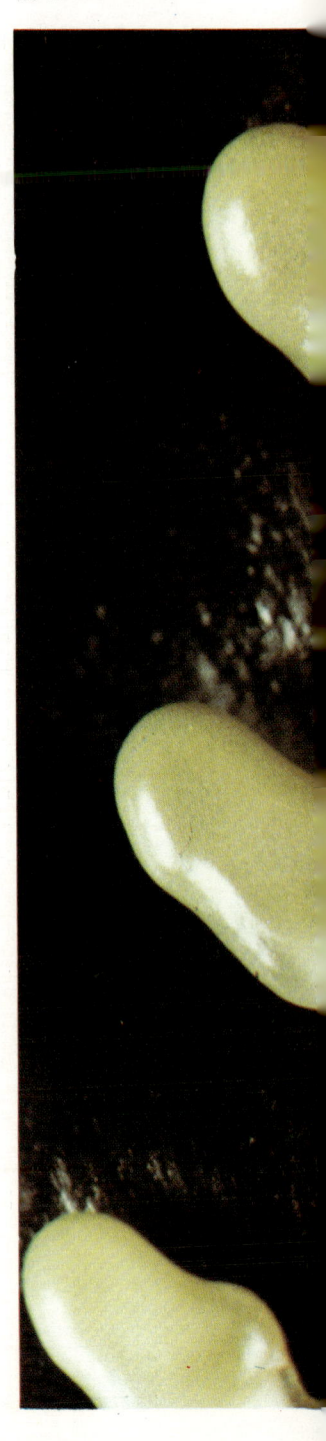

Geração Após Geração

conta. Nisso somos capazes de, em um relance, identificar um *iceberg* de mente oculto na silenciosa face de Mendel, do qual se apresentou flutuando e exposto à visão apenas a publicação, o feito. Cada página do manuscrito o revela — o simbolismo algébrico, os cálculos estatísticos, a clareza da exposição; tudo é genética moderna, essencialmente como se tivesse sido escrito hoje, mas realizado há cem anos, por um desconhecido.

Um desconhecido que havia tido uma inspiração fundamental: os caracteres se separam segundo uma lei de tudo-ou-nada. Mendel o concebeu em uma época na qual se considerava axiomático entre os biólogos a fusão de características dos pais na manifestação dessas mesmas características na prole. É praticamente impossível supor a eventualidade de nunca ter aparecido um caráter recessivo, apenas podemos especular que os criadores simplesmente não os viam por estarem convencidos de que a hereditariedade se transmitia por promediação.

Afinal, onde foi Mendel buscar o modelo do tipo tudo-ou-nada para a hereditariedade? Eu penso saber, mas, evidentemente, não tenho meios de olhar dentro da cabeça dele. Entretanto, o modelo existe (e existiu desde tempos imemoriais) e é tão óbvio que talvez nenhum cientista lhe desse atenção: mas, uma criança ou um monge, sim. O modelo é o sexo. Animais têm copulado por milhões de anos, e, no entanto, machos e fêmeas da mesma espécie jamais produziram monstros sexuais, ou hermafroditas: eles produzem ou macho, ou fêmea. Homens e mulheres têm ido para a cama desde há cerca de um milhão de anos, pelo menos; e eles produzem — o quê? Ou homens, ou mulheres. Um tal modelo tão simples e poderoso de transmitir características de uma forma tudo-ou-nada deve ter chamado a atenção de Mendel, de maneira que os experimentos e os raciocínios se lhe apresentaram como um todo coerente, perfeitos já em suas gêneses.

Penso que os monges sabiam disso. Penso também que eles não gostavam do trabalho de Mendel; e o bispo que apresentou reservas aos experimentos de hibridação certamente não os aprovava. A eles não agradava o interesse de Mendel pela Nova Biologia, de maneira nenhuma — por Darwin, por exemplo, lido e apreciado por Mendel. Por outro lado, os revolucionários tchecos e seus amigos, que sempre encontravam a proteção do abade em seu mosteiro, o admiravam incondicionalmente. Morreu aos sessenta e dois anos, em 1884. No seu funeral o grande compositor tcheco Leoš Janáček tocou órgão em sua homenagem; mas o novo abade eleito pelos monges queimou todos os escritos de Mendel que permaneceram no mosteiro.

O grande experimento de Mendel ficou esquecido por mais de trinta anos, até ser descoberto (por vários cientistas independentemente) em 1900. Portanto, suas descobertas pertencem, em efeito, a este século, quando, de repente, o estudo da genética germinou a partir deles.

Comecemos pelo começo. A vida neste planeta vem se desenrolando por três bilhões de anos ou mais. Em dois terços desse tempo os organismos se reproduziram por divisão celular. A divisão produz, via de regra, proles idênticas, novas formas aparecendo muito raramente, através de mutações. Portanto, no geral, a evolução caminhou muito lentamente. Os primeiros organismos a apresentarem reprodução sexual foram, parece provável, as algas verdes. Isso se deu há menos de um bilhão de anos. A reprodução sexual aparece primeiro em vegetais e depois em animais. Desde então o seu sucesso a tornou uma norma biológica, de tal forma que, por exemplo, definimos duas espécies como sendo diferentes quando seus representantes não se cruzam.

O sexo produz diversidade, e a diversidade é a mola propulsora da evolução. A aceleração da evolução é responsável pela existência atual de uma estonteante variedade de formas, cores, e comportamentos das espécies. As diferenças individuais entre membros de uma mesma espécie também devem a ela ser imputadas. Tudo isso se manifestou devido à emergência de dois sexos. Assim, podemos ver, na generalização da sexualidade por todo o mundo biológico, uma prova de que as espécies se adaptam a um novo ambiente através da seleção. Se as mudanças resultantes da adaptação ao ambiente por parte de um indivíduo de uma espécie pudessem ser transmitidas hereditariamente, o sexo não seria, simplesmente, necessário. No final do século XVIII Lamarck havia proposto esse modo ingênuo, por assim dizer, e solitário de herança; mas, se ele existisse, a divisão celular seria um veículo muito mais apropriado.

Dois representa o número mágico. Essa é a razão pela qual a seleção sexual e o namoro são altamente desenvolvidos em diferentes espécies, chegando à forma nada menos do que espetacular da do pavão. E também nos esclarece a razão por que o comportamento sexual se ajusta tão precisamente ao ambiente do animal. Se o *grunion* tivesse se adaptado sem o concurso da seleção natural, por que iria ele se dar ao trabalho de dançar nas

193
A aceleração na evolução é agora responsável por uma tremenda variedade na forma, na coloração e no comportamento das espécies. Tudo isso foi possível graças à emergência de dois sexos.
Corte entre elefantes e cormorantes terrestres.

praias da Califórnia a fim de sincronizar a incubação com as fases da Lua? Para esse e para todos os outros truques da adaptação, o sexo seria dispensável. O sexo, por si só, representa uma maneira de selecionar naturalmente o mais adaptado. Os cervos machos não brigam para matar, mas apenas para estabelecer seus direitos na escolha das fêmeas.

A multiplicidade de formas, cores e comportamentos nos indivíduos e nas espécies é produzido pela combinação de genes, da maneira proposta por Mendel. De um ponto de vista puramente mecânico os genes estão incrustados ao longo dos cromossomos, os quais só são visíveis durante a divisão celular. Entretanto, a questão importante a se estudar não é a da maneira pela qual os genes estão arranjados; a questão moderna é: como eles agem? Os genes são compostos por ácidos nucléicos, e *aí* é onde se vai encontrar a ação.

A maneira pela qual a mensagem da hereditariedade é passada de uma geração para outra foi descoberta em 1953, e se constitui na obra de aventura científica do século XX. Acredito que a trama se iniciou no outono de 1951, quando um jovem de uns vinte e poucos anos, James Watson, chega a Cambridge e se associa a um homem de trinta e cinco anos, Francis Crick, no trabalho de decifrarem a estrutura do ácido desoxiribonucléico, abreviadamente ADN. Nos anos precedentes tinha sido demonstrado que o ADN, isto é, o ácido encontrado na parte central das células, carregava as mensagens químicas da hereditariedade, de uma geração para outra. Os pesquisadores de Cambridge, e outros tão distantes como os da Califórnia, estavam face a face com duas questões. Qual é a composição química? E qual é a arquitetura?

A pergunta "qual é a composição química?" significa "quais são as partes componentes do ADN, e de que maneira elas se agrupam gerando as diferentes variedades de moléculas desse ácido?". Mas isso já era muito bem conhecido. Estava claro que o ADN era composto de açúcares, fosfatos (havia certeza destes estarem presentes por razões estruturais) e quatro pequenas moléculas específicas ou bases. Duas destas são moléculas muito pequenas, a timina e a citosina, nas quais átomos de Carbono, de Nitrogênio, de Oxigênio e de Hidrogênio estão arranjados em uma estrutura hexagonal. As outras duas são moléculas bem maiores, a guanina e a adenina, em cada uma das quais átomos daqueles mesmos elementos estão arranjados em estruturas hexa-

194
Os genes se alinham ao longo dos cromossomos, que se tornam visíveis quando a célula está se dividindo. *Cromossomos gigantes de células da casca de cebola.*

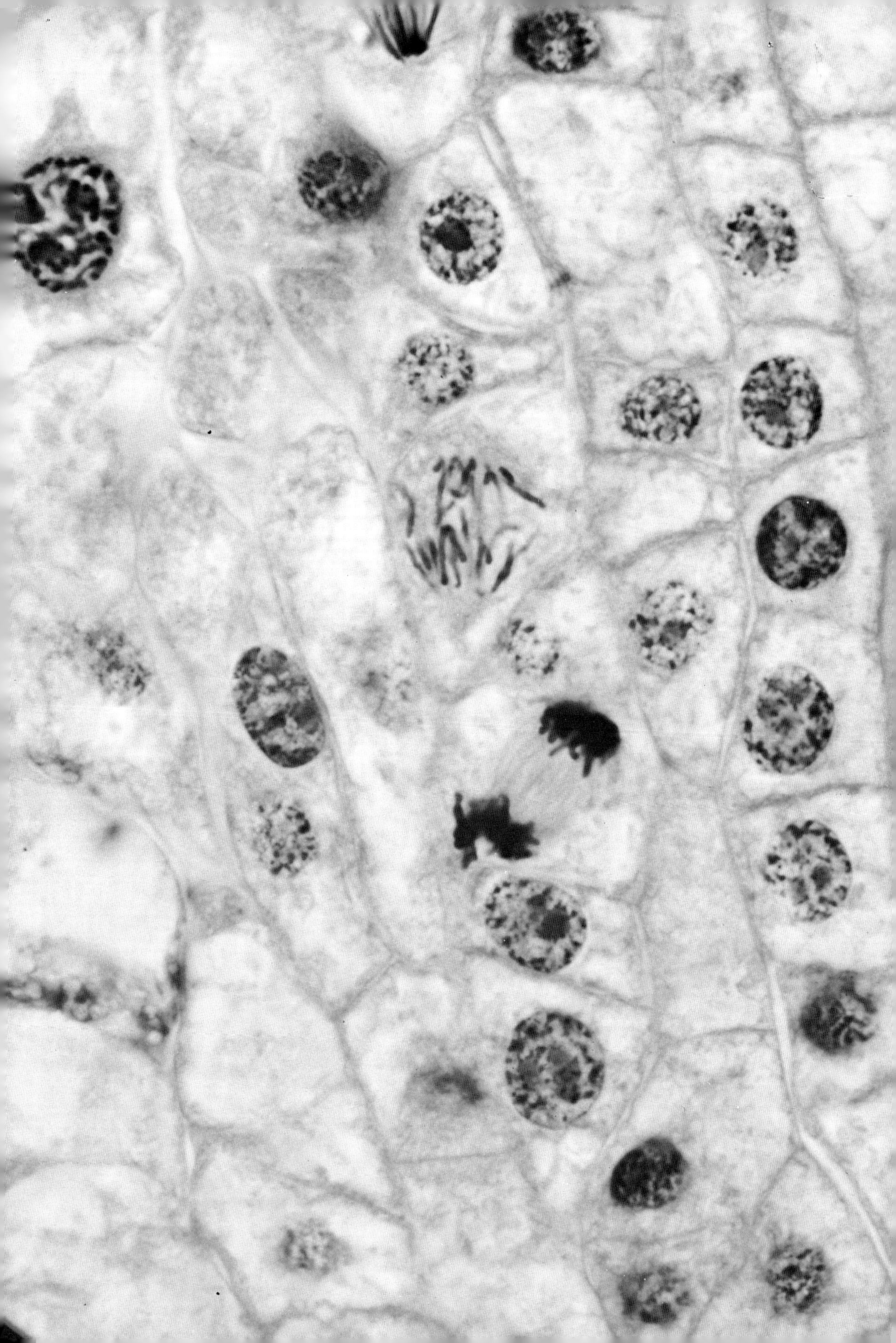

gonais e pentagonais ligadas entre si. Em notações de trabalhos estruturais é comum representar-se qualquer uma das bases pequenas por um simples hexágono, e as maiores por uma figura ampliada, chamando, dessa maneira, a atenção para as suas formas, muito mais do que para os átomos dos elementos componentes.

E a arquitetura? Com esta pergunta se queria saber de que forma as bases se dispunham no ADN, de modo a tornar possível a expressão das diferentes mensagens genéticas. Isso porque, da mesma forma que um prédio não é simplesmente um amontoado de tijolos, o ADN não devia ser um simples amontoado de bases. O que, então, lhe conferia sua estrutura e, portanto, sua função? Por essa época já se sabia que o ADN era formado por uma molécula de cadeia longa, linear, mas um tanto quanto rígida — uma espécie de cristal orgânico —, além de haver indícios de apresentar-se como que em hélice (ou espiral). Mas, quantas hélices em paralelo? Uma, duas, três, quatro? As opiniões estavam divididas em dois campos principais: o da hélice dupla e o da hélice tríplice. Então, em 1952, Linus Pauling, o grande gênio da química estrutural, propõe, na Califórnia, um modelo de hélice tríplice. Ao esqueleto de açúcares e fosfatos se agregavam as bases em todas as direções. O artigo de Pauling chegou a Cambridge em fevereiro de 1953, e logo de início Crick e Watson perceberam que algo estava errado nele.

Pode ter sido um mero desabafo ou pode ter havido um toque de perversidade maliciosa na decisão abrupta de Jim Watson em favor da hélice dupla. Depois de uma visita a Londres,

ao tempo em que eu retornara à Universidade e pulara o portão dos fundos, já havia decidido construir modelos de cadeias duplas. Francis tinha de aceder. Mesmo sendo físico, sabia que objetos biologicamente importantes sempre aparecem aos pares.

Mais importante ainda, ele e Crick começaram a procurar por uma estrutura cujo esqueleto se organizasse exteriormente: uma espécie de escada em espiral, com os açúcares e os fosfatos formando os corrimãos. A experimentação se desenrolava com grande dificuldade; usaram-se formas especialmente montadas a fim de testar como as bases se ajustavam aos degraus do modelo. E eis que, após um enorme erro, o modelo mostrou-se auto-evidente.

Olhei e me certifiquei não se tratar de Francis; então, continuei a trocar as posições das bases em várias outras possibilidades de emparelhamento. De repente, percebi que um par de adenina-timina, unidas entre si por duas pontes de Hidrogênio, era idêntico à forma do par guanina-citosina.

Claro: em cada degrau devia estar presente uma base pequena e uma base grande. Entretanto, não servia qualquer base grande. A timina tinha de ser emparelhada com a adenina; mas, em se tendo citosina, o seu par tinha de ser a guanina. As bases se organizam aos pares, nos quais a presença de uma determina a da outra.

Portanto, o modelo da molécula de ADN é representado por uma escada em espiral. Uma espiral ascendendo no sentido anti-horário, na qual as espiras são do mesmo tamanho, guardam a mesma distância entre si e giram mantendo as mesmas relações — trinta e seis graus entre as espiras sucessivas. Se tivermos uma citosina na extremidade de uma espira, então vamos encontrar uma guanina na outra; o mesmo acontecendo para o outro par de bases. Essa organização implica o fato de que cada metade da espiral é portadora da mensagem completa, a outra sendo, de uma certa maneira, redundante.

Construamos a molécula com a ajuda de um computador. Esquematicamente é um par de bases; as linhas pontilhadas nas extremidades representam as pontes de Hidrogênio que mantêm as duas bases unidas. Começaremos a partir da posição terminal e prosseguiremos a partir daí. Agora a arquivaremos na parte inferior da figura da esquerda do computador, onde iremos construir a molécula completa do ADN, literalmente, degrau por degrau.

Eis um segundo par; pode ser tanto do mesmo tipo do primeiro, como do tipo oposto; e estar à face de qualquer um deles. Vamos colocá-lo sobre o primeiro par e impor-lhe um giro de trinta e seis graus. Vamos repetir as mesmas operações com um terceiro par, e assim por diante.

Essas espiras representam um código que irá dizer às células, etapa por etapa, que proteínas necessárias à vida elas terão de fabricar. O gene se forma diante de nossos olhos, e os corrimãos de açúcares e fosfatos, de cada lado, mantém rígida a escada em espiral. A molécula em espiral do ADN é um gene, um gene em ação, e as espiras são os degraus através dos quais ele exerce sua função.

No dia 2 de abril de 1953 James Watson e Francis Crick submeteram ao *Nature* o artigo no qual se encontra descrita essa estrutura do ADN, um trabalho do qual se haviam ocupado por apenas dezoito meses. Mas vejamos as palavras de Jacques

195
O ADN é uma espiral que se enrola à direita, na qual cada espira é do mesmo tamanho e guarda um ângulo invariável de 36 graus em relação às outras.
Gráfico gerado em computador da seqüência das unidades componentes da hélice dupla do ADN.

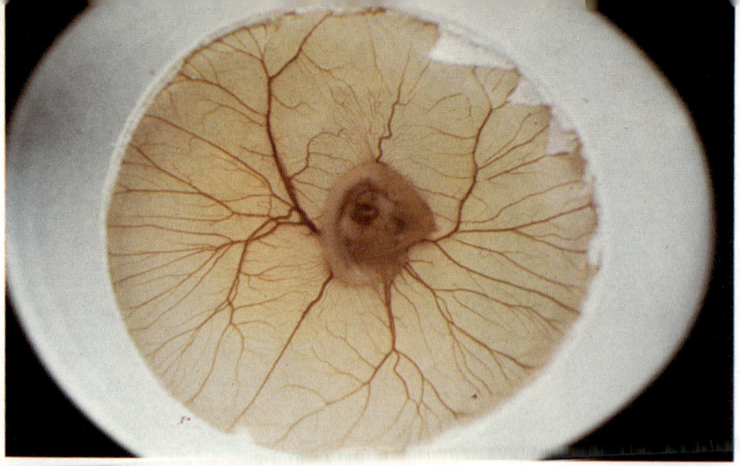

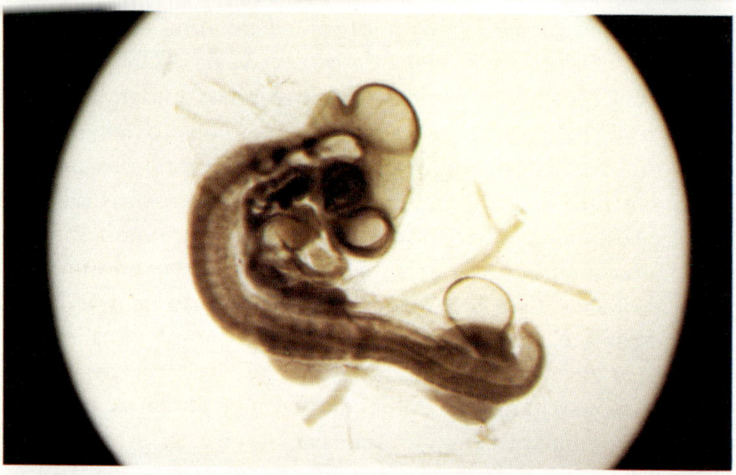

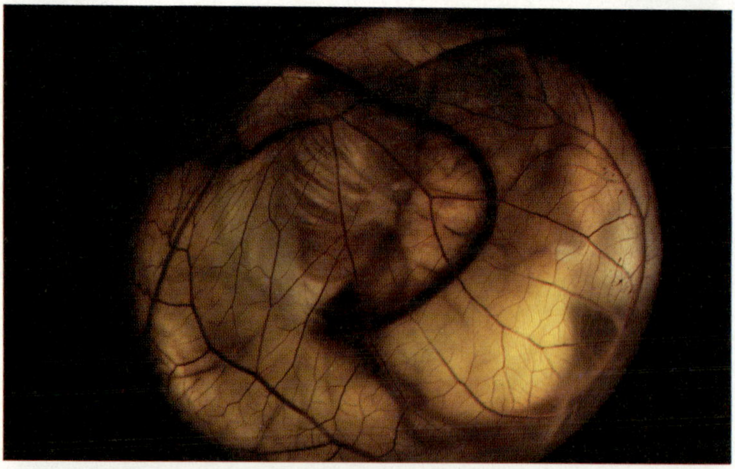

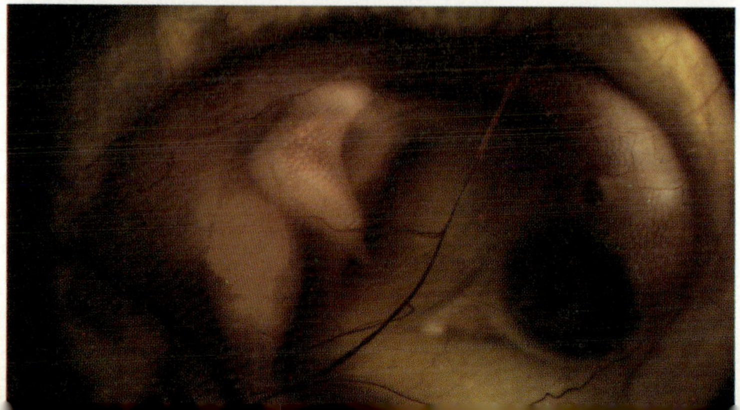

196
O ADN em ação.
Estágios do desenvolvimento de um embrião dentro de um ovo. A ilustração do topo mostra um estágio precoce, a seguinte um embrião de quatro dias e as outras duas estágios subseqüentes.

Monod, do Instituto Pasteur de Paris e do Instituto Salk na Califórnia:

O invariante biológico fundamental é o ADN. Essa é a razão pela qual a definição de gene dada por Mendel como sendo o portador invariável dos traços hereditários, sua identificação química por Avery (e confirmada por Hershey) e a elucidação por Watson e Crick da base replicativa invariável de sua estrutura, representam, sem a menor dúvida, as descobertas mais importantes da biologia. Evidentemente temos de acrescentar a essas a teoria da seleção natural, mas sem nos esquecermos de que a validação, bem como a significação real desta última foram estabelecidas por aquelas descobertas posteriores a ela.

O modelo do ADN leva naturalmente ao processo de replicação que, mesmo antes do aparecimento do sexo, era fundamental à vida. Quando uma célula se divide, as duas espirais se separam. Cada base determina a posição da outra no par ao qual ela pertence. Este representa o ponto de redundância na hélice dupla: cada metade encerra toda a mensagem de instruções, e, na divisão celular, o mesmo gene é reproduzido. Aqui, o número mágico dois revela a maneira através da qual uma célula transmite sua identidade genética ao se dividir.

A espiral do ADN não é um monumento. Ela é uma instrução, um móbile vivente a dizer às células como devem levar a cabo o processo da vida, etapa por etapa. A vida segue um calendário, e as espiras da espiral do ADN codificam e sinalizam a seqüência na qual os eventos devem acontecer. A maquinaria da célula lê as espiras seguindo uma ordem, uma após outra. Uma seqüência de três espiras age como sinal para que a célula fabrique um ácido aminado. Como os ácidos aminados são sintetizados em uma ordem determinada, eles se alinham e se unem formando proteínas dentro das células. E as proteínas são os agentes e as unidades de construção da vida no interior da célula.

Cada uma das células do corpo é portadora de todo o potencial para gerar o animal inteiro, com exceção do espermatozóide e do óvulo. O espermatozóide e o óvulo são incompletos, e, essencialmente, representam células pela metade: são portadores de metade do número total de genes. Quando o óvulo é fertilizado pelo espermatozóide, os genes de cada um deles se juntam em pares, da maneira prevista por Mendel, e a totalidade das informações é novamente recuperada. Assim, o óvulo fertilizado também é uma célula completa, e, portanto, um modelo para qualquer célula do corpo, uma vez que toda célula se deriva dele por divisão, sendo idênticos os seus materiais genéticos. À semelhança do embrião de galinha, o animal possui a herança do óvulo fertilizado por toda a sua vida.

À medida que o embrião se desenvolve, as células se diferenciam. Ao longo da fissura primária aparecem os primórdios do sistema nervoso. Acúmulos celulares de ambos os lados irão formar o esqueleto. As células se especializam: células nervosas, células musculares, tecido conectivo (os ligamentos e os tendões), células sangüíneas, células vasculares. As células se especializam por terem aceito as instruções contidas no ADN, no sentido de sintetizarem as proteínas adequadas ao funcionamento daquele tipo de célula e de nenhuma outra. Tais fenômenos representam o ADN em ação.

O recém-nascido já é um indivíduo a partir do nascimento. O acoplamento dos genes dos pais constitui a fonte da diversidade. A criança herda dons tanto do pai como da mãe, e o acaso combinou esses dons em arranjos novos e originais. Mas a criança não é uma prisioneira de sua herança; ela mantém sua herança genética na forma de uma nova criação que se manifestará por influência de ações futuras.

A criança é um indivíduo. A abelha não o é, porque o zangão é uma unidade de uma série de cópias idênticas. Em uma colméia, a rainha é a única abelha fêmea fértil. Quando, em pleno ar, ela se cruza com o zangão, os espermatozóides deste são mantidos por ela, guardados; enquanto o zangão morre. Ao liberar um espermatozóide juntamente com um de seus óvulos, a rainha vai dar origem a uma obreira — uma abelha fêmea. Se, por outro lado, liberar um óvulo desacompanhado de espermatozóide, vai se formar um zangão — uma abelha macho, em uma espécie de concepção-virgem. Nesse paraíso do totalitarismo, eternamente leal e imutável, a aventura da diversidade foi excluída; e é a diversidade a força que impele a evolução nos animais mais desenvolvidos e no homem.

Um mundo tão rígido quanto o das abelhas poderia ser criado entre animais superiores, mesmo entre homens, pelo processo da clonação: isto é, gerando uma colônia ou clone de animais idênticos a partir de células de um único progenitor. Comecemos com uma população heterogênea de um anfíbio, o axolotle. Suponhamos que nos tivéssemos decidido por um tipo, o axolotle manchado. Assim, tomamos alguns ovos de uma fêmea manchada e

197
Em toda colméia a rainha é a única fêmea fértil. *Abelha rainha circundada por suas filhas obreiras. Pusa Agricultural Research Institute, Índia.*

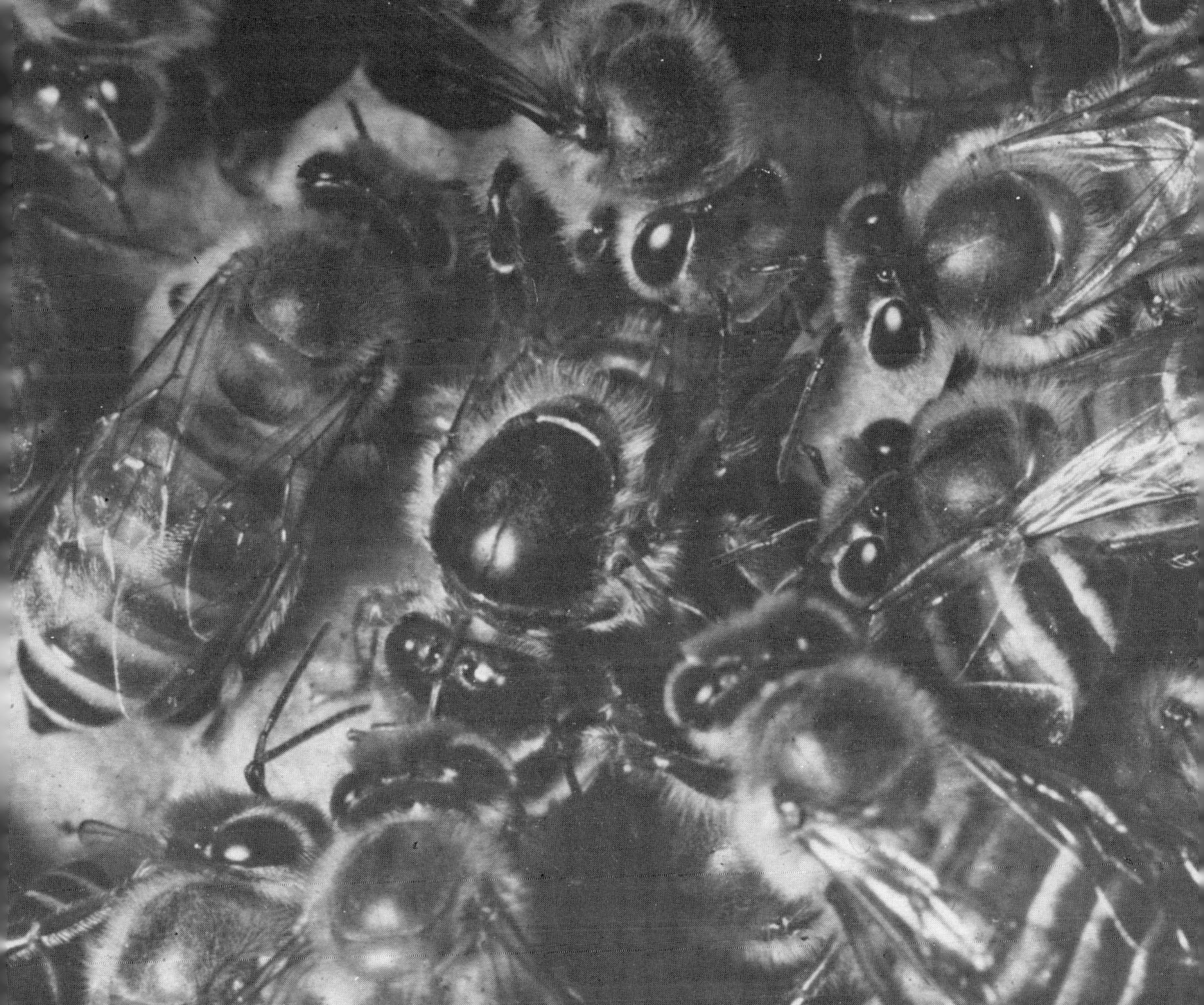

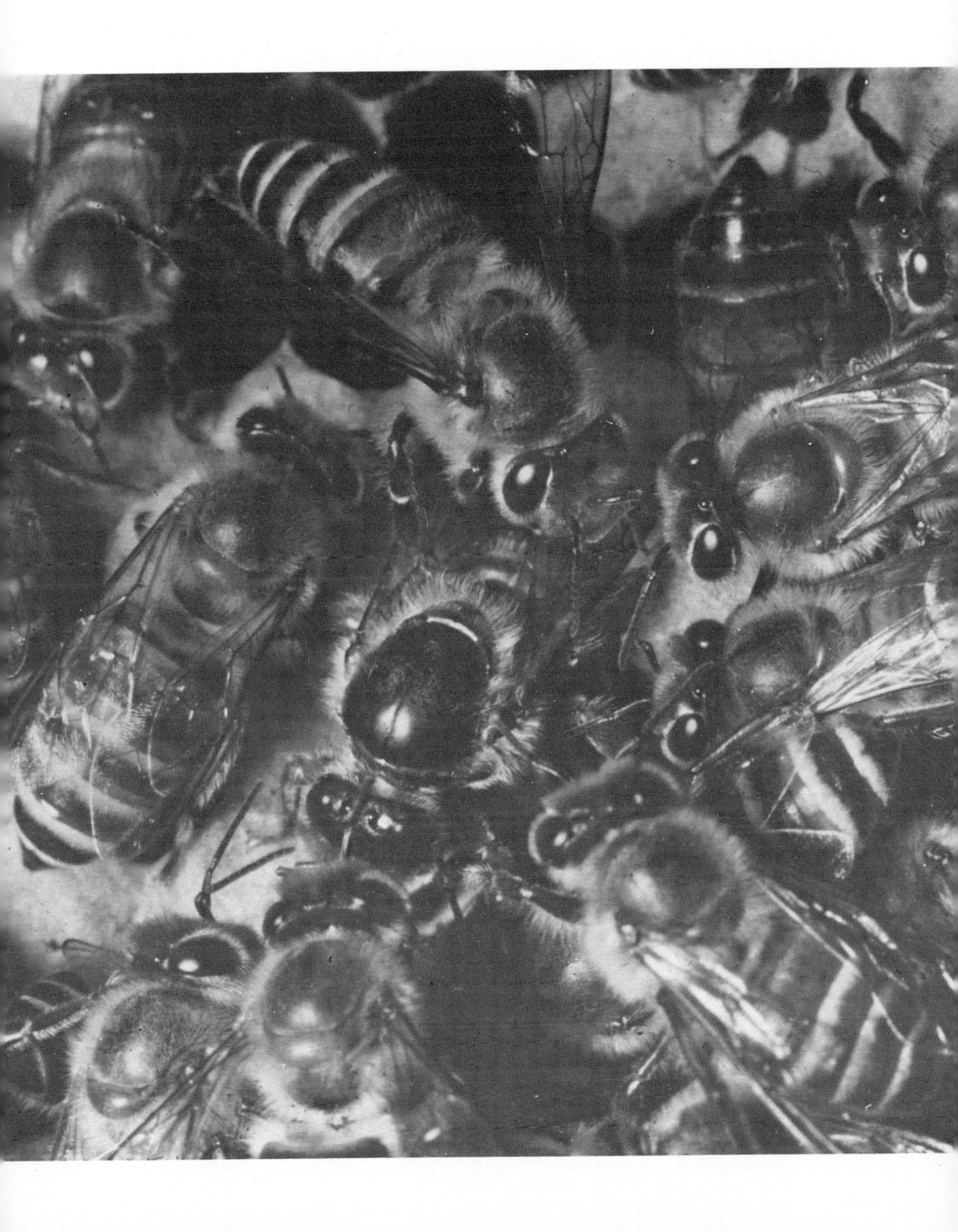

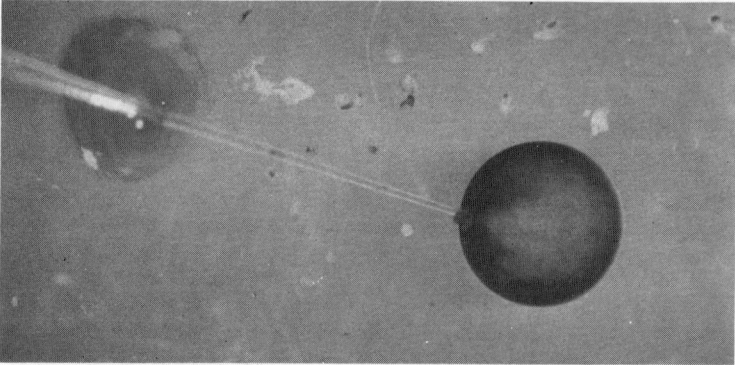

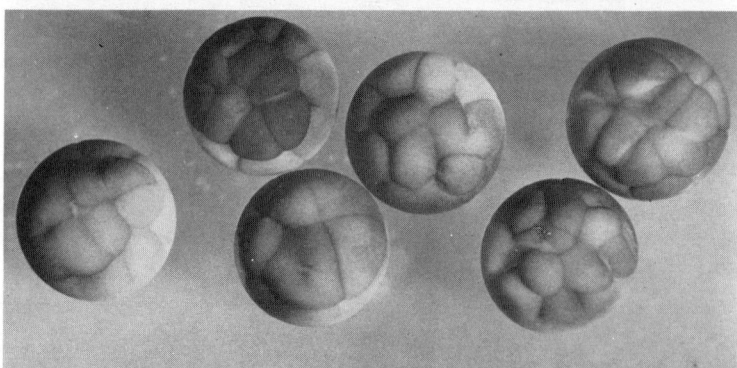

198
Um mundo regimentado, cada axolotle sendo uma cópia idêntica do outro, e cada um um parto de virgem. *A figura do topo à esquerda mostra um óvulo não-fertilizado sendo extraído de uma axolotle branca. A segunda figura mostra uma micropipeta introduzindo uma (de um número de células idênticas) célula de axolotle manchado em um óvulo, após a remoção de seu núcleo. A terceira figura mostra um clone de vários óvulos nos primeiros estágios de divisão, e a última figura mostra clones de axolotles de três meses de idade. A ilustração à direita é uma comparação diagramática de diferenças de populações clonadas e normais de axolotles. Os axolotles clonados são cópias idênticas de sua progenitora manchada. Um cruzamento manchado-branco produz progenia mista nas gerações seguintes.*

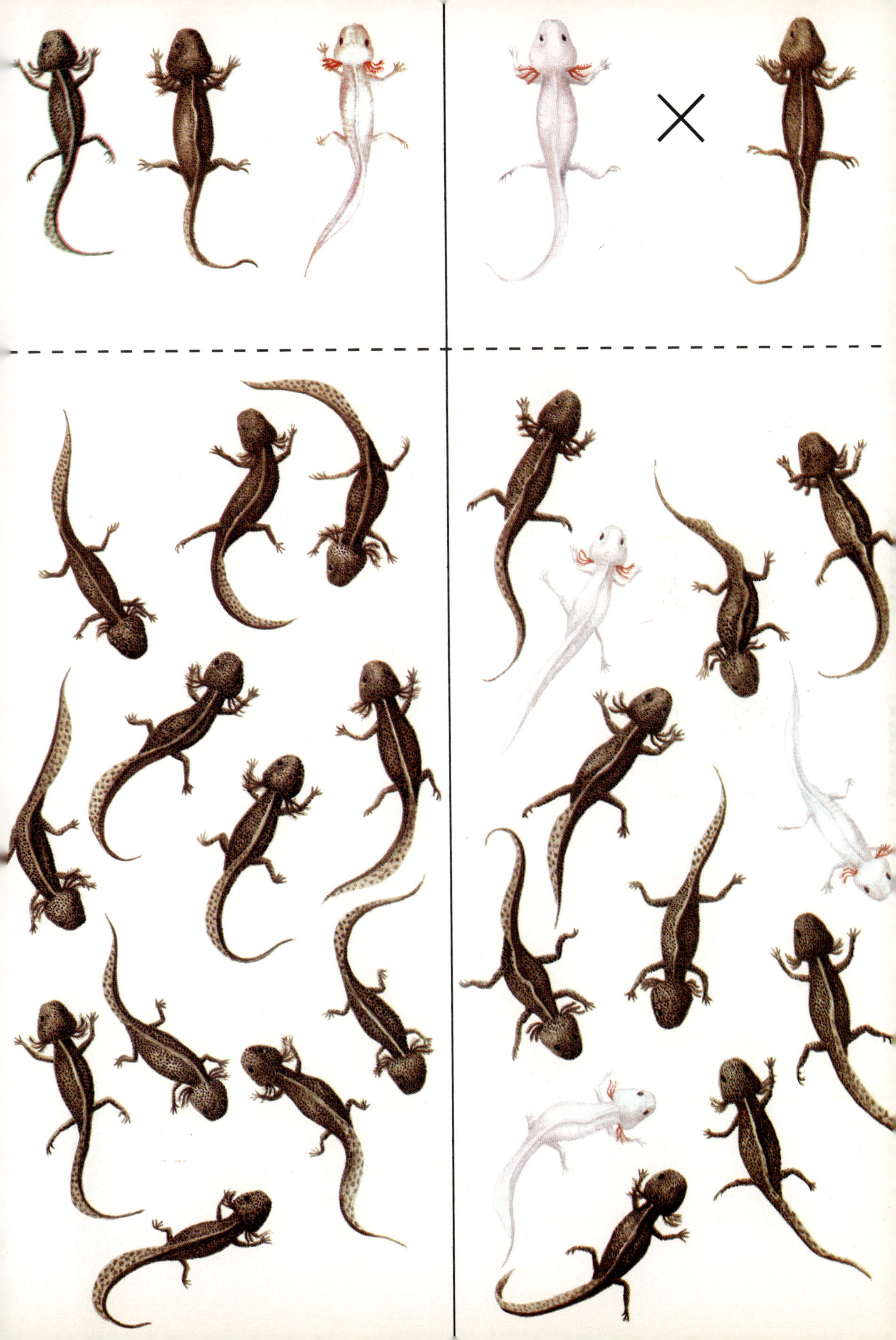

criamos um embrião destinado a ser manchado. Em seguida separamos algumas células que podem ser tiradas de qualquer porção do embrião, uma vez que, quaisquer que sejam, apresentarão o mesmo código genético, e cada célula é capaz de reproduzir um animal completo — nosso procedimento o provará.

Vamos criar animais idênticos, um a partir de cada célula. Necessitamos de uma matriz onde as células possam se multiplicar; qualquer axolotle servirá — poderá ser uma branca. Tomamos óvulos não-fertilizados da matriz e destruímos o núcleo de cada um; dentro deles introduzimos uma das células idênticas isoladas do doador manchado do clone. Os ovos agora darão origem a axolotles manchados.

O clone de ovos idênticos, conseguidos através desse procedimento, são deixados crescer todos ao mesmo tempo. Cada ovo se divide no mesmo momento — divide-se uma, duas vezes e continua a se dividir. Tudo isso é normal, exatamente igual ao que acontece com qualquer ovo. No estágio seguinte, a divisão de células individuais já não é mais visível. Cada ovo se transformou em uma espécie de bola de tênis e começa a se virar no avesso — ou, mais exatamente, a virar a parte de fora para dentro. Todos os ovos ainda estão sincronizados. Cada ovo se dobra sobre si mesmo a fim de formar um animal, sempre sincronizado: um mundo regimentado no qual as unidades obedecem identicamente a cada comando, em momentos idênticos, exceto (como podemos ver) um infeliz que foi excluído e vai ficando para trás. Finalmente temos um clone de axolotles individuais, cada um deles cópia idêntica do progenitor, e cada um deles um parto de virgem, como no caso do zangão.

Deveríamos nós fazer clones de seres humanos — cópias de uma linda mãe, talvez, ou de um pai inteligente? É claro que não. Minha opinião é de que a diversidade é o alento da vida, e jamais devemos abandoná-la em favor de qualquer outro expediente que atraia nossa comodidade — mesmo que seja nossa comodidade genética. A clonação representa a estabilidade de uma forma, e isso vai contra toda a corrente da criação — da criação humana acima de tudo. A evolução tem seus fundamentos na variedade e cria diversidade; e entre todos os animais o homem é o mais criativo porque é depositário e expressa o mais amplo cabedal da variedade. Qualquer tentativa de nos tornar uniformes biológica, emocional ou intelectualmente, é uma traição à tendência evolutiva que nos colocou em seu ápice.

199
Eva é clonada a partir de uma costela de Adão. *"A Criação da Mulher"*, por *Andrea Pisano*.

Contudo, há uma singularidade nos mitos da criação das culturas humanas, os quais parecem todos se referir a um clone ancestral. O sexo é estranhamente suprimido nas histórias antigas sobre as origens. Eva é clonada a partir de uma costela de Adão, e os partos de virgens são valorizados de preferência.

Felizmente não estamos reduzidos a cópias idênticas. Na espécie humana o sexo é altamente desenvolvido. A fêmea é receptiva a todo tempo, nunca deixa de ter seios, que tomam parte ativa na seleção sexual. A maçã de Eva, por assim dizer, fertiliza a humanidade; ou pelo menos a incita a essa preocupação imemorial.

Obviamente, o sexo representa uma característica muito especial para os seres humanos; inerente a ele existe uma característica particular. Mas, tomemos um critério simples, terra-a-terra, para

200
O sexo como instrumento biológico foi inventado pelas algas. *Células da alga verde Spirogyra no processo de fusão. Ancestrais dessa alga manifestaram a primeira evidência de células que se fundem a fim de produzir um óvulo fértil.*

201
O dimorfismo sexual é discreto na espécie humana. *O gorila macho adulto chega a pesar duas vezes mais do que sua companheira.*

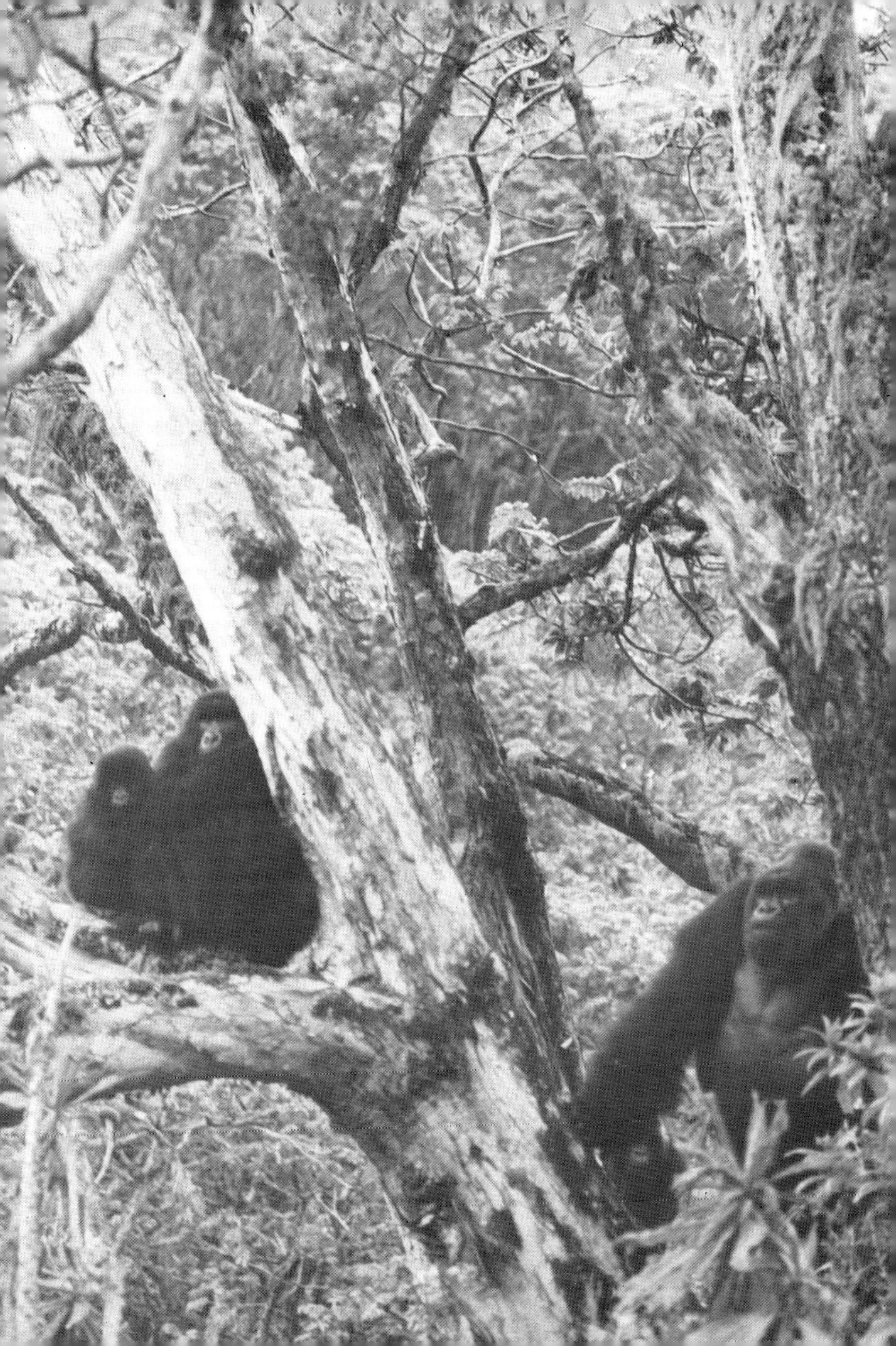

julgá-lo: somos a única espécie na qual a fêmea apresenta orgasmo, por mais estranho que isso possa parecer. Tal exceção indica que, de modo geral, há muito menos diferenças entre homem e mulher (no sentido biológico e no comportamento sexual) do que entre macho e fêmea nas outras espécies. Embora essa afirmação soe despropositada, para o gorila ou o chimpanzé, espécies também exibindo grandes diferenças entre macho e fêmea, ela seria óbvia. Em linguagem biológica, o dimorfismo sexual é pequeno na espécie humana.

Devíamos parar por aqui com nossas especulações biológicas. Entretanto, há um ponto na fronteira entre biologia e cultura que realmente sublinha a simetria do comportamento sexual; diria mesmo ser ele marcante. E é óbvio. Somos a única espécie a copular face a face, e isso é generalizado em todas as culturas. Em minha mente tal prática expressa a existência de uma igualdade geral que foi e continua sendo importante na evolução do homem. Eu a situaria ao tempo do *Australopithecus* e dos primeiros fabricantes de ferramentas.

Por que digo isso? Bem, concordo que algo mais tem de ser esclarecido. Temos de explicar a rapidez da evolução humana ao longo de um espaço de tempo de, digamos, no máximo cinco milhões de anos. Ela foi terrivelmente rápida. A seleção natural simplesmente não atua assim tão rapidamente nas outras espécies animais. Nós, hominídeos, devemos ter encontrado uma forma de seleção que nos é particular; e neste caso, a escolha óbvia seria a seleção sexual. Atualmente, já podemos dispor de indícios de que as mulheres se casam com homens que lhes são intelectualmente afins, e, é claro, o contrário também se dá. Esse tipo de preferência tendo-se iniciado há mais de um milhão de anos pode significar que a seleção de habilidades sempre foi importante para ambos os sexos.

Acredito mesmo que tão logo os precursores do homem se tornaram ágeis com suas mãos, e começaram a fabricar ferramentas, e inteligentes com seus cérebros, a ponto de poderem planejá-las, o ágil e o inteligente desfrutaram vantagens seletivas. Estes eram capazes de manter maior número de cônjuges e filhos em melhores condições de alimentação do que os outros. A dar crédito à minha hipótese, ela forneceria uma explicação para a rapidez da evolução humana; esta teria sido dominada por aqueles espécimes de dedos ágeis e pensamento rápido, os quais teriam sido responsáveis pela aceleração observada no caso da nossa

202
"Pois se o amor corre em mistérios na alma, o corpo ainda é sua fonte."
As mãos de Giovanni Arnolfini, comerciante de Lucca, e de sua noiva, Giovanna Cenami – filha de um comerciante estabelecido em Paris –, pintado em 1434 por Jan van Eyck.

Johannes de eyck fuit hic
1434

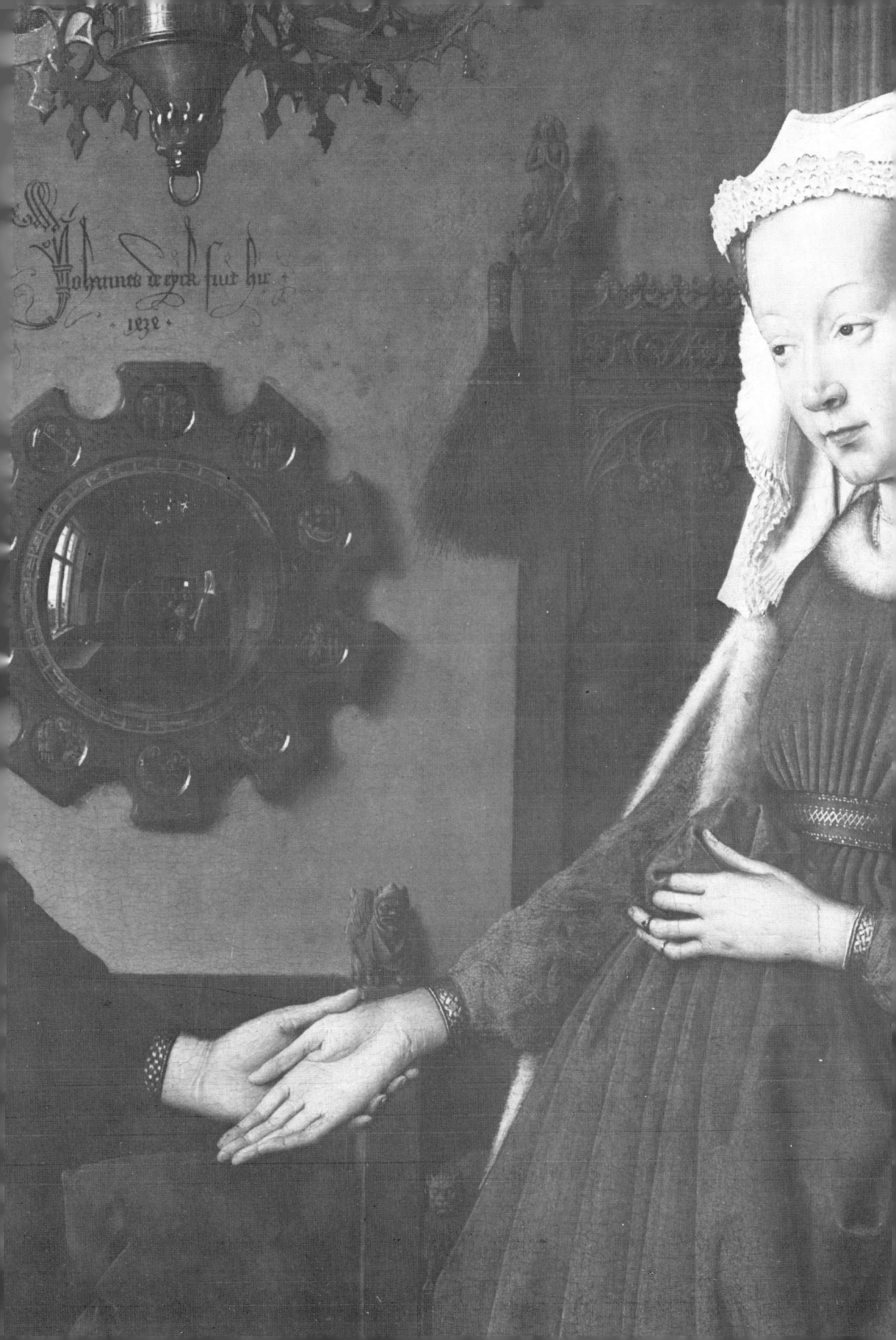

espécie. Um tal fator também mostra que, mesmo em sua evolução biológica, o homem foi sutilmente orientado por seu talento cultural, sua habilidade no fabrico de ferramentas e no planejamento comunitário. A meu ver, isso está expresso no cuidado dispensado por todas as culturas aos problemas relativos ao clã e à comunidade e, o que é próprio só das culturas humanas, aos arranjos, propiciando o que reveladoramente se costuma chamar de um bom par.

É claro que se esse tivesse sido o único fator influenciando nossa evolução teríamos de ser muito mais homogêneos do que somos na realidade. Então, ao que se deveria atribuir a manutenção da variedade entre os seres humanos? Esse ponto tem a ver com a cultura. Em todas as suas expressões há salvaguardas garantindo a preservação da variedade. A mais evidente de todas elas é representada pela proibição universal do incesto (para o cidadão comum – mas nem sempre aplicável às famílias reais). A proibição do incesto só faz sentido se ela foi designada a fim de evitar a dominação das fêmeas pelos machos idosos, como acontece (digamos) nos macacos antropóides.

Na preocupação com a escolha do par, tanto por parte do macho como da fêmea, eu identifico a continuação do eco da força evolutiva mais poderosa, através da qual evoluímos. Toda aquela ternura, a prorrogação da hora do casamento encontradiça em todas as culturas, são a expressão da importância que atribuímos ao descobrimento de qualidades ocultas no par. Traços universais que permeiam todas as culturas são raros e significativos. Nossa espécie é cultural; assim, acredito que a atenção sem paralelos por nós dedicada à escolha sexual nos ajudou a moldá-la.

A maior parte da literatura mundial, a maior parte da arte mundial, é devotada ao tema do homem encontrando a mulher, de crianças a adultos. Nossa tendência é a de tomar tal preocupação como um problema de atração sexual que não requer explicação. Para mim isso é um erro. Ao contrário, ela exprime o fato mais profundo de sermos incomumente zelosos na escolha, não de quem iremos levar para a cama, mas, sim, de com que geraremos nossa prole. O sexo foi inventado para servir na qualidade de um instrumento biológico pelas (digamos) algas verdes. Contudo, como instrumento usado na escalada do homem, e que é fundamental à sua evolução cultural, o sexo foi inventado pelo próprio homem.

203
Uma expressão da igualdade generalizada que tem sido importante na evolução do homem, e universal em todas as culturas. *"O Casamento"* de *Marc Chagall*.

Geração Após Geração

Amor espiritual e amor carnal são inseparáveis. Isso está dito em um poema de John Donne; ele o chamou *The Extasie (O Êxtase)*, e das oitenta linhas eu extraí oito.

> Assim, calados, permanecíamos
> Na mesma atitude, o dia todo.
>
> Mas, ai, por tanto tempo, nossos corpos,
> Por que retê-los assim tão distantes?
>
> Este Êxtase desfaz a ambigüidade
> (dissemos) e nos revela o que amamos.
>
> Os mistérios do amor crescem na alma
> Mas é o corpo o livro em que se traduzem.

James e Elizabeth Watson, três horas antes do casamento, na casa do autor em La Jolla, Califórnia, 1968.

Louis Pasteur ditando para sua esposa Marie, em uma casa de férias em Port Gisquet, em 1865.

Marie Curie e seu marido Pierre.

Albert Einstein chegando à Nova Iorque com sua segunda esposa Elsa, em 1935.

Ludwig Boltzmann com sua esposa Henrietta em 1875.

O jovem Niels Bohr e sua noiva Margrethe.

Max Born, sua esposa Hedwig e o filho do casal em férias em uma praia, 1925.

204
A preocupação com a escolha do cônjuge, tanto por parte do homem como da mulher, me parece ser a continuação do eco da poderosa força seletiva que nos fez evoluir.

John von Neumann e sua esposa Klara, 1954.

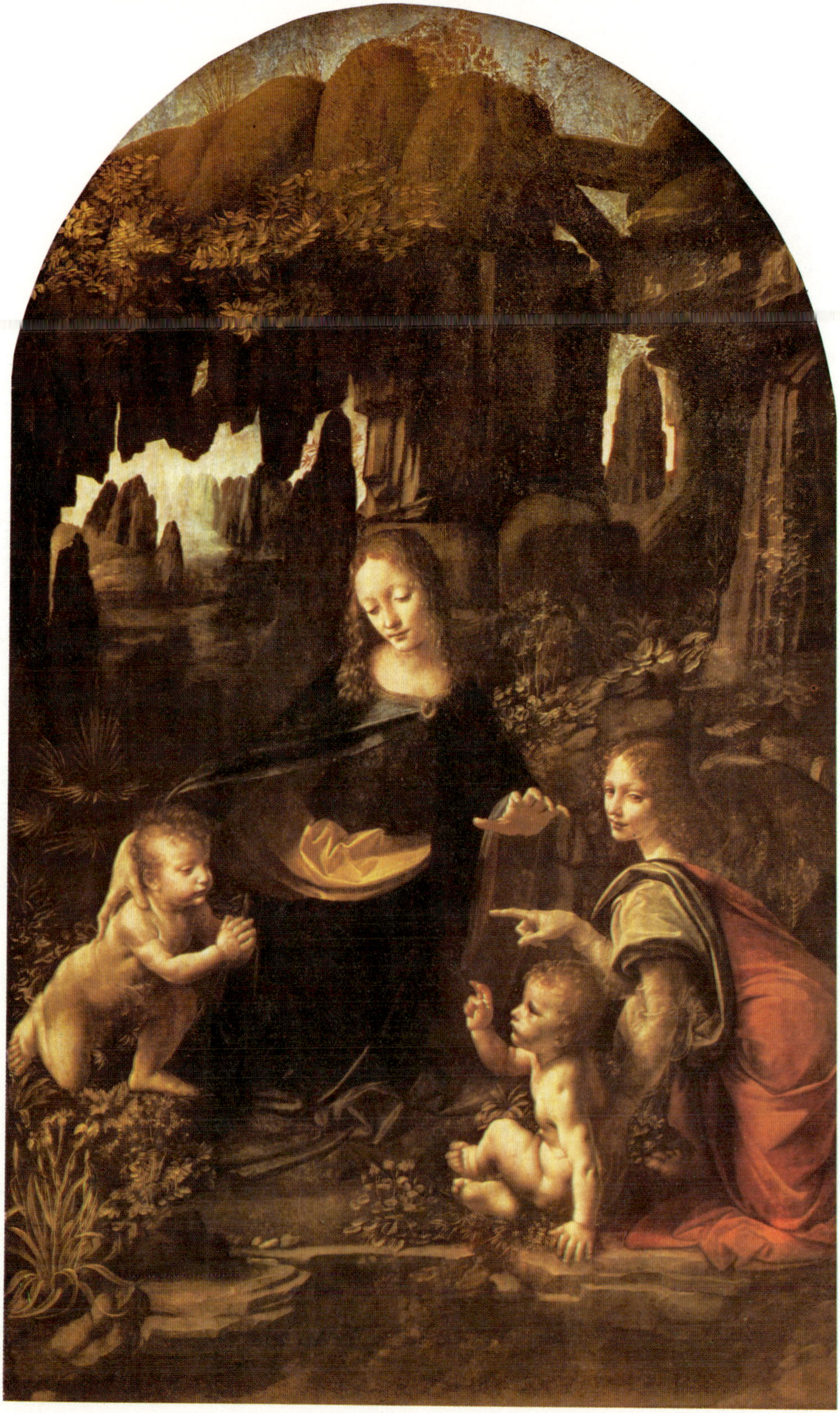

13 A LONGA INFÂNCIA

Inicio este meu último ensaio na Islândia pelo fato de ser a sede da mais antiga democracia do Norte da Europa. No anfiteatro natural de Thingvellir, que jamais recebeu qualquer tipo de construção, todo ano reunia-se o *Allthing* da Islândia (toda a comunidade dos nórdicos da Islândia), a fim de fazer e receber leis. Tal prática data de 900 d.C., antes da chegada do cristianismo, a um tempo em que a China ainda era um grande império, e a Europa o espólio das querelas entre principados e barões rapaces. Temos de concordar ter sido esse um começo extraordinário para a prática democrática.

Entretanto, há algo de mais extraordinário sobre este lugar brumoso e inclemente. Eu o escolhi porque o fazendeiro, seu antigo dono, foi condenado por ter morto não um outro fazendeiro, mas um escravo. E isso é importante, uma vez que sabemos que em culturas escravagistas a justiça raramente era tão imparcial. Contudo, a justiça está universalmente presente em todas as culturas. É como se ela fosse uma corda esticada sobre a qual o homem tem de andar equilibrando, de um lado, o desejo de satisfazer suas aspirações e, do outro, a obediência à sua responsabilidade social. Nenhum outro animal tem de enfrentar um tal dilema: um animal ou é social ou é solitário. Apenas o homem aspira a ser as duas coisas ao mesmo tempo, um solitário social. Para mim, essa é uma característica biológica *sui generis,* constituindo o tipo de problema que me envolve no estudo da especificidade humana, e o qual pretendo discutir.

Pensar na justiça como representando uma parte do equipamento biológico do homem pode ser chocante, de certa forma. No entanto, foi exatamente o pensamento que me levou da física à biologia, e, desde o início, me fez compreender que a vida do homem, seu lar, é o lugar adequado para se estudar sua singularidade biológica.

Tradicionalmente, é natural que a biologia seja abordada de uma maneira diferente: isto é, a semelhança entre o homem e os animais é que a domina. Há muito tempo, lá pelos idos de 200 d.C., Cláudio Galeno, o grande autor clássico da medicina, estudou, por exemplo, o antebraço do homem. E como o fez? Dissecando o antebraço de um macaco antropóide. Tal foi a abordagem

205
Acima de tudo, nossa civilização adora o símbolo da criança.
Da Vinci: "A Madona das Rochas". Louvre, Paris.

inicial, e necessária, usando-se indícios colhidos em animais muito antes da teoria da evolução tê-los justificado. Assim, mesmo nos dias de hoje, o maravilhoso trabalho de Konrad Lorenz sobre o comportamento animal nos induz, naturalmente, a buscar pontos comuns entre o pato, o tigre e o homem; ou, da mesma forma, os estudos de B. F. Skinner com o pombo e o rato. Todos eles nos dizem alguma coisa a respeito do homem, mas não podem nos dizer tudo. Não poderia ser de outra maneira, porque, se o homem não tivesse algumas qualidades que lhe fossem únicas, os patos estariam fazendo conferências sobre Lorenz e os ratos escrevendo trabalhos sobre Skinner.

Mas, não fiquemos atirando a esmo. O cavalo e o cavaleiro têm em comum muitas características anatômicas. Entretanto, é a criatura humana que monta o cavalo e não o contrário. E este é um exemplo muito apropriado, uma vez que o homem não foi criado para cavalgar. Não há nenhum circuito dentro de nosso cérebro que nos determine a montar um cavalo. Andar a cavalo é uma invenção comparativamente recente, data de há menos de cinco mil anos. No entanto, sua influência em nossa estrutura social foi imensa.

A plasticidade do comportamento humano tornou possível essa prática. Essa plasticidade é que nos caracteriza em nossas instituições sociais, é claro, mas, para mim, ela se encontra sobretudo nos livros, porque estes representam o produto total e permanente dos interesses da mente humana. Para mim eles se assemelham à memória de meus pais: Isaac Newton, o grande homem dominando a *Royal Society,* no início do século XVIII e William Blake, escrevendo *Songs of Innocence (Canções da Inocência)* no final do mesmo século. Eles representam dois aspectos de uma mesma mente, e ambos são o que os biólogos do comportamento costumam denominar "espécie-específica".

Como poderia eu expor esse problema de uma maneira mais simples? Escrevi um livro recentemente intitulado *The Identity of Man (A Identidade do Homem)*. Só vi a capa da edição inglesa depois de o livro impresso. No entanto, o artista apreendeu com exatidão o que estava em minha mente, ao compor a capa colocando um desenho do cérebro juntamente com a *Mona Lisa,* um sobre o outro. Em sua composição, mostrou o que o livro dizia. A singularidade do homem está no fato, não dele ser capaz de fazer ciência ou de realizar trabalhos artísticos, mas, sim, da ciência e da arte de serem expressões de sua maravilhosa plasticidade

206
Apenas o homem aspira ser as duas coisas ao mesmo tempo – um solitário social. *Os doze discípulos, de uma cruz de granito do século IX, em Moone, Couty Kildare, Eire.*

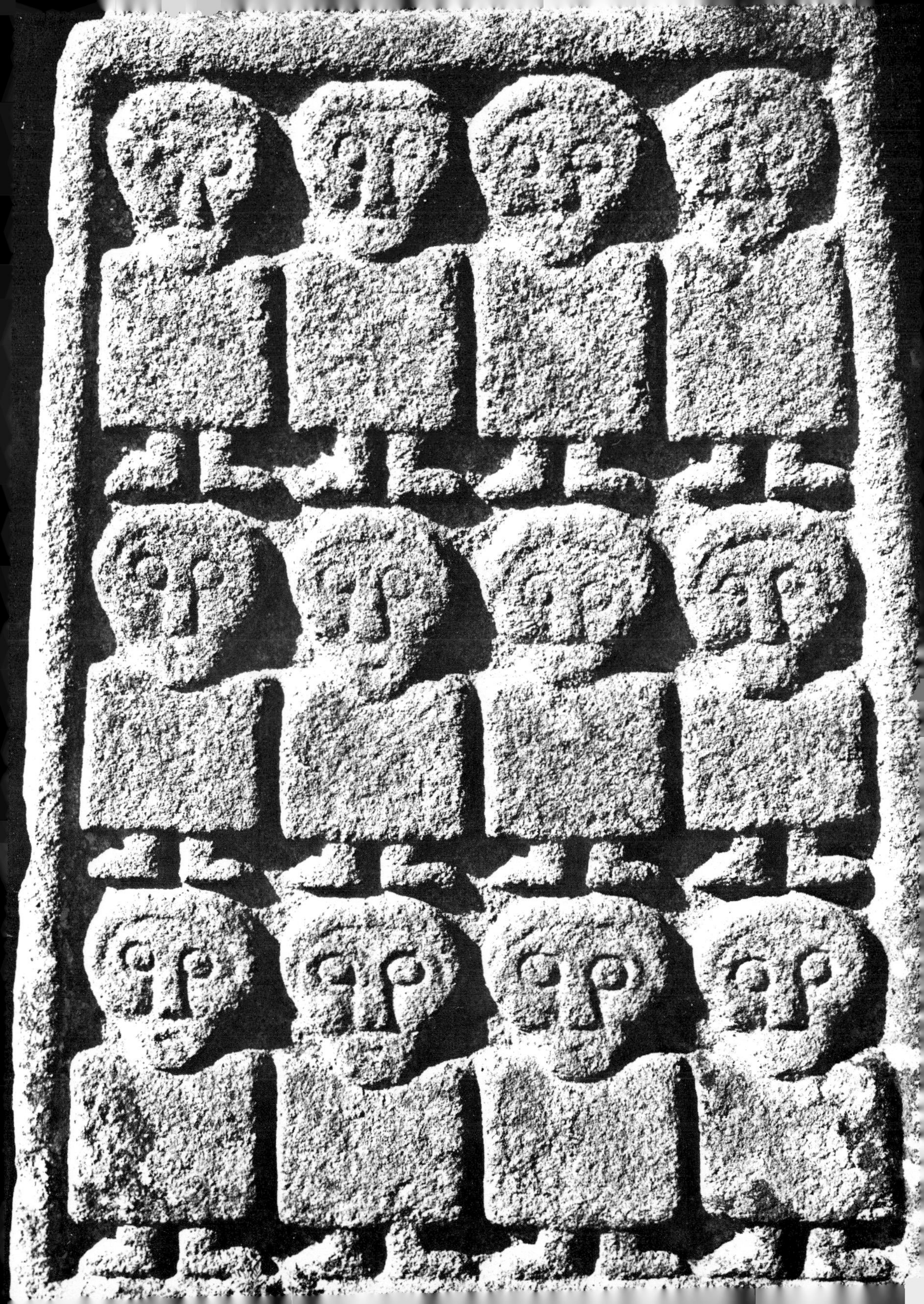

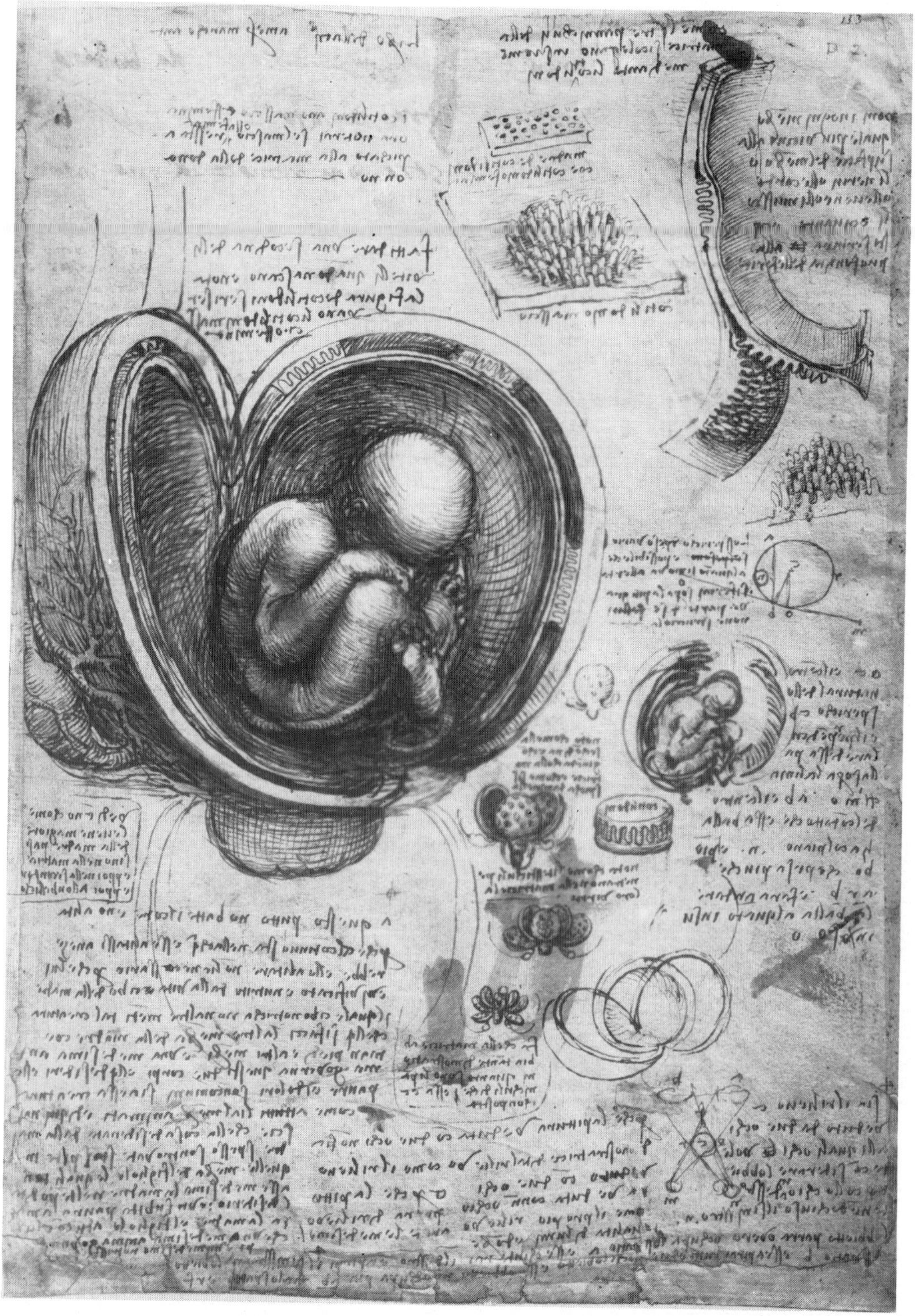

A Longa Infância

207
O cérebro e o recém-nascido se situam exatamente onde a plasticidade do comportamento humano principia. *Anotações anatômicas sobre o feto humano por Leonardo da Vinci.*

mental. Neste contexto a *Mona Lisa* representa um bom exemplo; por que, afinal de contas, em que consistiu o trabalho da maior parte da vida de da Vinci? Desenhar estudos anatômicos, como no caso da criança no útero materno, exposto na Coleção Real em Windsor. É no cérebro e na criança que se inicia a plasticidade do comportamento humano.

Dentre as coisas que possuo há uma que me é particularmente cara: um molde do crânio de uma criança de há dois milhões de anos, a criança de Taung (v. página 29). É claro que não se trata exatamente de uma criança. No entanto, se ela — eu sempre a

208
O homem é especial não porque ele faz ciência, e ele é especial não porque faz arte, mas, sim, porque ciência e arte são igualmente expressões de sua maravilhosa plasticidade mental. *O autor em sua casa com um molde do crânio da criança de Taung. Um exemplar de seu livro "The Identity of Man" é visto sobre a mesa. La Jolla, Califórnia, 1973.*

considero uma menina — tivesse vivido o suficiente, poderia ter sido um de meus ancestrais. O que diferencia seu pequeno cérebro do meu? O tamanho, se pensarmos de forma simplificada. Esse cérebro, se ela tivesse chegado à maturidade, iria pesar em torno de meio quilo, ao passo que meu cérebro humano médio atual pesa pouco menos de um quilo e meio.

Mas não esperem que eu vá falar sobre as estruturas neurais, sobre a condução unidirecional nas fibras nervosas, ou mesmo sobre os cérebros antigos e os recentes, porque esses todos são pontos que nos unem aos outros animais. Falarei, sim, a respeito do cérebro, mas naquilo que o torna específico da criatura humana.

Uma primeira pergunta surge inevitavelmente: o cérebro humano é um computador aperfeiçoado — ou um computador mais complexo? Os artistas em particular tendem a pensar no cérebro como uma espécie de computador. Assim, no *Portrait of Dr. Bronowski (Retrato do Dr. Bronowski),* Terry Durham inclui símbolos espectrais e de computação, revelando a concepção que os artistas têm do cérebro dos cientistas. Certamente, essa concepção não é correta. Fosse o cérebro um computador, ele estaria somente levando a cabo um conjunto de ações pré-determinadas e em uma seqüência inflexível.

À guisa de exemplo, consideremos o excelente estudo do comportamento animal, descrito na obra do meu amigo Dan Lehrman, sobre o acasalamento no pombo *(ring-dove)*. Desde que o macho arrulhe e se incline de uma maneira apropriada, a fêmea explode em excitação, secretando hormônios e realizando uma seqüência completa de comportamentos, que levam à construção de um ninho perfeito. As ações dela são exatas nos detalhes e na ordem, embora não tenham sido aprendidas e sejam invariáveis; esses pombos nunca mudam o seu comportamento. Ninguém jamais deu a ela um conjunto de materiais para que aprendesse a construir um ninho. No entanto, o homem nunca chegará a construir coisa nenhuma se em criança não aprender a brincar com blocos. Daí surgiram o Partenon e o Taj-Mahal, a cúpula de Sultaniyeh e as Torres de Watts, o Machu Picchu e o Pentágono.

Não somos computadores seguindo rotinas impressas na infância. Se fôssemos um tipo de máquina, seríamos uma máquina de aprender, e nosso aprendizado se faria em áreas específicas do cérebro. Assim, vemos que o cérebro fez mais do que apenas aumentar de duas ou três vezes o seu tamanho durante a evolução.

209
Apenas o homem é capaz de uma perfeita oposição entre polegar e indicador.
Albrecht Dürer, "Auto-Retrato".

Seu crescimento se deu em áreas muito específicas: onde está o controle das mãos, por exemplo, onde a fala é controlada, onde há controle da previsão e do planejamento das ações. Pedirei a vocês que as examinem uma por uma.

Tomemos a mão em primeiro lugar. A evolução recente do homem começa, certamente, com o avançado desenvolvimento da mão, e a seleção de um cérebro o qual é particularmente adaptado à capacidade manipulatória desenvolvida. Esse prazer, nós o sentimos nas ações que praticamos, de tal forma que a mão se tornou o grande símbolo para o artista: as mãos do Budha, por exemplo, transmitindo aos homens o dom da humanidade em um gesto calmo, exprimindo a ausência do medo. Também, para o cientista, reserva um gesto especial: podemos opor o polegar aos outros dedos. Bem, mas os antropóides o fazem igualmente. Não igualmente. A oposição perfeita do polegar contra o dedo indicador é uma característica única do homem. E esse ato pode ser realizado porque há no cérebro uma área tão grande que só poderei descrevê-la da seguinte maneira: há mais matéria cinzenta cerebral alocada ao controle do polegar do que a reservada ao controle do tórax e do abdome juntos.

Lembro-me de minha admiração, de jovem pai, debruçado sobre o berço de minha primeira filha, quando ela contava não mais de quatro ou cinco dias. Pensava: "Esses dedinhos maravi-

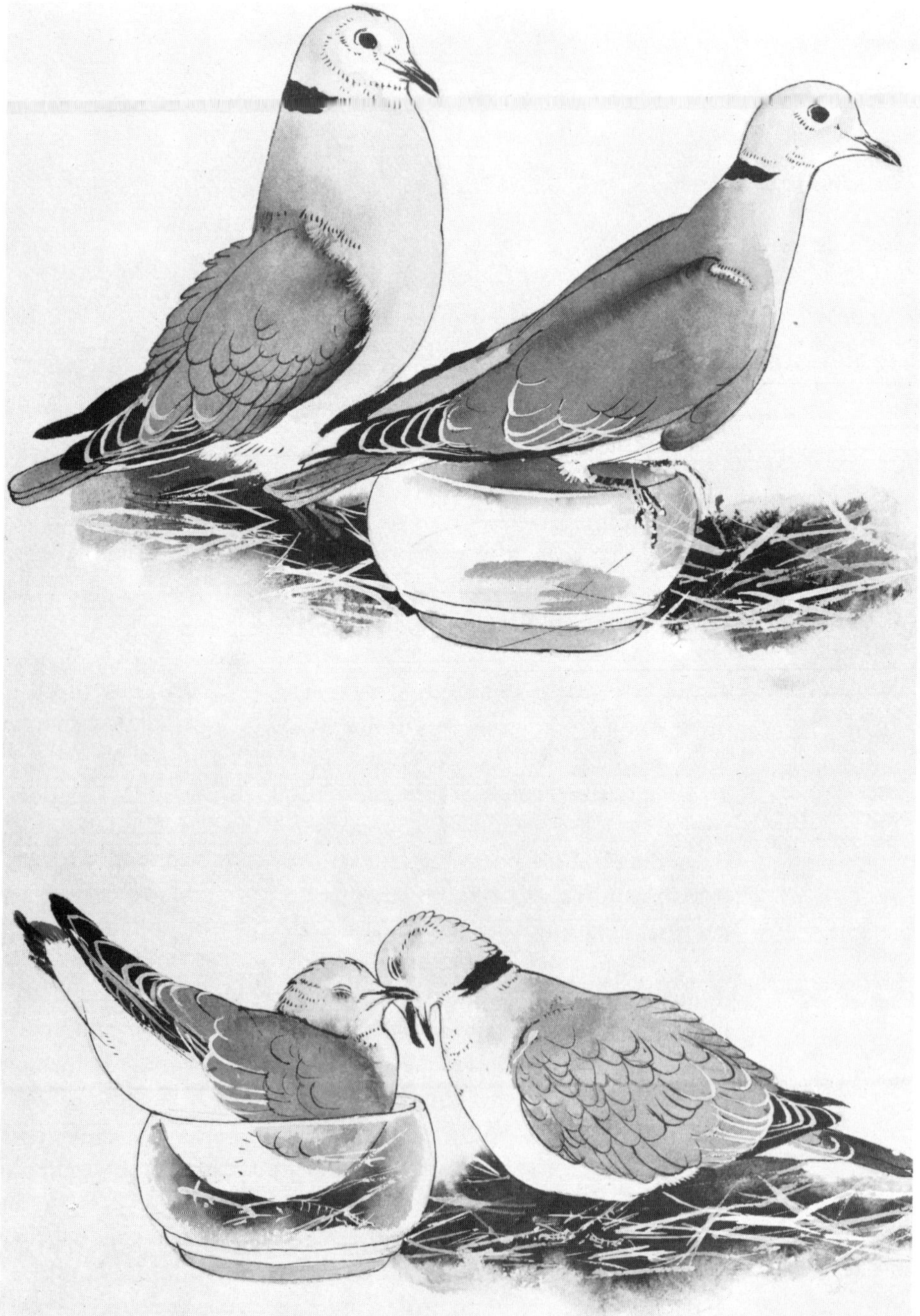

210
A fêmea explode em
excitamento, então
ela realiza uma
seqüência de atos
que levam à
construção de um
ninho perfeito.
A pomba tece
seu ninho
automaticamente.
Durante a corte e a
construção do
ninho o macho é
uma fonte de
estímulos visuais e
auditivos.
*Daniel Lehrman em
uma aula sobre o
comportamento
sexual do pombo,
ministrada no
Instituto Salk em
fevereiro de 1967.*

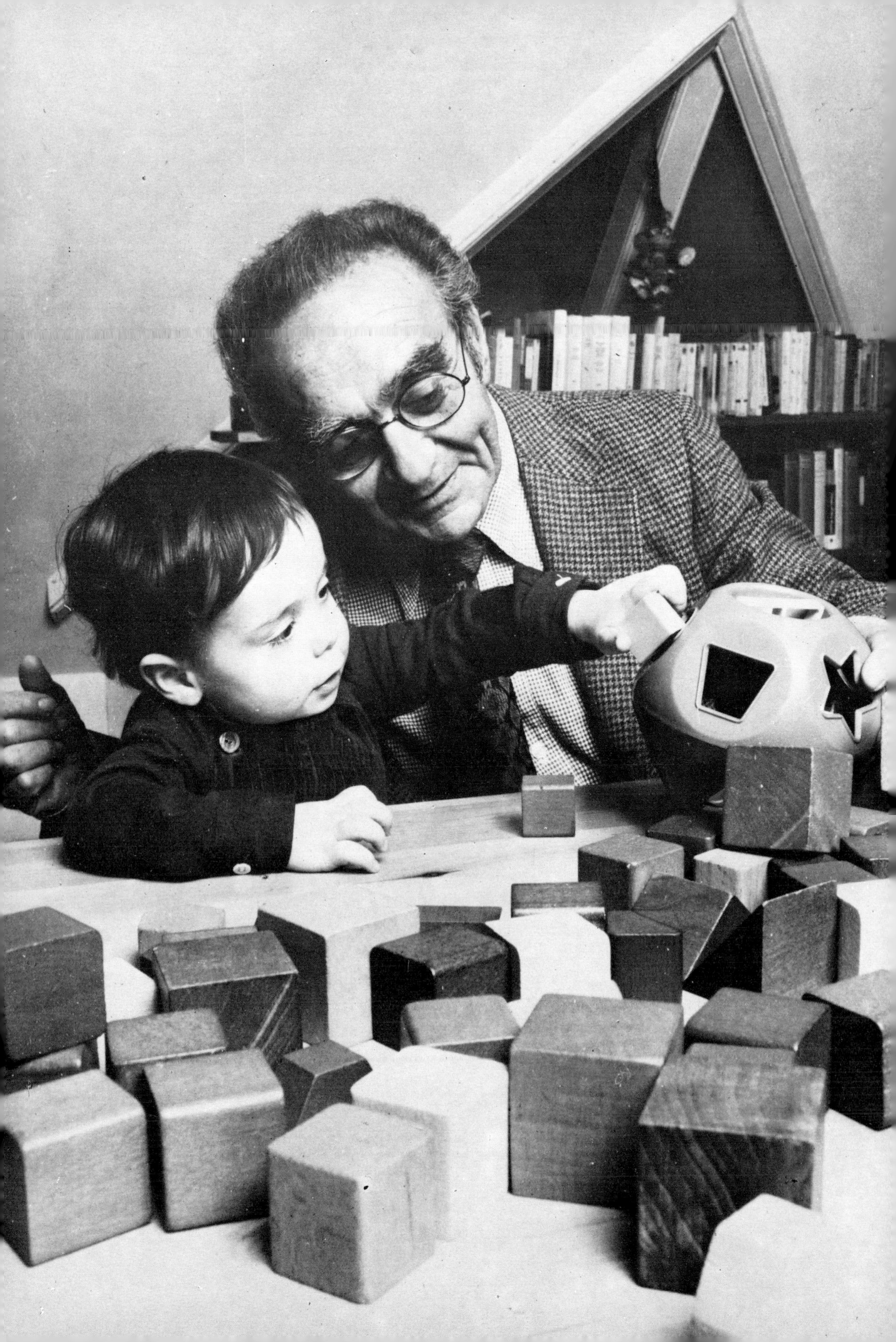

A Longa Infância

lhosos, perfeitos em cada junta, até as unhas. Nem se me dessem um milhão de anos de prática eu os teria planejado com tanto detalhe". Mas, no entanto, foram exatamente um milhão de anos que gastei, um milhão de anos que gastou a humanidade, para a mão chegar a dirigir o cérebro, o cérebro retroalimentar a mão e ambos alcançarem o presente estágio de evolução. E tudo isso ocorrendo em uma região muito específica do cérebro. Todos os movimentos da mão são controlados essencialmente por uma parte do cérebro que pode ser identificada perto do topo da cabeça.

Tomemos agora uma outra área, especificamente humana e não encontrada em nenhuma outra espécie animal: a do controle da fala. Tal controle está localizado em duas áreas interconectadas do cérebro humano; uma delas próxima ao centro da audição e a outra mais à frente desta e para cima, no pólo frontal. Estariam seus mecanismos pré-estampados em seus circuitos neurais? Sim, em um certo sentido, uma vez que se os centros da fala forem lesados, essa atividade se torna impossível. Contudo, ela tem de ser aprendida, não? É claro que sim. Estou falando inglês, língua que só vim a aprender aos treze anos; mas eu não poderia falar inglês se antes não tivesse aprendido uma linguagem. Se uma criança for deixada sem aprender a falar até os treze anos, então ela será praticamente incapaz de aprender qualquer linguagem. Eu falo inglês por ter aprendido polonês aos dois anos. Embora tenha esquecido praticamente tudo do polonês, aprendi uma *linguagem*. O mesmo acontece com outros dons que o cérebro humano tem a potencialidade de aprender.

As áreas da fala são singulares em uma outra maneira, que é peculiar ao homem. Vocês sabem que o cérebro humano não apresenta simetria entre as suas duas metades ou hemisférios. A prova disso nos é familiar, posto que, diferentemente de outros animais, o homem é marcadamente destro ou canhoto. A fala também é controlada por apenas um hemisfério central, mas o lado não varia. Quer sejamos destros ou canhotos o controle da fala se localiza quase que exclusivamente no hemisfério esquerdo. Há exceções, é claro, da mesma forma que algumas pessoas têm seus corações localizados no lado direito, mas as exceções são raras: as áreas de fala podem, assim, ser consideradas como estando na metade esquerda do cérebro. E o que estaria nas áreas correspondentes da metade direita? Até agora ainda não sabemos com precisão. Não sabemos exatamente qual é a função das áreas

211
A menos que a criança aprenda a ajustar conjuntos de blocos, o ser humano não será capaz de construir coisa alguma.
O autor em Grantchester, Cambridge, com seu neto Daniel Bruno Jardine.

Fissura de Rolando — **Motor** — **Sensorial**

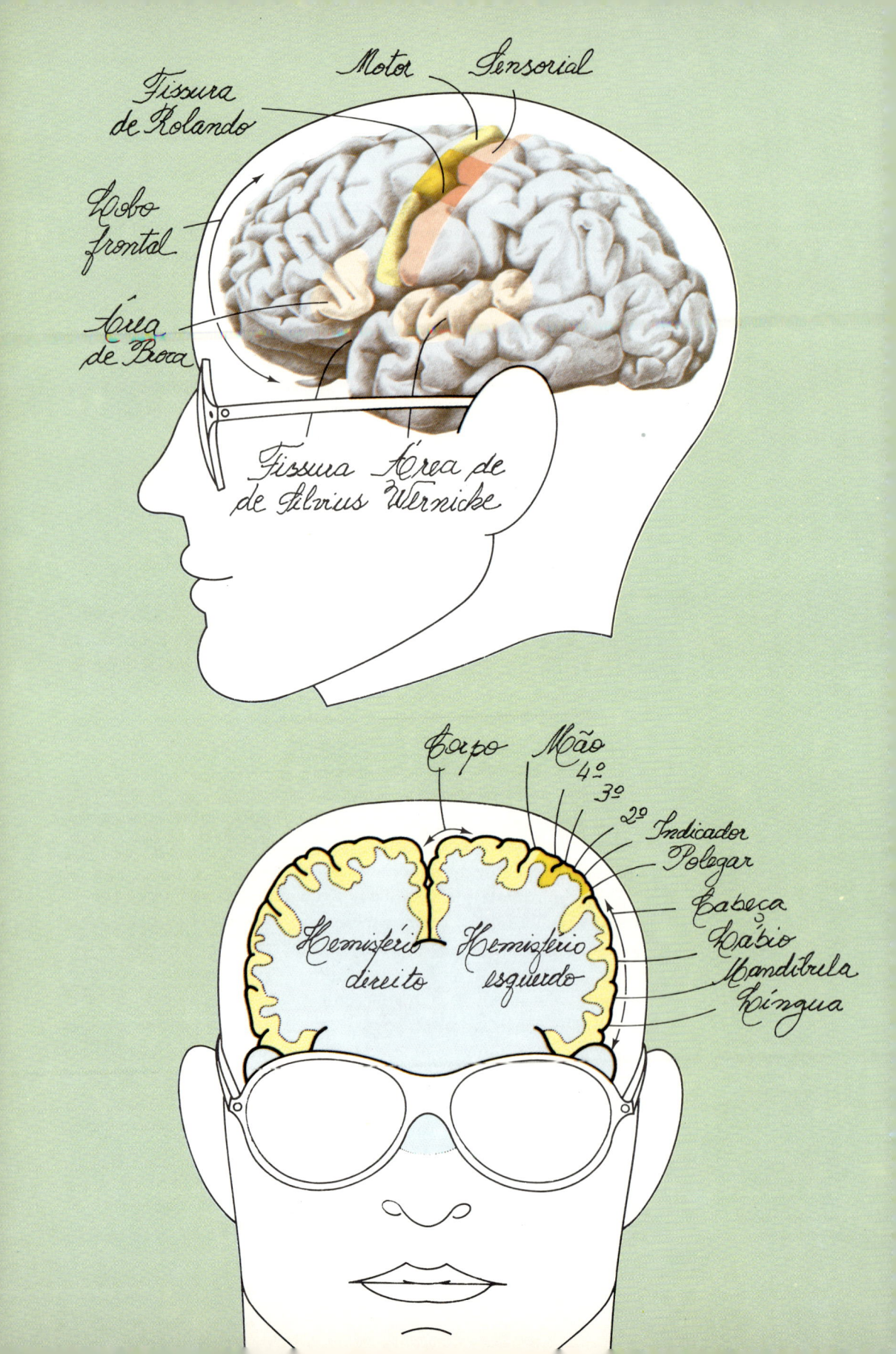

Lobo frontal

Área de Broca

Fissura de Silvius — **Área de Wernicke**

Corpo — **Mão** — 4º — 3º — 2º — **Indicador** — **Polegar** — **Cabeça** — **Lábio** — **Mandíbula** — **Língua**

Hemisfério direito — **Hemisfério esquerdo**

cerebrais do hemisfério direito, correspondentes às áreas da fala no hemisfério esquerdo. Entretanto, há indicações de que elas transformariam a imagem bidimensional do mundo projetada na retina do olho em uma imagem com profundidade, isto é, tridimensional. Se isso for correto, então, em minha maneira de ver, estaria claro que a linguagem é também uma forma de organizar o mundo em suas partes, ou construí-lo por combinação de palavras, como se estas fossem imagens móveis.

A organização da experiência atinge um longo alcance no homem, e seus mecanismos se alojam na terceira área de especificidade humana do cérebro. A organização da atividade superior do homem se localiza nos lobos frontais e pré-frontais. Eu, igualmente a todos os outros homens, tenho a fronte alta e a testa arredondada, o que nós dá um pretenso ar intelectual. Mas a criança de Taung não apresenta essa característica. Seu crânio não pode ser confundido com o de uma criança que morreu e se fossilizou; há um grande contraste entre os dois, evidente na fronte curta e inclinada do fóssil.

Exatamente, qual é então a função desses grandes lobos frontais? Elas podem ser várias, mas nenhuma delas muito específica ou importantes por si só. Elas nos permitem planejar ações futuras e esperar por recompensas. Experimentos lindos foram realizados por Walter Hunter sobre essa capacidade de resposta retardada, em torno de 1910, os quais foram refinados posteriormente por Jacobsen na década de 1930. O que Hunter fez foi o seguinte: tomava uma recompensa qualquer, mostrava ao animal, e, em seguida, a escondia. Os resultados encontrados no animal predileto dos laboratórios, o rato, foram típicos. Mostrada a recompensa posteriormente escondida, quando liberto, imediatamente ele a encontra sem dificuldade. Entretanto, se o rato for mantido esperando por alguns minutos, então ele não saberá escolher o caminho que o levaria à recompensa.

Evidentemente, crianças agem diferentemente. Hunter realizou o mesmo tipo de experimento com crianças, e o resultado era o mesmo, se crianças de cinco ou seis anos esperassem alguns minutos, meia hora ou mesmo uma hora. Uma das garotas do experimento de Hunter, que ele tentava entreter com histórias, enquanto deixava transcorrer o tempo programado, depois de vários minutos de conversa fez a seguinte observação: "Sabe, eu acho que você está apenas tentando me fazer esquecer".

212
A evolução recente do homem começa com o desenvolvimento precoce da mão e de um cérebro particularmente adaptado a comandar a atividade manipulatória da mão. Considere-se em seguida uma área especificamente humana que não existe em qualquer outro cérebro de animal: a área da fala. Esta se localiza em duas áreas interconectadas do cérebro humano; uma junto ao centro da audição e a outra mais anteriormente, no lobo frontal. *Diagrama da área motora do cérebro humano, mostrando a predominância das áreas responsáveis pela atividade manipulatória das mãos e as áreas de Wernicke e de Broca — áreas da fala —, no hemisfério esquerdo.*

A Escalada do Homem

A habilidade de planejar ações no futuro, para as quais a recompensa está muito distanciada no tempo, aparece como elaboração da resposta retardada, e os sociólogos a chamam "postergamento da gratificação". Trata-se de uma característica fundamental do cérebro humano, sem nenhum equivalente, mesmo rudimentar, nos outros animais, a não ser aqueles mais avançados na linha evolutiva; é o caso dos nossos primos, os primatas não-humanos. Esse desenvolvimento humano significa que nossa educação precoce tem a ver de fato com o adiantamento de decisões. Notem que estou divergindo um pouco dos sociólogos. Nós *temos de* adiar o processo de tomar decisões, de modo a poder acumular conhecimentos, a fim de nos prepararmos para o futuro. Essa afirmação pode lhes parecer surpreendente; no entanto, ela encerra o significado da infância, da adolescência e também da juventude.

Desejo, agora, dar uma grande ênfase, dramatizar mesmo, ao adiamento de *decisões* — e este termo tem de ser tomado em seu sentido literal. Qual é o maior drama da língua inglesa? É *Hamlet*. E a peça, do que trata? Conta a história de um jovem — um garoto — enfrentando a primeira grande decisão de sua vida. Uma decisão além de sua capacidade: matar o assassino de seu pai. De nada adianta a instigação do Espectro: "Vingança! Vingança!". O fato é que Hamlet, sendo adolescente, ainda não adquirira maturidade. Intelectual e emocionalmente ainda não estava maduro para poder realizar o ato que dele se exigia. A peça toda é uma seqüência sem fim de adiamentos de decisões, enquanto Hamlet luta consigo mesmo.

O ponto alto da peça vamos encontrá-lo no meio do terceiro ato. Hamlet observa o Rei enquanto este reza. A disposição do cenário é deixada de tal forma indefinida que ele poderia mesmo ouvir as preces do Rei, e nelas a confissão do crime. E o que diz Hamlet? "Sim, agora tenho de fazê-lo — pronto!" Mas não o faz; simplesmente não está preparado para um ato dessa magnitude em sua adolescência. Assim, no final da peça, Hamlet é assassinado. Entretanto, a tragédia não está na morte de Hamlet; está no fato de ele morrer exatamente no momento em que está preparado para se tornar um grande rei.

No homem, o cérebro, antes de ser um instrumento de ação, tem de ser um instrumento de preparação. Nesse processo são envolvidas áreas bastante específicas; por exemplo, os lobos frontais

A Longa Infância

não podem ter sofrido lesões. Entretanto, muito mais importante é o longo período de preparação transcorrido durante a infância da espécie humana.

Em linguagem científica somos neotênicos; isto é, ainda guardamos características embrionárias ao nascer. Essa característica talvez seja a responsável pelo fato de nossa civilização, nossa civilização científica, preferir, sobre todos os outros, o símbolo da criança. Notamos essa tendência desde a Renascença: o Cristo menino pintado por Rafael e recriado por Blaise Pascal; o jovem Mozart e Gauss; as crianças de Jean-Jacques Rousseau e Charles Dickens. Que outras civilizações pudessem ser diferentes jamais havia passado pela minha cabeça; mas aconteceu de eu viajar para muito longe, saindo da Califórnia e navegando na direção Sul, no Pacífico, até encontrar a Ilha da Páscoa, e aqui ser surpreendido por uma diferença histórica.

É muito freqüente a invenção de utopias por parte de alguns visionários: Platão, Sir Thomas More, H. G. Wells. Nessas, acalenta-se a esperança de que a imagem heróica dure, como disse Hitler, por milhares de anos. Mas, na realidade, as imagens heróicas acabam mais se assemelhando às figuras rústicas, inermes das faces ancestrais das estátuas da Ilha da Páscoa — vejam que elas até se parecem com Mussolini! Mesmo em termos biológicos essa representação não retrata a essência da personalidade humana. Biologicamente o ser humano é mutável, sensível, plástico, adaptado a diferentes ambientes, e não estático. A verdadeira visão do ser humano está representada no mistério da infância, na Virgem e o Menino, na Sagrada Família.

Quando garoto, em minha adolescência, costumava, nas tardes de sábado, andar da Extremidade Leste de Londres até o Museu Britânico, somente para contemplar o único exemplar de estátua da Ilha da Páscoa que, de alguma forma, acabara dentro do Museu. Assim, vocês podem avaliar meu interesse por essas antigas faces ancestrais. No entanto, no final das contas, todas elas juntas não chegam a ter o valor da face rechonchuda de uma criança.

Embora tenha me desviado do nosso assunto ao fazer essas considerações a respeito da Ilha da Páscoa, o fiz com propósito. Considerem, por exemplo, o investimento enorme despendido pela evolução até chegar a produzir o cérebro de uma criança. Meu cérebro pesa cerca de mil trezentas e cinqüenta gramas e meu corpo cerca de pelo menos cinqüenta vezes mais do que isso. Entretanto, ao nascer, meu corpo era um mero apêndice da cabeça; pesava apenas cinco ou seis vezes mais do que o cérebro. Esse enorme potencial tem sido grosseiramente negligenciado pela maior parte da história das civilizações. Na realidade, a infância mais longa tem sido destas mesmas, das civilizações, tentando aprender o significado daquela.

De modo geral, às crianças tem-se pedido que imitem simplesmente a imagem dos adultos. Viajamos com os bakhtiari da Pérsia enquanto realizavam a migração da primavera. Eles se assemelham, tanto quanto seria possível, a qualquer outro povo sobrevivente de vida nômade em extinção, em costumes vigentes há dez mil anos passados. O fenômeno está claramente presente em todas as manifestações dessa civilização ultrapassada: a imagem do adulto brilhando nos olhos das crianças. As meninas são pequenas mães em desenvolvimento. Os meninos se comportam tal e qual pequenos pastores. Mesmo em suas maneiras de andar copiam a dos pais.

A imagem do adulto brilha nos olhos das crianças; elas copiam até suas maneiras de andar. Uzbeki, pai e filho, durante um intervalo do Buz Kashi, na planície de Mazar-i-Sharif, no Afganistão.

A Longa Infância

A História, evidentemente, não se congelou no período mediano entre o nomadismo e o Renascimento. A escalada do homem jamais se interrompeu. No entanto, a escalada do jovem, a escalada do talento, a escalada da imaginação; estas sim, foram, por muitas vezes, reprimidas naquele intervalo.

Grandes civilizações existiram, certamente. Não seria eu que iria denegrir as civilizações do Egito, da China, da Índia, e mesmo da Europa na Idade Média. Contudo, todas elas falharam em um ponto: limitaram a liberdade de imaginação dos jovens. Representam culturas estáticas, culturas de minorias. Estáticas porque o filho imitava o pai e este o avô. De minorias porque apenas uma ínfima parte do talento total da humanidade era aproveitado; aprender a ler, aprender a escrever, aprender uma outra língua, e então subir a morosa escalada da promoção.

Na Idade Média a escada da promoção passava pela Igreja; não havia outro caminho à escolha de um jovem inteligente e pobre. No final da escada, no último degrau, havia sempre a recomendação da imagem do ícone da divindade: "Agora atingiste o derradeiro mandamento: não questionarás".

Erasmo de Roterdam, por exemplo, vendo-se órfão em 1480, teve de se preparar para a carreira eclesiástica. Os rituais de então eram tão lindos como o são atualmente. O próprio Erasmo deve ter tomado parte na comovente Missa *Cum Giubilate* do século

214
Para Erasmus, a vida de monge era uma porta de ferro fechada ao conhecimento. Só depois de ler os clássicos é que o mundo se abriu para ele.
Desiderius Erasmus: retrato de Quentin Metsys, 1530, Galeria Nacional, Roma.

XIV, a qual eu assisti em uma igreja ainda mais antiga, San Pietro, em Gropina. Entretanto, para Erasmo, a vida de monge era como que uma porta de ferro fechada ao conhecimento. Somente depois de, desobedecendo as ordens, ter lido os clássicos é que o mundo se revelou a ele. "Um herético escreveu estas coisas para heréticos" disse ele, "no entanto, elas revelam justiça, santidade, verdade". E eu mal posso me conter de dizer "Santo Sócrates, orai por mim!".

Erasmo fez duas amizades sólidas e duradouras, uma na Inglaterra com Sir Thomas More, e a outra na Suíça com Johann Frobenius. De More, recebeu aquilo que eu mesmo recebi quando cheguei à Inglaterra: o sentimento do prazer de conviver com mentes civilizadas. Com Frobenius, aprendeu o significado do poder do livro impresso. Frobenius e sua família eram os grandes editores dos clássicos em 1500, incluindo clássicos da medicina.

A Longa Infância

215
A democracia do intelecto apareceu com o livro impresso. A felicidade da paixão do impressor se revela tão poderosa quanto o conhecimento. *Um trabalho de Erasmus e a Anatomia de Vesalius, ambos impressos na Basiléia.*

Sua edição dos trabalhos de Hipócrates é, em minha opinião, um dos livros mais lindos jamais impresso, no qual a felicidade da paixão do impressor se revela tão poderosa quanto o conhecimento.

O que significam esses três homens e seus livros? — os trabalhos de Hipócrates, a *Utopia* de More e *O Elogio da Loucura* de Erasmo? Para mim representam a democracia do intelecto; e essa é a razão pela qual Erasmo, Frobenius e Sir Thomas More permanecem em minha mente como marcos gigantescos dessa época. A democracia do intelecto foi gerada com o livro impresso, e os problemas por ela criados em 1500 persistem ainda hoje na base das nossas agitações estudantis. Por que morreu Sir Thomas More? Porque seu rei o considerou um detentor do poder. Mas, afinal, qual era a aspiração de More, e a de Erasmo ou a de qualquer intelecto forte, senão a de ser um guardião da integridade?

O conflito entre a liderança intelectual e a autoridade civil se perde no tempo. Quão antigo e amargo ele se me apresentou quando, vindo de Jericó, pela mesma estrada trilhada por Jesus, divisei, no horizonte, os primeiros sinais de Jerusalém, da mesma forma que deve ter acontecido a Ele no caminho de sua morte. Morte, porque Jesus era então o líder intelectual e moral de seu povo, mas enfrentando um poder constituído de tal maneira que a religião se tornara apenas um instrumento do governo. Essa crise decisória foi reiteradamente o problema central na vida dos líderes: Sócrates em Atenas; Jonathan Swift na Irlanda, lutando entre a piedade e a ambição; Mahatma Gandhi na Índia; e Albert Einstein ao recusar a presidência do Estado de Israel.

Menciono o nome de Einstein deliberadamente porque ele era um cientista, e estes constituem a liderança intelectual do século XX. Esse fato gera um problema grave, porque a ciência também é uma fonte de poder que caminha próxima ao governo, e a qual este tenta dominar. Mas, se a ciência se permitir caminhar nessa direção, as aspirações do século XX vão se esboroar em uma farsa de cinismos. Não nos devemos permitir alimentar nenhuma crença, uma vez que crença alguma pode ser construída neste século, a não ser que esteja baseada na ciência, na forma de um tácito reconhecimento da peculiaridade humana, e no orgulho de seus dons e realizações. A ciência não cabe herdar a Terra, mas, sim, herdar a imaginação moral; pois, sem isso, perecerão o homem, suas crenças e sua ciência.

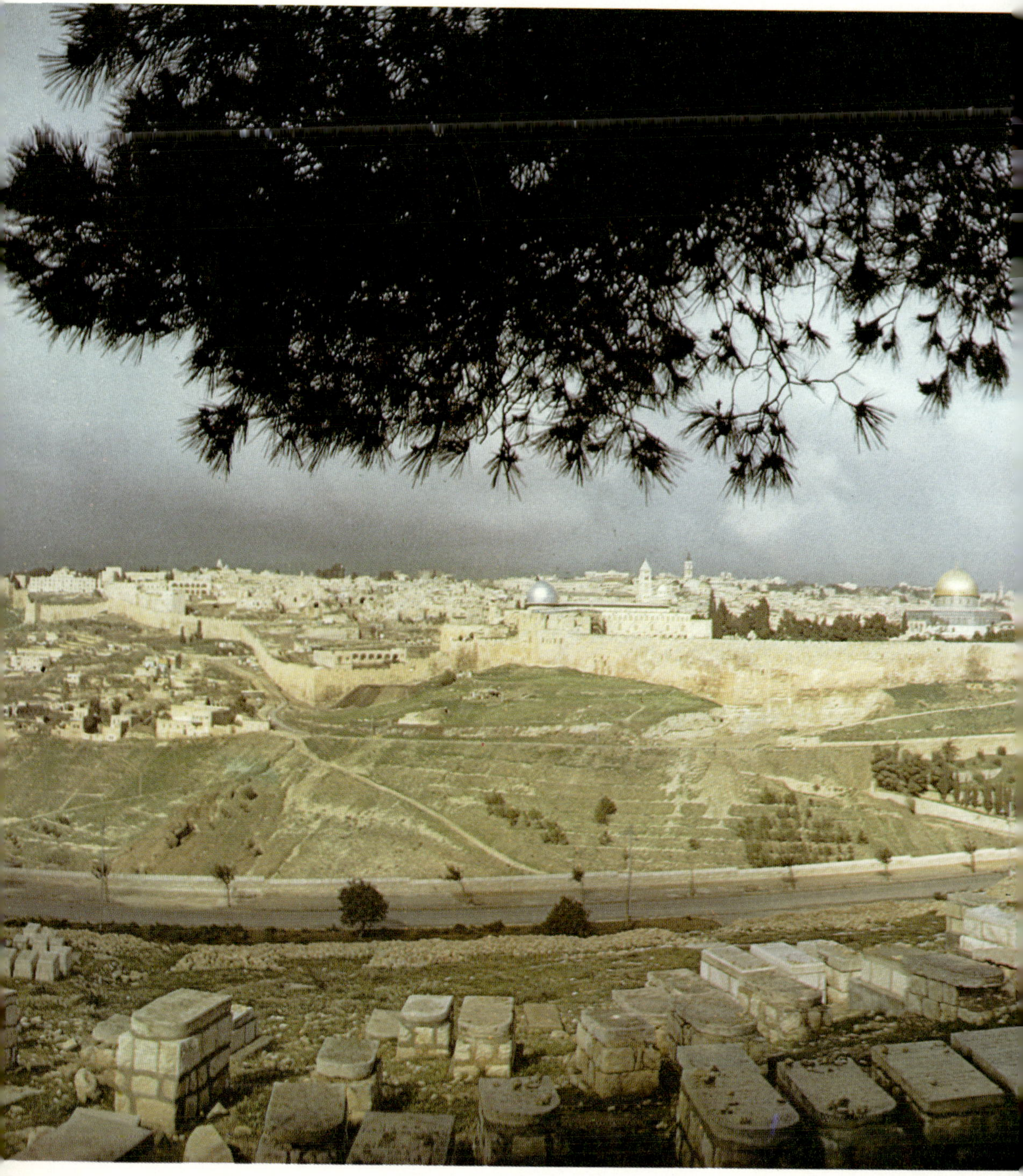

216
O conflito entre a liderança intelectual e a autoridade se perde no tempo. Quão antigo e amargo ele se me apresentou quando, vindo de Jericó, pela mesma estrada trilhada por Jesus, divisei, no horizonte, os primeiros sinais de Jerusalém.
Vista panorâmica da cidade velha de Jerusalém, Israel.

A Escalada do Homem

Devo trazer essas idéias para uma realidade concreta, e, para mim, o homem que melhor as personifica é John von Neumann. Filho de uma família judia húngara, nasceu em 1903. Se tivesse nascido cem anos antes, jamais teríamos ouvido falar nele; pois teria passado sua vida fazendo o que fez seu pai e o avô antes deste, isto é, tecendo comentários rabínicos sobre o dogma.

Em vez disso, foi uma criança prodígio da matemática, "Johnny", até o fim de seus dias. Em sua adolescência já escrevia artigos matemáticos. Antes de completar vinte e cinco anos tinha realizado o grande trabalho nos dois campos do conhecimento que o tornaram famoso.

Os dois assuntos estão relacionados, acho eu, com atividades lúdicas ou jogos. Notem que, em um certo sentido, toda a ciência, todo raciocínio humano, é uma forma de brinquedo. O raciocínio abstrato é uma neotínea do intelecto, através da qual o homem se capacita a continuar levando a cabo atividades destituídas de finalidade imediata (os outros animais brincam apenas enquanto jovens), a fim de se preparar nas estratégias de longo alcance e no planejamento.

Trabalhei com Johnny von Neumann na Inglaterra, durante a Segunda Guerra Mundial. Foi no interior de um táxi em Londres que ele me falou pela primeira vez sobre sua *Teoria dos Jogos* — esse era um dos seus locais favoritos para discussões sobre matemática. Sendo um entusiasta do xadrez logo lhe perguntei se ele se referia à teoria dos jogos afins àquela modalidade. Mas sua resposta foi negativa. "Não", disse ele. "O xadrez não é um jogo. O xadrez é uma forma bem-definida de computação. Você pode não ser capaz de encontrar a solução correta, mas, teoricamente, sempre há uma solução, um procedimento correto para cada posição." Agora, "jogos reais", continuou, "em nada se assemelham a isso. A vida real não é como no xadrez. A vida real consiste em blefes, em pequenas táticas de despistamento, em perguntar a si próprio o que o parceiro está pensando sobre qual será nosso próximo movimento. É esse o tipo de jogo sobre o qual minha teoria se interessa".

Seu livro trata exatamente desse assunto. Não deixa de ser um tanto quanto estranho encontrar em um livro volumoso e sério o título *Theory of Games and Economic Behavior (Teoria dos Jogos e Comportamento Econômico)*, e no qual deparamos com um capítulo chamado "Poker e Blefe". Surpreendente e desanimador, mormente por estar coberto de equações que lhe confere

217
O homem que para mim personifica esses problemas: John von Neumann. *Páginas de suas anotações pessoais.*

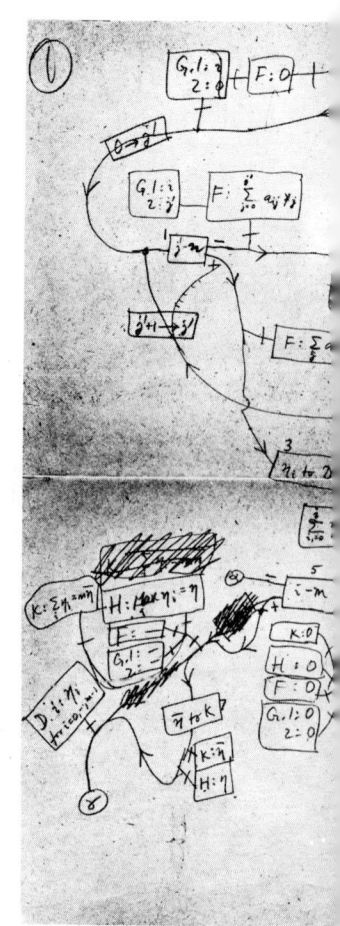

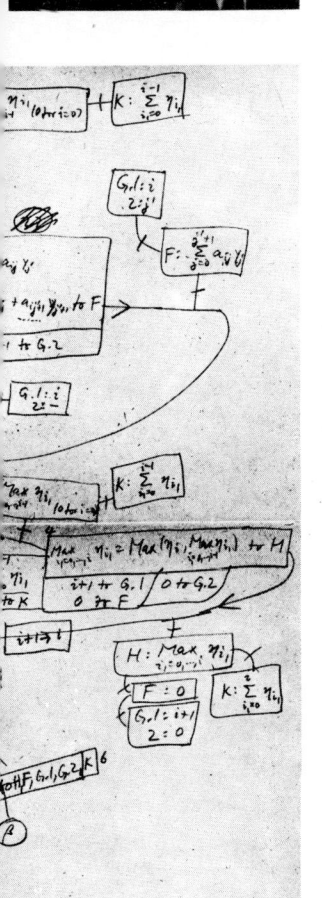

uma aparência pomposa. Aparência apenas, pois a matemática não é uma atividade pomposa, menos ainda quando nas mãos de uma mente extraordinariamente rápida e penetrante como a de Johnny von Neumann. As páginas são percorridas por um tema intelectual que se desenvolve tal qual uma melodia, em que o peso das equações nada mais representa do que a orquestração de fundo, nos tons mais graves.

Nos últimos anos de sua vida John von Neumann tratou esse assunto de uma maneira que considero ser a sua segunda grande idéia criativa. Tendo-se conscientizado da importância tecnológica que os computadores iriam adquirir, não descuidou de apontar claramente quão diferentes são as situações enfrentadas na vida real daquelas simuladas nos computadores, exatamente porque a elas não se pode impor as soluções precisas do xadrez ou dos cálculos de engenharia.

Usarei meus próprios termos na descrição do trabalho de John von Neumann, em vez de me valer de sua linguagem técnica. Ele fazia uma clara distinção entre táticas a curto prazo e estratégias ousadas a longo prazo. As táticas podem ser calculadas exatamente, mas as estratégias não. O sucesso matemático e conceitual de Johnny foi justamente o de mostrar que, a despeito disso, há maneiras de se planejar *as melhores* estratégias.

O seu maravilhoso livro *The Computer and the Brain (O Computador e o Cérebro)* foi escrito no último ano de sua vida; eram as *Silliman Lectures* que deveria ter proferido, mas estava muito doente para fazê-las em 1956. Nelas, o cérebro é analisado como sendo possuidor de uma linguagem, na qual as atividades de suas diferentes partes (do cérebro) têm de ser interligadas e harmonizadas, de tal forma que apareça um plano, um procedimento, integrando um majestoso concerto de vida — nas ciências humanas receberia o nome de sistema de valores.

Na personalidade de Johnny von Neumann havia algo de afetuoso e singular. Foi o homem mais inteligente que conheci, sem exceções. Era, também, um gênio, na medida em que um gênio é um homem que teve *duas* grandes idéias. Sua morte em 1957 representou uma grande tragédia para todos nós. Certa feita, quando trabalhávamos juntos durante a guerra, enfrentamos um problema, mas sua resposta foi imediata: "Ah, não, não", disse ele, "você não está vendo. O seu tipo de visualização mental não

Teoria dos Jogos: o Jogo de Dedos Chamado Morra

O jogo requer dois jogadores e, na sua versão mais simples, se desenrola da maneira como segue. Os movimentos dos dois jogadores são simultâneos. Cada um mostra ou um ou dois dedos, ao mesmo tempo que adivinha se seu companheiro está mostrando um ou dois dedos. No caso dos dois acertarem ou errarem nenhum ganha. Se um dos jogadores adivinha certo e o outro não, este tem de pagar tantas fichas quanto for o número total dos dedos mostrados.

Assim, cada jogador pode ganhar de quatro maneiras:

(a) 1   (b) 2   (c) 1   (d) 2

Se adivinha certo e seu companheiro erra; a maneira (a) ganhará duas fichas; as maneiras (b) e (c), três fichas; e a maneira (d), quatro fichas.

O jogo é equitativo, mas um jogador que conheça a estratégia correta ganhará (com sorte, dentro da média) sempre contra outro que não a conheça. A estratégia correta consiste em ignorar as maneiras (a) e (d), e jogar as maneiras (b) e (c) na relação de 7:5. Isto é, a estratégia correta consiste em, a cada 12 chamadas,

2 — 7 vezes em média   e   1 — 5 vezes em média

Um jogador que jogue por palpite tem pouca probabilidade de descobrir essa estratégia.

A matemática necessária para encontrar a melhor estratégia é um tanto quanto complicada. Entretanto, não é difícil verificar que a estratégia é efetiva, deixando que o oponente se valha das maneiras (a), (b), (c) ou (d). Exemplificando,

(a) 1 — das 12 chamadas ele *ganhará* 7 vezes, em média, mas ganhará apenas 2 fichas cada vez; enquanto em cada 12 chamadas perderá 5 vezes, e em cada uma delas 3 fichas — sua *perda* será, em média, de 1 ficha em cada 12 chamadas.

(b) 2 (c) 1 — ou ambos acertam ou ambos erram e nenhuma ficha mudará de mãos.

(d) 2 — Em média ele *ganhará* 5 vezes em cada 12, e 4 fichas em cada uma das vezes; mas *perderá* 7 vezes 3 fichas de cada vez — novamente perfazendo uma perda média de 1 ficha em cada 12 chamadas.

Comumente, a Morra é jogada em uma versão mais complexa, na qual cada jogador chama e mostra 1, 2 ou 3 dedos. As regras são semelhantes, e também a melhor estratégia, que agora consiste em uma mistura de 1 2 3

A Morra também pode ser jogada com até quatro dedos de cada lado, ou com qualquer número maior convencionado pelos parceiros.

218
A vida real consiste em blefes, em pequenas táticas de despistamento, em perguntar a si próprio o que o outro está pensando sobre qual será nosso próximo movimento. *Morra é um jogo elegante e excitante e, também, bastante recomendável. À semelhança de outros jogos realistas, que contêm elementos de sorte e de adivinhação, não há nenhum método que garanta a vitória. A teoria dos jogos de von Neumann apenas permite a escolha da melhor estratégia que, a longo prazo e com sorte mediana, pode levar ao sucesso.*

lhe permite ver isto corretamente. Pense abstratamente. Nesta fotografia de uma explosão o coeficiente diferencial primário desaparece identicamente, em vista disso é que o coeficiente diferencial secundário se torna visível".

Como ele observou, essa não é minha maneira de pensar. Contudo, deixei-o voltar para Londres. Eu fui para meu laboratório no campo. Trabalhei intensamente noite adentro. Por volta da meia-noite havia chegado à resposta que ele queria. Bem, John von Neumann sempre se deitava muito tarde, assim, eu fui compreensivo e só o acordei depois das dez horas da manhã. Atendeu minha chamada telefônica ainda na cama de seu hotel. Eu lhe disse: "Johnny, você está absolutamente certo". Sua resposta? "Você me acorda tão cedo assim só para confirmar que estou certo? Por favor, espere até que eu cometa um erro".

Embora isso possa soar como vaidade, não o era. Representa, sim, uma definição real da maneira pela qual conduzia sua vida. No entanto, ela encerra algo que me faz lembrar de como seus últimos anos de vida foram desperdiçados. Não terminou o grande trabalho que, depois de sua morte, tem sido muito difícil de continuar. E a razão disso está no fato dele ter parado de perguntar a si mesmo sobre a maneira das outras *pessoas* verem as coisas. Paulatinamente, foi-se assoberbando de trabalho encomendado por firmas particulares, pela indústria e pelo governo. Eram atividades que o situavam no centro do poder, mas que, de nenhuma maneira lhe acrescentavam conhecimentos ou intimidade com as pessoas — as quais, ainda hoje, não decifraram a mensagem de sua proposição sobre o que fazer da matemática da vida humana e da mente.

Johnny von Neumann era um amante da aristocracia do intelecto. Mas essa crença só pode destruir a civilização na forma que a concebemos. Se tivermos de optar, que sejamos uma democracia do intelecto. Não podemos nos dar ao luxo de perecer devido ao distanciamento entre o povo e o governo, entre o povo e o poder, que se constituiu no fator determinante do fracasso, tanto da civilização egípcia, como da babilônica, e da romana, igualmente. Esse distanciamento só pode ser evitado, só pode ser eliminado, se o conhecimento permanecer nos lares e nas cabeças daquelas pessoas sem nenhuma ambição de exercer controle sobre as outras; de forma nenhuma deverá ser entronizada no centro do poder decisório.

A Escalada do Homem

Não deixa de ser uma dura lição. Afinal de contas, este é um mundo dirigido por especialistas: mas não representa ele o que chamamos uma sociedade científica? Não, não representa. Em uma sociedade científica o papel do especialista consiste em tarefas tais como fazer com que as instalações elétricas funcionem. Entretanto, cabe a você, cabe a mim, saber como a *Natureza* funciona, e de que forma (por exemplo) a eletricidade é uma de suas expressões na luz *e* em meu cérebro.

Nós não progredimos na solução do problema da vida e da mente que, por um tempo, se constituiu na preocupação de John von Neumann. Será possível encontrar fundamentos felizes para as formas de comportamentos que julgamos convenientes para o homem global ou a sociedade realizada? Vimos que o comportamento humano é caracterizado por um longo atraso interno, preparatório para o desencadeamento de ações. A atividade biológica subjacente a essa inércia se estendeu ao longo de toda a prolongada infância e a lenta maturação do homem. Mas, o constrangimento da ação no homem tem significado mais amplo. Nossa maturidade, nossa responsabilidade e nossa humanidade são mediadas por valores, interpretados por mim como sendo estratégias globais, através das quais equilibramos os efeitos de impulsos conflitantes. Não é verdade que conduzimos nossas vidas à semelhança de um programa computacional para solução de problemas. Seguindo uma tal abordagem os problemas da vida se tornam insolúveis. Ao contrário, moldemos nossa conduta sobre princípios que a orientam. Elaboramos estratégias éticas ou sistemas de valores, de tal forma que as recompensas a curto prazo sejam pesadas na balança do objetivo final, das satisfações a longo prazo.

Realmente, estamos em um maravilhoso limiar do conhecimento. A escalada do homem está sempre oscilando em uma gangorra. Ao elevar o pé, na esperança de galgar mais um degrau, há sempre uma sensação de incerteza quanto a se esse movimento nos levará realmente para frente. E o que temos pela frente? Pelo menos a tarefa de organizar tudo aquilo que já aprendemos, em física e em biologia, no sentido de um entendimento da situação a que chegamos: enfim, no que é o homem.

O conhecimento não se constitui em um borrador de fatos. Acima de tudo é uma responsabilidade pela integridade do que somos, primariamente daquilo que somos enquanto criaturas éticas. Mas, uma integridade esclarecida não pode, de maneira nenhuma, per-

A Longa Infância

mitir que outras pessoas dirijam os destinos do mundo enquanto nós mesmos continuamos a nos nortear por uma colcha de retalhos de preceitos morais, extraídos de crenças absolutas. Aí está a questão realmente crucial dos nossos dias. Pode-se considerar dispensável aconselhar as pessoas a aprenderem equações diferenciais ou a seguir cursos de eletrônica ou de programação de computador. No entanto, se daqui a cinqüenta anos não se tiver chegado ao entendimento das origens do homem, sua história, seu progresso, e se isso não constituir matéria comum a qualquer livro escolar, nós simplesmente deixaremos de existir. A matéria curricular dos livros escolares de amanhã será tecida na aventura de hoje; e nessa aventura é que estamos engajados.

A contemplação desta nossa paisagem ocidental atual me carrega de profunda tristeza, na medida em que detecto uma perda de determinação, um sentimento de fuga do conhecimento — fuga para onde? Para o Zen Budismo; para questionamentos falsamente profundos, tais como "Não seríamos, no fundo, apenas uma espécie animal?"; para percepções extra-sensoriais e mistérios. Essas paisagens não fazem parte do caminho o qual agora estamos aptos a percorrer, se a isso nos devotarmos: o que leva ao conhecimento do homem. Somos o experimento singular da natureza, no sentido de provar que a inteligência racional é mais rica e frutífera do que o reflexo. O conhecimento é nosso destino. O autoconhecimento, reunindo finalmente a experiência das artes e as explanações da ciência, nos espera à nossa frente.

Essas considerações pessimistas sobre um retraimento da civilização ocidental podem parecer insólitas no contexto da visão essencialmente otimista que tenho adotado em relação à escalada do homem; meu entusiasmo teria arrefecido nesta altura? É claro que não. A escalada do homem continuará. Mas não se pretenda que prossiga empurrada pela civilização ocidental da maneira como ela hoje se encontra. Neste momento estamos sendo avaliados na balança. Se desistirmos, sempre haverá um degrau seguinte — mas não será pisado por nós. Não recebemos nenhuma garantia que não tenha sido fornecida à Assíria, ao Egito e a Roma. Também estamos esperando nos tornar o passado de alguém, e não, necessariamente, nosso futuro.

Representamos uma civilização científica: e isso significa uma civilização na qual o conhecimento e sua integridade são cruciais. Ciência é apenas a palavra latina para designar conhecimento. Se não galgarmos o próximo degrau, isso será feito por outros povos, da África, da China. Deveria eu tomar essa eventualidade tristemente? Não, não em si mesma. A humanidade tem o direito de mudar sua cor. No entanto, ligado como estou à civilização que me nutriu, eu realmente me sentiria infinitamente triste. Eu, a quem a Inglaterra formou, a quem ela ensinou sua língua e sua tolerância e entusiasmo pela busca intelectual, certamente ficaria muito desolado (como vocês também) se, daqui a uns cem anos, Shakespeare e Newton fossem considerados fósseis históricos na escalada do homem, à semelhança do que acontece com Homero e Euclides.

Iniciei esta série no vale do Omo, na África Oriental, e aqui retorno porque algo que aconteceu neste lugar permaneceu em minha mente desde aquele primeiro encontro. Na manhã do dia em que éramos para dar início à organização do primeiro capítulo da série, um pequeno avião decolou de nossa pista levando a bordo o *cameraman* e o técnico de som, mas, segundos após ter subido, o avião caiu. Milagrosamente, o piloto e os dois outros homens saíram ilesos.

Naturalmente, esse evento mau agourado me marcou profundamente. No momento em que me preparava para fazer o passado desfilar, o presente insinua sorrateiramente sua mão na página escrita da história e diz: "É aqui. É agora". História não são eventos, mas, sim, pessoas. Além disso, não são pessoas apenas recordando; é o homem vivendo seu passado no presente. História é o ato instantâneo de decisão do piloto, que cristaliza em si todo o conhecimento, toda a ciência, tudo aquilo que foi aprendido desde o surgimento do homem.

Permanecemos inativos por dois dias à espera de outro avião. Nesse intervalo, em conversa com o *cameraman,* perguntei-lhe delicadamente, mas, talvez, sem muito tato, se ele não preferia que algum outro realizasse a filmagem aérea. Ao responder-me, disse: "Tenho pensado nisso. Vou sentir medo de subir amanhã, mas eu vou fazer a filmagem. Esse é meu dever".

Estamos todos com medo — de nossa presunção, de nosso futuro, do mundo. Tal é a natureza da imaginação humana. Contudo, cada homem, cada civilização, foi para a frente em razão de seu engajamento naquilo que havia decidido realizar. O compromisso pessoal de um homem com seu ofício, o compromisso intelectual e o compromisso emocional, unidos em um só propósito, fizeram a Escalada do Homem.

219
O conhecimento não é um borrador de fatos esparsos. Acima de tudo é responsável pela integridade do que somos, mormente do que somos enquanto criaturas éticas. O compromisso pessoal de um homem com seu ofício, o compromisso intelectual e o compromisso emocional, unidos em um só propósito, fizeram a Escalada do Homem. *Página de rosto de "Canções da Experiência" de William Blake.*

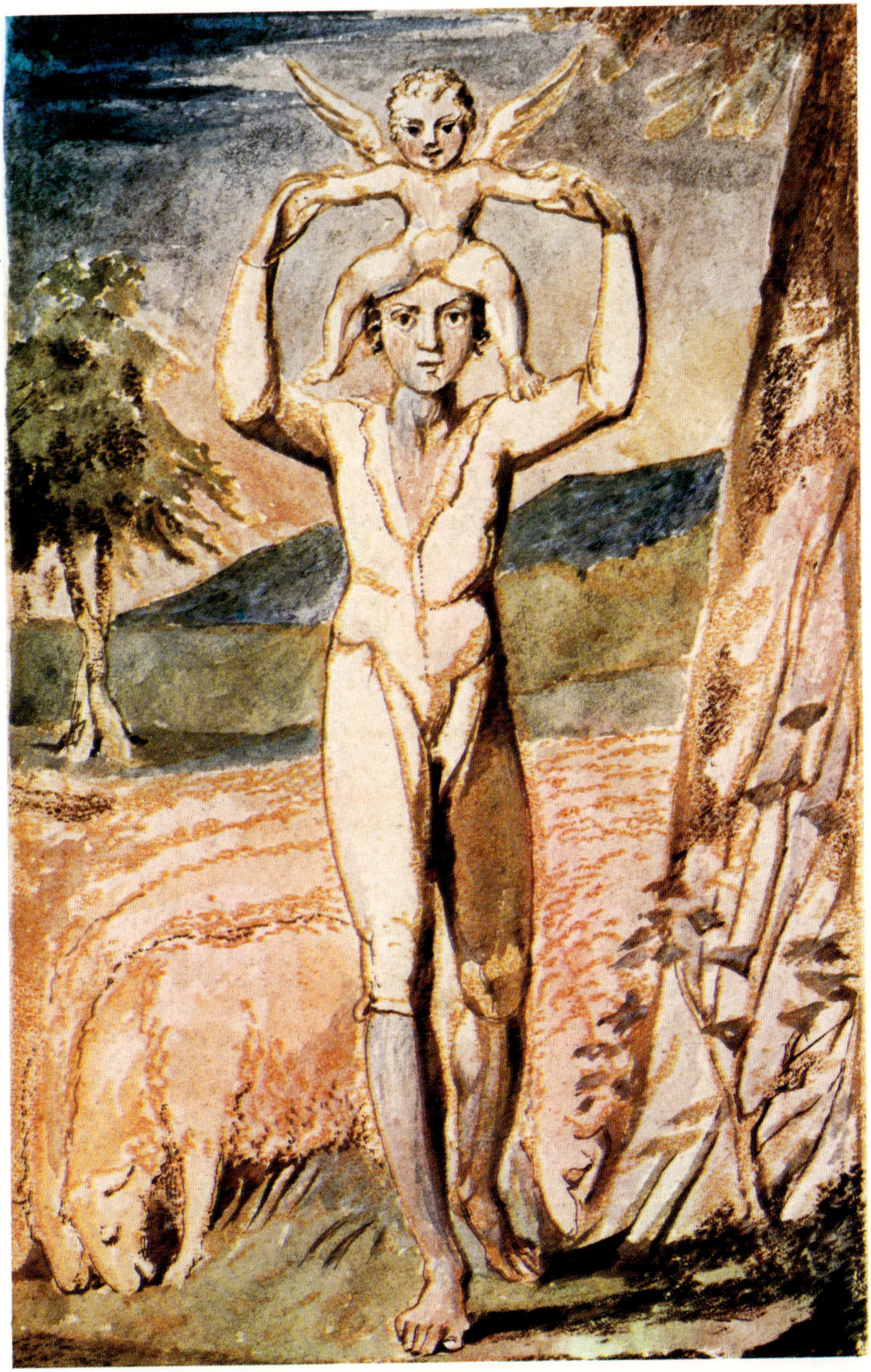

BIBLIOGRAFIA

CAPÍTULO UM
Campbell, Bernard G., *Human Evolution: An Introduction to Man's Adaptations,* Aldine Publishing Company, Chicago, 1966, e Heinemann Educational, Londres, 1967; "Conceptual Progress in Physical Antropology: Fossil Man", *Annual Review of Antropology,* I, pp. 27-54, 1972.
Clarck, Wilfrid Edward Le Gros, *The Antecedents of Man,* Edinburgh University Press, 1959.
Howells, William, editor, *Ideas on Human Evolution; Selected Essays, 1949-1961,* Harvard University Press, 1962.
Leakey, Louis S. B., *Olduvai Gorge,* 1951-61, 3 vols., Cambridge University Press, 1965-71.
Leakey, Richard E. F., "Evidence for an Advanced Plio-Pleistocene Hominid from East Rudolf, Kenya", *Nature,* 242, pp. 447-50, 13 de abril de 1973.
Lee, Richard B., e Irven De Vore, editores, *Man the Hunter,* Aldine Publishing Company, Chicago, 1968.

CAPÍTULO DOIS
Kenyon, Kathleen M., *Digging up Jericho,* Ernest Benn, Londres, e Frederick A. Praeger, Nova Iorque, 1957.
Kimber, Gordon, e R. S. Athwal, "A Reassessment of the Course of Evolution of Wheat", *Proceedings of the National Academy of Sciences,* 69, n.º 4, pp. 912-15, abril de 1972.
Piggott, Stuart, *Ancient Europe: From the Beginnings of Agriculture to Classical Antiquity,* Edinburgh University Press e Aldine Publishing Company, Chicago, 1965.
Scott, J. P., "Evolution and Domestication of the Dog", pp. 243-75 in *Evolutionary Biology,* 2, editado por Theodosius Dobzhansky, Max K. Hecht, e William C. Steere, Appleton-Century-Crofts, Nova Iorque, 1968.
Young, J. Z., *An Introduction to the Study of Man,* Oxford University Press, 1971.

CAPÍTULO TRÊS
Gimpel, Jean, *Les Bâtisseurs de Cathédrales,* Editions du Seuil, Paris, 1958.
Hemming, John, *The Conquest of the Incas,* Macmillan, Londres, 1970.
Lorenz, Konrad, *On Aggression,* Methuen, Londres, 1966.
Mourant, Arthur Ernest, Ada C. Kopeć e Kazimiera Domaniewska-Sobczak, *The ABO Blood Groups; comprehensive tables and maps of world distribution,* Blackwell Scientific Publications, Oxford, 1958.
Robertson, Donald S., *Handbook of Greek and Roman Architecture,* Cambridge University Press, 2.ª edição, 1943.
Willey, Gordon R., *An Introduction to American Archaeology,* Vol. I, *North and Middle America,* Prentice-Hall, New Jersey, 1966.

CAPÍTULO QUATRO
Dalton, John, *A New System of Chemical Philosophy,* 2 vols., R. Bickerstaff e G. Wilson, Londres, 1808-27.
Debus, Allen G., "Alchemy", *Dictionary of the History of Ideas,* Charles Scribner, Nova Iorque, 1973.
Needham, Joseph, *Science and Civilization in China,* 1-4, Cambridge University Press, 1954-71.
Pagel, Walter, *Paracelsus. An Introduction to Philosophical Medicine in the Era of the Renaissance,* S. Karger, Basel e Nova Iorque, 1958.
Smith, Cyril Stanley, *A History of Metallography,* University of Chicago Press, 1960.

CAPÍTULO CINCO
Heath, Thomas L., *A Manual of Greek Mathematics*, 7 vols., Clarendon Press, Oxford, 1931; Dover Publications, 1967.
Mieli, Aldo, *La Science Arabe*, E. J. Brill, Leiden, 1966.
Neugebauer, Otto Eduard, *The Exact Sciences in Antiquity*, Brown University Press, 2.ª edição, 1957; Dover Publications, 1969.
Weyl, Hermann, *Symmetry*, Princeton University Press, 1952.
White, John, *The Birth and Rebirth of Pictorial Space*, Faber, 1967.

CAPÍTULO SEIS
Drake, Stillman, *Galileo Studies*, University of Michigan Press, 1970.
Gebler, Karl von, *Galileo Galilei und die Römische Curie*, Verlag der J. G. Gotta'schen Buchhandlung, Stuttgart, 1876.
Kuhn, Thomas S., *The Copernican Revolution*, Harvard University Press, 1957.
Thompson, John Eric Sidney, *Maya History and Religion*, University of Oklahoma Press, 1970.

CAPÍTULO SETE
Einstein, Albert, "Autobiographical Notes" in *Albert Einstein: Philosopher-Scientist*, editado por Paul Arthur Schilpp, Cambridge University Press, 2.ª edição, 1952.
Hoffman, Banesh, e Helen Dukas, *Albert Einstein*, Viking Press, 1972.
Leibniz, Gottfried Wilhelm, *Nova Methodus pro Maximis et Minimis*, Leipzig, 1684.
Newton, Isaac, *Isaac Newton's Philosophiæ Naturalis Principia Mathematica*, Londres, 1687, editado por Alexandre Koyré e I. Bernard Cohen, 2 vols., Cambridge University Press, 3.ª edição, 1972.

CAPÍTULO OITO
Ashton, T. S., *The Industrial Revolution 1760-1830*, Oxford University Press, 1948.
Crowther, J. G., *British Scientists of the 19th Century*, 2 vols., Pelican, 1940-1.
Hobsbawm, E. J., *The Age of Revolution: Europe 1789-1848*, Weidenfeld & Nicolson, 1962; New American Library, 1965.
Schofield, Robert E., *The Lunar Society of Birmingham*, Oxford University Press, 1963.
Smiles, Samuel, *Lives of the Engineers*, 1-3, John Murray, 1861; reimp., David & Charles, 1968.

CAPÍTULO NOVE
Darwin, Francis, *The Life and Letters of Charles Darwin*, John Murray, 1887.
Dubos, René Jules, *Louis Pasteur*, Gollancz, 1951.
Malthus, Thomas Robert, *An Essay on the Principle of Population, as it affects the Future Improvement of Society*, J. Johnson, Londres, 1798.
Sanches, Robert, James Ferris e Leslie E. Orgel, "Conditions for purine synthesis: Did prebiotic synthesis occur at low temperatures?", *Science*, 153, pp. 72-3, julho de 1966.
Wallace, Alfred Russel, *Travels on the Amazon and Rio Negro, With an Account of the Native Tribes, and Observations on the Climate, Geology, and Natural History of the Amazon Valley*, Ward, Lock, 1853.

CAPÍTULO DEZ
Broda, Engelbert, *Ludwig Boltzmann*, Franz Deuticke, Viena, 1955.
Bronowski, J., "New Concepts in the Evolution of Complexity", *Synthese*, 21, n.º 2, pp. 228-46, junho de 1970.
Burbidge, E. Margaret, Geoffrey R. Burbidge, William A. Fowler, e Fred Hoyle, "Synthesis of the Elements in Stars", *Reviews of Modern Physics*, 29, n.º 4, pp. 547-650, outubro de 1957.
Segrè, Emilio, *Enrico Fermi: Physicist*, University of Chicago Press, 1970.
Spronsen, J. W. van, *The Periodic System of Chemical Elements: A History of the First Hundred Years*, Elsevier, Amsterdam, 1969.

CAPÍTULO ONZE
Blumenbach, Johann Friedrich, *De generis humani varietate nativa*, A. Vandenhoeck, Göttingen, 1775.
Gillispie, Charles C., *The Edge of Objectivity: An Essay in the History of Scientific Ideas*, Princeton University Press, 1960.
Heisenberg, Werner, "Über den anschaulichen Inhalt der quantentheoretischen Kinematik und Mechanik", *Zeitschrift für Physik*, 43, p. 172, 1927.
Szilard, Leo, "Reminiscences", editado por Gertrud Weiss Szilard & Kathleen R. Winsor in *Perspectives in American History*, II, 1968.

CAPÍTULO DOZE
Briggs, Robert W. e Thomas J. King, "Transplantation of Living Nuclei from Blastula Cells into Enucleated Frogs' Eggs", *Proceedings of the National Academy of Sciences*, 38, pp. 455-63, 1952.
Fisher, Ronald A., *The Genetical Theory of Natural Selection*, Clarendon Press, Oxford, 1930.
Olby, Robert C., *The Origins of Mendelism*, Constable, 1966.
Schrödinger, Erwin, *What is Life?*, Cambridge University Press, 1944; nova ed., 1967.
Watson, James D., *The Double Helix*, Atheneum, e Weidenfeld & Nicolson, 1968.

CAPÍTULO TREZE
Braithwaite, R. B., *Theory of Games as a tool for the Moral Philosopher*, Cambridge University Press, 1955.
Bronowski, J., "Human and Animal Languages", pp. 374-95, in *To Honor Roman Jakobson*, I., Mouton & Co., Haia, 1967.
Eccles, John C., editor, *Brain and the Unity of Conscious Experience*, Springer-Verlag, 1965.
Gregory, Richard, *The Intelligent Eye*, Weidenfeld & Nicolson, 1970.
Neumann, John von, e Oskar Morgenstern, *Theory of Games and Economic Behavior*, Princeton University Press, 1943.
Wooldridge, Dean E., *The Machinery of the Brain*, McGraw-Hill, 1963.

ÍNDICE REMISSIVO

Os números em negrito se referem às ilustrações

Abbeydale, Complexo Industrial, Yorkshire, 272
Abelhas, mecanismos de reprodução nas, 197, 386, 396, 400
Abóbada, Invenção da, 46, 88, 110, 112, 165
Ácido Desoxiribonucléico (ADN), 2, 20, 178, 195, 112, 317, 356, 390-395
Aço, fabricação do, 131-133
Acústica e Música, história da, 66, 156, 157, 169, 176, 179, 379
Adapis parisiensis e Adapis magnus, 37
Adaptações, animal, 19, 48; homem, 48
v. tb. Evolução cultural
Adelard de Bath (século XII), 69
Aegyptopithecus zeuxis, 10, 37, 42
África, 56, 59, 437; homem na, 25-29
Agressão, Teorias da, 370-4; como um instinto no homem, 88
Água, como fonte de potência, 260-262; estrutura atômica, 152; estrutura da gota, 81
Alavanca, princípio da, 27, 74, 118
Alcorão, 33, 166, 169
Alfonso X, o Sábio, Rei de Castela e León (1221-84), 75, 176
Alga, verde, 388, 406; *Spirogyra*, 200
Alhambra, o, Granada, Espanha, 72, 73, 20, 169-76
Alhazen (abu-'Ali Al Hasen ibn Al-Haythan) (d. 1038), 5, 179; *Opticae Thesaurus Alhazeni*, 77
Alegri, Gregório (1582-1652), 208
Alquimia, 20, 123, 133, 134, 136, 138, 142, 150, 152, 238, 239, 321, 341, 343
Amazonas, Rio, Peru e Brasil, 42, 92, 294, 301, 303, 306; florestas do, Brasil, 141, 144, 145; expedição de Bates e Wallace às, 296
Ameríndios, tribos, 45, 91-94; da Califórnia, 19; Tierra del Fuego, 147, 303; uso do ferro pelos, 131
Anatomia, estudo da, 142, 172, 207, 412
v. tb. Vesalius
Anne, rainha da Inglaterra (1665--1714), 234, 236
Aqueduto romano, Segóvia, 41, 104, 106

Ar, composição do, 148
Arado, invenção do, 27, 74, 79
Arbuthot, John (1667-1735), 236
Arco, evolução do, 103-110
Aristóteles (384-322 a.C.), 142, 194, 197, 208, 224
Arquimedes (c. 287-212 a.C.), 74, 177, 200; *Opera*, 74, 142, 200
Astronomia, ciência da, 84, 164, 165, 177, 181, 189, 218, 240--254, 358-360
Atleta, 9, 31-36
Atômica, estrutura, 24, 96, 174, 176, 330; concepção de Bohr da, 167, 336-338; concepção de Dalton da, 151; concepção de Mendeleiev da, 323-326; concepção de Rutherford da, 334
Aubrey, John (1626-1694), *Brief Lives*, 164
Auschwitz (Ostwiecim), Polônia, 186, 187, 374
Autômato Jacquet-Droz, 127
Australopithecus africanus, tb. conhecido como *Homo transvaalensis*, 10, 29, 38, 59, 401
Australopithecus robustus, 10, 38, 42
Autômatos, 127, 138, 265, 267, 286, 374, 416, 436
Avebury Ring, Inglaterra, 192
Avery, Oswald (1877-1955), 393
Avicena (Abu-Ali al-Hasain ibn Abidulah ibn Sina) (980-1037), 142
Babilônia, *v.* Civilização sumeriana
Bacon, Francis (1561-1626), 136, 325-326
Bacon, Roger, Visconde de St. Albans (1214-1294), 179
Bakhtiari, sudoeste da Pérsia, 20, 21, 60, 61, 62, 63, 64, 78, 425
Balística, 81, 184, 249
Balla, Giacomo (1871-1958), *O Planeta Mercúrio passando diante do Sol*, 165
Barbari, Jacopo de, 89
Barberini, Maffeo, *v.* Urbano VIII
Bates, Henry Walter (1825-1892), 294, 296, 306
Beaumarchais, Conde de, *v.* Caron, Pierre Augustin
Beauvais, Catedral, França, 110
Bebê humano, 8, 31; reflexo de, 31
Beethoven, Ludwig van (1770--1827), 288
Belarmino, cardeal Roberto (1542--1621), 205, 207, 213, 214, 216

Besouro, caça, 143, 293, 294
Bernini, Gianlorenzo (1598-1680), 96, 99, 207, 208, 214
Bethe, Hans Albrecht (1906), 343--344
Bíblia, A, 25, 60-70, 72, 73, 79, 162-164, 209, 234, 256, 309, 341
Bingham, Hiram (1875-1956), 96
Biologia, 60-79, 165, 308, 311, 317, 379-409, 411, 436; diversidade da vida, 291; humana, *v.* Evolução cultural
Bioquímica, 140, 154, 155, 314, *v. tb.* ácido desoxiribonucléico (ADN), estrutura das redes de cristais e proteínas
Birmingham, Inglaterra, centro intelectual, 277-279; apedrejamento da casa de Priestley em, 144
Bisão, Pintura paleolítica do, 18
Blake, William (1757-1827), 90, 91, 256, 285; *Auguries of Innocence*, 351; *Europe, A Prophecy*, 34; *Songs of Experience*, 219; *Songs of Innocence*, 412
Blumenbach, Johann Friedrich (1752-1840), coleção de crânios, Göttingen, 182, 367
Boccioni, Umberto (1882-1916), *As Forças de uma Rua*, 332; *Dinamismo de um Ciclista*, 165, 332
Bohr, Niels Henrik David (1885--1962), 122, 158, 163, 204, 332, 334-340; *On the Constitution of Atoms and Molecules*, 337
Boltzmann, Ludwig (1844-1906), 173, 204, 347-351
Borgrajewicz, Stephan (1910), 175, 353, 355
Born, Max (1882-1970), 163, 180, 204, 329, 360-362, 364, 367, 409
Boswell, James (1740-1795), *Life of Johnson*, 280
Boulton, Matthew (1728-1809), 135, 277, 280
Bourbon, Família Real dos, França, 267, 268, 379
Braque, Georges (1882-1963), *Houses at L'Estaque*, 332
Brecht, Bertolt (1898-1956), 367
Bridgewater, Francis Egerton, 3º Duque de (1736-1803), 126, 262, 265
Brindley, James (1716-1772), 126, 260, 262, 265

Broglie, Louis Victor, Príncipe de (1892), **163**, 338, 364
Bronowski, Jacob (1908-1974), *The Identity of Man,* 412, 415
Bronze, 131; caligrafia no, **53**, 128; técnica de modelar o, 127; descoberta do, Oriente Médio, 126; bronzes de Shang e de Chou, **52**, 126
Brooke, Rupert (1887-1915), 337
Browne, Sir Thomas (1605-1682), *The Garden of Cyrus,* 91
Brunelleschi, Filippo (1379-1446), 179
Bruno, Giordano (1548-1600), 198, 205, 207
Brutus, Marcus Junius (c. 85-42 a. C.), 113
Budha, Gautama, Príncipe Siddhartha (563-483 a.C), 417
Budismo, no Império Mongol, 88, 417, 437
Buz Kashi, jogo do Afganistão, **32**, **213**, 82-86, 426
Calculador, histórico e moderno, **56**, **71**, **91**, 166, 168, 200
Cálculo, o, 184-187, 222, 228, 239
Canal, 262-265; Llangollen, Vron, Gales, **125**; Manchester a Worsley, 262
Canyon de Chelly, Monumento Nacional, Arizona, **35**, 91-96
Carbono, 344, 390
Carnot, Nicolas Léonard Sadi (1796-1832), *La Puissance Motrice du Feu,* 282
Caron, Pierre Augustin, conde de Beaumarchais (1732-1799), 265, 267-268; *As Bodas de Fígaro,* 265, 267, 268
Carpaccio, Vittore (c. 1450-1522), *Santa Úrsula,* 78, 179
Carrara, mármore, Itália, 115
Carroll, Lewis (Charles Lutwidge Dodgson) (1832-1898), *Alice no País das Maravilhas,* 249
Catarina II, A Grande, imperatriz da Rússia (1729-1796), 277
Cavalo, como animal de tração, 80; domesticação do, 86;
no Peru, 101;
amansamento para montaria, 24, 80, 412;
cavaleiros, 82-84, 133
Cavernas de Altamira, Santander, Espanha, **18**, 50-56
Cellini, Benvenuto (1500-1571), 57; *Memórias de Benvenuto Cellini,* 134, 136
Celsus Aurelius, 140
Centauro, lenda grega do, 80
Cérebro, 31, 404, 412-424, 436; e locomoção, 20, 31;

evolução do – humano, 36, 40, 42-46;
relações com a mão, 42, **212**, 113, 115, 116
Chadwick, Sir James (1891-1974), 341, 343, 351
Chagall, Marc (1887), 367; *O Casamento,* 203
Chaucer, Geoffrey (c. 1340-1400), *Tratado sobre o Astrolábio,* 166, 260
China, 411, 426, 437; alquimia na, 136; adoração do ancestral na, 118; matemática na, 68; Dinastia Shang na, 126
Cidade, organização da, 88, 89, 100, 102
Civilização sumeriana, 77, 100, 155, 158, 160, 189, 435, 437
Clausius, Rudolf Julius Emannel (1822-1888), 347
Cobre, 126, 150, 182; na Pérsia Antiga, 125; no Império Inca, 102; ponto de fusão, 132; adelgaçamento do arame estirado, 51
Código, 20
Coleridge, Samuel Taylor (1772-1834), *Kublai Khan,* 88; *Rime of the Ancient Mariner,* 282
Colombo, Cristóvão (1451-1506), 96, 140, 169, 190, 194
Comportamento animal, estudos do, 210, 412, 416
Copérnico, Nicolau (1473-1543), 88, 196-198, 204-216, 221, 334; *De revolutionibus orbium, coelestium,* 88, 142, 197
Córdoba, Grande Mesquita, Espanha, **42**, 106
Cowper, William (1731-1800), 247
Crabble, George (1754-1832), 260
Crescimento, análise matemática do, **82**, 194, 184-187
Crescente Fértil, 68, 70, 91, 92, 100
Crick, Francis H. Compton (1916), 390-393
Cristo, Jesus, 24, 91, 94, 125, 155, 164-165, 196, 425, 429
Cromwell, Oliver (1599-1658), 222, 374
Cristal, 321-332, 356; da Tabela Periódica de Elementos, 159, 321-330; de metais, 125, 126, 133; de pirita, de fluorita, diamante, cristal da Islândia, **74**, 174; v. tb. *Ácido Desoxiribonucléico (ADN)*
Cruikshank, George (1792-1878), *Gravuras Satíricas,* **126**, 127
Cultura dos caçadores magdalenianos, **11**, 46
Curie, Marie Sklodowska (1867-

-1934), **163**, **204**
Dalton, John (1766-1844), **64**, **65**, 150-153, 322
Dart, Raymond (1893), 29
Darwin, Charles Robert (1809-82), 24, **142**, **151**, 245, 279, 291, 301-309, 313, 317, 344, 351, 387;
Downe House, **148**, **149**, 306; correspondência com A. R. Wallace, 308;
Viagem de um Naturalista, **143**, 293, 303;
A Descendência do Homem, 24; A Origem das Espécies, 24, 308
Darwin, Erasmus (1731-1802), **148**, 279, 304
Defoe, Daniel (1661 ? - 1731), *Robinson Crusoe,* 192
Democracia, Ideal da, 274, 379, 386, 390, 411, 428, 435-437
Dentes, humanos, evolução dos, 29, 38, 41
Descartes, René (1596-1650), 218
Descoberta científica, 20, 26, 29, 94, 95, 112, 115, 141, 153, 202, 236
Desenvolvimento embriológico, 207, 424; no grunion, 19, 139; na galinha, **196**, 395
Deslocamento continental, teoria do, 72, 91
Dickens, Charles (1812-1870), 424
Dióxido de carbono, 151, 152, 314
Domesticação dos animais, 21, 27, 24, 60, 77, 79, 86
Dondi, Giovanni de (1318-1389), 87, 194-196
Donne, John (1572-1631), *The Extasie,* 406
Dryopithecus africanus, v. *Proconsul africanus, Dryopithecus fontani, Dryopithecus indicius* e *Drypotihecus sivalensis,* **10**, 37, 38
Duplessis, Joseph S., *Retrato de Benjamin Franklin,* 129
Dürer, Albrecht (1471-1528), *A Adoração dos Magos,* 80, 181; *Tratado de Perspectiva,* 79, 183; *Auto-retrato,* 209
Durham, Terry (1930), *Retrato do Dr. Bronowski,* 416
Eddington, Sir Arthur Stanley (1882-1944), 254
Egito, Antigo, 100, 159, 160, 189, 426, 435, 437
Einstein, Albert (1879-1955), 117, 118, 122, 158, 163, 204, 245-256, 321, 328-329, 343, 367, 370-371, 408, 429; *Eletrodinâmica dos corpos em movimento,* **121**, 254, 255; *O Mundo*

como o vejo, 255, 256
Elementos químicos, 133, 134, 146, 151, 343-349; concepção grega dos, 123, 144; Tabela Periódica dos, **161**, 323-326
Elétrons, **167**, 264, 330, 334, 336, 362
Engels, Friedrich (1820-1895), *v.* Marx, Karl Heinrich
Engenharia, **135**, 104, 189, 260, 277-280, 286, 436
Entropia, teoria física da, 347, 348-351
Enxofre, 124, 344; sulfetos de mercúrio, 123, 138-139
Erasmus, Desiderius (c. 1466-1536), **214, 215,** 141, 142; *O Elogio da Loucura,* 427, 429
Especificidade humana, 19, 29-31, 42, 56, 113, 118, 400-407, 416-424
Espaço, medida do, 155, 176, 180-187, 240, 241, 256
Espada japonesa, **54,** 131, 132, marcas de resfriamento na, **55,** 133
Espectro, de informação, 353-364; da luz, **106,** 224, 249; de moléculas orgânicas nas estrelas, 318; atômico, **167,** 336-339
Esquimó, escultura, 115
Estabilidade Estratificada, teoria da, 344-349
Estatística, análise, 348, 358, 360
Estereotipia em cristais, **154,** 173, 313; no homem, 311, 421
Estreito de Bering, Alasca, EUA, 92
Euclides, 162-164, 177, 233, 437; *Elementos de Geometria,* 69
Evolução, biológica, 19, 48, 59, 293-308, 317, 400, 411, 421; por seleção natural, 42, 50, 59, 388;
por seleção sexual no homem, 400-406;
cultural, 20, 36, 40, 48, 56, 59, 60;
da matéria, 309, 344;
v. tb. Cérebro e Dentes
Eyck, Jan van (c. 1390-1441), *Retrato dos Arnolfinis,* **202**
Faraday, Michael (1791-1867), 271
Fermentação, **155,** 311, 314, 316
Fermi, Enrico (1901-1954), **171, 172, 183,** 341, 343-347, 351, 367, 369, 370
Fernando I, imperador da Áustria (1793-1876), 376
Ferramentas, **11,** 29, 40, 41, 46, 65, 95, 110, 116, 118, 158, 370

Ferro, uso por ameríndios, 131; trabalho do, para fabricação de aço, 132
Física, história da, 110, 125, 165, 221-256, 321-374, 411, 436
Física atômica, 24, 328-351, 353-370
Fitzroy, Robert (1805-1865), 303
Flamsteed, John (1646-1719), 243
Fogo, como analisador, 125, 142; como processo, 142; como purificador, 123, 138; na Idade da Pedra, 41, 50; lendas do, 124
Foramen magnum, base do crânio, 29, 37
Francisco I, rei da França (1494--1547), 134, 136
Franklin, Benjamin (1706-1790), **128, 129,** 116, 144, 148, 268--272; *Poor Richard's Almanack,* 268; rascunho da *Declaração da Independência,* 272, 279
Franz Josef I, imperador da Áustria (1830-1916), 379, 386
Freud, Sigmund (1856-1939), 367
Frobenius, Johann (c. 1460-1527), 141, 429
Galeno, Cláudio (c. 130-200), 177, 411
Galileo, Galilei (1564-1642), **90, 91, 93, 94,** 198-218, 259, 334, 367; *Diálogo sobre os grandes sistemas do mundo,* 209, 211, 212, 221; *v.* Index; *O mensageiro estelar (Siderius Nuncius),* 204-205; julgamento de, 205, 212-217, 334; *Duas novas ciências,* 218
Gandhi, Mahatma (1869-1948), 429
Garstang, John (1876-1956), 65
Gás dos Pântanos (metano), 151, 314
Gauss, Karl Friedrich (1777-1855), **179,** 358-360, 424; Curva de Gauss, 358, 364
Gay, John (1685-1732), *The Beggar's Opera,* 236-240; *Three Hours after Marriage,* 236
Gazela, de Grant, 3, 28, 32, 35-36
Genética, história das idéias de Mendel sobre a, 380-390; do axolotle, **198,** 396-399; da cegueira de cores, 151; do lábio dos Habsburgos, 379; da ervilha, 190, 381-388; da cor da pele no homem, 26; do trigo, 65
Genghis Khan (1162-1227), 80, 82, 86-88, 132
Geologia, 25, 26, 91
George II, rei da Inglaterra (1683-1760), 362

George III, rei da Inglaterra (1738-1820), 271
Geraldo de Cremona (c. 1114--1187), 177
Germânio, identificação do, 326
Getsu, artesão na fabricação de espada, **54,** 131-133
Ghiberti, Lorenzo (1378-1455), 179
Gillary, James (1757-1815), **130**
Goethe, Johann Wolfgang von (1749-1832), 288
Goldsmith, Oliver (1728-1774), *A Vila deserta,* 260
Grécia, ciência e cultura na, 74, 77, 112, 134, 155-162, 177, 321, 351
Griffier, Robert (1688-1760?), **113**
Gris, Juan (1887-1927), *Natureza Morta, Pierrot,* 332
Grunion, **1,** 19, 388
Grupos sangüíneos, humano, Novo Mundo, 92, 94
Gruta de Olduvai, Tanzânia, 29
Guilherme II, Kaiser da Alemanha (1859-1941), 362
Háfnio, isolamento do elemento, 337
Halley, Edmond (1656-1742), 232-233
Halógenos, metais, **159,** 321, 322
Harpão magdaleniano, **14,** 46
Harrison, John (1693-1776), **114, 116,** 241-245
Hay, H. J. (1930), 255
Hegel, Georg Wilhelm Friedrich (1770-1831), 360
Heisenberg, Werner (1901), **163,** 337, 340, 362, 364, 365
Hélio, 322, 330, 343, 344, 349
Henrique VIII, rei da Inglaterra (1491-1547), 207
Herschel, Sir William (1738-1822), 354
Hershey, Alfred Day (1908), 393
Hertz, Heinrich Rudolf (1857--1894), 354
Hidrogênio, **167,** 322, 330, 336, 337, 341, 343, 349, 390
Hill, David Octavius (1802-1870), *Viaduto da Amêndoa,* **123**
Hipócrates (c. 460-377 a.C.), 177, 429
Hiroshima, Japão, 185, 370
Hitler, Adolf (1889-1945), 86, 343, 367-369, 425
Hobbes, Thomas (1588-1679), 164
Homero (c. 700 a.C.), 437; *A Ilíada,* 349
Homo erectus, **10, 11,** 40, 41, 42, 45, 124

445

Homo sapiens, **10,** 41, 42, 48, 50, 59
Homo transvaalensis, v. *Australopithecus africanus*
Hooke, Robert (1635-1703), 226, 232-234, 241
Hooker, Sir Joseph Dalton (1817--1911), 306, 308
Hunter, Walter (1889-1954), 423
Huntsman, Benjamin (1704-1776), 131
Huxley, Aldous Leonard (1894--1963), 124
Iatroquímica, 138, 140
Ilha da Páscoa, **86,** 192, 198, 425
Imaginação, 36, 40, 48, 50, 54, 56, 91, 94, 95, 340, 364, 365, 432, 438
Império Inca, 96, 100, 101, 102, 103, 106; trabalho em ouro do, **56,** 134
Império Mongol, **30,** 61, 80, 84, 86, 88; invasão do Japão, 132, 140; táticas de choque do, 82
Incerteza, princípio da, 356-367
Index, **100,** 207, 216
Índia, sistemas matemáticos da, 155
Índios do Amazonas, 300, 302, 305; tribo wayana, **12, 146**
Indução, 20, 69, 94, 95, 106, 115, 120, 325, 326, 334, 336, 340; a fala como, 423
Informação, imperfeição da, 353--374
Inquisição, Roma, 209, 214, 217; o Conselho da — Espanhola, 198, 207, 211, 213, 214, 216
Instrumentos, científicos, de Galileo, **91;** modernos, **176,** 353-356
Ironbridge Gorge, Shropshire, 272
Irrigação, 77, 100
Isabel I, rainha de Castela e León (1451-1504), 169
Isfahan, Irã, Mesquita da Sexta-feira, 165, 169
Islândia, 411
Jacobsen, Carlyle F. (1902), 423
Jacquard, Joseph Marie (1752--1834), **127,** 265
Janácek, Leos (1854-1928), 387
Jefferson, Thomas (1743-1826), 144
Jericó, Israel, **25,** 64, 65, 68, 69, 70, 431
Jerusalém, Israel, **216,** 429, 431
Jogos: boliche, 151; xadrez, 82, 433; infantis, **208,** 160; de azar, **218,** 435; matemáticos, 158, 174; paciência, 323-325; poder, 294; Teoria dos, 432, 433; *v. tb.* Buz Kashi
Jogos de guerra e estratégias, **30,**
80, 82, 86, 88, 205, 265, 370
Joliot-Curie, Frederic (1900--1958), 369.
Joule, James Prescott (1818-1889), **162,** 286, 288
Kelvin, William Thomson, primeiro barão (1824-1907), 288
Kenyon, Kathleen Mary (1906), 70
Kepler, Johannes (1571-1630), 184, 198, 221
Kneller, Sir Godfrey (1646-1723), *Retrato de Sir Isaac Newton,* **104,** 107
Ko-Hung (c. 260-340), *Pao-p'u Tzu,* 134
Kublai Khan (c. 1215-1294), 88, 132
Lamarck, Jean Baptiste (1744--1829), 388
Lapões, **15, 16, 17, 48,** 59
Laue, Max von (1879-1960), 356
Lavoisier, Antoine Laurent (1743--1794), **62, 63,** 146, 148-150
Leakey, Louis Seymour Bazett (1903-72), 37
Leakey, Richard (1937), 40
Leão X, Papa (Giovanni de Medici) (1475-1521), 196
Lehrman, Daniel Sanford (1919--1972), **210,** 416, 419
Lei, códigos de, 77; de proporções constantes, 152; da gravitação, 233, 234; da natureza, 155; dos movimentos planetários, 221; da termodinâmica, 282, 347
Leibniz, Gottfried Wilhelm, Baron von (1646-1716), 115, 184, 226, 229, **240-241.**
Lemuróide, **10, 13,** 37, 45
Leonardo da Vinci (1452-1519), 181, 412; *Criança no útero,* **207;** *Trajetória das balas de morteiro,* 81; *Madona das rochas,* 205; *Mona Lisa,* 412
Leone, Octavio (1587-1630), *Retrato de Galileo Galilei,* 90
Ligas metálicas, 133; bronze, 128; ferro, 131; zinco, 126
Linguagem, 30, 45, 131, 256, 301, 332, 374, 421; dos números, 155, 156
Lipchitz, Jacques (1891), 115
Lithgow, William (ou Linlithgow) (1582-1645), *The Totall Discourse of the Rare Adventures and Painfull Peregrinations of Long Nineteene Yeares,* 216
Littlewood, John Edensor (1885), 254
Longitude, cálculos da, 239
Lorenz, Konrad Zacharias (1903), 412
Lua, 93, 164, 196, 204, 222, 233, 388
Luís XVI, rei da França (1754-1793), 265, 267, 268
Lutero, Martinho (1488-1546), 142, 205
Luz, 179-181, 224-228, 247, 248-256, 353, 355
Lyell, Sir Charles (1797-1875), *The Principles of Geology,* 306, 308
Macaco antropóide, comparado ao homem, 29, 36, 59, 302, 400, 411, 417, 423
Mach, Ernst (1838-1916), 351
Machu Picchu, cidade inca de, Peru, 37, 20, 96-103, 416
Maçons, trabalho dos, **44,** 109, 110, 112, 113, 244, 268, 274
Maias, 20, 155, 189, 190-198; os astrônomos, 20
Malthus, Thomas Robert (1766-1834), *Ensaio sobre a População Humana,* 305, 306
Mann, Thomas (1875-1955), 367
Maomé (570-632), 165, 166; *v. tb.* Alcorão
Marc, Franz (1880-1916), *Deer in a Forest,* 332
Maria Antonieta, rainha da França (1755-1793), 265
Marini, Marino (1901), 115
Marx, Karl Heinrich (1818-1883), *O Manifesto do Partido Comunista,* 379
Masamune (c. 1264-1343), *Cuteleiro de espada japonês,* 132
Matemática, história da, 30, 106, 109, 112, 161, 155-187, 189, 221-223, 233, 362-369
Matéria, estrutura da, 123, 161; intercepção da luz, 224, 248, 249, 353-373
Maxwell, James Clerk (1831-1879), 353, 354
Meca, Hedjaz, Arábia Saudita, 165, 166, 360
Meiji, imperador do Japão (1867-1912), 132
Mendel, Gregor Johann (1822-84), 68, **189, 190,** 379-390, 393, 395; *Versuche über Pflanzenhybriden,* 385
Mendeleiev, Dmitri Ivanovich 1834-1907), **160, 162,** 322-330, 334, 337, 339, 344, 349
Mercúrio, sublimação do, 138, 139; química do, 124; na China Antiga, 123; nos experimentos de Lavoisier, 148, 150
Metais, ligas de, 24, 72; primeiro uso do, **54,** 62, 69, 123, 125, 131

Metsys, Quentin (c. 1466-1530), *Retrato de Erasmus*, **214**; *Retrato de Paracelsus*, 60
Metternich, príncipe Klemens Wenzel Nepomuk Lothar von (1773-1859), 379
Metzinger, Jean (1883-1956), *Mulher a cavalo*, 332
Michelangelo, Buonarroti (1475--1564); *Brutus*, **47**, 113-115, 123, 208; *Afrescos na Capela Sistina*, 341; *Sonetos*, 115, 123
Michelson, Albert Abraham (1852--1931), 247
Migração de aves, 194
Milho, cultivo no Novo Mundo, 68, 94, 100
Miller, Stanley (1930), 314
Milton, John (1608-1674), *Paradise Lost*, **34**, 91; *Sanson Agonistes*, 218
*Mirab*eau, Honoré Gabriel Riquetti (1749-1791), 268
Monod, Jacques Lucien (1910), *Chance and Necessity*, 393
Moore, Henry (1898), 115, 116; *Knife-edge-Two-piece*, **48**,
More, Sir Thomas (1478-1535), 425; *Utopia*, 425
Morley, Edward Williams (1833--1923), 247
Moseley, Henry Gwyn-Jeffreys (1887-1915), **168**, 337-339
Mozart, Wolfgang Amadeus (1756--1791), 424; *A Flauta Mágica*, 268; *As Bodas de Fígaro*, 265--268
Mussolini, Benito (1883-1945), 341, 425
Nägeli, Karl Wilhelm von (1817--1891), 385-386
Napoleão I (Bonaparte) (1769--1821), 268
Napoleão III, imperador da França (1808-1873), 311
Navegação, **115**, 192, 194, 224, 239, 241, 243, 262
Neanderthal, homem de, 41, 42, 46
Nervi, Pier Luigi (1891), *Palazetto dello Sport*, Roma, 46
Neumann, John von (1903-1957), **204, 217,** 432-436; *Teoria dos Jogos e Comportamento Econômico*, 432, 433; *O Computador e o Cérebro*, 433
Nêutron, 341, 351, 369
Newton, Sir Isaac (1642-1727), **109**, 184, 218, 221-243, 254, 259, 332, 334, 336, 337, 412, 437; e cálculo, 184, 222, 223, 233; em Cambridge, **104**, 223, 224, 233; na Casa da Moeda, **107, 111**, 234, 236; em Woolsthorpe, 218, 221-223, 233; interesses do oculto em, 234; trabalho no *Optika*, **106, 111**, 223-228, 332; trabalho nos *Principia*, **108**, 233
Nicolau II, tzar da Rússia (1868--1918), 326
Nomadismo, **21**, 60, 61, 62, 63, 64, 69, 86, 162, 165
Números, evolução dos sistemas modernos, 168, 177
Oak Ridge National Laboratory, Tennessee, **169**, 341-343, 349
Observatório de Greenwich, **113, 115**, 241, 243, 249
Oljeitu Khan, **33**, 80, 86, 88
Omo, Vale, Etiópia, **4**, 25, 26, 28, 29, 438
Orgel, Leslie Eleazer (1927), **155**, 314, 316
Ostwald, William (1853-1932), 351
O'Sullivan, T. H. (1840-1882), *Fotografia de Paisagem*, 35
Ouro, **56, 57,** 103, 123, 134, 136, 138, 152, 239
Oxigênio, descoberta do, 148, 150; no ar, 148; no sangue, 32; no ADN, 390; na atmosfera primitiva, 314; no Universo, 344; óxidos de mercúrio, 123; teoria do flogisto, 142, 150
Padrões de Pastilhas, simetria dos, 160, 172-174
Paestum, Sul da Itália, **39**, 104-106
Paine, Thomas (1737-1809), **130**, 272; *Os Direitos do Homem*, 272, 273
Paracelsus, Aureolus Philipus Theophrastus Bombastus von Hohenheim (1493-1541), **58, 59, 60**, 123, 139-144, 321
Pascal, Blaise (1623-1662), 424
Pasteur, Louis (1822-1895), **152, 154, 204**, 311-313
Paulo III, Papa (1468-1549), 209
Pauling, Linus (1901), 392
Pedra, forma na, **47**, 115, 354; na arquitetura, 96; Inca, 109
Pepys, Samuel (1633-1703), 233
Perspectiva, estudos da, 76, 77, 78, **79, 80**, 179-184, 196
Peso Atômico, 324, 325, 330
Peste, A, 222, 223, 229, 280
Picasso, Pablo (1881-1973), *Les Demoiselles d'Avignon*, *Retrato de Daniel-Henry Kahnweiler*, 332
Pirâmides, 112, 131, 158, 349
Pisano, Andrea (c. 1290-1348), *A Criação da Mulher*, 199
Pitágoras (c. 570-500 a.C.), **66, 67,** 68, **104**, 155-162, 172, 173, 187, 223, 234; Teorema, 156--162, 173, 339
Pizarro, Francisco (c. 1470-1541), 101
Planck, Max Karl Ernst Ludwig (1858-1947), 336, 351, 365
Planetas, trajetórias dos, **85, 102, 165**, 156, 157, 164, 165, 194, 196, 197, 204, 211, 221, 244, 318, 334, 351, 358, 360
Platão (428-348 a.C), 425
Polícrates, 156
Pope, Alexander (1688-1744), *Lines Writter in Windsor-Forest*, 228
Previsão humana, 36, 54, 56, 65, 113, 369, 370, 416, 423-425, 435, 436
Priestley, Joseph (1733-1804), **61**, 144-148, 274, 277
Proconsul africanus, tb. conhecido como *Dryopithecus africanus*, **10**, 36, 38, 42
Proteína, estrutura da, 76, 348; adenina na, **157**, 316, 318; evolução da, 316; na hemoglobina, 309; na mioglobina, 314; *v. tb.* ácido desoxiribonucléico (ADN)
Ptolomeu, Cláudio, **70**, 164, 184, 194, 196-198, 204, 208, 209; *Almagesto*, 177
Pueblo, tribo dos, Arizona, 36, 92-96
Qanats, Khuzistan, 77
Química, 131, 133, 139-140, 144, 317, 321-330
Quipu, **38**, 100, 101
Raios X, **177, 178**, 248, 332, 344, 355
Ramapithecus punjabicus, **10**, 38
Raphael, Santi (1483-1520), 425
Rashid al-Din, *Jami'al-Tawarikh*, **30**, 80
Reforma, A, e A Contra-Reforma, 141, 142, 205, 206, 207, 221, 222
Renascimento, 177-184, 197, 208, 286; deslocamento para o Norte da Europa, 221, 424, 425, 426
República Veneziana, **90**, 198-205
Resposta retardada, **218**, 435, 436
Revolução biológica, A, 24, 59, 60, 66, 79
Revoluções, Industrial, **124, 137**, 259-288; científica, 218, 221; do século XVII, 221, 222; do século XVIII, 144, 148, 259--272; do século XIX, 379
Rheims, Catedral, França, **43, 45**, 109-112
Rift Valley, África Oriental, 25, 26, 72

Roda, e eixo, 28, 77; como modelo em cosmologia, 77; invenção da, 74, 76, 101, 194, 198; – d'água, 260
Rodia, Simon (1879-1965), 118-121; *The Watts fowers*, 49, 121
Roma Antiga, cultura e arquitetura de, 109, 110, 160, 274, 435, 437
Röntgen, Wilhelm Konrad (1843-1923), 177, 332, 356
Roosevelt, Franklin Delano (1882-1945), 184, 370
Rousseau, Jean-Jacques (1712-1778), 424
Rudolf, Lago, Quênia e Etiópia, 25, 26, 28, 29
Ruskin, John (1819-1900), *The Stones of Venice*, 109
Russell, Bertrand (1872-1970), 254
Rutherford, Ernest, Primeiro Barão (1871-1937), 163, 166, 328, 334-337, 351, 369
Rysbrack, John Michael (1693 ?-1770), *Monumento a Isaac Newton, Abadia de Westminster*, 109, 111
Sacchi, Andrea (1599-1661), 97, 211
Salk Institute for Biological Studies, San Diego, Califórnia, 210, 367, 370, 393, 419
Sanchez, Robert (1938), 155, 314
Schelling, Friederich Wilhelm Joseph von (1775-1854), *Naturphilosophie*, 282, 285
Schrödinger, Erwin (1887-1961), 329, 362, 367
Selkirk, Alexander (1676-1721), 192
Seurat, Georges (1859-1891), *Jovem com Esponja de Pó, Le Bec*, 164, 332
Shakespeare, William (1564-1616), 198, 228, 437; *Hamlet*, 424; *O Rei Lear*, 360; *Otelo*, 198; *O Mercador de Veneza*, 198; *A Tempestade*, 156
Sharples, Ellen (c. 1790), *Retrato de Joseph Priestley*, 61
Simetria, estudos da, 82, 160, 161, 172-176
Skinner, Burrhus Frederic (1904), 412
Sociedades científicas: Academia de Ciências, S. Petersburgo, 330; Academia Cimento, Roma, 198; British Association for the Advancement of Science, 368; Lincean Society, Roma, 92; Linnean Society, Londres, 308; Lunar Society of Birmingham, 277-280; Manchester Literary and Philosophical Society, 150-153; Natural History Society, Brno, 385; Royal Society of London, 226, 227, 233, 254, 412
Sócrates (470-399 a.C.), 362, 427, 429
Sófocles (c. 496-406 a.C.), *Electra*, 197
Sol, 170, 224, 243, 344, 349
Stalin, Joseph (1879-1953), 86
Stubbs, George (1724-1806), *Retrato de Josiah Wedgwood*, 134, 279
Stukeley, William (1687-1765), 103
Sultaniyeh, Pérsia, 33, 86-88, 416
Sutton Hoo, enterro de, 118
Swift, Jonathan (1667-1745), 429; *Viagens de Gulliver*, 236, 271, 364
Szilard, Leo (1889-1964), 183, 184, 254, 367-374
Taung, crânio de, 208, 29, 30, 38, 415, 423
Telescópio, 91, 92, 200-204, 211, 224, 241
Telford, Thomas (1757-1834), Aqueduto de Llangollen, 125, 274
Tempo, medida do, 180-187, 189, 222, 240, 241, 243, 257
Thomson, Sir Joseph John (1856-1940), 163, 166, 330, 334, 349
Tolerância, princípio da, 356-367
Topolski, Feliks (1907-), 175, 353
Torno-de-arco, 29, 79
Toscanini, Arturo (1867-1957), 368
Tour, Georges de la (1593-1652), *Les Souffleur à la Lampe*, 50
Tração, animais de, Bakhtiari, 77, 79; analogia com a máquina, 79; renas como, 17, 50, 52
Trajano, Marcus Ulpius, imperador de Roma (98-117), 106
Transumante, 21, 46-50, 60
Trevithick, Richard (1771-1833), 139, 285-287
Trigo, 22, 24, 64, 65, 67, 68, 70
Trismegistus, Hermes, 197
Turi, Johan, *Autobiografia de um Lapão*, 17, 52, 53
Uccello, Paolo (c. 1396-1475), Análise da Perspectiva, 2, 80; *A Enchente*, 80, 181
Unger, Franz (1800-1870), 380
Urbano VIII, Papa, Maffeo Barberini (1568-1644), 96, 98, 205, 207-218
Ussher, James, Arcebispo de Armagh (1581-1656), 343
Vaticano, O, 207, 208; Arquivos secretos, 95, 214; *v. tb.* Index
Velásquez, Diego Rodrigues de Silva y (1599-1660), 379
Vesalius, Andreas (1514-1564), 215; *De Humani Corporis Fabrica*, 142
Vitória, rainha da Inglaterra (1819-1901), 291
Vida, origem da, 155, 309, 388; identificação de, 318
Wallace, Alfred Russel (1823-1913), 142, 151, 291-309, 313, 317; começo da vida de, 293-294; Linha de Wallace, Australásia, 301, 306; *Narrativa das Viagens pelo Amazonas e Rio Negro*, 296-304; *Sobre a Lei que tem regulado a Introdução de Novas Espécies*, 306
Walter, Bruno (1876-1952), 367
Watson, James Dewey (1928), 204; *A Dupla Hélice*, 390-393
Watt, James (1736-1819), 135, 277, 280
Watts Towers, Los Angeles, 49, 118-121, 416
Wedgwood, Hensleigh (1803-1891), 306
Wedgwood, Josiah (1730-1795), 126, 133, 134, 277-279, 282; *v. tb.* Sociedades Científicas: Sociedade Lunar *e* Darwin
Wells, Herbert George (1866-1946), 425
Wesley, John (1703-1791), 272
Wieliczka, Minas de Sal, perto de Cracóvia, Polônia, 321-322, 347
Wilkinson, John (1728-1808), 131, 272, 274
Withering, William (1741-1799), 279
Wordsworth, William (1770-1850), *O Prelúdio*, 234; *Tintern Abbey*, 288
Wotton, Sir Henry (1568-1639), 204
Wren, Sir Christopher (1632-1723), 105, 228, 229, 241
Wright, Joseph (1734-1797), *The Orrery*, 102
Yeats, William Butler (1865-1939), *Sailing to Byzantium*, 24